読書会の効用、あるいは本のいろいろな使いみちについて

イングランド中部Tグループの事例を中心に

井川ちとせ 著 Ikawa Chitose

小鳥遊書房

A Case Study of a Reading Group in the English Midlands

Uses of Books

目次

凡例

一．引用頁数は、（　）内に引用元の著者等とローマ数字またはアラビア数字を、前後の文脈で引用元が明確なものは数字のみを示す。

一．英語文献の翻訳は、断りがない限り筆者による。

一．引用文中の傍点による強調は、断りがない限り原文のまま。

一．註は章ごとに通し番号を振り、巻末にまとめてある。

はじめに
間欠的調和という希望

専門化の謂である近代化の過程で、小説は物語の外の世界との照応関係を否定することで、他のジャンルと袂を分かっていくが、現代の一般読者が一九世紀のリアリズム小説を好むのは、小説が「リアリスティック」で、読めば百年前の事柄について知ることができると信じているためだ。だがそもそも今日「文学」とみなされているテクストを物した一九世紀の作家たちは、みずからの書き物が芸術的な有機的統一体としてのみ読まれることも、反対にもっぱら現実の世界についての情報を得るための啓発的な娯楽として消費されることも、想定していなかった（Poovey ch. 6）。小説を学術研究の対象として格上げせんとする試みは、プーヴィ〔Mary Poovey〕も言うように、読むことを、他の高度に専門化された仕事と区別がつかないほど難しい営みにしてしまった。脱文脈化の試みが、この乖離を乗り越える一助となることを願う。

この一節を書いたのは、二〇一四年九月、作家アーノルド・ベネットの郷里で、Tグループと出会った頃である。イングランド中部の市井の人びとの日常と心理を克明に写し取った〈リアリズム作家〉として、長らく文学史の周縁に置かれてきたベネットと、難解さゆえにつねに精緻な読解の対象とされるヴァージニア・ウルフ、ジェイムズ・ジョイス、T・S・エリオットら〈モダニズム作家〉との同時代性に注目し、リアリズムからモダニズムへ、という従来の単線的発展史とは別様の、あり得たかもしれない文学史の再構築を目指した論考の結びである。考察の対象はおもに一八八〇年代から一九三〇年代までの文学テクスト生産の物質的文脈であり、ジャーナリズムと学術研究という二つの領域間の交渉の力学であった。思えば、ベネット研究を志して四半世紀このかた、筆者は、文学テクストを読むことの、アカデミア内外の乖離について考えてきたのであるが、「乗り越える一助となることを願う」という言葉の、どこか他人事のような無責任さに、内心忸怩たるものがあった。

本書は、その拙論を収めた『アカデミアの内と外——英文学史、出版文化、セルフヘルプ』の姉妹編であり実践編である。イングランド中部および北西部での調査をもとに、狭義の読書に留まらない読者と本との関係について探究すると同時に、本をめぐる学術研究を、アカデミアの外の、本が読まれたり読まれなかったりする現場から見つめ直すものである。

読書会の参与観察や個々の読者への聞き取りを本格的に始めたのは、二〇一六年のこと。二〇二〇年以降、コロナ禍で調査は中断を余儀なくされた。新型ウイルスの脅威は、読書会のあり方も人びとの本との関わり方も大きく変えた。その変化に関する学術研究もすでに緒に就いているが(1)、筆者はひとまず、おもに一八年三月までの調査をもとに、焦点をTグループに合わせて論考にまとめることとした。したがって本書が描くのは、コロナ前の世界である。渡航が叶わなくなってからも、既知の協力者とはメールや季節の便りをやりとりし、ズーム(Zoom)を利用した読書会に参加することもあったが、それらには後日談として触れる。

コロナ前から、そしてズームが広がる前から、スカイプ(Skype)や各種ソーシャルメディアを利用した読書会は存在していた。パンデミックによる制限がなくとも、外出のままならない人や、集まりに適した場所を持たない人たちにとって、〈対面〉以外の交流の選択肢が増えることは、喜ばしい。それでも、二〇一四年の八月末からの四年弱を振り返ると、二人以上の人が、本に導かれて同じ物理的空間に居ることは、それ自体で尊いと思える。

だからといって、本が世界を一つにするなどと喧伝する気は毛頭ない。二〇二三年六月、およそ五年ぶりのイングランド再訪は、物理的な空間に共生する難しさを、肌で感じる機会でもあった。イギリス各地のホテルが難民申請者の滞在施設に転用されているとの報道には接していたが、筆者が何度も利用した中部のホテルもその一つであったことは、感動的な再会を果たした知己から聞いて、初めて知った。地域経済の地盤沈下に伴い往時の華やかさを失って久しいこのホテルにも、遠来の客の宿泊だけでなく、地元の人たちの宴会や会合に、一定の需要はあったから、その喪失感が難民一般への敵意を増幅させたであろうことは、想像に難くなかった。この知己の読書家は、インド系で「〈自分たちには〉発音すらできないような名前」のスナク首相への不満も口にした[2]。

暗澹たる気分に襲われるたびに想起するのは、D・H・ロレンスの、諦観と楽観とが入り混じった言葉である[3]。

> 世界が、調和と愛に満ちた場所であろうはずがない。世界は、激しい不調和に間欠的に調和が訪れるような場所であるはずだし、現にそうだ。(*Studies* 132)

現場を知るほど、また緊迫する世界情勢を見るにつけ、威勢の良いスローガンや明快な提言は空疎に感じられる。楽観と悲観の間を揺れに揺れて、それはそのまま、本書の歯切れの悪さに繋がっているだろう。

最初の三つの章は、二〇二〇年から二二年にかけて、勤務先の紀要に発表した論説に加筆修正を施したもので、他はすべて書き下ろした。インタビューに応じてくれた七四名のかたの語りは、一つ一つ、それ自体が豊かな霊感の源である。録音を聴き直し、文字に起こしたものを読み直すたびに、筆者によるナラティヴ化が切り詰めてしまうもの、取りこぼしてしまうものの夥しさに慄然とし、呻吟した。いっそオーラルヒストリーとして編むべきではないかなどと迷いも生じて、筆を擱くまでに四年を費やしてしまった。ダイジェスト版を英語で書くという、協力者との約束は、当然まだ果たせていない。長い執筆の途上で、本調査について何気なく言葉を交わした同僚は、協力者の知識の該博なことに驚きを隠さなかった。アカデミアの内の人には、本書を通じて外の様子をぜひとも知っていただきたい。

本書と『アカデミアの内と外』との間では頻繁に相互参照がおこなわれるものの、本書単独でもお読みいただけるし、こんなにも長大になってしまった、それでいてドアストッパーに使うには嵩が足りない異形の本を、手に取っていただけただけでも、とても嬉しく有難い。本が、間欠的な調和をもたらす媒介の一つであり続けることへの、ささやかな希望を、読者の皆さまと分かち合えたなら、これに勝る喜びはない。

序章 研究の背景

本というものには、思うに、ありとあらゆる目的と使いみちがあるんですよね。

――パトリック(1)

あなたが存在するのは、文学事典になって文学を崇めるためではありません。文学はあなたに奉仕するためにあるのです。

文学とはあくまで生きるための手段であり、〔中略〕文学の鑑識眼を養うという企図は、この生きるための手段の最善の使いみちを学ぶという企図に他ならないのです。

――アーノルド・ベネット『文学の鑑識眼』

1 読書会と読書会研究の現在

読書会(2)の歴史は長い。そしてひと口に読書会と言っても、そのスタイルはさまざまだ。スコットランドでは一八世紀初頭の、労働者階級の「相互改善」の集まりに遡ることができるし（Rose 59）、アメリカでは独立戦争後、白人中産階級女性の読書会がフロンティアの拡大と歩調を合わせるように北東地方の都市部から西部へと広まっていった（Long 34）。だが、ワイングラス片手に本そっちのけでおしゃべりに興じる中産階級の中年女性の集いというステレオタイプとともに、読書会が英米で急激に存在感を増したのは一九九〇年代後半のことである。フェイ・ウェルドン（Fay Weldon）は、「ウェールズの小さな町の婦人会［Townswomen's Guild］」のために、「中年以上」の女性五人の読書会をめぐる戯曲（*The Reading Group*）を書き下ろし、一九九九年に上演台本として出版している。遅くともこの頃には、読書会は社会現象として広く認知されていたと考えてよいだろう。(3)

読書会をいち早く学術研究の対象とした英文学者ジェニー・ハートリー（Jenny Hartley）は、自身の調査を「氷山の一角のそのまた一角」を明らかにしたに過ぎないと控えめに表現しているが（vii）、一九九九年六月から一年をかけてイギリスでアンケート調査を実施し、三五〇ものグループから回答を得てまとめた『読書会』（*Reading Groups*, 2001）は、後進にとって不可欠の参照点となっている。アメリカにおける読書会研究は、「研究領域の隙間に落ち込んで誰も目をくれない、学術研究の中間領域」（x）と社会学者エリザベス・ロング（Elizabeth Long）が呼んだとおり、ロング自身の『読書会』（*Book Clubs*, 2003）をもって嚆矢とする。

読書会を軽んじてきたのは学者ばかりではない。ハートリーは、二〇〇〇年四月の『スペクテーター』（*The Spectator*）誌の記事を引いて、(4)「ロンドンのジャーナリストは「イングランドの中産階級の新しいお気に入りの夜のお出かけの価値」など鼻で笑うかもしれない」と述べている（x）。興味深いことに、さらにその四年半後、レイチェル・クック（Rachel Cooke）は読書会を「不可解な二一世紀の現象」と見立てている。高級紙『オブザーヴァー』(*The Observer*)の書評家であれば、読書会の存在に一〇年近く気づかずにいること、そしてその不可解さを不可解なまま捨て置くことが、正当化されるとでも言うように。読書会という現象と距離を取ると同時に自身を、鑑識眼をめぐるヒエラルキーの上位に置く身振りである。クックは、アメリカの作家カレン・ジョイ・ファウラー(Karen Joy Fowler)の『ジェイン・オースティン読書会』(*The Jane Austen Book Club*, 2004)を評しながら「小説はいまや臆面もなく、このような集まりをまず念頭に置いて書かれるようになった」と憂いて、こう続ける。

わたしは自分の好きな本について他の人たちと(彼らがわたしと完全に同意することがわかっているのでない限り)おしゃべりしたいタイプではないし、したがってこの本のターゲット層にも属していないことは認めよう。しかしそれにしても、これほど気の滅入ることがあるだろうか?(Cooke)

オースティンの六編の小説を読む、女性五人と男性一人から成る読書会をモチーフとしたこの小説の巻末には、「ディスカッション用の質問集」も添えられている。そうした読書会向けの付録は当時すでに珍しくなくなっていたが、クックはこれを「不愉快なほど抜け目ない」マーケティング手法として特筆している。明言こそしていないものの、クックをいら立たせているのは、この本がペンギンランダムハウス傘下のヴァイキング、すなわちクッツェー(J. M. Coetzee)やロディ・ドイル(Roddy Doyle)の版元から刊行され、いわば文芸書の体で流通し、ハイブラウとミドルブラウの境界を曖昧にすることではないか。記事の見出しは「ご婦人がた、これを来月の本に選ばないで」。二〇世紀初頭のリーヴィス夫妻(F. R. & Q. D. Leavis)にとっての悪夢が、アカデミアではなくジャーナリズムが作品と大衆の仲買人として幅を利かせる事態であった[5]のに対し、二一世紀のジャーナリストを暗然とさせるのは、読書会と口コミという捉えどころのない大衆の実践を収益構造に取り込もうと躍起のグローバル・コングロマリットである。

クックのように独り静かに読む読者のイメージは、市場原理に惑わされることなくエピファニーと内的衝動に突き動かされて書く作者のそれと対になって、特権化されてきた（Long, *Book* 1-11; "Textual" 180-93）。一九六〇年代末から七〇年代にかけて「文学を「作る」のは読者である」と高らかに宣言した[6]スタンリー・フィッシュ（Stanley Fish）の、当時としては「危険」（21）なほど革新的であった〈解釈共同体〉の概念もまた、その共同体の成員を英文学者自身の分身のごとき〈素養ある読者〉と措定した（49）。こうしたロマンティックな、あるいはモダニスト的な作者＝読者像は、ロングによれば、土語による活字の本が普及する以前の、ほとんどの読者が作者でもあった時代の名残りだという（*Book* 2）。ロラン・バルト（Roland Barthes）による「作者の死」（1967）の宣告が英語圏に輸入されてからも[7]長らく、新刊書を読んでレビューを書く高級紙ジャーナリストと、正典《キャノン》文学を読んで論文を書く学者はともに、孤高の読者＝作者の自画像を提示してきた。

そうした根強い読者像に疑問を投げかける、ハートリーとロングを先駆とする読書会研究者は、読書を社会的な営為と位置づけ、方法や規模の違いこそあれ実証研究を宗とする。独りであれグループであれ、読むことを本来社会的なものとみなす社会学においては、従来読み書き能力に関する研究が盛んであったが、一九九〇年代以降はさらに焦点を社会実践としての読書へと移し（Taylor 142）、その鍵概念は近接領域に影響を与えてきた[8]。読書会を主題とする学術書としては、二〇一〇年代に入って、ダニエル・フラーとデネル・リーバーグ・セド（Danielle Fuller & DeNel Rehberg Sedo）の『本を超えて読む』

(*Reading beyond the Book*)、ジェイムズ・プロクターとビーサン・ベンウェル(James Procter & Bethan Benwell)の『複数の世界のいたるところで読む』(*Reading across Worlds*)、デイヴィッド・ペプロウら(David Peplow et al.)の『読書会の談話』(*The Discourse of Reading Groups*)が相次いで刊行された。大規模な量的調査に質的調査を組み合わせたいずれ劣らぬ労作で、それぞれ、ラウトリッジの「文化・メディア研究」叢書、パルグレイヴ・マクミランの「本の歴史の新しい方向」叢書、ふたたびラウトリッジの「読み書き能力研究」叢書に収められている。なかでもプロクターとベンウェルの共著は、ロングの言う「研究領域の隙間」を埋めるように九〇年代初頭に登場した「本の歴史(Book History)」研究の成熟を例証する。プロクターらとペプロウらは、エスノメソドロジーの手法と社会認知的視点をそれぞれ導入し、特定の文字テクストが複数の読み手の相互作用によっていかなる解釈や効果を生むかを説明する。いっぽう、ピエール・ブルデュー(Pierre Bourdieu)の枠組みを援用し、読書会の参加者のみならず主催者や運営スタッフを文化生産のフィールドにおける行為体と位置づけ調査対象とするフラーらは、本を媒介とする〈小ブルジョワ〉の実践を、卓越化を目指す象徴闘争と捉える傾きがある。

だが三者に共通するのは、アカデミアの外の読者を、アドルノ(Theodor Adorno)ふうに〈文化産業〉の受け身の消費者と断じるか、さもなくばド・セルトー(Michel de Certeau)ふうにしたたかな〈密猟者〉として嘆ずるか、といった対立図式を回避し、読書会を、相互行為によって個々のアイデンティティが繰り返し生成されると同時に、〈面子の保持〉[9]などの配慮が重ねられる過程で集合的な知が生産される場として評価する姿勢であろう。この点において、読書会に意識高揚や感受性訓練に通ずる特徴やハーバーマス(Jürgen Habermas)的な理想的発話状況を見出すなど、その民主的側面を過度に理想化する立場[10]と一線を画す。また、個々の参加者へのセラピー効果や自治体レベルでの健康と福祉の増進などをしばしば数値化して強調する、医療人文学の文献や公益法人の報告書[11]などとも異なる。三者はそもそも、本、なかんずく文学作品を読むことは良いことであるとの前提に立っていない。

その前提を共有しない点では、本書も同じである。さらに本書は芸術至上主義的な文学観に与するものでも、文学テクストをもっぱら覇権的イデオロギーの装置として解剖することを目指すものでもない。本書の表題を「文学の効用」としなかったのは、事例研究対象のTグループがいわゆるノンフィクションを排除しないためでもあるが、なにより「文学」の定義そのものが極めて曖昧なためでもある。本書は、文学の定義と価値の序列をめぐる研究者のいわば暗黙知による一定の合意と一般読者の認識の齟齬に留意し、[12]読書会向けの巻末付録を含む〈パラテクスト〉(Genette 2)とテクストとの総体である本が、他の行為体とともに読み手にどのように働きかけるか、そして読み手が本をどのように使うかを、記述することを目指す。リタ・フェルスキ(Rita Felski)が、人間と非-人間をともにアクターあるいはコアクター(coactor)として扱うアクター・ネットワーク・セオリーに倣って述べるように、「テクストは単体で行為するのではなく、コアクターの雑多な寄せ集めとともに行為する」からだ(*Limits* 170)。

冒頭で触れたとおり、「読書会」のスタイルはさまざまだ。友人同士が自宅の居間やパブで、飲み物や、ときには食事を楽しみながらおこなうという、ステレオタイプに概ね合致するものもあれば、公益法人や慈善団体もしくは自治体が会議室や図書館、リハビリ施設や刑務所などで開催するものや、書店が店舗で主宰するものなどもある。[13]正確な数を特定するのは非常に困難であるが、二〇〇一年にはイギリスで五万、アメリカでは五〇万に上るとも見られている(Hartley vii)。これらの読書会では、数名から多くても二〇名程度の参加者が一冊の本をあらかじめ読了して議論することが多い。他方で、個人が運営するウェブサイト上のチャットやメーリングリストへの投稿によるいわゆるヴァーチャル読書会だけでなく、テレビやラジオの番組に視聴／聴取者がライブやビデオで参加したり番組のウェブサイトにコメントを寄せたりするかたちのもの、[14]新聞や出版社が紙上や自社サイトで提供する読書の手引きやフォーラム、[15]さらには地域振興を主たる目的とする事業などもまた、「読書会」の呼称を冠することがある。[16]これらは、対面の読書会を模し、その味わいの再現を試みると同時に、「アメリカ人に読ませよう（Make America Read）」のスローガンを掲げた、テレビ番組『オプラ・ウィンフリー・ショー』（*The Oprah Winfrey Show*）の読書会のように、読書の習慣を持たない層をも新たに取り込もうとする。こうした、新しい情報通信技術が可能にした本を媒介とする大規模な交流の機会を、フラーらは「マス・リーディング・イベント」と名づけ、作者による講演や映画化された作品の上映会から、作者ゆかりの地へのバスツアー、作品にちなんだ工芸ワークショップにいたるまでを分析対象としている。

　かように読書会とは極めて多様な実践である反面、フラーらによれば、参加者には共通の特徴があるという。フラーらが量的調査とフォーカスグループ調査を実施したのは、リヴァプールとその近郊のウィラル、シカゴ、バンクーバーで、それぞれの地域を人口統計的に代表するサンプルは得られなかったものの、マス・リーディング・イベントに参加するだけの文化資本と余暇と文化的自信とを有する層から、協力が得られたとする（47）。それはすなわち、「すでに読者と自認」し「娯楽として読む」、おもに「大学教育を受けた、英語を母語とする女性」という人口統計的特徴を有する人びとである（46）。さらに調査協力者の特徴の多くは、ウェンディ・グリスウォルド（Wendy Griswold）の「読者階級〔the reading class〕」の定義と一致するとして、グリスウォルドの二〇〇八年の著作を引用している。

読者階級とは一連の安定した特徴を有しており、それには人的資本（教育）、経済資本（富、所得、職位）、社会関係資本（個人的繋がりのネットワーク）、人口統計的特徴（ジェンダー、年齢、信仰、民族）、そして——決定的かつ非‐経済的特徴である——文化的諸実践が含まれる。（qtd. in Fuller & Sedo 47）

フラーらは、英米加のような国においては、社会階級よりも教育が、読者階級に属すか否かを決定づける要素であると考え、とくに二一世紀のイギリスでは、階級は表立って表明されるものではなく、調査協力者のなかでは、カナダ人全般およびアメリカ人の大半と比べイギリス人は、階級と経済的豊さとの間に必ずしも連関を見出さない傾向が強かったという（47）。確かに、例えばティモシー・オウブリー（Timothy Aubry）によるアメリカの中産階級読者の詳密な定義——「大学教育を受け、ホワイトカラーの専門職か、最低でも学士号が要求される職業に就いているか、そのような職に就いている人と結婚していて、経済的に比較的安定した地位にあり、世帯収入が合衆国の貧困線の二倍以上で、伝統的な学術研究の文脈の外部で読書をする」（12）——は、イギリスには妥当しないと思われる。ともあれ、社会階級にせよ読者階級にせよ、「安定した特徴を有」する内的統一性を措定することには慎重であるべきだろう。エリザベス・ロングは、学者や専門家の関心や指示と距離を置く生き方を、ミドルブラウという語で要約して静的な格付けをおこなう文化分析は、社会実践の可変性を否認するものであると批判している（*Book* 128）。読者が、価値をめぐる一見安定した序列をつねに無効にしては新たに定める、その複雑な交渉（*Book* 128）を、本書は追跡していく。

本書が焦点を合わせるTグループは、一見ステレオタイプに合致するようでいてそれを逸脱し、そうかと思えば、具体的状況においては発話行為によって白人中産階級の中年女性というカテゴリーを動員し集合的アイデンティティを積極的に立ち上げもする。そのような場面に僥倖と呼べる格好で居合わせたことが、後述のとおり新たな研究課題に取り組む契機となり、九年にわたってイングランド中部および北西部の九つの読書会と三つの学外講座の参与／観察と七四名の読者への聞き取り調査の他、図書館司書や大学の創作コース講師、書店主、雑誌編集者、慈善団体の職員やその外部評価を担った大学教授にインタビューを重ねてきた（書店主へのインタビューの最中に偶然立ち寄った、書店の読書会メンバーにも、店主の計らいで急遽、読書会の会場でもある店の最上階で一五分ほど個別に話を聴くことができた。この協力者も含むと、読者は七五名になる）。それらの記録は、本書においてはおもにTグループの事例を相対化するために先行研究とともに参照される。むろん前掲の学術書を始め、よくデザインされた大規模調査にもとづく先行研究[17]と比べると、本研究の射程はリソース面での制約も手伝って、限定的である。けれども、先行研究が読書という営みに焦点を絞ることで必然的に読者の経験世界の中心に本があるかのような記述に収斂するのに対し、筆者は期せずしてメンバーと読書会以外の多くの時間を共有し、無数の私信を交わしたことで、彼女たちの生活における本の意味を多角的に捉える視点を得た。読者と本は、閉じて自足した二者関係ではなく、経験世界の網の目の一部である。本書は、テクスト内の世界と個々の協力者がいかなる関係を結ぶか、そしてグループの協働によってテクストがいかなる意味を生成するかという点に加え、協力者の生活において、狭義の読書に留まらない、本を媒介とした営みがいかなる意味を有するかを検討する。次節ではまず、T読書会の特徴について概観したい。

2　Tグループとは

Tグループ[18]は、全国的女性団体のイングランド中部の支部の一つで、支部の会員皆が読書会に参加しているわけではない。筆者が正会員であった二〇一五年時点の支部の名簿には三〇名が掲載されているが、二〇一四年九月からの一年間、読書会の参加者は九名から一九名とばらつきがあった。読書会はおよそ月一度の頻度で開かれており、同じく月に一度のディスカッションおよびふた月に一度の手芸の集まりと同様、定期的な活動である。これらすべてに参加する人もあるが、大半の会員は一つないし二つの活動を中心としているようである（ただし手芸グループは二〇一六年には活動を停止している。上手くいかなかった理由は、サリーいわく、おしゃべりに夢中になって手が止まり、各々家に帰って続きをやることになりがちだったためだ）。親団体の発足は一九六〇年に遡るが、T支部がいつ設置されたか正確にはわからない。少なくとも、現在七〇代のリズは一九七二年からの会員で、八一年にネルとともに読書会を始めて以来の世話役である。リズは看護師、ネルは英文学の教師だった。当初のメンバーは四〇名近い支部会員のうち一〇名。二〇〇〇年までは隔月の集まりで、本の作者を招くこともあった。作者を囲む機会は他支部にも開き、会場も、一九八四年からのメンバーであるグレイスの言では、「巨大な家を持つ」隣接支部の会員が提供したそうである。バーバラ・トラピード（Barbara Trapido）やジム・クレイス（Jim Crace）といった著名な作家が遠方からほぼ無報酬で、せいぜい数十名の聴衆のために個人宅を訪れたと聞いて筆者は大変驚いたが、交渉を担ったリズ自身も、大小合わせて約三五〇もの文学フェスティバル[19]が新刊プロモーションの場として確立したいまとなっては、作家に個人的に打診するなど想像できない由であった。なお、二〇一五年八月まではメンバーが交代で自宅の居間や客間を提供していたが、参加者が二〇名に迫るようになると個人宅では手狭になり、九月以降は隣町の公共施設を借りている。七月の集まりでは、越境の提案に反対の声も上がったものの、緊縮財政下の州が、T地区に残る唯一の公共施設であった図書館を前年に閉鎖していたため、事実上、他の選択肢はなかったと言える。定員を設けて従来どおり個人宅に集うよりも、希望者全員が参加できる方途を選んだのは、後述する親団体の目標に添うものである。

支部のリーダーを通じて親団体に納める年会費は一八ポンド。これには年二回発行される会報の代金・送料も含まれる。親団体は、その年のテーマとそれにちなむ国を選定し、年一度の全国大会を企画・運営する。全国大会や地域の連絡会は、他支部の会員との交流の場でもある。支部では定期的な集まりの他、映画鑑賞や日帰り旅行、ときには近隣の支部とイベントやワークショップを共催することもある。二〇一四年は第一次世界大戦へのイギリス参戦百年の節目であり、T支部は村（当時）から出征して帰らぬ人となった兵士に関する調査プロジェクトにも取り組んでいた。イベントは自主的に運営され、参加も任意である。年会費の他、定例の集まりでは、支部の臨時支出に備えるべく各自一ポンド、会議場を貸し切るような大がかりな催しなら二五ポンドと、その都度支払う。T支部には、活動を通じて親しくなったメンバーばかりでなく、誘い合わせて入会した友人同士もいるが、年会費の徴収は厳格である（もともと頻繁に参加していたわけではなく連絡が取れづらくなっていたある会員は、納入期限を過ぎるとただちに除名となった）。

二〇一五年当時のT支部は五〇代から七〇代が中心で、四〇代前半の会員が会費未納で除名されると、一つ違いの筆者が最年少になった（二〇一五年七月の読書会でリズが一年弱を振り返り、筆者がグループにどのような貢献をしたかと参加者に問うたところ、「平均年齢を下げたこと！」の声が真っ先に上がり、笑いを誘った)。筆者が一度だけ読書会で会った元最年少会員は、氏名からパキスタンにルーツを持つと推察される点、常勤職に就いている点でも、他の会員と異なっていた。読書会は当時、平日夜の七時半か八時からの約一時間半の集まりだったから、勤めをしながら参加し続けるのは容易ではなかったろうし、実際、フルタイムかパートタイムかを問わず、退職を機に入会したという人は少なくない。読書会発足当時からの会員は三名のみであるから、現在の平均年齢の高さは、三〇年を超える歴史の結果というよりは、リタイヤして自分の時間が持てるようになった人たちが参入したことに由来する。とはいえ、ほぼ全員に配偶者と子どもがあり、多くは家族の世話や介護、他の読書会を含む活動や趣味、ボランティアなどに忙しく、暇を持て余している人はまずいない。このような変化、とくに高齢の会員がマンチェスターやロンドンなどの大都市に暮らす娘や義理の娘のキャリアを支えるために孫の面倒を見る時代の到来を、団体の創設者は夢想だにしなかったろう。

団体設立の発端は、出産を機に教職を退き、夫の転勤で移り住んだ新興郊外住宅地で、大人同士の知的な会話を渇望しながら孤立していた母親の、『ガーディアン』(*The Guardian*) 紙への投書であった。設立当初から、子どもの話は御法度という団体のルールは変わらないものの、いまは七〇歳を過ぎたTグループの会員がまだ幼い子の母親であった頃には、子育ての互助会の役割も担っていたようだ(元看護師のルースは、友人たちがその機能に期待して会員になったのと違い、自分は夫の母親と同居していて他にサポートを必要としなかったため、五五歳で非常勤に転じると同時に入会した由)。インタビューに応じてくれた一六名のうち、じつに六名が教員養成学校修了後または大学で学士号を取得後、教職に就いていたが、皆出産によって離職を余儀なくされた後、非常勤または常勤で現場に復帰している(ただし、首尾よく希望の職に戻れなかったのは、専門を生かす道を探りながら二年にわたり移民の子どもたちに英語を教えた元体育教師ケイト一人ではなさそうだ）。結婚や出産を機に銀行員や地方公務員を辞めた後、専業主婦になった人もいれば、夫の事業のパートナーになった人もいる。あるいは、大学進学準備中に出会った人と一七歳で結婚して専業主婦になるも三〇代で住宅ローン返済のためにパートに出て、さらに数年後ポリテクニク（総合技術専門学校）から大学院に進んで修士号を取得、大学進学のための資格試験であるAレベルや大学の学外講座の非常勤講師になった人、長年勤めた会社が業績不振に陥り早期退職者募集に応じた人など、時期と期間はまちまちでも皆、何かしらの就労経験を持つ。教師や看護師の他、図書館司書やソーシャルワーカーなど専門性の高い職業に就いていた人も多く、支部のイベントやプロジェクトで振るう企画・運営の見事な手腕は、各々が職場で培ったものと推察される。[20] ただしこうした特徴が、親団体の会員すべてに当てはまるものではないことは、他支部との合同イベントの折に窺われた。T支部の会員は、おそらく誰の目にも明らかなほど際立って、進行や意見の集約に長けているのだ。他方で、一六歳で正規の学校教育を終えて事務職に就いていたヘザーが、二〇年以上前に四〇代でグループに加わって、人前で自分の意見を述べる自信を得たと語ってくれたことからもわかるように、グループでの経験が職場やその他の場面で生かされるケースも少なくないだろう。

団体が掲げる目標は三つ――家事や育児以外の幅広いトピックについて議論できる場を提供すること、友情と自信を育み、知らない土地に越してもその地で会員と繋がれるようにすること、支部の活動を通じて継続的な学びと自己改善の機会を提供すること――である。「個人的なことは政治的なこと」という第二波フェミニズムの精神に従うならば、こうした日々の営みが政治的であることは疑うべくもないが、団体は、女性の社会的地位向上を声高に訴えることはない。というよりむしろ、フェミニズムであれ何であれ、特定の政治的・宗教的信条にもとづくロビー活動は一切おこなわないと明言している。[21] 実際、協力者のなかで、愛読書にマリリン・フレンチの『女たちの部屋』(Marilyn French, *The Women's Room*, 1977)やコレット・ダウリングの『シンデレラ・コンプレックス』(Colette Dowling, *The Cinderella Complex*, 1981)などのフェミニズムの古典を挙げたのも、それらを通じて「女性のさまざまな運動や積極的自己主張についての新しい概念に初めて触れた」といった言葉で自身の経験を分節化したのも、マーガレット一人だった(二〇一六年一一月二四日)。三〇年以上前に夫の仕事の都合でこの地に移り住んだマーガレットは、すでに親団体に加入しており、転居と同時にT支部に加わった。約一〇年間家事と育児とボランティア活動に専念したのち、図書館司書の職に復帰したものの、夫の仕事と比べて社会的地位も給与も低く、それゆえ、完全に自立しているという感覚はついぞ得られなかったという。創設者の経験と重なり、この世代の中産階級女性に典型的とも思われるライフコースであるが、グループの皆が辿った道というわけではない。

むろん、ホストになる義務はなくとも、他人の家の敷居に心理的障壁を感じない人だけが参入する点で、[22] グループは一定の排他性と均質性を有してはいるが、ヘザーと同じく一九四〇年代に生まれ一六歳で事務職に就いたアナが説明してくれた、この地域のかつての習いは、他の会員からは聞かれなかったものである。その説明は、インタビューで出身地を訊ねた際に与えられた。

S〔スタッフォードシャーの自治体〕よ。〔中略〕ずっと〔生まれた場所から〕三マイル半径内に暮らしてるから、土着〔indigenous〕ってことね。まさに土着。昔は仕事が理由で移り住むなんてことなかったのよ。炭鉱があったしミッチェリン〔Michelin〕にも仕事があって、[23] よそへ引っ越す必要なんてなかったの。結婚したら、お母さんの隣に家を借りるのが相場だったわね。それに人付き

合いがとても密だったのよ。(二〇一六年一一月二五日)

アナがTグループに加わったのは、インタビューの三年前のこと、前の住まいから六マイル離れた現在の家に越した当時、肩の手術を受けて車の運転ができず行動の自由が限られていたところ、夫が薬局に張り出されていた会員募集の案内を見て参加を勧めてくれたからだという。案内に記されたリズの電話番号に問い合わせると、後日、郵便受けにプログラムを届けてくれて、とても嬉しかったと語ってくれた。

アナの語りのなかのSは、マイケル・ヤング(Michael Young)とピーター・ウィルモット(Peter Willmott)が記述した一九五〇年代のイースト・ロンドンの、「母方居住性」の親族関係と共同体意識を彷彿とさせる。(24) だが、エセックス大学社会経済研究所の二〇一二年の調査によれば、イギリス生まれの住民の四二%が、一四歳の頃に暮らしていた場所から五マイル以内に、六〇%は二〇マイル以内に住んでおり(Simpson & Finney 19-20)、アナの言う「土着性」が、ヒト・モノ・カネがグローバルに移動する現代にあっても、決して過去のものではないことを窺わせる。インタビュー協力者一六名のうち、スタッフォードシャー出身者は五名、中部地方のその他の州の出身者が四名、残り七名の出身地はロンドンやスコットランド、北アイルランドなどさまざまで、イギリスの平均的動向とほぼ一致すると言える。

この地域の際立った特徴を挙げるとすれば、鉱業や窯業など基幹産業が衰退の一途を辿るなか、EU離脱の是非を問う二〇一六年の国民投票で、全国平均を二〇ポイント近く上回る約七〇%の有効票が離脱に集まった選挙区であることだろう。『ガーディアン』への投稿から始まった団体の支部ではあるが、Tグループの全員が『ガーディアン』購読者＝リベラルな残留派ではないことは、日頃の言動やインタビューでの問わず語りの発言から明らかである。グループ内に離脱派と残留派、高級紙『ガーディアン』の購読者と大衆紙『デイリー・メール』(*The Daily Mail*)購読者、そして離脱支持をより明瞭に打ち出した『テレグラフ』(*The Telegraph*)に『タイムズ』(*The Times*)から乗り換えた人、反対に『タイムズ』から『テレグラフ』に乗り換えた人が共存していることは、思想信条の似通った友人同士の読書会との大きな違いであろう。

例えば、「友人と、友人の友人」の男性八名が集まって二〇〇二年に結成したマンチェスターの読書会は、二〇〇八年時点で、一名の脱退者を除き同じメンバーで月一回の集まりを続けていたが、メンバーはその脱退者が「グループに溶け込んでいなかったように感じていて、自分たちが似たような利害関心を持つ『ガーディアン』購読者であると考えているのに対し、彼は『テレグラフ』購読者だった」という(Gotley 2)。メンバーの一人は「我々は皆、左派で、人種差別とか性差別なんかに関しての基本線を共有している」とも語っている(Gotley 2)。しかしながら、男女問わず、表向きはTグループ世代のすべての人に開かれたU3A[25]のような団体にも均質化の作用は認められる。中部地方のある支部の「社会問題」を討議する男女半々のグループについて、インタビュー協力者の言語療法士が説明してくれた——「わたしたちはとても均質で、全員『ガーディアン』購読者で、全員ヨーロッパ残留に投票したのよ(笑)。全員左寄りのインテリで、おそらく全員、教師か公務員だったんじゃないかしら」(二〇一七年八月九日)。入会前にリーダーに連絡を取った際、全員が『ガーディアン』購読者のグループだから、活発な議論といっても、それなりの限界があると、あらかじめ忠告されていたという。

フラーらの枠組みをあえて借りるなら、Tグループの面々は、読書会に「参加するだけの文化資本と文化的自信を有」し、「すでに読者と自認」し「娯楽として読む」「英語を母語とする女性」(46-47)という点で一致しよう。翻って大学教育を受けた人は、インタビューに応じてくれた読書会メンバー一四名中三名のみである。メンバーの大半が二〇代であった一九七〇年時点の統計でも、大学進学率は八・四%(Bolton 14)、うち女子の占める割合は二七・八%(Jones & Castle 294)に過ぎないから、この世代の女性としてはやや多いとは言える。[26]

3 本書執筆の経緯と調査方法

本書が扱うのは、読書会を含むイベントの参与観察記録と、協力者への個別聞き取りの音声データ、私信、読書会で取り上げられた活字と映像のテクスト、Tグループについてはメーリングリストや活動記録、会員がさまざまな媒体に投稿した記事やコメントなどである。とはいえ、二〇一四年九月にゲストとして初めて参加した際、筆者はまだ、読書会の具体的なイメージを持ち合わせていなかった。BBC[27]ラジオ4の『ブック・クラブ』[28]を二〇一〇年頃から聴取していたにもかかわらず、である。筆者の専門はもともと一九世紀中葉から二〇世紀初頭のイギリス文学、とくにアーノルド・ベネット(Arnold Bennett: 1867-1931)であり、その研究に不可欠な、積み上がるいっぽうの文献リストのプレッシャーから、専門外の本は何であれ、口実といささかの罪悪感なしには読めなかった(し、いまもそうだ)。口実とは、「文学部を持たない勤務校では専門分野や正典文学だけ教えていればよいわけではない、学部生の興味を惹きそうな作品をつねに探さなければ」とか「話題作だから読んでいないと恥ずかしい」とか「ベネットの優れた評伝作者でアーノルド・ベネット協会副会長でもあるマーガレット・ドラブル(Margaret

Drabble）の小説は、読んでおかないと」といった類のもので、いずれも職業上の要請＝使いみちと、ただ面白い本が読みたいという欲求との折り合いをつけるために捻り出される。多作のドラブルについては、新刊が出るたびに入手してきたが、二〇〇一年の出版の翌年に読んで書架に収めた『オオシモフリエダシャク』（*The Peppered Moth*）に読書会向けの手引きが添えられていることに気づいたのは、ほんの数年前のことであった。自身が読書会に加わるまで、表紙と背表紙に印刷された「読書ガイド」の印に、目が留まらなかったか、留まったとしてもそこから何の意味も読み取らなかったか、いずれかであろう。『リチャード&ジュディ・ブッククラブ』[30]のことも、リチャード&ジュディが選定した図書の表紙にその旨を示すステッカーが貼られていることも、それを手がかりに書店で本を探すことも、Tグループのジャネットに教わった。地に沈んでいた読書会とそれにまつわる印が、図として浮かび上がってくるような感覚であった。レイチェル・クックを批判できた身ではない。おのが不明を恥じるばかりである。[29]

それほどまでに無知であった筆者が読書会に、能動的に参入したというよりは知らぬ間に導き入れられたきっかけは、二〇一四年八月下旬から一年間の在外研究であった。当初の計画では、ベネットのアーカイヴを有するキール大学などでの文献調査と並行して、文学的リアリズムに関する理論的研究をおこなうことにしていた。キール大学のあるスタッフォードシャーは、ベネットの故郷であり、ベネット協会の拠点でもある。筆者は二〇〇九年の入会以来、会長と事務局長へザー（ともに当時）と懇意で、渡英に際しては両者から別々の読書会への誘いを受けた。じつのところ筆者にとって最初の読書会は、へザーのTグループではなく、会長から誘われたキール大学とチェスター大学合同の、教員と院生から成る読書会であった。後者は年に三回開催され、筆者は渡英中に二度、帰国後も一度スカイプで参加したが、クィア理論の視点から選定された本[31]と議論の質は、日本では「研究会」と呼ぶことで一般読者の読書会との差別化が図られている集まりのそれに、近いものであった。

T読書会への参加は、未完の原稿を二本抱えて時間の余裕がなかっただけでなく、元来が内向的な性格のため、正直なところ気が進まなかった。ヘザーは単身渡航する筆者を気にかけて、"socialising" のためにと熱心に勧めてくれたものの、学生時代からの友人はイギリス各地にいたし、研究に没頭できる貴重なサバティカル中に、そもそも苦手な人付き合いを広げる必要を、まったく感じていなかったのである。結局、九月一六日のTグループの集まりが、いつか読みたいと思っていたチニュア・アチェベ『崩れゆく絆』(Chinua Achebe, *Things Fall Apart*, 1958) の回であったことに加え、自身はキンドル版を読んでいたへザーが、世話役のリズからペーパーバックを預かって届けてくれたうえに、読了しなくてかまわないと請け合ってくれたので、及び腰ながら、しかし本を読み終えて、予期せぬお呼ばれもあろうかと日本で余分に買い求めてあったおかきを手土産に参加した。手土産は喜ばれず(やがて明らかになる理由については第一章の註5を参照されたい)、熱烈な歓迎を受けたわけでもなかったが、そのとき執筆中であった拙論での問題提起——英文学が大学の教育課程として制度化される過程で生じた、読むことの意味の、アカデミア内外における隔たりをいかに架橋するか——が、アカデミアの外の実践を知らぬままに為されていたこと、その実践へのアクセスを許されながら切断しようとしていたことに冷汗三斗の思いで、その夜からフィールドノートをつけ始め、すぐに会費を納めて団体に加入した。おもに第四章および第八章において批判的検討を加えるジョン・ギロリー(John Guillory)の主張に対しても、当時の筆者は批判などできた身ではなかったのである。

エスノグラファーとしての訓練を受けたこともなければ、学術研究の名に値する成果に結びつく確信もまるでなかったが、イギリス人類学の教え――「調査者を予想もしない方向に導くとき、ネイティヴはつねに正しい」（Favret-Saada 13）――に従うことにした。あえてレコーダーは回さず、メンバーに不快感を与えぬよう配慮しつつ、初回のときと同様、大学生用のA4ノートにメモを取り、帰宅後、集まりの前後の様子を含め可能な限り詳細に記録した。現地踏査は、筆者自身が現地の出来事の連鎖に連なり、読書会のメンバーに事象の眼差し方を習う作業であった。変容が生じたのはむろん筆者の認知だけではなく、T読書会もまた、最も端的には、筆者が日本人作家による本の選定に関与することで変容を免れ得なかった。[32] それに、当然ながら筆者は観察される側でもあった。まだ読書会に参加する前のこと、面識のないメンバーが筆者を「〔スーパーマーケットの〕セインズベリーで見かけた」と言っていたと、ヘザーから告げられ、自分の姿かたちと立ち居振る舞いが、どれほど異質で人目を惹くか悟った。筆者の素性についてはヘザーが説明していたはずであるが、胡乱な人物と思われていた節もある。身近に研究者がいるのでない限り、サバティカルの制度に馴染みがないのは当たり前で、入会から半年ほど経った頃、この地でいったい何をしているのかと、レイチェルに真顔で聞かれたことがあった。

なお、すでに述べたとおり、支部はつねに新会員を受け入れている。過去にはミシュラン・フランス本社の駐在員の妻もいたと聞くから、[33] 英語を母語としない会員は、筆者が初めてではない。だからといって、原形を留めぬほどに変容することは、良しとされない。どのような、またどの程度の変容が許容されるかは、本書の主要な関心事であり、おもに第四章で考察する。

幸いなことに、筆者が英文学者であることは特別視されず、[34] むしろ、その年の親団体のテーマの一つがたまたま「日本」であったため、日本文化のインフォーマントとして重宝がられた。リズが親団体のフェイスブック（Facebook）に川端康成の『雪国』の回（二〇一五年二月一〇日）の報告を投稿すると、

「うちにも一人欲しい！」というコメントが寄せられたし、イングランド南東部サセックスの支部のメンバーから、吉本ばななの作品についての筆者の意見と日本での評価についての情報提供を求められたこともあった（二〇一五年四月一四日受信メール）。翻って、英文学のテクストについて同様の反応が起こることはほとんどなかった。それは、日本人に英文学がわかるのかという疑念によるところでもあったに違いないが、学者の鑑識眼や学術研究の動向など歯牙にもかけないメンバーが大半であったことにもよるだろう（この点についても第四章で考察する）。衒学的な態度で不興を買わぬよう心がけてはいたが、振り返ってみれば筆者は、「英語ができる日本人女性」という資格で、入会の数年前にすでにTグループに招き入れられていたとも言える。(35)

ヘザーとの交流は、キール大学への客員フェローとしての受け入れが決まるまで、ベネット協会の会費納入や年次大会への参加申し込みなどに関する事務的な連絡が中心であり、事実、彼女とのやりとりには、つねに協会のメールアカウントを用いていた。転機は二〇一一年九月に訪れる。協会の出版物について照会したところ、その返信に、現在ムラカミの『羊をめぐる冒険』（*A Wild Sheep Chase*）を読んでいること、『羊をめぐる冒険』は、彼女の読書会のその年のテーマ「世界一周」に沿って日本の本として選ばれたこと、その回はそれまでで最も良い議論の一つになったこと、ヘザー自身は日本文化について多くを学んだこと、が書き添えてあったのだ（時制から、ヘザーは本を読まずに参加し、当日の議論を通じて日本文化について学んだことが窺える。またのちに知ることだが、「良い議論」とはテクストの評価が大きく分かれたことを含意する表現であり、この回は両論すこぶる猛劇であったと想像される）。追伸にはさらに「本に"Chitose"という名前の空港が出てくると思うけど、〔筆者の名前と〕違う綴りかしら？」とあった（九月三日受信）。空港のほうは漢字、筆者のほうはひらがなで表記するのだとか、所在地の名称を採ったものでJFKやド・ゴールのように人にちなんだものではないといった説明をすべきか迷いつつ、翌日、筆者の名は北海道のハブ空港と同じで、千年または転じて永遠を意味すると伝えたところ、返信では本題が手短に一文でまとめられ、読書会とヘザー自身の読書についての話題が続いた。

あなたの名前について説明してくれてありがとう、このことを読書会のつぎの集まりで伝えさせてもらいますね。〔次回は〕アンドレア・レヴィ（Andrea Levy）の『ロングソング』（*The Long Song*）を議論します。ジャマイカの奴隷制廃止〔がテーマ〕です。いまは〔読書会の本とは別に〕サリタ・マンダナ（Sarita Mandanna）の『タイガー・ヒルズ』（*Tiger Hills*）（彼女の第一作）を読んでいるところです。インドが舞台で、ある一家の一八七八年から一九三〇年代までを描いた大河小説です。（九月四日受信）

読書会で共有するに値する情報と判断されたのであれば、あの説明でよかったのだろうと当時は思ったが、メッセージの内容と同じくらいか、もしかしたらそれ以上に、日本のベネット協会員との間にメッセージが交わされた事実を伝達することが重要であったのかもしれない。これに対して筆者は「あなたの読書会はとても面白そうですね。わたしはBBCラジオ4の『ブック・クラブ』を聴いています。番組でモーシン・ハミッド（Mohsin Hamid）の『不承不承の原理主義者』（*The Reluctant Fundamentalist*）が取り上げられていたので、注文したところです」と書き起こし、さらにムラカミの創作スタイルについて私見を述べている（九月七日送信）。本書の執筆にあたってこれを読み返すまで、当時通勤電車で『ブック・クラブ』を聴取していたことも、この番組がハミッドを読むきっかけであったこともすっか

り失念していた。(36)

さて、約一〇時間後に届いたヘザーの返信は、つぎのように始まっていた。

1．ムラカミについてのあなたのコメントを読書会のメンバーに伝えたら、ハナ――引退した英文学教師――からつぎの伝言がありました。

「それは大変興味深いですね！　チトセは『琥珀の眼の兎』（*The Hare with Amber Eyes*）のことを聞いたことがあるかしら？　この本は、こちらではちょっとしたカルトになっていて、現代の日本が舞台になっている箇所もあるんですよ！」（九月七日受信）

文面から察するに、つぎの集まりを待たず、グループのメーリングリストに流したところ、すぐさまハナから返信があったということらしい。そのハナの発言にヘザーは、「英文学教師」としての素養を根拠とする権威づけをおこなっている。1と番号が振ってあるのは、この一連のやりとりの本来の用件であった協会の出版物についての情報が二番目に回されたことを意味する。

学的方法が歓迎されないのは、狭義の研究者以外の会員が約七割を占めると思われるベネット協会でも同じである。実際、Tグループのメンバーのうち四人はベネット協会員でもあるが、毎年六月の学術研究発表の会議には、運営に携わるヘザーを除いて誰も出席しない。翻って筆者は、協会の他の催しに、海外出張を正当化し得るだけの理由を見出していなかった。渡英直後の一〇月に初めて出席した年次総会で評議員に選出されたとき、「学者の論文は無味乾燥〔dry〕だ」というフロアからの手厳しい批判に、遅まきながら、協会内の確執に気づかされることになる。以降、定例の評議会への出席はもとより、ゲストスピーカーを招いての午餐会と晩餐会の会場の下見や、ベネット文学振興のための企画展の準備と会期中の立ち合いから、地域の小学校の作文コンテストの審査にいたるまで、誘われるままに加わった。これらもまた、本を媒介としたネットワークの一部であり、地域に根差したTグループの経験世界と交差する。

こうして一年間、読書会には欠かさず出席し、ディスカッションを始めグループの他の集まりや、グループやベネット協会の主催によらない地域の催しにも可能な限り顔を出しながら構想を練り、帰国直後に科研費研究課題として応募、翌年四月に採択された。六月に渡英し、読書会終了前の一五分間を割いてもらって研究の趣旨を説明し、協力者を募った。したがって、二〇一四年から翌年にかけての参与観察については遡及的に許可を得た格好である。その日の参加者一二名全員が最終的にインタビューに応じてくれたのであるが、筆者が提示した調査方法と対象に対しては、率直な意見や提案、質問が矢継ぎ早に投げかけられた（発言の機会を逸した人たちも、会場の後片づけをしながら、激励の言葉をかけたり賛同の意を示したりしてくれた）。この質疑応答のなかで最も印象深かったのは、自分たちは分析的な読み手であってサンプルとして偏りがある、ミルズ&ブーン（Mills & Boon）しか読まない人や、そもそも読書に一切興味のない人や、男性にも対象を広げるべきではないか、という意見であった。これに対しては、日本を拠点としながらの三年間の個人プロジェクトで、財源にも限りがあり、イギリス国民を人口統計的に代表するサンプルを対象とした量的調査の実施は困難であること、[37] Tグループには適切かつ現実的な調査範囲を確定するためのパイロットを兼ねて打診しており、今後できる限り対象を広げていくこと、を説明した。ロマンス読者との対比もさることながら、筆者が一年間加わっていたのが、彼女たちが「分析的に読む」と考える実践であったことに気づかされ、さらにその「分析的に読む」ことを歓迎しないメンバーが少なくないことを、のちに個別のインタビューで知ることになる。なお、追ってメールでも協力を呼びかけたところ、さらに三名が快諾してくれた。そのうち一名は読書会メンバーではない。また二〇一七年になって、ある学外講座を見学した際に協力を取り付けた受講者が、妻にも話をつけてくれて、後日自宅を訪ねたら、顔に見覚えはあるが読書会では会ったことのないTグループ会員であった。

二〇一六年の六月と一一月の二度の渡航で、Tグループ会員一五名を含む二三名と図書館司書一名に個別聞き取りを実施し、地理的な調査範囲をイングランド中部および北西部に絞った。協力者はおもに雪だるま式に募ったが、先述のように学外講座やベネット協会のイベントなどで筆者が参加者に個別に声をかけ、応じてもらったケースもある。雪だるま式にはおのずと限界がある反面、「一般読者〔general readers〕」を調査対象とする旨を伝えられた協力者は、各々の「一般読者」の定義に沿った友人や知人、隣人を紹介してくれることとなり、それ自体が興味深い事象であった。ときに筆者の想定の埒外の協力者に辿り着いたのは、紹介者が、知人や隣人に自身の「一般読者」の定義を逸脱するような一面があることに、気づいていなかったせいかもしれない。例えば、中等学校で英文学を教えるご近所さんを紹介してくれた人は、彼がオックスフォード大学の大学院で一六世紀における作者の意味を考究し、初めての小説――「複雑な構造」の「リテラリー・フィクション」――を完成させようとしている作家の卵であること（二〇一八年三月二二日の聞き取り）を、おそらく知らない。

聞き取りには四五分間を割いてもらえるよう依頼をした。六〇分では長過ぎると感じて気楽に応じてくれないことを、懸念したためである。日常的にメールを使わないなどの事情で依頼が上手く伝わらず、四五分を大幅に上回る時間を確保してくれた人もあったし、当日会って先方の時間が許すことがわかれば予定より長く、ときには倍の約九〇分、話を聞かせてもらうこともあった（最長は二時間弱）。公共交通機関での移動が容易でない地域にあって、運転免許を持たない筆者を、初対面やそれに近い協力者が送り迎えしてくれることもあり、こうした場合には車上でも、レコーダーを回さなかったことが悔やまれるような興味深い話が聞けた。自宅に招いてくれたり、なかには居間や客間だけでなく、書棚を見せようと家のあちこちを案内してくれたり、といった厚意は、紹介者への信頼があってのことで、明らかに雪だるま式の利点である。加えて、筆者が小柄な女性である事実も、協力者の警戒心を解くのに役立ったことには疑いを容れない。ほぼ初対面の筆者を食事でもてなしてくれた人も複数あり、そのような折には、食卓はもとよりキッチンで準備や後片づけを手伝いながら、本の話題に限らず、レシピを始めさまざまな話を聞かせてもらった。これもまた、れっきとした本の使いみちである。

メールを日常的に用いる協力者には、事前に調査の趣意書（情報シート）を送って、目を通したうえで愛読書のタイトルや作者名などのメモを作成し、インタビュー当日、持参するよう乞うた。肝心なときに限って人名や表題が出てこない筆者自身を省みて、協力者が、固有名を思い出すことにフラストレーションを覚えながら大半の時間を費やしたり、記憶違いが原因で筆者と話が食い違い続けたりといった事態が、容易に想像されたためである（実際、人を介したために依頼が十分伝わらなかったケースでは、予想どおりの事態となった）。リストの代わりに本を持参してくれた人も多かったし、自宅に招いてくれた協力者のなかには、中座して書架から本を出して見せてくれたり、お気に入りの本や雑誌、出版社のカタログを譲ってくれたりする人もあった。

記述式アンケートではなく、聞き取り調査を選択したのは、冒頭で述べたとおり、本と読者の二者関係ではなく、協力者の経験世界に本がどう関わっているかを探るためである。お気に入りの作家や「本」について話を聞かせてほしいという大雑把なリクエストは、例えば、自作の刺繍作品を綴じた「本」を持参するという発想を妨げなかった点で、効果的であったと考える。本のモノとしての側面に改めて目を開かせてくれたこのケースについては、おもに第五章に詳述する。

研究者の聞き取りに応じることには、それなりの「文化的自信」が求められるだろう。言い換えれば、ある程度の文化的自信を有する人たちが協力に応じてくれたということだ。筆者の肩書きに身構えていたらしいある協力者は、インタビュー後、紹介者に「彼女、いい人ね！」と漏らしたそうである（紹介者は、「そうよ、何だと思ってたの？」と答えたと教えてくれた）。ごく少数ながら、事前に質問内容を知らせてほしいという要望はあり、その場合は、筆者が自身の備忘のために作成したA4一枚のメモを提供した。「購読している雑誌はありますか？」とか「学校で英文学を学びましたか？　それがいまでもあなたの本の読み方に影響を与えていますか？」など、いずれも共通して訊ねておきたかった事項である。学歴、階級、思想信条などについての直接的な質問を避けることで、要らぬ警戒心を招くことなく、チェックボックス式の答えよりもニュアンスに富んだ語りを引き出すことを目指した。筆者の側の力量不足や遠慮から聞きそびれてしまったことも多々あったものの、大半の協力者は、期待以上に胸襟を開いてくれた。

聞き取りはプライバシーが守られる場所でおこなうのが理想であるが、パブやカフェで実施することも多かった。Tグループでは、ハナの親切な計らいで、彼女自身を含む四人の聞き取りを同じ日に、彼女の自宅の（T読書会の会場として提供されたなかでは最も広い）居間と続きのダイニングルームでおこなったが、つぎの協力者が予定時刻より早く到着してダイニング隣のキッチンで待機していたり、聞き取りの最中にハナと夫が居間に入ってきてお茶の時間にしたりしたことが、インタビューに影響を与えなかったとは言い切れない。他にも、自分以外のインタビューのために、自宅の書斎や居間、客間、寝室、ダイニングルームを提供してくれた協力者が六名あったが、これらの家の主は皆、声が漏れ聞こえない離れた部屋に控えていてくれた。なかにはベネット協会のポールのように、四人の協力者それぞれにお茶とビスケットを供し、タイムキーピングまでしてくれた人もあった。クリニックの経営者や従業員など、裁量の効く働き方をしている人たちは、平日の業務の合間に、診察室で聞き取りに応じてくれた。

協力者七四名のうち男性は二二名、聞き取り時の年齢は、二〇代が一名、三〇代が四名、四〇代が九名、五〇代が九名、六〇代が二三名、七〇代が二二名、八〇代が四名、九〇代が二名。本書ではすべて仮名を用いた。アイルランドやイタリア、パキスタンにルーツを持つ人たち、幼少時から一〇代にかけて、親の仕事の都合でイギリス国外に暮らした人たちもいるが、全員がイギリスの市民権を有し、ほとんどが白人のアイデンティティを有すると推察される。年齢の偏りも避け難かった。若い世代は多忙で、アンケートなら協力してもいいが会って話す時間はないと断られたり、約束を取り付けても、妊娠がわかった、とか、子どものサッカーの試合会場が突然アウェイに変更になった、などの不測の事情で中止や延期になったり、といったこともあった（高齢の協力者の場合も、人工股関節置換出術の日程変更に伴う調整をおこなったことはあった）。好奇心旺盛で、まるで非公式の親善大使のような高齢者の（それはつまり、好奇心旺盛で、かつ日本人を嫌悪しない人が協力してくれたことを意味するが、おそらくは平素から馳駆の労を厭わない彼女／彼らの）GDPに反映されない寛容が、広く認知され評価されることを願ってやまない。フィクションは読まないとか、現在は読書会に参加していない、あるいは読書会に関心がないという人たちも、排除しなかった。読書会がいかなる実践であるか、読者がフィクションに期待することは何か、という主題を、炙り出すことができると考えてのことである。

なお本書において、イギリスまたは英国と表記する際には（英国国教会の場合を除き）、イングランド、スコットランド、ウェールズ、北アイルランドから成るグレートブリテンおよび北アイルランド連合王国を指す。協力者が人を指して "British" と言う場合には「イギリス人」、"English" と言う場合には「イングランド人」の訳を当てる。また、教育や医療など、イングランドとそれ以外、あるいはイングランドおよびウェールズと、スコットランド、北アイルランドとでそれぞれ制度が異なる場合は、必要に応じてその旨を記す。

「はじめに」で述べたとおり、本書は主として二〇一四年から一八年にかけて実施した調査を下敷きとするため、これを裏づける報道や統計、各種調査なども同時期のものが中心である。協力者から提供を受けた資料やメディアの言説、フィクション・ノンフィクションのテクスト、パラテクスト、アダプテーションの解釈を交えつつ、アカデミア内外の本のいろいろな使いみちに光を当てることが、本書の目的である。

4　本書の構成と明らかにすること

読書会の参与観察および聞き取り調査を通じて浮かび上がってきたのは、協力者がイギリス社会の現実をどのように生き、また想像しているか、さらには誰がイギリス人の典型として表象されるに相応しいと考えているか、ということであった。談話分析とテクスト解釈によって、総体としてのテクストが物語の外の現実世界を理解する枠組みとしていかに機能するか、テクストが読み手にいかに働きかけるか、テクストの快楽とは何かを明らかにし、読者受容論の刷新にも寄与し得るものと願う。

T読書会の談話分析に傾注するのはおもに、第一、第二、第四、そして第六章である。

自分たちは分析的な読み手であるとの主張、さらに個別の聞き取りで為された、自分たちは「突っ込んだ〔in-depth〕議論」をするグループだとの主張を受けて、第一章では、T読書会の三回の集まりでメンバーが実際にどのように議論を闘わせたか、取り上げられたテクストを再読しながら振り返る。一般にテクストの評価が分かれるのが「良い議論」とされる読書会で、強い感情を伴う意見の対立が生じないことは何を意味するのか、反対に参加者の半数を激しく反発させるテクストの特徴は何か、検討する。

第二章では、Tグループが、フィクション作品がリアリスティックであるか否かを判定する際に、何をおこなっているのか、テクストが映し出すとされる「現実」にどのように接近しているのか、テクストを用いて何をおこなっているのか、とくにエンカウンター(集団感受性訓練)グループに似たアプローチが試みられた回に注目し、テクストのどのような要素がそれを促したのかを考察する。アメリカ合衆国のセラピー文化をめぐるティモシー・オウブリーの議論を参照しつつ、女性が書くことと読むことの意味を解き明かす。

第三章では、T読書会メンバーが筆者に薦めてくれたジョジョ・モイズ(JoJo Moyes)のテクスト/パラテクスト分析から、そのどこが称賛に値し、その価値にもかかわらず読書会で取り上げられないのはなぜかを考える。モイズの小説は、少なくないメンバーが外国人である筆者に見せたいと思える現実のイングランドを、いわば忠実に反映していると信じるフィクションである。モイズ作品に、(一般に若い女性《チック》向けの小説《リット》を指す）チックリット、貧困ポルノ、上昇移動小説といったジャンルの観点から迫り、メンバーたちがテクストのどのような側面に共振したのか、探る。

第四章では、T読書会の暗黙の選定基準に則ってふるい落とされるべきところを、何らかの理由で取り上げられてしまったミッチ・アルボム（Mitch Albom）のノンフィクションに焦点を合わせる。選定者であるアナの語りを軸に、他の読書会のケースと比較しながら、グループ内の相互行為の力学、専門知との距離、テクストを解釈するのではなく経験すること、能動／受動の二元論では捉えきれない読み手と本の関係、（読まれない）本の機能について考察する。テクストの解釈と価値判断については、ジョン・ギロリーの議論の批判的検討を通じて、精察を加える。T読書会を含む複数の読書会の実践を参看することで、ギロリーによる「一般読者の読みの理論」の瑕疵が顕然となるだろう。

第五章は、〈文化の権威〉の多様化と人びとの嗜好の雑食化が進むなか、Tグループが文学賞や高級紙の書評を含む新旧の権威といかに交渉しているか、どのように読むに値するものとそうでないものとを腑分けし、一種のジャンルを創り出すかを、記述する。外部の目には均質に映るであろうメンバーそれぞれの、感受性と想像力の表現としてのジャンル創出にも注目する。

多くの協力者の語りが、本からテレビへ、テレビから本へと、前置きも継ぎ目もなく往き来することは、筆者にとって非常に興味深い発見であった。読書とテレビ視聴との間、原作小説とそのドラマ版との間に、価値の序列を設けない姿勢、事実を解明するための副次資料として小説を扱う姿勢は、文学の自律性、特権性、中心性を否認するものである。T読書会メンバーの幾人かにとって、「分析的な読み」とは、文学テクスト内外の世界の照合作業と同義であるが、この作業は当然ながら、テクストの舞台に関する知識を相当程度、必要とする。第六章では、フィクション作品を肯定的に評価する目的で用いられた「情報源として有益な（informative）」と「勉強になる（educational）」という形容詞に着目し、五回の読書会を振り返ることで、これらの形容詞が、メンバーにとって馴染みの薄い世界や文化を扱う作品に対しては用いられないことを明らかにする。さらに個別インタビューにおける歴史小説とそのアダプテーションに関する語りから、メンバーたちが、ナラティヴによる構築物としてのイングランドといかなる関係を取り結ぼうとしているか、イングランドという想像の共同体の形成にどのように参与しているかを、浮き彫りにする。

読書会に選ばれる本、個人の愛読書に挙げられる本、いずれも狭義の英文学には限定されないものの、調査の過程で最も頻繁に耳にした発言の一つは、「Oレベルでやった」または「Aレベルでやった」、すなわち学校で習った、あるいは受験対策で読まされた、という趣旨の発言である。第七章では、イギリスにとっての国文学である英文学を中等教育や高等教育で学んだことを、協力者がどのように記憶し、それがその後の本との付き合いにいかなる影響を及ぼしている（あるいは及ぼしていない）と認識しているかを、記述する。GCSE（中等教育一般証明試験）の採点基準や教員向け指導計画案を吟味しつつ、アカデミア内外のテクスト解釈の方法の相似と相違を詳らかにする。

第八章では、利他と自助について考える。まず、メンバーの携わるボランティア活動を取り上げる。ギロリーの言う自己改善がもっぱら自身の技能の向上を意味するのだとすれば、Tグループメンバーの自己改善は利他的共同実践を介したより複雑な快楽の回路を経たものである。つぎに、Tグループ以外の協力者のセルフヘルプにまつわる語りに耳を傾け、本が、みずから助くる者を助くるとは何を意味するのか、探究する。さらに、ギロリーによる一般読者の読みについての「図式的記述」に批判的検討を加える。ギロリー自身、「個別具体の一般読者の行為」にも「複雑な社会状況にも」一切言及することなく「図式」を提示する理由を、後進が「さらなる探究を進めるための助け」となることを期してのことだと弁明している（Guillory, *Professing* 331）。本書はその期待に応えるものである。

第一章

分析的読みとミメーシス的読み

自分たちは「分析的な」読み手で、「突っ込んだ議論」をおこなうグループであると自負し、そのようなグループを調査対象とするのは「選択的過ぎる」と二度にわたって筆者に意見したのは、ルースだ（二〇一五年六月一七日、二〇一六年一一月二〇日）。ルースは他にも二つの読書会に属しているから、相対的に見てもTグループは「分析的」なのであろう。(1) だが、個別の聞き取りで明らかになったのは、自分たちが「突っ込んだ議論」をしているとの認識をすべてのメンバーが共有しているわけでも、何をもって「分析的」とするか一致した見解を持っているわけでもないということだ。本章ではおもにT読書会の三回の集まりを振り返り、本と本をめぐるさまざまな制度がどのようにメンバーに働きかけ、メンバーがテクスト内外の世界をどのように関係づけるか、考察したい。

1　良い議論、悪い議論

本そっちのけでワイングラス片手におしゃべりに興じる中年女性の集いというステレオタイプを、Tグループは裏切る。リタイアした中高年女性を中心とする読書会であることは事実であるし、テクストに触発されてごく私的な経験や心情を吐露し合うことも、頻繁にではないが確かにある。だが、一人として暇を持て余してはいない。皆が限られた時間を有意義に使おうと心を砕く様子に、筆者は感じ入ったものである。

クリスマスの準備に忙しい一二月を除く月一度、平日夜の約一時間半の集まりは、グループのイベントなどについての手短な告知に始まり、約一時間の議論の後、ホストが（紅茶かコーヒーか、「コールド」すなわちソフトドリンクか希望を聞いて）用意してくれた飲み物とビスケットをいただきながら、T支部の他の活動や親団体の催しだけでなく、メンバーが個人的に関心を寄せたり関わったりしている美術展やボランティアなどの情報交換をおこなう。また、近くに座った者同士、議論の続きをしたり、近況報告をし合ったりもする。ごく稀に、本来はタブーとされている子どものことも話題に上る。その日の本や作者に関する新聞記事の切り抜きがコーヒーテーブルに並べられ、不要の本が持ち寄られる。いずれも手に取って、気に入れば持ち帰ってかまわない。この間に小さな袋が回されて一ポンドが集められる。お開きの合図はなく、三三五五、遅くとも一〇時には家路に就く。長居してホストとその家人に迷惑をかけぬようにとの配慮だろう（子どもが巣立ち夫と二人暮らしのホストがほとんどで、読書会の最中たいてい在宅している夫たちには、別室で完全に気配を消して過ごすことが期待されている）。二〇一五年九月以降、自治体の会議室を利用するようになってからは、開始時刻が三〇分繰り上げられ、ビスケットと飲み物の用意は輪番制になったが、時間配分は以前と変わらない。ホストを気遣う必要がなくなった代わりに、申請した時刻までに確実に退室しなければならない。会場の変更前も後も、全員が自家用車を利用しているが、駐車スペースの都合などで数人が乗り合わせるのがつねであり、運転を買って出たメンバーは、季節によっては濃霧や路面の凍結がひどくならないうちに同勢を送り届け、帰宅したいという事情も影響しているだろう。そもそも、多い月には読書会以外に大小合わせて七つのイベントが催されるのだから、名残り惜しさから長っ尻になることもあるまい。

議論は真剣で、ときに白熱する。死角が生じることもあった会員宅の居間から、長机が円状に配された会議室に場所を移してからは、議論がよりテクストに集中するようになったように筆者には感じられるし、二、三のメンバーに聞いても同じ意見だった。テクストの評価が分かれるほど「良い議論」とされるのは前述のとおりであるが、それはTグループに限ったことではないらしい。ロンドン在住のアメリカ人作家ライオネル・シュライバー（Lionel Shriver）は、「サイン会に列を作る賑やかな読者の一団が、わたしの小説の一つを議論したときがそれまでで一番良い読書会の集まりの一つだったと断言してくれるときほど、嬉しいことはない」と述べつつ、ファンの発言の含みを推し量る。

その主張を解読すると、「ものすごい言い合いになった」、となる。ということは、読書会にとって最も実り多い本とは、必ずしも全員が気に入った本ではなく、むしろ、メンバーの意見がとりわけ激しく分かれるような本なのである。〔中略〕わたしが目をむいて非難すれば、他の三人がこれまで読んだなかで最も素晴らしい本の一冊だと口を極めて褒めそやす、という具合に。（Foreword 8）

最後の一文に描出された、冷静な討議というよりは感情的な応酬の様子は、その場に居合わせてはいないはずのシュライバーの、想像の産物であろう。

Tグループの本の選定には一〇月の集まりが丸々費やされる。あらかじめメンバーから募っておいた候補をもとに、翌年一月からの一年ぶんを決定し、その後も、必要に応じて変更を加える。入手の容易さは最も重要な選定基準であり、ペーパーバックやキンドル版の有無、近隣の図書館の所蔵状況を、世話役のリズが調べておく。親団体のその年のテーマも考慮される他、追悼記事が話題を提供してくれるという理由で、鬼籍に入ったばかりの作家もしばしば選ばれる。地域の文学フェスティバルに登壇予定の作家も、メンバーの多くが関心を寄せるので、候補に挙がる。大半は中・長編小説だが、ノンフィクションが排除されているわけではない。頻繁ではないけれど、めいめいがその日のテーマに沿った詩を朗読し寸評を加える回もある。個別の聞き取りでは、ほとんどのメンバーが、自分では手に取ることすらなかったであろう作品との出会いを読書会の醍醐味に挙げ、ヘザーは選定過程を「完全に民主的」と表現した（二〇一六年六月二日）。いっぽうでアナは「わたしが提案しても受け入れられない気がする」し、「去年一年で楽しめた本は一冊だけだった」と明かした（二〇一六年一一月二五日）。彼女の主張については、第四章で考察する。

ルースと同じ二〇〇〇年に加入し、彼女と同じくほとんど欠かさず参加しているコニーの不満は、ときに議論が分析的になり過ぎることである。

> 毎回楽しいけど、ときどき、わたしが期待したのより突っ込んだ議論になることがあるわね。元先生たちが分析し始めて、わたしなんか思わず「わたしたち、同じ本を読んだのかしら？」って考えちゃうのよ。彼女たちを責めてるわけじゃなくて、わたしは楽しみたいのよね。英文学はOレベルでもAレベルでも[2]勉強したけど、もう小説を分析したくないの。そうは言ったけど、ジャネットが『わたしたちに見えないすべての光』（*All the Light We Cannot See*）のなかの螺旋のメタファーについて指摘してくれたのは、良かったわね。（二〇一六年六月一〇日）

この発言に窺えるのは、コニーにとっての「分析」とは、メタファーなどの修辞の次元まで掘り下げること、すなわちフォルマリズム的アプローチであり、それは試験対策で叩き込まれた技術であるということだ。ただしコニーが名前を挙げたジャネットは、学士号を有する数少ないメンバーの一人ではあるものの、[3]「元先生」ではない。ジャネット本人に聞くと、大学では生物学と地理学を専攻したため、英文学を学んだのはOレベルまでだったが、「批評のための理論〔critical theory〕を苦心して教え」るグラマースクールで、「本を批判的に見る」習慣を身につけたのだという（二〇一六年一一月二二日）。

「元先生」六名のうち、元体育教師のケイトは、別の「元先生」ハナを名指しして、自分は彼女ほど突っ込んだ読みはしないけれども、人が話すのを聞くのは好きだと語った（二〇一六年一一月二二日）。後に引く発言からわかるように、元英文学教師のハナにとって文学的価値の高い作品とはまさに、「Aレベルの課題にできそうな」叙述が頻出する作品である。課題に取り組むような仕方でテクストに向き合うことに反発を覚えながらも参加し続けるコニーのような人もいれば、やめてしまった支部会員もいる。第一次世界大戦プロジェクトの中核を担う元図書館司書のマーガレットは、インタビューの冒頭、読書会に参加しない理由の一つに、自分がメンバーほど分析的でないことを挙げた。

普段から、わたしはあまり分析的な読み手じゃないのよ。わたしはナラティヴを追って読むだけで、文体を味わうこともたまにはあるけど、文学に造詣が深いわけじゃないの。それが読書会に出ない理由の一つね。ちょっと畏縮しちゃう〔intimidated〕というか――みんな、本に対してもっと分析的で、文学的な見方をするでしょ。わたしは、もっと純粋な娯楽として本を読むのよ。とりわ

け重要な一節を、注意深く読むってこともないしね。（二〇一六年一一月二四日）

人生のさまざまな場面でいかに本と関わってきたかを分節化するマーガレットの明晰さと穏やかな語り口にすっかり魅了された筆者は、インタビューの最後になって、聞き手の立場もわきまえず、「畏縮する必要なんてないと思いますよ」と蒸し返さずにいられなかったのだが、考えてみれば、彼女がT支部に加入したのは三〇年以上も前のことである。翌日、一九八四年からの会員であるグレイスに聞き取りをおこなうと、現在の読書会が以前より突っ込んだ議論をしなくなったことを残念がっていた（二〇一六年一一月二五日）。当時一〇名前後だった読書会メンバーの全員が、図書館司書を畏縮させるほど文学に造詣が深かったのだろうか。だとすれば、マーガレット以外にも早々にやめた人がいたかもしれない。だが、グレイスには物足りない現在の読書会にも「畏縮している」人たちがいると、見る向きもあった。

二〇一五年四月一三日の集まりの帰り、ハナともう一人の「元先生」レイチェルと筆者の、三人の車中でのことである。参加者が二〇名に迫るようになり、ひと言も発しないままの人が出てきたことを問題視していたハナは、「彼女たちは畏縮しちゃうのよね」と言ってただちに「畏縮する、はちょっと強すぎる表現だけど」と撤回した。前言の含意は、「彼女たち」が大勢を前に「畏縮している」というより、「自分たち」のような分析的な読み手が、そうでない「彼女たち」を「畏縮させている」という認識であったように思われる。それをうっかり言語化して／耳にしてしまった気まずさが一瞬、車中に流れ、その空気を慌てて打ち消すように三人が口々に、本を読まずに来る人もいるし、聞き手に回るのが好きという人もいる、したがって必ずしも「畏縮して」発言しないわけではないと結論した。この日は、およそ三分の一の参加者が無言だった。

2　『細雪』と『雪国』

少なくともコニー、ジャネット、ケイト、マーガレット、ハナにとっての「分析」とは、個別のテクストから修辞に優れた部分を拾い上げて吟味すること（フォルマリズム的アプローチ）であり、それには文学の素養が求められる（間テクスト的解釈）。だがコニーの発言が示すとおり、現在そのような分析がおこなわれるのは「ときどき」で、多くの時間はテクストのミメーシス的読みに費やされる。T読書会が以前ほど突っ込んだ議論をしなくなったと残念がるグレイスも、「たいして論じるようなことがない本もあるわよね。すごくわかりやすい〔straightforward〕本ってあるじゃない？　もっと論じるべきことが多い本はあるでしょ、例えば現実にありそうな物語だとわたしたちが考えるかどうか、とか」と言うときには、現実にありそうか否かの議論を分析と考えているようだ。ジェイムズ・フェラン（James Phelan）の分類では、「物語内のミメーシス的要素」は、「作中人物に対して現実に存在し得る人びととして関心を抱かせ、物語世界に対して我々自身の世界に似通ったものとして関心を抱」（20）かせるが、T読書会の関心は往々にして、テクストを跳躍台にしてテクストの外へと向かう。

筆者が参加したT読書会の作品のうち、もっぱらテクストの外の世界に注意を逸らせたのは、谷崎潤一郎の『細雪』（*The Makioka Sisters*）であった。二〇一五年七月一五日の回の趣向は野心的で、リズの提案により、『細雪』に加え、川上弘美『センセイの鞄』（*Strange Weather in Tokyo*）、平出隆『猫の客』（*The Guest Cat*）の三冊を取り上げることになった。ただし、すべて入手して読了するのを負担に感じるメンバーに配慮し、読んで来るのはいずれか一冊でも良しとした。とくに大部の『細雪』についてはリズが、市川崑監督の映画（一九八三年）のＤＶＤを買い求め、七月一日に希望者を自宅に招いて鑑賞会を開き、さらに当日の議論に利用できるよう、花見の場面の六ページをあらかじめＰＤＦで配布するという周到な準備をしてくれた。一五名が参加した読書会当日、『センセイの鞄』と『猫の客』の議論では、ミメーシス的読みとフォルマリズム的アプローチとが半々といったところであったが、『細雪』の番になると、郷土史家のレイチェルが歴史的背景に考察を加え、ヘザーが映画の感想として、自身の経験に照らしてマキオカ・シスターズが互いに抱く競争意識がよく理解できると述べた後は、筆者に向けて、作中に描かれた風俗が今日の日本でも見られるのかといった類の質問が相次いだ。リズは困惑の表情を浮かべていたが、皆が熱心に聞くので筆者は逐一答え、唯一日本を訪れたことのあるルースが温水洗浄機能付き便座について面白可笑しく報告したところで時間切れになった。後日リズに「せっかく用意してくれた抜粋に触れずじまいだったのは残念でしたね」と声をかけると、答えはひと言「わたしたちが少数派なのよ、チトセ」であった。

原典はともに二〇〇一年刊行の『センセイの鞄』と『猫の客』の舞台が近過去の東京であるのに対し、『細雪』のそれは太平洋戦争前夜の関西である。しかし、この違いが議論の方向を大きく決定づけたとは考えづらい。というのも二〇一五年二月一〇日、一三名が参加した川端康成の『雪国』（*Snow Country*）の回では、「シンボリズム」――すなわち表象された事物ではなく表象そのもの――に注目が集まったからだ。複数のメンバーが、銀河、寒さ、火事などを、ニュークリティシズム[4]の非歴史的イメジャリー分析を想起させる仕方で取り上げたのには、全員が用いたヴィンテージ版ペーパーバックの序文が、いくぶん影響しているかもしれない。訳者エドワード・サイデンステッカー（Edward G. Seidensticker）による一九五六年の序文の再録である。『雪国』は、二〇一四年九月からの一年間で読んだ一二冊のうち唯一、研究者による解説が添えられた本だった。他方で、汽車の窓に映る女の姿が、男によって女が表象されていることを示唆する道具立てであるというケイトの鋭い指摘や、ヨーコという人物は、シマムラのバレエの理解と同様、経験に即しておらず観念に過ぎないといった他の誰かの洞察は、サイデンステッカーが看過した、語りのイデオロギー性に光を当てている。Tグループが、語る主体と語られる客体に分配された権力の非対称性に着目した珍しいケースである。

芸者の社会的地位などについて筆者に質問が集中しがちだったのは事実であるし、もとよりこの回は、日本文化を主題とする二月四日のディスカッションの集まりと併せて、「ジャパニーズ・ミーティングス」と位置づけられていた。リズは事前に、ニセコのスキー・インストラクターとして「"snow country"を直接経験」している、T支部の元会員の息子に、日本での生活についてメールで訊ね、その返信の全文と添付されていたスキーの動画をグループ全員に転送してくれていた(二月一日受信)。"snow country"という表現は降雪地帯一般を意味するのではなく、本州の中央にそびえる山脈の西側だけを指すのだというサイデンステッカーの解説(Seidensticker)は等閑に付され、パウダースノーで人気の北海道のリゾートと、八〇年前の上越の温泉場が重ね合わされた。当日は他のメンバーも、日本に関する書籍や新聞記事、羽織や帯などを持参し、いつものビスケットと飲み物の代わりに(四日のディスカッションの際に持ち寄って残った)おかきと日本酒が供されるなどして、(5) 参加者の注意は半ば意図的にテクストの外部へと誘導された。つまり、『雪国』は日本文化を学ぶために読まれると同時に、物語世界をよりよく理解すべく脱文脈化された日本の文物が参照されるという循環が生じていた。にもかかわらず、この回は総じて、文学作品を通じて異文化を知るというミメーシス的読みに、普段より慎重であったように思われる。「日本に関する知識が乏しければ理解するのは難しい」との声に代表されるように、美的な価値判断を保留する姿勢が顕著だったのだ。

これが本当に名作と言えるのか、と誰かが発した疑問には確かに反語的含みが感じられはしたものの、この問いにレイチェルは、修辞に優れている点が評価されたのではないかと答えて断定を避けた。こうした姿勢が、共感によって異文化との境界を越えようとする安易な普遍主義をみずから戒める誠実さなのか、敬して遠ざける無関心さなのか、筆者は判断し兼ねた（が、四月の集まりで、『雪国』を不要な本の箱に見つけたときには、我知らず一抹の寂しさを覚えた）。筆者に向けられた、西洋人は日本を理解できると思うかという、やはり修辞疑問とも取れる質問に対しては、『雪国』は現代の日本人にとって必ずしも易しい読み物ではないし、個人的には百年前の作品であれば英文学のほうがはるかに理解しやすいこともあると答えて、論点をずらした（長くなるので説明を端折ったが、このとき筆者の念頭にあったのは、専門としている二〇世紀転換期の英文学と言文一致体の日本文学である）。この答えに触発されて、シンディ、レイチェル、ハナがそれぞれ、若い世代は、作中でハンカチなどの馴染みの薄い物に出くわして戸惑ったり、シェイクスピア作品への間接的言及に気づかなかったりするし、トム・ストッパード（Tom Stoppard）は二〇年前に発表した『アルカディア』（*Arcadia*）をすでに今日ふうに書き直しているといった類推を口にした。外国文学の理解しづらさは、自文化を相対化し、特定の文化の通時的・共時的な非均質性を再認識する契機となったように思う。

英訳に疑問を抱いたのはリズである。誰のセリフかわかるよう、訳者は「彼は言った」、「彼女は言った」と補うべきだったという。筆者は、原典ではいわゆる男／女ことばが使い分けられていることを指摘したうえで、サイデンステッカー訳を、韻律を重視しながら概ね原典の良さを生かしている〔on the whole, it does justice to the original〕と述べて擁護したつもりであったが、のちにリズがワードのファイル一ページにまとめた二〇一四年九月から一年間の読書会の記録では、「二月は寒い月だけど、わたしたちは『雪国』を読んでさらに寒さを満喫した。チトセはこの日本の古典を理解する手助けをしようとしてくれたけれど、彼女は翻訳があまり気に入らなかった」と総括されていた。筆者が冒頭部分を比較して、原文がいかに見事か力説したせいだろうか。サイデンステッカー訳では"The train came out of the long tunnel into the snow country. The earth lay white under the night sky."となっている書き出しの、とくに一文目の原文は、読者に強烈な効果をもたらす点でも、有名な書き出しという点でも、「〔T・S・エリオット（T. S. Eliot）の〕四月は最も残酷な月だ」に匹敵すると思うこと、直訳しようとすると"Coming out of the long tunnel, there was a snow country."となり、分詞構文の意味上の主語が主節の主語と一致せず、英語では文法的に正しくない文になってしまうこと、しかしこの主語の不一致こそが、車窓の風景が突然変わったことへのシマムラの驚きを、「驚き」という言葉も感嘆符も用いずに表わしていること、次の文は直訳すれば"The bottom of the night turned white."となり、サイデンステッカー訳よりも実験的で、読者に立ち止まって表現を味わわせるであろうこと、云々と自説を開陳する口吻が熱過ぎたか。途中、前述の懸垂分詞に触れたところで、ハナが「あなた上手ね。その種の文構造を生徒に理解させるのは難しいのよ」と言葉を挟んだ。茶化されたように感じられなくもなかったが、他意はなかったかもしれない。

『雪国』の回は、「良い議論」の基準からすると、「気に入る」、「目をむいて非難する」、「褒めそやす」など強い感情を伴う意見の対立を招くことがなかったという意味で、「悪い議論」であったのかもしれない。リズによる「彼女は翻訳があまり気に入らなかった」との総括は、気に入らないという感情を前景化するいっぽうで、リズの意見を筆者が是認した格好になっている。

T読書会には読んだ本に点をつける慣習はないが、議論が紛糾したときにはリズが、好きか嫌いか、人に薦めたいか、同じ作者の他の作品も読んでみたいか、といった質問に挙手を求めて締め括ることがままある。そうすることで対立は、美的メリットに関する客観的評価ではなく、好き嫌いという主観に帰せられる。合意形成を目的とせず、あくまで収拾のつかなくなった議論を切り上げるために定着したものと見受けられるこの策は、アリントンとベンウェル（Daniel Allington & Bethan Benwell）が読書会の談話分析で丁寧に拾い上げた、メンバー間の気遣いや戦術とは、似て非なるものである。

アリントンらの事例では、ジャッキー・ケイ（Jacky Kay）の物語詩の解釈をめぐって、人の意見にあからさまに反論したり批判を加えたりするのを避けるため、明らかな誤読を指摘するときでさえ「わたし」を主語にし、普遍的真実ではなく個人的見解であると示唆するという配慮が見られる（Allington & Benwell 223）。しかも、遠回しに誤読を指摘されたメンバーが「それはほんとに、入院中のその母親のことを考えて、わたし、もうちょっとで泣きそうだった」と過去進行形で振り返ることで、状況が一転する。別のメンバーが「そうね、わたしもそれはとても感動的だと思った」と応じるのだが、この陳述は、同意の儀礼的表明に留まらず、感情が解釈の根拠として適切かつ妥当であると是認するものである（225-26）。初読の心境を自照することで解釈の正統性を補強するこの種の「情動の言語学」（224）あるいは「感情の言説」（225）を、T読書会が採用することはまずない。典型的なのは、例えば『猫の客』の文体が洗練されているという誰かの評価におおかたが賛成しかけたところへ、ルースが作品を主語にして「だらだら長ったらしい」と容赦なくひっくり返す、という展開だ。してみるとルースは、「感情の言説」に支配されないことをもって「分析的」としているのかもしれない。

プロクターとベンウェルが述べるように、「読むことは、偶発的な、特定の状況に置かれた過程であり、テクストが読まれる際の特定の諸条件が、異なった反応を産む可能性があり、意味生産は、文学の内在的な内容と同じく本の外の外在的要素にもかかっている」(Procter & Benwell 103)。Tグループへの個別の聞き取りでも、外在的要素に言及したメンバーは少なくなかった。休暇中に限り、俗にエアポート・ノベルと呼ばれる軽い読み物を好むとか、リタイヤしたいまも日中の読書には罪悪感を覚えるというメンバーは複数いた。ケイトは結婚してすぐ病気で入院した際に、かねて興味のあった『源氏物語』(*The Tale of Genji*)を読み始め、途中で退院したため読了しないままだそうだし(二〇一六年一一月二二日)、サリーは職場でのトラブルをきっかけに一時文字が読めなくなり、雑誌の短い記事から訓練を始め、数年かけて本が読めるまでに回復したという(二〇一六年一一月二四日)。しかしグループの集まりで、別の読書会の協力者が語ってくれたつぎのような省察に出会うことはなかった。

〔前略〕わたしたちは本をどう思ったか、一〇段階で点をつけるんです。それがとても良くて、なぜかと言うと、その本が大嫌いという人もいれば大好きという人もいて、大好きって人がなぜ好きか説明すると、大嫌いって人はたいてい「もう一度読んでみるわ。わたしが何か見落としていたのね」と言うんですよ。思うに、本の好き嫌いは、そのときの気分〔flame of mind〕や、自分の生活において進行中の出来事や、その本を読むのにどれだけ時間を割けるかにも左右されるんじゃないかしら。(二〇一八年三月二〇日)

この、六〇代の女友達七人から成るL読書会(6)では、メンバーが交代で自宅を提供し、ホストは本の選定と進行役も務める。

自分が選んだ本をこき下ろされて気分が良いという人は、まずいない。気まずさと心理的な負担を回避するために、もっぱら文学賞の受賞作や候補作を取り上げたり、読書会向けのガイドブックやリスト[7]に頼ったりするグループもあるほどだ。そもそも他人が選ぶ本に興味がない、自分の解釈は披露したいが他人の意見は聞きたくない、という向きもあり、筆者が見学した読書会のなかには、毎月、みずから選んで読んだ一冊を各々が約五分で「レビュー」する形式を採るものもあった[8]。だが、T読書会は論争を恐れない。筆者が参加した集まりのなかで最も激しい応酬を招き、好きか嫌いかの挙手で終わったマーク・ローソンの『複数の死』(Mark Lawson, *The Deaths*, 2013) の回を、以下、テクストに検討を加えながら見ていこう。

3 『複数の死』をめぐる「良い議論」

『複数の死』を取り上げた二〇一六年三月一一日の参加者は一六名。作品の主な舞台は、二〇一一年から一二年にかけての冬、ロンドンの北バッキンガムシャーの架空の村ミドルベリー。『雪国』の場合と異なり、筆者(と未読のまま参加した一人)を除く誰もが、物語世界の描写が現実の世界に忠実か否か、正しく判定する能力を有すると明らかに自覚していた。本題に入る前に、体調不良で珍しく欠席したリズに代わってグレイスが、二週間後に予定しているグループでのエリザベス・ギャスケル(Elizabeth Gaskell)記念館訪問の詳細を伝え終わるやいなや、ルースが、この本を推薦したレイチェルに「弁明してちょうだい〔justify〕」と語気荒く迫った。

ルースの木で鼻を括ったような物言いについては、ともに別の読書会のメンバーでもあるジャネットが、かつては「ルースが片方の端にいて、反対側に別の女性がいて、いっぽうがどんなことを言おうと、決まって他方が反論するという調子だったの。賛否両論が聞けて良かったわ。〔中略〕年を取ってだんだん二人の意見が一致するようになってきたのが残念よ」と笑うほどで、Tグループでも、ジャム作りの腕前と同様、彼女の愛すべき個性の一部と受け止められているようだ。そのようなわけで、レイチェルは顔色ひとつ変えず、イギリスの「ある特定の階層についての社会風刺」がいかに巧みかを饒舌に語った。けれども振り返ってみれば、本の推薦者がメモをもとに一〇分間も解説に費やすのは極めて異例のことであったし、終始冷静に見えたレイチェルがやはり心中穏やかでいられなかったことは、ハナと筆者を送ってくれる車中で知れた（レイチェルはハナの夫の元教え子で、二人は互いに家も近く、とくに親しい間柄である。筆者も近所に住まいを借りていたため、どちらかが送り迎えしてくれることが多かったが、この日は途中から後部座席の筆者の存在を忘れたかのように、これほど意見の割れた読書会は初めてだった、帰ったら気持ちを鎮めるためにミントティーを飲む、とレイチェルが言えば、それならカモミールよ、とハナが助言する、という具合だった）。レイチェルの弁明には、おもにルースとケイトが激しく反論した。作中人物の造形が甘く、描き分けも上手くいっていない、このような人物は実在せず、説得力に欠ける〔implausible〕、セックスの場面が数えきれないほど出てくるのに、官能をくすぐる要素は皆無で、ポルノグラフィックですらない、という。

主要登場人物の八人が上手く描き分けられていないと感じられるのは、無理からぬことである。アウトサイダーの目に一枚岩に映る超富裕層が、いかに微細に階層化されているかを縷述するのが、小説の眼目と考えられるからだ。いずれも重要建造物二級に指定された四軒の邸宅に暮らす四組の夫婦のうち、ロンズデール夫妻は夫のサイモンが架空の銀行の広報部長で、妻のターシャはケータリングの個人事業主。ダンスター夫妻は夫のマックスが、カレンダーや手帳の製造販売を手がけて二百余年のダンスター・マナー社の六代目社長、妻ジェノーは市民相談所で週二回ボランティアをしている。クロッサン夫妻は、夫のジョニーが上級法廷弁護士、妻のリビーは（軽微な犯罪を扱うが、一般市民から選出され法律の知識は求められない）治安判事。ラザフォード夫妻は退役軍人の夫トムが防犯サービス会社を営み、妻エミリーはNHS[9]の診療所の医師である。サイモンとジョニーは毎日、マックスとトムは不定期に、朝六時台の特急列車のファーストクラスでロンドンへ出勤する（彼らが、民間投資会社勤務のニッキーと法廷弁護士の妻モニファとの親交を得るのは、ニッキーが同じ車両に乗り合わせるようになったためだ）。エミリーを除く妻たちの仕事は、華やかなライフスタイルに経済的に貢献するものではない。四夫婦とも子どもを同じ私立学校に通わせる親であり、やや若いジェノーを除き、四〇代後半から五〇代半ばである。ただしこれらの情報は、ざっと一ダースあまりの作中人物の視点から、三人称現在形に自由間接話法を織り交ぜて小出しに提供されるため、それぞれの人物の特徴を頭に入れながら読み進めるのは、なかなか骨が折れる。子どもらにしても、ロンズデール家とラザフォード家に三人ずつ（一人は名前まで同じ）、ダンスター家に二人、クロッサン家に四人いて、それぞれの世帯構成をオーペアとペットも含めて正確に把握するのは、忍耐の試される作業である。小説も終盤になって明かされることだが、ジェノーが、車から犬からキッチンにいたるまでことごとくリビーの趣味を真似ていたというのだから（ch. 10）、ややこしい。

　とはいえ、ターシャがウェールズ出身のカトリックで、サイモンがイングランド北西部出身でユダヤ人を母に持つことは、他の夫婦の偏見を通して執拗に強調されている。ミドルベリーでは「あのデカい家の」と噂されるサイモンも、同じくらいデカい家を所有する「マックスもジョニーもおそらくトムも、自分よりはるかに金持ち」で、とくにマックスとの間には「長年の階級闘争」があったと考えている（ch. 12）。「富裕層とは、つねに上の段がある梯子」であり、「ホワイトハウス」のような地所に蟄居し、国を金融危機に陥れながら血税で救済される銀行の元トップ、サー・エイドリアンと比べれば、部長のサイモンは「貧民」も同然なのである（ch. 6）。「貧乏人による金持ちへの復讐」を恐れ「イングランドはいずれ南アフリカのようになる」と予言する主要登場人物たちは（ch. 12）、貧乏人という一枚岩の他者を措定して自分たちの内的均質性を立ち上げようとする自己欺瞞に気づいているし、トムの防犯サービスが「持たざる者の反感」（ch. 6）への警戒心に乗じて業績を伸ばし続けていることも知っている。だが、マックスの会社の経営不振や、サイモンの減給処分といった事態は、当人の内的独白によって読者にのみ提示され、劇的アイロニーは凄惨な事件の捜査が進むまで維持される。

読者が最初に出会う「複数の死」は、防犯サービスに守られていたはずの主要人物のいずれかの、飼い犬二匹のそれである。第一章は終始、第一発見者、すなわち専用コーヒーメーカーで抽出するカプセル式コーヒーの配達員ジェイソンの視点から描かれる。ジェイソンはある土曜の朝、四つの邸宅のいずれかの敷地に乗り入れようとするところで、いつもならとうに車の音を聞きつけて吠え立てるはずの小型犬が、後頭部を撃ち抜かれて死んでいるのを発見する。自分が犯罪現場に足を踏み入れたことをジェイソンがゆっくりと確信するのと同時に、読者は、これが殺人ミステリーであり、したがってジェイソンの目が捉えるものと彼の持つ顧客情報のすべてを事件解決の糸口と心得て、一見些細な記述にも注意を傾ける構えをする。大学で歴史学と政治学を修めた後、二百社の求人に応じてようよう面接にこぎつけた二社のうちの一つであるこの架空の会社に配達員の職を得て七ヶ月、ジェイソンはずっとミドルベリーを担当している。四世帯とも配達時に在宅しているのは妻たちであり、その四人ともが彼には「ほとんど同じに見える」し、四軒ともが「ほとんどまったく同じ」に見える。七ヶ月間も通う家の住人の見分けがつかない理由は、ロッカールームで顧客の噂話に興じる他の配達員と違って、彼には中年女性一般に興味がないという情報で、また、邸宅が同じに見える理由は「二世紀かそこら前の地主か建築家が採用した様式のせいだろう」という彼自身の〔正しい〕推測で、説明される。小型犬に続き、見覚えのある黒のラブラドールが同じやり方で射殺されているのを発見した後、敷地に三台の車〔四駆、セダン、オープンカー〕が停めてあるのを目視する。「こういうバカみたいな金持ちでも、さすがに四台は持ってないよな?」という内的独白はもちろん、読者に四台目の存在を疑わせるが、ジェイソンは三台すべてのガラスに霜が張っているのを見て今朝はまだ誰も運転していないと推理したところで、警察に通報する。第一章はここで幕になる。顧客の名は一つも出てこないし、犬を二匹と車を複数台所有しているという情報だけでは、四家族を識別するのに十分ではない。ジェイソンの眼差しは、テレビの犯罪捜査ドラマに訓練されたそれであるが、車にも犬にも詳しくない彼は、読者に車種や小型のほうの犬種を教えてくれないのである〔彼が黒人であることも、学士号を得たのがオックスフォード大学であることも、この時点では明らかにされない〕。読者は差し当たり、この家の女性が他の三人と比べて「シュッとして色っぽい」ことと、馬のいななきが聞こえてきたことを記憶に留めおいて、加害者と被害者の両方を突き止めるべく、推理を始めることになる。

犯罪小説の多くは優れた風刺小説ないしは風俗小説でもあるが、ハナはまず、「文学的価値〔literary merit〕」の観点から擁護に回り、Aレベルの課題にできそうな箇所がいくつもあるとして、第二章から一段落を例に朗読し、とくに「入り口の観音開きのドアが滑るように開くと」の「滑るように開く〔slide apart〕」という言葉の選択が秀逸であると三嘆した。滑るように開くドアとは、〔この段階では固有名は用いられていないが）明らかに、実在する高級スーパーマーケット、ウェイトローズのそれであり、言われてみればなるほど、バタン、ガクンとやや乱暴に開閉する庶民的なスーパーの自動ドアとは違う（なお、Tグループの生活圏にウェイトローズの店舗はない）。これ以降も店内の様子は、ターシャの視点で縷々描かれる。したがって、鋭い観察力と秀逸な言葉選びはターシャ自身に帰せられ、彼女の繊細な言語感覚と正しい文法の知識は、大学で英文学を学んだこと（ch. 10）によって説明される。

第二章の以下のくだりは、客自身が商品のバーコードをスキャンしながら買い物をする最新式のシステムを悪用して万引きを働いたうえに精算カウンターの列に割り込んだ女と、あくまで慇懃な店員アンドリューとのやりとりであり、「よく書けている」として誰かが読み上げ、ハナも賛意を表した箇所である。

「どうかご心配なさいませんよう」とアンドリューはなだめる。「システムの検証のためにお客様を無作為に選ばせていただいて、わたくしどものほうでお品物をスキャンさせていただくだけですので。試行期間中に、初期不良がないかを確認する目的でございます」

割り込み客は、まるでカートいっぱいにバイブレーターとワセリンを入れたところを捕まったかのように真っ赤になる。（ch. 2）

ケイトは即座に、この箇所にはある企業の研修用ビデオがそのまま引用されていると指摘し、これに限らず小説全体がどこかから取ってきたものの寄せ集めに過ぎないと切り捨てた。「よく書けている」とされたのは、店員の対応ではなくターシャによる直喩のほうだろうから、ケイトの批判はあたらないが、いずれにせよ、「寄せ集め」の誹りに対しては、後で触れるような「同時代における標準的な話しことばと書きことばのほとんどあらゆる層のユーモラスなパロディ的再現」（バフチン 84）であるといった反駁が可能だ。あるいは単に、冷ややかに傍観していたターシャがのちに二度にわたって万引きを企て、店員からやはりマニュアル通りの言葉で呼び止められる場面（chs. 6 & 10）の伏線となっていることに触れてもよかっただろう。だがそうした反論はなく、話題は、作中人物がイギリス人の典型に相応しい〔representative〕か否かに移った。

数人が、彼らのような人物は実在すると主張し、なかでもコニーは、当時、第一シーズンの放映中だったITVのリアリティ番組『チェシャーのリアルな主婦たち』（*The Real Housewives of Cheshire*）の場面をいくつか紹介し、後でまたこの話題に戻ったときにも「くだらないテレビ番組を何度も引き合いに出して悪いけど」と断りつつ別の場面に触れ、『複数の死』は景気後退の続く二〇一二年という特定の年のイギリスをよく映し出していると熱っぽく抗弁した（このときの反応を見る限り、コニーの他に番組を視聴していた参加者はいなかった）。コニーが参照するテクストの外部は、テレビ番組に媒介された現実――というか、まさにリアリティ・ショーという撞着語が明示するとおり、「現実と虚構の対立という西洋のリアリズムが拠って立つ前提」（White 66）を掘り崩すジャンル――である。サッカー選手の妻ら番組出演者と『複数の死』の登場人物とでは、属性もずいぶん異なるが、コニーは両者を、浅薄な性向、顕示的消費スタイル、それを可能にする収入や資産の点において同類とみなしていた。

ここで誰かが、出来事が生起した順序を複雑に入れ替える語りの様式について否定的な意見を述べると、ハナがローレンス・スターンの『トリストラム・シャンディ』（Laurence Sterne, *Tristram Shandy*, 1757-59）のプロットを詳細にわたって紹介し、古くから用いられてきた技法であると解説した。[10] しかしフォルマリズム的アプローチによる議論は深まらず、焦点はふたたび主要登場人物に戻り、全員いけすかない、いやエミリーとその夫は例外だが、なぜエミリーがこんな浅薄な隣人たちと交流しているのか理解に苦しむ、モニファに対する人種的偏見は許し難い、などなど、実在の人物に対するような断罪が続き、擁護派も同じ論法で、ジェノーが困窮者の生活再建を助けるボランティアをしていることを指摘し、ハナも、マックスのビジネスモデルが窯業のそれを想起させると、反論に加わった。グレイスが、リズと別の欠席者からことづかった寸評を代読した後も、侃諤の議論は止まず、半ば気圧されて黙していた筆者にレイチェルが発言を促した（チャンネル4のドキュメンタリーを観るような面白さがあったし、とくにソーシャルメディアがいかに我々の、世界を分節化する仕方を変えたかについて考えさせられて興味深かった、といった当たり障りのない感想でお茶を濁した）。

『複数の死』は、実在の固有名詞をふんだんに散りばめたなかに架空の人物や組織、事物や出来事を織り交ぜてあるため、同時代のイギリスを知る読者が、テクスト内外の世界の照合作業に多大なエネルギーを投じるのも無理はない。新聞各紙の書評も例外ではない。作家のアレックス・プレストン（Alex Preston）などは、いかにも『オブザーヴァー』向きの衒いで「デリダは「テクストの外部〔hors-texte〕など存在しないと我々に信じ込ませようとしたけれど」と前置きして、ミドルベリーのモデルを、作者が暮らすノーサンプトンシャーのトウスターと特定している（37）。プレストンは、作中人物と作者の隣人とを同一視するだけでなく、両者をテクストの外で「人口の一％」を構成する超富裕層に属するものと位置づける。(11) オックスフォード大学で英文学を学び、ロンドン・シティの投資銀行の債券取引部に勤務した経歴を持つプレストンは（"*This Bleeding City*"）、自身を残り九九％の側に置いたうえで、モデルにされた「隣人たちは面白くないかもしれないが、それ以外の我々は『複数の死』を読んで、その一％が今日いかに生きているか、陰鬱で説得力溢れる筆致で描写されていることがわかるだろう」と結ぶ。[12]『フィナンシャル・タイムズ』（*The Financial Times*）もまた登場人物を、「微に入り細にわたる描写のお蔭で、必ずしも好感は持てないが間違いなく完璧に実在感がある〔certainly utterly believable〕」と評している（Wilkinson）。『ガーディアン』によれば「トム・ウルフ張りの〔Tom Wolfeian〕ルポルタージュが素晴らしく鮮やかで詳細」（O'Connell）であり、ライオネル・シュライヴァーは『タイムズ』に寄せた評を「ローソンによる現代の上流階級の描写はしばしば辛辣かもしれないが、〔中略〕なんと、読み終わる頃にはこのろくでなしたちがほとんど気の毒に感じられるくらいだ。ほとんど、ではあるが」（"Rich"）と締め括っている。興味深いことに、「現実の世界よりもわずかに近未来的で、より極端に痛烈に描かれている。少なくともそうであってほしいとわたしは願う」と虚構性と風刺の妙を強調したのは、主要作中人物の誰も購読していない大衆紙『デイリー・メール』だけである。

ピエール・ブルデューによれば、「芸術と生活の連続性——これはすなわち、機能にたいする形式の従属を意味する——の肯定の上に成り立っている」のが「大衆美学」であるが（9）、『複数の死』の美的価値を曖昧にしている要因には、犯罪小説というジャンルばかりでなく、[13]作者のジャーナリストとしての顔も数えられよう。ローソンは『ガーディアン』などに寄稿する傍ら、BBCラジオ4の長寿番組『フロント・ロウ』（*Front Row*）[14]の司会を一九九八年から二〇一四年三月まで務め、テレビでは二〇〇五年からBBC4の『マーク・ローソンが聞く』（*Mark Lawson Talks to...*）のホストである。BBCや『ガーディアン』の視聴／聴取／購読者でもあるローソンの想定読者には、いっぽうで、トロロプの作品[15]を始めとする間テクスト的記号を解読すること、すなわち「過去や現在の芸術作品の世界に照合」（ブルデュー 8）することが求められる。巻末の謝辞では、作品がフィクションであり、新型インフルエンザの流行やエドワード・オールビー作『微妙な均衡』(Edward Albee, *A Delicate Balance*)のアルメイダ劇場での上演など、現実世界では違う時期に起きた出来事が織り込まれていることが、わざわざ断ってある(Acknowledgements)。他方で、各界の著名人をスタジオに招いてインタビューするローソンは、「昔から人〔personality〕と作品/仕事〔work〕との関係――つまり誰かが特定の仕方で書いたり、演じたり、描いたり、会社を経営したり国を治めたりするきっかけとなった、先人の遺産や偶然の出来事や決意に興味をそそられてきました」("Mark Lawson Profile")。人の主体的意思より先に、意図せずして巻き込まれた関係の網の目に言及している点は注目に値するものの、番組で「作品の説明がつねにそれを生み出した男や女に求められる」(Barthes 143)ことに変わりはない。

「文学のイメージは、日常の文化においては、問答無用で作者と、その人となり、その人生、その眼識、その情感を中心とするいっぽうで、批評の大半はいまだに、ボードレールの作品は人間ボードレールの失敗であり、ヴァン・ゴッホの作品は彼の狂気であり、チャイコフスキーの作品は彼の悪徳であるなどと言っている」(Barthes 143)とロラン・バルトが一九六七年に批判して以来、アカデミアにおける伝記批評の旗色は良くないが、七〇年代後半、出版社の広報部は作者へのインタビューを業務の柱に据えるようになった(Roach 340)。ローソンの番組に限らず、序章で触れたコンテンツ(16)や、文学フェスティバルでのインタビューとQ&A、書店でのサイン会などの活況ぶりは、作者その人への関心がいや増すばかりの現状を物語る。進んでメディアに露出するローソンは、自身に好奇の目が向けられることも、作品をインサイダー情報の暴露とみなされることも、覚悟しているはずである。

だが、外的参照対象についての情報伝達を宗とするジャーナリズムと同じ散文を用いながら、その言語の美的価値を高めんと腐心するのが、小説の書き手であり、それはジャーナリストであったディケンズを始め、トロロプやジョージ・エリオットらが一九世紀半ばから試みてきたことである（Poovey ch. 6）。『複数の死』においては、モーティマー夫妻の夫ニッキーの視点から語られる『微妙な均衡』の挿話（ch. 8）が、一種のメタフィクションとして、読者に、テクストの外部を参照し続ける態度を省みさせる。ニッキーとモニファは、ロンズデール夫妻が来られなくなったので代わりに観劇に誘われたのだが、幕間に、他の三組の夫婦だけでなく周囲の観客も、どの役者がどの映画やテレビドラマに出演しているかという話題で盛り上がっていることに気づく。ローソンの想定読者に期待される反応は、「サッカー選手がユニフォームにスポンサーの名前をつける要領で、キャストの衣装に過去の役名を書いておけば便利だろうに」というニッキーの皮肉な内的独白に膝を打つことであろう。しかしながら、「モニファに対する人種的偏見は許し難い」と発言したT読書会メンバーの注意を惹いたのはおそらく、幕間の高談にあきれ、ためらいつつもアメリカの戯曲一般について解説を始めたモニファを、ジェノーが「あらあら、オープンユニバーシティみたいね」と冷やかし、リビーが陰でジェノー相手に「彼女、劣等感の裏返しで人に食ってかかるタイプよね。〔中略〕どれだけ学があるかひけらかそうと必死」と揶揄する、というくだりである。ここでニッキーは見て見ぬ振りを決め込む。妻が社交上の不文律を破ったことのほうを重く見たためだ。クロッサン家のパーティに夫婦で招かれた際に「部屋で唯一白くない顔をした彼女を守りたいという愛情が脈打つのを感じ」たニッキーは（ch. 6）、妻の好むハイブラウな舞台芸術に決まって眠気をもよおすような、八人に近い感受性の持ち主でもある。だから、公然と妻を庇ってルール違反を重ねたりはせず、せめてもその夜は終演まで寝ないでいることで妻への忠誠を示すに留めるのである。

筆者は、アーノルド・ベネット協会の在野の研究者と観に行った舞台の幕間に、キャストの一人が『コロネーション・ストリート』（*Coronation Street*）[17]に出ていたと教えられたことがある。少なくないTグループメンバーが、似たような経験をしているのではないか。仮にモニファが黒人という設定でなかったとしたら、スノッブでいけすかない夫婦という人物評が飛び出していても不思議ではない。テレビやスクリーンでお馴染みの俳優が、生身で目の前で演じていることに覚える興奮は、本を書いた人間を目の当たりにし、書いた人間の声で本の一節が朗読されるのを聴くときの高揚感に通ずるものでもある。(18) ディケンズが、イギリス各地はもとよりアメリカでも自作の朗読ツアーで巡業し、行く先々で熱狂的な歓迎を受けたことは夙に知られるところだ。(19) 著名な同業者の講演に、すでに活字になっている以上のことを聴けるわけではないこと、あるいは後で活字になることを承知のうえで足を運ぶ知識人は、ブルデューのいわゆる「素朴な」鑑賞者をゆめ軽んじたりはすまい。

4 物語の終焉?

『複数の死』については、リズでもグレイスでもなくレイチェルが、好きか嫌いか、挙手を求めた。好きと嫌いが六人ずつで（筆者は「好き」に挙手）、いずれにも手を挙げなかった四人のうち二人は「嫌い〔hate〕というほどではない」、「好きなところも嫌いなところもある」と説明した。ビスケットの時間になって、残る二人のうちの一人アナに理由を聞くと、読まずに参加した由。つまり棄権ということらしかったが、後日見せてもらった彼女の読書ノートには「面白くなかった。読み終えなかった」と記してあった。ケイトには、具体的にどんな作品が現代のイギリスをよく映し出しているのか訊ねたところ、一分ばかり考え込んで、二一世紀に入ってからは“representative”と呼べるようなものはなく、あるとしたらファンタジー小説しかないと、診断を下した。具体的には「ハリー・ポッターとか、ディケンズとか」。ハリー・ポッター・シリーズは、二〇〇〇年までに最初の四巻が刊行されているが、それ以前で国民文学または国情〔condition of England〕小説と呼べるようなものを探そうとすると、一九世紀半ばにまで遡らなければならないことになる。

ケイトの見立ては、ヘイドン・ホワイト（Hayden White）による物語〔storytelling〕の終焉の議論、すなわち世代から世代へと特定の文化の伝承や知恵や常識を引き継ぐ伝統的技巧がモダニズム以降は無効になってしまったという主張と部分的に一致する（74）。ただしケイトに言わせれば、物語の終焉をもたらしたのは、二つの世界大戦というよりは「出版社の自己検閲で、政治的に正しくない内容のものは本にならないのよ」。それならばしかし、「政治的正しさ」を一種の言論弾圧と捉える読者の心情を、『複数の死』の八人は代弁していないだろうか。

「ザ・エイト」と自称する彼らにニッキーが密かにつけたあだ名「ザ・フェイマス・エイト」（ch. 8）が、イーニド・ブライトン（Enid Blyton）の二〇世紀半ばの代表作「ザ・フェイマス・ファイヴ（The Famous Five）」シリーズに由来することは言を俟たない。ブライトンの児童書は、ケイトや彼女と同年代の調査協力者の多くが子ども時代の愛読書に挙げるベストセラーであり、ブライトンは今世紀に入っても、成人を対象とする複数の調査で最も好きな作家に選ばれている。[20] ただし現在刊行されているのは、一九九〇年代に、廃れた言い回しや「政治的に正しくない」表現を現代ふうに改めた版である。[21] 自身の偏見に無自覚だったブライトンと、[22] 女性蔑視と人種・階級差別を内面化した四人と（犬を勘定に入れて）一匹の主人公たちとは異なり、八人には自分たちの小さなサークルの外で「政治的に正しくない」言動を慎む程度の分別はある。

八人を勢揃いさせ、彼らの内輪での談話の見本を提供するのが、第四章のマラケシュでの週末である。以下の場面は、どこへ行くにも現地の文化や風習についての予習を欠かさない生真面目で誠実なエミリーの視点から語られる。エミリーは、モロッコ政府の世俗主義を強調するガイドブックを鵜呑みにはせず、ホテルの従業員に酒を供させることに居心地の悪さを覚えている。

三〇分かそこら置きに、ひょろ長いアフリカ人が階下からルーフテラスの端っこに姿を現して深々とおじきをし、彼らが空になった白ワインのボトルを手渡すと、にこやかに替わりのボトルの注文を受ける。

それでもさすがに午前三時になると、モハメドと彼らが洗礼――ええと、名づけた彼に（「パディ・パワーのオッズは相当高いだろうな」とジョニーが言う）一一本目か一二本目かの白のリオハを持って来させてよいものか、罪悪感を覚え、もつれた舌で話し合う。

「モウは全然、上機嫌みたいよ」とリビーは言う。

「怒りを溜め込んでるかもしれないよ」とマックスが言う。「二時間後には祈祷のために起きなきゃいけないじゃないの。今度来るときは、胸にセムテックスを一ダース貼り付けてたりして」

「シーッ！」と彼女〔エミリー〕が反射的にささやくと、ターシャも同時に同じ警告を発するが、彼女は医者としてではなく友人として、ターシャが今夜はだいぶ飲み過ぎていると気づく。

心のなかでキリスト教由来の言葉を慌てて中立的な表現に置き換えるばかりでなく、ムスリムというだけでモハメド、さらには（モウジズすなわちモーゼの愛称でもある）モウとあだ名したり、自爆テロを連想したりする仲間と同調しないエミリーに、好感を抱く読者は少なくないだろう。けれども、第六章で

「メリークリスマス」の代わりに「よい休暇を」と挨拶しながら「この言い回しは大嫌いだけど、いまどきは人種問題に無関心な発言で停職処分にならないよう、用心するに越したことはない」と独白するターシャに共感する向きは、従業員を名前ではなく「ひょろ長いアフリカ人」と認識するエミリーに偽善を感じ取るかもしれない。

共感であれ反感であれ、作中人物がリアルに感じられてこそ湧き上がる情動である。いけすかない金持ちが悲運に遭うのを見て溜飲が下がる――リビーふうに言えば「シャーデンなんとか」(ch. 2) を味わう――こともあり得よう。窃視症的な悦びをもたらすのは、「ポルノグラフィック」なセックスとは限らず、長く連れ添った夫婦のおざなりのセックス(あるいはセックスレス)かもしれない。では、会ったことはないけれど存在している/会ったことがないから存在しないという、認識論上の隔たりはなぜ生じるのだろう。ディケンズが、ほとんどのイギリス人が足を踏み入れたこともない金融街シティや監獄の内部を同時代と後世の読者に垣間見せるのだとしたら、ほとんどのイギリス人の知らない超富裕層の生活と意見を垣間見させてくれているはずのローソンに、Tグループの半分が信頼を寄せないのはなぜだろう。

メアリー・プーヴィによれば、一九世紀中葉のイギリス小説は、カネに無関心であったり嫌悪感をもよおしたりする作中人物を高潔な人物として描くことで市場経済を批判し、腐敗と貪欲が支配する現実世界とは異なる虚構の世界を作り上げた。虚構の世界はさらに、罪を犯した人間を愛の力で更生させ、読者に道徳的教訓を与える。その際、重要な役割を果たすのは、プーヴィが「ジェスチャーの美学」(Poovey 363) と呼ぶ語りの戦略である。テクスト外部の出来事を指し示しながら、そのような間接的言及を周到に処理し、読者の注意がページの外に逸れてしまわないよう呼び戻す働きをするのである。

プーヴィは、そうした戦略の一例として、『リトル・ドリット』（*Little Dorrit*）におけるマードルの扱いを挙げている。ディケンズが『リトル・ドリット』を月毎の分冊で発表し始めて間もない一八五五年夏、銀行の取締役や国会議員の横領事件が相次いで新聞・雑誌を賑わせ、後者のケースでは容疑者ジョン・サドリアが公判で生き恥を晒すことに耐え兼ね、翌年二月に自殺。マードルはその二日後に作中に登場し金融犯罪に手を染めるが、罪状は曖昧なままである。それはディケンズが、テクスト外部を指し示しつつも、ジャーナリズムの暴露記事のように消費されて小説の道徳的教訓が損なわれることのないよう腐心した結果であると、プーヴィは論じる（375-77）。思えば、主人公のアーサー・クレナムからして、二〇年暮らした中国でどんな事業に関与していたか明かされないまま、その「高潔な精神と偏見のなさ」（Dickens 166）が、抽象化された悲惨な境遇と対比され、繰り返し強調される。マードルの登場する場面の語りは、さらに複雑かつ奇妙で、ミハイル・バフチンは、「ユーモア小説」の言語体系の適例として、これに詳細な分析を加えている（87-98）。

「ユーモア小説」とは、バフチンによれば、「言語的多様性を導入し組織する形式のうちで外見上最も明瞭であり、同時に歴史的にもきわめて重要なもの」であり、ディケンズは、フィールディング（Henry Fielding）、スモーレット（Tobias Smollett）、スターン、サッカレー（William Thackeray）と並ぶ「イギリスにおけるその古典的な代表者」である（84）。彼らの小説のなかには、「同時代における標準的な話しことばおよび書きことばのほとんどあらゆる層のユーモラスなパロディ的再現」が認められるが、作者は、これらの言語の諸層を平均的に混在させた「共通言語」を、その社会集団の一般的見解として取り上げ、小説の基本的背景とする（84-85）。この共通言語すなわち非人格的世論に対し、作者はときに同調し、「その中に自己の〈真実〉を響かせる」いっぽうで（86）、「密度の高いまとまりをなす作者の言葉」には、「詩的ジャンル〔牧歌、悲歌等々〕または修辞的ジャンル〔哀歌、道徳訓〕」が用いられて、〈共通言語〉から、ときに緩やかに、ときに急激に移行する（86-87）。そのため「あたかも自己の言語を持たないかのよう」に見える作者は、じつのところ、さまざまなジャンルや職業の言語を自己の志向に沿わせるべく、単一の法則に則って戯れているという（103）。

このような〈共通言語〉と作者の〈真実〉の戯れを、同時代の作家で評論家のマーガレット・オリファント（Margaret Oliphant）は痛烈に批判している。『リトル・ドリット』の刊行が始まる半年あまり前のことではあるが、オリファントは『ブラックウッズ・マガジン』（*Blackwood's Magazine*）で、「彼の本は、最下層へと降りていき、ときにはさらに親しみの薄い上流の領域へと上っていくが、結局のところそこに充満しているのは、見苦しくない中産階級の空気と息遣いである」とし、ディケンズが人気作家の地位に早々と上り詰めたのは「同時代の他のどの作家よりも、階級作家、我々の社会階級のたくさんの層のなかの一つの集団の歴史家であり代弁者」であるがゆえだとしている（Oliphant 451）。『リトル・ドリット』における腐敗した官僚機構の戯画は『資本論』よりも扇動的だという、後年のジョージ・バーナード・ショウ（George Bernard Shaw）のあまりにも有名な評言[23]に反して（と同時にマルクス主義批評を先取りして）オリファントは、ディケンズとブルジョワ資本主義の共謀関係を指弾していた。

「政治的正しさ」を希求し多元主義を標榜する二一世紀のイギリスで、白人中産階級男性の道徳訓を自明視することは、もはや不可能である。アレックス・プレストンは前掲の書評で、『複数の死』は「ジョン・ランチェスターの『キャピタル』〔John Lanchester, *Capital*, 2012〕、ジャスティン・カートライトの『他人のカネ』〔Justin Cartwright, *Other People's Money*, 2011〕、セバスチャン・フォークスの『一二月の一週間』〔Sebastian Faulks, *A Week in December*, 2009〕と並んで、風刺的国情小説は（書いているのは特定の年代の白人男性ばかりだが）金融危機をネタにかなり成功していると思わせる」とし、ローソンの女性登場人物の扱いの拙さを指摘している（Preston）。しかるにローソンは、男性優位の職場で奮闘する二人の有能な女性を、プロットを推進する人物として配することで、政治的正しさを実演してもいる。部下に“ma'am”ではなく“guv”と呼ばせる叩き上げの、小柄な主任警部ケイト・ダンカンと、女性だからという理由ばかりでなく、ソマリア飢饉の救援に熱心に取り組んでいることから、「忌々しいマルクス主義者」（ch. 6）とか「リベラル・レズ〔the liberal leza〕」（ch. 12）などと八人に煙たがられ揶揄される英国国教会司祭スー・ブースは、他者に批判の目を向けるだけでなく、自身が囚われた根深い偏見に気づき反省する真摯さを持ち合わせてもいる。彼女らの発言と内的独白を、作者が彼女らに仮託した〈真実〉と受け止めるのではなく、単なるアリバイと一蹴する読者もいるだろう。だがそもそも、物語内に〈含意された作者〉はたいてい、生身の作者よりも高潔か品性下劣かのいずれかである（Phelan 39）。

ペーパーバック版で四八〇ページという長さは、殺人ミステリーとしてはまず標準的と言ってよいが、(24) 純粋な娯楽として読むには骨が折れる。推理小説の魅力が、現実逃避の手段でありながら、フィクションの世界に受動的に没入するのではなく、能動的に知力を働かせていると感じさせることにあるとしても（Humble 53）、すでに見たようなややこしさである。しかも、長いサスペンスの末のクライマックス、つまり誰が誰を何の目的でどの順番でどのように殺したかが犯人の視点から明らかにされた時点で、小説はまだ五分の一を残している。そこから先は、さらに複数の視点から動機を浮かび上がらせることで訓話めいてくるだけでなく、フェイスブック上の被害者の追悼ページへの書き込みや葬儀の模様、サッチャー・メイジャー両政権で閣僚を歴任した父親が不正会計で訴追されたことを知ったジョニーが（父親の母校であるオックスフォードの受験に失敗して進学した）ユニバーシティカレッジ・ロンドンでの学生時代を回想しながら逍遙する場面、ロンズデール夫妻の和解と再生などに紙幅が割かれ、メロドラマの趣を帯びる。いけすかない主要人物は、この段になって、いくぶんか自己理解と他者への配慮を深めるが、いかにも遅きに失した成熟である。

以上、本章では、T読書会のさまざまな実践のうち、文学テクスト内外の世界の照合作業（ミメーシス的読み）に注目した。とくにメンバーの「好き嫌い」が真っ二つに割れた『複数の死』については、主要登場人物が、イギリス人の典型として描かれるに相応しくない、浅薄だ、人種差別的だ、いけすかない、といった批判が相次ぐ事態が何を意味しているのか、テクストにやや詳細な解釈を加えつつ考察した。そもそも、会ったことがないという理由で、作中に登場するような人物が実在しないと断定するのは不適切であるが、大半の参加者は、『複数の死』が同時代のイギリスを舞台にしていることを理由に、物語世界の描写が現実の世界に忠実か否かの判定能力を有していると自認していた。確かに人口の約一％しか存在しない超富裕層に属す作中人物は、イギリスを統計学的に代表しないが、もとよりフィクションが少数派を扱っていけない理屈はない。また、主要人物八人のうち少なくとも七人は、浅薄で人種差別的とみなして差し支えなかろうが、イギリス文学には悪漢小説の長い伝統がある。二一世紀のフィクション市場が（特権階級とは逆に苦境に置かれた）少数派を好んで扱うことへの不満を滲ませたケイトと、[25]ケイトを含むTグループの半数の反発を招いたのは、実在し得ない（と彼女たちが信じる）人物が主人公の位置を占めること以上に、浅薄な人種主義者が、教養小説の主人公のような劇的な改心と成熟を見せないこと、つまり彼女らが（犯罪ミステリー仕立てとはいえ）リテラリー・フィクションに期待する道徳的教訓を提供しないことではなかったか。言い換えるなら、ジャンルの約束事と、人間主体には「内面的深さ」がある（べきだ）という西洋近代の自我観[26]の両方が侵犯されたことではなかったか。

第二章
新自由主義体制下の文学生産と受容のセラピー的転回?

T読書会で二〇一四年九月からの一年間に読んだ一二冊のうち、今日のイギリスを舞台にイギリス人作家が書いたフィクションは『複数の死』とバーナディン・ビショップ作『秘め事』(Bernardine Bishop, *Hidden Knowledge*, 2014)の二冊である。『複数の死』の回の三ヶ月後の集まりでメンバーは、『秘め事』の作中人物が「リアリスティック」か否か判定する能力が自分たちにあることを、やはり疑っていなかったが、ミメーシス的読みには時間を要さなかった。そのことに加え、この回で筆者の関心を惹いたのは、T読書会には珍しく、終盤でエンカウンターに似たアプローチが試みられたことである。近年は医療人文学者や公益法人などが、読書会のエンカウンターグループ的側面、すなわち「各自の感情体験を素直に表明し合うことにより、自己認識や対人関係の発展を図る」(『ランダムハウス英和大辞典』第二版)側面を、健康や福祉の増進に資すると評価しているものの、そうした文学の道具化への警戒は学界のみならずジャーナリズムにおいても依然、根強い。

本章では、Tグループが、フィクション作品がリアリスティックであるか否かを判定する際に何をおこなっているのか、テクストが映し出すとされる「現実」にどのように接近しているのか、テクストを用いて何をおこなっているのか、『秘め事』の回を中心に考察したい。

1 作者の真実、読者の自己理解

同時代のイギリスをよく映し出しているとして『複数の死』を積極的に擁護したコニーは、個別の聞き取りで、二〇〇七年のリタイヤ後にオープンユニバーシティで学んだ社会学について、つぎのように語ってくれた。

毎週土曜のバーミンガムでのチュートリアルは楽しかったわね。〔でも〕わたしからすると、社会学は十分に系統立っていないし、主観的過ぎるのよ。あまりにたくさんの見解があって。それに対して小説の場合は、そこに本があって、そこに真実〔the fact〕がある。真実を変えることはできないわよね。小説が虚構だとしても、それでも真実を知ることはできる。（二〇一六年六月一〇日）

コニーが受けた講義ではおそらく、「対抗する理論的取り組み方や理論が互いに競い合うことは、社会学の学問的企てがもつ旺盛な生命力の表われである」（ギデンズ 790）といった解説が為されたであろう。そして「複雑かつ多面的」な「人間の行動のすべての側面に単一の理論的視座を適用」することは、「ドグマ」として（ギデンズ 790）戒められたであろう。しかるにコニーが一冊の本に感得したいと望むのは、作品を統合する客観的真実である。だがそれは、作者から読者へと垂直に、一直線に伝達されるものではない。むしろ、『複数の死』のような（推理小説においては一九世紀半ば以来の定石であり、一九二〇年代には前衛的技法として採用され、二一世紀に入ってからはすっかり規範として定着した）複数の作中人物の視点に立った断片的な語りを[1]、単一の視座に収斂させるか否かは、読者にかかっている。自分の周囲には存在しないような作中人物に実在感を持たせるために、コニーが、テレビのリアリティ番組を二度にわたって参照したことを思い出そう。

この作業が、因襲的とされるリアリズム小説の読者に要請されないかと言えば、そうではない。ジェルジ・ルカーチ（Georg Lukács）が、断片化された資本主義の生産様式と「写真的」リアリズムないしは自然主義という美的様式とを関連づけ、ともに倫理的・イデオロギー的に疑わしいものとして斥けたことは夙に知られるが、ダニエル・ノヴァク（Daniel A. Novak）によれば、リアリズム小説は、一九世紀に時期を同じくして登場した写真とともに、それが映し出す各部分が互いに緩く結びつけられるだけで全体の統一性を欠いているとの理由で、すでに同時代の批評家たちから批判を浴びていたという（68）。ノヴァクは、ルカーチとミイケ・バール（Mieke Bal）の理論を接続し、小説という形式は、読むプロセス、すなわち読者自身が、断片を説得力のある統一体へとまとめ上げてテクストを生産する作業に依拠していると論じる（70）。この作業は、ときにテクストの統一性の欠如に気づきながら、能動的かつ意識的におこなわれる（70）。

このような読みのプロセスは、さまざまな研究者によってさまざまに説明されてきた。例えばウンベルト・エーコが「テクストは怠惰な機械であって、読者の側からの共同作業を大いに期待している」と言うとき（59）、彼は読者反応論の系譜に連なり、「テクストのなかに描かれた「仮構の読者」」（41）すなわち〈モデル読者〉を解釈の対象とする。スタンリー・フィッシュの〈解釈共同体〉がフィッシュの分身のごとき〈素養ある読者〉によって構成されていたのと同様に、〈モデル読者〉のモデルはエーコ自身であり、ネルヴァルの『シルヴィー』（Gérard de Nerval, *Sylvie*, 1853）を繰り返し通読するだけでは飽き足らず、半過去時制で語られた出来事の数々を、継起した順に再構成すべく、精密なダイアグラム（80-81）を製作するのを厭わないような読者である。[2] その〈モデル読者〉に対し、「万人のためにある小説という森」に「自分だけの感情や事実」を求め、「テクストを解釈しているのではなく、利用している」のが「経験読者」であると、エーコは言う（27）。しかしながら、エーコみずから思弁的と認める〈モデル読者〉の解釈は（41）、じつのところ、（筆者を含む）研究者の、テクストへの異常なまでの愛あるいは執着という情動に支えられていることは、指摘しておかねばなるまい。

「思弁的」なアプローチとは対照的に、先駆的なエスノグラフィーが記述したのは、断片を意味ある全体へとまとめ上げるのではなく、読書という行為そのものに肯定的意味づけをおこなう〈経験読者〉の営為である。ジャニス・ラドウェイの場合、ロマンス読者によるテクスト解釈に迫ろうとして、試行段階で早々に断念することになる（Radway 87）。読者にとって重要なのはプロットやストーリーがいかに展開するかではなく、読む行為そのものであり、読者はしばしばその行為を「逃避」と呼ぶ（Radway 86-87）。エリザベス・ロングもまた、読書会を対象とした調査で、当初は、参加者それぞれのテクスト解釈を窺い知れるものと想定していたが、やがてメンバーが本のなかに意味を見出すよりも、ある特定の解釈をおこなう個人的な理由を述べ、本を自己理解のために用いていることに気づく（Long, *Book Clubs* 145-46）。こうして、読書会の談話とは、それぞれが本のなかに見出した個人的な繋がりや意味と、議論の過程で提示される他の参加者の視点を取り込み、自分自身をよりよく理解する創造的作業であるとの結論にいたる（Long, *Book Clubs* 144-45）。要するに、統合が目指されるのは、テクストではなく読み手の自我である。

むろん、すべての読書会がテクスト解釈に注力しないわけではないことは、これまで見てきたT読書会の例に明らかであるし、作家マーガレット・アトウッド（Margaret Atwood）は、アメリカ合衆国の読書会メンバーによるエッセイ集にはしがきを寄せ、読書会を「大学院のゼミとエンカウンターグループと古き良き時代の井戸端会議の全部が合わさったもの」（xi）と評している。そしてフィクションについて語るとき、メンバーが実際にはつぎのことに「同意しようとしている」のだと述べる（xi）。

すなわち、本のなかで何が起こったのか、起こったことを好意的に見るか否か、作者が、起こったことに、そして起こったことがそのような仕方で起こるようにした人物に、どのような意味を付与しているか、その意味はわたしたちの時代を理解する手がかりを与えるか、それを好意的に見るか否か、本が面白かったか否か、お互いが面白いと感じたことを好意的に見るか否か。別の言い方をすれば、文学批評である。プロット、登場人物、そして意味に着目し、加えてたぶん構造とスタイルにもいくらか目配りするという具合だ。（xi-xii）

テクストの懐疑的解釈が支配的な大学院で、「好意的に見るか否か」の合意形成を図るようなセッションがどれほど一般的か、疑問は残るが、(3) いずれにせよ、つぎのくだりからは、読書会では「文学批評」ではなくエンカウンターの側面が大きな比重を占めるとアトウッドが踏んでいることがわかる。

読書会の真の、隠された対象／主題〔subject〕は、読書会メンバー自身であると言ってよいだろう。思うに、彼らは非常に勇敢である。半公共的な場で、自身のさまざまな反応、つまり自身の偏見や疑念や確信、そして何より自身の好み〔tastes〕を進んで明かそうというのだから。誰にでもできることではない。メンバーにとっての読書会の利点は、自分の意見に合格も不合格もないことである。〔後略〕(xii)

だが、すでに述べたように、T読書会では赤裸々な自己開示を厭うメンバーが少なくないことが窺える機会があった。サスナム・サンゲラ作『マリッジ・マテリアル』(Sathnam Sanghera, *Marriage Material*, 2013)の回(二〇一五年四月一三日)では、作中人物のように自分にも駆け落ちという選択があり得たかというリズの質問に、ケイトがイエスと即答したものの、続いてぽつぽつとイエスと応じた数名も背景には触れず、全体の議論に発展することもなかった。さらに気まずい雰囲気になったのが、翌月の『秘め事』の回(二〇一五年五月一四日)である。

2 『秘め事』

小説の中心的出来事は、二二年前のカトリックの聖職者による一〇歳の男児への性的暴行である。全知の語り手が、暴行を加えられた翌朝に溺死した被害者マークとその家族、加害者ロジャーとその家族のみならず、ごくマイナーな登場人物の内面にまで自在にアクセスしながらプロットを推進する。相対的に見て罪の無い虚栄心や嫉妬、身勝手な自己憐憫、場違いな浮かれ気分や親切ごかしの我欲といった感情と、露見すれば刑事罰に問われるようなおこないをめぐる懊悩が、内面というプライバシーのなかで仮借なく腑分けされ、これでもかと読者に目に晒される。状況説明的な直接話法の多用と相俟って、説明過多と感じられなくもない語りは、内面のさらに深奥にしまい込まれて登場人物自身も知り得ない、あるいは言語化を意識的／無意識的に拒んでいる「秘め事」の重さを浮き彫りにする。

一四名が参加したこの回では、本の推薦者のハナが司会進行を買って出た。ハナは冒頭で新聞の書評二編と自身の分析（登場人物それぞれに「秘め事」があり、その成り行きが展開されるといった主題およびプロットに関わるものと、ロモウラやヘリウォードといった登場人物の名前をめぐる間テクスト的解釈）を紹介したのち、用意してきたディスカッション・ポイントのいくつかを提示した。ただし『秘め事』の巻末には、作者自身が創作について語ったエッセイ（"Bernadine Bishop on Writing"）と略歴がそれぞれ約二ページずつ、さらに次作（*The Street*）の第一章がサンプルとして添えられており、メンバーは作者と執筆の経緯について、すでにある程度の知識を得ていた。マーガレット・ドラブルが『オブザーヴァー』に寄せた書評からハナが引用した箇所――「わたしたちのなかの暗い部分、自分についての自分自身も知らないこと、直視し得ないこと」、「道徳をめぐる解決不可能な難題」（Drabble）――には、エッセイで『秘め事』の主題に触れたビショップ自身の言葉も含まれている。また、書評の紹介の後、ヘザーが言葉を挟んで、ドラブルからの私信を読み上げたが、そもそもヘザーがT読書会で『秘め事』を読むことをドラブルに伝えようと思い立ったのも、巻末付録や書評でドラブルとビショップの関係を知ったからである。ドラブルのメッセージは、前年に亡くなったビショップとは古くからの友人であったこと、読書会で取り上げられることを喜ばしく思っていること、といったごく当たり障りない内容であった(4)。

メンバーは、「作中人物がリアリスティック」で、「作者が自身の価値判断を〔加害者を含むすべての人物に〕押し付けていない〔the author does not pass judgement〕」という評価で概ね一致した。語り手と作者を同一視したうえで、語りの戦略を作者の心理療法士としての経験に帰する向きもあったが、この見方は、作者自身の証言――「『秘め事』はわたしのセラピストとしての経験に依拠している」("Bernadine")――に方向づけられたものと言える。この回ではミメーシス的読みには時間を要さなかったけれども、唯一リズが、被害者の姉ジュリアが「利己的で、母親を搾取してるし、彼女が妊娠しようと努力する場面はこの小説で一番弱い〔the weakest〕。だって変でしょ、三八歳の女性が突然パニックになるなんて」と言挙げした。ジュリアの心理と行動――これまでの恋人の誰とも子をもうけ育てることに踏み切れなかった女性が、別れた恋人から精子の提供を受けて首尾よく妊娠し、子育てに望ましい条件が揃っているという理由で、前年に夫を亡くした母親が一人暮らしをしている生家に戻る――が、リアリスティックでないとの主張である。これに複数のメンバーが首肯したが、コニーは「このままテレビドラマにできる〔readily adaptable into a TV drama〕」と発言し、ジュリアと同じ方法(すなわち、七面鳥を焼くときに肉汁をかけるのに用いるスポイト)で人工授精をおこなう場面が『コロネーション・ストリート』(5)に登場したと指摘した。『複数の死』の回の議論を――欠席したリズは知る由もないが――再演するかのようなやりとりである。ただしヘザーが『複数の死』の回で参照したのがリアリティ番組であったのに対し、今回は誰もが虚構と了解しているドラマである。したがってコニーの発言の趣旨は、ジュリアに焦点化されたプロットは、『秘め事』というフィクション作品の統一性を損なってはいないということであろう。

『複数の死』の場合と異なり、『秘め事』の作中人物が総じてリアリスティックだと感じられたのは、医療従事者、教師、作家、聖職者といった彼/彼女らの職業に依るところが大きいだろう。いずれもTグループメンバーの身近に存在するか、みずからがかつて従事していた専門職である。リズは自身が看護師で、祖父と父、勤務先で出会った夫が医師であった。皮膚科の最高専門医を目指し順調に業績を積むジュリアへのリズの評価は、生殖に関する知識が豊富で聡明なはずの医師が、突然子どもが欲しくなってシングルマザーになる選択をするなどあり得ないし、娘が母親を搾取するなど論外だという、職業と親族関係に関する類型的理解にもとづくものであろう。ジュリアがリアリスティックでないと判断を下す際には、彼女と同世代でロンドンに暮らすリズの息子二人とその妻たちが、引き比べられただろう。

しかしながら、ジュリアという人物は、読み手によってはむしろかなり類型的に感じられるのではないか。コニーが『コロネーション・ストリート』を参照したのも、ジュリアの造形がソープオペラの人物類型と合致したからではないか。あるいは、孤独に対する「予防手段」(ch. 1) として大学卒業後すぐに結婚しジュリアを産んだことを「秘め事」としているベティは、娘に劣らず利己的なのだから、リズの不満はじつのところ、リテラリー・フィクションのなかにソープオペラが混在して、文化的価値の序列を乱していることかもしれない(6)。

ただ、『秘め事』が流用するジャンルは、地上波プライムタイムのソープオペラというよりも、二〇代半ばから三〇代の女性を主人公とするケーブルテレビのチックフリック(7)やその原作のチックリットと見るのが妥当であろう。主流メディアが盛んに報じる性犯罪に比すれば瑣末事かもしれない、生殖をめぐる私的ドラマは、チックカルチャー(8)においては、アイロニカルに扱われる実存の危機である(9)。実際、ジュリアのプロットは、自由間接話法を交えてチックカルチャー特有の語彙で綴られる。「例の差し迫ったアジェンダ・アイテム――どうやって子どもを持つか――にチェックマークが入った。出産限界年齢前にやってのけた〔That life-sized agenda-item—how to have a baby—had its box ticked. The biological clock was beaten〕」(ch. 13) といった一節が、その典型である。公的領域の言葉 (agenda-item) と、本来は体内時計を意味する生理学用語 (biological clock) の擬似科学的な流用と併置が端的に表すのは、フーコーが看破した新自由主義における人的資本のあり方、「自らの肉体や精神の能力という資本を用いて、利益すなわち所得を生み出す一つの企業体」としての労働者の姿である（重田 326）。チックカルチャーの主要テーマであるワーク・ライフ・バランスとは畢竟、成果主義、目標管理、内部統制、外部監査といったワークの原則に従ってライフを統御せよと要請する標語に他ならない。しかもこの危うい均衡を仮にも目標に据えることができるのは、メトロポリスに生まれ育ち、名門小学校に通わせてもらい（ch. 4）、正規雇用の職と搾取可能な母親がある女性に許された特権である。ジュリアの勇気ある選択に敬意を表し、子ども部屋の改装を手伝うなど、物心両面からのサポートを惜しまない友人という社会関係資本にも恵まれている。むろん、チックカルチャー流のアイロニーで、ジュリアが「何とも立派な家に移り住み、そこに託児保育まで備わっているのを目の当たりにして、自分たちが思っていたほど彼女が勇敢なのか、よくわからなくなった」（ch. 13）という友人たちの独白を添えることを、ビショップは忘れていない。

研究者や文化人らが「ミドルブラウ」と括って切り捨てるジャンルは、前衛的な主題や様式が現われるたびにそれらを貪欲に取り込み、正典文学を含むハイカルチャーへの間テクスト的言及を散りばめることで、より広い読者層を獲得してきた（Humble 19; McGurl 57）。他方で、二一世紀に入ってからは「文学賞によって権威づけされた」作家たちが続々と自作にジャンル・フィクションの要素を取り入れ（Leypoldt）、ブラウの境界を画然と定めることはますます困難になっている。ハイブラウ作家に期待される文体の刷新が、リアリズムという因襲からの解放と同義であることを考えれば（Leypoldt）、必然とも言える趨勢であるし、何よりこの鑑識眼をめぐるヒエラルキーの曖昧さは訴求力の源泉となり得る（Aubry 2）。読者は、ブラウという不当な価値のカテゴリーを斥けることで、差別など存在しない民主主義社会の一員であるというファンタジーに浸ることができるからだ（Aubry 3）。ジュノ・ディアスの『オスカー・ワオの短く凄まじい人生』（Junot Díaz, *The Brief Wondrous Life of Oscar Wao*, 2007）は、ディアスポラの想像を絶するような経験を、ファンタジーの枠組みを用いて表象し、ピューリツァー賞と全米批評家協会賞を受賞している（Leypoldt）。J・M・クッツェーの半自伝的三部作は、とくに最後の『サマータイム』（*Summertime*, 2009）で複数の女性登場人物による「ジョン」についての語りを採用することで、チックリットに接近するが、ブッカー賞を二度受賞した数少ない作家でありノーベル賞作家であるクッツェーによる様式上の実験は、「深い学殖に裏打ちされた理論的・芸術的偉業」とみなされる（Moonsamy & Spencer 445）。それでは、女性作家がチックリットというジャンルを採用したら、どう評価されるだろう。

ビショップは、病をおして執筆し死後出版されることになる『秘め事』が、（コスタ小説賞候補作とはなったものの）最も権威あるブッカー賞の候補に挙がることはないと、確信していたのではないか。そう思わせるのが作中のつぎの一節である。

〔前略〕この本が無名の作家によるものだったとしたら、出版されることはないだろう。もちろん出版される。なぜならヘリウォードの作品だから。ロンドンの文壇はヘリウォードが昏睡状態にあることを知っている。おそらくこの小説にブッカー賞を授与するだろう。（ch. 5）

現代イギリスを代表する作家ヘリウォードの、年子の妹で英文学教師のロモウラが、ヘリウォードから託された原稿を一読しての所感であり、ほぼ無名の作家ビショップ自身の、文壇に対するメタ批評と読める。この後、兄の作品の結末部分に手を入れて出版社に送ったことが、ロモウラ最大の「秘め事」である。『秘め事』の作中に入れ子状に挿入されたヘリウォードのオリジナルとロモウラのバージョンとでは、前者が「残酷過ぎる」いっぽう後者は「かなり感傷的」だとするT読書会の評価は至極妥当で、作者の意図に反するものではない。ブラウの境界を定めるのは、主題や様式以上に、誰が書き、誰が読むかであり、巻末付録(10)と、男の子のいたいけな後ろ姿をあしらった淡い色合いの表紙デザインからも、版元であるホダー&ストーントン傘下のスケプターのマーケティング戦略は明らかだ。女性が書き、女性が読む本にチックリットの様式が採用されたところで、偉業とみなされることはまずない。おそらくは参照すべきジャンルの知識と実在の人物のサンプルを持ち合わせていないリズにとっても、ジュリアのプロットは、勇気ある様式上の実験ではなく、作品の統合を阻害する弱い断片なのである。

3　告白と自己理解

ハナが用意した問いには「告白とは何を意味するか」も含まれていたが、神学論争を招く意図はなかったろうし、実際、カトリック批判が聞かれることはなかった。信仰の問題に立ち入らないのがTグループと親団体の基本的礼節と見受けられるし、そもそも「秘め事」と対を成す告白は、いまや真実の言説を生産する一般的かつ標準的な制度であり、子と親、生徒と教師、患者と精神分析家、犯罪者と専門家などあらゆる関係に適用される（Foucault 62-63）。すでに見たように、ビショップは自身の心理療法士としての経験をもとに創作したと語っており、主要人物のうち二人は日常的に心理療法を受けている。『秘め事』の命題が、権力の非対称性——「わたしたちが、わたしたちの無媒介の意識のなかに持っているとわたしたちが考える、わたしたち自身についての、奥深くに隠された真実」は、聞き手の解釈によって初めて真実と証明される（Foucault 69-70）――を前提とした専門知に則っていることは分明である。T読書会のいつもと異なる展開は、ハナの教師としての経験がいくらか影響したかもしれないけれども、(11)まずもって『秘め事』というテクストが強く要請したものと考えられる。

そして、「あなたたちに秘め事はある?」が、ハナの最後から二番目のディスカッションポイントであった。この直截な問いに一同が当惑するのを見て、ハナみずからが「自分の性格のある側面を表に出さない」ことだと口火を切った。これに対するコニーとジャネットの応答は見事であった。まずコニーが、我々は歳を重ねるにつれ自己洞察〔self-insight〕が深まると述べ、ジャネットは反対に、我々の自己理解〔self-knowledge〕はそもそも極めて限定的であると『秘め事』の命題を反復した。いずれも直接の答えをそつなく回避している。いっぽうリズは、自分ではなく母親のことを打ち明けた。亡母が晩年、以前なら口に出さなかったようなことを平然と口にするようになったというのである。ただ、youを主語に「心理的な抵抗がなくなるのよね〔You lose inhibitions〕」と言葉を継ぎ、人は誰しも年を取ると、という含みをもたせて、コニーやジャネット同様、一般論に置き換えた。

それでもハナは、あらかじめ用意してあった問いであったからか、気まずい空気を物ともせず、さらに「リビングウィル（尊厳死遺言）をどう思うか」と投げかけた。延命治療についての希望を告げずにいわゆる植物状態に陥ったヘリウォードの恋人や家族の葛藤は、『秘め事』の枢要なプロットの一つを成すが、ハナの質問はテクスト内にメンバーの関心を引き戻すのではなく、メンバーの個人的な信条に踏み込むものである。これには、ルースがリビングウィルを用意してあると答えた他は、コニーが亡母が残していたと述べただけで、「どう思うか」の私見を表明する人はなかった。

やはり当惑して口をつぐんでいた筆者にルースが、「英語で書かれたイングランド小説」は日本の小説とどう違うか、あるいは似ているか、と水を向けたが、この問いが、空気を変えるためだけでなく、ディスカッションの締め括りの合図として発せられたことは明白であった。長口舌は迷惑になるし、さりとてひと言で要約するには大き過ぎるこのトピックをどう扱ったものか。思案しながらの筆者の応答は、以下のとおり、まるで要領を得ず、「日本の小説」については何も語っていないに等しい。(この重要な問いへの答えの一つは、次章第7節に記す。)

『秘め事』に関しては、主題はかなり普遍的です。日本は高齢化社会ですから、リビングウィルも大きなイシューです。わたしの両親も、延命措置はしないでほしいとつねづね言っています。それから、ジュリアの人物造形が弱いと考えるかたが多かったですが、わたしにはかなり説得力がある〔convincing〕ように感じられます。彼女は例の、すべてを手に入れる〔have it all〕ことを望む、野心に満ちた専門職女性の一人です。

最後に(作中には用いられていない)“have it all”というクリシェが口を衝いて出たことに驚いたのは、筆者自身であった。英語の語彙とともに「白人上層中産階級のアイデンティティ」(McRobbie 50)を内面化していたことに気づいたのだ。「すべてを手に入れる」とは、アンジェラ・マクロビー(Angela McRobbie)いわく、「白人上層中産階級のアイデンティティの表現であり、そのような欲望を表明することは、そのような野心が満たされる可能性があるということである」(50)。世界経済フォーラムのジェンダーギャップ指数で一四五ヶ国中一〇一位(二〇一五年当時)の日本の女性が、イギリスの読書会で求められたインフォーマントの役割を果たす代わりに、イギリスの同世代の専門職女性を代弁するかのような発言をしたことは滑稽でもあり、有害でもある。「すべてを手に入れる」野心は、それを達成し得ない人たちを「遠ざけ、蔑む」という「境界画定」をおこなうと同時に（McRobbie 50）、境界のこちら側にあっても容易ならざる到達目標の設定は、「ありのままの自分〔who we are〕」を言祝ぐ「新しいかたちの「自己への配慮」」と抱き合わせだからである（McRobbie 49）。

Tグループの親団体は、一九六〇年の設立以来、女性たちに家事や育児以外の幅広いトピックについて議論する場と、継続的な学びと自己改善の機会を提供することを目標に掲げてきた。裏を返せば、家事や育児を自己改善の阻害要因と捉えているということである。この認識において、あえてフェミニズムを標榜せず、女性同士の共助を自明視する親団体は、一九六〇年代から七〇年代にかけてケア労働の社会化に力を尽くしたフェミニズムの闘士たちとそう隔たってはいない。しかしその後、サッチャーの保守党政権（一九七九－九〇年）もブレアのニューレイバー（一九九七－二〇〇七年）[12]も、女性の社会進出を後押ししながら公共支出は抑制する。さらに今日まで続く「家庭生活の専門職化」（McRobbie 31）は、ワークで得たスキルを家事と育児に活用し、ライフにやりがいと楽しみを見出すことを求めるばかりでなく、それに失敗した個人を自責の念に駆り立てる。ジュリアがベティの無償労働を当てにするのは、そもそも公的な託児保育では不足だからであって、そのことは、Tグループのなかでも、共働きの娘や義理の娘のワーク・ライフ・バランスを支えているメンバーたちにとっては、経験的事実であろう。[13]

4 「道徳的選択や倫理的ジレンマ」と自己改善

T読書会が、親団体の目標に照らして、自己改善に資すると期待される本を選定することは、取り立てて言うまでもない大前提であろう。では『秘め事』は、どのように読者を自己改善に導くだろうか。ハナが『秘め事』を読書会での議論に値すると考えた理由は、個別の聞き取りで、好きなジャンルについて問うた際の答えに窺い知れる。

何が嫌いかについてのほうが語るべきことが多いでしょうね。読書会で読んでいて気づいたことでもあるんだけど、中年アメリカ女性のペルソナの一人称でフィクションを書くアメリカ女性にはもう興味ないわね。そういうのはもううんざり。そういうのを読む時間はわたしにはもう残されてないから、御免蒙るわ。探偵小説も読まないわね。というか、読んだことがないの。だから、読んでみてくだらないと思ったから拒否する、というわけではないの。レイチェルはそのジャンルの信奉者だけど、わたしにとっては、時間を割こうと思ったことがないジャンルってことね。思うに、わたしが好きなのは、道徳的な選択とか倫理的ジレンマを突きつけるようなフィクションね。「もしもそれがわたしの身に起こったらどうする？　もしもわたしがその状況にあったら？　この登場人物の振る舞い方を、わたしは理解できるかしら？　そういう生き方にわたしは同情したり、同意したりするかしら？」といったことを読者に考えさせるようなものが、とても面白いと思うわね。（二〇一六年一一月二三日）

ハナが『複数の死』を「Aレベルの課題にできそうな表現」が頻出するという理由で高く評価していたことを思い出し、生徒にも「もしもそれがわたしの身に起こったら?」と考えながら読むよう指導していたのかと訊ねたら、「もう二〇年も教えてないから、よく思い出せないわ」と朗らかに笑った。

確かなのは、『秘め事』というテクストがハナに、道徳的な選択や倫理的ジレンマを突きつけ、内観を迫るだけでなく、自身の秘め事を部分的にでも言語化し他者と共有すべく促したことである。読書会における秘め事の共有が、各々の自己改善に繫がると、ハナは考えたのであろう。それでは、ロンドンを舞台に、全知の語り手を採用し、三人称過去形ですべての主要人物の内面を詳密に描出するだけでなく、直接話法を用いて物語の背景を説明するイギリス人女性は、「中年アメリカ女性のペルソナの一人称でフィクションを書くアメリカ女性」と、どう違うのだろうか。

ハナはT読書会に参加して「少なくとも二〇年」というから、記録のある一九九三年九月以降、このインタビューの時点までの本のリストを辿ってみたところ、「中年アメリカ女性」云々に当てはまるのは、ライオネル・シュライヴァーとノラ・エフロン(Nora Ephron)の二人であった。二〇〇六年と二〇一三年にそれぞれ『ケヴィンのことで話があるの』(*We Need to Talk about Kevin*, 2003)と『胸やけ』(*Heartburn*, 1983)を読んでいる。前者は主人公が夫に宛てた書簡体、後者はときおり二人称で読者に語りかける親密な告白調である。後者はおそらく、T読書会の本の選定基準の一つに従って、つまり作者が前の年に他界したことで、取り上げられたものだろう。ハナの発言は、アメリカの女性作家が判で押したように一人称の語りを採用しているかのような印象を与えるが、それは事実に反する。ティモシー・オウブリーは二〇一一年刊行の単著で、アメリカでは「主流のリテラリー・フィクション」はもとより「ミドルブラウのジャンルのなかでも中心的なカテゴリーである女性作家による女性向けのフィクション〔[w]omen's fiction〕」においても、小説内の出来事はほとんどすべて、一人ないし複数の作中人物の視点で自由間接話法によって報告されると分析しているけれども（Aubry 151）、いわゆるミドルブラウ小説が、一人の作中人物の視点に貫かれることは、二一世紀に入ってむしろ例外的になってきていると言ってよい[14]。

いずれにせよ興味深いのは、ハナが「とても面白いと思う」フィクションの特徴が、「好感の持てる女性主人公との同一化を促すことを目指す典型的」なアメリカの女性作家によるフィクション（Aubry 151）のそれと似ていることである。先に引いたハナの発言と、『複数の死』の一節を比べてみよう。ミドルベリー村の読書会[15]の、アニタ・シュリーヴの『パイロットの妻』（Anita Shreve, *The Pilot's Wife*, 1998）を読む回の模様を、ジェノーの視点から語る第一〇章である。

ジェノーは休暇先でアニタ・シュリーヴを何冊か読んだことがある。どれも、彼女が好きなジョディ・ピコー（Jodi Picoult）の系統だ。女性が道徳的なジレンマに直面して、自分の身に起きることはまずないけれど、もしも起きたら自分はどう振る舞うか考えさせるような。もしも双子の我が子が腎臓病を患って、自分の腎臓を一人にしか提供できないとしたら？　大統領選に出馬しようとしているのに、隠し子がいるとしたら？　あるいは、心臓外科医なのに患者と恋に落ちてしまったら？　あるいは息子が殺人罪で起訴されたら？　あるいはこの本のように、〔夫が操縦する旅客機の〕墜落事故の後、残された妻が、夫が二重生活を送っていて、ロンドンに別宅と別の家族があったことを知るとか。（ch. 10）

作者のローソンが想定読者に期待する反応は、自分の身に起こり得ない極端な設定ゆえに休暇中に気楽に主人公との同一化を楽しむジェノーのような女性読者を嘲笑することであろう。現代アメリカ社会の深刻なイシューを背景に、妻であり母である白人中産階級女性の葛藤――言い換えれば、すべてを手に入れたチックの後日譚――を描く点で、シュライヴァーもまた、アニタ・シュリーヴやジョディ・ピコーの「系統」であると言える。[16] シュライヴァー作品が呈するジレンマを、『複数の死』のジェノーに倣って表現するなら差し詰め、「もしも息子が学校で同級生七人と教師二人を銃殺したら？」であろうか。ローソンは、自己同一化できる人物が一人も登場しないという理由で『複数の死』を嫌うであろう読者層を、あらかじめ「ジョディ・ピコーの系統」を好む読者層と同定し、戯画化している。実際、「ジョディ・ピコー。彼女は、誰かが自分の心臓を誰かにあげるとかいう現代的なテーマを取り上げて、それを物語に仕立てるのよね。わたし、これまでに一三作読んでるわね」とは、ジェノーの独白ではなく、『複数の死』に論難を浴びせたT読書会のルースの、個別聞き取りでの言葉である（二〇一六年一一月二〇日）。

オウブリーは、ヘルベルト・マルクーゼ（Herbert Marcuse）からフレドリック・ジェイムソン（Fredric Jameson）、ローレン・バーラント（Lauren Berlant）まで、専門分野も立論の方法も異なるさまざまな研究者が共通して、「セラピー的転回」と呼ぶべきパラダイムシフトを論じていると指摘する（Aubry 17）。オウブリーが要約する「セラピー的なもの」とは、「人生の根本的目的は個人の幸福であると主張し、私的なこと、あるいは個人的なことを、公的なこと、社会的なことよりも優先する」という、二〇世紀の合衆国の「最も典型的な思考や感情」であり、前掲の研究者たちの間では、左翼の進歩的な理想を脅かすものであるとの見解で概ね一致しているという（17）。主体の内面こそが何より重要で、興味深く、複雑で、奥深く、充足されるべき場であるとの世界観ゆえに、社会・経済・政治が要因の問題は個人的問題と誤認され、制度的な不公平に向けられるべき不満は、精神的な疾患や機能不全と誤って解釈され、心理的症状への対処法が求められることになる（17-18）。こうして人は、危機的な状況にあっても、既存の秩序の回復と現状への適応に努める（18）。セラピー的レトリックは、個人に過大な行為主体性《エージェンシー》を与えると同時にそれを毀損する（18）。なぜなら個人は、精神の健康を維持する唯一の責任を有する反面、実際の政治行動を起こす可能性をあらかじめ奪われ、また自分では統御できない病理の犠牲者として扱われるからだ（18）。「セルフヘルプ」という語およびそのカテゴリーに分類される書籍は、しばしばこうしたセラピー的レトリックに沿って、みずからを助くる自己を想定しておきながら、つねに助けを必要としている自己、すなわち多くの面で無力〔helpless〕と解される自己の要求を、満たすものなのだ（18）。

オウブリーは「女性による女性向けのフィクション」を、このセラピー的転回のなかに位置づけ、一九六〇年代から七〇年代にかけての「意識高揚小説」、すなわち、女性主人公の意識の覚醒が集団による政治行動に結びつくというナラティヴを提示して読者に行動を促すようなジャンルの流れを汲みながらも、「個人的なことは政治的なこと」(17)の等式の「個人的なこと」に強調を置いて、登場人物が直面するジレンマの政治的な理解を提供することも、政治参加を唱導することもないと論じる（28）。いわく「皮肉にも、第二波フェミニズム運動のさまざまな成果が〔中略〕最終的に女性作家による女性向けのフィクションの顕著な脱政治化をもたらした」（28）。

オウブリーとローソンの批判が、男性の研究者や文化人による女性作家／読者への偏見と必ずしも断定できないことは、現実逃避としての読書についての、クリスティーナ・ダルチャー（Christina

Dalcher）のつぎの発言に看取される。

人生が暗く感じられ、『〔ニューヨーク〕タイムズ』の見出しに身震いさせられるようなとき、わたしはもっと暗いものを探すんです。相対的な問題だってことが、わかるんですよ。わたしたちが「悲惨な」と呼ぶことよりも、さらに悲惨なことが必ずあるんです。ふてくされたティーンエイジャーに手を焼いてるですって？『ケヴィンのことで話があるの』をお読みなさい、そうすればあなたのお子さんが、まるで現代の聖人のように思えてくるでしょう。（"Interview" 28）

ダルチャーは、アトウッドの『侍女の物語』（*The Handmaid's Tale*, 1985）を嚆矢とするフェミニスト・ディストピア小説のベストセラー作家である。女性が置かれた苦境の寓話が気晴らしに消費されることを、ダルチャーは否定しない。ダルチャーのディストピアは、休暇と似た非日常の世界であり、女性を抑圧する客観的状況に読者が再適応する手助けをする。

ハナをうんざりさせるのは、このような「女性作家による女性向けの作品」のセラピー的戦略であろうか。だとしたらそれは『秘め事』が突きつけるジレンマとどう違うのだろうか。セルフヘルプないしセラピーについては第八章でも考察することとし、次章では、『複数の死』の回のつぎの読書会で、ルースを含む五人ほどのメンバーが異口同音に筆者に薦めてくれたイギリスのチックリットと比較しながら、通時的にも共時的にも決して一枚岩ではない、女性が書くことと読むことの意味をさらに検討したい。

第三章

チックリット、貧困ポルノ、上昇移動小説

二〇一五年四月一三日の読書会の、ビスケットの時間のこと。筆者はたまたま座った場所が悪く、両隣と距離があってどちらの話題にも入っていけない状態に陥ってしまった。所在なげに見えぬよう、持ち寄られた新聞の切り抜きなどに必要以上の時間をかけて目を通してもなお、お開きは遠い。不要な本の箱を物色し、『細雪』を見つけて見なかった振りをし、ジョジョ・モイズの『一足す一』(Jojo Moyes, *The One plus One*, 2014) を手に取ったところ、すかさずシンディが「それすごくいいわよ」と声をかけてくれて、それを耳にした四、五名が賛意を表したのであった。(1) 元の持ち主が誰かは聞きそびれたが、いま思えばルースだった可能性は高い。彼女が読み終わった本をすべて手放すと知ったのはおよそ一年半後の聞き取りでのことだったから、このときは「すごくいい」本がなぜ不要な本の箱にあるのか、ほんの少し引っかかったものの、所在なさから救ってくれたシンディの気遣いが有難く、また皆して薦めてくれたことが嬉しくて、いそいそと持ち帰った。ペンギンのペーパーバック版の表紙には「ナンバーワン・ベストセラー」とあったが、筆者は、タイトルはおろか作者の名も知らなかった。いわんや、当時、前作『ミー・ビフォア・ユー』(*Me before You*, 2012) が世界で三百万部を売り、モイズ自身が脚本を手がけた映画版の撮影が始まろうとしていたことなど、知る由もなかった。それだけの話

題作ならば新聞などで目にしたことがあっても不思議ではないから、正確には、筆者の記憶に残らなかっただけのことかもしれない。いずれにせよ、予備知識を持たぬまま、とりわけ『複数の死』を酷評したルースが手放しで褒めるとはどんな本かと好奇心に駆られ、その夜、ベッドで開いてたちまち引き込まれた。ページをめくるのももどかしく、笑っては泣き、泣いては笑い、幾度となく寝返りを打ちながら、テクスト五一五ページを夜明かしして読み切った。ページ・ターナーとはこのことかと、舌を巻いた。

モイズ作品のどこがどう「すごくいい」のか。二〇一六年の聞き取り調査に『ミー・ビフォア・ユー』を読んで臨みながら、誰からも説明を引き出すことができなかったのは、ひとえに筆者の力量不足による。ルースはちょうど『ミー・ビフォア・ユー』の続編『アフター・ユー』(*After You*, 2015)を読み終えたところだと話してくれたが、「もう読んだ?」と聞くので首を横に振ると、すぐに別の作家に話題を転じてしまった。

『一足す二』が「すごくいい」理由は、約五名のメンバーそれぞれかもしれない。しかしながら少なくとも二つの点に関しては、見解が一致するものと推測できる。一つには、これまで見てきたように、多くのメンバーにとって、リアリスティックであることが読むに足る本の最低条件であることから、『一足す二』がそれを満たしていること。モイズ作品を「人生のリアリティを交えたタイプのジャンル」と表現したのは、Tグループとは別の調査協力者であったが(二〇一八年三月一九日の聞き取り)、この簡潔な定義に、モイズを薦めてくれたメンバーたちもおそらく異を唱えないだろう。別言すれば、メンバーたちのミメーシス的読みに耐える作品ということだ。もう一つには、「容易に理解できて、リテラリー過ぎず、でもよく書けている」点。これはジャネットが、シンディやルースらと参加している図書館の読書会で選ぶ本に与えた、極めて明瞭な定義の一部である。

彼ら〔リチャード&ジュディ〕は、現代のフィクションの特定のジャンルを、いわば識別するわけ。容易に理解できて、リテラリー過ぎず、でもよく書けているような〔easily accessible, not too literary but still well-written〕。だから、そういう類の本をわたしたちはおのずと選ぶことになるわね。でも必ずしも手に入る〔図書館に十分な蔵書がある〕とは限らないから、そのときは何か別のものを選ばないといけないんだけどね。(二〇一六年一一月二二日)

リチャード&ジュディに『ミー・ビフォア・ユー』を取り上げられたモイズは、「特定のジャンル」の作家ということになる。実際に選定を担うのは制作スタッフではあるが、[2]「リチャード&ジュディ・ブッククラブ」という番組コーナー/コンテンツがフォルマリズム上の水準を見極め、その水準に則ってジャンルを生成しているとのジャネットの観察は、すぐれて犀利だ。

そして、「容易に理解できて、リテラリー過ぎない」がために、モイズはT読書会では取り上げられない。このことは、アリスがT読書会に参加しない理由——「〔T〕読書会で読む本は、自分が読みたい本」すなわち「女性作家の軽いフィクション」ではないから——と符合する(二〇一八年八月一七日の聞き取り)。アリスによれば「「リチャード&ジュディ・ブッククラブ」は良い本を選んでいて、ステッカーが役に立つ」。つまり、女性作家の軽いフィクションを書店で探すときには、表紙に貼られたリチャード&ジュディ・ブッククラブのステッカーを頼りにする。リチャード&ジュディは、女性視聴/聴取者をターゲットとしながらも、女性作家ばかりを選ぶわけではないし、作者のジェンダーを問わず、ブッカー賞候補になるような、一般にリテラリー・フィクションとみなされる作品を少なからず選定しているのだが、アリスにとって、膨大な数の新刊書から「自分が読みたい本」をふるいにかける際の指標として有益であることに変わりはない。リチャード&ジュディ本が、一つのジャンルのように振る舞い、認知されていることは、前掲のジャネットの発言にも明らかである。こうしたジャンルの生成については第五章で、またモイズ作品をチックリットに分類することの当否については、本章第2節で検討する。

以下では、メンバーたちがモイズ作品のどういった側面に「すごくいい」と共振したのか、ミメーシス的観点とフォルマリズム的観点とから接近を試みる。『一足す一』は、約五名のメンバーが、外国人である筆者に見せたいと思える現実のイングランドを、いわば忠実に反映していると信じるフィクションである。モイズ作品は、とくに『複数の死』との対比において、T読書会メンバーが当時、イギリス社会の現実をどのように生き、また想像していたか、そして誰がイギリス人の典型として描かれるに相応しいと考えていたかを教えるはずである。これらの作品が書かれた背景を分析すると同時に、総体としてのテクストが、物語の外の現実世界を理解する枠組みとしていかに機能し得るか、探ってみたい。

1　詩学と統計学

『一足す一』は『複数の死』と同様、現実世界、すなわち、景気後退が続き格差が拡がる同時代のイギリス社会を参照させる。『一足す一』の主要登場人物は、『複数の死』の八人よりひと回りからふた回り若いけれども、二七歳の主人公ジェスと恋に落ちる三三歳のIT長者エドは、『複数の死』の若き金融エリート、ニッキーと親交があっても不思議ではないし、『複数の死』でジェノーが市民相談所のボランティアとして関わる生活保護受給者マンディとダニーは、ジェスが暮らす低所得者向け公営住宅地の隣人として『一足す一』に登場しても、読者に違和感を与えないだろう。ジェスの夫マーティが「ニュース見ないのかよ、ジェス？　大卒だってみんな仕事にあぶれてんだよ」(34) と吐き捨てるように言うときには、オックスフォード大学卒業後ようよう配達員の職にありついた、『複数の死』のジェイソンのような若者についての報道を、念頭に置いているだろう。イギリスで最も多く飼育登録され、高額売買される犬種のラブラドール、それも黒のラブラドールは、二つの作品で主要人物たちに飼われている。『複数の死』では富裕な四家族それぞれの愛玩犬で、都合四頭のうち一頭は冒頭で死体として登場し、生活困窮者の逆恨みによる犯行を匂わせる。いっぽう、マーティが出て行った後、番犬として保護施設から引き取られたノーマンは、ジェスの娘タンジーを連れ去ろうとする隣人フィッシャーの車に体当たりして瀕死の重傷を負い、生還する。

『一足す一』のおもな舞台は、イングランドのほぼ南端に位置するサウサンプトンの小さな海辺の町。ジェスは四年前、シングルマザーの親友ナタリーと二人で家事代行業を始めるが、そのようなサービスに対価を払う町民は皆無に等しく、顧客のほとんどは、週末を「ビーチフロント」で過ごすロンドンの超富裕層である。ビーチフロントは、専用ビーチ、スポーツクラブ、スパ、ブティック、ミニスーパーマーケットを備えた別荘地で、開発業者による地元住民への事前説明とは異なり、住民には解放されず、地域の景気を浮揚させるほどの経済効果もない。小説は、ジェスとナタリーが、高い職業倫理が裏目に出て、上客を失う場面から始まる。鬱病を理由にイングランド北端に近いヨークシャーの母親の下に身を寄せ、養育費を負担しないマーティに対し、児童養育費庁の介入を求めもせず、パブの接客の仕事と掛け持ちして糊口をしのぐジェスにとっては、死活問題だ。

この『一足す一』の作中人物および作品世界がリアルに感じられるのはなぜか。イタリア人俳優と離婚したばかりの企業経営者が生活困窮者と恋に落ちるというミルズ&ブーン顔負けのシンデレラ・ストーリー[3]に、ルースのような読者が目くじらを立てないのは、異なることである。

ジェスと結ばれる場面で、エドは奇妙な確信を得る――「彼は、彼女を抱き寄せ、彼女の頭のてっぺんに口づけし、彼女が自分にぴたりと身を添わせるのを感じながら、彼女と、彼女の子どもたちを幸せにし、彼女たちの安全を守り、彼女たちに公平な機会を与えるためだったら自分は何だってやるつもりなのだと、気づいた」(356)。この確信は、エドがそれまで自分には無縁と考えていた、宗教的啓示にも似た「すべてがはっきりする瞬間」(356)として訪れるのであるが、奇妙なのは、ひとり親低所得世帯に「公平な機会を与える」という政府が果たすべき役割を、一個人が引き受けようという発想である。性的な魅力の多寡が経済的・物理的セキュリティを左右するようでは、機会が公平に分配されているとは言えない。だがそもそも婚姻という制度が、男女のロマンティックな性関係を法律によって聖別しこれに特権とプライバシーを付与するものであるならば、この場面は、「性的家族」という自然化された「メタナラティブ」(ファインマン 156)に沿ったものである。

「性的家族」すなわち「男女の性的な結びつきを基盤とする家族の「自然な」形態」が「宗教的に神聖視され、社会政策に核心的な位置を占め、さらにイデオロギー上では標準的な規範とされ」(ファインマン 156)、その規範からの逸脱として病理化されるシングルマザー世帯に、「男性が一人加わることによる「家族」の完成を望」む(ファインマン 149)社会の欲望に、『一足す一』は応える。なおイングランドとウェールズでは、『一足す一』出版後の二〇一四年三月に同性婚が合法化されるが、法学者マーサ・A・ファインマンが指摘するとおり、同性カップルを正式な家族の法的カテゴリーに含める改革も、親密圏におけるセクシュアリティの中心性を追認するものであることに変わりはない（154）。

　作品のメッセージは一見、リベラルな多元主義から発せられている。ジェスが育てている子ども二人のうちニッキーは、マーティが一〇代の頃、恋人との間にもうけた婚外子である。そのニッキーが、母親の出奔で住む場所を失ったのが八年前。ジェスは、ナタリーの忠告に耳を貸すことなく、ニッキーを引き取る。


「だってわたしの継息子なんだもん」

「四年間で二回しか会ってないじゃん。ていうかあんたまだ二〇歳にもなってないし」

「まあ、家族ってそんなもんだよ、近頃じゃ。二・四〔two point four〕とは限らないよ」（17）


「二・四」とは、イギリスで女性が生涯に出産する子どもの数の平均値とされ、転じて、〈伝統的〉な核家族を意味する[4]。二と四という数字を用いた当意即妙の切り返しは、タイトルの『二足す二』が暗示する小説の主題であり、ジェスの口癖として「家族にはそれぞれ違った形とサイズがあるんだよ」（359）といったヴァリエーションで反復される。

　それでいて、モイズによる人物造形は、保守派の神経を逆撫ですることのないよう、じつに配慮が行き届いている。一七歳で妊娠し、スキューバダイビングのプロになる夢を諦めたジェスの無軌道ぶり——「わたし、やんちゃだったんだ〔I was a wild kid〕」（182）——は、作中に一度も登場しない厳格な教師の母への反発と、無関係ではないらしいことが仄めかされる。地域の公立図書館は、現実世界の例に漏れず、数ヶ月前に閉鎖されているが、ジェスの家には本が溢れており、ITVの朝のリアリティ番組『ジェレミー・カイル・ショー』(*The Jeremy Kyle Show*、以下『ジェレミー・カイル』と略す)を録画しておいて小学生の我が子と、預ったよその子と一緒に観ることに何ら抵抗を感じないナタリー(153)との違いも示唆される。[5]

『ジェレミー・カイル』は、エドに離婚の理由を訊ねたタンジーによって唐突に引き合いに出されるのであるが、この場面は複数の点で重要である。数学の能力は突出していても、他の面では年相応かそれ以上に幼く邪気の無いタンジーらしさが巧みに描かれているし、よそさまの前で我が子が思わぬことを口走って赤面した経験のある読者のジェスへの共感(あるいは親を赤面させた記憶のある読者のタンジーとの同一化)を誘うと同時に、エドが現在独身で、しかも不義が理由で離婚したわけではないという情報を早い段階でジェスに与え、道徳上の障害を取り除く役割を果たしているからだ。

「『ジェレミー・カイル』だと、かたっぽがだいたい不義を働くよ。よそに赤ちゃんがいたりして、DNAテストを受けなきゃいけなくて、当たってたらだいたい女の人は誰かを殴ってやりたいって顔をするんだ。でもたいていみんな泣き出すんだよ」

〔中略〕

「みんなちょっと狂ったみたいなんだ、その女の人たち、たいていはね。なんでかって言うと、男の人たちみんな、ほかの誰かと赤ちゃんがいるから。それか、彼女がいっぱいいるの。だから統計的に見ると男の人たちはまたやる可能性がすごく高いんだ。なのに女の人たちは誰も統計について考えないみたい」

〔中略〕

「それで、なんで奥さんは出て行ったの?」

〔中略〕「彼女はぼくが働きすぎだと思ったんだ」

「女の人たちがそんなふうに言うこと、『ジェレミー・カイル』じゃ絶対ないよ」(152-53)

ジェスがエドと結ばれるのは、母親と暮らしていたはずのマーティが、別の女性と所帯を持っていたことが判明した直後のことである。ジェスは二年に及ぶ別居中に、青い眼と抗いがたい魅力の持ち主として描かれるかつての同級生リアムと性交渉を持つものの、不義を働いたのは結婚して以来その一度きりである。しかもその一度きりについても、マーティが出て行った(そしてリアムが妻に捨てられた)半年後だったことが説明される(81)。そうと知らずに恋愛市場への再参入をけしかけるナタリーを、ジェスは、「本を読んでるほうがましだよ。だいたい、うちの子たちの人生はそれでなくても波乱万丈なんだから、「さあ、あんたたちの新しいおじさんだよ」ごっことかに、付き合わせられないよ」(14)というなし、違う男性をつぎつぎと家に連れ込むシングルマザーのステレオタイプに抗する。と同時に、「それぞれ違った形とサイズがあ」って然るべきという家族観が、子どもの実父を確定するのにDNA鑑定が必要な関係を包摂しないということを、読者に知らせる。

さらにジェスが理想とするのは、「子どもたちが自分にしてほしいと思っていること」を叶えられるようなワーク・ライフ・バランスの達成である。もしも、いまのように四六時中働かなくて済むならジェスは、子どもたちとお菓子作りをし、ボールに残った生地を舐めさせてやるだろう。ソファに腰を下ろしてちゃんと話を聞くだろう。キッチンのテーブルで宿題をするときには、そばに立って間違いを指摘し、テストで実力を発揮できるようにしてやるだろう。

――ごめんね、夕飯のしたくしなきゃ。

――食洗機回してからね。

――もう出かけなきゃ。シフトから帰ったら聞かせてね。

などと答えてばかりでなく、子どもたちが自分にしてほしいと思っていることをしてやるだろう。(73)

この理想の母親像が、自身と子どもたちの願望ばかりでなく、〈福祉依存〉を許さないネオリベラルの自己責任論によって再帰的に構築されていることに、ジェスは無自覚ではない。

ひとり親には、やってはいけないことがある。それは基本的に誰もが、ひとり親なら当然やるだろうと思っていることだ。つまり、福祉手当を受けるとか、喫煙するとか、公営住宅に住むとか、子どもにマクドナルドばかり食べさせるとかいうことだ。(170)

社会保障が普遍的権利とみなされなくなった現実世界では、ヴィクトリア朝の救貧法を彷彿とさせるような、同情と公的扶助に値する貧民とそうでない貧民との選別がおこなわれる（クラウチ 38）。いっぽうフィクションの世界では、ヒロインが普遍的権利を放棄することで、読者の同情を勝ち取ることができる。ただし子どもを養うために身を粉にして働くだけでは足りず、働きに出ることで子どもにかまってやれないことに負い目を感じなくてはならない。そしておそらく最も肝要なのが、「核による世界の終末にすら明るい面を見出」（4）し兼ねないとナタリーをあきれさせるほどの、ジェスのポジティヴさである。現実の世界で、「不安定で劣悪な労働状況の心理コストについては、労働者個人が負うよう仕向けられる」（カバナス／イルーズ 112）ように、虚構の低スキル労働者には、心理的負荷への耐性が期待される。『一足す一』で「シングルマザー」という言葉が用いられないのは、進歩的なジェンダー中立志向の表れと察せられるが、その問題点については後述する。

「この作品ではひどい貧乏人は扱わない。そういった人びとのことには想像が及ばないので、統計学者か詩人に任せておくことにする」（*Howards End* 58）と語ったのは、みずからのフィクション作品に積極的に介入する作者E・M・フォースター（E. M. Forster）であった。『ハワーズ・エンド』（*Howards End*, 1910）におけるこの語りに先立つこと半世紀、ジョージ・エリオットは『サイラス・マーナー』（*Silas Marner*, 1861）において、「単にミメーシス的な「リアリズム」様式――リアルな貧しい人びとに関する情報を、「それを知りたがっている読者に提供し得るような種類の書き物から、貧しい人びとの描写にさえ「詩的な」次元を加える美的表象様式への転換」を果たしている（Poovey 380）。詩に固有のものとされてきたアウラをまとう散文小説において、肝要なのは、比喩や含意を通して倫理上の教訓を伝えることであるから、史実の不正確さやテクスト内の矛盾は問題ではなくなる（Poovey 355, 380,

383)。

モイズが『一足す一』という表題に込めたのは、集団としてのリアルな貧しい人びとを数量的に扱うことへの批判とも、反対に、統計を用いることなく〈福祉依存〉のレトリックを弄する与党への批判とも解し得る。スチュアート・ホールとアラン・オシェイ（Stuart Hall & Alan O'Shea）は、政治家が、単に世論に訴えるだけでなく、世論はすでに一致を見ていると主張することを通じて、世論を形成するさまを分析している。その行為遂行的な言説効果の一例として彼らが引用するのが、福祉への公的支出削減を正当化する、キャメロン政権（二〇一〇年五月から一五年五月までは自由民主党との連立、一五年五月から一六年七月までは保守党単独）の財務大臣ジョージ・オズボーンの、一二年一〇月八日の保守党大会での発言である。

まだ明け切らぬ早朝に家を出るとき、生活保護を受けてのんびり寝ている隣家の下がったままのブラインドを見上げるシフト労働者にとっての公平とは、どこにあるのかと、わたしたちは問いたい。わたしたちが、わたしたちは皆同じように苦労している〔we're all in this together〕と言うとき、わたしたちはこのような労働者を代弁しているのです。わたしたちが代弁するのは、懸命に働いて何とかやっていきたいと願っているすべての人びとなのです。（qtd. in Hall & O'Shea 15）

調査会社ユーガブの世論調査では、回答者は平均して、福祉予算の四一％が失業者の生活保護に充てられ、二七％が不正受給されていると考えていたのに対し、政府が把握している数字はそれぞれ三％と〇・七％に過ぎない（Hall & O'Shea 15）。にもかかわらず政府は、公平を個人的努力への見返りとして再定義すべく、納税者の「モラル・パニック」に乗じるばかりか、視覚的イメージを効果的に喚起しつつ積極的にそれを煽る(Hall & O'Shea 15)。同様の言説分析を、ジャーナリストのオーウェン・ジョーンズ(Owen Jones)もおこなっている。すなわち、キャメロン政権の保健大臣ジェレミー・ハントは、福祉予算の削減を支持する際、子だくさんの失業世帯を標的にしたが、現実には生活保護を長期にわたって受給している世帯のうち、四人以上の子どもがいるのはわずか三・四%であった(Jones 11)。

『一足す二』が政権批判に貫かれているというのではない。むしろテクストが伝える倫理上の教訓は、つねに両義的である。典型的なアメリカの女性作家によるフィクションが「好感の持てる女性主人公との同一化を促すことを目指す」(Aubry 151)のだとすれば、モイズ作品は女性主人公への温情主義的同情を誘いながら、多様性尊重や社会的包摂といったリベラルな価値観と、ネオリベラルの自己責任論とを、振り子のように往き来する。ユーモラスで軽快な語りや会話は、悲壮感を中和し、リアリティの欠如から目を逸らす働きもする。ジェスとエドが結ばれる場面では、子ども二人が別居中の夫との暮らしを選ぶのではないかと怯え、鼻血を流し、マスカラで目の周りを黒く汚すジェスの、ロマンティックとはとうてい呼べない姿のリアルさと、その姿に怯まないエドの、いささかリアルさを欠く、想定読者のロマンテックな願望を投影した男気とが相俟って、ヒーローが政府に代わってひとり親困窮世帯を救済する奇妙さを、後景に退かせる。次節で見るように、チックリットもミルズ&ブーンも淵源は同じ、結婚市場での取引をロマンティックな恋愛に偽装した正典文学にあるとすれば、それらに親しんできた読者の視点を誘導するのは、造作ないことだろう。言語の、外的世界の対象を指示する機能ではなく表象の機能を追求する〈ジェスチャーの美学〉(Poovey)は、『一足す二』においては、読者の注意を、現実社会の構造的問題から逸らし、自助努力、楽観主義、起業家精神、共助という名の単婚異性愛主義がほぼすべてを解決する虚構の世界に、惹きつけることに成功していると言える。
ただしTグループのルースとのつぎのやりとりからは、彼女が『一足す一』をラブストーリーとは認識していないことが明らかである。インタビューで、彼女が小説一般に求めることについて、訊ねたときのことである。

筆者　では、あなたにとって重要なのは、読みやすさ〔readability〕ですか?

ルース　ええ、とても重要ね、ええ。わたしはとても批判的〔critical〕だから。読みやすさというのは、よく書けてる〔well-written〕ということでもあるよね。トラッシュ〔trash〕なんか読めやしないわね。ラブストーリーには我慢ならないのよ。ミルズ&ブーン――無理、無理。

（二〇一六年一一月二〇日）

ルースが「よく書けてる」と認めるのは、「プロットで読ませる〔plot-driven〕」作品である。反対に、例えばジェイン・オースティンの作品には「プロットらしいプロットがない」から「イライラさせられる」という。オースティン作品に、文学用語で言うところのプロットが存在しないわけではないし、『一足す一』は、モイズ自身が明かしているように、「愛について書くときに最も面白いのは、主人公二人を一緒にするのではなく、いかにして遠ざけておくかだと教えてくれた」("In Conversation") オースティンのプロットを、踏襲している。したがってルースが我慢ならないのは、厳密には、プロットを構成するアクションの、相対的な乏しさであろう。
『一足す一』は確かに、アクション満載のロード・ノベルでもある。主人公をつぎつぎと見舞うトラブルは、社会的に弱い立場に置かれた者が日常的に経験する不公正の現実であり、ナラティヴを駆動し続けるアクションでもある。あまりにも都合の良いタイミングで起こるトラブル＝アクションの連続は、読者の物語への没入を妨げない、ギリギリのところを狙う力技である。そもそもロード・ノベルにとって肝心な装置である自動車が、中古で購入したときから故障続きで使い物にならず、海辺の町の、塩分を含んだ湿気の多い車庫に二年近く放置されネズミの巣と化していたにもかかわらず、走行できる状態を保っているというのは、いかにも非現実的ではないか。それに、整備不良の車に子どもを乗せて一千キロ近くを走破しようという無謀な試みは、今日びでは虐待とみなされ兼ねず、精神的に追い詰められた母親への同情を誘うどころか、反発を招く危険すらある。

ロード・ノベルは、タンジーの数学の才能に気づいた小学校の教諭から、私立校への進学を勧められたことをきっかけに動き始める。娘の才能を伸ばせるだけでなく、息子を通わせる地元の荒れた公立校に進学させずに済むという選択肢は、私立校側の（創立以来、例を見ないほど寛大な）授業料九割免除の提示もあって魅力的だ。けれども、光熱費にも事欠く困窮世帯には残り一割が工面できない。諦めかけた折も折、先の教諭から、五日後にスコットランドのアバディーンで開催される数学オリンピックで優勝すれば、賞金で不足分が賄えると助言される。だがもちろんジェスには鉄道やバスの運賃が捻出できない。そこで整備不良の車を走らせる仕儀となるわけだが、納税も保険契約も怠っていたジェスは、すぐさま検挙される。路上で取り調べを受けているところへ、あたかもよし、アウディの最上級モデルで通りがかり、アバディーンまで送り届けようと申し出るのが、ビーチフロントの顧客の一人、エドなのであった。

2 チックリットか否か?

モイズ作品をチックリットと呼ぶことは妥当だろうか。すでに触れたように、チックリットを定義するのは容易でない。「ヒーローとヒロインが最初は互いをひどく嫌っているが、最後にはヒーローが永遠かつ無条件の愛を告げる」(Mißler 28) という筋立てをその特徴とするならば、オースティンやブロンテ(Brontë)姉妹の作品は間違いなくその元祖であるし、ブロンテ姉妹の影響を公言していたデュ・モーリエ(Daphne du Maurier)の『レベッカ』(*Rebecca*, 1938)や『レイチェル』(*My Cousin Rachel*, 1951)(Light 164)、それにミルズ&ブーンのようなロマンス小説もチックリットの一類型と言える。チックリットの代名詞とも言える『ブリジット・ジョーンズの日記』(*Bridget Jones's Diary*, 1996; 以下『ブリジット・ジョーンズ』と略す)が、オースティンの『高慢と偏見』(*Pride and Prejudice*, 1813) の翻案であることは周知のとおりだ。その『高慢と偏見』は、さらに時代を遡ってサミュエル・リチャードソンの『パミラ』(Samuel Richardson, *Pamela, or Virtue Rewarded*, 1740)を祖とする教訓的恋物語の系譜に連なる(ロッジ、『バフチン』208-11)。「女性が結婚相手を選ぶ権利を主張し始めたものの、社会的慣例によって求婚の過程ではきわめて受動的な役割に制限されていた」一八世紀ほどには、現代のジェンダー役割分担は固定されていないものの、「自分の高潔を失わずに愛する人と結ばれるために、感情、社会、経済、倫理などさまざまな面の障害と闘ってきた女主人公に報償が与えられる」というハッピーエンディングの範型(ロッジ、『バフチン』209)に、『一足す一』は忠実である。

チックリットを最も狭く、『ブリジット・ジョーンズ』や『セックス・アンド・ザ・シティ』に代表される、一九九〇年代からゼロ年代初頭の、都会の独身女性を主人公兼語り手とする告白調のフィクションと定義するなら、『一足す一』は当然これには当てはまらない。[6] また、後で精察を加える『一足す一』の語りの手法は、狭義のチックリットのそれとは大きく異なる。ネディン・ムーンサミーとリンダ・ギチャンダ・スペンサー（Nedine Moonsamy & Lynda Gichanda Spencer）によれば、ロマンスの三人称の語りが、ヒロインを男性の眼差しの客体として位置づけるのに対し、チックリットは一人称の語りによって主体の経験に光を当て、女性の内面と感情を探究する。チックリットの多くが採用する日記や書簡、電子メールなどの告白様式が、読者にヒロインとの同一化を促し、男性優位社会によってつねに監視され支配されている感覚からの、束の間の逃避を可能にするのだという（Moosamy & Spencer 438）。

モイズ自身は、ロマンス小説家協会からロマンス小説家賞を二〇〇四年と一一年の二度にわたって授与された数少ない作家でありながら、ロマンス小説家と呼ばれることへの抵抗を口にして憚らない。以下は『一足す一』の巻末付録として掲載された、読者とのQ&Aからの抜粋である。

あなたはロマンス小説家〔a Romantic Novelist〕と呼ばれ（また喝采して認められ）ています。ご自身を「ロマンス小説家」と称しますか？

ロマンス小説家のかたがたを軽んじるつもりはありませんが（尊敬すべき一団です）、お答えはノーです。わたしはつねに自分のことを、たまたまラブストーリーがプロットを貫いているようなストーリーテラーだと考えてきました。カテゴリー・ロマンス（すなわちミルズ&ブーン）について書いているのでない限り、「ロマンス小説家」というのは、とても還元主義的な用語です――たいていは評者が作家を真剣に捉えていないときに使われます。ひょっとしたら、ラブストーリーを書いている男性がもっとたくさんロマンス小説家と呼ばれるのを目にすることがあれば、わたし

の感じ方も変わるかもしれません…（"In Conversation"; 省略は原文のママ）

女性だけがロマンス小説家と称されることは、明らかに妥当性を欠く。しかるに『一足す一』の裏表紙の惹句、「二人の永遠の楽観主義者…／〔中略〕／プラス一人の踏み迷ったよそ者…／〔中略〕／イコール思いがけない出会い」には、「たまたま」「プロットを貫いている」ラブストーリーを前景化して売ろうとする版元の意図が歴としている。いっぽうでおもて表紙は、白地に著者名と表題、主要登場人物の後ろ姿のイラストをあしらっただけのごくあっさりしたデザインで、前作の賑やかな——ピンク色の背景に、女性のシルエット、星、花畑、そしてピンクの文字で引用された『グッド・ハウスキーピング』と『デイリー・メール』のレビューなどなどを満載した——装丁とは、かなり趣を異にする。版元およびエージェントへの謝辞も対照的だ。『ミー・ビフォア・ユー』が「何なのかを——すなわちラブストーリーであることを——ただちに見抜いてくれた」（Acknowledgements）ことへの厚い感謝の言葉と並べてみると、『一足す一』の定型句はいかにもそっけない。著者近影も然り。『ミー・ビフォア・ユー』の、麦畑を背景に、サンドレスに裸足、膝にはタイプライターを載せて、四駆のボンネットに腰掛け笑みを浮かべるという珍妙な設定と、『一足す一』の落ち着いたニット姿のバストショットとでは、やはり好対照を成している。(7)

『ミー・ビフォア・ユー』は、モイズのブログによれば、「四肢麻痺患者に関する本」に「「介護者」と「ディグニタス〔スイスの自殺幇助団体〕」という単語を放り込んだ」もので、ペンギンと出版契約を結ぶ前のタイトルは、四肢麻痺患者が自死を遂げるまでの、介護者との雇用関係を意味する『六ヶ月契約』であった（"Richard"）。これを「どう売り出したものか眉間に皺を寄せての議論が繰り返された」（"Richard"）

末に、「ミー」と「ユー」のラブストーリーとして売り出す方針が定まり、これが奏効したようだ。リチャード&ジュディが実施する人気投票では、二〇一二年春の八冊のうち過去最高の六〇%の支持を集めた。(8) それから『一足す一』を上梓するまでの二年の間に、ラブストーリーの扱いをめぐるモイズの心境に変化があったのか、また販売戦略にモイズの意向が反映されたのか、知る術はないが、次節では、モイズの側にラブストーリーとカテゴライズされることに何のわだかまりもなかった『ミー・ビフォア・ユー』に焦点を移し、二〇一二年のペーパーバック版のパラテクスト、アダプテーション、間テクスト性の観点から、総体としてのテクストの意味生産について考察したい。

3 『ミー・ビフォア・ユー』——あなたと出会う前のわたし／あなたよりわたしが大事

『ミー・ビフォア・ユー』は安楽死や自殺幇助といった主要なトピックに加え、『一足す一』が扱う階級／地域間格差の問題を先取りし、さらに産業の空洞化、ケア労働の女性化、一〇代の妊娠、(職業訓練の受講開始と同時に失業手当給付を打ち切ることで、低スキルの失業者に悪条件の職を拒めなくするような) 労働市場における選択権の剥奪、性暴力など数々のイシューを野心的に盛り込んでいる。イギリスの作家トム・マッカーシー (Tom McCarthy) が、出版大手から本を出すには「ミドルブラウの既成の美意識 (「現代文化」のさまざまなイシュー、「ポストコロニアルなアイデンティティ」などなど) を追認」しなくてはならないと、苦々しげに告発したのは、二〇〇三年のことである。(9) マッカーシーが直接名指したわけではないが、前述のとおり、ライオネル・シュライバー『ケヴィンのことで話があるの』(2003)、ジョディ・ピコー『私の中のあなた』(2004)、アニタ・シュリーヴ『パイロットの妻』(1998)といったアメリカの女性作家の作品はいずれも、すべてを手に入れた白人中産階級女性の後日譚に、精神医療と学校での銃乱射事件、デザイナーベビーと生体移植、アイルランド問題と安全保障といったイシューを、織り交ぜている。対するモイズは、二〇〇七年の金融危機を境にすべてを手に入れることがますます現実味を失うイギリスを舞台に、困窮するヒロインと富裕な年上のヒーローのラブストーリーを紡ぐ。いずれの場合も、さまざまなイシューは、ラブストーリーに現実効果を与える。ミルズ&ブーンと同列に扱われたくないという作者の矜持は、自分が読んでいるのはミルズ&ブーンのような低俗なジャンルではないというルースのような読者の認識と呼応する。女性の手になる書き物が往々にして女性に読まれることで評価を下げてきたことを考えれば(Light 162; Humble 19)、「文学と呼ぶに相応しい水準に達していないジャンル・フィクションとして、退屈した主婦、欲求不満の秘書、神経症の独身女性に貪るように消費される」チックリット(Moosamy & Spencer 444)にまつわるスティグマを、免れたいという両者の思惑が一致したとしても、不思議ではない。

出版業界では、ゲラの段階で一般読者からのフィードバックをもとに販売戦略を練る手法が一般化して久しいが、[10]いかなるテクストも、作者と版元の意図や期待に沿って受容されるとは限らない。第五章でも見るとおり、テクストの意味生産は、読まれる際の特定の状況を含む外的要素にも大きく依存する。リタ・フェルスキは、『ジェイン・エア』を例に、作品世界に没入して楽しむ読者と、ヴィクトリア朝の帝国主義の徴候を読み取る読者との違いを、それぞれの政治信条の帰結というよりも、特定の状況においてどのような立場で読むかにかかっていると論じる(Felski, *Uses* 12)。ディードリー・ショウナ・リンチ(Deidre Shauna Lynch)はより具体的に「二〇世紀後半の文学教授のサブカルチャーにおいて、公然の秘密となっている享楽的儀式」の一例として、『ジェイン・エア』が「ページ・ターナー」として扱われる状況に言及している（149）。「嫌なことがあった日に、『ジェイン・エア』を読み直して泣こうと決める」文学教授は、以前に読んだときには看過していたかもしれないテクストの徴候を暴こうとしているのではなく、以前に読んで泣けた箇所で以前と同じように泣こうとしているのである（Lynch 149-50）。このことを踏まえたうえで、以下、『ミー・ビフォア・ユー』の巻末付録に着目し、テクストとパラテクストがいかなるメッセージを送り、読者がいかなるメッセージを読み取り得るか、検討しよう。

巻末付録は、「読書会のための質問集」、モイズが『テレグラフ』紙に寄稿した記事二本、『一足す一』のサンプルで構成されている。うち、『ラブストーリー』（*Love Story*, 1970）の脚本家として知られるエリック・シーガル（Erich Segal）の訃報に接しての記事（"Erich Segal's Legacy"）は、「泣ける〔weepy〕」チックフリックの系譜を、一オーディエンスとしての自身の経験を交えて分析していて興味深い。いわく「わたしたちが泣ける映画を観るのは、示唆に富むセリフを期待するからではなく」、「ホラー映画をものすごく怖がったり、ジェットコースターで心臓をドキドキさせたりしたいのと同じ理由から」であり、「虚構だからこそ気持ちよく泣ける」のである（491-92）。

人生上手くいかなくて、ちょっぴり悲しいですって？　元気出して——少なくとも命取りの病気にかかったわけじゃないよね。仕事が憂鬱ですって？　あのねえ、一〇人の愛する我が子にそれぞれ新しい家族を見つけてやらなきゃいけないわけじゃないよね、それも不景気のさなかに！　ときに情け容赦なく残酷で、なのに弱音を吐くことを許さないような世界で、わたしたちはカタ

ルシスを味わうのだ。（492）

二〇〇〇年代に入って、「女性向け」映画は、『ブリジット・ジョーンズ』や『恋人たちの予感』(11)のようなアイロニーを基調としたロムコム（ロマンティック・コメディ）が主流となり、感傷的なロマンス、とりわけ「命取りの病気を患う若い母親」といった、モイズ「お気に入りのクリシェ」を売るのがほぼ不可能になるなか（490, 92）、ピコーの『私の中のあなた』やアリス・シーボルドの『ラブリーボーン』（Alice Sebold, *The Lovely Bones*, 2002）を原作とする映画（ともに二〇〇九年公開）に、モイズは、「アイロニー抜きで」泣ける映画復活の兆しを見ている（493）。この予言はモイズ自身の『ミー・ビフォア・ユー』の映画化で成就することになる。前章で参照したクリスティーナ・ダルチャーの発言と見紛うばかりの右の引用からは、残酷な世界に最適応するための束の間の休暇を、モイズもまた読者に提供しようとしていることが窺える。

この記事が付録として転載されていることが示すのは、一つには、四肢麻痺に限らず重い障がいとともに生きる人たちが、『ミー・ビフォア・ユー』の読者として想定されていないという事実である。したがって、映画化によってより広い層の耳目に触れ、安楽死の合法化に反対する障がい者団体などによるボイコット運動を招いたのは、当然の帰結と言えよう。配給会社がウィルの手紙の一節から採った宣伝文句「#大胆に生きろよ〔#LiveBoldly〕」に反発して、ツイッターには「#mebeforeeuthanasia〔ミービフォア安楽死《ユーサネイジャ》〕」のタグ付けとともに、「障がいスナッフ映画」や「インスピレーション・ポルノ」といった批判の投稿が相次いだ。

こうした抗議に対し、ルーを演じた俳優、監督、モイズの三者は、タブロイド紙『メトロ』

（*Metro*）の取材に応じ釈明を試みている。モイズいわく「すべての障がい者を〔ウィル一人に〕代表させて表象《リプレゼント》することを意図したものではな」く、「映画のなかの誰もウィルの決断に賛成していない」し、「結局のところこれはラブストーリーであり、一人の女性が試みようと――彼女がその決断を受け入れようと試みる道程」を描いたものであり、「文字どおり虚構であって、一人の男性について〔の虚構〕に過ぎない」。[12] 主演俳優と監督がともに暗に非難しているとおり、ツイッターの投稿の多くは予告編やレビューなどをもとに道徳的評価を下していることが看取できる。実際、介護者として雇われたルーは、六ヶ月の契約が満了する直前まで、ウィルを翻意させようと奔走する。自死は、個人の自律、すなわち個人が自由に行動する権利の追求を是とする世俗的社会における、究極の自己決定とも言えるが、モイズは、ウィルという名が象徴する自由意志に疑義を突きつける役割を、敬虔なキリスト教徒で治安判事の母親に担わせてもいる。こうした、十分「示唆に富むセリフ」――この場合は、母親の一人称の語りで構成される章――と矛盾するメッセージを、パラテクストは送っている。

「ジェイン・オースティンの癒しの力（The Healing Power of Jane Austen）」と題されたもう一本の記事もまた、泣ける虚構、あるいはインスピレーション・ポルノの生産と消費を奨励している。俳優のエマ・トンプソン（Emma Thompson）が映画版『分別と多感』（*Sense and Sensibility*, 2010）の脚本執筆にいたった経緯に触れたもので、モイズはつぎのように締め括っている。

> 文学は鏡を掲げる。あなたの人生をありのままに映し出すかもしれないし、何かを誇張し、熟視し難いかたちで見せるかもしれない。昨日、ある癌サバイバーがお気に入りの本だと教えてくれたのが、読む者を消耗させるウワディスラフ・シュピルマンの『ピアニスト』（Władysław

Szpilman, *The Pianist*）だったのだが、「なぜなら」と彼女が言うには、「それが、わたしは生き抜くことができると言ったから」。

ひょっとしたら、これこそが最も明瞭なメッセージかもしれない。トンプソンは、彼女のもとから去っていく夫のガウンを纏って惨めな思いに沈んでいるときにこのことに気づいたが、いままさに気づこうとしている人たちもいるに違いない。そしてこれは、セルフヘルプ本やオプラ・ウィンフリーの耳に心地良い口調などよりもはるかに効果的に、文学が伝えるメッセージだ——あなたはこれを耐え抜く。そして生き抜くことができる、と。（499）

まず、『ピアニスト』（邦題は『戦場のピアニスト』、ドイツ語の原題は直訳するなら「奇跡の生存者」）はノンフィクションであるから、セルフヘルプ本やウィンフリーなどとは比較にならないという文学の力を、強調する例としては不適当である。さらに、モイズの指弾の対象が『オプラ・ウィンフリー・ショー』なのか、番組内の人気コーナー「オプラのブッククラブ（以下、OBCと略す）」なのかは判然としないものの、モイズの言う文学の「癒しの力」は、ウィンフリーが番組を通じて唱導するセルフヘルプの教えとまったく矛盾しないように思われる。モイズの批判は詮ずるところ、OBCの学術研究書を著したキャスリーン・ルーニー（Kathleen Rooney）のそれ——「彼女〔が薦める本〕の読者たちが、自分たち自身のライフストーリーを、本のなかで出会うそれに重ねるよう促すことでウィンフリーは、OBCを本よりも彼女のショー自体のセルフヘルプのナラティヴに結びつける」（28）——に尽きよう。「癒しの力」は、読者が作中人物と自身のライフストーリーとを重ね合わせてこそ発揮されるのだから。

だがともかくここで注目したいのは、『ミー・ビフォア・ユー』において試練に耐えて生き抜くのが、障がい者ではなく、性暴力のサバイバーでもある低学歴で低所得世帯の大黒柱ルーであることだ。癌患者の闘病をユダヤ人のナチスとの闘いによって相対化するエピソードからも窺えるのは、モイズが、自身の作中人物を、想定読者よりも悲惨な、しかし十分ありふれた境遇に置くことで、読者に残酷な世界を生き抜くための休暇を与えはしても、世界をラディカルに変革する希望は示していないということである。ティモシー・オウブリーがセラピー戦略と呼んで批判するのは、このような〈脱政治化〉の志向である。

加えて、マルクス主義フェミニズム批評の訓練を受けた者なら誰でも、『ミー・ビフォア・ユー』のテクストに、シャーロット・ブロンテ(Charlotte Brontë)作品の残像を見てしまうのではないか。ただし、テクストが明示する間テクストは『ピグマリオン』(*Pygmalion*)である。性被害のトラウマから、物理的・象徴的な未知の領域に踏み出すのを恐れるルーに、ウィルが映画や音楽、本をつぎつぎと薦めて視野を開こうとするさまを、ルー自身が喩えている。というか、この非正規教育に反発したルーが『マイ・フェア・レディ』(*My Fair Lady*)に言及したのを、ウィルが『ピグマリオン』の「私生児に過ぎない」(205)とわざわざ訂正したのであった。ウィルのスノビズムは、想定読者のそれをくすぐると同時に、イライザがヒギンズのもとを去っていく戯曲の結末を想起させるだろう。しかしながら、イライザが自立するためにただ歩み去ればよいのに対し、ルーが自立し「大胆に生きる」ことは、介護からの解放を意味する。ヒギンスは生き続けるが、ウィルは自死を遂げなくてはならない。

「スナッフ映画」というツイッター上の批判が存外的外れと思えなくなるのは、『ミー・ビフォア・ユー』を、ジョージ・バーナード・ショウやオースティンよりも、シャーロット・ブロンテの戦闘的ブルジョワ・フェミニズムの系譜に置いてみるときである。小説という文学様式自体がブルジョワ社会と帝国主義の産物であり、「進取の気性に富んだブルジョワジーに特有の、変化を求めて落ち着かず活力に満ちた」主人公に、冒険をさせると同時に、冒険の経験を通じて「何に対してなら大志を抱いてよいのか、どこへなら行けるのか、何にならなれるのか、といった限界」を思い知らせるとしたら（Said 84）、一九世紀の北西ヨーロッパの女性の自立への闘争は、より大きな、能力主義を前提とする個人主義の舞台において闘われる（Spivak, *Critique* 112-19）。そして今日にあっても「メトロポリスの社会的諸関係と諸制度に取り込まれたフェミニズムは、一九世紀ヨーロッパの階級上昇を志向するブルジョワの文化政治における個人主義を目指す闘いとの関係に似たものを持つ」（Spivak, *Critique* 148）。『ミー・ビフォア・ユー』という表題には明らかに、「ユー（ウィル）に出会う前のミー（ルー）」と「ユーよりミーが大事」の、二つの意味が掛けられている。

『ジェイン・エア』は、既存の社会秩序を破壊することなくジェインの性的欲望と階級上昇の野心を同時に満たすために、ロチェスターの妻バーサを自殺させるだけでなく、バーサを救おうとしたロチェスターの右腕と視力を奪って、ヒーローとヒロインの力関係を転倒させる必要があった。ただし、バーサを獣じみた狂人に仕立てた挙げ句に抹殺して、ジェインを重婚の罪から救い、ロチェスターの視力を部分的に回復させ、ジェインとの間に男児を授けるプロットは、キリスト教の神の「恵み」（Brontë 457）という説明原理が、万能とは言わぬまでも有効であった世界に属するものである。その説明原理は、「帝国主義一般の認識論的暴力、みずからを犠牲にして帝国主義者の社会的ミッションを賛美する植民地主体《サブジェクト》／臣民の構築の寓話」（Spivak, *Critique* 127）でもある。他方、モイズが仮に、現代医療の限界に反してウィルの身体機能をいくぶんかでも回復させ、二人が結ばれるハッピーエンディングを描いたとしたら、『ミー・ビフォア・ユー』は、「人生のリアリティを交えたタイプ」ではなく、チッククリットのなかでも、ファンタジーかスピリチュアリズム仕立てのサブジャンル小説になっていただろう。

上流階級の母親の目に、ロンドンを拠点とする企業買収ビジネスの成功で「リッチで傲慢」(141)になったと映るウィルが、出社途中の事故で象徴的というよりは文字どおりに去勢され、ルーが「大胆に生き」るために必要な資本すなわち「住まいを買い、学士号取得のための学費の支払いと、フルタイムの教育を受ける間の生活費」(479)を、ウィルの名に相応しく遺贈するプロットは、ジェンダー間の階級闘争と富の再分配の寓話として読むことは可能である。そして結末では、ルーとウィルの関係は、ジェインとロチェスターよりも、『ヴィレット』(*Villette*, 1853)のルーシー・スノウとポール・エマニュエルのそれを想起させる。ポールは、身寄りのない教師ルーシーに、住居兼校舎を(家具調度や備品から印刷済み募集要項にいたるまでを整えて)贈り、学校経営の夢を叶えてやった後に、海底の藻屑となったことが仄めかされているからだ。

というような間テクスト的解釈は、T読書会ではせいぜい衒学趣味、悪くすると荒唐無稽と一蹴されるのが落ちかもしれない。[13] そもそも、「すごくいい」モイズが読書会で取り上げられないのは、ブロンテとその私生児を同列に語るべきではないと考えられているためだろう。

モイズ自身が、ジョディ・ピコーやアリス・シーボルドと同じジャンルのストーリーテラーを自認していることは、先の引用に看取される。そしておそらく、文学的価値のヒエラルキーにおいては、みずからの作品を、ちょうど『一足す一』のジェスの家に溢れかえる「スリラーや歴史ロマンス」(473)と同じく、ミルズ&ブーンより上でリテラリー・フィクションよりは下と位置づけている。トム・マッカーシーが、『タイムズ文芸付録』(*Times Literary Supplement*)に『残余』の長文レビューが掲載されたのを、作家としてのキャリアの最高の瞬間だったと振り返るのに対し、[14] モイズは「リチャード&ジュディ・ブッククラブ」に出演できたことを、「吐き気をもよおすほど嬉しく有難た過ぎて、自由形式の喜びの舞を踊りたくなるような稀な瞬間の一つ」と表現し、緊張を和らげるため、セバスチャン・フォークスが出演した過去の放送を思い起こしたと、語っている（"Richard"）。

T読書会メンバーのカテゴリーの認識については、ジーンが自身の最近の読書について聞かせてくれたことが手がかりになる。

いまは読書会でやる本を読むのと、トラッシュとは言わないまでも、休暇向きの読み物〔holiday readings〕を読むことが多いわね、フィリッパ・グレゴリー（Philippa Gregory）とか。うちの娘はひどいって言うけどね。彼女はAレベルの歴史を教えてるもんだから。わたしは薔薇戦争ものが好きなのね。探偵ものも好き。ルース・レンデルとか。セバスチャン・フォークス——彼の第一次世界大戦と第二次世界大戦についての三部作はよく書けてると思うわ。ウィリアム・ボイドとかフィリップ・カーとか、そういう類の作家ね。完全なラビッシュ〔rubbish〕ってわけでもない。

（二〇一六年一一月二四日）

T読書会でやる本と休暇向きの読み物の間には、明確な序列がある。だからジーンの他に『一足す一』を薦めてくれたメンバーたちも、歴史ロマンスやスリラーと同じカテゴリーに分類されるチックリットを、読書会でやろうとは考えなかったのだろう。[15] 次章で論じるとおり、T読書会の本の選定には、明文化されていないけれども確かに一定の基準があり、これに抵触すれば大きな軋轢を生じさせることになる。

ジャンルの序列については、「トラッシュ」や「ラビッシュ」の定義とともに、第六章で詳細な検討を加えることとし、本節で最後に注目したいのは、ジーンが一九六〇年代という時代について、巷に喧伝されているよりもセクシュアリティに関して保守的だったと証言して、セックスを軽く扱う昨今の風潮に苦言を呈し、続いて『ブリジット・ジョーンズ』に言及したことである。

ジーン わたしは『ブリジット・ジョーンズ』好きよ。

筆者 彼女は性に奔放なところがあります〔sort of promiscuous〕よね。

ジーン そうね、でも彼女は中産階級でもあるわよね。悪態ついたり罵ったりしないし〔She's not swearing or cursing〕。そうね、とても滑稽で、とてもおもしろいわね〔Yes, very funny, very amusing〕。

筆者 お気に入りの本はさまざまなんですね。

ジーン 以前は、一番の愛読書はシャーロット〔ママ〕・ブロンテの『嵐が丘』だったの。それにトーマス・ハーディの——あの女の子の名前、何だったっけ？

筆者 テスですか？

ジーン そう、『テス』。素晴らしい本だわ。（二〇一六年一一月二四日）

ブリジットを「性に奔放」と言うのは語弊があり、二〇年近く前に一度読んだきりの筆者の記憶違いであることに、本書執筆のために再読して気づいた。他方でジーンの記憶もやや正確さを欠き、ブリジットは"damn"や"bloody"あるいは"fuckwittage"といった卑語を用いているのであるが、いずれにせよ、ジーンのような読者にとって、ブリジットの逸脱——あるいは専業主婦だったブリジットの母親の、ドメスティック・イデオロギーからの突然の自己解放——が階級的出自を理由に許容されることに、変わりはない。モイズ作品をベストセラーに押し上げたのは、『ジェレミー・カイル』の出演者や視聴者とは違う、『嵐が丘』や『テス』のような女の子を主人公とする正典文学を一〇代で読んで好きになり、「スリラーや歴史ロマンス」に親しみ、『ブリジット・ジョーンズ』を「とても滑稽で、とてもおもしろい」と受容する、幅広い年代の中産階級女性に、抜かりなく訴求した結果だろう。二〇一八年と二〇年に『ミー・ビフォア・ユー』のさらなる続編が刊行されたことは、ボイコット運動によるダメージが軽微であったことの証左である。

4 思案するヒロイン、ソーシャルスキルを学ぶヒーロー

『一足す二』に戻る前に、先に見たムーンサミーとスペンサーによる語りの分類の問題点を指摘しておきたい。そもそもブリジットの一人称の語りは、肉体関係を持ちながら付き合っているのかいないのかはっきりさせない「コミットメント・フォビックたち〔commitment phobics〕」（Fielding 2）の電子メールを含む言動を精査し、真意を探ることに多くの紙幅を費やしている。現実世界においては往々にして、解読すべき真意など存在せず、単に自分にさほど興味がないだけ、というアンチ・クライマックスが待ち受けているのであるが、アンドリュー・パイパー（Andrew Piper）が要約するとおり、一九世紀転換期に主体の内面やプライバシーに道徳的価値が付与されるようになると、女性作家による女性向けフィクションにおいては、そうした価値観にもとづく社会関係を表象すべく、新たな語彙が導入され、世

紀末にいたって「内省的なタイプの現代女性の本」というジャンルが確立する（134）。このジャンルは今日でも、内面の深奥を読み解く技術を読者に教えるが、こうした訓練を通じた女性の主体化を、男性の欲望の客体となることに他ならないと否定的に論じる向きも少なくない（Piper 134）。

また、三人称（または非人称）であれ一人称であれ、ミスター・ダーシーや『ブリジット・ジョーンズ』のマーク・ダーシーの冷淡さや無礼さが、ハッピーエンディングを遅延し、ヒロインと読者の注意を惹きつけ続ける謎として機能するのとは対照的に、結末まで待たずとも謎解きの答え合わせができるよう、ヒロインとヒーロー、それぞれの視点による章を交互に配したり、主人公以外の人物による語りを織り交ぜたりする手法が、ミルズ＆ブーンを含む女性向けの小説には、盛んに採用されている。[16] 複数の視点による語りは、モダニズム文学では現実へのアクセスの不可能性を実演してみせるが、『一足す一』においては、客観的事実という解が、四つの視点の総和として求められるのである。（おもにルーの一人称過去形で語られる『ミー・ビフォア・ユー』にも、ウィルの母親、医療スタッフ、父親、ルーの妹による一人称の語りが、一章ずつ挿入されている。）

『一足す一』の各章の冒頭には、焦点人物の名前が「1. ジェス」、「2. タンジー」、「3. エド」、「4. ジェス」、「5. ニッキー」……といった具合に明記されている。四人のうち、ジェスは主人公に相応しく最も多くの章（一七章）を割り振られ、続いてエド（一〇章）、タンジー（八章）、ニッキー（七章）の順に、割かれる章の数も紙幅も小さくなる。それぞれの視点から分節化される世界が、おもに三人称過去形で、それぞれの言葉遣いで読者に提示される仕組みである。ただし人物ごとに終始一貫した語りが採用されているわけではない。例えば「5. ニッキー」の章は、オンラインゲームに夢中で寡黙なティーンエイジャーらしい独白「おやじは最悪のクソ野郎だ」の一文のみ。終章は、タンジーのブログの体裁で、直前のジェスの章に描かれたハッピーエンディングの、さらに先の出来事を要約している。

仮に表紙のデザインやブラーブ[17]の影響を受けずに本を開く読者がいたとして、の話ではあるが、先入観を免れた読者も、第三章にエドが登場した時点で、彼とジェスが恋に落ちることを予感し、その予感を第四章で確信に変えるだろう。身分違いの男女が互いに最悪の第一印象を抱くという『高慢と偏見』ふうプロットを踏襲しながら、第三章のエドの視点は、オースティンの非人称の語り手よりもはるかに早い段階で――しかも、二人が出会う以前に――ジェスが抱いた第一印象の誤謬を、読者に教える。エドが、じつは経営に疎いおたくで、そうと気づかずにインサイダー取引に関与し、捜査を受けていることを知る読者は、第四章で、清掃のため書斎のドアを開けたジェスを一瞥するなり、まるで犬に「待て」を命じるように手を挙げ（65）、彼女の鼻先で乱暴にドアを閉めたエドに、理解を示すだろう。自社の幹部と電話で口論した直後で、まともな応対のできる精神状態になかったのだ、と。高慢に見えるエドの振る舞いに悪意はないことは、彼が姉のジェマから「ソーシャルスキルの欠如」を詰られるエピソード（55）によって、すでに説明されている。のちの姉弟の会話を通じて、エドを私立学校に通わせるために「すべてを犠牲にした」（119）家族が、上層労働者階級であること、したがって「私立学校じゃ礼儀を教えないいんだよ」というナタリーの寸評が（65）、すべての私立学校のすべての生徒をひとからげに否定する偏見に過ぎないことも、示唆される。出自の点ではさほど隔たっていないことが明らかになり、読者は安んじて二人の恋の行方を見守ることができるだろう。「秩序を好」み、ジェスの「自他の境界を侵犯する感じ〔*boundarylessness*〕にイライラさせられ」るエド（150）にコミットメントの尊さを教え、ソーシャルスキルの再教育を施し、人としての心理的深みを与えるのが、ジェスと子どもたちである。

5 労働者階級の社会移動と脱悪魔化

それにしても、労働者階級から超富裕層に上り詰めたエドに、読者はリアリティを感じるだろうか？その疑問の機先を制するかのように、モイズはタンジーに、インターネットで「私立学校に通う低所得家庭の子の統計を調べ」させる（389）。タンジーはものの数分で、自分が進学できる確率を「一桁台のパーセンテージ」と割り出す（389）。将来エドのように成功する確率となると、さらに低いはずである。[18] 翻って、『複数の死』のジョニーのような大物政治家を父に持つ子が法廷弁護士になる確率は、はるかに高い。〈人口の一％〉を構成する超富裕層の作中人物を実在しないと断定する読者が、エドの成功（と挫折の）物語を受け入れるのはなぜか。一つには、ジョニーが、父親の不正会計をめぐるスキャンダルをきっかけにアイデンティティの危機に見舞われ、みずからの弱さと向き合い、他者への理解を深めるのが小説の終盤になってからであるのに対し、エドが冒頭ですでに、自分の会社を追われるだけでなく、その会社を一緒に興した学生時代からの親友ロナンに見限られるという、相応の社会的制裁を受け、赤の他人に救いの手を差し延べるかたちで、贖罪の準備を始めていることが奏効しているだろう。統計というテクストの外部を参照させながらも、テクストの道徳訓から読者の注意を逸らさない、〈ジェスチャーの美学〉である。

エドの善行は、衝動的になされ、遡及的に意味づけられる——「ひょっとしたら、あらゆる有効な証拠に反して、自分はまったくのクソ野郎というわけではないと信じたかっただけかもしれなかった」（121）。仕事にかまけて、父親を見舞いにイングランド北部に帰省することも、同じロンドンに暮らす姉一家を訪ねることもおろそかにしていたエドが、みずからの出自と和解するサブプロットは、生を円環を成す旅になぞらえるユダヤ－キリスト教文化圏ではごくありふれたものだ。人間の罪と救済の寓話としての放蕩息子の帰還はその典型であって、文字どおりの旅、探求、戦闘と道徳的な誘惑による試練は、文学作品においても標準的なプロットである（Abrams 168）。

疎外という現代の病弊を克服するには、個人は自己との統一性のみならず、共同体や敵対する外界との親和性を回復するための再統合の道を発見しなければならないという主題は、M・H・エイブラムズ（M. H. Abrams）によれば、文学作品に変奏されるばかりでなく、『リーダーズ・ダイジェスト』のような大衆ジャーナリズムにも共有されているという（Abrams 145）。このエイブラムズによる一九六〇年代の診断は、モイズのロード・ノベルの軌跡を部分的に説明する。部分的に、というのは、後で見るように、ジェス自身は、エドの親和性回復の媒介者となりながら、彼女の妊娠、出産、結婚を「人生の選択」（182）と呼んで否定した母親と、再会を果たすことがないためだ。

ここでもテクストの道徳訓は両義的である。エドの極めて稀な成功事例に続こうとするタンジーは、『一足す一』（そして『複数の死』）の物語が展開する当時、現実世界の与党が掲げた、社会移動の推進という目標を体現する人物である。保守党－自由民主党連立政権は、二〇一〇年、「社会移動と子どもの貧困委員会（Social Mobility and Child Poverty Commission）」を設置、翌年には目玉戦略として内閣府に「扉を開き、障壁を取り除く（Opening Doors, Braking Barriers）」を発足する（Laurison et al. 261）。そのいっぽうで、連立政権と続く保守党政権はともに、金融危機の打撃からの回復を狙って公共支出を大幅に削減、なかでも〈福祉依存〉に対処すべく生産年齢対象の給付を引き下げた。こうした政策は、ステファン・コリーニ（Stefan Collini）が二〇一二年の著書で述べているように、「高等教育進学者を増やすことが、社会における富の分配に現実の構造変化をもたらす代わりになると、騙ることを可能にする」ものだ(*What* 92)。「「同じ土俵〔level playing-field〕」という誤解を招きやすいメタファー」を好んで用いる政府は、依然として能力主義による社会移動を正当化し、以前にも増して大学に「「社会移動」の道具たること」を期待するようになっている(*What* 92)。

連立政権時代に、リアリティ番組のなかでも生活保護受給者の日常生活を取り上げる新しいジャンルが急増したのは、偶然ではない[19]。一般に貧困ポルノと揶揄されるドキュメンタリー番組を、社会学者サラ・デ・ベネディクティス(Sara de Benedictis)らは「ファクチュアル・ウェルフェア・テレビジョン〔factual welfare television〕」と名づけ、金融危機がテレビ局や制作会社の予算編成に多大な影響を及ぼし、制作費を抑えられるフォーマットとナラティヴを各局が競って模倣するようになった過程を分析している(de Benedictis et al.)。

このジャンルのなかでもおそらく最も物議を醸した『ベネフィッツ・ストリート』(*Benefits Street*)の放映開始は二〇一四年、『一足す一』の刊行直後のことであるから、モイズが作中人物に視聴させる『ジェレミー・カイル』は古いタイプのリアリティ番組ということになる。それでも、一般人をスタジオに出演させ、司会のジェレミー・カイルが当事者間の「揉め事や個人的問題を解決」するという触れ込みの番組は、二〇〇五年七月の放送開始から、二〇一九年五月、ある出演者の自殺が疑われる死を受けて、新たなエピソードの制作と過去のエピソードを含むすべての放送を中止するまで、常時百万人が視聴する人気であった(Dowell; Waterson & Weaver)[20]。「リアリティ番組」とはいえ、出演者が放送禁止用語を連発しながらつかみ合いを始め、警備員が止めに入るという毎度お約束の展開を、視聴者の多くは演出の一部と了解していたのではないか。実際、番組の元プロデューサーの証言によれば、収録前に、当事者同士を一定期間遠ざけて興奮状態にさせるだけでなく、本番でどう対決するか指南までしていたという（Waterson & Weaver）。ジョウゼフ・ラウントリー財団は、番組が「下層労働者階級の人びとを愚弄」することを娯楽に仕立て、財団の反貧困対策事業への理解を妨げていると、苦言を呈するほどであった（Sparrow）。

労働者階級を愚弄するのは、右派ばかりではない。リベラル派は労働者階級を白人として人種化し、その白人労働者階級を、多文化主義に適応できずにいる人種主義者とみなして、みずからの「チャヴ」嫌悪を正当化する（Jones 116）。経済的要因ではなく「怠惰で投げやりな」生き方という文化的要因を理由に、政治家やジャーナリストたちは露骨な白人労働者階級叩きを繰り返し、連立政権の閣僚の元スピーチライターすら、『デイリー・メール』のコラムで「スラム・マム〔slum mums〕」といった蔑称を平然と用いるありさまであった（Jones 118-19）。オーウェン・ジョーンズが「労働者階級の悪魔化」と呼ぶこうしたイデオロギー的背景に置いてみると、『一足す一』の、労働者階級の脱悪魔化と株主資本主義批判のプロジェクトとしての側面が浮かび上がってくる。

モイズは、読者自身が想像力を働かせて思い描けるよう、作中人物の外見の特徴を意図的に曖昧にしていると明かしている（"In Conversation"）。主要人物を人種化する視覚的要素も書き込んでいない。外見が最も詳細に——碧眼、栗色の髪、高い頬骨、やや日焼けした肌と（80）——描写されているのは、ジェスが中等学校以来、憎からず思っていたリアム・スタブズであって、ジェスについての情報は、小柄でポニーテール、足元はいつもビーチサンダルと、ごくわずかだ。明確に非白人の印づけをされているのは、数学のツァンギライ先生と、タンジーが無事進学したセント・アン校で親友になるスリティのみで、その印づけは外見ではなく名前によって為されている。

タンジーとニッキーを危険に晒すフィッシャー一家は、同じ地域のひとり親家庭であり、その母親は、息子たちを諭すよう丁重に申し入れたジェスの顔に唾を吐いて「いますぐとっとと失せなけりゃ〔didn't fuck right off〕、あんたんちのクソいまいましい〔effing〕窓をレンガで割っちまうからな」（95）と卑語で脅す狼藉ぶりである。けれどもモイズは、「前途暗澹のクソみたいな公営住宅地」（60）の住民全員を悪者にはしない。というより、フィッシャー一家と、万引きした衣料品を売り歩くアイリーン・トレントを除いて、住民は皆、報復を恐れて目撃証言を拒む臆病さはあっても、根は善良である。エドが手放したのち、投機目的で買われ賃貸に出されることもなくただ放置されるような高級住宅が立ち並ぶロンドンの一角（438）や、ビーチフロントの「全員が同じ所得層に属しているだけの、見せかけの共同体」（495）とは対照的に、タンジーを身を挺して守ったノーマンを、血で汚れるのもかまわず介抱してくれるような、共同体意識も健在だ。

しかし、すべての社会階層に等しく価値を認めるリベラルな多元主義社会において厄介なのは、労働者階級の人びとが自身のルーツを捨てることを「出世する〔bettering oneself; 字義どおりには、自分を向上させる、自己改善する〕」と呼んで称賛することが、道徳上、困難であることだ（Goodhart 186）。中産階級出身のジェスは、タンジーの私立校進学が含意する道徳的複雑さに気づいておらず、ナタリーの反応を、「何だか奇妙なこと」と感じ、「あたかも自分への個人攻撃と受け取ったかのようだった」と戸惑う（60）。

「もし大きくなってあんたから離れていったらどうすんの？　もし気取った連中と付き合いだして、自分の生い立ちを恥ずかしいと思うようになったら？」

「は？」
「別にいいけど。わたしは、あんたがあの子をだめにしちゃうんじゃないかと思うよ。自分がどこの出なのか忘れちゃうかもしれないと思うよ」(60)

ナタリーの反応は、社会移動の物語における〈後に残された者〉(Robbins, *Upward Mobility*) の正当な怒りである。

小説が近代主義的自我の自由への衝動と規範、あるいは自己決定と社会化の調停を扱うジャンルであるとしたら、そして社会規範とは中産階級の生活様式と価値観の謂に他ならないのだとしたら (Armstrong, *How the Novel Thinks* 380)、後に残された者の怒りを処理するのは容易でない。タンジーが無事進学し、私立校に溶け込んでいることは、最終章で、彼女自身の語りによって明らかにされるが、すべてが丸く収まった喜ばしい大団円からは、ジェスが新たに立ち上げたビジネスにナタリーが参画していないことが読み取れる。この顛末は、一度はエドを見限った共同経営者で親友のロナンが、利潤の追求と株主利益の拡大しか眼中にない経営幹部への反発から会社を離れ、エドの再出発を助けるのとは対照的である。

エドの家族とロナンは、一九世紀のフェアリー・ゴッドマザーの系譜に連なる。ディケンズの『大いなる遺産』でいえば、それぞれ、後に残されて一顧も与えられないことに憤るどころか、絶妙なタイミングで主人公ピップの窮地を救ってくれる義理の兄で鍛冶屋の親方ジョーと、すべてを失ったピップを事業に誘ってくれる親友のハーバート・ポケットに当たる。ジェスのナラティヴはしかし、ジェスとナタリーを和解させるどころか、ナタリーを、警察によってジェスたちへの接近禁止命令が発せられたフィッシャー一家（454）ともども退場させざるを得ないのである。ナタリーをジェスの社会移動に奉仕させなかったことは、小説をよりリアルに感じさせるための懸命な選択であったと言えよう。

ナラティヴが処理しなかったもう一つのテーマは、ジェスの母親との関係である。エドと出自との和解を媒介したジェスが、母親と再会することはない。娘の進学を機に、階層を上昇するのではなく、元の階層に帰還するにもかかわらず、である。もとよりジェスと母親の関係には謎が多い。両者が完全な絶縁状態にないことは、タンジーの進学に当座必要な二千ポンドをどう工面するか思案しながら、母親と叔母を真っ先に思い浮かべたことに、暗示されている。それにしても、「あちこちで五〇ポンド貸してくれと頼めたとしても、その一〇倍となると貸してくれそうな人は誰もいなかった。五百ポンドも持っている人を、そもそも知らなかった」（64）とはどういうことか。父親には一度も言及されないことから、死別か離別のいずれかと考えられるが、イングランド南西端のコーンウォールに暮らす元教師の母親が、孫の教育資金として五百ポンド融通する余裕すらないという設定は、何かしらかの事情を匂わせる。

本書では論じ尽くせないけれども、女性作家による女性向けの作品の多くが、主人公を文字どおりまたは広義の孤児として描く教養小説の伝統に連なるだけでなく、母娘関係を主要なテーマとして扱わない場合でも、娘の葛藤を描き込んでいることを想起させるものである。[21] エドのサブプロットが、リチャード・ホガート（Richard Hoggart）を始めブルデューやポール・ウィリス（Paul Willis）ら左翼男性知識人が好んで語る、「冷めた孤独」を抱え「根無草で不安な」奨学金少年のナラティヴ（Robbins, *Upward Mobility* 166-67）のヴァリエーションと考えられるのに対し、現代の女性読者にとって作中の母娘関係がリアルに感じられるためには、つねに同じ場所で子どもの帰還を待つ親の忍耐や寛容ではなく、例えばライオネル・シュライヴァーのヒロインが捻れた統語で吐露する、母になることへの恐怖――「不動の固定された錨として、自分ではない若い冒険者が飛び立つための出発点を提供し、わたしはその冒険者の旅を羨み、その冒険者の未来はまだ錨を下さず地図にも記されていない」(Shriver, *We* 31)――が探究される必要があるのかもしれない。

ホガートが記述した自伝的かつ非歴史的な労働者階級の世界では、無償の再生産労働と有償の生産労働が、家庭の内と外に截然と振り分けられており、少年が勉強のために多くの時間を費やすのは「女性たちの精神が支配する家庭で、母親が家事をする間〔中略〕父親は仕事から戻っていないか、男友達と飲みに出かけているか」である(Hoggart 295)。この世界には、キャロリン・スティードマン(Carolyn Steedman)が指摘するとおり、有償労働に従事するシングルマザーとその娘である奨学金少女は存在しない。奨学金少年たちが長じて、母親が子どもたちのためにした忍耐への称賛を活字にするようになるのに対して、「子どもなんて産むんじゃないよ、あんたの人生を台無しにするからね」と母親に言われて育った娘たちの沈黙(Steedman 17)を破ったのがスティードマンであったとしたら、チックリットはスティードマンの私生児と言えるかもしれない。『秘め事』のベティを思い出そう。教職を退き、夫に先立たれ、一人暮らしの穏やかな日々に慣れた頃、娘が、自分にひと言の相談もなくシングルマザーになるという人生の選択をし、医師のキャリアとの両立のために、自分が無償の「託児保育」を提供してくれるものと当てにしている――Tグループのリズに言わせれば自分を「搾取」しようとしている――ことを知って心乱されたような、母でもある娘と娘でもある母の関係の機微を、『一足す一』は確かに漂わせている。

6　上昇移動小説のプロパガンダ

モイズによる脱悪魔化の対象は、福祉に依存せず、潜在能力を発揮すべく努力を惜しまない、上昇志向の労働者に限られる。タンジーは類稀な数学の才能でみずからと家族の未来を切り開いていく。髪を黒く染めてマスカラをし、遠目には、男の子か女の子かわからない外見で（120）凄絶ないじめの標的になっていたニッキーは、エドの助言でネット空間に居場所を見つけたことをきっかけに自己肯定感を高め、現実世界で彼女を作って異性愛指向の読者をも満足させ、自発的に奨学金の情報を探し、大学進学を目指す。ノーマンの高額な手術費用は、ニッキーのブログを読んだ「見知らぬ人たちの親切」（470）すなわち寄付というグローバルな共助で賄われる。もともとDIYを得意としていたジェスは、男性の業者を潜在的犯罪者と見て敬遠する年金生活者の困りごとを解決する何でも屋を軌道に乗せ、スタッフを三人雇うまでになる。需要を掘り起こし、いわゆる〈女性ならでは〉の〈安心・安全〉で差別化を図るビジネスの才は、称賛に値しよう。起業は、学位も資格もないシングルマザーがまともな収入を得るために事実上、唯一残された道であったと言えるが、家計を管理していた夫が鬱病になるまで「お金のことを考えたことがなかった」（97）ジェスにとっての危機を、読者は遡及的に自立と成長の好機と捉え直すだろう。離婚を決意したジェスは、児童養育費庁を介することなく、「〔手数料の〕安い事務弁護士に二五ポンド払って」過去二年ぶんの養育費を請求する（458）。離婚成立後は、エドがジェスの家に移り住む格好で、結婚はしていない。「家族にはそれぞれ違った形とサイズがある」という作品のメッセージを損なうことなく、ジェスは経営者に許される裁量で毎週金曜を半休にし、タンジーとビスケットを焼く夢も叶え、ワーク・ライフ・バランスを達成する。ジェスにとってタンジーを私立校へ通わせるか否かは経済的問題であって文化的問題ではなかったが、経済的自立は、母娘はお菓子作りでコミュニケーションを深めるのが好ましいとする文化の継承を担保する。

モイズは、ジェスとエドのダイアローグを通じて、貧困層を貧困から抜け出せなくする構造に言及することはあっても、最終的には、エドに「市民相談所で無料配布できるような」家計管理アプリの開発に着手させることで、問題を、貧困層の家計のやりくり——すなわち表題の算術——能力の欠如の次元に矮小化してしまう。テクストのメッセージは自己責任論と社会的包摂主義の間を往き来しながら、ややもすればＤＩＹ＝do-it-yourselfすなわち「人を頼まず自分でやること」(『リーダーズ英和辞典』第三版)、「(趣味の)素人仕事」(『ランダムハウス英和大辞典』第二版)の推奨に傾く。住民の目撃証言や警察の巡回を当てにできないなか、タンジーを連れ去ろうとした犯人を特定し得たのも、エドが買って設置してくれた防犯カメラのお陰だった。

しかし、この顛末には、ブルース・ロビンス(Bruce Robbins)が〈上昇移動小説〉と呼ぶ寓話の、反-反国家主義の訴えを、かすかに聞き取ることができる。ＤＩＹが得意だからカメラの設置は自分でやると言い張るジェスを「いい加減、誰かの助けを受け入れなよ」(409)と諭すとき、エドは素人の共助を受け入れるよう説得したのであるが、カメラが捉えた映像を解析するのは警察の仕事である。

一貫して貧困層の敵として描かれていた警察のイメージは、小説の終盤で、この地域に新たに赴任し粛々と職務を遂行する女性警官によって修正される。

「話して何か意味ある?」そう言うとジェスは、背を向けて洗い物を続けた。「おたくら〔You lot〕結局取り合わないよね」

彼女は自分の言ったことがどんなふうに聞こえているかわかっていた。この住宅地の住民の半数みたいに――敵対的で、喧嘩腰で、不当な扱いに憤りを隠せない。自分がそう思われたって、もうどうでもよかった。だがその警官は、挑発に乗る〔play that game〕にはあまりにも経験が浅く、あまりにも熱心だった。

「まあ、何が起こったかだけでもお聞かせ願えませんか？　五分しかお時間取らせませんから」(451)

『上昇移動と公益』(*Upward Mobility and the Common Good: Toward a Literary History of the Welfare State*) においてブルース・ロビンスは、私的領域に属する市民を救おうとする公的努力への信頼を失墜させたサッチャー／レーガン時代から続く、草の根的な感情の構造、すなわち反フェミニズム、反専門職、反国家統制というポピュリズムの、さまざまな表象を分析している。なかでも、トマス・ハリスの小説『羊たちの沈黙』(Thomas Harris, *The Silence of the Lambs*, 1988) とその映画版 (1991) を「わたしたちの時代の社会上昇の物語の典型」(2) と位置づけ、監禁された女性被害者が、救出に来たＦＢＩ研修生クラリスを「クソアマ〔You fucking bitch〕」と罵る映画の一場面を挙げている (7)。[22] これほど不躾ではないものの、タンジーの拉致未遂事件の捜査のため訪問した警官へのジェスの敵対的な態度は、ポピュリズムの表象の好例である。『一足す一』においては、新米警官の公僕としての的確な仕事ぶりに人間味が加わって、頑なに閉ざしていたジェスの心を開くことになる。容疑者のフェイスブックの解析結果に言及しながら警官がふと漏らした「このまぬけが〔The div〕」(453) という俗語が、ジェスに強い印象を与えている。

『一足す一』のもう一人の重要な（準）公務員は、ソーシャルワーカーだ。実母に育児放棄されたニッキーは、ソーシャルワーカーの介入によって、ジェスとマーティに引き取られることになったが（16）、ジェスとの関係は、病院の受診など公的な場面でたびたび詮索される。こうしてジェスがソーシャルワーカーに募らせるようになった警戒感――「「ソーシャルワーカー」と聞くだけで、彼女はいつもつくづくと眺め回されているように感じさせられたのだ。まるでその女がジェスの素性をすでに突き止めていて、評価を下そうとしているかのように」（371）――は、それを職業とするエドの姉ジェマへの個人的な好意から和らぐ。読者に向けては、ジェマの口から「過重労働に対して不当に安い給料しか支払われない」（120）公共部門の実態を語らせることで、緊縮経済をともに乗り越えようとする同志として印象づける。最後には、専門家としての知見を踏まえた私的な助言で、ジェスに対するエドの不信感を払拭し、二人を結びつける役割をも担う。[23]

上昇移動小説の要で、『羊たちの沈黙』のハンニバル・レクターに相当する〈メンター〉は、タンジーの数学の才能を見出した公務員、ツァンギライ先生である。そもそもツァンギライ先生がいなければ、ジェスたちの物語は始まっていない。かつて同じ学校で教鞭を執っていた私立学校の教諭にタンジーを紹介し、数学オリンピックへの参加手続きを迅速に済ませ、オリンピック主催者が貧困地域の学校の、とりわけ女子生徒の参加を歓迎しているとの内情を淡々と明かしてジェスを励ます（103）といった具合に、ツァンギライ先生は狂言回しを演じる。名前からジンバブエにルーツを持つと想像させる先生自身が、かつては福祉国家の受益者であったかもしれない。

ロビンスは『羊たちの沈黙』の政治的功績を、自由市場を持て囃す反国家主義に抗して、福祉国家が擁する諸機関の重要性と、専門家によるサービスの拡充を訴えるプロパガンダとして成功したことだとする。[24]「現実を反映していないナラティヴ〔unrepresentative narratives〕は、幻滅か気晴らしを与える以外の役に立たないのか?」(58)と反語的に問いかけてロビンスは、一個人が他者のために善を為しながら自身も向上することが可能な社会空間として福祉国家を表象する意義を唱える。一九八〇年代に小さな政府へと舵を切って以来、公的支出を削減するいっぽうの英米両国においては、国民へのケアを私的領域への介入として警戒するフーコーふうの生権力批判が、自己責任論の助長に加担してきた側面があるからだ(Robbins, *Upward Mobility* 4, 164)。

本章第1節で述べたとおり、『複数の死』でジェノーが市民相談所のボランティアとして関わる生活保護受給者マンディとダニーは、ジェスが暮らす低所得者向け公営住宅地の隣人として『一足す一』に登場したとしても、読者に違和感を与えないだろう。市民相談の担い手は公務員ではなく、研修を受けたボランティアであり、ジェノーだけが「他のほとんどのボランティアスタッフの娘でもおかしくないくらいの若さで、それも、ほとんどの人たちはリタイアしてようやく、享受してきたものをいくらか還元する〔put something back〕時間の余裕ができるわけだから納得だ」(ch. 2)。「直近の監査で、相談の六〇%は債務と福祉手当に関するもので、前年から五分の一増だった」(ch. 2)という支部におけるボランティアの業務の中心は、相談者の収支と債務を洗い出し、手当の申請と返済計画の助言をおこなうことであるが、ジェノーは、「相談所でアドバイスとともにコンドームを手渡すべきだと、しばしば考える」(ch. 2)。マンディとダニーの場合は、マンディの連れ子三人と、夫婦の間の子一人の六人世帯が、じき七人になろうとしていて、ダニーが前の結婚でもうけた三児は、前妻と暮らしている(ch. 2)。現実には生活保護を長期にわたって受給している世帯のうち、四人以上の子がいるのは三・四パーセントに過ぎないから、五人の子を持つ長期生活保護受給者が全人口に占める割合は、超富裕層のそれより低い計算である。したがってこの点においても、『複数の死』は“representative”とは言い難い。

さらに「二・四とは限らない」という、多様性と包摂を言祝ぐ言説は、『複数の死』の市民相談所の文脈に置き換えると、まるで違う意味合いを帯びて、あたかも新マルサス主義的な産児制限の目標値のごとく響く。


彼女〔ジェノー〕が、収入――住居手当、子ども手当、暖房費補助金、求職者給付金――続いて支出――水道・ガス・電気、食料、衣料、自動車ローン、スカイのブロードバンド契約、娯楽――を調べ、さらにベビーカーから引っ張り出された別の、脅迫めいた手紙の束を開くと、ネットの貸金業者に四件の無担保貸付金があることが判明する。〔中略〕しかしながら彼女は気づく。一九歳未満の子どもが三人以上、生活保護で暮らしている場合には、その世帯は幸運にも水道料金の補助を受ける資格がある。(ch. 2)

『一足す一』のエドが開発を目指すのは、ジェスのような、そしてマンディとダニーのような、収支を合わせる能力を欠く困窮世帯向けのアプリであるが、仮にこれが普及すれば、福祉への支出を大幅削減するにはいたらないまでも、すでにボランティアに依存している市民相談業務をさらに縮小する助けにはなるだろう。緊縮策を講じる政府に代わって、困窮者の怒りの矢面に立たされるボランティアの心理的負荷も、いくらか軽減されるかもしれない。

ジェノーは、彼らのファイルをスクリーン上に開くためにマウスを動かしながら、ダニーの怒りに満ちた視線が自分に向けられているのを感じる。彼女は、ボランティアが顧客に、政府が福祉手当支給のための新しい資格審査を導入したことを告げなくてはならない場面で起こるであろう衝突を恐れている（ch. 6）。

殺人スリラーにおける登場人物としてのダニーの主たる役割は、ジェノーへの私憤という動機を持った容疑者として、読者の推理をわずかに攪乱することにある。

ジェスを通じて困窮者の実態を知ったエドは、型落ちのスマートフォンでも動作するアプリの仕様を検討しているが、『複数の死』の作者ローソンはジェノーに、マンディがiPhoneを所有していることに気づかせて、分不相応のブランド品を顕示的に消費する「チャヴ」――「近頃は公共の場でチャヴと言ってよいのか、彼女には自信がない」ので「持たざる者たち〔*have-nots*〕」と呼ぶことにしている階層（ch. 6）――のステレオタイプを再生産する。

そうしておいてローソンは、ジェノーとマンディを母性によって結びつけ、労働者階級の脱悪魔化を試みているようだ。

「そうじゃないの。あのね。じつを言うと、わたしは――茶化さないでよ、ジョニー――彼女に絆みたいなものを感じてるんだ。もったいぶったように聞こえるかもしれないけど、わたしに人生観みたいなものがあるとしたら、スポーツが男の共通項だったら、母性が女の共通項だってこと。それが絆なんだ、どんな……違いがあったとしても。マンディを見ると、自分の、ていうか、実の子じゃない子まで含めて、子どもたちのために最善を尽くそうとしている女性だってことがわかるんだ」(ch. 8)。

この本質主義的かつ温情主義的なジェノーの発言に、『一足す一』にかすかに響く反‐反国家主義の訴えを、聞き取れなくはない。実子以外にも向けられる母性を女の共通項として持ち出すジェノーの保守性は、マーサ・ファインマンの、「ほとんどの女性の生の現実である、ジェンダー化された「母親」業を強いられる生活」を送る人びとのなかでも「もっとも恵まれない、弱い立場にある母親」、すなわち子どもに依存されることによって自身が依存状態に追い込まれるようなケアの担い手としての母親に対して、特別な法的措置が要請されるという主張(111-12)といくぶん響き合い、自身を「シングルマザー」とは呼ばないジェスの(あるいはジェスに「シングルマザー」という言葉を使わせない『一足す一』の)ジェンダー中立志向よりも、福祉手当受給者のスティグマをそそぐ潜在力を有しているのかもしれない。

7 「それまでの間」の文学表象

Tグループのハナが好むタイプのフィクションは「もしもそれがわたしの身に起こったらどうする?」などなどと考えさせるようなものであったが、そういったことを考えさせるのは「英文学部の教授控室において、優越感丸出しの含み笑いを誘う、典型的な読書会向け小説の巻末に添えられた「ディスカッションのための質問集」」(Felski, *Limits* 166)の常套でもある。ブロンテ姉妹にすら文学的価値を認めないハナ(二〇一六年一一月二三日)が『一足す一』を好むとはとうてい思われないけれども、以下の八つからなる「読書会のための質問〔Reading Group Questions〕」は、『一足す一』が「道徳的選択とか倫理的ジレンマを突きつける」作品として読まれることを前提としている。長くなるが、質問集については第七章でも検討するため、全文引用する。

・ジェスの一家は、複雑な関係にありますが、現代社会においては一般的〔the norm〕になりつつあると思いますか？　何が家族を構成するかの線引きが、かつてより曖昧になりつつあるのは、良いことでしょうか？

・マーティが物語に登場したとき、あなたはどう感じましたか？　彼の以前の言動にもかかわらず、彼に同情を覚えましたか？

・エドがジェスと子どもたちにしてやることは、彼らが赤の他人と言ってもよいことを考えると、親切なおこないです。エドがジェスのためにすることは、近頃では珍しいと思いますか？

・タンジーが、ニッキーが遭っているのと同じいじめを逃れる唯一の道が、私立のセント・アン校に行くことだというメッセージを、あなたはどう感じますか？　あなたがジェスの立場なら、同じように感じますか？

・ジェスが〔エドの〕お金を取ったことは道徳的に間違っていたと思いますか？　彼女がやったこ

とに気づいたときのエドの反応は、是認できるものだったでしょうか？　彼が彼女を許すのは正しいことだと思いますか？

・ニッキーは小説が進行するにつれ自信をつけていきます。それはなぜだと思いますか？　エドは彼に良い影響を与えていますか？　ニッキーは、ジェスとタンジーを（自分自身の問題からだけでなく彼女たちの問題からも）守る責任を感じていると思いますか？　もしそうならば、なぜですか？

・エドは、大学時代の片想いの相手と関係を持って途方もない過ちを犯し、その結果として、すべてを失いかけます。あなたは彼に同情を覚えましたか？　それとも、当然の報いを受けたと思いましたか？

・エドもジェスも、彼らしからぬ大きな過ちを犯します。二人が犯した過ちは、どの程度、互いを相応しい伴侶として結びつける役割を果たしたと思いますか？　出会ったときにそれぞれこのような困難な状況になかったとしたら、二人が結ばれることはあったと思いますか？（n.p.）

これらの問いはいずれも、社会規範に照らして、誰の、どのおこないが同情や称賛に値するかの線引きを読者に迫るものだ。ジェスが重大な道徳的選択ないしは倫理的ジレンマを突きつけられ、踏みまどう局面は、二度ある。最初は、タンジーのためにアイリーン・トレントから、盗品であることが明らかな衣料品を安値で買うとき。いよいよ進学を断念させざるを得なくなり、人気ブランドの品々でタンジーを慰めようと思い立ったのは、倹約のためにジェスが手作りする服を学校でからかわれているとニッキーから聞いて、心を痛めていたためである。もう一度は、パブに客として訪れたエドが泥酔して落とした四八〇ポンドを拾ったとき。ジェスが拾わなければ、他の誰かが懐に入れたに違いないし、もとよりエドにとっては落としたことすら気づかないほどの端金である（97）。迷った末に返そうと自宅にしまっておいたことを、エドと過ごした丸一週間失念していられたことは、ジェスのような高い倫理観の持ち主「らしからぬ大きな過ち」（n.p.）であり、エドが偶然その金を見つける経緯に劣らず、筆者には不自然に感じられるが、エドに対しても他者の過ちを許せるか否かというジレンマを突きつけ、エドの成熟の契機として、また成就した恋を強い絆へと鍛え上げるための試練として、導入されている。

やや趣を異にするのは、四つ目の質問である。ナタリーが「気取った制服」（60）と貶した、ロイヤルブルーに黄色のストライプが目を惹くセント・アン校のブレザーを、わざわざ脱いで帰宅する同級生がいるなかで、「どこか〔somewhere〕に到達するために努力したなら、自分がどこに属しているのか周囲に示すのはとても良いことだ」（514）と言い切るタンジーのプライドに水を差すかのように、この質問はテクストのメッセージを作者に代わって一元化し、社会移動推進政策の欺瞞を端なくも告発する。

タンジーの言葉は、ジャーナリストのデイヴィッド・グッドハート（David Goodhart）が二〇一七年三月に、『一足す一』と同じペンギンから出版した『サムウェアへの道』（*The Road to Somewhere*）を想起させる。「二〇一六年の二つの予期せぬ結果――ブレグジットとトランプ――を、先進民主主義国家における新たな価値の分断という観点から概説する最初の書籍の一冊として」（vii）ベストセラーになった本である。表題のサムウェアおよびそれと対を成すエニウェアとは、イギリスがEU離脱を選択し、アメリカがドナルド・トランプを大統領に選出するという、両国のエリート層の大半にとっての「予期せぬ結果」が顕在化させた、人びとの分断の背景を説明するために、グッドハートが用いた枠組みである。グッドハートは、誰もが双方の特性を併せ持っていると留保し、さらに二つの下位カテゴリーを設けてはいるが、ごく大雑把に整理すると、社会階層においても物理的にも、生まれ育った場所に留まる傾向にある保守的な下層中産階級や労働者がサムウェアで、どこでも生きていけるだけの各種資本を有するコスモポリタンはエニウェアである[25]。エニウェアたちがどこでも生きていけるのはむろん、エニウェア的価値観がグローバルな覇権を掌握しているからである。

こうした分断のありようを、人類学者ガッサン・ハージは「世界の二重性」あるいは「ふたつのグローバル秩序」と呼び、すでにゼロ年代から記述してきた。いわく、「上流階級や中流階級のエリートと、人種化されたより下層の労働者階級やアンダークラスの人々が、私たちがグローバル化と呼ぶようになった現象のなかで、それぞれ根本的《ラディカリー》に異なるあり方で生きている」(56)。人びとの移動の様態の、階級による相違は、例えば「ある者はグローバルな秩序の主体であり、他の者は資本のニーズに綿密に対応するためだけに振り回される客体であ」り、庇護希望者たちは「自分たちを「モノ」扱いしようとするグローバル／ナショナルな力と向き合い、ほんのわずかな行為主体性(agency)を勝ち取ろうと」しながら、「経済境・文化的(芸術的、学術的など)な上流階級たちの領域であり続けているボーダレスな世界」と「国境線が支配する世界」との境界を越えられずに押し留められる(57-58)。このグローバル化の不均等な経験に、ハージは世界中のレバノン人ディアスポラたちへの聞き取り調査の過程で気づいたのだった。

二〇一五年当時のイングランドの文脈では、国内の産業や医療が、英連邦の人びとやEU域内を〈自由に〉移動する中欧の労働者に大きく依存するいっぽうで、政府と国民は〈難民危機（refugee crisis）〉を経験していた。難民危機という呼称のなかの「危機」が意味するのは、命がけで海を渡ってくる政治亡命者や経済難民にとっての人道上の危機ではなく、受け入れ国側の逼迫である。(26) こうしたグローバル秩序においては、中流階級のエニウェアたちは「自分たちのボーダレスな経験を守るために躍起になって境界を建設しようとする」（ハージ 59）。にもかかわらず、すでに見たように、移民受け入れに不寛容な白人労働者階級を人種主義者として悪魔化するのもまた、エニウェアたちだ。

タンジーの現在の到達地であるセント・アン校が、エニウェアへの通過地点であることは、登下校中、生徒同士が制服で互いを認識し、手を振って帰属意識を確認し合う伝統に窺い知れる。

大きく手を振ることもあって、親友のスリティなんて、いつも、まるで無人島にいて、通り過ぎる飛行機に気づいてもらおうとしてるみたいなんだけど、学校カバンを持った指をほんのちょっと挙げてみせるだけってこともあるんだけど、まあ、それをやるディラン・カーターは、誰と話すのも、自分の兄弟と話すのだって恥ずかしいんだけどね。でもみんなやるんだ。手を振ってる人が誰だか知らないときもあるけど、この制服を着てる人には手を振る。それがこの学校がずっとやってきたことなんだ。それで、わたしたちみんなが家族だってことがわかるんだ、どうやら。（514）

無人島の喩えは的を射ている。彼女たちの多くは卒業後どこへ行こうと、セント・アン校で獲得した社会関係資本を元手に生きていくだろう。タンジーは「誰だか知らない」人を含む在校生「みんな」とこの伝統を「ずっと」育んできた校友を「家族」と認識し、すでに実母とビスケットを焼くよりも、「とくに春にはAレベルをやることになってるから、学校に遅くまで残りたい」(515) と考えている。名前によってインドにルーツを持つことが示唆される親友の存在もまた、多元主義と能力主義が機能していることを例証する。

エニウェア的世界観は、『一足す一』よりも『ミー・ビフォア・ユー』の登場人物に露骨に代弁させられている。大学一年で妊娠、中退してシングルマザーになったルーの妹は、「どこかに到達するための唯一の道〔The only way I'll get anywhere〕は、大学に戻ることなんだ」(54) と訴える。ウィルは「この町が本質的に悪いってわけじゃない。だけど……やれやれ。決してダイナミックとは言えないだろ? アイデアとか面白い人とか機会とかで溢れてるとは言えないよな」(124) と語り、ルーへの遺産で「ぼくたちが故郷と呼ぶあの狭苦しい小さな町と、これまで君が選ばざるを得ないと感じてきた選択からの自由を、君に買い与える」(478)。ルーの社会移動は、私有財産の遺贈によって可能になる。

真の意味での社会移動を可能にするには、革命によって階級制度を打ち壊すほかないとポール・ウィリスが結論するのに対し、「それまでの間」は、(ウィリス自身が福祉国家の恩恵で成し遂げた) 社会上昇の梯子を外すべきではない、というのが、ブルース・ロビンスのプラグマティズムである (*Upward Mobility* 220)。上昇移動小説という「それまでの間」の文学は、一個人が他者のために善を為しながら自身も向上することが可能な社会空間としての福祉国家を表象し、それはときに「現実を反映していないナラティヴ」(*Upward Mobility* 58) であるかもしれない。

階級制度に介入する「それまでの間」の文学に、さらに別の表象もあり得ることを、ベル・フックス (bell hooks) のメディア論は示唆する。フックスは、一九九〇年代の合衆国において、リベラル個人主義の浸透にマスメディアが中心的な役割を果たすなか、経済的再分配という変化が達成されるまでの間は、表象を変化させる必要があると訴える。

むろん、リベラル個人主義は特権階級に最も有利に働く。いっぽうでそれは、かつて肯定、扶助、支えを与えてくれる共同体主義の倫理に頼っていた貧しい人びとの境遇をいっそう悪化させてきた。

わたしたちの社会において、貧困が庶民の暮らしに及ぼす破壊的インパクトを変えるには、資源と富の再分配のあり方を変えなければならない。だがわたしたちは貧しい人びとが表象される仕方も変えなければならない。庶民の経済的ニーズを汲んだ変化が実際に起こるまでの長い間、多くの庶民は貧しいままであるから、貧困のなかでも尊厳ある高潔な暮らしを送ることができると肯定するような、対抗する価値のシステムを回復する物の見方や存在のあり方を、慣習として構築することが肝要なのだ。(*Outlaw* 199)

この訴えは、今日のイギリスで、いっそうの重みを持って響く。貧困のなかの尊厳と高潔の表象、言い換えれば貧しい人びとの描写に加えられる詩的次元は、たとえ気晴らしに消費されたとしても、気晴らしに消費されることで現実の効果を持つ悪魔化の表象を、量で圧倒し、その効果を打ち消すだけの力を持たないとも限らない。いずれの表象に「すごくいい」と共鳴するかは、量ばかりでなく、読者がすでに有する信念や価値観に、大きく依存するとしても。

約七〇％の有効票がEU離脱支持に投じられたTグループの選挙区は、グッドハートの分類に従えば、「サムウェア」である。保守党－自由党連立政権のもう一つの目玉政策「ノーザン・パワーハウス」およびテリーザ・メイの保守党政権にも引き継がれた「ミッドランズ・エンジン」は、経済のロンドン一極集中を是正し、イングランド北部および中部の産業振興を目指したもので、筆者は、中部地方に暮らしていた二〇一四年八月末からの一年間、ヘルメットに安全ベスト姿で各地を視察するジョージ・オズボーン財務相（当時）を、テレビや新聞でしょっちゅう目にしたことを憶えている。これらの政策に関して、野党労働党を始め、専門家やシンクタンクからは、公共サービス削減の責任を地方に負わせているだけだとか、現代の労働市場の需要に合った職業訓練の提供よりも、インフラ整備に傾いているなどの批判の声が上がったが（「ノーザン・パワーハウス」）、一五年五月以降、保守党は単独で国政を担い、一九年一二月の総選挙では地滑り的勝利を収めた。労働党の地盤だったTグループの選挙区および隣接する二つの選挙区では、じつに過去約九〇年間で初めて、保守党議員を国会に送ることになった。有権者が下した審判は、分権拡大の訴えを政策に反映し損なった労働党よりはまし、という消極的なものだったのかもしれない。

Tグループには、製造業不振の打撃を、早期退職の募集に応じるかたちで直に経験した人たちもいれば、幼少期に「貧困に苦しんだ［poverty-stricken］」人もいるけれど、皆、現在の暮らし向きは悪くない。(27) ルースの息子はアメリカ、ケイトの娘はニュージーランドに暮らしている。ハナの息子はビジネスパーソンとして、コニーの娘は研究者として、世界を飛び回り、リズの息子は二人ともロンドン在住である。彼女たちは、シュライヴァーのヒロインが恐れる「不動の固定された錨」（*We* 31）とはならず、エニウェアに育て上げた子どもたちを、暮らす先々へ訪ねることでコスモポリタニズムに参与している。我が子がモイズのヒロインたちのようにはならなかった読者の心の琴線に触れるのは、シングルマザーの窮状を知る由もないエドの的外れな助言――「放課後に子守の人に来てもらうとかできない？」（183）――に対する、つぎのようなジェスの言葉かもしれない。

「だって絶対に追いつけないいんだよ。友達が大学に行ってるときに、自分は小さな赤ん坊と家にいる。友達がキャリアをスタートさせようってときに、自分は住むところを探して住宅斡旋所に通う。友達が最初の車や家を買おうとしてるときに、自分は保育所の時間に合うような仕事を探す。それから子どもの学校の時間に合うような仕事は全部、まじでクソみたいな時給なんだよ。しかもそれ、景気がぐちゃぐちゃになる前の話だからね。〔後略〕」（182-83）

一七歳の妊娠でドロップアウトしたジェスには、その時点で、同級生たちに開かれた「人生の選択肢」がすべて閉ざされた。だが、同級生たちの選択もじつは選択などではないということを、ジェスは知らなくても、読者は知っているはずだ。イギリスの持ち家政策は、不動産の梯子（property ladder）という英語表現が端的に表すように、「最初の家」という一番下の段を足掛かりに、つぎつぎと資産価値の高い家に住み替えることを奨励してきた。不動産価格の上昇と売却益の発生を前提としたこのシステムは、乗り遅れたら最後「絶対に追いつけない」。リーマン・ブラザーズの経営破綻に先立ち、イギリスでは二〇〇七年に、住宅ローン専門の金融機関ノーザン・ロックがイングランド銀行に緊急融資を求めたことが報じられ、取り付け騒ぎが起こったことはいまだ記憶に新しい。

『グッドハウス・キーピング』誌は二〇一五年五月の総選挙を前に、主要政党の党首へのインタビューをおこなっている。「わたしたちの読者は、自分の子どもたちが、高値で推移する住宅市場から締め出されていることにも不満を抱いています」との訴えに、キャメロン首相は「お母さん、お父さんの援助なしに初めて不動産を買う人の平均年齢は、現在、三〇歳を超えており、あまりにも高過ぎます」と答え、改善策を提示している（"Who's Looking Out" 75）。要するに持ち家推奨の姿勢を堅持している。労働党のエド・ミリバンドと自由民主党のニック・クレッグの提案も大同小異である。

リチャード&ジュディが選定した本の売り上げの三分の一以上を、中部地方および北西部の州ランカシャーが占めるというデータがある（Bloom, 3rd ed. 4）。中部地方というサムウェアで、女性読者がモイズ作品を受容するとは、いかなる営みであろうか。ナンシー・アームストロングは、ポストコロニアル小説や英語で書かれたグローバル小説でさえ、イギリス小説のヘゲモニーに異議申し立てをおこなうのではなく、むしろその延命に加担しているのではないかと問う。小説という形式上の因襲は、いかに刷新されようとも、主人公の自己実現の困難を主題化することで、西洋近代が理想とする個人的主体を普遍化することになるからだ。

小説が、ジャンルのイデオロギー的核を変容させておいて、なお小説であり続けるとは、わたしには思えない。「イデオロギー的核」とは、イギリス、ヨーロッパ、あるいは西欧の小説の特徴のことを言っているのではなく、小説が個人のように、特定の文化歴史状況にある個人としての自己を実現する困難について思考しているという仮説のことである。抵抗であれ、共謀であれ、ミミクリであれ、ハイブリディティであれ、つぎつぎと登場する新世代の英語小説は、どこで書かれ読まれようと、定義上、近代的個人を再生産しているのである。確かに、小説のグローバルな広がりは、さまざまな民族の諸実践、とりわけさまざまなリテラシーの人びとと近代の中産階級とを区別すべく、ジャンルの形式上の戦略を見事に刷新している。と同時に、小説の新たなバラエティは、個人的主体を普遍化するプロジェクトに取り組まずにはいられない。それが、端的に言って、小説のおこなうことなのである。(Armstrong, *How Novels Think* 9-10)

例えば、白人ブルジョワに善き生を体現させるような思想の系譜を批判するフェミニスト批評家のサラ・アーメド(Sara Ahmed)ですら、ジョージ・エリオットの『フロス河の水車場』(*The Mill on the Floss*, 1860)の想像力豊かな主人公マギーについて、女性であるがゆえに「視野を狭め〔the narrowing of horizons〕、馴染み深いものの向こうにあるものへ興味を手放す」(Ahmed 61)よう強いられていると、紋切り型の表現で要約するとき、視野を広げ、馴染みのない世界へ飛び出すという自己実現を是としているのは、明らかである。

女性に行使されてきた抑圧の暴力からの解放を目指すフェミニズムが、その理論と実践によって抑圧を解消した未来には、〈女性〉という根拠は無効になり、フェミニズムもその役割を終える(竹村『フェミニズム』vi-vii, 129)。リベラル個人主義の政治的保守性が乗り越えられる「それまでの間」、女性が互いを同一視し、個々のアイデンティティから集合的アイデンティティを形成することの潜在力を、モイズ作品は内包している。

第四章

ミッチ・アルボムの何がいけないのか？

　前章では、少なくないT読書会メンバーが「すごくいい」と称賛したジョジョ・モイズの、どこが称賛に値し、その評価にもかかわらず読書会で取り上げられないのはなぜかを論じた。本章では、暗黙の選定基準に則ってふるい落とされるべきところを、何らかの理由で取り上げられてしまった本が、グループに軋轢を生じさせたケースに、注目したい。選定者であるアナの語りを軸に、グループ内の相互行為の力学、テクストの解釈と価値判断、テクストの経験と〈感情に関する誤謬〉、〈読まれない〉本の機能について分析をおこなう。テクストの解釈と価値判断については第2節で、ジョン・ギロリーの論考「モダニティの倫理的実践――読みの例」（"The Ethical Practice of Modernity: The Example of Reading"）および単著『批評を職業にする――文学研究機関論』（*Professing Criticism: Essays on the Organization of Literary Study*）第一二章の批判的検討を通じて、考察する。(1) T読書会を含む複数の読書会の事例は、ギロリーによる「一般読者の読みの理論」の瑕疵を浮き彫りにするだろう。

　アナは、筆者がTグループの正会員であった当時から最も興味を惹かれるメンバーの一人であった。読書会で彼女と三度――二〇一四年九月（チニュア・アチェベ『崩れゆく絆』の回）、二〇一五年一月（『ブラック・ダイアモンズ』の回）と同二月（『雪国』の回）――隣席になったときの印象が鮮烈だったからである。

ビスケットの時間になると、不満げな面持ちで「これ面白かった〔Did you enjoy it〕?」と声をかけてきて、筆者が「面白かったですよ」と応じると、「わたしは面白くなかった」と返してくる。このやりとりが、正確に三度繰り返されたのであった。初対面のとき、Tグループに加わって「一三ヶ月」だと教えてくれたアナは、彼女のつぎに新参で積極的な発言を控えていた筆者に、同調を期待しているように感じられた。

しかし三度目に、筆者はアナの期待を裏切るだけでなく、不躾にも「どの本も面白かったことないですよね〔You never enjoyed any of the books〕。『崩れゆく絆』も好きじゃなかったし——」と口走ってしまう。アナは急いで「そんなことないわよ。例えば『クレイハンガー』。あなた記憶力いいのね」と筆者の言葉を遮ったのであるが、彼女が例に挙げたアーノルド・ベネットの『クレイハンガー』(*Clayhanger*, 1910)は、後日リズが提供してくれたT読書会の過去の本のリストには見当たらない。実際はアナが別の読書会で読んだ本であったことが、二〇一六年の個別聞き取りで判明した(この種の取り違えについては、追って考察する)。他の読書会と相対化する視点を持つアナの語りはとりわけ、T読書会の内実を照らし出すものとして傾聴に値する。

1　本の好み、教育歴、社会的自信

別の読書会のことは初耳だった。

ひと月に何冊くらい読むかという筆者の質問への答えが「最低二冊」であったため、何の気なしに「一冊は読書会〔the book group〕のですね」と合いの手を入れたときのことだ。

アナ　そうね。ええと、ここだけの話、これ言ってなかったけど、別の読書会にも入ってるの。そのことに触れたことはないし、これからも触れ回らないでおきたい〔would like to keep a low profile〕のよね。

筆者　でも、別のグループの会員ってかた、他にもいらっしゃいますよ。

アナ　でも、わたしは気にするたちなのよ〔But *I am* sensitive〕。月に一度、〔近隣の自治体〕Nの読書会に行ってるの。正直に言うわね。そこの女性〔the lady〕の選ぶ本が、Tの本よりわたしに合ってるの。Tの本は、わたしにはちょっと読みづらくて〔a bit heavy going〕。わたしは大学教育を受けてないの。一六歳までグラマースクールに通って、その後、就職しなきゃならなくて、機会がなかったわけ。わたしは他の人たちほど頭が良くない気がするの。

筆者　いいえ、わたしはそうは思いませんよ。一五歳とか一六歳で学校教育を終えた人はたくさんいますし。あなたがそんなふうに感じる必要なんて、全然ないと思います。

アナ　グラマースクールの勉強は楽しかったのよ。いい学校だったわ。Pっていう女子のグラマースクールだったの。（二〇一六年一一月二五日）

このくだり一つ取っても注目すべきことはじつに多い。整理すると、アナは、①T読書会の本の読みづらさの理由を、自身の教育歴に帰しているが、②環境さえ許せば学士号を取得できるほど成績優秀だったと示唆し、③読みづらい本ばかり選定するT読書会に不満があるいっぽうで、④彼女が聞き取りで一貫して“the lady”と称する人物が選定するN読書会の本に満足しているにもかかわらず、⑤T読書会をやめる気はなく、⑥別の読書会に参加しているメンバーの存在を知っても、N読書会のことを進んでおおっぴらにはしない、ということになる。

まず教育歴に注目したい。この聞き取りの時点で筆者は、Tグループメンバーの来歴に関して、アナよりも多くの情報を得ていたようである。[2] 筆者が「別のグループの会員」や「一五歳とか一六歳で学校教育を終えた人」に言及しているのは、これ以前におこなったTグループメンバー一三名への聞き取りを踏まえてのことである。すでに二〇一五年七月のT読書会のビスケットの時間にシンディから、ジャネットとともに図書館の読書会に参加していることは聞いていたし、聞き取りで、ルースもまたこの図書館の読書会の一員であると知ったのだが、この三人が別の読書会への参加を隠し立てしたりしていないのは明白だった。アナがそれを知っていてなおN読書会のことを伏せていたのかは、定かでない。確実なのは、アナが、実際より多くのメンバーが大学教育を受けていると思い込んでいることである。T読書会の調査協力者一四名に限って言えば、ごく狭義の大卒者は三名、オープンユニバーシティとさらに教員養成学校の修了者まで含めたとしても六名と、過半数を割っている。他方で「一五歳とか一六歳で学校教育を終えた人はたくさん」いるという筆者の発言は、Tグループ以外の協力者と混同しての誇張である。アナと同等の修了資格[3]を有するのはヘザーのみだ。

しかし、アナの初職までの道は、ヘザーのそれよりも、Aレベルまで進んだコニーのそれに近いように思われる（コニーがAレベルまで進んだのは、アナやヘザーより一世代下であることと無関係ではないだろう）。コニーの場合、教員養成学校への進学を考えていたところへ、地方公務員の口の「オファー」があって、それが当時「一流で給料も良かった〔prestigious and well-paid〕」ので応じたのだという（二〇一六年六月一〇日）。「教師になればよかったのに」と人から言われることがままあり、四〇年前の選択を後悔しているとも漏らした。コニーが五〇代でオープンユニバーシティに入学したのは、U3A[4]などのプログラムよりも専門的で体系立った学びを求めてのことだろう。いっぽうアナはグラマースクール卒業後、税務署に就職、結婚し第一子をもうけるまで六年間勤務した。当時の学制で、グラマースクールに入学するには、イレブン・プラス（一一歳時試験）と呼ばれる選抜試験で好成績を収める必要があったから、アナが極めて優秀だったことに疑いを容れる余地はない[5]。税務署は、労働者階級の聡明な女子に開かれた、最も好条件の就職先の一つであっただろう。

読書会との関わり方においてコニーがアナと異なるのは、「元先生たち」の「分析」に不満はあっても、選定される本には満足している点、そしてつねに――たとえリアリティ番組を引き合いに出して低俗と思われようが意に介さず――堂々と発言する点である。それが元来の物おじしない性格ゆえか、オープンユニバーシティで社会学の学位を得たことに由来するのか、Tグループの活動を通じて獲得した姿勢なのかは、わからない。いっぽうアナは、後で見るように、T読書会で珍しく面白いと思える本が選ばれた回ですら、無言で通した。ただ、学位を持たないヘザーが、Tグループに加わって「人前で意見を述べる自信」を得たのだから、アナが議論の輪に入る日が来ないとも限らない。

とはいえ、発言者の「バックグラウンド」がその発言に重みを与えていることは、つぎのジャネットの弁に窺える。ジャネットのT読書会への参加歴は、この聞き取りの時点でおよそ五年と決して長くはないが、少なくともアナよりは、メンバーの素性に詳しいようだ。

ジャネット　〔前略〕テーブルの周りに座って、全員の顔が見えるのがいいわね。

筆者　皆さん、以前より議論に集中している印象を受けます。

ジャネット　あなたの言うとおりだと思うわ。それにバックグラウンドの問題もあると思う。〔図書館とT〕どちらのグループにも、退職した英文学教師と歴史家がいるの。彼女たちは、バックグラウンドが知られているせいで敬意を集める傾向にあると思うわ。（二〇一六年一一月二二日）(6)

会場を会議室に移したことで、議論の環境は改善されたものの、元英語教師や歴史家の発言は依然として傾聴される。裏を返せば、仮に同じ内容の発言を彼女たちのような「バックグラウンド」を持たないメンバーがおこなったとしたら、あるいは彼女たち自身がおこなっても「バックグラウンド」を知る人がなかったとしたら、同等の敬意を払われることはないと、容易に想像できるわけだ。敬意の的となっている「バックグラウンド」とはむろん、過去のある時点に取得した資格ないし学位というよりは、蓄積した学殖であろう。だがいずれにせよ、アナが引け目を感じているのは、T読書会メンバーの多くについて彼女が誤って想定した「バックグラウンド」に対してである。

では、N読書会の本の選定はどうか。N読書会は、U3Aの某支部のプログラムの一つで、アナは聞き取りの二年前に加入している。したがって、それ以前にすでに一年通っていたT読書会への不満から、加入を決意したものだろう。彼女はU3Aの他のクラス――ガーデニング、フランス語、サンバ――にも通っていて、読書会のことも「クラス」と呼び、「そこの女性」のことは、のちに「そこの先生〔the teacher〕」と言い換えている（二〇一八年三月二一日受信メール）。先述のとおり、U3Aの読書会のスタイルはグループごとに異なる。(7)筆者が参与観察とメンバー七名への個別聞き取りをおこなった、ある支部の読書会では、発起人の元図書館司書は世話役に徹していたし、各自が別々の本を読んできて五分ずつ「レビュー」する方式を採るこの会で、彼女が先生然と振る舞ったりしたら、反発を招くのは必至であったろう。(8) いっぽうN読書会では、「先生」がその呼称に相応しい運営をおこなっていて、アナはそのことに満足している。

彼女はたくさん調べ物をするの。わたしたちがディスカッションに入るとき、いつもA4用紙を一枚、用意してあるの。作者や何かの背景について情報を提供してくれるわけ。行って本にがっかりすることもあるけど、みんなの見解をひと通り聞き終わる頃には、「その本に対して」もうちょっと根気強くなるわね。(二〇一六年一一月二五日)

T読書会でも、その日の進行役はあらかじめ調べ物をして、ディスカッション・ポイントを用意している。だがこの点については、ヘザーが聞き取りで「そうね。みんな、沈黙は嫌だから。でも、いつも誰かが話の口火を切るけどね」と、進行役の労を多とするよりも、自発的な議論の広がりを評価する発言をしていた(二〇一六年六月九日)。「誰か」にはむろんヘザー自身が含まれよう。議論を牽引している自負も垣間見えた。

『細雪』の回で、リズがわざわざ事前に配布した花見の場面の抜粋が、等閑に付されたことを思い出そう。キール大学キャンパスに点在する桜の木をめぐる散策がTグループの春の恒例行事となっていることから、メンバーが少しでも親しみを感じられそうな場面を選んだものであろうが、当日リズは成り行きを静観していた。この顛末が示唆するのは、テクストの味読を志向するメンバーが「少数派」で、多くは、たとえテクストと無関係の話題であったとしても、能動的ないし自発的に提供する姿勢それ自体を重んじていることである。読者会への能動的取り組みを、ジャネットはこう肯定している。

同好の人たちと会えるところがとても気に入ってるの。それに、行ってただ聴いているよう求められるのとは違う種類のことよね。レクチャーにはならないわけ。行って実際に参加するよう期待されているわけだから。そこが気に入ってるの。取り組むべきことを与えてくれるから。（二〇一六年一一月二二日）

T読書会が本の作者を招くことはあっても、決して学者にレクチャーを依頼しようとはしない理由も、この発言は説明する。と同時に、元英文学教師や歴史家が議論を独占するような状況、言い換えれば、「バックグラウンド」を理由に他のメンバーが彼女らに過度な敬意を払うことは、望ましくないとの考えも暗に示していよう。この点においては、誰であれ自発的に議論を牽引するのに任せることで、聞き手に終始するメンバーが出ている状況をとくに問題視せず、会議室の所在地が他の自治体であることを理由に会場の変更に難色を示していたヘザーとは異なる。T読書会の本の選定プロセスを「完全に民主的」と評したのもヘザーであったが、後述のとおり、アナの見解はこれに真っ向から対立する。

Tグループを構成する「同好の人たち」を均質と見るか多様と見るかは、当然ながら、相対的な問題である。男性メンバーもいるジャネットらの図書館の読書会に比べれば、明らかに均質であるが、六〇代の女友達七人のL読書会と比べれば、かなり多様である。実際、聞き取りに応じてくれたL読書会の三名のうち、最初に会ったサンディに、会の特徴について説明を求めると、属性による均質性――同年代であることに加え、全員が学位を有し、医療または学校教育に関わる公的部門で最終的に上級管理職に就いている／いた――を強調した。その説明を受けての筆者の発言は、以下のとおり、誘導的に過ぎる恨みはあるものの、サンディは慎重に言葉を選びつつ、本の選定と議論の進め方に白人中産階級の専門職女性という属性が「インパクト」を与えていると認めている。

筆者 共通のバックグラウンドは、論争が起こったときにも助けになりそうですね、なぜなら――

サンディ そうですね、社会階級、教育、それに専門職に就いているという点で共通していることには、いくらか利点があると思いますね。というか、インパクトがあるでしょうね。そうですね、確実にありますね。つまり、同一年齢層だとか、そういったことがね。〔中略〕わたしたちは皆、白人中産階級の女性です。そう考えると、すごく面白いですね。あなたに完全に同意します。〔中略〕明らかに、特定の見解を持つにいたった背景〔the whole makeup of views〕が、何を選ぶかにも、議論にも、インパクトを与えますね。間違いなく。

筆者 それにおそらく、価値観や政治的スタンスだけでなく、特定の仕方で考えを述べるよう訓練されたり鍛えられたりしたことも。

サンディ そのとおりね。自分の見解を提示することに自信があるかどうかで、大きく違ってくるかもしれませんね。そうね、同感です、同感です。わたしたちは皆、自身の見解を述べることに慣れている専門職の女性ですから、そのことは間違いなくインパクトがあるでしょうね。

（二〇一八年三月二〇日）

メンバーが交代で本を選定しホストも務めるこのグループでは過去に、本を気に入らないメンバーに対して、選定者がいら立ちを見せたことがあったという。むろん属性を同じくするメンバーの間で好みが分かれることには、何の不思議もない。それに、面白くない本でも、読書会での議論を経て、再読に値すると思えてくることがあるとサンディが語ったことは、すでに見たとおりである。だが、モダニズム小説の選定者は、自身の解釈よりも学者の専門知に頼って擁護を試みて、失敗している。

サンディ　ヴァージニア・ウルフの『ダロウェイ夫人』のような古典の場合は、とくにね。わたしは、なかなか先に進めなくてほんとに苦労してね〔really hard going〕。序文を読んだときは「あら、とても面白そうな物語ね。〔舞台が〕どこだかわかるわ」と思ったの。でも、あの書き方と言ったら……　とにかく面白くなかったの〔I just didn't enjoy it〕。

著者　気に入ったかたは何人いました？

サンディ　ええと、面白いことに、グループのなかに、世界的に有名なヴァージニア・ウルフの専門家がお姉さん／妹って子〔girl〕がいてね。世界中で研究発表して、その主題——ヴァージニア・ウルフを教えてるの。だから、ちょっと……なんだか彼女の存在を否定しているような気がしちゃって。

著者　まあ。

サンディ　言ってること、わかるかしら?!

著者　わかります！

サンディ　それで彼女が、もしよかったら〔中略〕、つぎの読書会でそれ〔『ダロウェイ夫人』〕を議論するときに、彼女を招待してもいいけど、って言ったわけ。それで、わたしたちじつはそんなに興味ないいんだけど、って言うのがどんなに難しかったか、憶えてるわぁ。個人攻撃ってわけじゃないのよ！　彼女がどうこうってわけじゃなくて、誰でも〔他の誰も興味を持てないような本を選んで皆を困惑させるということは〕あり得たんです。でも、それが読書会の素敵なところで……率直で……人にはそれぞれ違う見解があるのよね。

サンディは、『ダロウェイ夫人』を気に入ったのは何人かという質問に、言葉を濁している。結局、選定者を除く「わたしたち」全員、「そんなに興味」を持てなかった、ということらしい。メンバーの意見を聞いて見方が変わる可能性はあっても、研究者の講釈で本への興味や理解が増すことはないと確信している点、別言すれば、同好の人たちの見解が、国民的作家の世界的権威の知見より重みを持つ点では、T読書会も同じである。レクチャーは願い下げ、ということだ。

アナの場合はしかし、N読書会では「みんなの見解をひと通り聞き終わる頃には、〔その本に対して〕もうちょっと根気強くなる」のに、T読書会ではそうならない。詮ずるところ、T読書会の本の選定がまずいのである。サンディも、「なかなか先に進めなくてほんとに苦労して」とか「とにかく面白くなかった」など、アナがT読書会の本を評したのとほぼ同じ表現を用いている。サンディにとってもアナにとっても、読みづらい本は面白くないし、面白くない本は読みづらい。両者の違いは、読みづらさをみずからの教育歴に帰すか否か、である。

興味深いことに、ポリテクニクで英文学を学んだTグループのレイチェルへの聞き取りでも、ウルフは面白くない古典文学の筆頭であった。

これまで読めなかった古典文学があるわね。いつか読書会で「『灯台へ』を読みましょう」って言い出す日が来るんじゃないかと恐れてるの。なんでかって言うと、二回読もうとしたけど、三〇ページくらいから先に進まなかったから。『ダロウェイ夫人』は面白かったけど……『灯台へ』は無理。それに『テス』も。エンジェル・クレアにはほんとにイライラさせられたわ。彼女は彼を殺してしまえばよかったのよ。D・H・ロレンスも嫌い。読み直して、どうして嫌いなのか、理由を見つけなきゃよね。でも、読み直したいとは全然、思わないのよ。（二〇一六年一一月二二日）

面白くなくて先に進めない理由は、読み直せば見つかるはずである。ということは、理由は——様式であれ、人物造形であれ、プロットを駆動するイデオロギーであれ——テクストに内在し、やはり自身の教育歴に帰せられることはないだろう。

2　難解なテクストの難解な解釈は高尚か？

ジョン・ギロリーによれば、イギリスの「文学批評は一九四〇年代から五〇年代の間に、価値判断〔*judgment*〕から解釈〔interpretation〕へと移行した」（*Professing* 329）。モダニストの「難しい〔difficult〕」テクストの登場が、一般読者[9]の教育という目的を離れた、自律的な解釈実践の誘因となり、学者による専門的読解を発展させたのだという（329）。モダニズムを擁護する手段であった解釈は、やがてそれ自体が「非常に面白く創造的であることがわかり」、新しい書き物だけを対象にするのは惜しいということになる（329）。モダニズム以前の文学もまた、時間の経過とともに生じたさまざまな文化的・言語的変化ゆえに、後世の読み手にとっては「難し」くなる。したがって「古い」文学の解釈は、当初、テクスト生成時の「明瞭さ」を回復する手段と考えられていたのが、最終的にはすべての文学が「本質的に難しい」と考えられるようになったという(329)。娯楽の対象とみなされ長らく学術研究の対象とされていなかった英語文学は[10]、時代を遡るほど、まるで――ギリシャ語やラテン語ほどではないにしても――「違う言語」で書かれているかのように感じられるため、その伝達には教師の助けが必要となる(330)。ギロリーは、「良かれ悪しかれ、英文学が生き延びるには学校が必要なのである」と結論する(330)。

ところが、サンディもレイチェルも、モダニズム文学が「難しい」とは言っていない(対してアナは、後で見るように、フォースターが「難しい言葉遣い」をし、翻訳ものは概して「難しい」と考えているが、彼女が読みたいのは、教師の助けを借りてようやく解釈可能になるような難解なテクストではない)。作者が面白くない書き方をしていると考えている。これはギロリーに言わせれば価値判断である。ただしギロリーは、学者と一般読者の読みを完全な二項対立とは捉えず、前者が後者の読みの特徴のうち二つ、すなわちセンテンスの意味の理解と読みの快楽〔pleasure〕という経験を「高尚にした〔sublimating〕」(335)ものだと主張している。学者が一般読者の読みを貶すのは「他者だけでなくみずからの非専門的読みの実践を疎んじる」(335)ことになると警鐘を鳴らしながらギロリーは、「高尚」という言葉を用いて、あらゆる二項対立の例に漏れず、二つの項の間に序列を設けずにいられない。

アカデミアの外にいる人びとが、娯楽に関して、わたしたちが専門的読みの文脈でおこなうのと同じ用心深さを行使することを期待するのは、はなはだ非現実的と思われる。しかしいっぽうで、一般読者の読みがあまりにしばしば刹那的消費に堕し〔falls〕、娯楽〔pleasure〕や気晴らし――というより気晴らしだけを目的とする類の娯楽――以外に目的を持たないことは、わたしたちの社会にとって大変不幸なことである。〔中略〕〔博士号取得者のための市場が存在しないに等しい今日でも、最も優秀な学生たちには大学院に進学してほしいと願う文学教師たち〕は、彼らがわたしたちの専門的指導の下で学んだような読み方で読むことは、その指導が継続しない限り、二度とできないだろうと思っていないだろうか？（333; 強調は筆者による）

ギロリーはここで、学者の側の一般読者への無理解を批判しているはずなのであるが、文学が気晴らし目的で消費されることは、用心深く高尚な解釈に比べて堕落であると考え、せめて文学専攻の学部生のなかでも優秀な学生には、卒業後も、自分が指南した仕方で読み続けてほしいと願っている。

アカデミアの内外で大きく異なる読みの実践を架橋するものとしてギロリーが評価するのが、自己改善のための「倫理的読み」[11]である。ギロリーはロラン・バルトの『テクストの快楽』に依拠しつつ、一般読者の読みは「快楽」[12]を特徴とし、快楽とはそれ自体、改善をもたらすものだとする。改善の快楽には終わりがないため、「多くの一般読者は、読みの経験が改善することを強く望み、その願望は他の芸術分野に素人が参加する際にも広く表明されるものだ」（342）。読みの経験の改善とは、楽器の演奏技術向上や美術鑑賞の精緻化などとの類推によるものであろう。快楽の経験において／を通じて達成されるのが自己改善であり、これをギロリーは「倫理的実践」と呼ぶ（335）。この実践は、フーコーのいわゆる「自己への配慮」にもとづき（336）、その意味で読書は「運動や料理、友人との会話、性の営みやその他、わたしたちの経験を拡張し、感情〔sensibilities〕を豊かにするすべての娯楽／快楽〔pleasure〕と同じカテゴリーに属するものとみなすべきである」（338）。しかるに現実には、倫理的実践としての読書を「わたしたちの社会に見出すのは難し」く、あるとすれば「『セラピー』という一般的カテゴリー、もしくはより厳密にはセルフセラピーやセルフヘルプ」であって、それもまたフーコーの倫理的実践の「低級な形態〔degraded form〕」、「大衆化ないしは商業化された形態」(338)であると、ギロリーは言う。だが、たとえ商業化された低級な形態であったとしても「わたしたちの『セラピー文化』こそが、ギリシャ的な意味での倫理的実践、例えば運動のような実践の復活をもたらした」(338)ことに変わりはない。ということはつまり、運動や料理、「視覚芸術や音楽への参与」(338)などと同じカテゴリーに属すべき読書だけが、いまだ復活を遂げていないことを、ギロリーは憂慮しているようである。

サンディやレイチェルが古典を、難しいのではなく面白くないという理由で遠ざける際に、価値判断を働かせているとしたら、ギロリーが倫理的読みの対象と想定する文学もまた、「難しい」ほど「高尚」という価値判断によって、外縁を定められてはいないだろうか。ギロリーの「一般読者の読みの理論」(335)は、もっぱら狭義のテクスト、しかも難解なテクストからいかに用心深く意味を抽出するかに関わるもので、読み手がいかに本を——ときに読まないことによって——用いるか、本がいかに読み手に働きかけるかという視点を欠いている。第八章でも触れるように、ギロリーは「一般的にそうであるところを記述している」と断りつつ、アカデミア内外の読みの実践の「決定的な違い」の一つとして、共同でおこなうか、独りでおこなうかという点を挙げている。この見立てに対しては、本書でここまでに挙げた事例がすでに十分な反証になっていると思う。よしんばギロリーの主張どおり、学者の読みが、独りで読んでいてもつねに学生や他の学者に向けて発表することが目指され、専門家からの反応や評価の対象となる("Ethical Practice" 31-32; *Professing* 332)として、これを共同実践と呼ぶとしよう。ならば、読書会メンバーが日常的におこなっているのも、発表とその評価の場が異なるだけで、共同実践と呼んで何ら差し支えあるまい。ギロリーの言う自己改善がもっぱら自身の技能の向上を意味するのだとすれば、Tグループメンバーの自己改善は、利他的共同実践を介した、より複雑な快楽の回路を経たものである。

ギロリーは、二〇〇〇年の論考で、一般読者が「共同で読む場面は、形式的な組織化がおこなわれていることは滅多になく、偶然ないしその場限りで起こる。この独りでおこなうことこそが、現代における一般読者の読みをますます特徴づけるようになっている」("Ethical Practice" 32)としていたところを、二〇二二年の単著ではこう加筆修正している。

> 共同で読む場面は、形式的な組織化がおこなわれていることは滅多になく、起こるとしたら偶然か、独りの状況を克服するのに相当の努力を払ってのことである。したがってわたしは、読書会やその他の共同で読む場面が考慮に値しないと言っているわけではない。だがそれらは確実に、かつての、識字率の低い社会に見られるような共同の場面ほどは一般的ではない。そのような社会においては、読む能力を有する人が現代よりはるかに少なかったがために、暗唱という洗練された実践によって、多くの読めない人たちが共同で英語文学に接触したのである。(*Professing* 332)

二〇〇〇年の論考では限られた紙幅で意を尽くせなかったのか、それとも発表後の批判に応答する必要に迫られたのか。いずれにしても、アカデミア内外の実践の共時的な違いを示すはずが、アカデミア外の実践の通時的な変化を持ち出して、みずからの足元を掘り崩す結果になっている。この章でギロリーは、イギリスで英語文学が学術研究の対象となるにいたる過程を一八世紀に遡って記述しているのだが、右の引用中の「識字率の低い社会」が、義務教育の導入前、すなわち一九世紀末以前のイギリス社会を意味するのであれば、その社会において英語文学はいまだ学術研究の対象とはなっておらず、したがって英語文学の読みにアカデミアの内も外もない。(13) 難しい古典語のテクストとは違い、土語である英語の文学は、自己改善を阻害する娯楽／快楽として、他ならぬ古典語の知識を有する専門職階級によって危険視されていたのである(Lawrie 87; Price 139)。

ギロリーが、「この独りでおこなうことこそが、現代における一般読者の読みをますます特徴づけるようになっている」という一節を削除したのは、その反証となる事例に事欠かない二一世紀において、まだしも懸命な判断であったと言える。二〇〇〇年以降、グッドリーズ(Goodreads)やライブラリーシング(LibraryThing)のような、企業が提供するプラットフォームや、個人のブログ、インスタグラム(Instagram)上の通称ブックスタグラム(Bookstagram)、個人の本棚や図書館や書店の企画棚などの写真をフェイスブックやツイッター／Xなどで公開するセルフィー(selfie)ならぬシェルフィー(shelfie)など、「共同で読む場面」は「ますます」拡がりを見せているのだから。筆者の調査では、ソーシャルメディアを用いないまでも、親が購入したキンドルコンテンツを親子それぞれの端末にダウンロードし、メモの機能を用いて意見や感想を交換するという共同実践のかたちもあった。本書ですでに言及した二〇〇〇年以前の、とくに電子的技術を用いた「形式的な組織化」の複数の事例に、L読書会の実践を加えてもよいだろう。彼女たちは、マイクロソフトのワードで作成したフォームにメンバーが事前に記入し、当日のディスカッションに備えている。(14)

ギロリーは、ミシェル・ド・セルトーの〈密猟〉の類推を、個別具体の一般読者の行為を記述しておらず、専門的読み手の政治的欲望を一般読者の実践に投影しているに過ぎないと斥けておきながら("Ethical

Practice" 44; *Professing* 333)、自身の一般化の根拠となる個別具体には一切触れていない。ギロリーの議論には、ド・セルトーと同じ手続き上の瑕疵があり、さらに言えば、一般読者との境界を厳格に管理したいという別の政治的欲望と、読むことが民主化される前の時代を理想化する志向があからさまである。ギロリーの「堕す」という言葉は、一般読者の「読書の真面目な目的の明らかな退潮〔the apparent *decline* of serious purpose of reading〕」を嘆く一九世紀のコメンテーターたち(Altick 368; 強調は筆者)を彷彿とさせる。一九五〇年代にリチャード・オールティック(Richard Altick)が看破したように、いつの時代も一般読者は「不適切なものを、不適切な理由から、不適切な仕方で」読んでいると下目に見られる(368)。「過去を理想化するというお馴染みの人間の性向を分かち持っ」たコメンテーターたちは、「読むことが民主化される以前の古き時代には、いろんなことが全然違ってずっと良かったと、主張した」のである(Altick 368)。

後述のとおり、T読書会のレイチェルは、構造主義言語学からマルクス主義、フェミニズム批評まで、批評理論をひととおりポリテクニクで学んでいる。そして、難しいモダニズムが要請した難しい解釈を、「高尚」どころかむしろ短絡的かつ還元主義的と捉えている。それでも、「忘れようと」努力したポリテクニクでの「精密に読む訓練」に、「永遠に縛られ」てもいる(二〇一六年一一月二二日)。良かれ悪しかれ、教員の指導を離れても、一般読者による「高尚な」解釈は続くのである。

3 読みづらい本、面白い本、ためになる本、わかりやすい本

アナの語りに戻ろう。

「その女性がわたしたちに質問をする」N読書会が、T読書会と大きく異なるのは、「先生」が参加者全員に発言の機会を与え、互いの発言を傾聴するよう場を取り仕切っている点にあるようだ。N読書会の参加者は四名から六名程度というから、最低でも九名、多いときには一九名が出席するT読書会で、同じような進行を試みたところで上手くいくとは限らない。この違いに留意したうえで、いま一度、アナがT読書会の議論に加わらない理由を要約すると、「大学教育を受け」なかった結果「他の人たちほど頭が良くない」ため、本が「ちょっと読みづらい」から、となる。彼女にとって、「ちょっと読みづらい」本は「面白くな」い。しかし、第一章で見たとおり、読み手の「好き嫌い」が分かれる『複数の死』のような本には、「良い議論」に導く潜在力がある。面白くなければ、ルースやケイトがそうしたように、テクスト内のどこがどう面白くなかったのかを指摘して、本を推薦した当人に釈明を求め、その釈明をさらに論駁することも可能だ。多趣味で多忙なアナが、自分に合う別の読書会を見つけながら、T読書会に参加し続けるのはなぜか。単刀直入に聞くべきところを、「〔Nのほうが〕気楽に発言できるということですか?　さっきおっしゃったのは……「畏縮して〔intimidated〕」という言葉じゃなくて……」と歯切れ悪く切り出して、返ってきたのがつぎの答えである。

アナ　違うわ、気にするたち〔sensitive〕、ね。
筆者　そうでした、気にするたち、でした。
アナ　Tで選ばれる本にはちょっぴりがっかりなの。わたしが提案しても受け入れられない気がするし。だから比べたいとは思わないの。比べるわけじゃなくて、Nからは違ったものを得てるってだけのこと。Tグループの本にも、ためになるもの〔doing me good〕——値打ちのあるもの〔worthwhile〕――はあるに違いないけど、ほんとのところ、去年面白かった本は一冊しかなかったと思う。言ってること、わかるかしら？　ハナがわたしに言ったのを憶えてるんだけど――「気に入らなければ読まなくていいのよ」って。それが免責条項になったと思うわね、ほんとのところ。『ドミニオン』は良かったわ。ケイトに電話して言ったの――「あの本を薦めてくれてありがとう。ほんとに面白かった。なぜなら良い本だったから。良い本だったわ」って。図書館で借りたの。本は全部図書館で借りるの。わたしは余裕がない――本を買う余裕がないの。[15] チャリティショップに行って必要な本が見つかることってないのよね。だから図書館で、その月に〔二つの読書会でそれぞれ〕必要な本を二冊注文することにしてるわけ。〔手書きのメモを差し出しながら〕これがNで選ばれた本。

「畏縮して」という言葉が筆者の頭に浮かんだのは、前の日〔二〇一六年一一月二四日〕にマーガレットが、読書会に参加しない理由として用いたためである。それに、二〇一五年四月の読書会の帰路、ハナとレイチェルが、議論の輪に加わらないメンバーの心中を推し量って用いたことも、いまだ記憶に新しかった。『ドミニオン』（*Dominion*, 2012）とは、このインタビューの数日前〔一一月二一日〕にT読書会で読んだ、C・J・サンソム（C. J. Sansom）のいわゆる歴史改変小説である。この回にゲストとして参加した筆者は、アナが発言することはなかったと記憶している。マーガレットが、「分析的」でない自分の読みを披露することに「畏縮し」たのに対し、アナは、畏縮してはいないと断言する。

ではなぜ、読書会で意見を述べる代わりに、選定者に電話したのだろう。良い本だったから面白かったという一種の冗語法についても、どこが良くてどう面白いのか、詳しく聞きそびれたことが悔やまれる。政治スリラーの趣のある『ドミニオン』が、ロバート・ゴダード（Robert Goddard）の歴史犯罪スリラーやデイヴィッド・バルダーチ（David Baldacci）のリーガル・スリラーを愛読するアナの好みに合致したであろうこと、彼女が「アクション満載」と高く評価するロバート・ガルブレイス（Robert Galbraith）の探偵小説に通ずる読みやすさがあったろうこと、くらいは察せられるが、それ以外のどこかどう良かったのかは、わからずじまいだ。

前掲のアナの答えから明らかなのは、①「嫌い」な本でも一応は読了して臨むルースやケイトらと違い、「面白くない」本は読まずに参加していること、②T読書会で取り上げる本は、年に一冊程度しか読了していないこと、③したがって提起すべき論点はもとより「面白くない」以外の感想を持たないまま出席し続けているが、その姿勢はハナによって免責されているため、負い目を感じてはいないこと、④アナがTグループから得ているものは、テクスト解釈によって産出される意味とは無関係であること、⑤「面白い」本は、「ためになる」すなわち「値打ちがある」本とは異なり、⑥「面白い」だけで「ためにな」らない自分の提案は受け入れられそうにないと感じていること、である。（「Nで選ばれた本」のリストについては、第5節で検討する。）

だから、聞き取りからおよそ九ヶ月後の二〇一七年八月、リズから、アナの提案したミッチ・アルボムのノンフィクション『少しの信仰があれば』（Mitch Albom, *Have a Little Faith*, 2009; 以下『少し』と略す）[16]を読むと聞いたときには、ついに提案が受け入れられたのだと、感慨深かった。けれどもよくよく考えると、アナへの聞き取りの前日に会ったサリーが、愛読書にアルボムのフィクション『あなたが天国で会う五人』（*The Five People You Meet in Heaven*, 2003）と『モリー先生との火曜日』（*Tuesdays with Morrie*, 1997）を挙げ、T読書会でアルボムの本を読むことになっていると話していた。つまり、翌年に読む本は一〇月の集まりで選定済みのはずであるから、アナが「わたしが提案しても受け入れられない気がする」とこぼしたときにはすでに、彼女の提案は受け入れられていたことになる。『クレイハンガー』をN読書会ではなくT読書会で読んだという類の取り違えならばあっても不思議はないが、提案の採否をめぐる記憶違いは考えにくい。アナがなぜこのような、いわば虚偽の発言をしたのか。もはや真意を知る術はないものの、『少し』についてリズが問わず語りに語ったことが手がかりになるかもしれない。

二〇一七年八月九日の午後のことである。リズは、筆者を助手席に乗せて運転しながら、『少し』を「まるで説教〔sermon〕を読んでいるよう」だと冷評したのだった。T読書会で取り上げてきた英米加豪の作品の多くが、程度の差はあれ、ユダヤ-キリスト教的世界観に立脚していることは言を俟たないから、当時まだアルボムを知らなかった筆者は、よほど布教の意図が露骨なテクストなのであろうと早合点し、「〔親団体〕は特定の宗教と関わりを持たないことになってるんですよね?」と返した。「それもそうよね!」と応じたリズの口調と表情からは、その点には思い及んでいなかったこと、したがって問題は狭義の宗教色ではないことが看取された。このやりとりをリズはおそらく忘れたのであろう、九月の読書会の直前につぎのようなメールを寄越し、「説教を読んでいるよう」と繰り返している。

今週の読書会でミッチ・アルボムの本を読むことになっています――わたしが選んだんじゃありませんからね! で、ちょっと教えていただきたいのですが、彼が日本語に訳されているかご存じかしら? 訳されているのなら、日本ではよく売れているのでしょうか? まぁ売れていると

は思えませんけど。何しろ説教を読んでいるような気分にさせられますからね。（二〇一七年九月一七日受信）

このメールに、アナの名は出てこない。感嘆符つきの付言と、自分の質問に自分で即答して完結しているあたりに、選定者の不見識へのいら立ちがにじむ。日本語版の有無や売れ行きに関する情報が、読書会の議論にどう資するのか、筆者は首を傾げつつ、インターネットで調べて返信した。

意外にも、ミッチ・アルバムの本はたくさん日本語に訳されていました。少なくとも日本のアマゾンでは、現在七タイトルが入手可能です。しかもそのうち三冊は私の知っている人が訳していました――シェイクスピアの最も権威ある翻訳者のご子息とそのお連れ合いです。『モリー先生との火曜日』には、英語を学ぶ日本の読者向けに註釈を付けたエディションもあります。いずれもベストセラーというわけではありませんが、レビューを読む限り、一種のセルフヘルプ本として評価されているようですよ。（二〇一七年九月一九日送信）

「シェイクスピアの最も権威ある翻訳者のご子息とそのお連れ合い」とは小田島恒志・則子夫妻のことである。面識があるのは恒志氏のほうだが、普段の筆者であれば、両氏に言及する際に御父君を引き合いに出すような非礼は慎む。だがこのときばかりは、レイチェルが『複数の死』の選定について弁明を求められたような仕方でアナが問い質される場面を想像していたたまれなくなり、いくらかでも援護射撃になればと、トム・ストッパードやロレンスなどに関する恒志氏の仕事ではなく、シェイクスピアの威を借りたのである。

読書会当日の様子については、後日会った折にリズが教えてくれた（二〇一八年三月一九日）。[17] その語りから、「説教」と彼女が難じたのはじつのところ、読者を受動的に「良い気分〔feelgood〕」にさせる作者の手法であったことが窺えた。「わかりやすい〔straightforward〕」本よりも、「いくらか努力を促す〔challenge me a little〕――いまある能力をいくらか伸ばしてくれる〔stretch me a little〕ような」、「精一杯考えさせる〔stretch me to think〕」フィクションを好むリズにとって（二〇一六年一一月二三日の聞き取り）、努力を要さず良い気分という効果のみをもたらすアルボムのわかりやすさは、許し難い、ということか。その許し難さとは、読み手が行為主体性を明け渡すことへの忌避感と言い換えられるかもしれない。のちに読んでみてわかったことだが、『少し』は、「説教を読んでいるよう」というか、実際にラビの説教を複数引用してもいる。アナとしては、ただ面白いだけでなく「ためになる」、T読書会向きの本と考えて、推薦したのかもしれない。

アナが読書を、テクストの解釈ではなくテクストの経験、それもニュークリティシズムが〈感情に関する誤謬〉と呼んで切り捨てるような、情動的経験として重んじていることは、つぎのやりとりに見て取れる。筆者は、彼女が「アクション満載」のスリラーや探偵小説を好むと聞いて、登場人物の重要性について訊ねている。

筆者　あなたにとって、アクションが重要なんですね。登場人物はどうですか？

アナ　本を読み終えると、寂しくなるの。すぐには新しい本に入っていけないのよ。一週間も二週間もってわけじゃなくて、ほんの数日のことだけど。

筆者　それは、登場人物に愛着が湧いて、ということですか？

アナ　ええ、そうなの、まさにそのとおりよ。〔中略〕章立てがあるといいわね。章立てのない本もあるでしょ。章ごとに違う登場人物を扱うことがあるわよね。〔後略〕

後で「一冊の本に愛着が湧き過ぎて新しい本に移るのに何日かかかってしまうというお話、大変印象的だったのですが」と話を戻すと、「本がわたしの心〔soul〕に入り込んだ証拠ね」と、いっそう印象深い答えが返ってきた。

筆者　本を読み終えて別人になったような気分になるってこと、ありますか？

アナ　本はわたしを豊かにしてくれるわね。ええ、そうね、間違いなく。本を読んだあとは、良い気分になるわね。ある意味では、最後のページって、ずっと辿り着こうとしていたはずなのに、悲しい瞬間よね。

本は、アナの心に入り込み、良い気分にさせた後、最後には悲しくさせて、新しい本に入っていくのを妨げる。アナは聞き取りでアルボムにはひと言も触れていないけれど、リズによる、わかりやすく、読者を良い気分にさせる作家、というアルボム評は、アナの好む作家の多くにも当てはまりそうだ。

英米の出版界におけるアルボムの、わかりやすく良い気分にさせる作家としての位置は、つぎの一文に見事に要約されている。

ジョディ・ピコー、ミッチ・アルボム、そしてアリス・シーボルドのファンなら、リチャード&ジュディ・ベストセラー作家、キャサリン・ライアン・ハイドが、とても深い感情を込めて書いた、悲嘆だけでなく希望もぎっしり詰まった、読む者の心を捉えて絶対に離さない〔truly captivating〕この物語を、とても気に入る〔love〕ことでしょう。(“Catherine Ryan Hyde”)

ペンギンランダムハウスの公式オンラインショップの、キャサリン・ライアン・ハイド『ウォーク・ミー・ホーム』(Catherine Ryan Hyde, *Walk Me Home*, 2013)のページに掲載された、作品梗概の書き出しである。一五年以上のキャリアを持つアメリカ人小説家の作風をイギリスの読者に伝えようとする際に一番手っ取り早いのが、作者をイギリスですでに成功しているアメリカ人作家の列に加え、過去に別の作品がリチャード&ジュディに選定された実績を特筆することだとわかる。さらに注目すべきは、書き手と読み手双方の感情に焦点が合わされている点である。作者が「深い感情」を込めて本に詰めた「悲嘆」と「希望」が、読む者の「心を捉え」、読む者を「虜にし」た結果、読み手がこの本を「とても気に入る」という因果関係は、主客関係でもある。作者から読者へと一直線に、「神学的」(Barthes 148)に伝わるのは、あたかも言語を介さない「心」であるかのようだ。

こうした霊的交感のごとき感通を重んじる姿勢は、リチャード&ジュディ・ブッククラブの聴取者には馴染み深いものだ。例えばシェイラ・ハンコックの『ミス・カーターの戦争』(Sheila Hancock, *Miss Carter's War*, 2014)についてリチャードは、「それに実際、これはすごく心温まるんだ、なぜなら彼女〔ハンコック〕が真心込めて〔from her heart〕語っているから」と評している(“Sheila”)。じつのところ、リチャードのこのコメントを筆者がノートに書き留めていたのは、その率直さ、熱っぽさに、掛け値なしで心打たれたからである。書き手であり教員でもある筆者は、作者の死と引き換えに誕生する読者（Barthes）や脱構築的散種（Derrida）が単なる理論的構築物などではないことを日々痛切に感じる反面、ときに、真心込めて書き、話したことが読み手／聞き手の心に真っすぐ届くことを素朴に願わずにはいられない。そして読み手としての筆者は、アナと同じく、心を捉えて離さない本の、最後のページに辿り着くのが悲しい。終わりに近づくほどペースを落とすことも、しょっちゅうだ。

翻ってリズが、「新作が出たら必ず買う、なぜなら〔読む前から〕良い本で、面白いってわかってるから」というバーバラ・キングソルヴァー（Barbara Kingsolver）について語った言葉は、作者との対等な関係を示唆するものである。すなわち「彼女の本を読んだら、自分と波長が同じだと感じるのよ。「ええ、あなたに賛成するわ。わたしもそう思う」というふうに」、波長がぴたりと重なり合うことで相互に交信されるのは、感情よりも「賛成」、「思う」といった信念や思考であるらしい。しかしすでに見たように、ほとんどの読書会メンバー同様、リズが読書会に加わっているのは、自分では選ばないような本との出会いを求めてのことであり、新しい出会いにおいては、読む前から確実に面白いと保証するものはない。このような場合、ウェイン・ブース（Wayne Booth）によれば、読者は「普段の自分の信念と実践がどうあれ、本を最大限に楽しむためには、自分の知性〔mind〕と心〔heart〕を本に従属させなければならない」(138)。ただし従属という表現を用いながらも、ブースの受容論は本を友人に喩える伝統に連なる。

ブースに依拠しつつ文学の経験の二重性について論じるのは、デレク・アトリッジ（Derek Attridge）である。

文学作品が生じさせる他者性が、心をかき乱したりぎょっとさせるものであったりする必要はない。むしろ作品が生き延びるには、少なくとも何らかの仕方で楽しく〔pleasurable〕なくてはならない――要するに、繰り返し読みたいという欲望を喚起するくらい、十分ポジティヴでなくてはならない。もしもわたしたちが他者性を直接感知することができたとしたら、そのショックはトラウマとなるだろう。とはいえ、そもそも直接の感知などということはあり得ない。わたしたちが経験するのは、他者ではなく、他なるものを感知できるようにするための知性と感情のギアのシフトであって、そのシフトを感知することで、他者は、少なくともその瞬間は、他なるものでなくなるのである。(Attridge 108)

知性と感情を本に従属させるにはまず、能動的にギアを切り替える必要がある。この二重の経験は、文学の読み手ばかりでなく批評の書き手にも当てはまる。「わたしが仮説や論理や分析の周りをうろついていると、突然、ある言葉が、それらにかたちを与えるのに効率的であるため、利用するのに適切なものとして現れる。(中略)そのときのわたしの感覚は、このことを創造した、とか能動的な作者だ、とかいうものではなく、降って湧いた幸運を受け取った、というものだ」というデリダの言葉を引きながらアトリッジは、「まったく新しいものが生まれるには、知的な制御を手放す必要があり、「他者」とは制御を明け渡すものに与えられ得る名前の一つだ」と説く(32)。デリダを援用しつつアトリッジが提示する「受け身に読むホスピタリティ〔readerly hospitality〕」とは、「読んでいる本によって、自身のさまざまな目的が作り変えられることを厭わない覚悟」(113)である。ただし「受け身」でいることは「油断なく警戒すること〔a high degree of alertness〕」と矛盾しない(115)。

「分析」を嫌い、作品世界への没入を楽しむT読書会メンバーは、書き手には制御を手放さないことを期待しているらしい。そのことを窺わせたのは、『二つの海の間の光』（*The Light between Oceans*, 2012）の作者M・L・ステッドマン（M. L. Stedman）が明かす創作秘話(18)――あらかじめ「プラン」を練らなくても、登場人物たちが勝手に書いてくれる――に、参加者の大半が示した懐疑的反応であった（二〇一五年八月一七日）。例外は、創作コースの受講経験があり、自身も「プランなし」で書くと証言したグレイスだ。ハナは、持論は棚上げにし、数十年前に受講した文学の成人教育コースで、作家の創作過程に話題が及んだときのことを紹介した。このときの議論はハナに強烈な印象を残したようで、聞き取りの際にも、「作家が作品を書き始めると、どういうわけか登場人物が、何が起こるかを〔作家に〕告げて書き取らせる〔dictate〕というのは本当か」というトピックで侃々諤々やったことがあると振り返った。講師は「そんなことはあり得ない」と断言したという。

思えばグレイスは、T読書会の議論が以前と比べて分析的でなくなったことを残念がる古参メンバーである。「たいして論じるようなことがない本もあるわよね。すごくわかりやすい〔straightforward〕本ってあるじゃない？　もっと論じるべきことが多い本はあるでしょ、例えば現実にありそうな物語だとわたしたちが考えるかどうか、とか」という彼女の所見は要するに、「わたしたち」の一次的経験と合致したり、一次的経験からの類推が容易であったりする物語は、論じるまでもない、ということだろう。「つかみが大事」とも語るグレイスにとって、一次的経験とかけ離れているにもかかわらず現実にありそうな物語だとわたしたちに考えさせる、読者の心を捉えて離さない作者の技量こそが、論じるに値するトピックである。こうした分析は、ウォルター・ベン・マイケルズに従えば、「テクストの経験（それがわれわれにどのように見え、それがわれわれにどのように感じさせるか）」であって「テクストの解釈（その意味についてわれわれがもつ信念)」ではない(34)。ただしそれは読み手の側の心組みの問題ばかりではない。「信念に対し経験を特権化しようとするばかりでなくそれを拡大して、自身には決しておきなかった経験を(まなぶのではなく)経験させる可能性をさぐろうという(モリスンの『ビラヴド』やシルコウの『死者の暦』のような)小説が大量にあらわれるという現象が、歴史的現象として存在する」(マイケルズ 35)。

モリスンは実際、テクストの経験を、語り手と本を信頼して小説のなかに入っていき、不信の念を一時停止したままそこに留まり続けることだと説いている。『パラダイス』(*Paradise*, 1997)が取り上げられた一九九三年三月放送の『オプラ・ウィンフリー・ショー』での発言である。

「小説の情景に入っていくのよ。そこに完全に入っていくの。不信の念は一時停止して、そこへ歩いていくの、無邪気で信じやすい人のように。そうして語り手を信じ、本を信じる。危険よ。がっかりさせられるかもしれない。でもそれが、そこへ入っていくやり方なの。理解し難いようなことが、たちまち認識できたり近づきやすいものになったりするのは、そういう状況にあってのことなの。あなたが歩いていくとするわね。「これは——これって本当に現実にあり得ることかしら」——そんな疑問は的外れなの。物質界では起こり得ないようなことすべてに対する不信の念を、一時停止するのよ」(qtd. in Farr 47-48)

読者が入っていく小説の情景を「小説の森」と表現したのは、ウンベルト・エーコである。エーコは、ヒラリー・パトナム(Hilary Putnam)の〈言語学的労働分担〉の概念をやや融通無碍に援用して、現実世界においても物語世界においても、「信任（Trust）の原則」は「真理（Truth）の原則」と同じくらい重要だと述べる（166）。だが、不信の念を一時停止できるか否かは、読者の側の、作者や作品に関する予備知識にもかかっているはずである。リズにとってのキングソールヴァーのような、特定の作者なら信頼できるとか、目利きや趣味の合う友人が薦めるなら信頼できるとか、権威ある賞の受賞作なら信頼できるとか、そしてもちろんウィンフリーお墨付のモリスンなら信頼できるだとかいう具合に。読者はたいてい「語り手と本」を無条件に信任したりはしないからこそ版元は、ペンギンランダムハウスがおこなったように、既存のジャンルを利用しつつそれを拡張したり再編したりするのである。

読者に不信の念を引き起こし兼ねないのは、現実には起こりそうにない作中の出来事――モリスン作品で言えば、赤ん坊の幽霊が鏡を割ったりケーキに手形を残したり、黒人の少女が青い眼を手に入れるといった超自然的な出来事――ばかりではないだろう。ウィンフリーに「読者から、同じ言葉を何度も読み直さなくてはいけないと言われませんか？」と聞かれ、モリスンはきっぱりと言う――「それが、あなた、読書というものよ〔That's, my dear, is called reading〕」（qtd. in Farr 12-13）。テクストの意味を解するために何度も読み直すとき、読者は、作者の技量不足や怠慢を疑うことを一時停止しなくてはならない。

とはいえ、読者の側に語り手と本を信頼する準備が整っていても、作者が語り手の選択を誤れば、意図する効果は望めない。『青い眼がほしい』（*The Bluest Eye*, 1970）の二〇〇七年版に添えた前書きでモリスンは、作品の構成が失敗だったと率直に認めている（Foreword）。人種差別の破壊的影響を描き出すためにモリスンが選んだのは、「平均的な黒人の家族」の「典型的な」「状況」ではなく、「ピコーラ〔という作中人物〕の極端なケース」であったが、ピコーラのような繊細で傷つきやすい人物に小説の主題を担わせることによって、読者が彼女を憐れむことに満足してしまわないよう、複数の人物による語りを採用した（Foreword）。だが、この語りは「上手くいかなかった」（Foreword）。「多くの読者は感動した〔touched〕が、考えは変えない〔not moved〕まま」、すなわち「自身の人種差別への加担を問い質す」ことはなかったというのである（Foreword）。多くの読者は、感動という経験だけを手土産に、森を後にしたことになる。

スピヴァクは、「みずからの批評の潜在力を発揮すること」（Murray 185）をジムでのトレーニングに喩えて言う。「骨折りなくして利益なし、ってやつ？」（182）。批評と教育においては直感に反することを追求すべきで、さもなくば他の人びとがすでに知っていることを反復するだけで終わってしまう（183）。それはしかし、T読書会メンバーの多くにとっては、すでに学校で嫌というほどやらされたことである。「ときには理解にうんと努力が要るようなのもいい〔I like to be very stretched〕」というグレイスでさえ、「わたしが好きじゃないのは、センテンスをいくつか、あるいは一段落読んでも、何を言ってるのかわからないってときね。だから戻って、センテンスの繋がりがいかにまずいか気がつくわけ」と語った。要するに、一読しただけでは何を言っているのかわからないテクストを、不出来とみなしている。他方、いまある能力を最大限に働かせて〔stretch me〕読むことで能力のさらなる伸長がもたらされるというリズの期待は、難解な本を読む実践を自己改善の手段と考える「新しい倫理学〔New Ethics〕」（Hale, "Fiction"; *Novel*）ないしは「倫理学的誤謬」（Serpell 17）と親和的である。新しい倫理学についてては第八章で検討することにして、次節では『少し』が、読者を良い気分にさせる以外のことをおこなわないのか、考えてみたい。

4 フィールグッド産業?

生まれ育った郊外住宅地とユダヤ教の信仰を離れ、ジャーナリストとして成功したアルボムが、宗派を問わず「少しの信仰があれば、人は物事を改善できるし、本当に変わることができる」(Albom 244)との確信へ導かれる物語は、放蕩息子の帰還のわかりやすい変奏である。憧れていた「世界市民」(Albom 25)になりおおせたアルボムの「刺激に満ちた生活」の、「宗教儀礼とは対極」にある「フレキシビリティ」(Albom 46)とは、グローバルな自由主義経済が要請するものである。「相も変わらず同じことをしている地元の連中」を見下し、仕事を通じて得た友人とだけ繋がってきたアルボムの世界は、あるとき、友人たちがそれぞれの職場を解雇されるにいたって、様相を変える(Albom 164-65)。彼らが近況報告に用いる定型句——「わくわくするような新しい複数のオプション」——の「「わくわくするような」の部分をわたしは絶対に信じなかった」(Albom 165)というアルボムの言葉は、リーマンショックの翌年という時宜を得て、多くの読者の心に響いたことだろう。「グローバルな秩序の主体」(ハージ 57)を自認していたエリートですら、「資本のニーズに綿密に対応するためだけに振り回される客体」(ハージ 57)に過ぎなかったことが露呈した瞬間である。『少し』は、八年間の物語の時系列を「ナラティヴにまとめる都合上」再編してあるといい(Albom, "Author's Note")、友人たちの解雇が相次いだ「数ヶ月」(Albom 165)がいつのことかも明示されていない。その意味でこの作品は狭義のノンフィクションではないけれども、円環を成す旅としての生という非歴史的ナラティヴは、不断にスキルの向上に努め、必要とあらばいつでも新しい職場と住まいに移り速やかに再適応できる人材が求められる時代にあって、十分思索の材料たり得る。

自動車産業の衰退により荒廃の進むデトロイトを主要な舞台の一つとする本作は、二〇一六年の大統領選におけるドナルド・トランプの勝利が「予期せぬ結果」（Goodhart vii）などではなかったことを、遡及的に証する。地理的水平移動を伴う社会的垂直移動に失敗した人びとや移動を試みようとしない人びとの自己責任を問う不当さに気づき、黒人ホームレスのシェルターとなっているキリスト教会の立て直しに力を貸すアルボムは、読者を良い気分で泣かせるだけでなく、具体的行動で自他の人生を変え、この本から自身が得る収益の一〇分の一を、「この物語に出てくる教会、シナゴーグ、ホームレスのシェルターを含む慈善団体」に寄付する（"Author's Note"）。二〇一二年出版のモイズの『ミー・ビフォア・ユー』が世界市民への道を肯定しているのとは、対照的である。「昔は仕事が理由で移り住むなんてことなかったのよ」というアナの追懐を思い出そう。基幹産業が完全雇用を保証していたイングランド中部地方とデトロイトとを重ねて『少し』を読むことは、グローバルな秩序への批判的介入の糸口となり得ないだろうか。

リズをいら立たせるのは、本を買って読むだけで、慈善活動に貢献しているかのような良い気分にさせる、〈感情のパラドクス〉（Keen 106-07）を許す作者の技巧だろうか。一読者としての筆者をいら立たせたのはしかし、「わかりやすい」とは言い難い、むしろ読み進めるのにいくらか努力を要するような本の構成だった。ナラティヴは、アルボムと二人の聖職者との交流の場面や前日譚を、複雑に交差させる。全体を春夏秋冬の四つのセクションに分けておきながら、「一九六五年のこと…」といった見出しつきでフラッシュバックふうの断片を斜字体で挿入したかと思えば、その断片と同じ書体を用いて、しかし見出しを添えず現在進行中のエピソードを語ったり、諸処に新約聖書やガンジーの言葉などを引いたページを挟んだり、といった調子なのである。分断の進む世界を、宗派を問わぬ信仰の力が交わらせるさまを実演しているようにも見えるが、じつのところ、インスピレーション・ポルノの誹りを免れようと力み過ぎたのではないか、あるいは単に推敲をおろそかにしたのではないかと、つい勘繰ってしまう。リズ以外のメンバーは、どう受け取っただろうか。

読書会の様子を知らせてくれたヘザーのメールを引用しよう。

> 昨夜リズが、ミッチ・アルボムと日本で出版されている本についてのあなたのメールを読み上げてくれて、皆、そんなにたくさん出ていると聞いて大変驚きました。とても良い議論ができたけど、わたしも含めほとんどの人は、ミッチ・アルボムの別の本も読んでみようとは思わない、と言っていました。少し前に文通(19)のメンバーが彼のことに触れていたので、わたしは彼女〔ママ〕の名前は知っていました。でも、イギリスでも以前よりは知られるようになってきているものの、イギリスよりアメリカではるかに人気だという見方で、わたしたちは一致しました。(二〇一七年九月二一日受信)

T読書会メンバーは、アメリカ流のセラピー文化が(ブラックフライデーのバーゲンセールのように?)イギリスに流入することを警戒しているのだろうか。だとしたら、日本で売れているのかというリズの質問も腑に落ちる。「とても良い議論ができた」とは、通常は、賛否が分かれたことを含意する常套句である。けれども、「ほとんどの人」が別の作品も読んでみようと思うほどには魅力を感じなかったとなれば、総じて不評だったのであろう。アナとサリーがどう抗弁したのか気になった。それだけでなく筆者は、「わたしが提案しても受け入れられない気がする」との言葉を思い出し、『少し』を提案したのはアナではなくサリーだったのではないかと、フィールドノートの記録に自信がなくなっていった。経済的な理由からではなく「とてもミニマリスト〔very minimalistic〕」であるがゆえに図書館を利用し、「わたしの人生にインパクトを与えたものだけを手元に置く」というサリーが持参してくれた蔵書全五冊の一冊が、アルボムの『あなたが天国で会う五人』だったのだ。

サリーは、『あなたが天国で会う五人』には「うわー、人生において自分のやることに気をつけないとまずいわ、自分が他人にどんな影響を及ぼすかわからないから」と「深く考えさせ」られ、『モリー先生との火曜日』にも「人生をどう生きるべきかについて」考えさせられたという（二〇一六年一一月二四日）。前者はフィクション、後者はノンフィクションであるが、いずれもサリーに深く考えさせるだけでなく、おそらく実際に行動を改めさせもしただろう。アルボム自身が、読者をただ気分良くさせるのではなく行動変容をもたらすことを目的としていることは明らかで、それがリズには「説教」臭く感じられたのではないか。

文学が人の生き方を変えることがあるとしたら、それは結果であって、目的であってはならないという考え自体は珍しいものではない。日本にはかつて、作品が「目的小説」なるカテゴリーに分類されてノーベル文学賞を逃した作家がいる。

今月発表されるノーベル文学賞で、1947年に日本人初の「候補」となった人物がいる。作家よりも社会活動家として知られる賀川豊彦（1888～1960）だ。なぜ賀川だったのか。

〔中略〕

賀川は47年に35人の候補リストに残り、翌48年も31人のうちの1人に。ただ、いずれも「文学性が低い」と最終候補から漏れた。

賀川は米プリンストン大で神学を学び、神戸で貧民救済運動に従事。生活協同組合を日本に根付かせた。戦後復興や平和活動にも尽力した。作家としては、100万部のベストセラーになった20年の自伝的小説『死線を越えて』がある。ただ島崎藤村や菊池寛といった当時の文壇の重鎮は、文学的には評価しなかった。賀川豊彦記念松沢資料館の杉浦秀典副館長(50)は「どの小説も、苦しい人たちが活動に目覚め、救われていくストーリー。救済活動の普及をめざした『目的小説』だった」と話す。(高津 31)

藤村や菊池の文学観は、芸術至上主義の一ヴァリエーションだ。

「人生を変える想像力の源」である文学作品を通じて「さまざまなロールモデルと可能性を与え」るというリーダー・オーガニゼーションの理念[20](Davis)に賛同するリズですら、本が自身の人生を変えたとは考えていない。というか、Tグループの協力者で「人生を変えた本」があると明言した人はなく、唯一、「わたしの人生にインパクトを与えたもの」という表現を用いたのがサリーだったのである。

二〇二〇年五月になって、リズからコロナ禍でのTグループの活動についてメールをもらった機会を捉え、『少し』の推薦者が誰だったのか、それとなく訊ねてみた――「わたしは、好奇心からミッチ・アルボムを読んでいるところです。ヘザーは読書会で『少し』で良い議論ができたと言っていました。これを薦めたのは誰でしたっけ? アナかサリーだったと記憶しているのですが、いまとなっては確信がありません」(二〇二〇年五月二〇日送信)。返信はなく、この話題に触れたくないのかと気を回して催促もできなかった。その後もメールやグリーティングカードで折々に近況報告をし合いながら三年近くが経ったある日、リズから「お助けを〔Help please〕」の件名のメールが届いた。参加予定の「リテラリー・ウィークエンド」[21]のディスカッション・ポイント——「さまざまな要素が働くなかで、わたしたちははたして本当に翻訳を介して文学作品にアクセスすることができるでしょうか、またこのことは、わたしたちが読書を楽しむ際に問題となるでしょうか?」——について見解を求められ、メールが二往復したところで、三年前の質問を、翻訳の話題にかこつけて、回答を促す口調に改めたうえで投げてみた——「読書会でミッチ・アルボムを選んだのが誰だったか教えていただけますか? 彼が日本語に訳されていることを知らせたら皆さんがとても驚かれたことを記憶しています」(二〇二三年二月二日送信)。ただちに届いた簡潔な返信には、喫驚した。

親愛なるチトセ

〔ご返事〕ととっても素敵な〔早咲きの桜の〕写真もありがとう。

誰がそのミッチ・アルボム〔the Mitch Albom〕を提案したのか調べてみないといけませんでした、それはアナでした、そして、わたしの記録によれば、彼女はディスカッションに来ませんでした、理由は憶えていません。

それが気に入ったという人は多くはありませんでした、わたしは説教を読んでいるようだと言いました!

では

リズ x（二〇二三年二月二日受信）

やはり筆者の記憶違いではなく、提案したのはアナであった。最後の一文はおそらく自身の記録から引き写したものであろう。

それにしても、二〇一四年から一五年にかけての一年間、一度しか欠席しなかったアナが、よりによって自分が選んだ本の回を休んでいたとは、思ってもみなかった。いずれにせよ、右のメールを読むに、アナの「わたしが提案しても受け入れられない気がする」との発言は、虚言などではなく、最終的に受け入れられるまでに一悶着あったことを意味していたのではないかという気がしてきた。とはいえ選定をめぐる悶着自体は珍しくない。二〇一八年一〇月の回がとりわけ紛糾したことを、リズは翌日、メンバー全員に宛てたメールでこう伝えている。

皆さま

来年の本を提案してくれた皆さん、そして昨夜出席してどれを選ぶか決めるのを手伝ってくれた皆さん、どうもありがとう。

それ〔選定〕は容易ではありませんでした。一時は中断して、最終決定をする前に飲み物とビスケットの時間を挟まないといけませんでした！（二〇一八年一〇月一一日受信）

もし二〇一六年の選定も難航したのだとすれば、アナが聞き取りでアルボムに触れなかった心中も察せられる。翌年の読書会でアルボムに好意的な意見を述べるメンバーが多くはないことは、容易に想像されたであろう。レイチェルのような論客ですら、「良い議論」の後にはハーブティーで気分を鎮める必要があったくらいだ。批判の矢面に立たされるのは、「気にするたち」のアナには荷が重過ぎたかもしれない。

5 よく練られたリスト

アナは、手に取ったすべての本の感想をノートに記録している。そのノートをインタビュー場所のパブに持参してくれて、二〇一七年にT読書会で取り上げる予定のフォースター作『眺めの良い部屋』(*A Room with a View*, 1908) の記録——「読み終えられなかった。とても時代遅れ。ヴィクトリア朝－エドワード朝の難しい言葉遣い」——を読み上げ、「これはわたしの個人的な見解」と付言した。そのあと、彼女がたまたま開いたページに、『複数の死』についてさらに短く「面白くなかった。読み終えなかった」とだけ記してあるのを、筆者は目ざとく見つけてしまった。『複数の死』の集まりで、読まずに参加したと聞いていたが、正確には、面白くなくて途中で投げ出したのだと、このとき悟った。英文学の正典と現代の風刺小説とでは、面白くない理由も異なると推察されるが、この点は追って検討することにして、まずは、アナが「これがNで選ばれた本」とおもむろに取り出した、「N読書会 2017」の見出し付きの自筆メモに注目したい。本を一般の書店で買う経済的余裕[22]がないアナは、このメモをハンドバックに入れて持ち歩き、買い物のついでにチャリティショップに立ち寄って、安価な古本を探すのだという。けれども、必要な本が折よく見つかることは稀だから、おもに図書館で借りているというわけである。以下、メモの記述の順に列挙するが、表題を斜字体にするなど筆者が表記を整え、参考までに刊行年も追記する。

Stef Penney, *The Tenderness of Wolves*, 2006
Khaled Hosseini, *A Thousand Splendid Suns*, 2007
Ann Morgan, *Beside Myself*, 2016
Andrew Michael Hurley, *The Loney*, 2014
Sebastian Faulks, *The Girl at the Lion d'Or*, 1989
Monica Wood, *The One-in-a-Million Boy*, 2016
Jessie Burton, *The Miniaturist*, 2014

アナが「どれか馴染みのあるものはある?」と聞くので、セバスチャン・フォークスの名を挙げると、間髪を容れず"But that gives you an idea how well-organised it is."と、解釈に迷う、したがって訳出によって意味を一元化するのもためらわれる言葉が返ってきた。ジェシー・バートンの『ミニチュア作家』は筆者にとって思い出深い——二〇一四年のクリスマスに、あるベネット協会員に自宅に招かれ、その年の話題作だからと贈られた——本だったが、アナは筆者が言葉を継ぐ隙を与えず、「リズはよくやってくれてるわね。彼女は家母長〔matriarch〕よね？　いつも親切にしてくれて。わたしは彼女が好きよ。これ、『千の輝く太陽』はもう読んだ。ムスリムの立場に関するものね。『カイト・ランナー』〔*The Kite Runner*〕読んだ？　彼よ。同じ作者」とたたみかけた。リズへの評価と好意は、いささか唐突に挿入されている。N読書会の本の選定に対して"well-organised"という形容詞を用いたことが事実上、T読書会と比較して"better-organised"であることを意味し、二つの読書会からはそれぞれ異なるものを得ているのであって優劣の判定はしないという先の発言と矛盾することに気づいたためだろうか。理由はどうあれ、その口調と表情からは、アルボム選定にまつわるリズの困惑を、アナが知る由もないことは明らかだった。

T読書会でも、フォークスの『バードソング』(*Birdsong*, 1993)とホッセイニの『カイト・ランナー』は、アナの加入前に取り上げている。リストのどういう点がwell/better-organisedなのか。筆者は始め、何らかのテーマに貫かれていることを意味するものと推測し、すぐにインターネットであらすじやサンプルなどに目を通してみたものの、作者が合衆国か英国に生活拠点を置いて英語で創作していること以外に共通点は見当たらなかった。なぜその場で説明を求めなかったのかと悔やみ続けること一年半、別の用件に事寄せてメールで訊ねてみた。別の用件とは、アナの友人やN読書会のメンバーを紹介してもらえないかの打診である。丁重に断られたが、その返信でリストを引用して説明を乞うたのである。だが二週間待っても沙汰はない。疎まれるのを覚悟で再度メールを送り、一〇日後に届いたのが以下である。

お便り嬉しく拝読。残念ながら、あなたが言うthe organised listについてそれ以上詳しく述べることはないように思います。その読書会では、わたしたちは先生が選ぶものを読みます。そしてわたしは自分が読んだ本を記録することにしています。なぜならわたしは典型的な「やぎ座」で几帳面ですから。選ばれる本は変化に富んでいます。これでお答えになっているとよいのですが。

（二〇一八年三月二一日受信）

「変化に富んでいる」というのが、リストについて唯一与えられた説明である。したがってアナは、特定の題材や舞台などに偏らないよう「よく練られている」といった意味合いで、well-organised という表現を用いたと解するのが、妥当かもしれない。

他に強いて共通点を見出そうとするならば、ジャネットが、シンディやルースらと参加している読書会（以下、図書館の読書会）について語ったことが手がかりになるように思われる。再度引用しよう。

彼ら〔リチャード&ジュディ〕は、現代のフィクションのある特定のジャンルを、いわば識別するわけ。容易に理解できて、リテラリー過ぎず、でもよく書けているような。だから、そういう類の本をわたしたちはおのずと選ぶことになるわね。（二〇一六年一一月二二日）

図書館の読書会の本は、リチャード&ジュディが選ぶような、リテラリーと呼ぶには大衆的過ぎるが、統語法や文彩、語彙、構成には十分注意が払われたフィクションである。N読書会の二〇一七年の七冊のうち三冊（ステフ・ペニー、ホッセイニ、バートンの作品）は、リチャード&ジュディに選定されている。フォークスの『リオン・ドールの娘』は、フランスをおもな舞台とする三部作の第一作で、二作目の『バードソング』がリチャード&ジュディに選ばれているから、七人の作者のうち四人は「リチャード&ジュディ・ベストセラー作家」である。アンドリュー・マイケル・ハーリーはこの二〇一四年のデビュー作がゴシック小説の傑作と称され、コスタ・ファースト・ノベル賞を授与されている。アン・モーガンのスリラーは、スリラーないしゴシックの要素を持つペニー、ハーリー、フォークスの作品と並べても、違和感がないかもしれない。

N読書会およびT図書館の読書会とT読書会の選定基準の違いは、Tグループのアリスの発言によっても裏づけられる。小学校教諭を引退して数年後の二〇〇〇年頃に支部会員になったアリスは、読書会に参加しない理由を、読みたくもない本に時間を費やすには「人生は短過ぎる」からだと語った(二〇一八年八月一七日)。限りある時間を、読むに足る本にだけ費やしたいという心情を、グループ最年長のハナも一度ならず吐露している(第二章を参照)。つまりハナにとって読書会は、読むに足る本に出会える場である。他方、ハナよりひと回り若いアリスが、人生の残りの時間を費やすに値すると考えるのはおそらく、ハナが読みたくないような本、つまり「女性作家の軽いフィクション」であり、書店では、リチャード&ジュディのステッカーが貼られた本を探す。[23] アリスにとって読むに値する本は、重厚なリテラリー・フィクションを意味しないのである。

アナのお気に入りの作家ロバート・ゴダードは、グレイスとレイチェルのお気に入りでもある。レイチェルやグレイスとアナが違うのは結局のところ、ハイ/ミドルブラウ、あるいはリテラリー/ジャンルフィクションといった文学的価値の序列にもとづく二重基準を敷いていないことである。ゴダード(とバルダーチ)の作品には「冒頭から引き込まれる」のに対し、例えば「冒頭であまりにたくさんの人物を登場させるから、「これ誰だっけ?」ってことになる」ような「忍耐を要する本がある」というアナの見立ては、前掲のグレイスの分類に通じる。ただしグレイスは、ゴダードについて「ハイブラウではない」と付言している。インタビューのために、好きな作家と作品を「カテゴリー別」に分けたリストを作成してくれたレイチェルは、そのリストをもとに、探偵小説は「リテラリー・フィクション」と違って、「純粋な現実逃避」の手段であると説明した（二〇一六年一一月二二日）。

アナもまた、後で見るように小説を「現実逃避」の手段と捉えてはいるものの、現実逃避に資する読み物がすなわち文学的価値に劣るとは考えていない。それにアナは、自分は他のメンバーほど頭が良くないと言うけれども、自分の好みを卑下しているわけではない。むしろ鑑識眼には一定の自負がある。お気に入りの作家を一人挙げるとしたら誰かと訊ねたら、「一人じゃなきゃ駄目？　なんだか『デザート・アイランド・ディスクス』[24]みたいね」と笑いながら、バルダーチとゴダードを挙げ、反対に「短編小説を集めた雑誌は好きではないわね。休暇先でなら読むかもしれないけど、まったく深みがないように思うの」と語ったことから、バルダーチやゴダードのような「アクション満載」のスリラーやサスペンスにも「深み」があり、決して休暇の読み物に分類されるものではないことがわかる。その点で、自身が好んで読む本をトラッシュ〔trash〕やジャンク〔junk〕と呼んで憚らないルースやジーンとも違う。

ちなみに「短編小説を集めた雑誌」とは、一八六九年創刊の週刊誌『ピープルズ・フレンド』（*The People's Friend*）を指していると推察される。表紙のタイトルに「一週間の毎日に一本の短編」と添えられているとおり七本の短編に加え、連載小説二本、レシピ、手芸、園芸、旅行などの記事で約八〇ページが構成されている。ウェブサイトが「feel-good fiction をお届けする」と謳うとおり、どの短編も基本的に「feel-good story」ではあるのだが、感服させられるのは、その短編の読後感を目次で予告する工夫である。二〇一五年四月一一日号を例に取ると、最初の五本の表題にそれぞれ“An emotional story,”

“An uplifting story,” “An upbeat story,” “A light-hearted story,” “A feel-good story” とほぼ同義の記述が添えられているのに対して、残り二本は “A poignant story” と “A family story” とあり、明らかに警告を発している。二本のうち前者は、離婚を決めた夫婦の最後の小旅行について妻が一人称で語り、後者は、夫に先立たれた祖母の姿を小学生と思しき孫娘の視点で描いているから、警告は、同様の境遇にある読者の心情に配慮して発せられたものであろう。単行本であれば、表紙のブラーブが担う役割である。例えば『ミー・ビフォア・ユー』は、「胸が張り裂けそうになるけれど、最後には気持ちが高揚するような〔Heartbreaking yet ultimately uplifting〕」という一節を『グッド・ハウスキーピング』誌のレビューから引いている。『ピープルズ・フレンド』の場合は、「胸が張り裂けそう」な要素と「気持ちが高揚するような」要素をそれぞれ別の短編に振り分けたうえで、突然、胸が張り裂けそうな場面に出くわす危険から、あらかじめ読者を守っている。購読者が、一週間のうち二日は、気持ちを高揚させるための物語消費を必要としない、あるいは登場人物の死別や離別に感情移入して打ちのめされることなくカタルシスを味わえるような精神状態にあると、編集部は想定しているのだろう(25)。

6　本の儀礼的機能、あるいは読むこと／読まないことという社会行為

アナが、お気に入りの作家に名指したのはバルダーチとゴダードだった。にもかかわらず彼女が最も多くを語ったのは、ヴァネッサ・ディッフェンバー作『花言葉』（Vanessa Diffenbaugh, *The Language of Flowers*, 2011）についてである。N読書会で読んだ本だという。

この若い子〔the girl〕の最初の本なの。とても風変わりで。彼女はアメリカ人だと思うわ。里子として育てられた女の子がつらい子ども時代を送ったせいで、花を使って自分の気持ちを伝えようとして――〔花の〕名前を覚えるために小さなノートに書きつけて、大きくなって小さな花屋を開いたの。そうねぇ、彼女〔作者〕に対する評価は低いわね。でも良い本だった。

一種の〈目的小説〉であることが、この本を「とても風変わり」に感じさせる一因かもしれない。アルボムの『少し』のケースに似て、ディッフェンバーによれば、読者から、主人公のような境遇にある若者たちへの「信じられないほどのサポートが殺到」したという（"Conversation" 326）。この反響を受けてディッフェンバーは、フォスター・チルドレンの自立を支援するNPOの立ち上げに関わることになる。全米に市民のネットワークを形成すべく、「とくに読書会に働きかけているのですが、その理由は、関心のある市民から成る小さなグループが、そのコミュニティで〔フォスター・ケアが終了して〕自活する若者たちの行く末を変える力を有していると信じているからです」（"Conversation" 326）。

いずれにせよ、右のアナの発言は、彼女が〈文化の権威〉による評価を、意に介さないどころか、むしろ不当と考えていることを窺わせる。筆者の手元にある『花言葉』の表紙には「『ニューヨークタイムズ』ベストセラー」のブラーブが踊っているが、『ニューヨークタイムズ』の本作への評価は著しく低い。評者のジャネット・マスリン（Janet Maslin）は、二段落目で、版元が「文学作品の雰囲気に合ったテーマでパーティを開くような読書会」に照準を定めて巻末付録を編み、関連書籍も出していることに触れ、高学歴リベラル購読者の予断を誘っている。(25) 実際、N読書会は、パーティこそ開かないものの、『花言葉』を巻末付録ともども取り上げたようだ。巻末にディスカッション・ポイントが掲載されていたら目を通すかという質問に対するアナの答え――「ええ、いつも本の最後を見ますよ。Nの女性は、わたしたちに質問するの」――が、「先生」が巻末付録を利用することを示唆している。

筆者 では、それら〔巻末付録〕は有益ですか？

アナ 忘れてしまったかもしれないことを思い出させてくれると思う。わたしは、二、三、書き留めるようにしてるの、強い印象を受けたことをね。『花言葉』に戻ると、その女の子が意見を述べるの――「苔は根を張らずに育つ」って。彼女は気の毒な人で、家庭生活と呼べるようなものが一切なくて、だから苔と自分を結びつけたのね。赤ちゃんを産んで、赤ちゃんに対する気持ちはあったのに、自分は良い母親になれないと思って、彼女〔赤ちゃん〕の父親の下に残して〔姿を消して〕しまったの。とても悲しいことよね。それが、わたしが実際に書き留めたことなの――「苔は根を張らずに育つ」。それで〔こうして書き留めておくと〕、日常生活のなかで話題に上せて、本に共感することができるわけ〔you can relate to books〕。

『花言葉』の場合、一一のディスカッション・ポイントのうちの九つ目が、アナの書き留めた一節を扱っている――「9. 小説の最後で、ヴィクトリアは、苔が根を張らずに育つことを知ります。それは何を意味し、また、なぜ彼女にとって目を見開かされるほどの新しい知識〔such a revelation〕なのでしょうか？」（326）。興味深いのは、アナが本の一節を書き留める理由である。先に参照したメールでは、読んだ本を記録する理由を、典型的なやぎ座で几帳面だから、と説明していたが、T読書会では記録を残しているメンバーは（星座にかかわらず）少なくない。

南ロンドンの一般読者のオーラルヒストリーを編んだシェリー・トラウワー（Shelley Trower）は、「備忘録」として本のリストが、「読書が、楽しいけれどいつの間にか過ぎていく経験以上の何かを与えるもの、すなわち、知識を収集し、何らかの仕方で自分を向上させたり心を豊かにしたりするものであってほしいと願って」作成されると分析する（289, 291）。読んだ本の記録は、単に知識や知恵を記憶に留めておくだけでなく、「自己陶冶の年代記」として振り返ることができる（291）。アナの場合は、「苔は根を張らずに育つ」という主人公の言葉を、一種の警句として自己陶冶に用いるだけでなく、身近な他者と繋がるための媒介として用いるという明確な目的を持っている。アナが『ドミニオン』の選定者ケイトに電話した際、「良い本だったから」「面白かった」とだけ述べたことからも、電話の目的は、本の解釈をめぐる議論ではなく、謝意の表明にあったと察せられる。本をこのように用いるのは、アナだけではない。第六章で見るように、ナディン・ゴーディマーの『バーガーの娘』はメンバーの間を物理的に循環し、『ブラック・ダイアモンズ』は日帰り旅行のきっかけを作った。『ニューヨークタイムズ』が嘲笑するのは、まさにこうした儀礼的な本の扱いである。リア・プライスが指摘するように、「あたかも読むことが唯一正当な本の使いみちであるかのように振る舞いがち」な文芸評論家は、本が贈り物や投資対象として機能し得ることを忘れているのである（Price 305）。

本が、読まれないことによっても機能することを、アナのT読書会との関わり方は例証する。入会して日の浅かった二〇一四年当時ならともかく、三年経って、最後まで読みたいと思えるような面白い本に年に一冊程度しか出会えないことが明らかになった読書会に、本を読まずに出席し続けて、何を得ているのかはわからない。だが、不満げな面持ちでただ座っていることは、明文化されていないが確かに存在する選定基準を見直す代わりに、本が気に入らなければ読まなくてよいと言い渡したハナへの、無言の抗議となり得ている。

いっそう興味深いのは、読書会以外の誰かがアナに貸してくれた『ベルリンから来た少女』（*The Girl from Berlin*, 2015）に関する語りである。アナがこの本に言及したのは、翻訳ものを読むかという筆者の質問に答えてのことで、この語りにおいては、本が、二つの異なる社会的位相で、身近な他者と繋がるための媒介の機能を担わされていることがわかる（本はすでに貸し手の「誰か」と借り手のアナを媒介しているから、三つの位相と言うべきかもしれない）。なお、以下の引用中の「あなたの本〔your books〕」とは、T読書会で取り上げられた日本文学のことである。また、『ベルリンから来た少女』は、ニューヨーク在住のユダヤ系アメリカ人作家エリー・ミドウッド（Ellie Midwood）が英語で書いた、三巻から成る歴史小説であるから、翻訳ゆえに難しいというのはアナの思い違いである[27]。

あなたの本には苦労したわね。それってごく自然なことじゃないかしら——あなたも同じ——反対の場合でもそうでしょ。難しいと思うの。翻訳すると何かが失われると思う。誰かが『ベルリンから来た少女』を貸してくれて——それが翻訳だったと思うけど。五〇ページ読んで、入り込めなかったわ。わたしはテレビがついてると読めないの。うちは居間が一つしかなくて、夫がニュースを観たいときは、わたしは本を閉じないといけないの。付き合わなきゃね〔I have to be sociable〕。彼は読書家じゃないから。それ〔小説〕はただの作りごと〔make-believe〕だと考えてるの。読むのはビル・ブライソンか野生動物のドキュメンタリーくらいね。わたしは、それ〔小説〕は良いと思うの。それは現実逃避ね。現実逃避。そうなの。

居間で本を閉じるという身振りに、まず注目したい。夫が本を読まない、あるいはノンフィクションしか読まない、あるいは家事や闘病中の夫の世話で思うように本を読む時間が取れないというメンバーはいたけれど、夫に付き合って読書量を減らすと語ったのはアナ一人だ。難しくて入り込めない本があることと、夫がテレビを観ている間本を読めないことには一見何の関係もないが、難しい本は読むのにより多くの時間を要するにもかかわらず、夫のせいで本に費やせる時間が限られているため、よけいに入り込めない、ということなのであろう。

アナの居間では、閉じられた本が、所有者の付き合いの良さ（sociability）を表明する。アナがsociableという語を夫婦の関係に用いたことが筆者には印象深かったが、むろん、夫婦という二人集団はれっきとした社会である。ジャニス・ラドウェイが論じるように、「テレビの視聴が、他者のいるところでおこなわれる非常に社会的な活動であり、視聴しながらの会話や個人的な相互行為が可能であるのとは異なり、黙読の場合は、読み手が周囲の世界を遮断して、その場にいない人びとや違う時代についてじっくり考えることを要請する」（Radway 91-92）。「娯楽と現実逃避」としてロマンス小説を読むラドウェイの協力者のなかには、妻とテレビを観たいがために、妻の読書に反対したり、妻が一緒に観てくれないと「締め出されたように感じ」て「怒った」りする夫について語る妻たちがいた（Radway 91）。ラドウェイの分析では、ロマンス小説読者が逃れたい現実とは、まさに夫の機嫌を損ねぬよう、たいして観たくもない番組を観る日常、妻や母としてつねに他者のニーズを優先するよう要請される日常であり、逃避する先はヒロインにすべての注意が注がれる非日常である（Radway 97）。受動的な没入の境地に達するには、まず他者のニーズを後回しにするという能動的アクションを起こす必要がある。居間で本を開くという身振りは、それだけで、他者を締め出し、ときに怒らせるに十分なほど雄弁な意思表明となり得る。
アナが好んで読むのはロマンス小説ではなく、アクション満載のスリラーなどであるが、アクションがスリリングであるために、すべてのアクションの中心にある主人公ないし焦点人物との同一化が必要であることは、言うまでもない。「本に入り込」んで現実逃避するようになった時期を、アナは特定している。

筆者 現実逃避だとしたら、あまり気が滅入るようなものは読みたくないですか?

アナ そうね。

筆者 気持ちを高揚させるような物語〔uplifting stories〕のほうがお好きですか?

アナ 人生でつらい時期があって〔後略〕。

「つらい時期」は、半世紀近く前のある出来事が発端となって数十年にも及び、その後ようやく「人生が上向いた」というが、(28)いまも読書は現実逃避の助けとなっている。

そうね、気が滅入るようなものは何も読みたくないというのが、本当のところね。自分のために本当に好きになることはないはずよね。『ベルリンから来た少女』は悲しい展開になるの。なぜならドイツについての本だから。わたしには実際、ドイツ人の友達がいるの。彼女は九〇代なんだけど。わたしは陶磁器製造会社の営業部で働いていて、彼女は工場で働いていたの。彼女のお父さんは彼女に勉強するよう勧めなかったのね。兄弟たちは進学するよう励まされたのに、彼ら

〔当時の父親たち〕は女の子を進学させようとはしなかったのね。Dはヒトラーユーゲント〔Hitler Youth〕だったに違いないわ。わたしが興味を持ったのは彼女を知っているから。彼女が友達だから。

右の引用は、アナが、五〇ページ読んで入り込めなかった『ベルリンから来た少女』を、読破したものと推察させる。悲しい展開に気が滅入り好きになれないことがわかっていても、友人をよりよく理解する助けになると判断して、つまり身近な他者とよりよく繋がるための資源として、忍耐強く読んだのであろう。同じ歴史小説でも、N読書会で読んで「面白かった」コルム・トビーン作『ブルックリン』(Colm Tóibín, *Brooklyn*, 2009) に対するのとは、異なるアプローチだ。映画版(二〇一五年)も「面白」かったという『ブルックリン』からは、「一九五〇年代のアメリカの生活を見るのが良かった」というミメーシス的な楽しみが得られ、それは自己改善に資するかもしれないが、他者をよりよく理解するための切実な読書とは、異なる経験と言えよう。レイモンド・ウィリアムズが『田舎と都会』において「知ることのできる〔knowable〕共同体」という概念を提示したとき、「知ることのできる」対象とは畢竟、主体すなわち観察者が、知りたいと望んだり、知る必要があると考えたりする対象に過ぎないという批判を込めていたことを、思い出そう(*Country* 240)。

なお『ブルックリン』は、Tグループの親団体の二〇一三年のテーマ「アイルランド」に沿って選ばれた、アイルランド人作家の本の一冊でもある(二〇一八年に筆者を自宅に招いてくれたリズが、原作をT読書会で読んだことに触れ、夕食後、映画のDVDを観ようと誘ってくれた)。アナがT読書会に加わったのは『ブルックリン』の回の数ヶ月後のことだが、次章で考察するように、実際に選定された具体的な本にかかわらず、「N／T読書会の本」は、一つのジャンルのような効果を有していることも窺える。

7 わけのわからなさの正体

アナと出会った当初から、グループ内での彼女の異質さにばかり気を取られていた筆者は、インタビューの録音を何度も聴き直すうちに、彼女と他のメンバーとの少なからぬ共通点に気づくようになった。例えば、Oレベルに備えて『マクベス』と『ジェイン・エア』を読むのが苦痛だったと振り返るときのアナの言葉――「あいにく、登場人物に集中しなくちゃならなくて。先生たちは、本当に詳細に本を分析したの〔They really dissected the books〕。たぶんいま『ジェイン・エア』を読んだら、もっと面白いんじゃないかしら。家では誰を読んでいたか、教えましょう――ダフネ・デュ・モーリエよ」――は、「元先生たちの分析」を嫌うコニーの口から出ていたとしてもおかしくない。デュ・モーリエの『レベッカ』は、コニーの愛読書でもある[(29)]。

アナにOレベルの苦痛な準備を思い起こさせる古典の一つが、『眺めの良い部屋』だ。

正直に言うわね。わたしが『眺めの良い部屋』が好きじゃなかったのは、ひょっとしたら、古典よりもアクション満載のものが好きってことなのかも。思うに、不適切な年齢で本に触れさせられることがあるわよね。とくにシェイクスピアがそう。一一歳や一二歳で、『真夏の夜の夢』なんてわけがわからないでしょ。わたし、シャイロックが大好きで、『ヴェニスの商人』も好きだったけど、ちょっと血生臭いわよね。ひょっとしたら、それが好きだった理由かも。

『真夏の夜の夢』のわけのわからなさには、ケイトも言及している。いわく「彼の作品のなかでも『真夏の夜の夢』みたいなのは、バカバカしい話だと思うわね、本当に、ある意味では。そうじゃない?」(二〇一六年一一月二二日)。レイチェルは、本嫌いの息子が一〇代の頃、『嵐が丘』を読ませて、ますます本嫌いにしてしまったと悔やんでいた。レイチェルはまた、いつかT読書会で『灯台へ』を読もうと誰かが言い出さないか恐れているが、彼女の直感的な反発(「無理」)は、アナが『眺めの良い部屋』に抱くそれ(「あらやだ!」)と、そう遠くない。

いっぽうでアナは、筆者が『ハワーズ・エンド』を薦めたことには、作者が同じでも作品が違えば気に入るかもしれないと、耳を貸してくれた。

筆者 『眺めの良い部屋』をお好きでないのは、時代遅れだからだとおっしゃいましたが。

アナ 登場人物が好きではなかったの。それに彼らが使う言葉も。それら〔の言葉〕が時代遅れ〔dated〕なんだと思う。Tグループで提案された瞬間、「あらやだ! わたし、その回はお休みすることになるわ」って思った。コメントは控えたけど。それがわたしの選択ってわけ。あなたはどう思う? あなたは読んだ?

筆者 はい。わたしは好きですよ。

アナ わたしは登場人物が退屈〔insipid〕だと思った。

筆者 フォースターの他の本は読んだことありますか?

アナ いいえ。

筆者　『ハワーズ・エンド』をお薦めしたいです。もしかしたら、登場人物はもっと共感しやすいかもしれません。

アナ　それを読めば、もっと違う見方ができるかもしれないわね。二冊は違う本だものね。『ハワーズ・エンド』――憶えておくわ。

筆者　でも登場人物だけじゃなくて、言葉遣いも問題なんですよね？

アナ　彼〔フォースター〕は、どの時代に属すの？　一九三〇年代？

筆者　もう少し前だと思います。〔『眺めの良い部屋』と『ハワーズ・エンド』は〕一九一〇年前後ですね。アーノルド・ベネットが書いていたのも同じ時代ですよ。ベネットのスタイルは時代遅れとは感じませんか？

アナ　いいえ、比べたりしなかったわ。『クレイハンガー』はただ面白かったのよね。

『クレイハンガー』を面白いと感じた理由は、「子ども時代に連れ戻してくれるから。日曜学校とか……彼は素晴らしいわ」。七〇代で初めて読んだベネット作品が『クレイハンガー』で、つぎは、ヘザーに薦められた『二人の女の物語』(*The Old Wives' Tale*) を読んでみたいと思っている[30]。

一九一〇年刊行の『クレイハンガー』のおもな舞台は、アナが生まれ育ったイングランド中部地方で、主人公エドウィン・クレイハンガーの物語が展開するのは一八七二年から九二年にかけてである。一九四〇年代生まれのアナの子ども時代とはざっと七〇余年の隔たりがあるが、その間、メソディストの日曜学校を始めとする慣習が廃れず残っていたということだ。翻って『眺めの良い部屋』は、フォースターが一九〇一年に訪れたイタリアで着想してから擱筆までに六年を要してはいるものの、一九〇八年の出版時には同時代を扱った小説として読まれたはずである。タイトルを聞いた瞬間のアナの反応は、「古典」一般に彼女が抱く先入観の表れであろう。皮肉なことに、英文学史において正典化されることのないまま今日にいたるベネットには、先入観を抱かずにすんだということでもある。

フォースターの登場人物は、デイヴィッド・ギャレフ（David Galef）が指摘するとおり、社会構造の一部として、始めは各々が属す階級や因習、国という境界に規定されていて、物語の展開とともに変貌を遂げる（ch. 3）。アナが結局『眺めの良い部屋』を読了したか否か、訊ねずじまいになってしまったが、おそらくは登場人物が変貌を遂げる――フォースター自身の有名な用語法に従うなら「丸みを帯びる／立体的になる」――前に、「時代遅れ」で「退屈」と判断し、読み進める気力を挫かれたものと推察される。

『眺めの良い部屋』は、出版から半世紀を経た一九五八年、フォースター自身が皮肉混じりに要約したように、「善良で、容姿端麗で、愛し合っていて――幸福を約束されているヒーローとヒロイン」（Forster, "Room" 231）の物語である。[31] 主人公ルーシーは、シャペロン役のいとことともにフィレンツェに遊ぶ若い女性であり、滞在するペンションで、母国でなら交わろうはずもない労働者階級の同胞ジョージと出会う。身分の差に由来する互いへの偏見とすれ違いが大きければ大きいほど、恋の成就＝大団円の効果が高まるという、ジェイン・オースティン以来のロマンスの定石を踏襲しているようでいて、ルーシーが家族の反対を押し切ってジョージと結ばれるのは、フィレンツェという異境でのことである（し、『ハワーズ・エンド』においては、子どもを授かった身分違いの男女のうち、下層中産階級のレナードは、我が子の誕生を待たずに殺されなければならない）。

アナが好きになれなかったのは、丸みを帯びる前のルーシーと、ルーシーが用いる上層中産階級の共通言語ではなかっただろうか。第一章全体がルーシーら上層中産階級の人びとの視点から描かれているが、「育ちが悪い〔ill-bred〕」という、少なくとも今日ではおもに「フォーマルな文脈で用いられる語」[32]が執拗に繰り返される出だしの三ページだけで、アナの意欲を殺ぐに十分だったかもしれない。「外国では会ってしまう育ちが悪い人たちの一人」(24)、「彼女〔いとこ〕は、振り返って声の主を見る前からすでに、この出しゃばりは育ちが悪いとわかった」(24)、「こういう育ちが悪い観光客」(25)――これらはそれぞれ、ペンションの客、いとこ、ルーシーの、一種の独白である。善意あふれるジョージの父親を前にした育ちの良い彼らの心の声を、全知の語り手/物語に介入する作者は、彼らに代わって書き記すことで、ルーシーがいかに階級や因習に規定されているかを提示する。じつに巧みで意地が悪い。しかし、作者が主要登場人物に対してアイロニカルな距離を置いているとは解さない読み手が、中産階級の「時代遅れ」な偏見をいまさら読まされることに意義を見出せないとしても、無理からぬことだろう。

アナの診断は、二一世紀の一般読者を代表するものと言えるかもしれない。一九七〇年に没するフォースターの名声は、クライヴ・ブルームによれば、「六〇年代から七〇年代にかけて、とりわけ大学のキャンパスで「英文学〔EngLit〕」のカリキュラムの一部として、途方もなく大きかった」が、「彼の本は、社会的な偽善、大英帝国による搾取、同性愛をめぐる訓戒物語とみなされていて」、「中産階級の知識層からなる比較的小さな読者集団の外で読まれること」は稀であったと踏んでいる(Bloom, 3rd ed. 7)。ブルームの見立ては、T読書会のハナの証言と概ね一致する。じつのところ、T読書会に『眺めの良い部屋』を薦めたのは、フォースターで学士論文を書いたハナだったのかもしれない。「いまではほとんど忘れ去られている」と彼女も認めるフォースターは、彼女が英文学専攻の学部生だった五〇年代末「当時、大変高く評価されていた〔much admired〕」という（二〇一六年一一月二三日の聞き取り）。フォースターが大学のシラバスに採用されなくなった[33]理由をブルームは、英文学研究一般の凋落と、二〇世紀初頭のモダニスト作家たちに共通する反ヴィクトリア朝的価値観の減退に帰している。つまりモダニズム文学は、とうに「失われた」世界の価値観（Bloom, 3rd ed. 7）に批判の矛先を向けているがゆえに、読み継がれるだけの価値を失ったということになる。

アナはフォースターの創作時期を正確には把握していなかったけれども、[34]彼女が読書ノートに書きつけた「ヴィクトリア朝－エドワード朝の難しい言葉遣い」とは、前時代的な中産階級の世界の表象の謂として、むしろ的確な要約であったと言える。文学作品一般が、時間の経過とともに生じる文化的・言語的変化ゆえに、後世の読み手に難しく感じられるようになるというギロリーの指摘は妥当である。けれども、すべての文学作品が個々の読者にとって「本質的に難しい」わけではなく、テクストの意味は、読者が成熟の度合いを増すにつれ、教師の手助けを借りるまでもなく明瞭さを回復し得ることを、アナやレイチェルの語りは明らかにする。また、同じように「古典」に分類される作品のなかにも、登場人物とその言葉遣いが時代遅れで退屈なものもあれば、アクション満載で魅力的な人物が登場するものもある。「難しさ」や「わけのわからなさ」の正体については第七章で、Tグループ以外の協力者の語りを参照しながら、さらに解明を試みることとし、次章では、読者がみずからジャンルを創出する仕方に注目する。

第五章 ジャンルの創出、テクストの再編

「わたしたち、いまちょうど、文化のヒエラルキーについて話してたところ」とパーペチュアは声高に言った。「ブリジットって、『ブラインド・デート』に画面が切り替わった瞬間と、オセロウの「おれの魂を天から投げ落とし」ってセリフが同等だと考える人たちの仲間なのよ」と言って、あざけり笑ったのだった。

「あぁ。じゃあ、ブリジットは間違いなく一流のポストモダニストだね」とマーク・ダーシーは言った。〔後略〕(Fielding 101)

『ブリジット・ジョーンズ』の、ある出版記念パーティでの一幕だ。会場にはポストモダン作家として名高いジュリアン・バーンズ(Julian Barnes)の姿もある。ブリジットとマーク・ダーシーのロマンスのプロットにおいては、マークの最悪の第一印象に変化が兆す転換点である。痛烈な皮肉にも聞こえるマークの発言をブリジットがどう受け取ったのか、読者には明かされないが、彼はこの後、パーペチュアの執拗なあざけりに対してブリジットを擁護する格好になる。

読者の共感はブリジットに向けられるはずである。だが、ブリジットの上司であるパーペチュアが「オースティン、エリオット、ディケンズ、シェイクスピアなどの名作」(99)が読まれない時代を憂え

るのは、編集者という職業柄、無理からぬことかもしれない。テレビのチャンネルを頻繁に切り替えているうちに、英文学の名作のドラマ版とリアリティ番組の区別がつかなくなるような視聴者を嘲弄する姿勢は、いささか防御的とも思える。この「チャンネル・ホッパー」(99)がパーペチュアの想像の産物に過ぎないことを、ブリジットは冷静に指摘する。リアリティ番組と名作ドラマとでは、端的に、放送時間が異なるのだ(99-100)。パーペチュアが架空のチャンネル・ホッパーを喚起することで端なくもさらけ出したのは、ドラマを観て原作を読んだ気になったり、ドラマがオリジナルだと思い込んだり、あまつさえ一つの番組を終わりまで観るだけの集中力を欠く世代に、本を売らなければならない出版業界の焦慮であったろう(1)。

さて、読者はブリジットの冷静な切り返しに快哉を叫ぶだろうか。この場面が見せつけるのは、英文学の正典、そのテレビドラマ版、そしてリアリティ番組のすべてがテクストとして等価であるとの陳述が、出版業界の底辺にいるブリジットではなく、マークのような「人権問題専門の一流の弁護士」(101)の口から発せられて初めて説得力を得るという、社会の力学でもある。

『ブリジット・ジョーンズ』が出版された一九九六年、社会学者のリチャード・ピーターソンとロジャー・カーン(Richard Peterson & Roger Kern)は、ハイブラウの嗜好の雑食化が進んでいることを、音楽ジャンルに関する質的調査によって明らかにしている。ロウブラウないしミドルブラウとされるような活動に一切関わろうとしない人がスノッブとみなされる現象は、合衆国では一九八〇年代終わりにはすでに観察されているが、その傾向はいっそう強まっているという。ただし、スノッブの排他性に眉を顰める新しいタイプのハイブラウが、文化のヒエラルキーに無関心なわけではない。むしろハイブラウの雑食化は、象徴的な境界を定める新たな基準が成立したことを意味する(Peterson & Kern 904)。すなわち、自民族中心主義から文化相対主義への転換である（904）。この転換を招いた要因の一つとして、ピーターソンらは、「芸術の質は、作品それ自体に内在するのではなく、芸術の世界の評価が付与するものであることが次第に明らかになってきたこと」を挙げている（905）。

エリザベス・ロングは、一九九〇年代に調査をおこなった合衆国の女性の読書会について、大卒でない会員が一人でもいるグループは極めて稀だとし、会員の属性と、専門家に寄せる信頼や期待の大きさに相関を見出している。「一年ぶんのプログラムについて熟議する際、選考委員たちは、文化の権威に頼る傾向があ」り、その「権威」には書店主から大学教授までが含まれ、そのような人びとが会員の身近にいて、乞われれば助言を惜しまないという事実が、その読書会の「文化的卓越の印の一つ」になっているとの分析である（Long, *Book Clubs* 104）。そして「権威」に対しては、読書会の最中よりは、本の選択の際に、より大きな敬意が払われる（Long, *Book Clubs* 104）。選定者たちは「読むに値すると同時に面白い読み物になるものを決めなければならないと感じて、正統文化の権威〔the arbiters of legitimate culture〕との複雑な交渉に入っていくことになる」というのである（Long, *Book Clubs* 104）。

翻ってT読書会は、一九八〇年代の発足以来、本の選定を書店主や大学教授に頼ったことはない（序章で述べたとおり、筆者が頼られたのは日本語ネイティヴという属性のゆえである）。そのことと「大卒でない会員」が多数を占めることに何らかの関係があるのか、結論づけるのはおそらく不可能だ。しかしながら、ジャニス・ラドウェイが指摘するような読書会メンバーへの偏見――すなわち「本物の文学作品を能動的に見つけ出すことができる自律した、個人としての読者」の対極にある「無差別かつ受動的に消費する一般大衆」（Radway 210）あるいは「豊かな学識にもとづいて本を見極める」人びとの「見解の受け売りで満足する、子ども扱いされ、受動的な〔中略〕カモ」（Radway 227）――が当たらないことは、本書がすでに明らかにしたところである。

本章が目指すのは、〈文化の権威〉の多様化と人びとの嗜好の雑食化が進むなか、メンバーが新旧の権威との交渉にどのように参与しているか、グループとして、また一読者としてどのように、読むに値するものとそうでないものとを腑分けし、一種のジャンルを創出するかを、記述することである。リチャード&ジュディに選定された本が文学賞候補となることはままあるが、それでも「リチャード&ジュディの本」は、「ブッカー賞候補作」同様、スリラーやロマンスといったジャンルのごとく、本選びの指標として機能し得る。[2] また、アナの「N読書会の本」は、往々にしてT読書会の本と一致するにもかかわらず、「よく練られたリスト」と認識され、一つのジャンルのように振る舞う。[3] ジャンルとは、ジョン・フロウ（John Frow）が論じるとおり、「民衆による分類〔folk classification〕」か学術的分類かを問わず、概して恣意的で内的一貫性を欠くものである（14）。その欠陥にもかかわらず、日常生活において組織化の力を有するのがジャンルであると言える（Frow 14）。

読者はジャンルや分類を認識するだけでなく、ときには他の読者集団には意味を成さないようなジャンルを生成したり定義づけたりする（Willis 116）。そうして生成されたジャンルは、読者の読みに何らかの影響を及ぼさずにはいない（Willis 116）。Tグループのハナによる、「中年アメリカ女性のペルソナの一人称でフィクションを書くアメリカ女性」という分類を思い出そう。ハナの念頭にあったアメリカ女性のうち一人は、映画『恋人たちの予感』（*When Harry Met Sally...*, 1989）の脚本家兼プロデューサーとして知られるノラ・エフロンで、T読書会で読んだのは、自身の結婚の破綻に想を得た『胸焼け』（一九八九年にエフロンの脚本で映画化、邦題は『心乱れて』）であった。エフロンによれば、『胸焼け』はしばしば、「小説の体をした実話〔a thinly disguised novel〕」と呼ばれてきたという。その分類の恣意性についてエフロンは、『胸焼け』出版二〇年の節目に、以下のとおり弁難している。

そう呼ばれることに別に何の不満もないのだが、この間に、「小説の体をした実話」という言葉が使われるのは、たいてい女が書いた本だと気がついた。現実を見れば、フィリップ・ロス（Philip Roth）やジョン・アップダイク（John Updike）が前の結婚生活の残骸を拾い集めてはつぎからつぎへ本にしたというのに、管見の限りでは、その数多の本が、この、小説の体をした実話とやらを食らうことはなかった。（Ephron, Introduction）

小説の体をした女性作家の実話という括りが、偏見にもとづくものだとしても、それは現実の客観的効果を生む。右の序文を添えたエディションが、ヴィラーゴ・モダン・クラシックス(4)として再版されたことは、まさにその効果の一つと言える。男性中心の文壇や学界で軽んじられてきた、女性の経験の女性による表象を再評価するヴィラーゴの理念に共鳴する読者なら、半分かじった林檎のトレードマークを書店や図書館の書架に探すかもしれない。反対に、『胸焼け』同様ヴィラーゴから再版されたダフネ・デュ・モーリエの『レベッカ』を「過剰に持ち上げられたくだらない本〔the rubbish book so hyped〕」と一蹴するハナのような読者なら（二〇一六年一一月二三日の聞き取り）、「ラビッシュ」すなわちクズのようにくだらないジャンルの目印として用いることもできよう。

批評家のアリスン・ライト（Alison Light）は、ハナとは異なる理由で、「モダン・クラシックス」の効果に懸念を抱いている。「女性の書き物」という概念が、階級への視点を欠き、女性の経験を普遍化する傾向ばかりでなく、文学という表現行為に超越的な価値があるとの見方を含意していることへの懸念である（Light xi）。ライトは、ロザモンド・リーマン作『ワルツへの招待』（Rosamond Lehmann, *Invitation to the Waltz*, 1932）の、ヴィラーゴ版（1981）の表紙ブラーブ――「人生の門出に立つすべての若い女性の複雑な感情を見事に捉えている」――を例に取り、その屈託のなさに「胸が悪くなった」と吐露している（xii）。「イングランドの中産階級という安全な場所の内側から書かれた、魅惑的なファンタジー」に過ぎないこの小説の主人公オリヴィアの「魅力と感受性」を、ブラーブは称賛するのだが、彼女の感受性とは、清掃夫の子どもたちを躊躇なく「ネズミやゾウムシやアリに喩え」るような感受性である（xii）。社会格差への不安が、中産階級女性の想像力にいかなる影響を及ぼしたのか、歴史的に理解する必要があると訴えるライト（xii）に倣って、本章では、外部の目には均質に映るTグループメンバーそれぞれの、感受性と想像力の表現としてのジャンル創出に着目する。

1　リチャード&ジュディ本、ブッカー賞候補、エアポート・ブック

ところで、パーペチュアの懸念が杞憂に終わることを、わたしたちは知っている。『ブリジット・ジョーンズ』が大ベストセラーになったこと自体が、[5]ブリジットのテレビ局への転職という黙示録的展開の意味を事後的に変えることにはなるのだが、九〇年代末におそらく誰も予期していなかったのは、「リチャード&ジュディ・ブッククラブ」の到来によって、イギリスのテレビと出版業界がかつてない蜜月を迎えることである。『リチャード&ジュディ・ショー』の制作会社のディレクターで、番組内の「ブッククラブ」のコーナー（二〇〇四-〇九年）を担当したアマンダ・ロス（Amanda Ross）の、〈文化の権威〉としての影響力を、[6]ダニエル・フラーとデネル・リーバーグ・セドはつぎのように要約する。

ロスは、作家や視覚芸術家のような文化の一次制作者でこそないが、メディアという、文化産業のなかでも最も強力な象徴的影響力を持つ領域で、イメージ生産者として働いている。〔中略〕そのうえ彼女は、二一世紀に入って再編された、英語で書かれた書籍出版という文学–文化のフィールドの行為主体／代理人〔agent〕でもある。そのフィールドにおいてテレビはいまや、ブルデューがもとは編集者や出版社、プロの文芸評論家のものとしていた、文化と文学を聖別する役割のいくらかを担っている。(Fuller & Sedo, "Suspicious Minds" 26)

現代の英文学を聖別するうえで並々ならぬ役割を果たしてきた文学賞は、二一世紀に入り『リチャード&ジュディ・ショー』のようなテレビ番組が「硬い〔serious〕本」と「ベストセラー」の境界を曖昧にしたことで、一九八〇年代や九〇年代ほどの影響力を持たなくなった(Bloom, 3rd ed. 2)。その後、『リチャード&ジュディ・ショー』の放送が終了し、「ブッククラブ」のみがウェブサイト／ポッドキャストに衣替えしたことが象徴するように、イメージ生産者の主戦場は、テレビからネットへと移行する。しかし、「硬い本」と「ベストセラー」の境界を、現実の読者は各々違った仕方で定めていることが、筆者の調査で明らかになった。

T読書会メンバーのほとんどは、第二章で見たとおり、鑑識眼に自信を持っている。本の儀礼的側面を重んじる反面、作品の内在的価値を見極める力に自負もある。その自負は、ミルズ&ブーンとその読者への蔑視だけでなく、研究者や高級紙のジャーナリスト、そして文学賞への懐疑としても表れる。リズは、二〇一六年のブッカー賞を受賞したポール・ビーティの『セルアウト』(Paul Beatty, *The Sellout*)

について、新聞各紙のレビューがこぞって称賛する状況を、「裸の王様」に喩えた。その心は、「他のみんなが激賞してるときに、「じつは好きじゃない」って言う最初の批評家になりたくないんでしょう」(二〇一六年一一月二三日)。ただしビーティは「極端な例」であって、『ガーディアン』紙のレビューに関しては、たいてい彼女自身の評価と「一致する」とも付言した。高級紙のレビューは、自身の定見とたまたま一致したりしなかったりするだけのことなのだ。〈文化の権威〉との距離の取り方は、当然ながらメンバーごとにまちまちで、批評家を盲信するでも色眼鏡で見るでもないリズのような人もいれば、発売前に「選ばれて本を読んでレビューを書いている」ジャーナリストに、胡散臭さを嗅ぎ取るヘザーのような人もいる(二〇一六年六月一〇日)。(7) それでもメンバーはおしなべて、ブッカー賞に懐疑的である。

その懐疑は、定例の読書会とは別の、有志六名の集いによく見て取れる。参加者が最終候補作を一冊ずつ読んでから、誰かの家に集って、受賞作を予想するという趣向である。リズによれば、二〇一六年に始めてから二年連続、誰ひとり受賞作を当てられなかったという(二〇一七年三月二三日の聞き取り)。二〇一七年の集まりの前には、コニーから筆者個人にメールが届いた――「読書会はブッカー候補の六作品すべてを、一〇月の受賞作発表に向けて読んでいて、わたしたちがその結果に賛成するか、そして受賞作が読書会で取り上げられるようなものか、見てみようということにしています」(九月二四日受信)。実際にどのような品定めがおこなわれたか、筆者に知らされることはなかったが、リズから提供を受けた読書会の本のリストを見ると、受賞作を含むいずれも、何らかの理由で選に漏れたことがわかる。いっぽう二〇一八年の集まりについてはヘザーから、同じく筆者への私信のなかで、やや詳細な報告があった。読書会の本の選定にどう繫がったのか、直接の言及はないものの、微苦笑を誘う以下のくだりの、行間を読むことは可能だ。

ルースはアナ・バーンズ（Anna Burns）の受賞作『ミルクマン』（*Milkman*）を読んで気に入らなかったけど、これまでの読書会での経験から、それが意味するのは、わたしたちは気に入るだろうということです。パットは〔『ミルクマン』を〕すでに読んでいて、とても良いと考えていました。アイルランドが舞台です。（二〇一八年一〇月一七日受信）

ふたたびリズ提供のリストを参照すると、受賞／候補作のうち『ミルクマン』とエシ・エドゥージャンの『ワシントン・ブラック』（Esi Edugyan, *Washington Black*）が、二〇一九年の読書会で取り上げられている。前者については、ルースが気に入らない作品なら他の全員が気に入るという経験則とパットのひと押しが、後者については、候補作のうち「唯一まっすぐ進む／入り組んでない〔straightforward〕」というジャネットの概評（同じく二〇一八年一〇月一七日受信のコニーのメール）が、選定の決め手になったようだ。“straightforward”とは言い得て妙で、その対義語は、元図書館司書の協力者ピートの言葉を借りるなら、“tricky”すなわち「入り組んだ」である。ピートいわく、ブッカー作家は「本を結末から逆に書いてやれ、終止符抜きとか、へんてこな句読法で書いてやれ」と意気込んでいる（二〇一八年三月二三日の聞き取り）。ジャネットはインタビューで、文学賞受賞作や候補作を「一般読者が楽しめるというより批評家が喝采して迎える〔critically acclaimed rather than popularly enjoyable〕」と表現しており、自分で本を選ぶ際には「楽しむことが肝心」で「文学賞受賞作は避ける傾向にある」と語っていた（二〇一六年一一月二二日）。

T読書会メンバーと対照的なのが、三〇代から五〇代の男性五名と女性七名から成る読書会の「リーダー」、サイモンである。サイモンは四〇代の公務員。大学では歴史学を専攻したため、英文学を学んだのはAレベルまでだが、文学作品には幼少期から変わらず親しんできた。ブッカー賞受賞作は、「過去二〇年間読んできた『ガーディアン』」のレビューが本選びの「良い指標」であるのと同様、「自分にとって、本の質を判断する手がかり」であるという。(8)

わたしにとっては、ブッカー賞受賞作はつねに一つの指標ですね、きっと良い本だろうっていう。わたしが読まないのは、トラッシー〔trashy〕……エアポート・ブックをご存じでしょう。ダン・ブラウンとかそういう人たちの……ああいう本は避ける傾向にありますね。もしかしたら、わたしは文学のスノッブかもしれないけど……どうかな。(二〇一七年八月一九日)

「エアポート・ブック」と言い直したのは、「クズみたいな」とか「くだらない」といった意味合いの「トラッシー」では侮蔑的過ぎると感じてのことと推察される。が、いずれも侮蔑的な他称であることに変わりはなく、その代表格をダン・ブラウンとする見方はごく一般的であろう。そして、高級紙に全幅の信頼を寄せ、ロウ／ミドルブラウを「避ける傾向にある」と公言する彼を、スノッブとみなす人は多いだろう。そして、みずからをスノッブと認める言辞は、「自身の社会的ステータスと趣味の「良さ」を明確に表明する」(Fuller & Sedo, "Suspicious Minds" 29)。フラーとセドは、一般読者を対象とするフォーカスグループ調査で、「自身の文化的卓越を誇りに思っていることを、あまり露骨に表に出さないのが礼儀に適っているという社会的エチケット」が「「中産階級」のイギリス人、とくに「白人」

の「アングローサクソン」[9]の規範的振る舞い」であり、意見を表明する際に「こう言うと、鼻持ちならない中産階級の人間みたいに聞こえるのはわかってるんだけど」とか、「スノッブみたいなことを言うつもりはないんだけど」など、自己卑下を装った前置きをする傾向にあると観察している（"Suspicious Minds" 28）。

現実の「エアポート・ブック」は、ダン・ブラウンに代表されるスリラーばかりではない。六〇代の協力者ボブは、空港の書店では表紙をざっと見てフィクションとノンフィクションを一冊ずつ選ぶことにしており、最近では「地政学の本」を買ったという（二〇一八年三月二〇日）。実際、売り場を見渡すと、ノンフィクションのほうが多い印象を受ける。フィクションに限っても、筆者が、サイモンと会った数日後（二〇一七年八月二三日）に立ち寄ったバーミンガム空港のＷＨスミスでは、搭乗口へ向かう通路側の最も目を惹く棚が、「ゾエラ・ブッククラブ（Zoella Book Club）」、すなわちブロガー／ユーチューバーのゾーイ・サグ（Zoë Sugg）推薦のヤングアダルト向け新刊書[10]に当てられていた。そこから奥へ向かって順に、ペンギン・モダン・クラシックス、「夏の読み物〔Summer Reads〕」、「ＷＨスミスのおすすめ」などなどと、フィクションのコーナーは続いていた。二〇二三年六月一四日、約五年ぶりの渡英で利用したヒースロー空港のＷＨスミスは、店舗の中央にリチャード＆ジュディの本だけを平積みした大きなテーブルを配しており、「イギリス最大の読書会」の健在ぶりを窺わせた（むろん、リチャード＆ジュディ・ブッククラブのウェブサイト／ポッドキャストのスポンサーが、ＷＨスミスであるからこその、実店舗でのこの扱いではある）。

ゾエラもリチャード＆ジュディも、それぞれエアポート・ブックとは別の一ジャンルとして機能していて、とりわけ二〇代後半（当時）のサグのごときインフルエンサーによるキュレーションは、ヤングアダルトいう既存のカテゴリーよりも広い読者層に訴求する。ヤングアダルト向けの本を、対象年齢（一四－一八歳）の子どもに贈るのではなく、自分のために買って読む大人が増えていることは業界紙や調査会社も明らかにするところであり（Price 103）、WHスミスは、サグのフォロワーよりも高い年齢層に市場を拡大すべく彼女を起用したものであろう。実際、棚には対象年齢を示すようなバナーなどは一切なく、本を手に取ってみない限り、子ども向けとはわからない。「エアポート・ブック／ノベル／フィクション」とはしたがって、想像上の総体に与えられた蔑称であって、店舗の品揃えと完全に一致するものではないし、休暇中に限って消費されるものでもない。さらに、この共有された想像上のジャンルの名称は、もっぱら貶す意図で用いられるわけでもない。

ボブが愛読書を「エアポート・フィクション――探偵もの、スパイもの、犯罪もの」と括るとき、蔑称の流用には、自己卑下ではなく、探偵ものなどのジャンルが不当に低く評価されていることへの反発が滲む。彼がエアポート・フィクションを好む理由は、「さあね。だいたいどれもストーリーがいいね。飾り立てた言葉遣いとか芸術作品然としたやつ〔flowery language or very artistic stuff〕はあんまり好きじゃないね」と言うとおり、衒いのない文章と巧みなストーリー展開にある。「あんまり好きじゃない」どころか「大嫌い」な作品の例として挙げた『コレリ大尉のマンドリン』（Louis de Bernières, *Captain Corelli's Mandolin*, 1994）には、「まあ何しろすごい美文調でね。我々のような一般人に合わせて調子を下げる〔played down; 強調は筆者〕ってことがないのよ」と難をつけた（二〇一八年三月二〇日）。注目すべきは、作家と、彼のような大卒エンジニアを含む一般人との間の上下関係を示唆している点である。

休暇中に読むスリラーを文字どおり空港で買い求めていたのは、Tグループのグレイスである。

以前はクリスマス休暇へ向かう空港での儀式があってね、ロバート・ゴダードを必ず買ってたの。毎年量産〔churn out〕してるみたいだから。それにダン・ブラウン――彼が大作家とされてないことは承知してるけど、わたしはカトリックの学校に勤めてたときに宗教史を学んだから。
（二〇一六年一一月二五日）

ダン・ブラウンが「大作家とされていない」という、何らかの〈文化の権威〉による価値の裁定に言及しつつグレイスは、宗教史の知識を動員した知的かつ能動的な楽しみ方を提示している。いっぽうゴダードの多作ぶりに対しては、粗製濫造を含意する否定的な表現を用いているものの、つぎの語りからは、「ハイブラウ」でなくとも「明瞭に書いて」あって、十分読むに耐えると評価していることが窺える。「引き込まれる」ほどの受動的情動を喚起するのは、とくに出だしの叙述の明瞭さである。

グレイス　だからときには理解にうんと努力が要るようなのもいいけど、わたしが好きじゃないのは、センテンスをいくつか、あるいは一段落読んでも、何を言ってるのかわからないってときね。だから戻って、センテンスの繫がりがいかにまずいか気がつくわけ。そういうのに出くわすとちょっと腹が立つよね。で、わたしはミーヴ・ビンチー（Maeve Binchy）とかロバート・ゴダードを読むんだけど、彼女たちはハイブラウではないわね。

筆者　休暇のときの読み物なら、それで十分ですか?

グレイス　そうね、でも明瞭に書いていなかったら、やっぱり腹が立つわよ。そう、休暇の読み物は別物ね。三冊同時に読むときもあるし。ちょっとテレビを観てるような感じね。ディケンズは小説を連載してたけど。〔中略〕つかみが大事よね。情景描写にしても舞台にしても起きている出来事にしても。わたしが好きじゃないのは、最初の何ページかで「彼が言った」、「彼女が言った」がたくさん出てきたり、会話がたくさん出てきたりすることね。だって、いま誰が話してるの？って思うじゃない。

筆者　ヴァージニア・ウルフなんかは、何が起こってるのかよくわからなかったりしますね。

グレイス　そうよね。何が起こってるのか知りたいわね。でもちょっとミステリーがあるのもいいわね。要は出だしが上手いのが好きってことだな。本のなかに引き込まれるのが好きなの。メモを取りながら読もうとすることもあるのよ。でも諦めたの。本からあまりにも距離を置いているように感じられたから〔I felt so detached〕。大事なのは楽しむことだから〔It is about enjoyment〕。（二〇一六年一一月二五日）

T読書会が以前ほど突っ込んだ議論をしなくなったことを残念がり、文学の学術研究に関心を示した数少ない協力者の一人であるグレイスは、A・S・バイアット（A. S. Byatt）やイアン・マキューアン（Ian McEwan）、ジュリアン・バーンズらのリテラリー・フィクションも愛読する。「理解にうんと努力が要る」のはそういった作品群だろう。学術研究とは、まさに対象と距離を置いて理解を試みる能動的営みであり、メモを取りながら引き込まれた状態を維持するのは容易でない(11)。彼女がジャンルもしくはブラウにかかわらず重視するのは、「明瞭」な叙述であり、それは「楽しむ」上での大前提である。ボブと同じく大卒で、教職に就いていたことがあり創作講座に通ったこともあるグレイスは、ボブとは違って、作者が一般人のレベルに調子を下げないことではなく、むしろ自分のような読者のレベルに到達していないこと、つまりつかみが下手でセンテンスを繋ぐこともおぼつかない作者の技量不足が問題だと考えている。

2　スイッチを切って正気を保つ

Tグループメンバーの多くは、美的価値の観点から文学作品に独自の分類や序列を設けている。グレイスの例を振り返ると、読むに値する本は、「理解にうんと努力が要る」ものとロウブラウな「休暇の読み物」とに大別される。後者は、前者ほど努力を要さないため三冊並行して読むこともできるし、テレビと同質の、つまり一九世紀の読者にとってのディケンズがそうであったような娯楽を提供する。ただしいずれも、「明瞭」な叙述の水準に達していると、彼女自身が評定したものでなくてはならない。重要なのは読者を引き込むような技巧ばかりではない。ダン・ブラウンは読者に一定の教養を求める。推理小説一般の面白さは、謎解きだけでなく探偵の人間関係にあることにも、グレイスは言及した。

読む場所や時間と、読まれるテクストの間には、密接な関係があるというジョン・ギロリーの推測は、正しい（Guillory, "Ethical Practice" 32; *Professing* 331）。ギロリーの錯誤は、読む時間の限られている一般読者は限られた時間で消費できるジャンルしか読まないと決めつけている点にある。実際には、おそらく多くの研究者と同じく一般読者も、一日、一週間、一年、あるいは一生涯の、特定の時間や時期を特定のジャンルに配分しているだけのことであろう。追って詳述するとおり、主体には歴史があるのだ（Morley 157）。

ジャネットの場合、「軽い読み物」は「就寝前の読み物〔bedtime reading〕」、対して「身を入れる読み物〔solid reading〕」は「日中の読み物〔daytime reading〕」と腑分けされる。日中身を入れて読む物には、第一次世界大戦プロジェクト(12)の史料が含まれる。サラエヴォ包囲中の実話をもとにした『サラエヴォのチェリスト』(Steven Galloway, *The Cellist of Sarajevo*, 2008) もまた、「フィクションを通じて、いかに他者と共感するかを大いに学ぶことができる」後者の読み物の一例である。彼女にとっては、いずれのカテゴリーにおいても「楽しむことが肝心」だが、楽しみと学びを同時に叶えてくれる作品が好ましい。いっぽう、就寝前の読み物はおもに犯罪小説で、お気に入りの作家はエリー・グリフィス (Elly Griffiths)、スティーヴン・ブース (Stephen Booth)、イアン・ランキン (Ian Rankin) である。グリフィスとブースは、それぞれ、法医考古学者ルース・ギャロウェイと、「〔探偵/刑事には珍しく〕アルコール依存症じゃない二〇代男性」ベン・クーパー巡査のシリーズが、「登場人物で読ませる」と同時に、ノーフォークとピーク地方という舞台の雰囲気を存分に味わわせてくれる。ランキンはプロットも見事だけれど、いつか作中に登場するエディンバラの実在の場所を巡ってみたいという。個性豊かな主人公と彼ら彼女らが縦横に活躍する舞台が、探偵ものの醍醐味であることに、異を唱える人はまずいないだろう。(「探偵/刑事シリーズの魅力の一つは探偵/刑事その人ね。それにもちろん場所は重要」とは、マーガレットの弁である。)

ジャネットの鑑識眼がふるい落とすのは、チックリットだ。

ジャネット　ピンク色の表紙には手に取ってみようという気を挫かれるわね、軽すぎるって予想できるから。

筆者　チックリットですね。

ジャネット　チックリットね。めったに読まないわね、たいして中身がないから。面白いけどふわふわしてて。でも良質の探偵／刑事小説には、〔チックリット〕よりも注意を惹きつけて離さない何かがあるのよね。

そう言いつつ、彼女には「チックリットに近い」ジョージェット・ヘイヤー（Georgette Heyer）の歴史ロマンスを愛読した時期がある。生物学と地理学を主専攻、歴史学を副専攻していた大学生時代のことである。いまになって思えば、自分の関心は生物学よりも地理学と歴史学にあり、歴史学の訓練を受けたことはおそらくいまでも本の読み方に影響を及ぼしているという。そのジャネットが、「スイッチを切」って、すなわち、特定の領域の思考様式を一時的に手放して、「正気を保つ」のに打ってつけの方法が、お定まりの人物造形とプロットをアイロニカルに楽しみつつ、作品世界に没入することであった。

ジャネット　これまで読んだなかでチックリットに一番近いのは、ジョージェット・ヘイヤーね。大学時代は、スイッチを切る必要があったの。ジョージェット・ヘイヤーがそれまでに書いた本は全部読んだわね。ちょっとチックリットみたいなんだけど、摂政時代が舞台で、浅黒い肌に黒味がかった髪の男性が冷笑を浮かべているっていう——ほとんどファンタジーね。でもスイッチを切るにはとてもいい方法なのよ。だから、そうね、歴史小説は面白く読むわね。どれも、同じサイズと同じ長さに統一されていて、どれも、どうやって女性が男性を手に入れるかについての話なの（笑）。それが一七六ページで起こるんだけど、そのあとまだ二五ページ残ってるっていう（笑）。

筆者　ときには紋切型もいいですよね。

ジャネット　そうなのよね（笑）。いまはもう手に取ることもないけど、大学時代には、ただ正気を保つのにそれが必要だったの。

筆者　研究者にはそういうことを言う人、多いですよ。

ジャネット　そうなの？

筆者　理論的な研究とは別に、そういう小説に耽溺する必要があるんです。

ジャネット　（笑）よくわかるわ。

このとき筆者の念頭にあった「研究者」の一人は、英文学者ニコラ・ハンブル（Nicola Humble）である。彼女がオックスフォード大学で「英文学——そして多くの文学理論」を学んでいた一九八〇年代半ば、女子学生の仲間内で「ガーリーな本」がカルト的人気を誇っていたという。彼女たちが「ガーリーな本」と呼び、のちにハンブルが「フェミニン・ミドルブラウ」と称することになる二〇世紀初頭の女性向けの小説は、当時、古書だけでなく、ヴィラーゴの再版で入手できるようになっていた。服飾や食べ物、家族、風俗、ロマンスなどに関する「トリヴィア」が満載で、読者がテクストとアイロニカルな距離を置くことも、共犯関係を結ぶことも可能にするような要素を備えたジャンルである。ハンブルいわく「わたしたちはこれらの本を、分析しようと思って読んだのではなく、純粋に読みたいから読んでいた。その点で、真っ赤な口紅を塗ることと自分たちのラディカル・フェミニズムの原理との間に何ら矛盾がないのと同じことだった」（Humble 5-6）。

もう一人は、インタビューに応じてくれた心理学のポスドク研究者リリーで、ジャネットと同じく

「スイッチを切る」という表現を用いていた。読書は現実逃避の手段だと語る彼女に、「突っ込んだ分析はしたくないですか？」と問うと、きっぱり「それは仕事で十分やってますから」と言い切った。「心理学者の部分をわきに置く〔put aside〕のは容易ですか？」という質問への答えはつぎのとおり、否である。

いいえ、必ずしも容易ではないですね。すごく一生懸命、脳のその部分を切って〔turn off〕、心理学的視点から読まないようにしないといけませんね。読書に関しては、すごくおかしな経験をしたことがあったんですよ。三週間、毎日かなり集中的に授業をしたときのことですけど、夜、家に帰って本を手に取ると、ナラティヴを楽しむどころか、すごくイライラしてくることに気づいたんです。ときどきナラティヴに情景描写がたくさんあって、一つの出来事の描写が一ページとか、ときには二ページ続いたりするものだから。科学的に学術的に書くっていうマインドセットのスイッチを、切ることができなかったんですよね。短く、簡潔に、ただちに本題に入らないといけないっていう。だから、本を置いて、一、二時間かけて、完全にリラックスして、フィクションを読むのに適切なマインドセットにならないといけなかったんです。自分が適切な気分〔mind frame〕でないこと、たぶん、仕事のスイッチを切って、違ったアプローチを採るために十分時間をかけていなかったってことを、頭に入れておかないといけなかったんです。実際には、作者がいかに巧みに場面を作り上げて、作中人物が感じる身体的な知覚とか温度といったものについて語っているか、わたしはちゃんと評価しているんですよ。〔中略〕本が問題なわけじゃなくて、わたしが読者として本に持ち込んでしまっているものが問題なんですよね。本の書き方がお粗末だっ

てことではないんです。（二〇一六年一一月一九日）

ステラ・リミントン（Stella Rimington）のスパイ小説[13]、カズオ・イシグロやマーガレット・アトウッドといった現代のリテラリー・フィクションに加え、「表現の巧みな」『ジェイン・エア』や『高慢と偏見』あるいは『偉大なるギャツビー』、『ボヴァリー夫人』といった古典が、彼女の愛読書であるが、古典は、現代小説に「がっかりさせられる」たびに「戻っていく」場所であり、そういうときには、頭から再読するのではなく、表現の巧みな部分を拾って熟読玩味するのだという。

T読書会のケイトもまた「スイッチを切る」必要を訴えた。だが必要なのは、学的方法や専門的アプローチから、リラックスしたマインドセットへの切り替えではない。そもそも本はベッドでしか読まない彼女には、ジャネットのような「就寝前の読書」と「身を入れる読み物」の別はなく、「楽しい読書〔a jolly good reading〕がしたい」から「ハナたちほど深く掘り下げたりしない」。そうは言ったものの、インタビューのためにA４紙両面に手書きで作成してくれたメモの最後には、「紀行もの」、「刺繍の本」、「料理の本」、「ガーデニングの本」とあり、「紀行もの」の例としてビル・ブライソンの「肩の凝らない読み物〔easy reading〕」が特記してあった。したがって、「肩の凝る読み物」と「肩の凝らない読み物」および趣味の実用書の別は存在する。インタビューでもこの四つのカテゴリーに忘れずに言及したことが意味するのは、旅行も刺繍もガーデニングも、彼女にとっては、読書と等しく重要な娯楽だということだ。「読書は純粋な娯楽ですか？」という問いへの答えもイエスであった。

ただし、以下の引用からわかるように、「純粋な娯楽」は「純粋な現実逃避」と同義ではない。純粋な娯楽にあっても、本は「中身が濃く」、「深み」と「奥行き」があり、「読み応えのある」ものでなければならない。

ケイト　いまは、起きていることをテレビニュースで観るのはすごくつらいと感じるけど、ニコラス・モンサラットの『非情の海』（Nicholas Monsarrat, *The Cruel Sea*, 1951）は読めたの。でも、シリアで起こっていることは……わたしはそれからスイッチを切らなくちゃいけないのね。現に起こっていると知っているし、終わってほしいと心から願っているけど、観られないのよ。でも読むことはできるの。

筆者　寝る前に読むと心をかき乱されますよね。あまりに悲痛で。とくにベッドで読むのに、何か気楽な〔light-hearted〕ものを選んだりはしないんですか？

ケイト　いいえ、むしろ気楽な小説はあまり読まないわね。好きなのは、中身が濃くて〔meaty〕、もっと深みがあるもの——奥行きがあるものね、たぶん。〔後略〕

筆者　読書を純粋な現実逃避とは考えないんですね。

ケイト　純粋な現実逃避ではないわね。なぜなら真剣に取り組むことができる／読み応えのあるもの〔something I can get my teeth into〕が好きだから。

『非情の海』を読んだのは一〇代の頃、つまり半世紀以上前のことである。にもかかわらず、「第二次世界大戦についてのかなりの古典で、護送船団が、大西洋を渡ってカナダやアメリカに、とても勇敢に物資を届けるんだけど、ものすごい数の潜水艦がいてね」と、かつて視覚化した光景を、ありありと思い描いている様子であった。シリアの惨禍をテレビの映像として受容するのは耐え難いけれども、最近では、マンチェスターの帝国戦争博物館の売店でたまたま見つけた『ベルリンの女』（*A Woman in Berlin*, 1954）[14]のような、「大変痛ましい〔quite harrowing〕」第二次世界大戦中の回想録から、「興味深い洞察〔fascinating insight〕」を得ている。ベルリンの人びとが「空襲を受けて、イラクサを食べて、水がなかった」ことは前から知っていたが、この本で「ロシア兵によるレイプ」の実態に初めて触れ、戦争の実相への洞察を深めたということだろう。[15]テレビ映像という視覚イメージのスイッチを切ることは、本の主題と「真剣に取り組」むための正気を保つうえで必須ということのようである。

Tグループ以外の協力者で理学療法士のエマは、読書の目的が「スイッチを切る」ことにあると言明した。

エマ　わたしは読書を、スイッチを切って、解放される〔disentangled〕ために利用してますね、なぜなら、つねに患者を診ていて、しゃべり通しだから。

筆者　わかります。読書を社交に利用する人もいますが――

エマ　わたしは正反対の傾向ね。

筆者　ご自身の読書を現実逃避と表現しますか？

エマ　ええ、おそらくそうですね。それが母の読書の仕方だったから、おそらく母親譲りなんですね。彼女は大家族の世話をしてたけど、いつも読書のために三〇分見つけて、それが彼女だけの時間だったんです。（二〇一七年八月一四日）。

また、「スイッチを切る」という表現こそ用いなかったものの、Tグループのジルが「子どもについての本を避けるようにしている」のは、ソーシャルワーカーとしての「現実」を遮断するためである。「仕事で子どもたちと関わることがあまりに多くて、本で読むのは苦痛に感じるのよ。わたしは現実逃避として読書するの」とのことだった（二〇一六年一一月二三日）。とはいえ彼女は、次章で詳しく見るように、筆者には現実逃避に最適とは思われない「戦争物語」を好んで読み、その物語が戦勝国の視点に貫かれ、しかも「恐ろしいところは脱臭してある」ことを十分認識している。

スイッチの入れたり切ったりを、読み手という主体は能動的におこなう。それを自在におこなえるようにすることを、人格の陶冶と呼んでもよいかもしれない。この点については第八章でも考察する。

3　ジャンルというナラティヴ

以上見てきたように、お気に入りの作家や作品について、Tグループのケイト、グレイス、ジャネットは、程度の差はあれ、比較的一貫したナラティヴを提示している。とくにジャネットのナラティヴには、情報量の多さにもかかわらず破綻がなく、感服させられる。ジャネットよりもさらに精緻なナラティヴを練り上げていたのはハナで、語りの流れを乱されるのを嫌って、筆者の質問を制するほどであった。

ナラティヴ内の矛盾はそれ自体で興味深く、豊かな考察対象となり得る。しかしながら、序章で述べたとおり、固有名を思い出せないことにフラストレーションを覚えたり、記憶違いが原因で、筆者と話が食い違い続けたりといった事態は避けたかったため、協力者には事前にリストを作成し持参するよう求めた。この作業について、自分の本の好みや読書経験を再認識する良い機会になったと語ってくれた多くの協力者は、ナラティヴの矛盾をある程度解消してからインタビューに臨んだものと推察される。リストには、幼い頃のお気に入りに始まる編年体のものが少なくなかった。幼少期の愛読書は、物理的対象として、与えられたときの興奮や、繰り返し読んだ状況とともに、視覚や触覚を伴って深く記憶に刻まれていることが窺えた。(16) 反対に、親になって子育てに忙しかった頃は、読書に割く時間がほとんどなかったという人、あっても何を読んだか記憶がすっぽり抜けているという人もいた。

ここで、依頼に際して筆者がやや不用意に用いた「お気に入り〔favourite〕」という語について確認しておきたい。この語が、おそらく日本語の「愛読書」と同じくらい、人によって定義がまちまちであることに、調査が進んでから気づいたのだ。例えば『精選版 日本国語大辞典』は「愛読」を、「ある特定の書物や、ある分野、ある作家の書物、ある雑誌などを好んで読むこと」としている。だが「愛読書」となると、どの辞書にも見出しが立っていない。筆者は小学生の頃、担任教諭が、児童の誤用(と彼女が考えた用法)を正して、一度きりではなく繰り返し読むのが愛読書であると説いたこと、また、何かのテレビ番組で、雑誌を愛読書に挙げた一般人をジャーナリストだか知識人だかが鼻で笑ったことを、なぜか鮮明に記憶している。「書」には、「愛読」の対象を限定する重みがあるらしい。いっぽう、「お気に入りの作家」を、ルースのように(自分の読書ノートに「よく出てくる人たち」と)定義すると、寡作な書き手は分が悪い。最も意表を突く定義はシンディによるもので、後で見るように、存命中でかつ筆を折っていない作家でなくてはならないようだ。反対に、リズやジーンが、一〇代で読んだきりで今後も読み返すことがないであろう一九世紀の名作を「お気に入り」と呼んだことには、さほど違和感を覚えなかった。何十年間も手に取ったことがなくとも、何かの弾みで意識に上ったり、あるいは折に触れて特定の場面や一文を反芻したりする作品があるという人は、少なくないのではないか。筆者にとっては、井上靖の『しろばんば』がそうした作品の一つである。

Tグループの協力者のほとんどは、筆者の要望に応えて、①事前にリストやメモを作成して持参するか、②普段からつけている読書ノートを持参するか、③リストなどの代わりに本のみを持参するか、④リストなどとともに本も持参するか、のいずれかであった（自宅に招いてくれたハナとケイトも、リストを手元に置きつつ、必要に応じて書棚から本を出して見せてくれた）。

筆者が最も親しくしていたヘザーとコニーには、リストの作成を求めるという方針を定める以前の二〇一六年六月に、パイロットを兼ねたインタビューに真っ先に協力してもらっていた。コニーは、アイロンがけの最中に押しかけたにもかかわらず、驚嘆すべきマルチタスキング能力を発揮し、第二章に引いたとおりの、小説という虚構が内包する真実についての卓見を、ヴィクトリア・ヒスロップ（Victoria Hislop）の作品に言及しつつ、聞かせてくれた。

多忙で飛び回っていたヘザーとは行動をともにし、文学フェスティバルのプログラムの合間や、訪問先の主の帰宅を待つ車中などで、レコーダーを回した。興味深かったのは、アーノルド・ベネット協会に多大な貢献をしてきた彼女が、「一人の作家に固執することがいいことだとは思わないのよ。ベネットを読んで楽しむのは、この地域に暮らしているからで、もしストラトフォードに住んでたら、シェイクスピアをたくさん読んだと思う。バラエティ〔に富んだ読書〕が好きなのよ」と語り、ベネット文学の振興に力を注ぐ理由を、一〇代半ばでたまたま移り住んだ土地への愛着に帰して、その偶発性を強調したことであった。最初のインタビューでは、お気に入りの作家として、エドマンド・デュ・ヴァール、トム・ウルフ、ケイト・モスの名前を挙げ、後日あらためて、（促してはいないが）つぎのようなリストを提供してくれた。七人目までは国籍が添えてある。BはBritain、AはAmericaの頭文字である。

B. Kate Mosse
A. Comic Novel—A Visit from Voltaire Dinah Lee Küng
A. Fannie Flagg
B. Sally Vickers
B. Deborah Moggach
Nigeria Chinua Achebe, Things Fall Apart
Saudi Arabia Zoë Ferraris, The Night of the Mi'raj

Winifred Holtby
Dorothy Whipple
Katherine Mansfield

最後の三人がひとまとまりで、かつ国籍が添えられていないことについて説明はなかったが、いずれも一九世紀末に生まれイギリスを拠点に創作活動をおこなった、ニコラ・ハンブルのいわゆる〈フェミニン・ミドルブラウ〉作家たちである。この三者を除いては、バラエティを重んじるという言葉どおり、また「ものすごくたくさんあって全部書き出すのは無理」と語ったとおり、思いつくまま並置したように見える。筆者に手渡す際、改めて一瞥したリストに何らかの共通点を見出そうとしたようで、「全員女性ね」と一言した。確かに、別の日に名前を挙げていた男性作家（デュ・ヴァールとウルフ）は排除されているが、代わりに加わったチニュア・アチェベは男性である。このリストに強いて統一性を見出すならば、「プロットやストーリーに集中しつつ、何か新しく情報源として有益なことがないか探る」という彼女の志向を満足させる作家たちだということだろう。情報提供機能において、彼女／彼らのテクストは等価である。このようにヘザーの場合は、アカデミアや高級ジャーナリズムが措定するヒエラルキーに頓着せず、バラエティと偶発性と情報提供機能を重視し、リストの作成時にも、美的基準に応じて分類したり優劣をつけたりといった発想が希薄であった。

バラエティと偶発性を追求することにかけては、サリーはいっそう徹底していて、最近は図書館で、作者名のアルファベット順に配した棚の、Aから順に未読の本を見つけては借りているという。「たくさんありすぎて」お気に入りを特定するのは難しく、「自分の本棚にある本のなかで、人にあげたくない——手放したくないのはどれかしら?」という基準で絞り込んだのはリズである。筆者が協力者に「何人／冊挙げるよう期待しているのかがわからず」戸惑ったそうだ。筆者との対話を通じて、「手放したくない」だけでなく「新作が出たら必ず買う、なぜなら〔読む前から〕良い本で、面白いってわかってるから」という作家群が浮上してきた。その一人が、バーバラ・キングソルヴァーであった。

むろん、リズが読書会に加わっているのは、自分では選ばないような本、読む前から確実に面白いと保証する印のない本との出会いを、あえて求めるからである。ハナの志向も同様と言ってよい。インタビューで、ブロンテ姉妹とデュ・モーリエを撫で斬りにした彼女に、文化相対主義について意見を求めると、「わたしは書き物にヒエラルキーはあると思う。すべてのテクストが等価であるわけではない」としながら、「わたしの意見ではね」と言い添え、つぎのように譲歩した。

とはいえ、これは相当程度、意見の違いの問題よね。それが読書会を刺激的で面白くするわけだし。一番面白い夕べといえば、意見が割れるときなんだから。その日の本に、これといった価値〔merit〕を見出せずに全然面白くなかったと言う人がいれば、悪くはないけど見事というほどでもないと言う人がいて、かと思えば、すごく良い本だと考えてその理由を話す人がいて、というふうに。確かに一、二度、わたしも他の人の肯定的な受け止め方に納得して、本を見返して、最初はわからなかった価値を理解したってことがありましたよ。

二〇年以上におよぶ読書会への参加で、事前の評価が覆ったのはわずか一、二度なのであるから、この発言はむしろ、自身の揺るぎない評価軸による序列と絶対的価値のヒエラルキーとの一致を認めるものである。

他のメンバーほど分析的でも文学に造詣が深いわけでもないし、読むのも遅いという理由で読書会に参加しないマーガレットのナラティヴは、その言葉と裏腹に、剴切《がいせつ》で肯綮《こうけい》に中《あた》っている。アン・タイラー（Anne Tyler）、ペネロピ・ライヴリー（Penelope Lively）、ケイト・アトキンソン（Kate Atkinson）、バーバラ・トラピード、バーバラ・キングソルヴァー、マーガレット・ドラブルの既刊は、すべて読破していて、互いに作風の異なる、これら現代英米の女性作家を愛読する理由を、自身のライフコースを作中人物のそれに重ね合わせることで「独りじゃないという感覚」が得られるためだと分析した。なかでも、産後鬱を扱ったドラブル作品には「自分にも思い当たるところがすごくあった〔struck a real chord〕」というう。すでに見たとおり、マリリン・フレンチらのフェミニズムの古典が、女性固有の経験を理解するための「まったく新しい考え方」を提示してくれたと振り返ったのは彼女だ。夫がキングズリー・エイミスの『ラッキー・ジム』（Kingsley Amis, *Lucky Jim*, 1954）を何度も読み返していることにも触れ、筆者のいささか誘導的なコメント――「キングズリー・エイミスって、ちょっと男性優位主義的ですよね」――には、「そう！　そのとおり。滑稽だし、情景描写がとても巧みで生き生きしているってことは認めるけど、一回読めば十分よね」といたずらっぽい表情で応じた。マーガレットはこのように意識的に、そして極めて明晰に、自身の経験を軸として愛読書を一つのカテゴリーにまとめ上げている。

それでも彼女にとって読書はあくまで「娯楽」であって、P・D・ジェイムズやピーター・ジェイムズの探偵小説や犯罪小説といった、「ちょっと軽い〔a bit lightweight〕」けれども「まずまずよく書けている〔reasonably well-written〕」フィクションも好む。したがって軽い読み物の範疇には、語彙を含むフォルマリズム的観点から確固たる序列が設けられていて、Tグループにもファンの多い「J・K・ローリングの〔ガルブレイス名義の〕探偵小説」については、「お粗末過ぎるから、きちんと編集する必要があると思う〔so poorly written I think they need a good edit〕」と難じた。読書会でもインタビューでもたびたび聞かれる「編集が必要」という表現は、すでに世に出ている作品が、閉じて自律したものとはみなされていないことを含意する。つまり文章表現や構成に改善の余地があり、腕利き編集者の介入が求められる、というほどの意味合いで用いられるのである。(17)

マーガレットは、アカデミアや高級ジャーナリズムが措定するヒエラルキーとは無関係に独自のジャンル生成をおこなっている。そのことに筆者が気づいたのは、彼女の選好に対する娘の夫の反応に、彼女が何気なく言及したときのことである。大学で英文学を講じる「彼は、もっとずっと硬い〔serious〕本が好みで、わたしの本の趣味を笑うのよ」と言ってマーガレットは笑い、不可解でならないという表情を浮かべた。英文学者が、身内のこととはいえ、一般読者の趣味を笑ったと聞いて、筆者が言葉を失っていると、「ええと、チママンダ・アディーチェと……もう一人アフリカを舞台にしてる作家と……それに『ナンバーワン・レディース探偵事務所』の……アレグザンダー・マコール・スミスを一緒に読んでいた時期があってね。わたしがそれを読んでると、何でだかわからないけど、彼は可笑しい〔amusing〕と思ったのね」と言い添えたのであった。

4 トラッシュ、ジャンク、ラビッシュ、グッド・バッド・ブック、旅する本《トラベリング・ブック》

「専門知を有する」「科学者、聖職者、実業家が概して」探偵小説を愛読しているという事実に、ケンブリッジ大学で博士論文を執筆中だったQ・D・リーヴィスが困惑したのは（Q. D. Leavis 50）、一九三〇年代のことである。しかるに「クズみたいな文学〔trashy literature〕」を楽しんだのは、イギリスを代表する作家たちも同じであった（Humble 23）。ヴァージニア・ウルフは「バッド・ブックス〔bad books〕」がもたらす悦びを、一九一六年の『タイムズ文芸付録』で縷々論じている。

わたしたちはすぐに、高尚な本では満たされず、別の趣味を持つようになるのである——もしかしたら、あまり有益な〔valuable〕趣味ではないかもしれないが、間違いなく大変楽しい趣味——すなわちバッド・ブックスの趣味である。ここで名指しするような軽率なことは差し控えるが、わたしたちは、どの作家が毎年のように（幸いにも彼らは多作である）小説や、詩集、随筆集などを出版してくれると確固たる期待を抱いてよいか、わかっている。わたしたちは、バッド・ブックスに大変世話になっている。というか、それらの作者や主人公は、わたしたち自身の秘めた生

活に大変大きな役割を果たす人物となっている。（qtd. in Humble 23）

日本語の「駄作」や「三文小説」などよりはるかに直截簡明な「バッド・ブック」という表現は、ジョージ・オーウェルによれば、G・K・チェスタトンの用いた「グッド・バッド・ブック」に由来するらしく、その定義は「文学ぶったりすることなく、それでいて、もっと硬い作品が消滅してしまったときには、面白い読み物として残り続けるような本」であるという（Humble 22-23）。わざわざ固有名を挙げずとも、ハイブラウの『タイムズ文芸付録』購読者の誰もがピンとくるほど、その想像力の内に一種のジャンルとして確立しているのが、バッド・ブックである。この無益な趣味に対して、一般に有用性から見て価値がある〔valuable〕とされていたのは、知性を働かせることで期待される自己改善の営為であろう。

このように二〇世紀初頭のハイブラウ作家ウルフは雑食であり、評論家で詩人でもあるチェスタトンは聖職者を探偵に仕立てた「ブラウン神父」ものの作者でもある。現代においても、ジュリアン・バーンズのように、筆名を変えて探偵小説を発表したり、キングズリー・エイミスのように、やはり別の筆名でジェイムズ・ボンド・シリーズの続編を物したりするハイブラウ作家もいる。「もっと硬いもの」しか読まず、人の雑食を笑う英文学者は、スノッブの誹りを免れ得ないだろう。しかるに文化相対主義の潮流に逆行するかのように、というよりむしろ文化相対主義の一つの必然的帰結として、アカデミアにおいては、難解なほど価値があるという文学観を信奉する〈新しい倫理学〉（Hale）ないしは〈倫理学的誤謬〉（Serpell）が登場する。C・ナムワリ・サーペル（C. Namwali Serpell）は言う。

〈正反対の経験的証拠があるにもかかわらず〉読書はわたしたちにとって良いことで、文学の難解さは努力を要するぶん好影響を与えるという感覚は、読書という競技に価値を投影しているに過ぎないのかもしれない。すなわち、わたしたちは、本当は、文学を読む経験そのものに倫理的価値を見出しているのではなく、悪戦苦闘しながら読むこと——文学はつねに意味が曖昧で、しっかり理解するのが難しいこと——が、他のもの（あるいは大文字の他者）をしっかりと理解しようとしているのだという感覚を、わたしたちにもたらすのだ。（Serpell 17）

ジョン・ギロリーの〈倫理的読み〉もまた、その対象となる文学は難解であればあるほど高尚で、自己改善に資するとの考えにもとづいている。わけてもモダニズム文学は、その難解さゆえに学者による英文学の専門的読解を発展させることになったというが、当のモダニズム文学生産者ウルフは、無益ではあっても——もしかしたら無益だからこそ——大変楽しいバッド・ブックスを必要としていた。

リズのように、もっぱら「いまある能力を拡張する」ようなフィクションを好む読者は、〈倫理的読み〉を実践していると言えるかもしれない。けれどもT読書会メンバーには、ウルフ同様、二重基準を敷く読み手が少なくない。ケイトの〈肩の凝る読み物〉と〈肩の凝らない読み物〉、ジャネットの〈日中に身を入れて読む物〉と〈就寝前の軽い読み物〉、グレイスの〈理解にうんと努力が要るリテラリー・フィクション〉と〈休暇中の読み物〉、マーガレットの〈フェミニズムの視点を持った女性作家たちの作品〉と〈まずまずよく書けている、ちょっと軽い物〉の別はいずれも、建物のメタファーを用いるなら二階建てである。インタビューのために、好きな作家と作品を「カテゴリー別」に分けてリストを作成してくれたレイチェルは、そのリストをもとに、探偵小説は「リテラリー・フィクション」とは違い、「純粋な現実逃避」の手段であると説明した（二〇一六年一一月二二日）。第三章で見たジーンの場合も、

「読書会で読む本」が二階、「トラッシュとまでは言わないけど、フィリッパ・グレゴリーのような休暇向きの読み物」が一階という造りで、まったく読むに値しないものは「ラビッシュ」として排棄される(二〇一六年一一月二四日)。

対してヘザーの読書は、未だ出会っていない本も含め、すべてが「バラエティ」の一部を成す可能性として野外の同一地平に無限に広がっていく。アナのジャンルにも垂直の序列はないが、読んで気分が良くなる〔feel-good〕うえに他者との絆を強める媒介となるような作品と、気は滅入るが情報提供機能ゆえに他者への理解を深めてくれる作品とがあるから、前者が床面積の多くを占める平屋が想起される。

ルースのジャンルも、やはり平屋造りである。彼女の好きな「プロットで読ませる」作品には、正典文学から「ジャンク」までが含まれるからだ。第四章で見たとおり、読むに値しないと知れているミルズ&ブーンは「トラッシュ」としてあらかじめ、そして権威ある文学賞受賞者の話題作は読んで期待外れだったときに「ラビッシュ」として事後的に、排除される。同じ「ラビッシュ」という言葉をシンディは、自分が「一冊の本に望むことすべてを満たしてくれる」「素敵な本」を指して用いる。みずからの価値判断ではなく批評家による分類を意識してのことだ。シンディにとっては、ダン・ブラウンも、ブッカー賞作家アイリス・マードック(Iris Murdoch)も、ジャーナリストでもありやや大衆的なペネロピ・モーティマー(Penelope Mortimer)も、さらには後で詳しく見る「トラベリング・ブック」も、同じ「ブック」であって、分け隔てなく時間とエネルギーを投じる対象である。

以下、次節でルースの、第6節でシンディの、ジャンルの創出に注目したい。

5　キャンディークラッシュ、ユダヤ性、文学受容の脱中心化

まずはルースから。ルースは、読書会の本以外に、新聞の文芸欄で見たり人に薦められたりした、「ベストセラー・リストに載るような、人気／大衆向けの〔popular〕本をたくさん」読むが、たまにはディケンズなどの古典にもじっくり向き合う。お気に入りの作家を問うと、持参した読書ノートをおもむろに開き、「こうやって本を記録してるから、一番よく出てくる人たちがお気に入りってことになるわね」と、読み上げ始めた。それをフィールドノートに書き留めようとして、筆者は二度制される。「アガサ・クリスティ——書き留めないで、もっとあるから」、「マーガレット・ドラブル——違う、これは入れないで」といった調子である。作家はファースト・ネームのアルファベット順に列記されていたため、筆頭がアガサ・クリスティ、つぎがアンソニー・トロロプ、そして左に引用するとおり、ざっと二三人の作家が続く。しかし、二番目のトロロプのところで「わたしはアンソニー・トロロプが大好き。だからアンソニー・トロロプがわたしのお気に入りの作家と言っていいわね」と確言したきり、「お気に入り」は出てこない。

ルース　ディケンズ。チママンダ・ンゴズィ・アディーチェ。ディック・フランシス——彼は競馬について書いていて、すごく読みやすいの〔very easy read〕。イーディス・ウォートンの『イーサン・フロム』は、これまでに読んだなかで最良の本の一つね。ジョルジュ・シムノン。グレアム・グリーンは素晴らしい作家だわ。ハルキ・ムラカミ。ジャネット・イヴァノヴィッチの『ハイ・ファイヴ』——〔イヴァノヴィッチの作品名を指して〕これ全部ジャンクよ。J・

K・ローリングは全部読んだわ。ジョディ・ピコー。彼女は、誰かが自分の心臓を誰かにあげるとかいう現代的なテーマを取り上げて、それを物語に仕立てるのよね。わたし、これまで一三作読んでるわね。ジョン・アーヴィング。ジョン・スタインベック。ジョジョ・モイズ。

筆者 彼女の本を薦めてくれましたよね。

ルース 気に入った?

筆者 ええ。とても感情移入できます〔relatable〕ね。何度も泣きました。

ルース ちょうど彼女の新作を読んだところよ。『アフター・ユー』、もう読んだ?

筆者 〔首を横に振る〕

ルース ケイト・アトキンソン。マギー・オファーレル。マーガレット・ドラブル――違う、これは入れないで。M・C・ビートン。〔ビートンの作品名を指して〕ジャンクね。大好きよ。マイクル・コナリー。パトリック・ゲイル。ロバート・ゴダード。ステファニー・メイヤー――ヴァンパイア・シリーズ、これもジャンク。サマセット・モーム。ウィリアム・ボイド。

筆者 面白い取り合わせですね。

ルース そうね、それにどれもプロットで読ませる〔plot-driven〕わね。

書かれた時代、作者のエスニシティ、ブラウやジャンルなど多岐にわたる作家群にルースが「プロットで読ませる」という共通点を見出しているのは、筆者がこの質問に先立ち、文学作品のどういった側面に最も注意を傾けるか問うたことへの応答でもある。筆者が例としてプロットや登場人物を挙げると、間髪を容れずプロットと答え、「例えば、ジェイン・オースティンにはプロットらしいプロットがあると思わないわね。登場人物に力点がある。それで彼女の作品を読んでいると、例えば、登場人物よりプロットを書くエリザベス・ギャスケルなんかより、イライラしてくるわね」と付言した。[18] これに続くやりとりは以下のとおり。

筆者　社会背景はどうですか？　ギャスケルが物語を推進するうえで、とても重要ですよね。

ルース　〔長い沈黙ののち〕それは面白い質問ね。でも、わたしは概して歴史小説は好きじゃないわ。なぜならお決まりの枠にはまっているから。

筆者　では、人間本性の普遍的側面にもっと興味があるということですか？

ルース　ええ。

ギャスケルの代表作は同時代を舞台としているから、一般的には「歴史小説」とはみなされないが、それよりもギャスケルをプロットで読ませる作家に分類し得るということが、筆者には新鮮な驚きであった。そもそも『女だけの町』という寓話めいた邦題に惹かれて中野好夫訳を読んだ学部生時代の筆者にとって、ギャスケルが幼少期を過ごしたナッツフォードをモデルとした架空の町『クランフォード』(*Cranford*, 1851-53) の面白さは、町民が平穏な日常を営むために練り上げたエチケットの数々の愛すべき滑稽さにあり、また外の世界と隔絶しているかに見える田舎町が、マンチェスターをモデルとする大都市ドランブルばかりでなく植民地インドと、地続きになっているさまにあった。『メアリー・バートン』(*Mary Barton*, 1848) と『北と南』(*North and South*, 1855)[19] については、思い返せば、作品より先に読んだレイモンド・ウィリアムズの『文化と社会』が、筆者の解釈をあらかじめ方向づけていた。一八三〇年代に「産業主義」の名を与えられた新しいシステムへの、人びとの反応を理解するために参照すべし(xiii-xiv, 87)と言うウィリアムズに、素朴に従ったからだ。院生時代の筆者は、『メアリー・バートン』の「じつに印象的なところは、独自の言葉で、労働者階級の家庭の日々の生活の感覚を、記録しようとする努力の強度」であるのに対し(87)、『北と南』では、北部の産業資本家と南部の聖職者の娘との政治や経済をめぐる議論を長々と記録することで、焦点は、主人公たちの労働者階級「への」態度に移っている(91-92)というウィリアムズの見立てを跡づけるように、テクストを読んだと記憶している。もっともウィリアムズが他所で「社会には「背景」などといったものは存在しない。行動と力の関係があるだけだ」と明言していることに照らしても(山田 108)、「社会背景はどうですか?」という筆者の質問は、あまりにも粗雑である。『北と南』を一典型とする「産業小説」においては、「集団的暴力行為に対する作者たちの恐怖心が、彼らの社会的政治的問題の扱い方を支配しており、物語の叙述的論理および感情的論理を歪めていることが多い」と、デイヴィッド・ロッジもウィリアムズの議論を踏まえて論じている(『バフチン以後』185)。

「人間本性の普遍的側面にもっと興味がある」のかという問いもまた、いかにも粗雑だ。筆者が訊ねたかったのは、特定の社会に固有の「日々の生活の感覚」――ウィリアムズの有名な〈感情の構造〉――に興味がないのであれば、人間の普遍性を前提としてプロットに傾注するのか、ということであった。だがおそらくより適切な問いは、プロットに傾注するためには、主要人物が、ルースの思い描く普遍的人間像を逸脱しないことが必須なのか、であったろう。ルースは「現代についての現代の小説のほうが好き」とも語ったが、お気に入りと呼んだのは結局、トロロプ一人であったし、ウォートンの『イーサン・フロム』(Edith Wharton, *Ethan Frome*)は一九一一年の作品である。こうした矛盾は聞き取り調査ではよくあることで、ヘザーやアナのナラティヴと比べても、特段、驚くに当たらない。重要なのは、ルースが、トロロプの描く一九世紀の英国国教会の権力闘争と陰謀も、『イーサン・フロム』の舞台であるマサチューセッツ州の農村の過酷な環境も、ピコーの「現代的テーマ」もすべて、プロットの展開に奉仕するものとして評価している点である。そしてプロットで読ませる作品に、自己改善の効果を期待しないのが、ルースの潔さである。一般読者は「登場人物中心の解釈志向で、個々の人物の心理に焦点を合わせる」（Aubry 17）といった定義も、ルースには当てはまらない。

ルースの記録にある他の作家にも目を向けよう。ともにアメリカの作家であるジャネット・イヴァノヴィッチ（Janet Evanovich）とステファニー・メイヤー（Stephenie Meyer）を、ルースは「ジャンク」と分類する。前者はステファニー・プラムを主人公とする犯罪小説シリーズを一九九四年からほぼ毎年一冊のペースで発表していて、ルースはジャンクとわかっていながら、五作目の『ハイ・ファイヴ』（*High Five*）を含む「全部」を読み継いでいる。後者のヴァンパイアものとは、ティーンエイジャー向けの「トワイライト・サーガ」（二〇〇五－二〇年）のことであるが、叙上のとおり、子ども向けの本を好んで読む大人は珍しくない。この現象を、リア・プライスは「読書の幼児化」と呼び、文学に期待されるのが、人の心に対する洞察を深める効果から、読み手の心を鎮める安心毛布の役割へと変容しつつある大きな流れに位置づけている（Price 102）。[20]しかしルースに安心毛布は必要ない。

筆者　ジャンクは休暇先で読むんですか？
ルース　いいえ、ジャンクは家にいても読むわよ。
筆者　気晴らしにいいってことですか？

ルース　いいえ、気晴らしは必要ないわ。わたしはただ読書にたくさん時間を使うだけ。それ〔本に時間を費やすの〕は、不幸せだからでも、時間がたくさんあるからでもないの。アメリカにいる息子が〔わたしのスマートフォンに〕キャンディークラッシュをダウンロードして以来、読むのが途方もなく遅くなったわね。それ〔キャンディークラッシュ〕に人生を台無しにされそうよ。

筆者　中毒性があるんですよね？

ルース　そうなのよ（笑）。

ジャンク・フィクションも、ジャンク・フードのごとき中毒性を有するスマホアプリのパズルゲームも、現実逃避の道具ではない。気晴らしを必要とするような人生の憂さなどなく、ゆえに気晴らしの読書もしない、といたって明快である。雑誌は、「浅薄〔shallow〕」で「時間の無駄」だから購読しないとも語ったことから、ジャンクとは、貴重な時間を割くだけの深みのあるものだとわかる。時間を費やすに値しない本は「ラビッシュ」という別のカテゴリーに分類される。ジャンクであれラビッシュであれ、物理的な本に一切の愛着はなく、読んですぐ手放すものに高い金を払う意味はないからアマゾンで買う。そして「けちんぼ」だから、「一ポンドしない」キンドルコンテンツを大量にダウンロードする。書評で興味を惹かれたノンフィクションや伝記も読むが、その手の本は概して高価なので、図書館に購入を依頼する。スマホゲームも、ジャンク同様、可処分時間を配分するに値するが、ジャンクよりさらに中毒性が高く、余暇以外の時間を侵食しつつあるのが難点である。

外的目的を持たない、ただ好きだから読むという実践はそれ自体、文化的卓越の印の一つたり得る。

二〇世紀転換期イングランドで初めて義務教育の恩恵に浴した識字層であれば、乗馬のような「高級なエチケット」と同様、生育過程で自然と身につける機会がなかったがために、羞恥心に苛まれながら獲得せねばならなかったものである（Bennett, *Literary Taste* 1）。文学の鑑識眼の涵養と蒐集すべき本の知識を指南書に求めた百年前の独学者たちが[21]、ルースの恬淡とした態度に触れたなら、さだめし驚嘆したことであろう。百年前、『タイムズ文芸補遺』のような高級な媒体で飄然と、あるいはこれ見よがしに、高尚でも有益でもない趣味を披歴してみせるという芸当は、高級なエチケットを自然と体得したウルフだからこそなし得たものだ[22]。ハイブラウの雑食化が進む現代において、独自の鑑識眼を有する行為主体としてルースが推進しているのは、ブラウの攪乱のみならず、スマホゲームを含む趣味の実践における文学受容の脱中心化ないしは脱特権化である。

それにしてもルースは、「これまでに読んだなかで最良の本」や「素晴らしい本」とは口にしても、お気に入りの作家をなかなか答えてくれない。しつこく食い下がると、「お気に入りでないものなら答えられる」として、ピューリツァー賞作家エリザベス・ストラウトの『わたしの名はルーシー・バートン』（Elizabeth Strout, *My Name Is Lucy Barton*, 2016）とブッカー賞作家ハワード・ジェイコブソンの『シャイロックはわたしの名だ』（Howard Jacobson, *Shylock Is My Name*, 2016）を挙げた。タイトルこそ似ているが、前者では、イリノイ州の片田舎の、白人貧困家庭出身の作家ルーシーが、故郷を捨てニューヨークで結婚し二女の母となり、疎遠だった母親と、自身の入院を機に再会し、一人称で来し方を述懐するのに対し、ホガース・シェイクスピア叢書（シェイクスピアの戯曲の翻案シリーズ）の第二弾として『ヴェニスの商人』のセリフを表題に採用した後者の語り手は、シャイロックではない。現代のイングランド北西部の富裕層が暮らす実在の地域、通称ゴールデン・トライアングルを舞台に、主人公のユダヤ人慈善家サイモン・ストルロヴィチと、彼の前に突然現れたシャイロックの交流が、三人称現在で綴られる。

ルースは、前者を「ラビッシュ」のひと言で片づけてしまったが、後者については「いろいろと違った視点から書かれた一連の作品があるわよね。思うに、他のどんな集団よりもユダヤ人作家がユダヤ性〔Jewishness〕について書いてるわね。だからもう今後、彼の作品を読むことはないわね」とコメントした。「いろいろと違った視点から書かれた一連の作品」における視点とは、非ユダヤ系イングランド人のそれをデフォルトとし、それとは違った視点を民族／人種に応じて分類したものであろうか。息子がアメリカに暮らすルースは、「わたしはアメリカの本が好き。かなり頻繁にアメリカに行くの。アメリカとは違う種類の本があるわよね〔They have different sorts of books〕」とも語り、アメリカ人がアメリカ性〔なるものが何であれ、それ〕について「違う種類の本」を書くことには、むしろ肯定的である。そうすると、現代アメリカを代表する作家の一人であるフィリップ・ロスなどは、ユダヤ性について書いているから、ルースが好むアメリカの「違う種類の本」の範疇からは外れることになろうか。

ジェイコブソンは自叙伝『お母さん子』〔*Mother's Boy*, 2022〕で、ユダヤ人であることと小説を書くこととは「相互的関係」にあると述べている（265）。

「ユダヤ人であること」という言葉がわたしに書かせたのだとしたら、書くことがわたしをユダヤ人にしたのである。

わたしが〔小説を書いたことで〕ただちにみずからに、専門職のユダヤ人の役割を割り当てたことに気づいた、ということを言っているだけではない。それは早晩起こっただろう。わたしたち〔のような専門職のユダヤ人〕は不足していたのだ。ラビやホロコーストの記録者には事欠かなかったが、ユダヤ人作家、とりわけユダヤ人小説家となると、なかなかお目にかかれなかった。〔いまでも〕ユダヤ人作家が小説よりも戯曲を選ぶ理由が、わたしには説明できない。(265)

ユダヤ人作家とは「どんなものか知らなかったから」、「ユダヤ人作家になろうと野心を抱いたわけではなかった」(252)。

同じ理由で、ユダヤ人作家にならないという野心を抱いたのでもない。だが、自分に対して言語化することはないまでも、自分が愛するイングランド文学に仮にも何らかの貢献をするとしたら、それは、かび臭い祈りの皮紐を結ばれ、工業地帯の粗野な方言に縛られ、二重にゲットー化されたユダヤ人としてではないだろうと信じていた。(252)

こうした葛藤の末に自伝的なキャンパス小説『カミング・フロム・ビハインド』(*Coming from Behind*)を上梓したのが一九八三年のことである。ジェイコブソンが愛するイングランド文学では、アングロ-サクソン系イングランド人が、他のどんな集団よりもイングランド性について書くいっぽうで、イングランド人の外縁を定めるための人種的他者として盛んにユダヤ人を描き、ときには一九世紀のゴシック小説のように、ユダヤ人を、イングランド性、とりわけイングランドの女性への脅威として表象してきた(Halberstam, *Skin* 14)。模範とすべきユダヤ人作家が不在のなか、ジェイコブソンは、人種的他者として代理表象されることを拒み、みずからの声でユダヤ性についてようやく語り始めたのである。それからおよそ三〇年、ホロコーストとも正統的信仰ともイングランド内のゲットーとも異なる、ユダヤ人によるユダヤ性の表象は、アングローサクソン系のイングランド性表象を凌駕するほど市場に溢れていると、ルースには感じられるということだろうか。だとすれば、二一世紀に入ってからイングランドをよく映し出すような〔representative〕小説はないというケイトの分析と、ルースの論断は部分的に合致するのかもしれない。

スラヴォイ・ジジェクは二〇〇六年の著作で、近現代の反ユダヤ主義の変遷を、つぎのように要約している。すなわちユダヤ人は、初期近代においては、固有の生活様式に固執し、世俗的市民から成る場に自身のアイデンティティを溶け込ませるのを拒んでいると非難されていたのが、一九世紀後半の帝国主義の時代には、民族単位の共同体のアイデンティティを解体し兼ねない、根なし草の存在として指弾される。そしてグローバル化が進むポスト国民国家の時代に、またしても、アイデンティティに固執して統合を阻む者と警戒されるようになっている（Žižek 254）。二〇一六年当時のグローバル秩序において、太平洋を頻繁に往き来する「ボーダレスな経験」（ハージ 59）を謳歌するルースは、いっぽうで英国のEU離脱を支持し（第八章参照）、国境の内側で特定のアイデンティティに固執する集団をナショナルな統合を阻む者として警戒せずにはいられないようだ。

6 ダン・ブラウンの／と旅する本

ルースにとって「ラビッシュ」とは、批評家には受けが良くても彼女には読むに値すると思えないジャンルであった。翻ってシンディが、「旅行中はラビッシュを読む」と言い、ラビッシュの具体例としてチックリットと探偵小説を挙げる際、彼女自身は実際には決してそれらを「ラビッシュ」とはみなしていない。かつて筆者にジョジョ・モイズを薦めてくれたのも、彼女自身の鑑識眼に適ったからに他ならない。

左のやりとりで、あえて直訳した最初と最後のセンテンスにとくに注目されたい。チックリットや探偵小説を「よく書けているとは言わ」ず、「高く評価しない」「人びと」とは、批評家などの〈文化の権威〉のことであろう。

シンディ　人びとはそれらが特段よく書けているとは言わないわね。
筆者　でも良い気晴らしですか?
シンディ　ええ、そうよ。
筆者　そういう本にはどうやって出会うんですか?
シンディ　どこにでもあるのよ。
筆者　書店ですか?
シンディ　そうかもね。
筆者　チャリティショップは?
シンディ　ううん、わたしはチャリティショップにはあまり行かない。
筆者　図書館ですか?
シンディ　ええ、そうね。そういう本は高く評価されていないわね。

シンディのにべもない答えからは、気晴らしに読むのかという筆者の質問を的外れと感じていることが窺える。続く発言で強調されるのは、ラビッシュが単なる気晴らしなどではないということだ。

シンディ ダン・ブラウンって知ってる？

筆者 いいえ。〔筆者は当時、『ダ・ヴィンチ・コード』について聞いたことはあったが、作者の名前を知らなかった。〕

シンディ また別のラビッシュな小説よ。探偵小説。『ダ・ヴィンチ・コード』を書いたのがダン・ブラウンよ。これが最新作。素敵な本よ。なぜならこれは、わたしが一冊の本に望むことすべてを満たしてくれるから。これは紀行ものね。ダンテをめぐって展開するの。〔ダンテゆかりの〕いたるところに、彼ら〔主人公たち〕が行くの。全編に挿絵／写真があるの。魅力的でしょ。わたしはちゃんとした〔紙の〕本が好き。キンドルは欲しいと思わないわね。本の手触りが好きなのよね。

グレイスが「大作家とされていない」ダン・ブラウンを、宗教史の知識を動員して楽しんだこと、ボブが衒いのない文章と巧みなストーリー展開を宗とするエアポート・フィクションを愛読していることを思い出そう。

シンディが持参してくれたのは、全編カラー刷の、図版入り特装版『インフェルノ』(*Inferno*, 2014)であった。通常版のハードカバーより一〇ポンドあまり高い四〇ポンドと、かなり高価であるが、普段は図書館を利用するシンディが、身銭を切って愛蔵する本である。気晴らしのラビッシュどころか、触覚も悦ばせる装丁に、実在の場所の視覚情報をふんだんに盛り込んだ、完璧な一冊だ。本のイデアの具現である。

文学作品のどういう側面に最も注意を払うかという問いには、「登場人物。それにプロット。何が起きるか注視したいの。結末を最初に見る人がいるでしょ。わたしは本が旅の始まりから終わりまで連れて行ってくれるのがすごく好きね」と答えてくれた。ここで言う旅は、読書という経験の比喩でもあるが、『インフェルノ』や『ダ・ヴィンチ・コード』といった「探偵小説」は、「紀行もの」として、旅の擬似体験を提供する。〈いまここ〉ではない時空へと読者を誘う本の力とは、メアリー・プーヴィによれば、ヴィクトリア朝の市場に商品として流通するようになったフィクションが、逆説的に、カネでは買えない経験と、単に情報を提供するだけの書き物が決して喚起することのできない想像力を、読者にもたらすべく鍛え上げたものであった（Poovey 383）。「かれが首をくくったランテルヌ街の小路をさがして、ミシュランのガイドブック片手にパリの町を訪れる観光客は、いまでも大勢いるそうですが、こうした輩には金輪際『シルヴィー』のうつくしさなどわからないでしょう」と嘲罵したエーコも（35）、『三銃士』については「デュマの挙げたパリの通りを一本一本たどってみたり、一七世紀の古地図〔中略〕を調べてみたりすることは、実に愉快な経験」だったと（200）、あっさり白状している。[23]

ただしシンディは、ダン・ブラウンをお気に入りと呼ぶことには躊躇を見せた。というよりむしろ、お気に入りの作家はいないと断言して、こう続けたのであった。

シンディ　以前はいたのよ。以前はアイリス・マードックが好きだったの。一九八〇年代のことね。全作品を、出たらすぐに読んだのよ。それにペニー・モーティマーも。

筆者　いまは違うんですか？

シンディ　ええと、アイリス・マードックは死んだし、ペニー・モーティマーはもう書いてないから。以前は誰がブッカー賞を取るか注意して見てたのよ。読書会に入った理由の一つは、何か他の物を読む必要がある、どんな本が手に入るか知る必要がある、と思ったからなの。

シンディの答えは、自身の「お気に入りの作家」の定義――すなわち新作が出るたびに買って読む存命の作家――に沿った真摯なもので、さらに「お気に入りの作家がいなくて、申し訳ないわね。もしかして来週できるかもしれないけど、今日はいないわ。もしかしたらダン・ブラウンがお気に入りかもね」と言い添えた。ではマードックのどこが好きだったのかと訊ねると、「彼女の言葉遣い」だという。〈文化の権威〉であれば、マードック（1919-99）とモーティマー（1918-99）を「高く評価」して、ダン・ブラウンと同列に語ることはまずないであろう。シンディはリテラリー・フィクションとラビッシュとの間に、テクスト内在的な価値の序列を認めるのではなく、テクスト内の異なる側面、すなわち形式とミメーシスをそれぞれ注視するということのようである。

マードックとモーティマーのキャリアを追っていれば読む物に困らなかった八〇年代から、（サイモン同様）「良い本」の「指標」を求めてブッカー賞の選考過程を見守っていた時期を経て、九〇年代にはある図書館の読書会に加わり、のちに別の、ルースとジャネットの図書館の読書会に移り、現在にいたる。T読書会の本については、自分が選定に関わるのは面倒だから「多数派が読みたいものを受け入れる」。「普段読まないような本」を読むことは「いまある能力を伸ばしてくれる〔stretch you〕」ことを期待させる。stretchとは、リズやグレイスも用いた表現である。

シンディが持参した二冊のうちのもう一冊は、出版社から刊行された活字の本ではなく、日本でいうサイン帳のような体裁の「ブック」に独創的な刺繍作品を収めた、美しい「トラベリング・ブック」だった。「トラベリング・ブック」は、全国的な刺繍愛好家協会の活動の一環として制作されたものである。仮に協会の支部に五人のメンバーがいるとすれば、計五冊のブックのそれぞれ一ページに、メンバーがオリジナル作品を一点ずつ貼り付けてはつぎのメンバーに回していき、最後に各々の手元に五つの作品が綴じられたブック一冊が残るという仕組みである。ブックがトラベルするからトラベリング・ブック。本が、静的で受動的な人工物ではなく主体として、メンバーの間を回る《トラベル》さまが目に浮かんで面白い。グループごとに、またプロジェクトごとに仕組みや体裁は異なるようだが、見せてもらったA5を横にしたほどのサイズのブックでは、各自に見開き二ページが割り当てられ、左のページには、作品のインスピレーションとなった写真や、作品の解説が添えられていた。表紙にも手作りのカバーが施されていた。

英語の「ブック」は、狭義の本のみならず、住所録や、小切手、帳簿からはぎ取り式の紙マッチまで、綴じてあるもの全般を意味する。シンディが、一点ものの作品集を、ダン・ブラウンの(特装版とはいえ)大量に複製され商品として流通する本と同じ「ブック」に分類していること自体は、だから必ずしも奇異とは言えない。興味深いのはむしろ、筆者の期待に応えようと心を砕いていた彼女が、調査の趣旨に反する「ブック」を持参したことである。

彼女は、インタビューで何を聞かれるのか事前に問い合わせてきた唯一のTグループメンバーである。調査の目的を「人びとがアカデミアの外で、フィクション作品、とくに小説や短編小説をどのように読んで楽しんでいるかを知ること」と明記した趣意書は、二〇一六年六月の読書会で協力を求めた際、すでに回覧していたが、同一一月の調査の二週間前には協力者全員に、同意書とともに添付ファイルで送り、改めて一読を乞うた。インタビュー当日は、筆者が趣意書と同意書を印刷して持参し、開始前に質問がないか確認し、あれば答えたうえで、同意書に署名してもらうという手続きを踏んだ。シンディは、同意書の「趣意書を読んで本調査について理解しましたか?」の項目の答えに「はい」を選択している。したがって、この調査の焦点が本一般ではなくフィクション作品にあることを、彼女は承知していたはずだ。シンディのおそらくは熟慮の末の選択は、物理的な本への愛着を示すと同時に本の定義を拡張し、読書の意義を相対化する、力強い意見表明であった。そもそも、仕事と子育てに多忙ななかでも「あまりにたくさんのことに関心があって」、長年誘われながらTグループへの加入を先延ばしにしてきたシンディにとって、余暇における読書の位置は相対的に低い。そのことは、関心のあることを訊ねた際の答えが、「刺繍、裁縫、〔劇場運営の〕ボランティア、読書」の順に列挙されたことにも窺い知れる。シンディの語りについては、第八章でさらに詳細に検討することにしたい。

以上、本章では、メンバーそれぞれのジャンル創出について考察してきた。その選好が〈文化の権威〉の定める価値の序列と矛盾しないメンバーもあれば、ブラウを攪乱し正典文学を脱中心化するだけでなく、「文学という表現行為に超越的な価値があるとの見方」(Light xi)を否定するかのように、余暇の営みのなかの読書の位置を相対化する向きもあった。読書の習慣がない人びとの存在を問題視するルースが、最もラディカルに文学の脱中心化、読書という趣味の相対化に参与していたことは、重要な発見であった。ただ読みたいから読むというルースとは対照的に、フィクションを現実逃避やその対極の自己改善(stretch oneself)という外的目的のために用いる人、また目的に応じてジャンルを別建てにしている人も少なくなかった。

次章では、個別のインタビューでは不思議なことにほとんど用いられなかった「情報源として有益な

〔informative〕」と「勉強になる〔educational〕」という形容詞に着目する。この二つの形容詞が、フィクション作品を積極的に――つまりこれといった文学的メリットを見出せないという消極的理由からではなく――評価する意図で繰り返し、そして互換的に用いられることに素朴な衝撃を受けたのは、筆者にとって二度目の読書会（二〇一四年九月二九日）でのことだった。Tグループの定例の集まりとは別に、親団体の三支部合同で、サイモン・モーアの小説『空から降ってきた少女』（Simon Mawer, *The Girl Who Fell from the Sky*, 2012）を議論する催しである。表題の主人公は、第二次世界大戦中、イギリスの特殊作戦局の任務に当たった三九人の若い女性の一人をモデルとする、架空の人物である。探偵小説を紀行ものとしてジャンル化し直すのとはまた性質の異なるアプローチの意味を、探究することにする。

第六章
「情報を提供せよ、教育せよ、楽しませよ」
BBC的教養主義とノスタルジー

サイモン・モーア『空から降ってきた少女』の三支部合同読書会は、Tに隣接する村の集会所で開催された。参加者は二六名。全員で討議するには多過ぎるため、まず三つの小グループに分かれ、グループごとに「リーダー」と「記録係」を選び一時間の議論ののち再集合、各グループの議論の内容を二〇分で報告し合って議論を重ね、残り三〇分はビスケットと飲み物をいただきながら自由に歓談、という運びがつけられた。グループは、同じ支部のメンバーに偏らないよう、くじで決定した。筆者はハナとレイチェルと同じグループになり、ハナがリーダーを買って出た。

小グループではメンバーが口々に、先の大戦についてこれまで知らなかったことを知る良い機会になった、「勉強になった」、「情報源として有益だった」と感想を述べた。ハナは、時制が途中で（過去形から歴史的現在に）転じることに気づいた人はいるかと問いかけ、その文学的効果についての解釈、すなわちテクスト内在的なフォルマリズムの観点からの解釈を加えたのち、筆者に「日本にもこうした作品はあるか」と水を向けた。「こうした作品」の意味するところがジャンルのことか時代設定のことか判断し兼ねて、「当時の日本軍で女性がパラシュート部隊に配属されること自体はまずあり得ませんが、第二次世界大戦時に設定された小説ならいくらもあります。ところで皆さんはジャンルを気にして本を読みますか？　この作品にはスパイ小説の趣もありますよね。アカデミアでは、小説内の出来事を小説外の世界の事実の反映とはみなさないことになっていますが」と質問で返した。「これは歴史スリラーね。フィクションは事実に光を当てる〔illuminate〕ためにあるのよ」と確信に満ちた口調で応じたのは、レイチェルである。彼女が在野の郷土史家であることをすでに知っていた筆者には、この応答はいささか意外に感じられた。狭義の史料と同時代のフィクション作品を等価のテクストとみなす言語論的転回の支持者ですら、世界大戦という事実への接近を試みる際に、戦後生まれの作家が半世紀以上を経て創作したスリラーを、史料として採用することはまずあるまい。

フィクションが事実に光を当てるという考えを、アカデミアが否定しているわけではない。一九三〇年代にケネス・バーク（Kenneth Burke）が唱えた〈人生の装備としての文学〉とは、ことわざと同じく、特定の社会構造において頻発し始めた状況に名前を与えて対処しやすくする戦略を意味する（296-301）。バークの〈人生の装備としての文学〉に対し、頻発し始めているがいまだ名前を与えられていない、もっと混沌とした状況を指して、小説のなかには「新しい社会の事実〔the facts〕があり、感情の構造がある」（Williams, *Culture* 87）と述べたのは、レイモンド・ウィリアムズであった。(1)

ヘイドン・ホワイトに代表される物語論的懐疑論——ともに物語様式を採る歴史とフィクションとを厳密に区別するのは不可能だとする見方——に真っ向から対立する歴史家カルロ・ギンズブルグでさえ、フィクションが「歴史家たちが沈黙してきたか、十分には描写してこなかったことを浮き彫りにするのに役立つ」（77）ことを認めている。ギンズブルグはヴァージニア・ウルフの『オーランドー』（*Orlando*, 1928）を例に取り、主人公——男から女にセックスを変え「何世紀もの時間を昂然と渡り歩いていく」「きわめつけの周辺的な存在」——が、「まったく問題にされない定めにある忘れ去られた無数の人生の群れの象徴的投射体として構想された」点を評価している（89）。ちなみに『オーランドー』には「伝記」という副題が付いていて、序文には大英博物館と公文書館の職員への謝辞（Woolf, *Orlando* 6）が添えられている。

ウルフが「フィクションのほうが事実〔fact〕よりも真実〔truth〕を含んでいることが多い」と明言したのは（Woolf, *Room* 6）、『オーランドー』の翌年に刊行した『自分だけの部屋』においてである。講演原稿を下敷きとするこの随筆においてウルフは、女性が男性の劣位に置かれているという「真実」を暴く目的のために、嘘をつくことも厭わない。ウルフの「口から流れ出る嘘」（6）には、「売春婦でも情婦でもない」（88）ごく普通の女性のごく普通の日常については「何も記録が残されていない。すべては消えてしまった。伝記も歴史もそれについてひと言も語ってこなかった。そして小説は、意図せずして、だが必然的に嘘をつく」（89）という一節も含まれていよう。シャロン・マーカス（Sharon Marcus）が指摘するように、ウルフが足繁く通った大英博物館には、女性たちの「何百という自叙伝や伝記、回想録、日記、書簡」が所蔵されていて、「一九世紀のほとんど毎日、女性たちが何をしていたかについての余すところのない記録を提供していた」ことを、彼女は知っていたはずだからだ（Marcus 33）。ウルフは、容易に閲覧できたはずの史料を閑却し、代わりに「小説家の特権を利用し」（6）、「想像の眼を働かせ」（88）、嘘をついたのである。『自分だけの部屋』が今日にいたるまでフェミニズムの精神的支柱として力を発揮し続けていることは周知のとおりであり、その意義は計り知れない。だが、「何も記録が残されていない」という嘘は、公式の歴史が周縁化した実在の女性たちを、二重に抹殺する行為に他ならないのではないか。誰がどのような事実にどの角度と強度で光を当て、それを真実として提示しているかを見極めるのが、アカデミアの仕事である。

以上のようなわだかまりをレイチェルに遠回しにぶつけたのは、二年後の聞き取りでのことであった。

レイチェル　本はどこへでも、どの時代にでも連れて行ってくれるから好きなの。わたしは子どもの頃から熱心な読書家で、本がいつもそばにあったのよ。読書というのは――こう言うともったいぶったように聞こえるけど――BBCのモットーのとおりだと思うんだ。「情報を提供し、教育し、楽しませせよ〔Inform, Educate, Entertain〕」――それが、わたしが本に求めることね。

筆者　あなたは歴史家としての教育を受けていますね。そのことはあなたの本の読み方に影響していますか?

レイチェル　ええ、影響してるわね。例えば、わたしたちが昨夜読んだ本〔C・J・サンソムの『ドミニオン』〕、あれはわたしの専門の時代でしょ。自分の専門の時代のものは、本当によく書けていないと読めないわね。BBCの薔薇戦争のシリーズ(2)を面白く観られたのは、わたしが薔薇戦争のことを全然知らないからで、要は、正確であってほしいってことなのよ。(二〇一六年一一月二二日)

『ドミニオン』は、第二次世界大戦期というレイチェルの「専門の時代」を扱う歴史改変小説である。同じ時代を舞台とする『空から降ってきた少女』も、専門家の目から見て「よく書けて」いて「正確」だから、「面白く」読めたということだったのであろう。反対に、専門的には「全然知らない」時代のものについては、歴史叙述が正確か否かの判断は停止して、楽しむことができる。〈いまここ〉ではない物語世界に誘われ身を任せる読書の醍醐味が、ＢＢＣ（British Broadcasting Corporation）のモットーに煎じ詰められようとは思ってもみなかったが、「情報源として有益」で「勉強になる」モーアの小説は、まさしくこれらの要素を備えた「楽し」い読み物だったのだ。「プロットやストーリーに集中しつつ、何か新しく情報源として有益なことがないか探る」というヘザーのフィクションへのアプローチも、レイチェルの話を聞いて振り返れば、ＢＢＣ的教養主義を如実に体現したものと思えてくる。

ＢＢＣが提供する三要素は順不同で並置されているわけではない。情報、教育、娯楽の順は、一九二七年から三八年にかけて初代総局長を務めたジョン・リース（John Reith）のこだわりによるという（Higgins ch. 3）。broadcast という語の原義は「〈種子などを〉（一定地域に）ばらまく」（『ランダムハウス英和大辞典』第二版）ことである。ＢＢＣ放送会館玄関の碑にはラテン語で、リース以下、初代理事たちが「この芸術とミューズたちの殿堂」を「全能の神に捧げ」、「まかれた良い種が良い実りをもたらし、それによって平和に敵対するものはことごとく放逐され、人びとが、何であれ偽りないもの、何であれうるわしいもの、何であれ良い知らせに耳を傾け、徳と英知の道を歩まんことを祈念する」と、刻まれている（Higgins ch. 3）。保守的な伝統遵奉者であったリースが、ジェイムズ・ジョイスに執筆中の作品を朗読させるような趣向を黙認したことが例証するとおり、ＢＢＣは設立当初から「さまざまな文化を混交させる組織、複数の美的な格調が衝突する場」であり、「ごく少数が楽しむようなニッチな文化」と「市場に委ねておいても容易に広まるであろう大衆文化」の「騒々しいごたまぜの集まりこそが、ＢＢＣの最大の強みであり最も刺激的な特徴の一つ」であると、『ガーディアン』紙の文化部編集主幹シャーロット・ヒギンズ（Charlotte Higgins）は見ている（ch. 3）。

レイチェルが読書について語りながらＢＢＣを持ち出すのは、Ｔグループメンバーを含む多くの調査協力者の語りが、本からテレビへ、テレビから本へと、何の前置きも継ぎ目もなく往還することを想起するならば、ごく自然なことのように感じられる。お気に入りの本を聞くと、ジルは「『バーチェスター年代記』(*The Barchester Chronicles*)[3]——彼ら〔BBC2〕は素晴らしいテレビ番組を作ったわね。教会をめぐる陰謀の数々を描いていていて。でもわたしが一番好きなのは『ジェイン・エア』ね。その物語をビデオで持ってる」(二〇一六年一一月二三日)、サリーは「『〔ナンバーワン・〕レディース探偵事務所』、テレビ〔BBC1〕で放映されたわね」(同一一月二四日)となる。グレイスは、「ハイブラウではない」休暇中の読み物について、「ちょっとテレビを観てるような感じ。ディケンズは小説を連載してたけど」(同一一月二五日)と述べ、テレビのなかった時代に一般大衆に親しまれたディケンズ作品の娯楽性に言及した。ジーンは幼い頃を振り返り、「読書は、わたしとわたしの時代にとっては不可欠だったの。なぜならテレビがなかったし、〔テレビが家に来てからも、夜の〕一〇時か一一時には放送が終わったから」、それに「他にあまりすることがなかったから」、と語った。本選びの基準について訊ねても、話はやはりテレビに及ぶ。

筆者　新聞の書評は読みますか?
ジーン　ごくたまにね。
筆者　じゃあ、本屋さんにふらっと入って手に取るという——?
ジーン　本屋さんに行くのは好きね。テレビ番組をよく観てると思うわね。夕べの〔読書会で上った〕話にちょっと似てるけど、アメリカに渡った坑夫たちについて〔ドキュメンタリー番組などを観るのも〕、それについての本を読むのもとても好きね。それにもちろん、あなたが研究してる人。

筆者　アーノルド・ベネットですね。

ジーン　そう。アーノルド・ベネットは好きよ。ポッタリーズ〔陶磁器生産地〕とポッタリーズに暮らす人びと〔への関心から読むの〕だと思うわ。（二〇一六年一一月二四日）

書店通いとテレビの視聴。一見脈絡がないようでいて、彼女が小説に、ドキュメンタリー番組と同様、史実の情報源として関心を寄せていることがよくわかる。ジーンが続けて「好きな人物が一人もいないような本がすごく好き。馬鹿みたいだけど、テレビを観てて、すごくいけ好かない役を演じている女の子が、現実にはいい人だったりする感じ」と喩えたのは反対に、作中でどんないけ好かない人物に出くわしても、フィクションと承知しているから安んじていられるということだろう。じっくり味わわずに先を急いでしまうという理由で良い読み手ではないと自認するジーンの、対極にあると言ってよいハナは、ジーンよりひと回り近く年長ということもあって、ラジオドラマに多大な影響を受けた幼少時代を述懐した。

とくに戦後は、小説の古典のドラマ化が次第に増えてね。それら〔ラジオドラマ〕が本当に大好きだったの。わたしはそれらの世界のなかに生きて、それらが本当にありありと迫って来て、つぎのエピソードが待ちきれなかった。なかでもハーディには、そのお蔭で親しむようになったの。いまでも『カスターブリッジの市長』（*The Mayor of Casterbridge*）と『狂乱の群れを離れて』（*Far from the Madding Crowd*）のドラマ版を思い出せるわ。わたしにとっては素晴らしかった。（二〇一六年

一一月二四日）

ハナがテレビを引き合いに出したのは、ディケンズ作品が喚起する視覚的・聴覚的イメージを「どんなテレビ〔番組〕よりも素晴らしい」と称賛するためだった。ハナにとってラジオドラマは、情報提供機能ゆえではなく、娯楽のかたちを取って、古典の世界へと誘い正規教育を補完する働きゆえに、素晴らしい。

ハナを除くメンバーのほとんどは、読書とテレビ視聴の間にも、原作とそのアダプテーションの間にも価値の序列を設けていない（『ブリジット・ジョーンズ』のパーペチュアなら眉を顰めることだろう）。というよりむしろ小説を、事実を解明するための副次資料として扱うことで、文学の自律性、特権性、中心性をラディカルに攪乱していると言っても過言ではない。テレビから小説へ、小説からテレビへの往還は、以下、本章で引用する協力者の語りにもたびたび見られ、枚挙にいとまがない。

ＢＢＣ創設から約百年、ラジオからテレビへ、そして多チャンネル化と民放の開局、ケーブルテレビや衛星放送、グローバル企業による独自コンテンツの制作およびストリーミング配信へと、聴取／視聴の対象もスタイルも多様化してきた。ソーシャルメディアの普及により、コンテンツは受容するものから発信するものへと変化してもいる。ソーシャルメディアの利用を含む余暇活動の選択肢は、「他にあまりすることがなかった」時代から拡大の一途を辿り、テレビ一般の影響力が相対的に衰えたことには、疑いを容れない。それでもTグループメンバーの日々の生活に、テレビというメディアがいまだ根を下ろしていることは、彼女たちの多くが『ラジオ・タイムズ』（*Radio Times*）[4]を購読していることにも見て取れる。テレビは、どの家でも夕方から就寝前の団欒の、不可欠の一部を成している。アナが夫の視聴に付き合って本を閉じることにはすでに触れた。筆者を何度も招いてくれたコニーやヘザー、リズの家の居間では、スマートフォンやタブレット端末を手にながら観したり、『ラジオ・タイムズ』で目星を付けてハードディスクに録画した番組を鑑賞したりと、通信技術の進化に伴って視聴の方法も漸次更新されてきたことが窺えた。そしてもちろん、リチャード&ジュディは、ジャネットやアリスの本選びに大いに役立っている。(5)

T読書会が選定する本の多くは、メンバーが、いわば物語世界の描写が現実の世界に忠実か否かを判定する能力や資格を有していない舞台や時代を扱っている。二〇一四年九月からの一年間に限れば、第一章で見た日本文学に加え、チニュア・アチェベ『崩れゆく絆』、サスナム・サンゲラ『マリッジ・マテリアル』、ナディン・ゴーディマー『バーガーの娘』(Nadine Gordimer, *Burger's Daughter*, 1979)、M・L・ステッドマン『二つの海の間の光』がこれに当たる。ところが、これらのフィクション作品の回で、「勉強になる」とか「情報源として有益」といった評価が聞かれることはついぞなかった。定例のT読書会で二つの形容詞が用いられたのは、この一年間で唯一のノンフィクション、キャサリン・ベイリーの『ブラック・ダイアモンズ――イングランドのある名家の興亡』(Catherine Bailey, *Black Diamonds: The Rise and Fall of an English Dynasty*, 2007)に対してであった。ノンフィクションの評価としては、何の不思議もない。片や『空から降ってきた少女』はあくまでフィクションである。なぜこの二冊だけがことさら、情報と教育の観点から評価されたのか。

結論を先取りするなら、フィクションとノンフィクションとを問わず、勉強になったり情報源として有益だったりするのは、彼女たちがすでに相当の知識があると自負していた舞台や時代に関して新たな学びが得られたと感じたときである。反対にメンバーにとって馴染みの薄い世界や文化を扱う作品については、敬して遠ざける姿勢が支配的であった。本章ではまず後者の作品群、すなわちアチェベ、サンゲラ、ゴーディマー、ステッドマンの小説の回を、つぎにベイリーの回を振り返ったのち、個別の聞き取りでの歴史小説とそのアダプテーションにまつわる語りに注目する。そうすることで、メンバーたちが、ナラティヴによる構築物としてのイングランドといかなる関係を取り結ぼうとしているか、イングランドという想像の共同体の形成にどのように参与しているかが、浮き彫りになるだろう。

英語で書かれたアチェベ、サンゲラ、ゴーディマー、ステッドマンの小説の舞台はそれぞれ、西アフリカ、イングランド中部のパンジャーブ系コミュニティ、南アフリカ、オーストラリアという、帝国主義的拡張の産物である。ブルジョワ社会が産んだ文化的人工物としての小説と帝国主義は互いなくしてはあり得ず、いかなる小説も帝国主義について検討することなく読むことは不可能であると看破したのは、サイードであった(Said 84)。舞台が、宗主国のメトロポリスであろうと植民地の闇の奥であろうと、それは変わらないはずである。しかし、T読書会では、イングランドの他者に関する「情報」をテクストから抽出しようとする構えが、普遍化に向かうか個別化に向かうかは、ある程度までその舞台によって、あらかじめ決定されていた。

1　チニュア・アチェベ『崩れゆく絆』の回（二〇一四年九月一六日）

この回は、筆者にとって初めてのT読書会であった。参加者は九名と、これ以降の一年間で最も少なく、ヘザー宅の、ダイニングとひと続きのこぢんまりしたリビングルームに十分収まる人数だった。

テクストについては、「教育や医療を改善したことを理由に〔植民地支配を〕正当化する白人の傲慢さ」に自省を促される向きもあれば、「人類学的な探求というか、石器時代の生活様式を記録に留めようとする社会学者〔ママ〕のよう」だとか「〔作中人物が〕子どもたちに振るう暴力は受け入れ難い」（この発言には全員が口々に賛意を表した）といった、宗主国の「未開部族」（Achebe 197）への眼差しをなぞるような発言もあった。また、「オコンクウォの破滅はマクベスを想起させる」という感想は、アチェベが英文学を消し去り難い帝国主義の刻印として戦略的に組み入れていること（Newell 91）への洞察よりは、自身に馴染み深い古典との類推による普遍化の志向にもとづいているようだった。悲劇という確立したプロットを読み込むことはせず、「プロットがない」と指摘した人もあった。この指摘の意図は明らかに、直線的なプロットの不在を、イボの語りの再現として、あるいはエピグラフに引かれたW・B・イェイツの「再臨」（W. B. Yeats, "The Second Coming," 1902）の一節が示唆する円環的歴史観の実演として称賛することではなく、創作上の不手際として批判することにあった。こうしたメンバーの読みを、〈有害なエキゾチック化〉（Huggan）と断じて、西洋の一般読者に固有の素朴さにのみ帰するのは、早計に失するだろう。

プロクターとベンウェルは、共著『複数の世界のいたるところで読む』の一セクションを『崩れゆく絆』に割いて、専門家の解釈が宗とする「複雑化」と一般読者の読みとの違いに焦点を合わせている。そこで談話分析の対象となっている読書会の「最も典型的」な反応は、「ナラティヴのシンプルさ」に強い印象を受けたというものであったという（Procter & Benwell 42-43）。ただし「コミュニケーションのレベルがすごい。小学生でも理解できるし、言語を専門とする教授も理解できる本。すごくシンプル」（43）、「読み進めやすい」、「シンプルな言葉遣いが気に入った」（45）といった発言はいずれも、ブリティッシュ・カウンシルのナイジェリア某支部に勤務するナイジェリア人のものである。

プロクターらは、ステファニー・ニューウェル（Stephanie Newell）のオーディエンス研究に依拠しながら、読者の反応を、西アフリカで活況を呈す「アフリカの作家によって英語やフランス語で書かれたセルフヘルプの小冊子や、大衆向け小説、宗教文学の」市場という文脈に置く必要性を訴える（45）。またベス・ブラム（Beth Blum）が着目するように、ナイジェリアのピジン語で「ハウ・フォー・ドゥ〔how-for-do〕」と称されるハウツーものへの熱狂には、アチェベ自身が一九六五年のエッセイで、読者からの手紙を引きつつ言及している。ナイジェリア北部の読者が「あなたの小説はわたしたち若者への助言として有益です」と感謝すれば、ガーナの読者は『崩れゆく絆』にQ＆Aの付録がないことに不平を鳴らす、といった具合である（qtd. in Blum 55-56）。アチェベは、こうした熱狂がハウサ族の民間説話に通ずることを指摘し、「応用芸術」が国民の「再教育」と「再生」という企図に参与することを否定しない（Blum 56）。テクストから「真実と教訓を引き出」そうとする西アフリカの読者の姿勢は、一九九〇年代後半に実施された調査においても顕著で、好きな作家にアチェベを挙げた学生たちの大半は、「伝統的な生活様式」について「知識を与える」アチェベの力を称賛し、なかにはアチェベ作品は「ノンフィクション」だと主張する回答者さえあった（Newell 96）。

他方で、「読みやすい〔accessible, readable〕」との評価は、版元ウェブサイトの掲示板への（内容からアフリカにルーツを持つとは考えにくい、グラスゴーやロンドン近郊の読書会メンバーによる）投稿（qtd. in Procter & Benwell 45-46）にも散見される。T読書会で皆が難儀して読み進めたのとは対照的である。なおT読書会参加者のうち二人は、巻末にごく短い「イボの言葉と表現の註解」が付いたペンギンの電子版を利用していたが、残りのメンバーが読んだのは、テクストのみが収められた同じくペンギンのペーパーバック（筆者がリズから借りて読んだのもこれ）であった。いずれにせよ、イボ語はもとより作中人物の名前にも混乱させられたという不満も聞かれた。

グレアム・ハガン（Graham Huggan）は、ポストコロニアル文学一般の特徴を、恢復と脱構築、二つの次元を併せ持っていることだとする。恢復とは「文学テクストを、文化的アイデンティティを不断に作り変える目的で徴用する」志向を、脱構築とは「西洋の読者の期待を焚きつけると同時に異議申し立てをし、そうすることで、西洋がみずからに与える特権的な見方や考え方を解体すべく努める」志向を意味する（Huggan 40）。換言すれば、アチェベは、「リアリスティックでもあり、教訓的でもあり、例示的でもある国民小説」を英語で物し、「ナイジェリアに国史を与え、その歴史を人びとに教える」（Casanova 196）いっぽうで、「サイードの『オリエンタリズム』に先立つこと二〇年、「アフリカ」が、地図や大衆小説、そして植民地支配を正当化する帝国の体制が生み出したアイデンティティと同様に、ナラティヴによる構築物の一つであると喝破した」ということだ（Newell 89）。帝国の体制によって覇権言語の地位を獲得した英語について、アチェベは繰り返し述べている――「世界言語が払う覚悟をせねばならない対価とは、多数の異なる使途への服従である」（qtd. in Ashcroft 108-09）。

英語母語話者のTグループメンバーに、全面的服従の覚悟はおそらくないだろう。だが彼女らが読みづらさを訴えたことは、テクスト内の停止標識、すなわち、共感や学びによって書き手との境界を性急に超えようとする善意の読者を阻止すべく作者が仕込んだ印（Sommer 205, 208）に、気づいて立ち止まったことの表れではなかったか[6]。

2 サスナム・サンゲラ『マリッジ・マテリアル』の回（二〇一五年四月一三日）

この日は過去最多の（遅刻者一名を含む）一九名が参加した。最初に、ふた部屋に分かれるべきか検討されたが、そのままでいくことになった。三分の一が無言で終わったのは先述のとおりである。無言の三分の一には、遅刻して来た、パキスタンにルーツを持つと推察されるメンバーも含まれたが、彼女に、中部地方に暮らすアジア系少数者を代表させるような非礼を働く人はなかった。

この作品が選ばれたのは、アーノルド・ベネット協会の恒例行事「リテラリー・ランチ」に作者が招かれることが決定しており、協会員でもある複数のメンバーが読むことが確実だったためである。一二月三日に開催された協会の午餐会には、事務局長のヘザーはもちろんリズとコニーも、それぞれ夫を伴って出席した。本作は、『タイムズ』紙を中心に活躍するジャーナリストの初めての小説である。ベネットの『二人の女の物語』に想を得て、ベネットの故郷から五〇キロほど南に位置するウォルヴァーハンプトンをおもな舞台に、シーク教徒の家族三世代の物語を描いている。

読書会では最初に、推薦者であるヘザーが『二人の女の物語』のプロットを紹介し、二つの作品に対応する箇所〔parallels〕が多く見られることを指摘し、『グッドハウス・キーピング』最新号に『二人の女の物語』に言及した記事が掲載されていることに触れた(7)。主人公の造形がどの程度作者自身にもとづいているのかとの質問に対しては、リズも加わって、生年が同じであること、両親がウォルヴァーハンプトンで食料雑貨店を営んでいたことなどを挙げて、自伝的色合いが濃いと説明した。

筆者がベネット研究者であることを知るリズからは、二つの作品の対応する箇所について意見を求められた。筆者に、日本文化のネイティヴ・インフォーマント以外の役割を期待された、稀な機会である。筆者は以下のように、メンバーが関心を寄せるであろうと想像したリアリズムについて、「わたしたち」としてみずからをメンバーの側に置きつつ、語っている。

非常に興味深いのが、パンジャーブ系の人びとのコミュニティとメソジストのそれとを重ね合わせる趣向です。両者には似たような労働倫理があり、両者とも教育に価値を置いています。最初に読んだときは、主人公といとこの血みどろの格闘の場面が、小説の他のどの箇所からも遊離しているように感じられました。皆さんのなかでアーノルド・ベネット協会のリテラリー・ランチに出席されたかたは憶えておいでかもしれませんが、誰かがこの点を指摘したのに対して作者が与えた答えで、腑に落ちました。サスナムによれば、この類のドラマはこのコミュニティでは日常の一部だというんです。だからおそらく、パンジャーブ系の読者なら、この場面を読んでかなりリアルだと受け止めるのかもしれません。その話を聞いて、『二人の女の物語』のどのエピソードが、この血みどろの衝突と対応するか考えてみたんです。で、コンスタンスのいとこサミュエル・ポウヴィが犯す殺人がそうかもしれないと思いました。読者は、サミュエルとともに、グロテスクな殺人現場に招き入れられることになるんです。ベネット作品にはフランス自然主義の影響が色濃いことが、お読みになればわかると思います。同時代の読者はこの場面に衝撃を受けたでしょうが、わたしたちはいまでは自然主義のナラティヴに慣れ親しんでいます。ですから、ひょっとしたら、仮にサスナムのような背景を持つ作家たちに固有のナラティヴがあるとして、わたしたちがそれらに親しむようになったとしたら、その場面も完全にリアリスティックだと感じるようになるのかもしれません。

これ以上『二人の女の物語』との比較がおこなわれることはなく、リズとヘザーが、サンゲラの執筆の経緯についてさらに補足した。

ハナは、登場人物が日常的に経験する人種差別が現に存在するのは恥ずべきことだと発言したが、小説の構成をめぐって意見が交わされた後、(8) 主人公の叔母スリンダーがロンドンのフランス料理店で気後れする場面を例に、一九六〇年代のエスニック・マイノリティの若者の無知に驚かされたと述べた。これに対して、当時はいまほど外食の習慣が一般的でなかったと、複数の参加者が自身の具体的経験(前菜に小エビのカクテルが出てきたときの衝撃！ などなど)をもとに証言し、主人公の無知を少数者に固有のものと捉えることに異を唱えた。リズが、スリンダーのように駆け落ちするという選択が自分にもあり得たかと質問を投げかけたことはすでに述べた通りであるが、この点には終章で触れる。主人公のいとこに関しては、薬物などの悪癖に耽溺する人物として造形する必然性を疑問視する声が上がった。おそらくはマイノリティへの偏見を助長することを懸念しての問題提起であるが、これには、彼が常軌を逸していく過程が仔細に描かれていると擁護する人があった。シェイクスピアのセリフにかけたしゃれなど、気の利いた表現が随所に散りばめられているとの指摘もあった。だが総じて議論は盛り上がりに欠け、普段より五分ばかり早くビスケットの時間になった。

3 ナディン・ゴーディマー『バーガーの娘』の回(二〇一五年六月九日)

この日の参加者は、アチェベの回に次いで少ない一〇名だった。テクストは、メンバーの誰かの意向ではなく、T読書会の選定基準の一つに沿って、つまり没後間もない作家の作品として選ばれた。より重要な選定基準は入手の容易さであるが、近隣の複数の図書館はいずれも『バーガーの娘』を所蔵しておらず、前年一〇月の選定時にはアマゾンに在庫があったペーパーバックも、集まりが近づくにつれ品薄になっていったようである（筆者はキンドル版を購入）。読書会の八日前に、リズから届いた全員宛のリマインダー兼出欠確認のメールには、つぎのような配慮に満ちた激励と助言が添えられていた。

前回の集まりで何人か、この本に苦労している〔struggling with the book〕という人がいました、わたしも最初は難航した〔hard going〕けど、途中で諦めなかったことに満足していますし、もし途中ちょっと読み飛ばすにしても、とりわけ（ペンギン版で）三〇五―三二四ページの、ローザがバーシに会う場面は読むことをお勧めします！

もし本を手に入れられなかった人がいたら、ナディン・ゴーディマーについて調べてくれると助かります、彼女は去年亡くなったので、追悼記事がたくさん書かれました。（二〇一五年六月一日受信）

約六時間後、ハナからも読むべき箇所とその理由について、メールが届いた。

はい、リズに同感ですが、二〇二―二一〇ページも読むに値すると補足したいと思います。というのも、この箇所はゴーディマーのスタイルのいくつかの側面を非常によく例証していますし、読者に、ローザ（と同様の状況にある他の多くの人びと）が直面する種類のジレンマの本質を提示するからです。（二〇一五年六月一日受信）

ハナらしい、フォルマリズム的観点からの解釈と、作中人物のジレンマの追体験の勧めである。五日後にはふたたびリズから出欠確認のメールが届く。以下の追伸で、読書会を三日後に控えてまだ本を入手できずにいるメンバーを気遣い、さまざまな提案をおこなっている。

今日の午前中に、わたしの本をケイトの家に届けるようにしますが、皆さんのなかで本を見つけるのに苦労している人がいるのはわかっています、図書館が悪いですよ、ノーベル賞受賞者の本を置いていないだなんて！

もしかしたらハナとわたしが触れたページに集中するのがいいかもしれませんね。

二〇八―二一〇ページと三一八―三二一ページのコピーを取っておきました。

本を持っていてコピー機が使える人は、〔当日〕一緒に読めるようにどうぞ一部コピーを作ってくださるようお願いします。

それができない場合は、先にお伝えしたように、どうぞナディン・ゴーディマーについて調べ物

をしてください、彼女は長く波乱に満ちた人生を送りました。〔二〇一五年六月六日受信〕

読書会前日の朝にも、リズから「サリーが今朝、『バーガーの娘』を一部、うちに届けてくれました、もし明日の集まりまでの二四時間これを借りたいという人がいたら連絡ください」という短い続報が届いた〔二〇一五年六月八日受信〕。なお当日リズが配布した抜粋は、彼女とハナが当初推奨したページより切り詰められており、初見のメンバーのために読むべき箇所をさらに吟味したことが窺えた。

このように、この回では、集まりを成功に導くためのリズの骨折りと、本が物理的にメンバーの間を循環し、コミュニケーションの媒介として機能するさまが、いつにも増して顕著であった。のちにインタビューで語ったとおり、親団体とは別のボランティアなどにも気炎万丈のリズが、最も情熱を注いでいるのがTグループと親団体の活動である――「〔親団体〕がわたしの人生のより大きな部分を占めてるわね。一九七二年からの会員だから、四四年になるわね。ナショナル・トラストとか他のことは諦めても、〔親団体〕は絶対諦めないわ」〔二〇一六年一一月二三日〕。いっぽうハナも、読みあぐねるメンバーの背中を押すだけでなく、当日、作品の重要なモチーフである六枚組のタペストリー『貴婦人と一角獣』の写真を収録した大判の本を持参し、参加者の理解を助けようと心を砕いていた。ハナにとってT読書会は、「毎月楽しみにしていること」で、読書会以外の活動〔activities〕について訊ねると、「料理、洗濯、ガーデニング、買い物」と笑った〔二〇一六年一一月二三日〕。日常生活における読書やグループでの活動の優先度はメンバーごとに異なり、リズとハナが読書会の運営に注ぐ熱量は群を抜いている。テクスト解釈以上に意義深い、本の使いみちである。

六月一日の全員宛メールで、リズは、出欠の意思表示がまだの八名について、情報提供を求めていた。

当日、筆者がリズに、出席者が少ないのは本を読めなかった人が多かったためかと聞くと、必ずしもそうではなく、何人かは休暇中で来られないとのことだった。二週間の休暇から戻ったばかりのシンディは一ページも読んでおらず、コニーは半ばで、レイチェルは残り五〇ページというところで挫折していた。コニーは、登場人物が多く、プロットを把握するのに苦労したと言い、その原因をキンドルで読んだせいかもしれないと分析した。残り七名は読了して参加したためであろうか、結局、リズとハナが提示したページを全員で精読することはなかった。

テクストは三七一ページと、T読書会で扱う本としても、決して長い部類ではない。レイチェルは、文法にも語彙にも問題ないが、文脈上どのような必然性がある〔relevant〕のか理解に苦しむ箇所がいくつもあると言うので、彼女が挙げたページについて、皆で解釈を試みた。他の参加者からは、ローザを主人公とした短編だったら読みたいとか、「編集が必要」[9]だといった声が聞かれた。これらはおそらく、ローザの内的独白と全知の語り手による語りの交錯が、読みづらさの一つの要因であったため、ローザの一人称か、全知の語りのいずれかに統一し、短く再構成すべきだとの所見であろう。三月と四月の集まりでは、『複数の死』と『マリッジ・マテリアル』の、複数の視点と時間を移動する技法を、多くのメンバーは「最近の小説が採用する、流行りのスタイル」と捉えていた。[10]ゴーディマーのようなハイブラウ作家のスタイルが二一世紀転換期以降、広く模倣された結果、「流行り」と認識されるほどありきたりになったわけである。ただ、『バーガーの娘』においては、全知の語り手とローザとの間で、何の前触れもなく視点が移動するのに対し、より広い読者層を想定した「最近の小説」では、視点ごとに章を改めるばかりでなく、ときには日付や焦点人物の名前などを章題のように明記したり、章のなかで視点を切り替える場合には行間スペースを空けるといった、読者の労力を軽減するための工夫が施されることが多い。

リズの提案に従って調べ物をし、作者のインタビュー記事を紹介した（この日の出席者のうち、筆者にとって唯一、名前と顔が一致しない）メンバーもいた。自分の作品は「個人の欲望とより大きな大義の対立」を主題としているのであって政治的ではないし、自分はヒューマニストであってフェミニストではない、といった作者の発言が読み上げられると、「いや、政治的でしょう」といった反論があちこちから聞こえてきた。『バーガーの娘』には、黒人に対して尊大になるまいとする姿勢や、政治的に正しくあろうとする作者の努力が垣間見られるといった指摘もあったが、これらの指摘が、作者の姿勢や努力を難じる意図によるものか、筆者には判断つき兼ねた。けれども、続くレイチェルの「左翼中産階級の軽薄なおしゃべり」との指弾は明快で、例えばガヤトリ・スピヴァクによる、ゴーディマーの次作『ジュライの人びと』（*July's People*, 1981）の分析――「この白人の女性作家」すなわち「ゴーディマーのようなラディカルなクレオール作家」は、「白人女性の主人公」ともども、「痛ましいくらいに政治的に正しくあろうとして」いるが、「白人のテクストに含意された黒人読者が主体の位置を占めることはできない」（Spivak, *Aesthetic Education* 54）――と響き合うものだ。他方で、実体験を下敷きにしていない場面がリアリスティックなのは作者の力量の証左であると擁護するメンバーがあり、その発言を受けて、南アフリカに生まれ一〇歳で家族とともにイギリスに亡命したジリアン・スロヴォ（Gillian Slovo）が、犯罪スリラーに史実を織り込んでいることに触れたメンバーがあった。

読了したメンバーの感想を総合すると、読んでよかったが再読はしないし、ゴーディマーの他の本を読んでみようとも思わない、といったところであった。（先述のとおり、作者の他の作品も読んでみたいかという観点は、作品の良否判定の基準であり、紛糾した議論を収拾するのに用いられるディスカッション・

ポイントの一つでもある。）ハナはより肯定的に、「〔読むだけの〕報いがある〔rewarding〕」本だ、老い先短い自分は読むに値する本しか読みたくない、と述べた。この発言を潮にリズは、弟から贈られたという『死ぬまでに読むべき一〇〇一冊のアフリカの本』(*1001 African Books to Read Before You Die*, 2013) の、ゴーディマーに関する記述を読んで聞かせた。[11]

参加者の多くは、テクスト内の「人格形成を決定する生育環境」の過酷さに暗然となり、「このような境遇に育つことは想像し難い」と感じた。そしてその想像し難さを、『崩れゆく絆』の読みとは異なり、間テクスト的なサンプルや一次的経験の参照を通じて飼い慣らすことはなかった。メンバー二人が、テクスト外の現実を間接的に参照したことも、南アフリカの白人主体の経験の想像し難さを想像の埒外に留め置く助けとなったように思われる。二人のうち一人は、南アフリカの親類が、一九九〇年代のある日の放課後、学校に迎えに来た両親にパスポートと現金を持たされ、そのまま単身イングランドへ送られた顛末を、もう一人は、八〇年代に妹の夫がドイツ系企業の現地法人に採用されて渡航後、とてもやっていかれないと、わずか六日でイングランドに帰国した仕儀を述べて、この日の議論を締め括ったのだった。

4　M・L・ステッドマン『二つの海の間の光』の回（二〇一五年八月一七日）

一六名の参加があったこの回は、筆者のサバティカル中最後の集まりであり、個人宅で開催された最後の読書会でもあった。コニーの家に普段より少し早く集まり、庭に出て、親団体の会報に寄稿する記事に添えるための集合写真を撮影した後、いつもはビスケットの時間におこなわれる情報共有に、最初の約一〇分間が充てられた[12]。

『二つの海の間の光』は、ロンドン在住のオーストラリア人作家のデビュー作で、オーストラリア大陸の南西に位置する架空の島をおもな舞台とする。西部戦線から帰還し灯台守となった主人公トムと妻イザベルが、二度の流産と死産を経て、ある夜小舟に乗って男性の遺体とともに流れ着いた赤ん坊を、当局に届けることなくルーシーと名づけて慈しみ育てるのであるが、やがて夫婦は、ふと耳にした話から、ルーシーの実の親が誰かを知る。夫と娘に先立たれたと信じ悲嘆に暮れるルーシーの実母を不憫に思ったトムが、匿名の手紙で娘の生存を知らせたのを発端に、ほどなく夫婦の所業が露見する。心に傷を負った帰還兵と、オーストラリア出身であることを理由に排斥され、娘とともに小舟で逃れる最中に命を落とした男性、ともに第一次世界大戦に人生を翻弄された人物である。T読書会では、開戦から百年の節目に相応しい作品として、選ばれたものらしい。

オーストラリアは一九〇一年に対英独立を果たし連邦政府を樹立していたが、第一次世界大戦では「母国」防衛のため、総人口五百万のうち従軍可能な成人男性の半分に当たる四一万七千人が志願し、内三三万一千人が海外に派兵された（津田 24）。戦死者は六万を超え、戦死率は、大戦に参加した大英帝国内のどの地域よりも大きい（津田 24）。オーストラリアおよびニュージーランドの義勇兵で構成されたアンザック軍団（ANZAC）では、約八千人ものオーストラリア兵が陣没し、軍団がガリポリ半島に上陸した一九一五年四月二五日は、戦争記念日「アンザック・デー」として今日まで両国の休日となっている。アンザック・デーの呼称は、上陸作戦開始の翌年にはすでに確認され、戦果のないまま全軍が撤退したにもかかわらず、その後ヨーロッパ・中東戦線を転戦する軍団の戦いぶりをメディアは盛んに宣伝し、アンザック兵士はオーストラリア国民の象徴として理想化されるようになる（津田 25）。『二つの海の間の光』の、傷痍軍人やシェルショックに苦しむ帰還兵の描写は、読む者の胸を締めつけて共感を誘うだけでなく、非人称命題として、ガリポリ湾での戦闘を神聖視する傾きに警鐘を鳴らしている。しかし読書会では、作者が執筆にあたって参照したオーラルヒストリーや、イギリス–コモンウェルス間の複雑な力学、歴史修正主義の問題などが、議論の俎上に載せられることはなかった。いずれもメンバーにとっては旧聞に属し、「勉強になる」ことでも「情報源として有益」なことでもなかったのかもしれない。

代わりに話題となったのは、ステッドマンの創作過程やサスペンスを高めるための設定の巧拙、夫婦それぞれの行動原理、他人の子を然るべき手続きを経ず養育することや身元が判明した後も実母に返さずにいることの法的・倫理的問題などであった。「神がこの子を送りたもうた」と正当化するイザベルの心理については、流産したばかりの女性のそれとして極めて自然だと解釈したメンバーに対し、ハナはハナらしく、アーサー王伝説など説話文学の世界観に根差すものだと補足した。ジェイナス〔Janus; ローマ神話のヤヌス〕という島の名前とタイトルの示唆するところに注目を促す発言もあった。しかし焦点はテクストを離れて、現代のイギリスにおける子ども一般の福祉へと移り、ソーシャルワーカーであればどう介入するかという疑問に、専門家のジルが二、三の事例で答えた。最後にハナとレイチェルが、（第一次世界大戦中のオーストラリアではなく）第二次世界大戦中のイギリスの大規模な疎開事業に関するノンフィクション（Julie Summers, *When the Children Came Home: Stories of Wartime Evacuees*, 2011）[13]から、いくつかのエピソードを、かなり時間をかけて紹介した。ヘザーが、作中人物の名前（Inkpen と Septimas）や、変わり者というほどの意味で一度だけ用いられている"card"という語を、アーノルド・ベネットの小説（*The Card*, 1911）へのオマージュに違いないと考え、ステッドマンに直接メールで問い合わせたことにも窺えるように（ステッドマンは大変丁重に、ベネットの作品は一冊も読んだことがなく、いずれの名詞も当時のオーストラリアでは珍しくなかった旨、返信している）、オーストラリアの文化や社会の固有性に光が当てられることはなかった。[14]

5　キャサリン・ベイリー『ブラック・ダイアモンズ』の回（二〇一五年一月一三日）

副題『イングランドのある名家の興亡』の「名家」は、サウス・ヨークシャーで炭鉱業で財を成し、巨大な邸宅ウェントワース・ウッドハウスを所有したフィッツウィリアム家を指す。ベイリーは、六代目伯爵の一九〇二年二月の死去を起点に、約半世紀にわたる一族の歴史を、使用人や坑夫として仕えた人びとにも取材して編んだ。この本がT読書会で取り上げられたのは、二〇一四年一〇月一八日のイベント[15]のワークショップで「総じて勉強になって良い選択だった」と好評を得たためである。五四四ページと大部ではあるが、一二月には読書会を開催しないため、通常よりも二週間ほど余裕ができる一月の本にちょうど良いということになった。会場のレイチェル宅には、一五名の参加者全員が収まる部屋がなく、急遽二つの客間に七名と八名とに分かれ、リズとハナがそれぞれファシリテーターを務めることになった。三〇分の議論の後、三名ずつ部屋を移動し、前半の内容を踏まえながらさらに三〇分間、議論をおこなった。（初めての趣向であったが、全員が発言しやすいこの形式も悪くないのではないかと、最後にリズが提案したものの、先述のとおり、二〇一五年九月以降は公共施設を利用することになった。）

筆者が前半を過ごしたリズの部屋では、七名中二名が、興に乗らず読み終えられなかったと言い、読了したメンバーも、「情報原として有益」である反面、散漫で、章が中途半端に結ばれて次章で新しい話題に転じるなど、一〇月の催しでも指摘されたような構成上の難についての批判に加わった。こうした欠陥に、「もともと連載形式だったディケンズ」を想起した向きがあった。冒頭ですでに、これは「ドキュドラマ」だ、小説のような箇所がそこかしこにある、といった見解が、否定的な意味で示されていた。「小説のような箇所」とは、まるでその場に居合わせたかのような情景描写のことであろう。例えば、「大勢の会葬者が押し合うなか、男が一人ガラスの棺の背後を歩いていた」（ch. 1）とか「幾日も雨が降り続いていた。土砂降りの雨は、炭塵で黒く濁り、雨樋から滝のように流れ落ちた」（ch. 2）といった叙述が、現実効果を生みサスペンスを高めるべく随所に用いられている。人物がリアルでないとの指摘もあった。登場するのはすべて実在の人物であるから、リアルでないことはあり得ないのであるが、「小説のような箇所」との均衡を保つには、小説の登場人物のような造形ないしは類型化が求められるということだろう。メンバーの意味生産を助けるのは、フィクションの類型である。

後半に移動したハナの部屋でも、当時の社会を垣間見させてはくれるが「表現が巧み〔beautifully written〕だとは言い難い」との批判が聞かれたいっぽうで、歴史小説は史実を歪曲する傾向があるから自分はこのようなノンフィクションを好むという声もあった。出典の不備も指摘されたが、ハナはあくまで「面白い読み物〔good read〕」として擁護したい様子で、「ドキュドラマ」との批判を、「ファクションという言い方もあるわね」と受け流した。リズが、叔母とフィッツウィリアム家の人が交わした書簡のコピーを見せてくれたり、邸宅の修繕計画や新聞の書評を紹介するなどしたのに対し、ハナは、現代社会について一五〇年後に歴史書が書かれたとして、その読者はどう思うだろうか？とか、『ブラック・ダイアモンズ』に描かれた貴族の暮らしぶりは、現代の我々のそれと比べて貧しいと言えないだろうか？といったディスカッション・ポイントを提示した。これには、生活水準をめぐっては同時代の階級間格差をこそ吟味すべきで、今日の中産階級と比して貧しいと言うことに意味はないという趣旨の発言があった。

「ダウントン・アビー効果」(16)に便乗している、売らんかなからケネディ家との接点に必要以上の紙幅を割いている、副題でいたずらに先入観を煽っている、など辛辣な批判も少なくなかったが、どちらの部屋でも、ベイリーは労働者と貴族のいずれにも肩入れすることなく公平に叙述しているとの見方で概ね一致した。筆者には、民衆の日々の営みに光を当てようという作者の意図は理解できるものの、二項対立が過度に強調されているように感じられ、一〇月のワークショップでは、ベイリーの言う階級闘争に、勃興する中産階級が含まれていないことを指摘した。「わたしたちは皆、いまでは中産階級よね［We're all middle class, aren't we?］」が、グレイスの応答であった。

"We're all middle class" とは、労働党党首時代のトニー・ブレアが、あるシンクタンクの催しで発して以来、主流メディアが好んで用いていた表現である (Jones 139)。かつて労働者階級の代表的な職場であった炭鉱、港湾、自動車工場がいずれもつぎつぎと閉鎖され、ブレア政権が発足した一九九七年に国内経済の五分の一以上を占めていた製造業は、一〇年後にブレアが退く頃には一二%にまで減少する (Jones 139-40)。代わって登場したのは、スーパーマーケットやコールセンターといった新しいサービス部門で働く労働者階級である。「わたしたちは皆、中産階級」という言い回しはしたがって、陳述というよりは、「誰もが中産階級になるべきであり、中産階級の価値観とライフスタイルを信奉すべきであると」命じる (Jones 138)、いわば行為遂行的な発話である。グレイスがこの常套句を用いた真意は量り兼ねるが、筆者の指摘を、時代錯誤と斥けるものだったのかもしれない。

史実に忠実か否かを論じる以前に、この本に出会うまで、これほど近くで炭鉱を営んでいたフィッツウィリアム家についてまるで無知であったというメンバーにとって、この本が有益な情報源であったことは間違いない。本はさらなる学びへの意欲を刺激し、グループでウェントワース・ウッドハウスを見学する運びとなった。館内のガイドツアーの最少催行人数を集める必要から、他支部のメンバーや友人にも声をかけ、総勢二六名が自家用車に分乗して往復三時間余りの日帰り旅に出た（四月一八日）。我々一行が『ブラック・ダイアモンズ』を読んで訪れた旨をリズが勇んで伝えると、ガイドは何とも言えない渋面で、ベイリーの記述は「不正確」だから「小説として読むべき」だと忠告した。冷や水を浴びせられた格好で、リズ以下全員が神妙な面持ちで聞いていた[17]。

読書会でも確かに、ドキュドラマないしファクションとの指摘や、典拠の不備を問題視する声はあった。メンバーが、ノンフィクションの体で出版された本[18]の記述が史実に忠実か否か、厳しい目を向けるいっぽうで、そうした判断を『空から降ってきた少女』という歴史スリラーを読む際には停止し、「勉強になる」情報を得ていたのは、興味深い逆説である。

6　薔薇戦争、チューダー絶対王政、つねにすでに失われたイングランド

筆者　他にも歴史学を学んだかたにお会いしたことがありますけど、歴史小説は読めない、集中できない、っておっしゃっていました。

レイチェル　しじゅう間違い探しをしちゃうものね。（二〇一六年一一月二二日）

他の「歴史学を学んだかた」とは、アーノルド・ベネット協会の古株で、筆者が二〇〇九年に入会した

ときから何くれと世話を焼いてくれているポールのことだ[19]。一九六〇年代半ばにケンブリッジ大学を卒業してから大手化学工業会社を人事畑一筋で勤め上げた、悠悠自適の七〇代である。ベネットの他、デイヴィッド・ロッジやイヴリン・ウォー〔Evelyn Waugh〕などの「風刺喜劇」を愛読すると聞いて、男性がノンフィクションを好む傾向にあると言われていること[20]に触れると、「まあ、わたしが確実に好きじゃないのは、歴史小説ですね」と応じた。理由はつぎのとおり。

ポール　わたしは歴史学士ですからね。正確でないところがあると、イライラしてくるんですよ。それ〔歴史小説〕は往々にして娯楽〔entertainment〕を提供しようとしてだいぶ盛ってる〔just beefed up〕でしょう。娯楽用に刺激強めにしてある〔sexed up〕って言ってもいいかな。なんでイライラするかと言うと、一般の人たち〔the general public〕が全部その通りだと信じちゃうから。でも、部分的にしかその通りじゃない、というか、たいがいは全然その通りじゃないんです。だからわたしは、フィクションか伝記か、歴史小説以外の形式のノンフィクションだけ読むことにしてるってわけです。〔後略〕

筆者　ある郷土史家のかたは、「フィクションは事実に光を当てるためにある」っておっしゃってました。

ポール　さっきわたしが言ったことに異論があるのは、よくわかりますよ。テレビドラマや歴史小説は、特定の時代や人物や一連の出来事への関心を、一般の人たちに抱かせることができますからね。（二〇一六年一一月二一日）

娯楽を宗とする歴史小説とそのドラマ版は、誤った情報を含んでいるため、「一般の人たち」への教育効果は乏しいというのが、彼の見解である。レイチェルにとっても「本当によく書けている」とは、「正確」すなわち史実に忠実であることを意味するが、ポールとは違って、自身が精通していない時代が舞台であれば、史実に忠実か否かの判断は停止して楽しむことができる。

フィリッパ・グレゴリーの薔薇戦争ものを、Aレベルの歴史教師の娘がけなすのも意に介さず楽しんでいるTグループのジーン（第三章）を思い出そう。ジーンは歴史学を、教員養成学校で主専攻し小学校で長年教えてもいたが、レイチェル同様、薔薇戦争ものに学術的厳密さは期待していない。登場人物の誰にも同情できないような本が好きというジーンだから、「全員が王位を要求する」「薔薇戦争の紛糾」（二〇一六年一一月二四日）を題材としたフィクションを好むのも腑に落ちる。イギリス文学の他にも、アメリカ文学、フランス文学の英訳、それに（週に一度、自治体が運営する夜間のフランス語クラスに通い）フランス詩には原典で親しみ、英語との表現の違いを、完璧にとはいかないまでも玩味し楽しんでいる由。「異文化と比較するのを好まれるんですね」と合いの手を入れると、意外な答えが返ってきた。

ジーン　そうね。イングランドにはたいした文化が残ってないけど。

筆者　悲観的ですね。

ジーン　それ〔文化〕は消滅しかかってると思うわ。最後にわたしたちがイギリス人〔British〕だって感じたのは、二〇一二年のオリンピックを主催したときのことよ。アメリカ人はアメリカ人であることをすごく誇りに思ってるじゃない？　それに中国人も。

筆者　あなたがたは、かつてほど自信や誇りを持っていないんですね。

ジーン　もしかしたら、イングランド人特有の謙譲のせいかもしれないけど……どうかしら。休暇で中国に行ったとき、人が魅力的だったのよね。国の政策の多くや国民の扱い方には賛成しないけど、彼らは何事にも努力を惜しまないわよね〔they do stick at things〕。わたしたち国民は怠惰ですよ。（二〇一六年一一月二四日）

国民の怠惰ゆえに失われつつあるイングランドの文化と誇り。その喪失感をフィリッパ・グレゴリーはいくらか慰撫してくれるようである。

少なからぬイングランド人にとって薔薇戦争からチューダー絶対王政の時代がフィクションあるいはファクションの舞台として特別な意味を持つ理由を、クライヴ・ブルームはつぎのように分析している。

> チューダー朝ものの人気の理由は、それが移動祭日〔a movable feast〕であり、その時代の欲望に添って容易に脚色できることにある。チューダー朝イングランドは歴史でもフィクションでもなく、一つのライフスタイルの選択を提示してくれて、〔観る者の〕ファンタジーは肘掛け椅子や映画館の座席に座ったままで現実のものとなる。〔後略〕
>
> チューダー朝イングランドの歴史家は、小説家に比べてかなり劣勢にある。チューダー朝に関しては、ロマンスや探偵小説の女性作家の独壇場に近い。求められているのは歴史ではなく「ファクション」であるように思われる。〔後略〕（Bloom, 3rd ed. 30-31）

移動祭日とは、イースターのように年によって日が変わる祝祭を意味するが、ここでは、歴史上の人物や事件が連綿と語り継がれながら、その時々の要請に応じて都合よく修正されてきたことの喩えとして用いられている。一九二〇年代にジョージェット・ヘイヤーが確立したロマンス小説のパターンが、アリスン・ウィアやフィリッパ・グレゴリーに踏襲され、とりわけ後者のチューダー朝ものの装丁は、「ミルズ&ブーンのなかでも上級市場向け」のラインを連想させると、ブルームは指摘する（31）。

ブルームはさらに、ヒラリー・マンテルの作品に関する歴史家デイヴィッド・スターキー（David Starkey）の発言――「チューダー朝は素晴らしいソープオペラだ」――を引きながら、ソープオペラ同様「女性作家による女性向けジャンル」としてのチューダー朝ものが絶大な人気を誇る理由を追求する（31）。いわくマンテルのファクションは、「原点と調和という夢」と、「混沌のなかにも連続性と平穏が見出せる」ような、「神話的風景」を提供する（31-32）。神話的風景は、読者が「失われた無垢」を見出すと同時に「奇妙な永続性」の感覚を得るという、相矛盾した「願望を充足する」場であるから（32）、史実は二の次になる。チューダー朝イングランドはこうして、「わたしたちが訪問してまた戻ってくる場所」となる（32）。

筆者がTグループ会員だった当時は、マンテルによるクロムウェルの伝記的フィクションが『ウルフ・ホール』（*Wolf Hall*）のタイトルでドラマ化、二〇一五年一月二一日からBBC2で六週にわたって放映されて好評を博し、読書会でも話題になっていた。ヘンリー八世の三番目の妻の生家「ウルフ・ホール」を含む物理的な舞台は、ドラマの放映を「心待ちにするヒラリー・マンテル・ファン」にとって重要な関心事であるとして、『BBCヒストリーマガジン』（*BBC History Magazine*）の公式ウェブサイトは、撮影に使われた六つのカントリーハウスを紹介している(Frith-Salem)。いずれも現在は、公益法人ナショナル・トラストが所有している。

水野祥子は、ナショナル・トラストの一八九五年の設立目的――「国民の利益のために、美しく、あるいは歴史的に意味のある土地や資産を永久に保存するよう促すこと、土地については、実行可能な限り、その土地本来の要素や特徴、動植物の生態を保存すること、そしてこの目的のために、資産の所有者から歴史的建造物や景勝地の寄贈を受け、獲得した土地や建物などの資産を国民の利用と楽しみのために信託財産として保持すること」(209)――が、「工業化・都市化の進展により消えゆく田園(countryside)にナショナル・アイデンティティを見出し、その保護に愛国心の育成や社会統合といった新たな意味を与える」ものであったと論じる(208)。カントリーハウスの保護にとりわけ力が注がれるようになったのは、一九五〇年代のスエズ危機以降、莫大な維持費を賄えなくなった地主貴族によって売却され、外国人の手に渡ったり、買い手がつかず取り壊されたりするケースが目立つようになってからだという(Girouard 316)。

危機を乗り越えてきたからこそカントリーハウスは、奇妙な永続性の感覚を与えてくれる願望充足の場、ナショナル・アイデンティティの拠り所たり得るのだろう。少なくないTグループメンバーは、ナショナル・トラストに、(年会費や終身会費など、納めた額に応じて入館料割引などの特典がある)会員として、あるいは会員兼ボランティアとして関わっている。ちなみにTグループで訪問した『ブラック・ダイヤモンズ』の舞台は、ナショナル・トラストではなく、ウェントワース・ウッドハウス・トラストによって運営され、維持管理や修繕を、入館料や寄付、ボランティアに大きく依存しているが、運営形態にかかわらず、カントリーハウスの訪問は、彼女たちの日常の一部となっている。イギリスに「貴族の財産は人民の財産でもあるという不思議な考え方が広まったのは」、「〔一八世紀の〕「革命の時代」に生きたイギリスのエリートたちが、みずからの文化的なイメージを再構築することにいかに成功したのかを物語っている」というリンダ・コリーの分析[21]（159, 185）が想起される。

だが二一世紀の今日、ノスタルジーを誘う歴史の神話化は、決してジャンル作家の専売ではない。アンドリュー・パイパーとイヴァ・ポートランスは、英米加の文学賞受賞作とベストセラーをカテゴリーとして区別するのに「最も有力かつ有意義な方法」として、作品内の時間を特定し、二〇〇一年から一五年までの受賞作に「ノスタルジー的転回」と呼べるような保守性を認めている（Piper & Portelance）。そもそも、本が連れて行ってくれる〈いまここ〉ではない時空とは、何らかの願望充足の場ではないか。読者を誘う本の力とは、ヴィクトリア朝の市場に商品として流通するようになったフィクションが、逆説的に、カネでは買えない経験と、単に情報を提供するだけの書き物が決して喚起することのできない想像力を、読者にもたらすべく鍛え上げたものであった（Poovey 383）。

二〇世紀転換期に、「わたしはどこか他の場所で〔somewhere else〕暮らしたいという漠然とした願望を抱いていた――例えば一八五〇年。当時はすべてがとても快適で昔ながらだったに違いない。トロロプの小説のなかのカテドラル小路みたいに」（Sassoon 96）と語るのは、シーグフリード・サスーンの『ある狐狩人の回顧録』（Siegfried Sassoon, *Memoirs of a Fox-Hunting Man*, 1928）の主人公である。願望が向けられる「場所」は、半世紀前という「時」に横滑りしたのち、架空の小路という「場所」となる。マーク・マクガール（Mark McGurl）は、「擬似観光」を楽しんだあと棚に戻される「小説という印刷物」を、旅の記念品に喩えている（15）。

さらに言えば、ノスタルジーを基調とするのは、小説ばかりではない。ジョン・ラスキン（John

Ruskin）、ウィリアム・コベット（William Cobbett）、トーマス・カーライル（Thomas Carlyle）に代表される一九世紀の社会批評家の多くが、ラディカルと保守とを問わず、「驚くべき頻度で」、つねにすでに失われたイングランドを悼むことを通じて、想像の共同体を立ち上げたと、イアン・ボウコム（Ian Baucom）は指摘する（175-76）。レイモンド・ウィリアムズが一九七三年に上梓した『田舎と都会』に依拠しつつボウコムは、書く行為および批評の機能は、「忘却に対する記憶の戦い」という陳腐な言い回しで繰り返し表象され、それは田舎と都会の戦い、そしてその類推としての過去と現在の戦いに喩えられるという（176）。ノスタルジーが、喪失と贖いという寓話的な歴史叙述として現れることを看破したウィリアムズ自身（Baucom 176）、一九五八年刊行の『文化と社会』では、産業革命がイングランド社会にもたらした変容を、史資料に依らず、ときには出典情報すら取り違えて「堕落」と断じ、このナラティヴに合致する思想家や作家を選別し、単一の「イングランドの社会思想の伝統」として叙述している（Collini, *Nostalgic Imagination* 176-77）。ステファン・コリーニが指摘するように、ウィリアムズの「わたしたち」は、コベットやエドマンド・バーク（Edmund Burke）といった一八世紀の思想家を含むイングランド人のコミュニティであり、そこに、サルトルやアドルノといった同時代の大陸ヨーロッパの論客が迎え入れられることはない（*Nostalgic Imagination* 176）。「ウェールズ系ヨーロッパ人」のアイデンティティを強調するようになった晩年（Collini, *Nostalgic Imagination* 158）の、一九八七年版の序文[22]においてもウィリアムズは、「それ〔産業革命〕が最初に起こった地で何が起こったのか検討することには依然として恒久普遍かつ一般的な重要性がある」（Williams vi）として、この伝統の正当性を主張している。批評における過去への志向については本章の最後に改めて検討することにして、次節では「読書は現実逃避のため」と明言する、Tグループのジルの語りに耳を傾けたい。

7　過去への逃避、普遍的価値という欺瞞

　ジルは「現代よりは過去のことについて読む傾向」があって、愛読書に『高慢と偏見』と『ジェイン・エア』を挙げたが、最近のお気に入りはエリザベス・ジェイン・ハワード（Elizabeth Jane Howard）の「かなり裕福な中産階級の家族」キャザレットの年代記（the Cazalet Chronicles）全五巻（1990-2013）であるという。作品が扱うのは「かなり最近のことだけど、それでも過去のこと」に変わりはなく、「〔作中の〕たくさんのことがわたしの身に実際に起きたから、わたしの子ども時代をかなり反映している」。この年代記が好もしいのは、自身が一次的に経験した出来事が描き込まれているからというだけではない。「田園地方や鳥のさえずり」などの「雰囲気を醸し出すような描写のある本が好き」なジルにとって、田園地方や鳥のさえずりが醸す非歴史的雰囲気が、物語世界への没入を助けるのである。ただし、ジーンが国民文化の消滅を憂えるのに対し、ジルが郷愁を覚えるのは、イングランドに固有というよりも欧米文化に共通の「価値観や伝統」のようである。

ジル　一九四〇年代の白黒映画をいまも楽しく観るわね。とくに一番のお気に入りは、フレッド・アステアとジンジャー・ロジャースの映画ね。すごくバカバカしいストーリーなんだけど、すごく美しく仕上がってるの。そういうのが、ほんとに大好きなの。急速に消滅しつつある価値観や伝統を映し出した物語がね。

筆者　過去の価値観や伝統に対してノスタルジックな感情を抱いているということですね。

ジル　ええ。

筆者　最近では、年代記や大河ものは好まれないのではないですか？

ジル　テレビの番組欄を見ると、殺人やら陰謀やら、すごくネガティヴな犯罪撲滅やらばかりで、気分が良くなるような〔feelgood〕要素は皆無だけど、それら〔年代記や大河もの〕はいま流行ってるのよ。『高慢と偏見』をテレビでやってるし、『クランフォード』も、それに何て言ったかしら、やっぱり田園地方が舞台の——テレビは時代劇〔bonnet stories〕で溢れるようよ。流行り廃りを繰り返すのね。（二〇一六年一一月二三日）

アステア–ロジャース・コンビの作品がハリウッドで制作されたのは四〇年代ではなく三〇年代のことであるが、いずれにせよ、急速に消滅しつつあるのは、西欧文化の産物でありながら普遍性を装うリベラルな近代主義であるらしいことが、つぎの語りにも窺える。一〇代で読んだ本として「バーセットシャー年代記」とともに挙げた『フォーサイト家物語』（John Galsworthy, *The Forsyte Saga*, 1922）について、詳しく聞かせてくれるよう乞うと、やはり六〇年代のテレビドラマ化に触れた後、こう続けたのであった。

どういうところが好きだったかというと、一八〇〇何年から一九三〇何年かまで連れて行ってくれるところね。その間の時代の変化と心的態度〔attitudes〕の変化がすべて示されるわけ。それは、わたしがソーシャルワークでずっと目の当たりにしてきたことね。いかにその時代の心的態度が、拘束衣——わたしが出会った家族のなかには、この時代に何が正しいのかということの理解をあまりにも欠いていて、世界が変わろうとしていることも、生き延びるためには世界が変わるのに合わせていかないといけないことも、わかっていない人たちがいたの。それ〔そういう傾向〕がいくつかの家族にはとても強かった。かつては社会的なエチケットがいかに強い拘束力を持っていたか、その後、いかに多くの障壁が打ち壊されたか。そういったこと〔が示されているところ〕に魅力を感じるわね。

世界の変化に再帰的に適応しない家族が、古い価値観や伝統すなわちエチケットの護持者として称揚されることはない。拘束衣とは、人が時代の変化に即応しながら成長し発展することを阻害する、心的態度の比喩である。したがって、時代の変化に応じた心的態度の変化とは、つねに変わり続けることを不変の価値とする逆説に他ならない。経済成長を含む直線的な発展史と個人の自由の拡大を重んじるのが西欧文化の価値観だとしたら、ソーシャルワーカーの介入を許す家族は、近代主義的家族という私的領域に保証されたプライバシーを放棄したことになる。そして、第三章で見たように、小説が社会移動を扱うジャンルであり、近代主義的自我の自由への衝動と社会規範、あるいは自己決定と社会化の調停を扱うジャンルであるとしたら、さらに社会規範が中産階級の生活様式と価値観の謂に過ぎないのだとしたら、小説の中心には、拘束衣で身動きが取れず、アクションを起こすこともない人たちの居場所はない。「個人の欲望とより大きな大義の対立」というナディン・ゴーディマーの主題における二項もまた、二つながら「左翼中産階級」の価値観を構成するものであり、それを対立させ人間一般へと拡張したのが、ゴーディマーのヒューマニズムということになろう。

ジルはしかし、普遍的価値の欺瞞によく気づいている。とくに関心のある時代は「第二次世界大戦期」

で、セバスチャン・フォークスの『シャーロット・グレイ』（*Charlotte Gray*, 1999）を始め「たくさんの戦争物語や戦争映画がある」ものの、「読んできた物語はどれもわたしたちの文化と、わたしたちが戦争に勝ったという事実を土台にしている」のだ。

わたしはドイツでオーペアガールをやったから、別の面があって、彼ら〔ドイツの人びと〕がどう了解していたか知ってるの――誰だって与えられた見方で世界を見るし、ニュースはプロパガンダとして届く。〔実際に接してみたら〕彼らはわたしたちとまったく同じように正常で普通だった。一九六三年のことだから、終戦から約一五年ね。〔雇い主の〕女性とは仲良くやっていたし、いまでも連絡を取り合って、いまでも訪ねて行くのよ。わたしの兄／弟はドイツ語学者で、ドイツとは関係が深いし。わたしが〔第二次世界大〕戦期が面白いと思う〔enjoy〕のは、わたしたちが戦争に勝ったからではないの。〔面白いのは〕きっと当時の心的態度や豪胆さなんでしょうね。

翻訳された外国文学にも関心はあるかという筆者の質問に対しては、質問の意図すなわち戦勝国による歴史叙述ばかりでなく、敗戦国側のバージョンにも興味があるかという問い(23)の趣旨を汲んで、読書会で読んだ『西部戦線異常なし』（Erich Maria Remarque, *All Quiet on the Western Front*, 1928）を挙げた。「とても力強い――あの本はみんなが読むべきよ」と応じる口調は淡々として、決して防御的ではない。それにしても、戦争物語が現実逃避に役立つものだろうか。「気が滅入りませんか」と質問を重ねる。

ジル　きっとわたしが読んできた本はどれも、恐ろしいところは脱臭してあるってことでしょうね。

今日の世界で——シリアとかアフガニスタンで——起こっていることも同じように恐ろしいけど。かつては戦闘にもルールがあって、必ずしもそれに従っていたわけではないけど、でも、もはやルールなんてないように見えるわ。以前と同じではない。どうしてわたしはそれ〔第二次世界大戦〕に遡るのかしら……（笑）。思うに、わたしが面白いと感じるのは、それをめぐる物語ね。

筆者 それをめぐる物語というと?

ジル 彼らがいかに対処して……物語がいかに人間の最善の部分を提示するかということね。

筆者 戦時下の苦難にあって?

ジル ええ。なぜなら、今日びじゃ、何もかもが安易に思えるから。セレブリティ文化やら商業主義やらで。わたしたちは行き過ぎたのよ。

ジルの慨嘆は、ジーンの「わたしたち国民は怠惰ですよ」という所見と響き合う。わくわくさせてはくれるけれども酸鼻を極めることはなく、現実逃避向きに適度に脱臭された戦時下の苦難に、普遍的な人間の善を見出して安眠する。だが、〈いまここ〉ではない時空への逃避には、「戦闘にもルールがあった」第二次世界大戦期よりもさらに時間を遡り、チューダー朝のほうが適しているようだ。

他に最近読んだのは、フィリッパ・グレゴリーの歴史小説を何冊か。それら〔グレゴリーの小説〕はヘンリー八世とかの時代を扱うことが多いわね。それとC・J・サンソムのシャードレイク・シリーズ。彼〔シャードレイク〕はヘンリー八世時代の弁護士で、せむしで障がいがあるんだけど、仕えている宮廷ではとても尊敬されてるの。彼の人格形成と、歴史的背景と、彼が追求する陰謀や調査なんかが相俟って、ほんとにとてもわくわくさせる本なの。とてもわくわくするわね。とても速く読むの。何かをすごく気に入ったら、それを読もうと普段より時間を割くわね。だから早くベッドに入るのよ（笑）。本はベッドでしか読まないから（笑）。〔作品の〕時代と場所に連れて行かれたような気持ちになるの。

ジョン・ギロリーが言うように、文学研究者にとって、文学という「人工物」の解釈は仕事であり、それに費やす膨大な時間とリソースに対価が支払われる（*Professing* 333）。いっぽうソーシャルワーカーにとっては、変わりゆく社会を自助努力では生き延びることができない生身の人間に向き合うことが、対価の支払われる仕事である。ギロリーが、文学作品そのものに世界を変える潜在力を認めると同時にアカデミア内部の文学作品の読みが世界を変えると考えるような驕りを戒めているのは（*Professing* 333）、至当である。だが返す刀で、余暇における読書が「あまりにしばしば刹那的消費に堕し、娯楽や気晴らし――というより気晴らしだけを目的とする類の娯楽――以外に目的を持たないことは、わたしたちの社会にとって大変不幸なことである」（333）と憂慮する。ギロリーは、一般読者が読む場面――「朝食時、寝る前、週末、休暇、地下鉄、待合室」（332）――とジャンル――「新聞、雑誌、フィクション、ジャンル小説、セルフヘルプ本」（332）とを結びつけ、限られた時間での刹那的消費を憂えるのだが、これにはTグループの第一次世界大戦プロジェクトが恰好の反証になろう。Tグループの自発的かつ無償の取り組みにおいては、歴史学の学位や図書館司書の資格を有するメンバーを中心に、全員が一次史料や歴史書を渉猟し、読み解いてきた。

むろんジルのように読書は寝る前に限るという人も少なくない。ふたたびジルいわく「子どもについての本は避けるようにしてるの、というのも仕事で子どもたちと関わることがあまりに多くて、本で読むのは苦痛に感じるのよ。わたしは現実逃避として読書するの」。こうして夜の間に人間の最善の部分への信頼を恢復し、翌朝ソーシャルワークの現場へと戻るための読書を、刹那的な消費と一蹴するのは、読書に対価が支払われる学者の驕り以外の何ものでもない。ギロリーが問題視するのはじつのところ、気晴らし目的で消費される特定のジャンルに加え、「用心深く警戒を怠らず」、「消費の快楽に終始することなく」、「持続的な反省を伴うアカデミックな読み方」(331)に、一般読者が倣おうとしないことではないか。

8 「不適切なものを、不適切な理由から、不適切な仕方で」読む

ギロリーの憂慮は、煎じ詰めれば、一九世紀の論客のそれと変わらない。いま一度リチャード・オールティックの言葉を借りるなら、一般読者がつねに「不適切なものを、不適切な理由から、不適切な仕方で」読んでいる、という憂慮である(Altick 368)。

これらの〔一九世紀の〕観察者たちを憂鬱にさせたのは何よりも、読書の真面目な目的が明らかに退潮したことだった。過去を理想化するというお馴染みの人間の性向を分かち持って、彼らは、読むことが民主化される以前の古き時代には、いろんなことが全然違ってずっと良かったと、主張した。まったく同じ悲嘆が今日も聞こえてくる〔後略〕。(Altick 368)

過去を理想化する性向が、「人間」に普遍的かどうかは議論の余地があるだろう。「今日」すなわちオールティックが執筆している一九五〇年代からおよそ半世紀を経ても、退潮や堕落のナラティヴが反復されるのは、まさしく五〇年代から六〇年代にかけて、二〇世紀の大学教員としては異例の知名度を誇ったF・R・リーヴィス〔以下、引用箇所を除き、FRと略す〕による歴史認識の枠組みが（Collini, *Nostalgic Imagination* 49）、広く浸透した結果であるかもしれないからだ。

ギロリーが専門的に指導してきた適切な読み方が、せいぜい百年程度の英文学研究の歴史のなかでも一九七〇年代からの約三〇年間という短い期間に精緻化された懐疑的解釈であるとしたら、それ以前の英文学研究もまた「不適切な」読み方ということになる。その不適切な読みは、アカデミアの外で命脈を保っているのかもしれない。そう推察するのは、六〇年代初頭にケンブリッジ大学ダウニング・カレッジでFRの薫陶を受けたデイヴィッド・エリス（David Ellis）だ。エリスは二〇一三年に上梓した回顧録で、今日のイングランドのアカデミア内外における文学批評を、つぎのように比較している。

〔英文学部の〕同僚たちは往々にして専門のことで頭がいっぱいで、意見交換をするような機会は少なくなったし、大勢が各々それに向かって奮闘する「理想的解釈」なるものが存在し得るという考え方にはとうに疑問が呈されている。そのような次第で、アマチュアの読書会の急増で、文学批評は大学のなかよりも外でおこなわれているのではないかと思えることがある。もっとも、〔大学のなかほど〕厳格な形式を採らないこの活動は、直感に頼り過ぎているから、こんなふうに悲観的になる必要はないのかもしれないが。（Ellis 28）

エリスの悲観には奇妙なねじれがある。悲観しているのは、英文学研究の専門分化すなわち解釈の多元化が進んだ結果、唯一の「理想的解釈」をゴールに据えた意見交換の場を、読書会に譲り渡さざるを得ない現状である。その舌の根の乾かぬうちにエリスは、アマチュアがいくら意見交換を重ねたところで理想的解釈に到達することはないと自分に言い聞かせて、慰みを得ているように見える。結局のところ、エリスが心の拠り所とするのは、学者の、直感に反する厳格な読みを是とする規範である。いっぽうで、学者の解釈がアマチュアのそれに比して学術的に厳格であることは自明、というか、同語反復である。アマチュアが研究者の与り知らぬところで何をしようと、そのことが大学教員同士の関係に直接の影響を及ぼすわけではない（むろん、〈納税者〉に対する〈説明責任〉の圧力が、学部の再編や教職員の新規採用抑制、学術論文の量産、膨大な事務作業を伴う競争的研究資金獲得に拍車をかけ、意見交換の余裕を奪っている側面はあろうが）。

エリスは、「文人〔the literally intellectual〕の重要な役割は、過去の文学と文化の最良のものを〔忘却から〕救い出し保護することである」という師の見解（Ellis 55）を継承し、良否鑑定そのものが多元主義によって斥けられる現状に疑問を呈している。それでいて、抽象化を避け具体に即すよう指導するFRが極端な一般化に陥りがちなことに、困惑させられたとも述懐する（Ellis 56）。FRは、現代という時代のさまざまな欠点について論じる際にはいつも、「決して取り戻すことのできない」過去、すなわち一六世紀から一七世紀にかけて産業資本主義が有機的な農村共同体を解体する以前の、イングランド文化が頂点を迎えた時代という参照点に立ち返ったという（Ellis 54, 56）。一九三〇年代初めの著作[24]にすでに見られたこの一般化の姿勢は、FR最晩年にいたっても顕著である。七五年刊行の『生きている原理』（*The*

Living Principle）においてFRは、T・S・エリオットが『四つの四重奏』（*Four Quartets*, 1944）で描いた木偶坊のようなチューダー朝の農夫像を批判して、彼らこそが「英語という――飾らず、しなやかで、人間の想像力を捉え、新たな考え方を無限かつ敏感に受け入れる――言語を創造し、やがてシェイクスピア、ディケンズ、そして『四つの四重奏』の詩人〔の登場〕を可能たらしめた」のだと主張する（97）。余暇とは、FRに言わせれば、四季のリズムとの繋がりを奪われ機械の奴隷となった民衆に、みずからの存在の不毛さから気を逸らすために資本家が与えたものに過ぎない（Ellis 54）。

Q・D・リーヴィス〔以下、引用箇所を除き、QDと略す〕が『フィクションと一般読者』（1932）で憂えたのも、読むことの民主化の必然的帰結、すなわち、余暇におけるクズみたいなフィクションの大量消費であった。以下は貸本屋の弊害を論じた一節である。

> 良い小説を読みたいという気持ちが、フィクションなら何でもいいという渇望へと変わり、低俗な小説を読む習慣は文学とトラッシュを識別する能力を損なうばかりか、ある種の書き物に対するはっきりとした好みを形成した。それも、単にそうした書き物が新鮮な反応という努力を要さないという理由から、である。無学な人びとは、聞き慣れた調べにだけ喜んで耳を傾けるからだ。（QD 136）

聞き慣れた調べに喜んで耳を傾けるのが「無学な人びと」に限らないことは、一八世紀より前のイングランドという理想郷をめぐるナラティヴが四〇年以上にわたって反復されることを知る後世の我々には、自明である。少なくとも読書会の参加者たちは、聞き慣れぬ調べに当惑したとしても、自分では選ばなかったであろう本との出会いを求め続ける。だがともかくQDは、貸本屋だけでなく公立図書館の書架にも、「批評眼のある少数派〔critical minority〕」が重要なフィクション作品と考える「D・H・ロレンス、ヴァージニア・ウルフ、ジェイムズ・ジョイス、T・F・ポウイス〔T. F. Powys〕、E・M・フォースターの小説」がほとんどないと訴える（5）。『フィクションと一般読者』の批判の矛先は、創立間もないBBCには向かっていないが、[25] 一九五三年一〇月の『スクルーティニー』最終号でFRは、「状況は二〇年前よりも悪く」、「BBCをその中心とするシステム」を「監視し問題とする」ために、「少数だが目覚ましい批評眼を有する層が、大学に何らかの拠点〔centres〕を置く」必要を唱えている（“Valedictory” 256-57）。

『スクルーティニー』が「ジェイン・オースティンからロレンスにいたる重要な伝統」を再評価し、とりわけオースティンの「重要性とその功績についてのまったく新しい考え方」を打ち出したこと（FR, “Responsible Critic” 183）は称賛に値しようし、メディアの動向を監視することは大学人の果たすべき役割の一つに数えられよう。一九二八年にFRの最初期の指導学生となったレイモンド・オマリー（Raymond O'Malley）[26] が振り返るように、第一次世界大戦と大恐慌という未曾有の危機を辛くも生き延びた世代にとってはとりわけ、「大学が利害と無縁で、その場限りではないものと接触するために存在する」（52）必要性が、生々しい切迫感を伴うものであったに違いない。

しかし同じ時期にQDとともにFRの指導を受けたグウェンドレン・フリーマン（Gwendolen Freeman）[27] は、オマリーとは違った心情を吐露する。

中等学校までは、女性参政権運動が成功を収めた時期のことだったから、わたしたち未来を担う女性たちは世の中に出て偉業を成し遂げることができると、教わった。それがいまや、世の中は俗悪の巣窟だと、〔FR〕リーヴィスは教える。全国的に読み書き能力が行き渡ったせいで、モブがわたしたちの鑑識眼を支配するようになったのだ。ハームズワース兄弟（the Harmsworths）が『ティット・ビッツ』（*Tit-Bits*）や『デイリー・ミラー』（*The Daily Mirror*）を毎号百万部と売っている。良い作家たちは埋もれてしまう。ケンブリッジの外には無教養の砂漠が広がっている。理想の時代は明らかに一八世紀、つまり産業革命以前で、当時は鑑識眼を備えた貴族がいて、残りの国民は、読み書きこそできないが、やりがいのある手工業に従事して、この国土に幸福に暮らしていたという。わたしはのちに、その時代の新聞やパンフレットに多数出会い、それらがノースクリフ卿(28)がやらかしたよりもはるかに俗悪で扇情的だったと気づくにいたって、〔FR〕リーヴィスがはたしてその時代を詳細に研究したことがあったのだろうかと訝ったのだった。（Freeman 11）

フリーマンの内に長年燻っていた疑念を、早々と公言していたのが、作家J・B・プリーストリー（J. B. Priestley）だ。以下は、一九三四年刊行の『イングランド紀行』の一節である。

産業革命以前のイングランドよりも十九世紀のイングランドの彼らのほうが暮らしが豊かだったかどうかは、私の容易に答えられる問題ではない。貧しい人々はすばやく都市と工場になだれ込んだ。ということは、彼らが逃げ出した「古風なイングランド」はそれほど快適ではなかったことを暗示している。一日十八ペンスの低賃金で、十二時間労働の工場で働くために理想郷から逃げ出したりする人はいない。（277）

ＦＲの一つ年嵩で、退役軍人奨学金を得てケンブリッジに学んだプリーストリーは、一九二九年の小説『よき仲間たち』（*The Good Companions*）の成功で一躍、イギリスを代表する流行作家となり、三九年にイギリス初のラジオ小説を執筆、四〇年代初めにはＢＢＣラジオ『ポストスクリプツ』（*Postscripts*）のブロードキャスターとしても活躍することになる。オースティン、ジョージ・エリオット、ヘンリー・ジェイムズ、コンラッドを英文学の「偉大なる伝統」に認定する際にＦＲがわざわざ「プリーストリー氏に多くの時間を割くほど人生は長くない」（*Great Tradition* 3）と名指しした事実は、プリーストリーの大衆への影響力がどれほど大きかったかを物語っている。(29)

いっぽうで、ＦＲの大衆への影響は公教育を通じて広範に及んだ（Whitehead 140）。ただし、その影響力に比して、ＦＲ自身が学校教育に投じたエネルギーは小さかったと、フランク・ホワイトヘッド（Frank Whitehead）は指摘する（140）。一九三〇年代にＦＲに師事し、卒業後グラマースクールの教師となったホワイトヘッドは、ＦＲの学生の「かなりの割合」が教職に就いた理由を、「『スクルーティニー』の雰囲気」に帰している（142）。ＦＲの周辺には、中等学校という就職先が、広告、ジャーナリズム、ＢＢＣといった他の候補よりは、腐敗や悪風に染まっていないと思わせる「雰囲気」が充満していたというのだ（Whitehead 142）。一一歳時試験によって優秀な生徒を集めたグラマースクールは、ケンブリッジの外に広がる無教養の砂漠のオアシスといったところであったのだろう。(30) 実際に「『スクルーティニー』のミッションを中等教育の場（ことにグラマースクールのセクター）に拡張」した立て役者は、デニス・トムスン（Denys Thompson）であった（Doyle 11）。トムスンは、ケンブリッジを卒業した一九三〇年から三〇年にわたり中等学校の英語教育に携わり、三九年からは英語教師向けの雑誌『学校の英語』(*English in Schools*)、四九年からは後継誌『英語の使用』(*The Use of English*)の編集長を、六九年まで務めた。ホワイトヘッドは『英語の使用』の編集を引き継いでいる。

『スクルーティニー』派の、学校教育への長期的影響を実証的に検証することは本書の射程を大きく超える。聞き取り調査では、中等教育ないし高等教育で学んだことが協力者のその後の読書にどのような影響を及ぼしているか語ってもらったが、個々の経験が、特定の時代の特定の地域、学校、校種、学制などとどう関わるかまではわからない。(校種については、協力者が進んで言及しない限り、訊ねなかった。)協力者の大多数は、サッチャー政権下の大規模な教育改革を生徒としては経験していないものの、それ以前のイングランドおよびウェールズの公立学校に限っても、自治体ごとに改革の歩みは異なり、通時的・共時的比較対照をおこなうのは容易でない[31]。それでも調査を進めるにつれ、Tグループメンバーを含む協力者の語りに、あるナラティヴがヴァリエーションを伴って繰り返し現れることに気づかずにはいられなかった。次章ではそれらの語りを、メディアの言説とともに、紙幅の許す限り再録したい。むろん、教師の側の証言を得られないまま特定のナラティヴを強化することは、教師が置かれた環境の苛烈さに思いを致すならば[32]なおのこと不公平であるし、もとより筆者の本意ではない。焦点を絞るのはあくまで、中等教育や高等教育で英文学を学んだことがどのように記憶され、それがその後の本との付き合いにいかなる影響を及ぼしている(あるいは及ぼしていない)と本人が認識しているか、という点であることを断っておきたい。

第七章 教育の功罪

テクストを解剖したり、過度に「精読（クロース・リーディング）」をすることがテクストの魔力を殺してしまうなどと主張する輩がいかに愚かであるか、実感しています。

——ウンベルト・エーコ『小説の森散策』

しかし、偉大な物語のもたらす快楽は、読むことと読まないことの織りなすリズムそのものだ。プルーストやバルザックや『戦争と平和』を逐語的に読んだものがいるだろうか（プルーストの幸せ、それは、誰も、読むたびに、決して同じ箇所はとばさないということだ）。

——ロラン・バルト『テクストの快楽』

1 デリダ以前／以後

Tグループのコニーは、テクストへのフォルマリズム的アプローチを、学校で嫌というほどやらされた「分析」を想起させるものとして、忌避していた（第一章）。コニーが中等学校に通っていたのは一九六〇年代の終わりから七〇年代にかけてのことである。彼女の一五歳ほど年長で、五〇年代半ばにグラマースクールに通っていたアナはどうだっただろう。彼女の不満をいま一度引くと、「あいにく、登場人物に集中しなくちゃならなくて。先生たちは、本当に詳細に本を分析したの」である。「詳細に本を分析した」のはコニーの先生たちも同じだが、分析が「登場人物に集中」するのは、フォルマリストというよりもミメーシス的読み、すなわち登場人物の心理に、実在の人物のそれのごとく迫る〈性格分析〉ではなかったか。アナが授業で読んだのは、表題の人物を主人公とする『マクベス』と『ジェイン・エア』。いずれも課題図書の定番である。

アナの生徒としての記憶は、ハナの教師としての記憶――「生徒にたくさんの章を読ませて登場人物について探究させ」た（二〇一六年一一月二三日）――と矛盾しない。ハナが教壇に立っていたのは、六〇年代初めから、出産と育児に伴う一時離職を経て、九〇年代半ばまでのことである。ハナの右の発言は、大学で教わった方法論や戦略を授業で用いたのかという筆者の質問への答えである。すでに見たように、「もしそれがわたしの身に起こったら？」と考えながら読むよう生徒に指導していたのかと訊ねたときには「もう二〇年も教えてないから、よく思い出せないわ」と笑っていたが、次第に記憶が蘇ってきたものか、教授法については、「そもそも大学で教わったことを方法論や戦略と考えたことはない」し、「そのような概念すら知らなかった」から、「演習で教わったように教えたまで」だ、演習で教わったことは「とてもシンプルで、複雑なところはなかった」と確言した。さらに、批評理論を読むことがあるかという問いに対しては、「あまり読ま」ず、その理由を「わたしたちは、のちに重要になるフランスの文学批評家――ジャック・デリダとかそういう人たち以前の世代なのよ」と述べた。

筆者　では大学に通っていたころは、F・R・リーヴィスでしたか?
ハナ　そうね、まだF・R・リーヴィスだったわね。I・A・リチャーズとF・R・リーヴィスね。

このやりとりに窺えるのは、ハナが、リーヴィスやリチャーズの批評に親しんではいたものの、彼らの批評をテクスト解釈の方法論や戦略と認識してはいなかった、ということである。ブリストル大学では、FR門下のL・C・ナイツ(L. C. Knights)[1]の講義に出ていたが、高名な英文学者と知りながら、その独特の風貌と声色に笑いを堪えるのに必死で、内容どころではなかったと言う。〈威厳に満ちたハナを前にすると筆者はいつも高校生に戻ったような気分になるのであるが、このときばかりは、無邪気な学部生の姿が目に浮かび、親しみを覚えた。〉デリダの『エクリチュールと差異』、『声と現象』、『グラマトロジーについて』は一九六七年、『余白——哲学の/について』、『散種』、『ポジシオン』は七二年に、立て続けに発表されているから、ハナは、英仏海峡に現れた潮目を意識しつつ[2]、五〇年代末に教わったことを九〇年代半ばの退職まで教えたことになる。

一九六七年にレディング大学を卒業した、別の読書会の協力者リンによると、「読まなきゃならない批評家」はFRとシェイクスピア研究者A・C・ブラッドリー(Andrew Cecil Bradley)だけだった。〈性格批評〉で知られるブラッドリー[3]は「時代遅れだったけど、リーヴィスの言うことは……信じることになってたのよね」(二〇一七年八月一五日の聞き取り)。

まだまだ、プレーマルクス主義、プレーフェミニズムだったんですよ。他の大学ではそうじゃなかったかもしれないけど。さっきも言ったけど、レディングはとても伝統的な大学だったから、もしかして、オックスブリッジに通っていたら、それ〔マルクス主義やフェミニズム〕も徐々に入ってきていた〔started to filter through〕のかも。

特定の批評スタイルが支配的であるときに、それが方法論や戦略と認識されないのは、ある意味で、理の当然である。それが唯一妥当な方法なのだから。だが実際には、テリー・イーグルトンが一九八三年の著書で述べているように、FRの名がただちに想起させるのは、精読ないしは実践批評〔practical criticism〕というれっきとした批評方法である（『文学』67）。それ以前の「名文鑑賞的《ベル・レトリスティック》なおしゃべり」すなわち「テニソンの言葉の肌理《テクスチャー》からついついテニソンの髭の長さへと脱線してしまう」ような文学談義を斥けることで（『文学』67-69）、FRはディレッタンティズムと決別し、学的制度としての英文学批評の確立に奮闘したのである。「詩や散文をその文化的・社会的コンテクストからいったん切り離し、その詩や散文だけに焦点を絞りこむ」ことで、「文学の「偉大さ」や「中心性」が判定できるという前提」に立ってのことだ（『文学』67-69）。

テクストを有機的統一体と捉えて（あるいは有機的で破綻がないと捉え得るテクストのみを論じるに足るものとして選び出して）精読する方法は、学校の限られた時間割と相性が良い。授業内で扱えるのはせいぜい「たくさんの章」であって、テクストを、他の文学テクストのみならず、政治、経済、哲学など、ありとあらゆるインターテクスト[4]へと開いていくことは、現場の教師が望んだとしても容易ではない。

リチャーズの影響の下、一九三〇年代から五〇年代にかけて合衆国のアカデミアを席巻した「新批評〔New Criticism〕」の旗手たちが詩の精読を目指したのも、詩をまとめて鑑賞したことのない、あるいは過去に「誤った鑑賞法」（Brooks 591）を教わった州立大学の学生を指導する必要に迫られてのことであった。「典型的新批評家」と目されるクリアンス・ブルックス（Cleanth Brooks）が、ロバート・ペン・ウォレン（Robert Penn Warren）とともに学部生向けの教科書『詩の理解』（*Understanding Poetry*, 1938）を編んだ際、歴史的・伝記的解説を割愛したのは、紙幅と価格を抑えざるを得なかったためだったと、ブルックス本人が、初版から四〇年以上を経て釈明している（Brooks 592-93）。解説は、当時の英文学部で主流だった伝記的批評の訓練を受けた教師が各々、適宜おこなうものと想定していたのだという（Brooks 593）。とはいえブルックスは、『詩の理解』巻頭の「教師への手紙」で、「伝記的、歴史的な事実を研究する」ことは「詩全体を対象とする研究」の代用に過ぎないとして、従来の教授法を否定しているのだから（越智 75）、ウォレンとともに「文学に何の喜びも〔中略〕見出さない冷血分析家たち」（Brooks 593）の烙印を押されたのも、あるいは無理からぬ仕儀かもしれない。だが、ウォレンが初めて公刊したのが伝記であり、初めてのフィクションは歴史小説であったこと、そしてブルックスの最初の学術書が、イングランドと合衆国南部の方言に関するものであったこと、これらの事実をもって「冷血分析家」の汚名を返上しようとするブルックスの主張（Brooks 594）を、額面どおりに受け取るならば、ウォレンにもブルックスにも、テクストをその文化的・社会的コンテクストからいったん切り離し、ふたたびコンテクストと接続し、また切り離しては再接続するという往還を妨げる意図はなかったということになろう。(5)

ハナの読書会での発言を振り返ると、時制の効果や説話類型（第六章）や「Aレベルの課題にできそうな」巧みな情景描写（第一章）などに解説を加えたり、登場人物の名前や語りの様式について間テクスト的情報を提供したり（第一章と第二章）、個別のテクストを離れて、作家たちの創作秘話に話題を広げたり（第四章）、テクストの舞台から現代の社会事象に関心を移したり（第六章）、メンバー自身の感情体験を表明するよう促したり（第二章）と、アプローチは縦横であった。彼女が大学で教わりAレベルで教え、アナがOレベルで教わったのも、フォルマリスト的精読に、作者の意図の探究、登場人物や舞台についてのミメーシス的考察などを柔軟に組み合わせた方法であったろうと推察される。

2 アカデミア内外の方法の類似

「読書と読書会のための雑誌」と銘打つ『ｎｂ』二〇〇五年三・四月号[6]のお悩み相談を、長くなるが、全文引用したい。

親愛なるパミラ、

不寛容だと思われるかもしれませんが、読書会のあるメンバーに悩まされています。わたしたちがどんな小説を論じても、彼女は、個々の登場人物以外のことには理解が及ばず、本を全体として捉えることができないのです。したがって彼女のコメントは個々の人物への共感を表明することになりがちです。まるでソープオペラの劇中人物であるかのように、例えばこんなことを言うのです。「嗚呼、あの哀れなロチェスター夫人ときたら、あんなに短気な夫がいたら、気が狂うのも無理はないわね」。どうすれば彼女に、もっと読む物と距離を置いて客観的な視点を採るよう促すことができるでしょうか？

敬具

ジュリエット・キャプレット

親愛なるジュリエット、
不寛容ですって？　まあ、いささかそんなところもあるかもしれませんね。さて、読書会を表現するのにぴったりのメタファーって、何でしょうね？　るつぼ？　彩れる衣？　多様性、なんて言うと、ちょっと流行語みたいですよね。でも本が大好きなことにかけては、わたしたち皆、それぞれ集まりに貢献していることは確かでしょう。だからあなたのお仲間は、自分の解釈にかけては真剣なんですよ。それってそんなに馬鹿げてるかしら？　彼女は批評研究〔Critical Studies〕の学位を持ってないかもしれないけど、質なんて気にせず、幅を味わいなさいと、言っておきましょうか。そう考えるのはわたし一人じゃありませんよ。一九七〇年代初頭のケンブリッジでチョコレート・エクレアと紅茶をご一緒しているとき、F・R・リーヴィスがこうコメントしたのを憶えています。「重要なのは洞察力〔insight〕じゃなくて道徳的規範なんだよ。ところで、このクリーム、いたんでないかい？」（“Dear Pamela” 52）

回答者と相談者の名はいずれも、正典文学のヒロインにちなんだペンネームであろう。FRに師事したことを仄めかすパミラの正体には好奇心をそそられる。というより、相談・回答ともに編集者の自作自演ではないかと疑いたくなる。連載が四回で打ち切られたところを見ても、相談が殺到したとは考えづらいからだ（この回は連載第二回）。いずれにせよパミラの回答は、FRが何者かを知っていて、[7]「読む物と距離を置いて客観的な視点を採る」のが高等教育における「批評研究」であると了解しているような購読者に向けられている。創刊から一貫して「しかつめらしい学者」（“Best Books” 80）を仮想敵としてきた雑誌らしからぬ想定読者であり、連載打ち切りにいたった原因のいくらかは、パミラの衒学に帰せられるかもしれない。(8)

ともあれ、ジュリエットの悩みは、QDによる〈性格批評〉批判を彷彿とさせるものである。したがって、パミラがジュリエットの「お仲間」を擁護する目的でFRの発言を引き合いに出しているのは、どうも腑に落ちない。(9) QDはベストセラー作家を対象に実施したアンケート調査から、家族以外の人との交流が希薄になった現代社会において、フィクションが唯一、読者の孤独と感情的生活の乏しさを埋め合わせる手段となっていると結論している（57）。QDによれば、作家たちは需要に応じて意図的に「説得力あふれる本当らしさを備えた思いやりある登場人物が、〔実在の人間〕より温かな情緒的反応を的確に表現する」ような作品世界を描き、読者に、その世界に生きて「リアル」な登場人物と実際に交流しているかのような幻想を与える（57）。けれどもQDが批判の矛先を向けるのは、ベストセラー作家と「「登場人物」に即座に反応する」読者ばかりではない（57）。「ほとんどすべてのシェイクスピア批評」もまた、「劇中人物の仮想上の生活についての議論」に終始していると、論難しているのである（57）。(10)

パミラの回答の主意はにわかには飲み込み難いが、一九二八年にFRの指導学生となり、のちに共著者となるデニス・トムスンの証言――「〔学生たちは〕可能な限り広範な反応で読み、文学をつねに生活に続くものとして評価することを学んだ」――と付き合わせてみると、どうやら重要なのは、洞察に満ちた質の高い解釈よりも、作品と真剣に向き合う心組みであり、その真剣さこそ規範たるに相応しい道徳的態度であるらしいことが窺える。「わたしはいかなる「文学的価値」も信じない」（FR, *Nor Shall My Sword* 97）とは、FRの一九七二年の言である。彼が教員人生を通じて涵養しようとした徳、すなわち「豊かで、多様な、成熟した、識別力のある、道徳的に真摯な感性」（イーグルトン 53）を要約したものということになろう。一九七〇年代にFRが解釈の「多様性」や「幅」を推奨したのだとすれば、「大勢が各々それに向かって奮闘する「理想的解釈」」(Ellis 28) という単一のゴールよりも、生活における真剣さという道徳的姿勢すなわちプロセスそのものを、いっそう重んじるようになったということか。もとより社会改革を企図する批評家が狭義の政治に参与することをきつく戒めたFRであってみれば (Ellis 58)、その実践は必然的に、永遠に続くプロセスを意味することになるだろう。過去の理想郷という到達し得ないゴールを設定する限り、プロセス以外に価値を見出す場所はないのだから。

いずれにせよパミラは、「個々の登場人物への共感」と、「読む物と距離を置い」た「客観的視点」とを対置し、後者を「批評研究の学位」と結びつけている。実際、登場人物とその心理に焦点を合わせた解釈は、二〇〇五年当時は研究者に軽んじられていたし (Aubry 17)、[11] E・M・フォースターに倣って登場人物の誰が平板〔flat〕で誰が立体的〔round〕か、実例を挙げて序列をつけるのは、「イギリスや北米の人びとの多くが小中学校で身につけるお決まりの手順」であって (Lynch 2)、大学院ではまず推奨されない。逆に言えば、ジュリエット・キャプレットを悩ませる読書会の仲間は、小中学校で習得した読み方を、卒業後も実践し続けているまでだ。「本を全体として捉えられない」のも、授業で一冊を通読することがなかったためかもしれない。むろん本を全体として捉えずとも、文学に喜びを見出すのに支障はないのであるが、例えば、本研究の協力者で七〇年代に中等学校に通っていたビルは、試験対策が優先され、物語全体を味わう時間を与えられなかったことが、読書の喜びを奪ったと語っている。つぎの引用は、「公教育のせいで本嫌いになったという人もいます。あなたの場合はそうでしょうか?」と訊ねて返ってきた言葉である。

ああ、そうだと思う。なぜかって言うと、設問に応じてエッセイを書かなきゃいけなくて、本の一部を分析するだけで、全体を——物語全体を味わう時間も与えられないし、やる気にさせてくれることもないから。あれ〔そういう指導〕がそれ〔物語〕から喜びを奪ったと思うよ。教師はただ自分の仕事をこなしてただけだと思う。英文学の先生がやる気にさせてくれたことはなかったね。(二〇一七年三月二三日)

後で見るように、こうした不満を抱くのはビル一人ではないが、先回りして急いで補足しなくてはならないのは、右に切り取ったような、テクスト解釈の方法(生徒から見ると教師の指導法)に対する協力者の不満は、テクスト内在的問題(生徒から見ると教師が選定した作品の性質)をめぐる不満と、不可分ではないという点である。ここではひとまず、中等教育と高等教育、アカデミアの内と外とで、一九七〇年代を境に、批評の方法の乖離が広がっていったことを確認するに留めたい。

以下は、デイヴィッド・ロッジが一九八八年に発表した論考の一節である。正確には論考というより、イムレ・サルジンスキー(Imre Salusinszky)によるスター批評家へのインタビュー集『社会における批評』(*Criticism in Society: Interviews with Jacques Derrida, Northrop Frye, Harold Bloom, Geoffrey Hartman, Frank Kermode, Edward Said, Barbara Johnson, Frank Lentricchia, and J. Hillis Miller*, 1987)のレビューエッセイといったところである。

大学の語学文学の教師がこれまで伝統的に自らを正当化するために持ち出した根拠は教育に関わるものである。つまり、自分たちは文化遺産を次代へ伝えているのであり、次代の人々が今後、他の人々を直接的もしくは間接的に教える立場に立てるよう教育しているのだ、というものであった。このモデルは大学を、継ぎ目なく中等教育、初等教育へと裾野の広がる教育のピラミッド組織の頂点と見なしている。しかし「理論」の時代は、中等教育と高等教育との間に、概念の上でも方法論の上でも、決定的な亀裂を走らせた。「理論」の時代は、正典という概念やそれと結びついたヒューマニズム的価値に疑義を述べ立てているばかりでなく、入門のためのたゆまぬ奮闘努力の末にはじめて理解できる（理解できればの話だが）秘儀めいた特殊用語《ジャーゴン》だらけの言説によってその疑義が述べられているのである。こういう事態に対して誰よりも責任があるデリダは、中等教育の現場に脱構築が入り込める余地があるかどうかというサルジンスキーの素朴な質問にギクッとさせられている。しばらくためらったのち、ない、と彼は認める。（『バフチン以後』322-23）

前章で引用した、二〇一三年のデイヴィッド・エリスによる診断は、この八〇年代の亀裂がさらに広がった現状に下したものである。[12]

しかしながら、読書会／中等教育のディスカッション・ポイントには幅があり、それらは必ずしも学術研究の視点と相互排他的ではない。イリノイ大学教授のデニス・バロン（Dennis Baron）が読書会向けの質問集を「文学部の最終試験とソープオペラの筋書きのごちゃ混ぜ」と呼んだことは的を射ており、アカデミア内外の方法の、差異ではなく類似を、かえって強調するものである。バロンいわく、

わたしが最後にこの手の質問を目にしたのは、じつのところ、わたしが新米の高校英語教師として、ふてくされて、やる気のない生徒たちを、その日の読み物の議論に参加させようとしていた頃の

ことだ。この手の質問は上手くいかない。なぜならテクストをありきたりの公式に還元するからだ。主題を探しなさい、教訓について論じなさい、作中人物と自己同一化しなさい、イメジャリーを味わいなさい、クライマックスがどこにあるか見つけなさい、この本の〔文学作品としての〕欠点を補うような社会的価値について説明しなさい、といった具合に。(qtd. in Ivy 163)

バロンの挙げた質問のうち、主題を探すこと、イメジャリーを味わうこと、クライマックスを見つけること、これら三つは、新批評的アプローチと呼んで差し支えないだろう。いっぽう、作中人物との自己同一化には性格批評が役立つだろうし、教訓については、リーヴィス流にも、構造主義以降のさまざまな批評理論の立場からも、論じ得る。文学作品を自律した有機的統一体とする前提を真っ向から否定する最後の視点は、八〇年代以降の新歴史主義さながらである。

　第三章で詳しく検討した『一足す一』の巻末付録においても、作中人物のうちの誰の、どのおこないが同情や称賛に値するか、社会規範に照らして腑分けさせるような質問群に、作者のメッセージを攪乱するかのような、マルクス主義的と言ってもよい問いが一つ紛れ込んでいた。バロンが難じているのは、アナ・アイヴィ (Anna S. Ivy) が指摘するように、「制度化された文学批評の最悪の特徴を丸ごと一般の読書文化に移入したこと」であり、バロンに限らず研究者の読書の手引きへの反応は、結局のところ、「「良い」質問と「悪い」質問の序列が、アカデミア内部の同様の序列を反映している」に過ぎないことに、「気づいてぞっとする」ということなのだ (Ivy 163)。

　実際、GCSEとAレベルの試験運営組織AQAが二〇一四年に公表したGCSEの採点基準には、「テクストと、それが書かれたコンテクストとの関係を理解していることを示すこと」が含まれている

(*GCSE English Literature Assessment* 1)。コンテクストとは、「場所/社会の構造や特徴/文化的コンテクスト/時代」や「ジャンルなどの文学的コンテクスト」、「テクストがさまざまな受け手と関わるコンテクスト」などを指す(*GCSE English Literature Assessment* 1)。いずれも、今日の英文学研究者なら目配りを怠らない点である。とはいえ、求められているのは、三百語程度のエッセイだ。例えばシェイクスピアがレディ・マクベスをどのように描いているかという問いへの模範解答は、テクストの具体的な箇所を複数挙げてレディ・マクベスの人物像に迫っているが(*GCSE English Literature Assessment* 4-5)、テクスト生成時の文化や、舞台となっている特定の場所/社会の構造などのコンテクストには踏み込んでいない。それどころか、コンテクストとしての社会を、極端に抽象化、非歴史化している。だがそもそも、エリザベス朝イングランドにおける女性の地位(ないしは当時のイングランドのジェンダー力学の、過去のスコットランドへの投影)を詳述しようにも、時間も紙幅も足りないのであって、採点基準から想像されるような高度な文脈化は、求められていないに等しい。模範解答は、フェミニズム的視点からシェイクスピアの女性表象の限界を指摘していて、なるほど、一六歳が書くエッセイとしては文句のつけようのない水準である。これほどの立論には、アナが受けたような、登場人物に集中して詳細に分析する訓練が不可欠だろうと思わせられる。

3 テクストの「わけがわかる」

アナがグラマースクールの授業について語ったことを、いま一度思い出そう。

あいにく、登場人物に集中しなくちゃならなくて。先生たちは、本当に詳細に本を分析したの。たぶんいま『ジェイン・エア』を読んだら、もっと面白いんじゃないかしら。家では誰を読んでいたか、教えましょう――ダフネ・デュ・モーリエよ。

〔中略〕

思うに、不適切な年齢で本に触れさせられることがあるわよね。とくにシェイクスピアがそう。一一歳や一二歳で、『真夏の夜の夢』なんてわけがわからないでしょ。わたし、シャイロックが大好きで、『ヴェニスの商人』も好きだったけど、ちょっと血生臭いわよね。ひょっとしたら、それが好きだった理由かも。

登場人物に集中して詳細に分析することにアナが苦痛を覚えたのは事実である。けれども苦痛の種はテクストへのアプローチ方法ばかりではない。というよりむしろ、①アプローチの問題は、いつの間にか、②テクスト内在的問題と、③読み手の知的・情緒的発達の問題に、置き換わっている。つまり、シェイクスピア劇のなかでも、登場人物に集中する方法に向く『ヴェニスの商人』のような作品は存在するし、そのような方法に向かないと彼女が考える『マクベス』や『真夏の夜の夢』、それに『ジェイン・エア』も、一定の年齢とその年齢相応の成熟度に達すれば理解でき、十分楽しむことができる可能性を、アナは暗に認めている。「家で〔中略〕読んでいた」という能動性と対置される、④「触れさせられる」という受動性も、テクストの評価を左右していそうだ。

テクストの評価には、少なくとも右の四つの要因が解きほぐし難く絡み合っている。絶対的に価値の高いテクストなるものが、仮にあるとして、それを適切な年齢で与えられたとしても、教授法が不適切であれば、生徒はその価値に触れられない。〈例えばケイトが『真夏の夜の夢』を、大人になったいまでも「バカバカしい話だと思」っていると言うときには、テクストに絶対的評価を下している。〉年齢ばかりではない。生身の読者は、テクストに〈内包された読者〉[13]となることで、テクストの「わけがわかる」ようになる。いやむしろ、テクストの「わけがわかる」と同時に、テクストによって生み出されるのが〈内包された読者〉である。

アナが七〇歳を過ぎて出会ったアーノルド・ベネットの『クレイハンガー』を「素晴らしい」と評価するのは、「日曜学校」の情景などが「子ども時代に連れ戻してくれる」からだった。ベネットという生身の作者は、一九世紀のメソディスト教会の制度と慣習が、二一世紀の読者の同一化を助けようとは夢想だにしなかったろう。むろん、〈内包された読者〉を生むのは、主人公との同一化だけではない。主人公と距離を置き、作者の「アイロニーや風刺に満ちた喜劇を書く能力」に惹かれるポールのような読者もまた、アイロニーを解した刹那に〈内包された読者〉となる。

アナと同世代のポールが例に挙げたのは、『クレイハンガー』冒頭の、作品の舞台を叙述した箇所であった〈二〇一六年一一月二一日の聞き取り〉。ポールはその冒頭の一節――「すぐ北側には、宗教的狂乱〔orgies〕で悪名高い丘があった」――をそらんじたのち、この「一九世紀初頭のマウコウプでの原始メソディストの集会への、滑稽で間接的な言及」に呵々大笑したのであるが、彼の受容は、集会が「確かに熱情的で感情的ではあっても、それを〔古代ギリシャ・ローマの、乱飲乱舞の大酒宴で祝った秘儀の祭りを指す〕宗教的狂乱と呼ぶのは、風刺を含んで茶化すための、まったく滑稽な言葉」だと、わかるがゆえである。

ポールのベネットとの出会いは、Aレベルの英文学を学んでいた頃に遡る。たまたま自宅の書棚に

『ザ・カード』を見つけ、カードゲームのブリッジの話かと思って手に取ったのが始まりである。ただし当時の彼にとってベネットは、あくまで「課題図書の硬いもの〔serious stuff〕」からの「いい息抜き」、「軽い息抜き」であった。試験対策は、息抜きを要する程度には負担に感じられたものの、選定されたテクストに関しては以下のとおり、一六、七歳の生徒が英文学を学ぶのに適切な水準であり範囲であったと評価している。〔アナは、一七歳なら『真夏の夜の夢』に触れるのに適切だったと考えただろうか。しかし、おそらく一七歳で再読しなかったアナが、適否を検証することは永遠に叶わない。〕

〔Aレベルの課題図書には〕シェイクスピア劇が二つ、『テンペスト』と『アントニーとクレオパトラ』。ミルトンの『失楽園』、ロレンスの『息子と恋人』、バーナード・ショウ、詩はワーズワースの他に二、三ありました。試験の問いにすべて答えないといけません。その年頃にとっての英文学の幅広い基礎として、ちょうどよかったですね。他のものも読み始めましたが、〔中略〕軽い息抜きとしてですね。

軽い息抜きという距離の置き方は、ポールが、『ザ・カード』の舞台である中部地方の出身でないことと、まったく無関係と断定はできないものの、ベネット作品に限らず当時読み始め愛読するようになった「他のもの」、すなわち風刺喜劇に対する、彼の基本的なスタンスである。それでも彼が「語り手」ではなく「作者」の技巧に感嘆するとき、つまり〈人と作品〉的アプローチを採るとき——「初期のベネットにじつに多く見られるそうした筆致は、後期になるとさほど見られなくなりますね。思うに、とりわけ結婚生活が破綻した後はね」——彼の作者への愛着を、看取しないではいられない。(14)

筆者のこの印象は、三日後に、ポールと同い年のファイズと会ったことで、遡及的に強まったのかもしれない。ファイズいわく、パキスタンの英国学校で「GCE[15]のために英文学は相当読みましたが、その当時ですら、理解できませんでしたね。小説から学べることはあるでしょうが、そのためにはそれを書いた人物を好きになる必要があります。アーノルド・ベネットは見事な作品を書きましたが、わたしは彼に愛着を覚えないんですよ」（二〇一六年一一月二四日の聞き取り）。彼は医学の道を志したため、英文学を学んだのはOレベルまでである。

英文学という国文学の教育は、たとえテクストをコンテクストと切り離すことで脱イデオロギー化を目論んだとしても、テクストを選別する際に必ずイデオロギーが作動する。すなわち脱イデオロギー化というイデオロギーが発動する。テクストの呼びかけに応えて「わけがわかる」主体《サブジェクト》になることは、臣民《サブジェクト》になるということである。そもそも英文学が、一八三五年の英語教育法の施行によって、イギリス本国に先んじて植民地インドで制度化されたのは、被植民地人をキリスト教徒に改宗させるという困難な事業に拠らない、世俗的な「封じ込めの戦略」としてであった（Viswanathan 10, 23）。ホミ・バーバは、トーマス・バビントン・マコーリー（Thomas Babington Macaulay）の、インドにおける教育に関する覚え書きの一節――「血と色においてはインド人であっても、趣味、意見、道徳、そして知性においてはイングランド人であるようなインド人から成る一つの階級」――を引き、そのような階級の創出を、「擬態人間」の育成と喝破した（Bhabha 87）。

バーバが「ほとんど同じだが完全に同じではない差異の主体による」植民地的擬態を、抵抗や転覆の契機とも捉えているのに対し（Bhabha 86）、サラ・アーメドは、規律訓練がもたらした効果を強調する。すなわち、一九世紀の被植民地人は、帝国の臣民としての承認を得んとして、イギリス人以上にイギリス人らしくなろうとしたのである（Ahmed 129）。今日、イギリス人以上にイギリス人らしくなることを求められるのは移民であり、そのことは「イギリスでの生活テスト〔the Life in the UK test〕」が如実に物語るところである（Ahmed 129）。[16] 市民権ないし永住権の申請者は、「イギリスの言語と生活の知識」を測るこのテストを受験し、[17] 二四問中一八問に正解しなくてはならないのだが、二〇〇五年の導入以来、イギリス人の多くが正答できないトリヴィアばかりだと、主流メディアも繰り返し批判してきた。[18]

設問のジャンルは多岐にわたる。選択式とはいえ、公式ウェブサイトの「学習の手引き」や有料の公式教本での対策は必須だ。模擬試験を見る限り、文学に関しては、たいてい一問出題されている。[19] 例えば「つぎのうち、ウィリアム・シェイクスピアによる戯曲を二つ選びなさい」という問いの四つの選択肢が、『高慢と偏見』、『オリヴァー・ツイスト』、『ロミオとジュリエット』、『真夏の夜の夢』、といった具合である（*Life in the UK Test Practice*）。むろんＧＣＳＥが求めるようなテクスト理解は不要であるが、受験者はこれらがイギリスの「誉高い文学の歴史と伝統」（"Study Guide"）であることを理解しなくてはならない。誉高い正典文学を「わけがわからない」と一蹴する身振りを許されるのは、すでに市民権を有する者の特権であることを、このテストは浮き彫りにする。

聞き取り調査を進めるにつれ、中等学校の役割の一つは、それを苦痛だったと訴えるイギリス人を〈想像の共同体〉としてまとめ上げることではないかと思えてきた。

4　強制の遅効

イギリスに生まれ育っても英文学の正典のわけがわからぬままという人は、少なくない。先に引いたビルの訴えは、教授法への不満と教師への不信感を表明するものであったが、彼はアナと同様、テクストの選定基準をも批判している。Oレベルではハーディの『狂乱の群れを離れて』と『マクベス』を読み、

シェイクスピアは最後までわからなかった。でも、あの年頃じゃ――一六歳じゃ、誰だって人生について何も知らないし、人と人との関係について何も知らない。シェイクスピアの主題なんてどうして理解できる？　いまだに、いまにいたるまで、シェイクスピア〔の舞台〕はあまり面白いと思わないけどね。字幕が要るよ。ところどころ、すごく難解だから。『マクベス』はだいぶとっつきやすいほうじゃないかな。魔女とか殺人とかが出てくるから。

ちなみに『ジェイン・エア』は、「悪くはなかった。感動したとは言わないけど」とのことだった。

ビルは元消防士で、子どもの頃からの熱心な読書家というわけではないものの、現役時代は待機時間に本をよく読んだという。「同僚たちは――そもそも男はあまり本を読まないと思うな。少なくともフィクションは読まないな。雑誌は読むかもしれないけど、フィクションは読まないね」と語ったが、インタビュー時には、妻と親しい友人とで読書会を始めて一年半が経っていた。読書会のメンバー八人のうち男性は二人、ビルと同様、夫婦で参加しているかつての同僚であるという。熱心な読書家ではないという本人の弁とは裏腹に、三〇代になってからAレベルの英文学を学んでもいる。課題図書はやはりハーディとシェイクスピア。いわく『日陰者ジュード』(*Jude the Obscure*)は「不可解だしひどく気が滅入ったね、正直言って」、『ハムレット』は「ほんとにわかんなかった、正直言って。主題に今

目的な意義があるのは間違いないけど、よくはわからなかった」。『ハムレット』の主題は、人生や人間関係の経験を重ねた三〇代になっても、「ほんとに」あるいは「よくは」わからないままだったことになる。

ビルと同い年の協力者でマッサージ療法師のアンソニーは、グラマースクールの課題図書を、ほぼ一貫して「読まなくてはいけなかった本」ないしは「読まされた本」と表現した。

学校で読まなきゃいけなかったのは、自分たち〔生徒〕が選んだものじゃなくて、モチベーションはいつも低かったね。読まなきゃいけないものにほんとに関心がない限りはね。読まなきゃいけなかった本をいくつか憶えてるけど、ディケンズの『二都物語』(*A Tale of Two Cities*, 1859) とか、『ピグマリオン』とか。〔後略〕(二〇一八年三月一九日、強調は筆者)

そして「学校はほんとに、本を読むよう励ましてくれるようなことは何もしなかった」と道破するのだった。その反面、学校が「ほんとに関心」を惹く本との出会いの場であったことは否定していない。つぎの引用で注目すべきは、ジョージ・オーウェルの『動物農場』(George Orwell, *Animal Farm*, 1945) とバリー・ハインズの『ケス』(Barry Hines, *A Kestrel for a Knave*, 1968)[20] のうち、前者について、「学校で読んだ」という能動態が、この聞き取りで一度だけ用いられている点である。

アンソニー　いま思えば、それ〔『動物農場』〕がきっかけで、また読書するようになったんだよね。というのも、学校で読んだのを憶えていて、後になって本を手に入れて、そしたらページをめくる手が止まらなかったんだよ。だから、それは面白かったね。それにもう一冊思い浮かぶのは、『ケス』。紛れもなく労働者階級の、イングランド北部の少年——典型的な労働者階級の少年で、学校嫌いで、ハヤブサを飼ってて、それを中心に展開する本だった。面白かったね。

〔中略〕

筆者　読んだのはおいくつのときですか？

アンソニー　一五歳だね。てことは四二年前か……考えるだに恐ろしいね（笑）。

筆者　でも、いまも憶えてらっしゃるってことは、それが鮮烈な印象を残したってことでしょうね。

アンソニー　たぶん、いくつか下品な言葉が出てきたからじゃないかな。

筆者　そういう言葉に共感できたってことでしょうか？

アンソニー　わたしの出身がかなり——相対的な話だけど——労働者階級で、といっても、登場人物みたいに苦労したり、本の登場人物みたいな生活じゃなかったけどね。でもある点では共感できて——そういう人たちを知ってたから。〔他の本より〕もうちょっとリアルに思えたんだ。そうだね、リアル——その言葉がぴったりだな。（強調は筆者）

アンソニーの説明では、テクストを読まされる前から抱いていた関心とテクストの関心とが合致した場合に限って、読むモチベーションが高まったということになる。

しかしよく聞くとどうやら、少なくとも『動物農場』の場合には、関心はテクストに先立ってあったわけではなさそうだ。学校で『動物農場』の抜粋のみを読まされたとき、関心の種は蒔かれ、それが時宜を得て、本を手に取らせるモチベーションとなり、実際にページをめくり始めて「ほんとに関心が」

湧いた、という時系列ではなかったか。『動物農場』がきっかけで本を読むようになったのは一〇年ほど前のことで、それまで読書の習慣がなかったのは、おもに多忙が理由であったとも説明している。多忙なことは現在も変わらず、読書はほぼ休暇中に、それもバルダーチなどの犯罪ミステリーや政治スリラーに限るという。三〇年の時を経て芽吹いた『動物農場』への関心は、休眠中に並々ならぬ力を蓄えていたのであろう。いっぽうの『ケス』に、ただちに関心を惹かれたのは、イングランド北部の労働者階級の少年という、彼にとってリアルな、しかしイングランドの社会と文化、経済の周縁に置かれた人物が、小説の脇役ではなく主人公たり得ること、主人公がリアルな言葉で語ることに驚かされたからではなかったろうか。いずれも、テクストとの強制的な出会いが呼び起こした情動である。

『ケス』にはビルも言及している。左の引用で『ケス』は、まず好きな映画として、つぎにハヤブサを飼うきっかけになったかもしれない本として思い出されている。本を授業で読まされたとは語っていないが、『ケス』は(21)、現在でもキー・ステージ4（一〇年生から一一年生、一四歳から一六歳を対象とする課程）の課題図書に選ばれることがあるから、ビルの学校では、授業を補完する目的で上映会が催されたのかもしれない。興味深いのは、アンソニーには主人公とその生活が「リアルに思え」たの対し、ビルにとって主人公は「わたし」であり、その生活は「わたしの子ども時代」に他ならないという、完全な同一化が起こっている点である。

ビル　他に何があったっけかな？　好きな映画の一つは『ケス』だね。聞いたことあるかな？

筆者　ケン・ローチ（Ken Loach）ですね。

ビル　そう。学校で映画の上映があって、あの少年——あれはわたしだったんだ〔that was me〕。

その当時の、労働者階級が暮らす界隈に住んでいて——それがわたしの子ども時代なんだ〔that's my childhood〕。じつは数年前まで一〇年くらいハヤブサを飼っててね。〔中略〕だから、ひょっとしたら本の影響かもしれない。

筆者　『Hはハヤブサの H』〔Helen Macdonald, *H Is for Hawk*, 2014〕って本がありますね。

ビル　そうそう、読んだよ。良かった。すごく感動した。自分がハヤブサを飼ってたときは、まだ出てなかったんだよね。訓練法を学ばないといけなくて、当時その本を読んでたら、鳥の訓練にもっと情緒的な面を加えられただろうけど、わたしは実際的な面に片寄ってたんだ。「それが鳥を訓練する方法なんだ」って。あの本は、違った洞察力——たぶん女性的な洞察力を与えてくれたね。（二〇一八年三月二三日）

アンソニーとビルは、同時代の同じ地方の同じ階級の同じ年頃の少年ビリーを主人公とする『ケス』というテクストの呼びかけに応える準備の整った、〈内包された読者〉であった。ビルはその後、「ひょっとしたら本の影響で」実際にハヤブサを飼い、さらには、『ケス』とは違った「情緒的」で「女性的な洞察力」を与えてくれる本へと導かれていく。アンソニーに長じて『動物農場』を手に取らせたのと同じ、遅効性の作用である。

「主体には歴史がある」（Morley 157）と、メディア・オーディエンス／テクノロジー研究者デイヴ・モーリーは言う。過去のさまざまな時点でのさまざまなテクスト／言説の呼びかけが現在の呼びかけに影響を及ぼし、主体を不断に（再）構築するのである。[22]

5 教師次第？

ビルやアンソニーより四つばかり若いピートは、大学で英文学とアメリカ研究を修めた後、司書として勤めていた公立図書館を、聞き取り時には病気のため退職していた。大学で英文学を専攻した理由を訊ねると、つぎのとおり「教師だね」と即答だった。

教師だね。英文学の教師は二人いて、とくに一人は、本当にわたしたちの想像力をかき立ててくれたんだよね。わたしは、Oレベル〔の成績〕がCだったのに、AレベルではAになってね。だから突然、意味がわかるようになったってことだよね。それで、何かが得意だと、もっとそれを突き詰めたくなるもんでしょ？ 自分の教科に情熱を持ってる教師と、カネのことしか頭になかったり、「自分はここで仕事をこなしてるだけ」っていう教師がいるよね。生徒はそれを見抜くでしょう？（二〇一八年三月二三日）

生徒の想像力をかき立ててくれるAレベルの教師のお蔭で「突然、意味がわかるようにな」り、もっと学びたくなったという。逆に言えば、Oレベルで「意味がわか」らなかったのもまた教師のせいである。「カネのことしか頭になかったり」、「仕事をこなしてるだけ」という辛辣な評は、先に見たビルの、「教師はただ自分の仕事をこなしてただけだと思う」という冷ややかな見方とも重なり合う。これらの証言からは、生徒を本好きにするもしないも教師の情熱次第という、身も蓋もない結論が導かれそうである。実際、ハナから教師の側の話を聞くと、彼女の情熱が生徒の想像力をかき立てたに違いないと思わせられる。

この国でシラバスがどういう仕組みになっているか、お教えしましょう。教師は三つないし四つのテクストを選ぶんだけど、英語主任が全員に特定のテクストを読むよう強く要求する場合もあるの。でもわたしが教えていたときには、選定は個々の教員に委ねられていたわね。わたしは、自分が読んだことのない本を必ず一冊は選ぶことにしてたのよ。なぜなら、夏休みに授業の準備をするのは、面白いし必要な課題だったから。それで、それ〔準備〕を通じて出会ったのが、V・S・ナイポールの『ビスワス氏に家を』（V. S. Naipaul, *A House for Mr. Biswas*, 1961）で、これは超一流の小説だと思ったわね。シラバスに選ばなかったら、自分で読むことはなかったでしょうね。

（二〇一六年一一月二三日）

『ビスワス氏に家を』は、ナイポールの生地トリニダードが舞台で、父親をモデルとしたモフン・ビスワスが主人公の、いわゆるポストコロニアル小説である。「仕事をこなすだけ」の教師なら、夏休み中に、自分の好みに合うとも限らない作品をわざわざ選んで新学年に備えるような労力を、惜しむだろう。そして生徒は、それを見抜くだろう。

けれども注意が必要なのは、ハナが勤めていたのが「入学選抜の厳しい学校」だった点だ。ハナは「すごく、すごく優秀な生徒たちだったから、AレベルやGCSEの課題図書だけでなく、他のものもシラバスに加えることが無理なくできて、とてもやりがいがあった」と言い添えている。裏を返せば、「すごく、すごく優秀な生徒たち」でなければ、自分の情熱には応えてくれるはずもなかったと、彼女は暗に認めている。さらに、「たくさんの章を読ませて」いたのは授業中のことで、彼女の学校では、本全体を読ませる課題が当たり前だったことが、つぎの発言に窺える。

現在どういうアプローチが用いられているか興味があるわね。ある点については、それら〔のアプローチ〕にはすごく反対です。なぜなら、いまじゃ、彼ら〔生徒たち〕はテクストをまる一冊読むことさえしないんだから。ひどいもんですよ。断片や抜粋なんかを与えられるんですよ。

ハナが、現在用いられているアプローチに興味を抱いていたのは、孫の一人がGCSEの受験を翌年に控えていたためである。詳しいことは知らないけれども「いま」の生徒たちが断片や抜粋しか読まされていないことは、孫から聞き及んでいる、ということのようだ。この発言を捉えて筆者が、授業で同じ段落を繰り返し読まされて本嫌いになったという「スーパーブロガー」ことサイモン・サヴィッジ（Simon Savidge）のインタビュー記事のコピーを「では、これ〔ここに書かれていること〕は実際に起きているんですね」と言いつつ差し出したところ、[23] ハナは目を通しながら「ええ、そうなのよ、ほんとに」と応じた。（もっとも、彼女が激しく反応したのは、『レベッカ』への言及に差し掛かったところであった。「あらいやだ！　ダフネ・デュ・モーリエの『レベッカ』――わたしはあの本には思うところがあってね。あれには腹が立つわ。あの過剰に持ち上げられたくだらない本〔the rubbish book so hyped〕！　ただのメロドラマティックな……色恋沙汰の戯言〔romantic nonsense〕」と口を極めて罵ったのであった。）

以下に記事の一部を抜粋する。

わたしがブログを始めたのは八年か九年前のことですが、その理由は、わたしが本の話ばかりして周囲をうんざりさせていたからです。中等学校から二一、二二歳の頃まで、本をまったく読まず、本が好きじゃなかった時期があるんです。GCSEの教師のせいで本当に読む気が失せてしまったんです。当時のカリキュラムは本嫌いにさせるように意図されていたんじゃないかと思いますよ。一つの段落を何度も何度も読ませるんですよ。読み進めながら詳細に分析する〔dissect〕ならいいけど、戻って何度も何度も読み直したりしたくないですね。その後、第六学年[24]に進学して、そのやり方がもっと嫌になったんです。そんなわけでその時期は本を読みませんでした。その後、誰かがダフネ・デュ・モーリエの『レベッカ』とアガサ・クリスティの『書斎の死体』(*The Body in the Library*)をくれて、それは、どんな人でも本好きにさせるような、手っ取り早い組み合わせって言ってもいいですね。それからもう一冊、殺人鬼の外科医が主人公の本もありました(笑)。そうです、その三冊からまた読み始めたんです。ブログは読書日記として始めました。〔後略〕("Rise" 33)

記事には明記されていないが、サヴィッジは一九八二年生まれである("Bio/About")。したがって彼がGCSEの準備をしていたのは九〇年代半ば、ハナがまだ現役の教師だった時分のことだ。要するに、本の断片や抜粋を繰り返し精読するアプローチは、「いま」に始まったことではない。七〇年代に中等学校に通っていたビルも、「本の一部を分析するだけ」だったと語っていた。

AQAが現在、GCSEの各ユニット(シェイクスピア、一九世紀の小説、一九一四年以降の戯曲と散文、詩)の六つないし七つの課題図書の一つ(詩の場合はそれぞれ一五篇から成る三つのクラスターのうち一つ)

について、ことさらに「テクスト全体を学習しなくてはならない」と定めているのは、[25]それが容易でない実態を踏まえてのことだろう。二〇一五年には、「抜粋から全体へ〔Extract to Whole〕」形式の設問を導入することで、[26]受験生にテクスト全体への理解を示すよう、より明瞭なメッセージを発している。二〇一六年一一月時点でのハナの認識は、このメッセージが孫の通う学校での指導に反映されていないことを意味するのか、はたまたハナが孫から得た情報が過去のものであったことを意味するのか、知る術はない。

いずれにせよ、本をまる一冊与えるためには、少なくとも英語主任の判断、教師の情熱、生徒の能力という三つの条件が揃わなくてはならない。サヴィッジと同い年で心理学のポスドク研究者リリーに、先の抜粋を読んで聞かせたところ、サヴィッジが教師について述べていることには一理あるとし、やる気を引き出してくれる教師に出会えば読書を楽しめるようになるから「教師次第」だと述べるいっぽうで、彼女自身がやる気を引き出してくれる教師に出会ったのは、「学力別でない〔mixed-ability〕一般クラスから」、優秀な生徒を選抜したクラスに、移った後のことだったと明かした（二〇一六年一一月一九日）。

神学を専門とし、中等学校長や教員組合の要職を歴任したデボラは、インタビューの最初に、博士課程在学中の教女[27]から聞いた話をしてくれた（二〇一六年一一月一九日）。教女が、初めて英文学科の講義を担当した際、シラバスに挙げた作品について、受講生から「一冊まるまる読まなくちゃいけませんか？」と質問されて愕然とした、という話である。そこでやはりサヴィッジの記事に目を通してもらうと、まず、「でも教師次第よね。教師と生徒のラポート〔信頼できる感情的繋がり〕次第よね」と応じ、読み進めながら、つぎのように言葉を継いだ。

デボラ まあ。じゃあ、その特定の教師が彼のやる気を削いだのね。でも彼はカリキュラム〔が問題〕だったと考えていて……だけど、カリキュラムにどのテクストを組み込むかによると思いますよ。〔中略〕わたしはデュ・モーリエやP・D・ジェイムズはとても好きですよ。探偵小説というジャンルが好きでね。面白いジャンルだと思いますよ。全部が全部じゃないけれど、主要な作家のなかにも、それ〔カリキュラム〕を面白くするような作家はいます。わたしは学校でウィルキー・コリンズ（Wilkie Collins）を読んで、当時、とても面白かったのを憶えてますよ。〔後略〕

筆者 ではこのスーパーブロガーは、特定の教員のせいで嫌な経験をしたということですね。

デボラ ええ、教師については運が悪かったと思いますよ。必ずしもコースそのものではないでしょう。教師というのはときに、自分を知識の源泉と思いがちだけど、第六学年やGCSEの生徒の指導は、意見の交換だとわたしは考えますね。教師は、生徒が教師から学ぶのと同じくらい、生徒から学ぶんです。というか、そうあるべきですね。それが知的訓練というものです。〔後略〕

次節で見る協力者エマは、「素晴らしく熱心」な「本当に良い英文学の先生」が、「徹底した対話式」を採用していたと振り返っているから（二〇一七年八月一四日）、デボラの言う「意見の交換」を通じた「知的訓練」を、生徒として経験していたと思われる。他方で、英文学をそれほど「上手に紹介してもらっても」、もともと「英文学が大嫌いで」、「やる気を削がれていた子も」いたという。教師の側に、生徒から学ぼうとする情熱と技術があったとしてもなお、ラポートを作り上げるのは容易ならざることが窺える。

6 シラバスという名の押し付け

一九五〇年代半ばにグラマースクールの生徒だったアナと、七〇年代に中等学校に通ったアンソニー、アンソニーと同い年で九〇年代になってAレベルの英文学を選択したビルが、ほとんど異口同音に不満を訴える対象はじつのところ、シェイクスピア、シャーロット・ブロンテ、ハーディ、ディケンズという、現在のGCSEのユニットのうち「シェイクスピア」と「一九世紀の小説」に該当する作家たちである。逆に言えば、「一九一四年以降の散文」は面白かったのである。（アンソニーの受験時に、一九一二年発表の戯曲『ピグマリオン』がどう分類されていたかは不明。）「シェイクスピアと詩の部門はいまもある」が「カリキュラムはずいぶん拡張されている」とデボラが述べたとおり、AQAが二〇二一年秋学期の課題図書に指定した一九〇〇年以降の小説五作には『レベッカ』が、米英それぞれの文学史においてすでに正典化されたフィッツジェラルドの『偉大なるギャツビー』（F. Scott Fitzgerald, *The Great Gatsby*, 1925）やフォースターの『眺めの良い部屋』と並んでいる（"Teaching" 1）。だが拡張されたのは、もともと不満の少なかったユニットのほうであり、一九世紀の小説家の顔ぶれには目立った変化がない。ウィルキー・コリンズの一八六〇年代の探偵小説は、いまも昔も「カリキュラムを面白くする」稀有なテクストということかもしれない。(28)

ジョン・ギロリーが指摘するとおり、文学作品は、時間の経過とともに生じる文化的・言語的変化ゆえに、後世の読み手には難しく感じられるようになる（第四章第2節を参照）。時代を遡るほど、まるで「別の言語」で書かれているかのように見える（Guillory, *Professing* 330）。ビルにとってシェイクスピアの舞台が「ところどころ、すごく難解で」「字幕が要る」のは、そのためである。難しくなってしまった古い文学が、少なくとも生成時の「明瞭さ」を回復するには、教師の助けが必要だと、ギロリーは考えている（330）。難解さこそが、英語で書かれた文学を、趣味から学術研究の対象へと格上げする根拠であり、ギロリーは「良かれ悪しかれ、英文学が生き延びるには学校が必要」と結論したのであった（330）。

アンソニーにとって『ケス』が面白かったのは、明らかに、物語世界と現実世界との間に、時間的・文化的・言語的隔たりがなかったためである。「本を読むよう励ましてくれるようなことは何もしなかった」学校から、助けを得るどころか、課題図書を強制されるという被害を蒙ったかのように語るアンソニーは、こと『ケス』に関しては、出会いを強制されたのち、教師の助けなしに、自発的に読んでわけがわかったのであろう。

アンソニーのグラマースクールで、「一九一四年以降の散文」ないしはそれに類するユニットの課題図書のうち、『ケス』や『動物農場』を選定したのが、担当教師だったのか、それとも英語主任だったのかは、知る由もない。けれども、生徒が「リアル」に感じられる同時代の小説や、寓話という親しみやすい形式で全体主義を告発するアクチュアルな書に触れさせたいという配慮が、試験運営団体のカリキュラム編成者を含むいずれかの水準で働いていたことには疑いを容れない。ビルの学校で上映会があったのも、おそらく同様の配慮からであろう。

だが、大人の側にいかなる配慮があろうとも、子どもが押し付けと感じるのは無理からぬことである。

自立心旺盛な子どもにとって、みずから選び取ることが、それ自体大きな意味を持つことも理解できる。アナが家で読んでいたというデュ・モーリエの、例えば『レベッカ』が、はたして一一歳や一二歳の子どもに適切で、わけがわかったのか、訝しいところはある。確かに一九三八年刊行の『レベッカ』に、「ヴィクトリア朝－エドワード朝の難しい言葉遣い」は用いられていない。しかし『ジェイン・エア』のロマンスの後日譚のようにも読めるこの作品には、(29)何と言っても結婚生活の倦怠と諦念が濃霧のごとく充満している。それでも、自分で選んで、もしかしたら少し背伸びして読了した事実が、テクストの価値を高めたとしても不思議はない。

ここで別の協力者グレッグの、Oレベルの思い出に耳を傾けたい。グレッグは理系を選択したため、英文学を学んだのはOレベルまで、一九六〇年代前半のことだが、企業の研究職を六〇歳で退くとすぐにオープンユニバーシティに入学し、一年間の創作コースを履修した本好きである。

グレッグ　課題図書があって、『十二夜』（*Twelfth Night*, 1601）――わたしはこれを読め、というふうに言われるのが嫌いでね。『蠅の王』（*Lord of the Flies*, 1954）は――Oレベルでやったのかな、憶えてないな。でもトーマス・ハーディは何かやったね。それ以来、トーマス・ハーディは好きになれないね。時間をかければ他にいくつか思い出せるだろうけど、いますぐには思い出せないな。

筆者　〔課題図書に〕うんざりさせられたっていうかたに、たくさんお会いしましたけど――

グレッグ　そう、まさにそれ。『蠅の王』――あれは良かった。それに『動物農場』も良かった。ひょっとしたら『一九八四年』もかな。ということは、ちょっとオーウェル重視だったんだね。でも間違いなくうんざりさせられたね、トーマス・ハーディには。だからこの読書会が気に入ってるんだよね。毎月課題図書を読まなくていいから。何の話だっけ？　質問は何でしたっけ？

筆者　お訊ねしたかったのはただ……学校で勉強したことがいまでも本の読み方に影響を及ぼしているというかたがいらっしゃるということです。

グレッグ　たぶん、いまとなってはあまりにも昔のことだよね。いろんなことがあまりにも変わってしまって。それでもトーマス・ハーディが嫌いなことは変わらないね。読み直してみようとは思いませんよ。読む本は他にごまんとあるんだから。（二〇一七年八月一七日）

「この読書会」とは、本書で何度か触れてきた、メンバーが各々好きな本を選んでレビューするU３Aの読書会である。好みがはっきりしているグレッグは、どんな本であれ課題として与えられることに我慢ならない。だが面白いことに、「これを読め」と与えられた点では、『十二夜』もハーディも『動物農場』も（もしかしたら『蠅の王』や『一九八四年』も）同じであるにもかかわらず、ハーディだけが、強制されうんざりさせられた作家として、記憶に刻まれている。うんざりさせられた原因は、遡及的に、強制されたという事実と結びつけられた可能性が否めない。

グレッグの四つ上（ということはアナの一つか二つ下）の協力者ボリスの場合も、以下に見るとおり、『ヘンリー四世第一部』は「良い選定で」「面白かった」にもかかわらず、「学校のお蔭でシェイクスピアにはうんざり」と矛盾した総括をしている。さらに注目すべきは、〈内包された読者〉の、年齢ばかりでなくジェンダーに言及している点である。とはいえ、『ヘンリー四世第一部』の評価には、アナの『ヴェニスの商人』受容に似て、登場人物に集中する方法に向いていてかつ暴力満載というテクスト内在的要素が大きく影響していそうである。またアンソニーの場合と同様、すでに抱いていた関心と、テクストの関心とが合致したとき、教師の選定は「適切」と評価される。

> 〔Oレベルの〕英文学はまずまずの成績でしたよ。シラバスは三つの要素で構成されていました。ジョン・キーツ（John Keats）の詩は、思春期の男子にはまったく不向きでしたね、残念ながら。「ハイペリオン（Hyperion, 1818-19）」を読んだけど、退屈でね。「夜鶯への賦（Ode to a Nightingale, 1820）」も、一五歳の男子が読みたがるようなもんじゃありませんね。あまり良い選定じゃなかった。〔中略〕必須のシェイクスピアは『ヘンリー四世第一部』。あれは男子向きの良い選択でした。人物造形がすごくはっきりしていて、暴力満載で、フォルスタッフの人物造形が抜群に際立っていて。面白かったですね。でも残念ながら学校のお蔭でシェイクスピアにはうんざりでした〔the school put me off Shakespeare〕。だけど詳しく勉強した三つ目の作品、サスーンの『ある狐狩人の回顧録』、あれは本当に適切〔な選定〕でした。なぜなら、当時わたしはすでに軍事史に興味がありましたから。（二〇一七年八月一六日）

シーグフリード・サスーンの『ある狐狩人の回顧録』は、彼の戦争詩とともに「教科書になり、Oレベルとaレベルの課題図書として、または塹壕戦の実相を伝えるものとして使われて」きた作品である（Egremont 509）。ボリスの軍事史への興味と合致したのも頷ける。ただし、三九歳の主人公ジョージが、物心ついてからの日々を一人称で回顧する体裁を採った、全一〇章の作品で、第一次世界大戦の経験が語られるのは最後の二章であるから、ボリスが通った「マンチェスターの貧しい地域の素晴らしい学校」

を含む多くの学校で生徒が「詳しく勉強した」のは、おそらくその二つの章、もしかしたら西部戦線が舞台の最終章のみだったかもしれない。

最初の八つの章は、二〇世紀転換期の――「半ば善意で圧政的権力を濫用し領地を治めるような旧弊な郷士」(Sassoon 250) とは異なる――有閑階級の、使用人や駅長やパブの店主を含む村人との、和合の物語である。主人公ジョージは、ケンブリッジ大学を退学してからは職にも就かず、ゴルフやクリケット、競馬や狐狩りに明け暮れ、読書三昧の毎日である。語り手でもあるジョージは、過去の自分――「若者のエゴティシズム」(Sassoon 270) ――とアイロニカルな距離を取ることを忘れないし、田園地方の牧歌的な暮らしの叙述は、大戦の惨禍との鮮やかな対比の効果を狙っている。だが彼が「嘆息とともに思い出す」、「深まるいっぽうの人生の悲しみなどほとんど知らない時代の」(Sassoon 109) 一見他愛ない挿話の数々が、貧困地区の学校の一五歳の生徒向きかは疑わしい。「貧困とは、わたしが直視したくないものだった。病気や悪臭を思い浮かべるのと同じで、汚染を免れた緑の田園地方に、ああいう汚らしいスラムが点在すると考えるだけで腹立たしかった」(Sassoon 86-87) といった特権階級のノスタルジーを、マルクス主義の視点から「詳しく勉強」させるのも一案だが、そうする代わりに教師はおそらく、第八章までをまるごと割愛したものであろう。ボリスは、「素晴らしい学校」が、生徒たちの「豊かとは言い難い経済状況を補うために、可能な限り最善のものを提供しようと努めていた」お蔭で、「本の世界に育まれた」とも語っているが、授業にはうんざりさせられたり退屈させられたりすることが多かったということは、彼が懐かしむ「本の世界」とは、図書室や課外活動なのであろう。

一〇年前に退職するまで、複数の大学で統計学を講じていたボリスは、グレッグと同じく理系を選択したため、英文学はOレベルまでである。一番の得意科目は歴史だったから、本当はAレベルでも英文学を選択したかったけれど、「科学者になってお金を稼がなきゃ」という動機から、進学に必須の数学、物理、化学を選択したのだという。（イギリスの学校制度が一〇代半ばという早い段階で文系か理系かの選択を強いることの弊害を訴えた協力者は、彼一人ではない。）Aレベルでは、理系三科目に加え、進学の要件ではない「総合研究〔General Studies〕」[30]を自主的に選択し、オックスフォード大学を卒業したばかりの若い教師と出会う。

彼がわたしたちにもっと読ませようと薦めてくれた本のなかには、とびきり素晴らしいものがありましたね。わたしたちは、〔イヴリン・〕ウォーと〔キングズリー・〕エイミスとジョージ・オーウェルを読んだんです。オーウェルのフィクションは面白かったですね。彼が随筆で最もよく記憶されていることはよく承知していますけど、わたしは彼の〔フィクションの〕スタイルが好きですね。明晰で、理路整然としていて、すごく、すごくわかりやすい〔easy to follow〕ですから。オーウェルにユーモアを求めて読んだことはありませんね。『動物農場』や『一九八四年』のような風刺の傑作だけじゃなく、『牧師の娘』（*A Clergyman's Daughter*, 1935）と『ビルマの日々』（*Burmese Days*, 1934）は、社会学的関心から読んで面白かったですね。

若い教師が薦めてくれた作家のなかでもとりわけオーウェルについて、ボリスは熱を込めて語っているが、『動物農場』や『一九八四年』は、現在にいたるまでGCSEの「一九一四年以降の散文」の定番である。いずれも「風刺の傑作」である以上、コンテクストを無視しては意味を成さない。いっぽうで、ボリスが男子向きでないと不満を鳴らしたシェイクスピアと韻文に対しても、社会学的アプローチは可能である。というか、少なくとも今日のＧＣＳＥにおいては、テクスト解釈には「場所／社会の構造や特徴／文化的コンテクスト／時代」への理解が不可欠とされる。問題は、生成から長い時間を経たテクストをコンテクストへと開くには、生成時の言語の明瞭さを回復する作業が欠かせないということである（Guillory, *Professing* 330）。

この予備作業に加え、理路整然としていない、わかりづらいテクストの解釈には、教師の助けが必要かもしれないが、少なからぬ協力者は、そもそも教師の助けを借りなければわからないような作品に魅力を感じていない。一九一四年以降の散文は教師の助けを借りずともわかり、それ以前の散文やシェイクスピアを教師の助けを借りてまでわかりたくないとなれば、学校教育で英文学を扱う意義は根底から否定される。ＡＱＡでは、「一九世紀の散文」を、以前は「英文学の遺産のなかの散文（Prose from the English Literary Heritage）」と称していたが、英文学を継承すべき遺産と考えないイギリス人が相当数いるということだ。それは生徒に限らない。デボラによれば、彼女の後任の校長は、「わたしたちに、わけのわからない古典〔classical nonsense〕はもう要りません」と言い放ったという。その発言を振り返り、デボラはこう反駁する。

わたしには理解できませんね。それはわたしたちの遺産なんですよ。わたしたちは毎年、生徒をグローブ座に連れて行ってました。〔ある年〕わたしたち一行のなかに、それはそれは貧しい家庭の子がいてね。彼女はよその学校を放校処分になって、うちで受け入れることになったの。やんちゃな子でね。いたしかたないところもあったの、母親は読み書きができなかったから。わたしたちは『ウィンザーの陽気な女房たち』に連れて行ったのよ。終わってから「面白かった？」って聞いたら、彼女、こう言ったのよ。「うん、良かった。ていうか、フォルスタッフって、とんだ酔っ払い野郎じゃね？」彼女にはわかったのよ！　それまで自分でシェイクスピアを読んだことなんてなかったし、もう二度と劇場に足を運ぶこともないかもしれないけど、それ〔舞台〕は消えない印象を彼女に残したのよね。子どもたちにはそういう経験が必要なんです。それは文化的エリート主義なんかじゃない。[31] ただ経験を与えるだけのことです。〔経験してから〕拒絶すればいいだけのことだし、逆に利用したっていいんですよ。

インタビュー当時七〇代後半だったデボラが、やんちゃな子の荒っぽい口吻を生き生きと再現する様子から、この出来事が教師である彼女にも消えない印象を残したことは明らかだった。適切な年齢に達する前の子に特定のテクストを与えることに、弊害はあるかもしれないけれど、一五歳で公教育を終えたり理系に進んだりする生徒にとってはそれが、シェイクスピアや、「男子向き」でない「女性的な洞察力」に触れられる作品との、最初で最後の出会いかもしれない。

むろん試験では、「わかった」だけでは足りない。わかっているということを採点者にわからせ、得点に繋げるには、特定の文章表現を会得する必要がある。「明瞭に、目的が効果的に伝わるよう、多様な語彙や構文、正確な綴りと句読法を用いる」だけなく、「必要に応じて主題に適切な用語を用いる」ことも求められる（*GCSE English Literature Assessment* 1）。（とはいえ、ふたたびＡＱＡが公表している模範解答を見る限り、ＧＣＳＥのレベルで、受験生が「用語」を駆使することで高評価を狙えるのは、散文よりも韻文のセクションである。韻文セクションの模範解答には、イメジャリー、撞着語法、メタファーといった用語が用いられているのに対し、散文のそれには用語と呼べるものは見当たらない。）

Oレベルのエッセイの指導を、「当時は嫌だったけど、公平を期して言えば、あの授業で教わったことの真価がいまはわかる」と評したのは、Tグループのジャネットである（二〇一六年一一月二二日）。「テクストを読んで、理解し、テクストに反応する」という採点基準が意味するのは、「批評に相応しいスタイルを維持し」、「個人的な反応を妥当なものとして裏づけるテクストの具体的箇所に言及する」ことである（*GCSE English Literature Assessment* 1）。ジャネットいわく、「暗黙の前提があってね、例えば、絶対に使っちゃいけない言葉というのがあるの。いまでも何か書こうとするとき、例えば「ナイス」なんて言葉は絶対に使わないわね（笑）。なぜなら使わないことになってる言葉だから（笑）」。「ナイス」という直感的かつ個人的な反応を分節化するためには、それに相応しい語彙が必要なのである。ジャネットによれば、グラマースクールに入学したとき、自分以外の同級生たちは初等学校ですでに批評に相応しいスタイルを身につけていたという。ジャネットの循環論法――使わないのは、使わないことになっているから――が示唆するのは、批評の語彙が「文化的インサイダー」の「自信に満ちた感受性」を証するものである（Robbins, *Criticism* 61）と同時に、有無を言わさぬ禁止命令でもあるということだ。当初は皆についていくのにかなり苦労したものの、「Oレベルでは最優秀の成績だったから、きっと何かしら習得したのね」と、ジャネットは振り返る。習得した何かしらのことは、大学卒業後に就職した企業で、自社製品に添える能書きの執筆に役立ったという。ハイエンド市場向け商品で世界的に有名なブランドである。文章には相応の格調が求められたであろう。

以上、おもに生徒の側の授業への不満に焦点を合わせてきた。協力者の不満は枚挙にいとまがないが、ここで、Oレベルの教師、選定されたテクスト、教師によるテクストへのアプローチの三つを全面的に肯定した、エマの声を聞きたい。ピートとほぼ同い年の理学療法士エマは、七人きょうだいの末っ子。九歳から一〇歳の頃、Aレベルの勉強をしていた姉とともにシェイクスピアやハーディを読んだという早熟な読書家である。当時すでに、カトリック教徒としての確固たる道徳的準拠枠〔moral framework〕を有してはいたが、姉と読んだ『テス』は現在にいたるまで、みずからを省察する際の参照点の一つであり続けているという。自身のOレベルの課題図書は、『ヴェニスの商人』、ハーディ、ロレンス。Aレベルでも英文学を選択したけれど、母親を亡くして、一年目でやめざるを得なかったという。したがって、以下の引用中の「学校」とは、Oレベルの授業を指している。

筆者　学校で学んだことはいまの読書の仕方に影響を及ぼしていますか?

エマ　学校は、すごく、すごく大きな影響があったと思います。本当に良い英文学の先生がいましたから。素晴らしく熱心だったんです。彼はわたしたちに、本の一部を、登場人物を演じるように音読させていました。徹底した対話式の授業方法でした。お蔭で古典にやる気を削がれるなんてこと一度もなかったですね。本をディコンストラクトする〔deconstruct〕よう教わったら、本がもっとよくわかるようになりますよ。チックリットは好きじゃありませんね。たいしたことを言っていないから。

〔中略〕

筆者　学校では、さらに分析的〔analytical〕になるよう求められましたか?

エマ　いい意味でね。わたしは分析的知性――探究心旺盛なんです。わたしのクラスには英文学が大嫌いで、あんなに上手に紹介してもらっても、やる気を削がれていた子もいましたね。

（二〇一七年八月一四日）

エマが「古典」を「よくわかるようにな」ったのには、「素晴らしく熱心」な先生の、「登場人物を演じるように音読させる」工夫や「徹底した対話式」という教授法ばかりでなく、彼女にすでに確固たる道徳的準拠枠と分析的知性とが備わっていて、旺盛な探究心から家庭で古典に親しんでいたことが、与っている。教師の熱意や技術が通用しない同級生がいたとの証言は、教師にとっての授業の成功の鍵が、生徒が学校の外で培った規範意識と知的探究心にあったことを含意する。学歴資本の蓄積には、あらかじめ身体化された文化資本が密接に関わっているのである。ただし、二人の息子を持つT読書会のレイチェルが、「〔他の子〕よりもっと、本を読むよう背中を押してやる必要がある子がいるのは事実ね。その点、わたしは本を読まない上の息子で失敗したと思うわ。『嵐が丘』を与えたのよね。ティーンエイジャーの男の子に与えるなんて、考えなしにもほどがあるわ！ ジャック・ヒギンズ(32)か何かを与えるべきだったのよ」（二〇一六年一一月二二日）と省みるように、熱心な家庭教育が学校教育を補完するとは限らないのではあるけれど。

7 構造主義の衝撃

エマの語りで筆者の興味をさらに惹いたのは、「ディコンストラクト」という語の選択である。七四名のインタビュー協力者のうち、この語を口にしたのは彼女を含む二名だけだったのだ。彼女が「たいしたことを言っていない」という理由でチックリットを一蹴する姿勢や、そもそも本が「たいしたこと」

という中心的意味を内包し得るという前提からは、彼女が「ディコンストラクト」を、「脱構築的理論を応用する」(『ランダムハウス英和大辞典』第二版)、つまりは、「正典という概念やそれと結びついたヒューマニズム的価値に疑義を述べ立て」る(ロッジ、『バフチン以後』323)という意味で用いていないことは明白であったが、なぜこの語を選んで用いたのか、聞きそびれたのは恨事である。その反省から、もう一人の協力者、エマのひと回り年嵩の法廷弁護士イアンには、インタビューの最後に「好奇心からお訊ねするのですが」と前置きして、日常的に用いるのかと問うてみた。答えは、

> 法律用語ではありませんよ。わたしがあえてこの言葉を用いるときは、破壊するということではないんです。ある部分を取り上げて、それがどのように結びつけられているかをまず検討すれば、その流れがよりよく理解できたり、それがよりよく理解できるってことです。たぶん analyse って言うべきでしたね(笑)。だいぶ仰々しい言葉遣いですね。(二〇一八年八月九日)。

極めて抽象的なこの説明は、脱構築的理論の定義として通用しなくもない。バーバラ・ジョンソン(Barbara Johnson)いわく、「脱構築的な読みは、テクストのなかでこれみよがしに前景化されている主張が、テクストの影の部分や周辺へと追いやられて邪魔物あつかいされている要素と、どのように体系的に関係づけられてゆくかをあきらかにする」(38)。しかしながら、イアンは自身の専門用語である「法律用語」ではないとしか言っていないし、そもそも脱構築とは、よりよい理解という序列そのものを疑う身振り——ふたたびジョンソンの言葉を借りれば「あらゆる読解が有効性において同じだと、本気で信じているディコンストラクターなどいない」(34)——なのだから、おそらく彼はディコンストラ

クトを批評理論の用語と認識していない。いっぽうのエマは、「授業でディコンストラクトするよう教わった」と述べているから、批評の方法と理解していて、さらに「精査する〔scrutinise〕」と互換的に用いてもいた。脱構築と精査という二つの語には歴史があって、それぞれデリダやド・マンないしはイェール学派と、リーヴィスないしスクルーティニー派とをただちに想起させるため、研究者がこれらを断りもなく、詳細に分析するという一般的な意味合いで用いることはまずないし、まして互換的に用いたりはしない。想像を逞しくするなら、エマの熱心な先生は、ハナのいわゆる「ジャック・デリダとかそういう人たち」以後の世代に属していて、生徒の探究心に応えて批評理論をごく導入的に紹介し、生徒のほうでは、耳に新しく仰々しい用語を、より一般的な analyse や dissect などの同義語として自身の語彙に加えた、といったところだろうか。

本調査は「一般読者」を対象としているため、批評理論を大学院で研究したような人は、もとより想定の埒外にあった。学部レベルではあるが、批評理論を体系立って学んだT読書会のレイチェルは、例外中の例外である。彼女が在野の郷土史家であることは知っていたが、そこにいたる紆余曲折について聴いたのはインタビュー時が初めてで、エピソードの一つ一つも、飾らない語り口も、とびきり魅力的で興味深かった。

レイチェルは、八〇年代半ばにポリテクニクで文学と歴史学の学位を得ている。Aレベル取得から一五年間の空白があるのは、歴史学を専攻することが決まっていた名門大学への進学をよして、結婚を選んだためである。もしもう一度学ぶ機会があるなら、文学と歴史学のどちらを専攻するだろうかと思い巡らせていた折に偶然、公立図書館で、両方を学べるポリテクニクの課程のポスターを見て、志願したのだという。大学院では歴史学を専攻するが、そのきっかけの一つは、ポリテクニク卒業後、ある大学の成人教育部の講師として最初に派遣されたS村の支部で、領主に宛てた一九世紀の書簡に出会い、調査を開始したことであった。ただしそれはあくまできっかけの一つに過ぎず、「いずれにしても歴史学を専攻したと思う」。理由は、ポリテクニクでの訓練がいまでも彼女の文学作品へのアプローチに影響を及ぼしているかという質問への答えとして与えられた。

レイチェル　より精密に読む〔more closely〕訓練を受けるわよね？　じつのところ、たぶん〔卒業して〕何年かは……違うわね、そのせいで読書の楽しみが台無しになった〔spoiled〕、って言ったら誇張になるわね。より精密に読めば、文学作品の面白みは増すけど、夢中になって読んでる〔swept away〕ときや、ただ娯楽として読んでるときには、集中力を削ぐことになり兼ねないわよね。どうかしら……わたしは分析的な〔analytical〕視点で読むわね。ひとたびそういう教育を受けたら、永遠にそれに縛られるんじゃない？〔後略〕

筆者　ポリテクニクに通っていたのはいつ頃ですか？

レイチェル　一九八三年から八六年よ。

筆者　当時は、ニュークリティシズムのアプローチが推奨されていたんでしょうか。

レイチェル　確かに衝撃を受けたわね[33]。Aレベルで英文学をやったけど、ポリテクニクに入ったのがちょうど構造主義中心の時代の最後のほうというか、終わりを迎えようとする頃だったの。有益だと思うところも、そう思わないところもあったわね。他に中心的だったのはマルクス主義。アルチュセールとかグラムシとか。それから、すごくフェミニスト的な視点の女性講師がいたの。この点でも、当時から同意するところと同意し兼ねるところがあったけど、だんだんと、同意し兼ねることが増えたわね。憶えてるのは、『ジェイン・エア』の冒頭でジェインが閉じこもる場面について、すべては月経と子宮に関係していると彼女が説明するのを聞いて、わたしは〔吐き気をもよおす身振り〕。だからそれはあまり勉強しなかったわね。正直言うと、忘れようとしたのね。レヴィ＝ストロースとバルトについてエッセイを書くのは、もっとげんなりしたわ〔disenchanted〕。よく理解できなかったけど、専門用語〔buzzwords〕を見つけてそれをいくつか組み込もうと決めて、そうしたら良い点が取れたわ（笑）。ごめんなさい。気に障った？

筆者　いいえ、全然。わたしがこの調査を始めた理由がまさにそれですから。わたしが「懐疑的解釈」と言うのは、テクストに対するマルクス主義や精神分析のアプローチのことなんです。批評家たちは、自分たちを作者やテクストの上位に置いてるわけです。

レイチェル　ほんと、そのとおりね！（二〇一六年一一月二二日）

レイチェルは、精密に読むことで文学作品の面白みが増すと認めつつも、フェミニストの講師に学んだことを在学中から努めて忘れようとし、有益と思ったことにも、卒業後は次第に同意し兼ねるようになったとする。批評理論を応用する訓練は、Aレベル向けの訓練とはまるで異なり、よく理解できない専門用語を組み込んで高得点を得たという顛末は、一九九六年のいわゆるソーカル事件(34)の先触れのようでもある。ただし、娯楽として夢中になって読むことと、学校での精読の訓練とを対置している点では、OレベルやAレベルについての不満を口にした協力者と同じである。

教員養成学校で英文学を「少し勉強した」というL読書会のカリンも、勉強には価値があり、役立つこともあるとしながらも、英文学が楽しめなくなってしまった原因を、高等教育に帰している。

Aレベルの後も、わたしはそれ〔英文学〕を読むのが楽しくて、教員養成校でも少し勉強したけど、勉強しすぎると楽しみが損なわれる〔spoil my enjoyment〕ってことに気づいたの。実際、それを〔英文学を勉強〕した後、何年かは読まない時期があって、少しずつ、いえ、少しずつ、じゃないわね、数年前にまた読み始めたの。でも分析し過ぎないようにしてます。勉強には価値があるとは思うし、役に立つこともあるわよね。でも、わたしにとっては、〔読書の楽しみを〕損なう面があったの。思うに、〔学校での勉強は〕長過ぎるし、やり過ぎね。（二〇一八年三月二三日）

このときカリンは六〇歳。数年前まで読書を楽しめなかったということは、三〇年以上、英文学から遠ざかっていた計算になる。人生の半分から読書の楽しみを奪ったシラバス――特別支援小学校で教鞭を執ったのち、長年、教員の研修プログラムの立ち上げと運営に携わっていたカリンが「長過ぎるし、やり過ぎ」と言うシラバス――とは、どのようなものだったのか。聞きそびれたことが悔やまれる。彼女が教員養成学校に進学したのが一九七六年だとすると、レイチェルがポリテクニクで学んでいた時期とは一〇年の隔たりがある。したがって、イギリスの高等教育機関の多くではまだ「構造主義中心の時代」ではあったろう。バルトのポスト構造主義への転換点とされる『S／Z』（1970）の英訳刊行は、七五年である。

レイチェルのひと回り年嵩のポールは、ケンブリッジ大学在学中に頂点を迎えた構造主義批評の衝撃があまりにも大きかったと見えて、筆者の「文学批評に興味はおありですか?　デイヴィッド・ロッジ〔の小説〕をお好きなら、彼の著作はいかがですか?」との質問に、「わたしのように構造主義に懐疑的な人間でも」、ロッジの『小説の技巧』(The Art of Fiction, 1992)を高く評価すると答えた。「作家が試すさまざまな道具を非常に上手く要約していて、一般読者にもとても読みやすく、実例を挙げて」いて「非常に優れた入門書」である『小説の技巧』を、「構造主義とかポスト構造主義とかニュークリティシズムとか、何でもよいですが、その定義」を確認するために、ときどき読み返すという。しかしながら、「学者は往々にして、彼らの真実〔their truth〕というか構造を何かに押し付けて、最終的に事実〔the fact〕をそれに合致させてしまいますよね」との発言は、彼が、構造主義を粗雑な還元主義とみなし、さらに批評理論一般と同一視していることを含意する。

8　ニヒリズム、反知性主義、「伝統的な教育」回帰志向

ここで、ワイン・コラムニストのヘンリー・ジェフリーズ(Henry Jeffreys)が、一般読者向けの本の季刊誌『スライトリー・フォクスト』(*Slightly Foxed*)の二〇一六年秋号に寄せたエッセイに注目したい。大学で英文学を学んでいた一九九〇年代に「逃避」の目的で楽しんだという、デイヴィド・ロッジのキャンパス小説三部作についての雑文である(Jeffreys 24)。まず、第一作の『交換教授』(*Changing Places*, 1975)から引用するのは、イングランド中部の架空(とはいえバーミンガム大学がモデルであることが自明)のラミッジ大学で客員教授として教鞭を執るアメリカの大学教授モリス・ザップの「指導スタイルは、伝統的な教育を受けてきた学生たちに衝撃を与え、文学に対する感傷的で恭しい態度から、冷徹かつ知的に厳格な態度へと改めさせることだった」という一節。「これは、大学に入って最初の英文学の

授業で告げられたこととほとんど同じだ」とジェフリーズは振り返る（27）。『交換教授』刊行からおよそ二〇年後に入学した大学で、ザップと同じ指導スタイルが採用されていたとの証言である。ジェフリーズによれば、「この指導スタイルの問題は、文学について申し分なくしっかりした知識を持った学生にしか適用できないということだ。それは、わたしの世代のほとんどの学生には、妥当でなかった。彼らは文学を教わりたかったのに、代わりに、〔そもそも知識がないのだから〕崇敬してもいなかった何かが、今日では読むに足りない〔irrelevant〕と、教えられたのだった」（27）。別言すれば、「講師たちは、古典への深い愛を語るのではなく、消化半ばの文学理論の断片をわたしたちに向けて吐き出したのだ」（24）。[35] さらに、

わたしはいまだに、（著しく理解不能な一文を対象とする『哲学と文学』（*Philosophy and Literature*）悪文コンテストで一九九八年に優勝した）ジュディス・バトラーのような書き手の、こじつけの理論構築〔tortured theorizing〕を思い出して身震いする。個別指導ではいつも、講師の理論についての理論を聞かされた。頭が変になりそうだった。（Jeffreys 24）

ジョンズ・ホプキンズ大学出版の学術誌『哲学と文学』のコンテストでバトラーが優勝したことは、『ウォールストリート・ジャーナル』（*Wall Street Journal*）や『ニューヨークタイムズ』といった一般紙で報じられ、アカデミア内外に広く知られることとなった。バトラーの「悪文」を掲載した『ダイアクリティクス』（*Diacritics*）の編集長ジョナサン・カラー（Jonathan Culler）は、学術会議で反論を試みたのち、二〇〇三年にはスタンフォード大学出版局から論集『単に難解なだけ？　公領域におけるアカデ

ミックな書き物』(*Just Being Difficult? Academic Writing in the Public Arena*) を上梓するにいたる。論集の第三章ではカラー自身が、コンテストを主催した哲学者デニス・ダットン (Denis Dutton) のバトラー批判がいかに当たらないか、論証している。第三章の冒頭でカラーはまず、ダットンがコンテストの対象を「実際に刊行された学術書または学術ジャーナル掲載論文の一文ないし二文」と定めていたことに対し、もっともな弁駁をおこなう。すなわち、哲学論考の一文を、前後の文と切り離して理解できるはずはないのであって、深淵な議論に見せかけようと故意に不明瞭な書き方をしているとあげつらうのは、不誠実だという反駁である (Culler 43-44)。(ジェフリーズは、前掲のとおり「著しく理解不能な一文〔a particularly incomprehensible sentence〕」が対象であったことを承知しているが、こじつけの「理論構築」という表現は、彼が一文のみで「こじつけ」と断定したのではないことを暗示している。)

竹村和子は二〇〇八年の論考「ジェンダー・レトリックと反知性主義」において、リチャード・ホフスタッターの『アメリカの反知性主義』(Richard Hofstadter, *Anti-Intellectualism in American Life*, 1962) に依拠しつつ、ホフスタッターが正面からは取り上げなかった、ジェンダー体制と、米国の政治・文化の底流にある反知性主義との関係の推移を、一九世紀半ばに遡って分析している。竹村によれば、「一九六〇年代末以降、アメリカの批評界を席巻した「脱構築」批評は、八〇年代半ばあたりまではアカデミズムの内部に自閉していたため、反知性主義的なアメリカニズムと表だって交差することはなかったが (273)、バトラーの悪文コンテスト優勝のニュースは、一般紙に取り上げられたことで耳目を引き、反知性主義の攻撃に真っ向から晒された (276-77)。九五年に始まったコンテストが、九八年のバトラーの受賞で初めて大きな物議を醸した理由を竹村は、「人の自己形成の有り様、つまり自他関係の根幹に関わってくる」、換言すればアカデミアの外の「政治の次元にまで関与してくる」思弁的なクィア理論を、一般大衆がことさらに恐れたためではなかったかと、踏んでいる(276-77)。ときに一般大衆とは誰だろうか。『ニューヨークタイムズ』で一九八三年から三〇年以上にわたり書評を担当したミチコ・カクタニは、二〇一八年刊行の著書にこう記している。

世の中に流布している漠然としたニヒリズムのすべてが、ポストモダニズムの思想家のせいだとは到底いえない。しかし、思想家たちの理論は、俗物化された産物として大衆文化に浸み出し、大統領の擁護者に乗っ取られてしまった。彼らは、その相対主義的な主張を、大統領の嘘を弁明するために用いようと欲したのだ。右派はそれを、進化論に異議を唱えるため、気候変動の現実を否定するため、もう一つの事実を売り込むために使った。悪名高いオルタナ右翼のトロールで陰謀論者のマイク・セルノビッチでさえ、『ニューヨーカー』誌による二〇一六年のインタビューで、ポストモダニズムを引き合いに出した。「ほら、私は大学でポストモダンの理論を読んだんだ。何もかもが物語であるならば、主流な物語に対する他の物語が必要じゃないか」。彼は付け足した。「私がラカンを読むような人間には見えないだろう。」(35-36)

一九七七年生まれのセルノビッチ(36)の陰謀論を支えるポストモダンの思想は、「俗物化された産物」どころか、大学での原典(もしくはその英訳)講読というアカデミックな訓練によって養われたことになる。脱構築批評なりポストモダニズムなりが、アカデミズムの内部に自閉していたとしても、それらを学んだ学生たちの多くはアカデミズムの外部へと巣立っていく。彼ら彼女らのなかにはジャーナリストになって、ポストモダンの思想を、揶揄したり嘲弄したりする目的で俗物化し、流布する者もあるだろう。

しかしはたして、ニヒリズムはアカデミアの内部から外部へと一方向に浸み出していったのだろうか。この点について検討する前に、竹村がアメリカの反知性主義の歴史の文脈で読み解いた悪文コンテストに類する趣向が、イギリスにも見られることを確認しておこう。[37]

バトラーを選出したコンテストは九八年を最後に廃止されるが、『タイムズ文芸付録』の名物コラム「NB」でジェイムズ・キャンベル（James Campbell）が、合衆国のウィスコンシン－マディソン大学助教授（当時）マリオ・オルティズ＝ロブルズの『出来事としての小説』（Mario Ortiz-Robles, *The Novel as Event*, 2010）を取り上げ（恣意的な切り取りでないことを示すため、数ページ離れた二つの文を抜粋し）、「道理に適わない文章を書く能力はそれ相応の顕彰に値する」として、「我々はここにマリオ・オルティズ＝ロブルズ不可解賞を創設する」と高らかに宣言したのは、二〇一一年のことである（178）。言うまでもなくこれは、批評理論への諧謔を交えた挑戦であり、索引にはご丁寧に、「NBによって授けられる架空の賞」と註記がある（Campbell 403, 412）。九〇年代以降の大学で批評理論をかじった読者ならば、規範の引用による主体形成の行為遂行性を論じた抜粋箇所に、バトラーの影響をただちに看取するであろう。[38]

「学術雑誌に印刷されるものやアメリカの大学出版局から出版されるもの」は、「遅れをとるまいと多大の努力を払うにはもはや値しない」（『バフチン』13）と見切って、ロッジが専業作家に転じたのが一九八七年。その数年前にアメリカの大学出版局を通じて「文学に対する冷徹かつ知的に厳格な態度」に疑問を呈したのが、第二章で触れたジャニス・ラドウェイの『ロマンス小説を読む』であった。ラドウェイのエスノグラフィを嚆矢とする、情動を排した読者と文学作品の主客二元論を再考する動きについては『アカデミアの内と外』で論じたため、ここでは詳細を省くが、アカデミアにおいてもつぎのような問題提起はおこなわれてきた。

学者の講演や研究発表を聴きに行く者は誰でも、〔質疑応答で〕決まって「しかし権力関係はどうなっているんですか?」という質問が出てくるものと心得ている。ひょっとしたら、いまこそ違う質問を始めるときなのかもしれない。すなわち「しかし愛はどうなっているんですか?」と。(Felski, *Limits* 17)

キャンパス小説第三作『素敵な仕事』(*Nice Work*, 1988)の主人公の一人ヴィクター・ウィルコクスに、「君が愛を信じていないのなら、どうしてそれほどまでに学生を気にかけるんだい?」(872)と発言させたロッジは、ラドウェイの問題意識を共有している。

ところがロッジを愛読するジェフリーズが問題視しているのは、テクストに刻み込まれた愛ではなく権力関係を追求する「冷徹かつ知的に厳格な態度」それ自体ではない。むしろそうした態度は、「伝統的な教育を受け」「文学について申し分なくしっかりした知識を持った学生」には適用可能だと考えていることが、先の引用には瞭然としている。理論にしても、バトラーの「こじつけ」とは違う何らかの理論を、講師が十分に消化したうえでテクストに援用するのであれば、歓迎したいということだろう。彼にとっての真の問題は明らかに、「今日、人びとは参照のための同じ枠組みを持っていない」という事態、「ある〔大学の〕創作コースで、クラス全員が読んだことのある唯一の小説が、チャック・パラニュークの『ファイト・クラブ』(Chuck Palahniuk, *Fight Club*, 1996)」という現状である(Jeffreys 26)。ジェフリーズは『素敵な仕事』の「ある登場人物」の心境に、大いに共感する。

それ［理論］を、ＧＣＥの課題図書とエイドリアン・モール(39)以外ほとんど読んだことがなく、聖書や古代の神話についてほとんど何も知らない若者に教えるという皮肉……一年次の第三週にシニフィアンの恣意性について教えるという皮肉に、しまいには苦痛のあまり耐えられなくなった。(qtd. in Jeffreys 27; 註記と中略は Jeffreys による)

正典を正典たらしめている西洋のヒューマニズム的価値の恣意性を暴く作業は、正典の理解に不可欠の聖書や古代の神話に関する知識がなくては始まらない。ジェフリーズは、それらに関する「しっかりした知識」を授ける伝統的教育回帰への志向を、この登場人物と共有している。しかるにジェフリーズは、このチャールズという人物が、教育研究環境が悪化の一途を辿るサッチャー政権下のアカデミアに見切りをつけてシティの投資銀行への転職を決めたことにも（そして異業種への転職に、名門パブリックスクール出身の肩書きが物を言ったことにも）、チャールズの言い分が主要登場人物であるヴィクターとロビンによってすぐさま否定されることにも、言及しない。二人のつぎの対話をジェフリーズは、逃避目的の読書で読み飛ばしてしまったのだろう。

「本気で言ってるんだよ」彼は言った。「君は生まれながらの教師だよ。例えば、メタファーとメトニミーについて説明してくれたよね。いまじゃ工場のいたるところで目につくよ。テレビのコマーシャルにも、新聞の色刷り付録にも、世間の人の話し方にも」

ロビンは振り返って、彼に微笑みかけた。「あなたがそう言ってくれて、とても嬉しいよ。あい、あなたが理解できるなら、誰でも理解できる」

「それはどうも」彼は言った。

「ごめんなさい、失礼なこと言うつもりじゃなかったんだ。要するにわたしが言いたいのは、チャールズが、何も読んでこなかった学生たちに理論を教えるべきじゃないって言ったのは、間違いだった、ってこと。根拠のない反論だわ。あなたほど本を読んでこなかった人はいないだろうから」(*Nice Work* 867)

それにしても、八〇年代の架空の学生たちが辛うじてGCEの課題図書を読んでいるのに対して、いまの大学生が「参照のための同じ枠組みを持っていない」とはどうしたことか。ジェフリーズ自身は、(この記事では明かしていないが)リーズ大学で英文学に加え古典語・古典文学を学んでいる。[40] 昔もいまも、生徒が進学のために課題図書の抜粋だけを読んでAレベルを乗り切ったとしても、課題図書という明確な参照枠組みは依然として存在する。AQAの二〇二一年秋学期AS/Aレベル[41]「散文」セクションの、教師向け指導計画案には、「散文の発展に関する批評」のための参考文献の一つ[42]としてテリー・イーグルトンの『イギリス小説入門』(*The English Novel: An Introduction*, 2005)が挙がっているが(*Teaching* 3)、イーグルトンがそれぞれ一章を割いて論じるのは、デフォーとスウィフト、フィールディングとリチャードソン、スターン、スコットとオースティン、ブロンテ姉妹、ディケンズ、ジョージ・エリオット、ハーディ、ヘンリー・ジェイムズ、コンラッド、ロレンス、ジョイス、ウルフと、いずれも遅くとも一九七〇年代には評価の定まった正典作家である。[43] この選定についてイーグルトンは、半ページに満たないはしがきで、つぎのとおり釈明している。

高邁にも正典文学に限定することをお詫びしなくてはならないが、この決断は、現在のところ生徒が勉強していてほぼ間違いなく出会う作家を論じる必要から為されたものである。言わずもがなではあるけれど、本書に取り上げた英語で書く小説家〔English novelists〕だけが読むに値すると仄めかしているわけではない。(ix)

今後しばらく中等教育のシラバス改革の公算は小さいとの認識に立った、現実的な選択である。

昨今の創作コースの人気の理由を、作家でレスター大学の創作上級講師(当時)ジョナサン・テイラー(Jonathan Taylor)に訊ねたところ、中等教育の英文学の指導にうんざりさせられた結果だとのことだった(二〇一七年八月二一日の聞き取り)。しかし協力者の証言を聴く限り、イングランドとウェールズの生徒たちは一九五〇年代このかたうんざりさせられっぱなしである。うんざりさせられたと語る人びとには少なくとも「うんざりさせられた課題図書」という共通の参照点があり、それがある種の〈想像の共同体〉を構成する役割を担っている。つまり不満を表明できる程度には、古典に親しんだ人びとから成る共同体である。

ジャック・ハルバーシュタムは、ローマ帝国を舞台にした映画『モンティ・パイソンのライフ・オブ・ブライアン』(44)で、ユダヤ民族の反乱組織に加わった主人公ブライアンが、城壁に「ローマ人は出ていけ」と文法的に不正確なラテン語で書きつけるという、「ある世代」すなわち「一九六〇年代から一九七〇年代にヨーロッパでラテン語を学んだ」世代にとって「爆笑もの」の場面に言及している(*Trans**15)。この行為を見咎めた百人隊長は、ブライアンに罰として、正しく活用したラテン語で「ローマ人は出ていけ」と百回、壁に書かせるのである。ハルバーシュタムがこの場面の分析に紙幅を割くのは、帝国主義および植民地主義の支配が言語を通じて、しかも内容や意味ではなく、形式や文法のレベルでおこなわれてきたこと、そして文法という規則《ルール》が、支配階級の恣意的な規則《ルール》／支配の道具となってきたことを例証するためである（16）。しかしながらこのくだりが、少なくとも「一九六〇年代から一九七〇年代にヨーロッパでラテン語を学ん」でいない筆者にとって印象的なのは、そこに濃密に漂う素朴なノスタルジーである。モンティ・パイソンが、ケンブリッジ・オックスフォード両大学のコメディサークルの出身者によって結成されたことは、夙に知られる。「わたしたちは、テクストの実際の内容を一度も議論せずに、読んで直訳するだけだった」（16）とハルバーシュタムが述懐するとき、「死んだ言語」の例文の書き取りを機械的に反復させられた「わたしたち」の、国境を超えた内的同一性が立ち上がる。パイソンズのジョークに爆笑できる、パイソンズを含む「わたしたち」の、想像の共同体である。

恣意的な、しかしそれゆえに現実の効果を持つシニフィアンとしてのラテン語、というハルバーシュタムの見立ては、ブルデューによる美的性向の形成をめぐる議論と共鳴する。

> 美的性向とは、日常的な差し迫った必要を和らげ、実際的《プラチック》な目的を括弧にいれる全般化した能力であり、実際的な機能をもたない慣習行動《プラチック》へむかう恒常的な傾向・適性であって、それゆえ差し迫った必要から解放された世界経験のなかでしか、そして学校での問題練習とか芸術作品の鑑賞のようにそれ自身のうちに目的をもつ活動の実践《プラチック》においてしか、形成されえないものである。（ブルデュー 85）

ただしブルデューは、「家庭や学校の教育活動」が「教えこむ内容をとおしておこなわれる」ことを完全には否定していない（85; 強調は筆者による）。ブルース・ロビンスは――ブルデューが古典教育を、もっぱら社会的地位の恣意的な印とみなしているとの前提に立ち、ブルデューへの反論として、ではあるが――ラテン語および古代ギリシャ語の教育が、恣意的な指標であるどころか、支配階級に、言語によって統治する術、すなわち修辞学《レトリック》を教える機能を果たしてきたと主張する（Robbins, *Criticism* 94）。キケロやセネカの弁論の学習者に求められるのは、独創的な見解を披露することではなく、標準的な技術を習得したことをアピールできるようになることであり、その習得には、ピアノの練習にも似た、機械的反復が必須なのである（95）。修辞学の教育には、説得力ある弁論能力の習得という、実践的な到達目標があるのだ（95）。

難解さにかけてはバトラーに引けを取らないスピヴァクは、『単に難解なだけ？』所収のインタビューで、批評と教育においては直感に反することを追求すべきで、さもなければ他の人びとがすでに知っていることを反復するに過ぎないと説いていた（Murray 183）。他方で、「みずからの批評の潜在力を発揮する」（Murray 185）ためには、ジムでのトレーニング――「骨折りなくして利益なし〔No pain, no gain〕」、ってやつ？」（182）――に似た訓練が必要不可欠だとも言う。

わたしは少しばかり自信喪失するのも悪くないと思いますよ。わたし自身、複雑なテクストだけでなく一般読者向けの科学書を読んだり、哲学書を読んだり、わたしのお粗末な古代ギリシャ語でアリストテレスを読んだりするときに、そうなんです。簡単ではないし、気遅れしします。本当に自信がないんです。わたしにとってはジムに行くようなものですね。ジムのマシンですごく一生懸命やってる――うめきながらも根気強く努力している――人たちを見たことありますか？骨折りなくして利益なし、ってやつ？　そのことをわたしたちは、身体に関しては知っていますよね。なのに、心に関してはそれを忘れてしまっているのは、なぜでしょう？（181-82）

こうしたスピヴァクの発言は、インドの村で初等学校の経営と教師の訓練に長年携わってきた経験に裏打ちされたものである。「知的労働という概念」を持たない貧しい子どもたちには、「スロム・ナ・コルレ・レカ・ポラ・ホエ・ナ（「一生懸命がんばらなくては、勉強ができるようにはならない」）と諭すのである（『スピヴァク』47）。スピヴァクが「機械的学習とか、旧弊な設問に対する答えを暗記して試験を乗り切ったりするような、恐ろしいシステム」の改革の必要を訴えるのは、そのシステムがスピヴァク自身の受けた中産階級の教育とは「言語道断なほど異なる」からである（Murray 187）。彼女自身が「お粗末」と謙遜する古代ギリシャ語の読解力は、ジムでのトレーニングのような根気強い機械的反復なしには培われ得なかったものであろう。

では、どこからが言語道断でどこからが適切な骨折りなのか。その線引きに用いられるのは、ほとんど直感ないし常識と化した基準である。創作を学ぼうとする大学生が『ファイト・クラブ』以外に共通の参照枠組みを持たないのは由々しき事態だと、ジェフリーズは考えている。けれども多元化それ自体を否定しているわけではおそらくない。由々しいのは、創作を学ぼうという大学生が現代の大衆小説にしか親しんでいないことよりも、この本が映画版（一九九九年）とともに、作り手の意図に反して「インセル」と呼ばれる白人男性至上主義者たちのバイブルとなっている現状[45]を認識していない可能性のほうではないか。受講生がフォルマリズム的関心から、あるいは、ただ面白いという理由から『ファイト・

クラブ』を愛読書に挙げたとしたら、講師は、本への愛ばかりでなく、本を取り巻く権力関係とその系譜に、注意を促さずにはいられず、シラバスを微修正しながら、受講生の持つ批評の潜在力を引き出そうと腐心するだろう。そのときには、クィア理論を含む批評理論に依拠するだろう。

以下は、グレッグに本調査への同意を求めた際のやりとりである。

グレッグ 〔趣意書兼同意書の文言を読み上げながら〕「〔不明な点について〕質問することはできましたか?」――はい〔と言ってイエスに丸を付ける〕。〔筆者の所属先を指して〕東京にあるの、あなたの大学は?

筆者 そうです。うちには英語学科も英文学科もないので、批評の専門家になるわけではない学部生を教えるのに、苦心してます。学生をうんざりさせたくないので。

グレッグ それは科学でも同じだね。例えば量子物理学とか、高度に学術的だから、いきなり手ほどきしたりしないよね。(二〇一七年八月一七日)

これを聞いて筆者の頭に浮かんだは、ソーカル事件の発端となったパロディ論文「境界を侵犯すること――量子重力の変形解釈学に向けて(Transgressing the Boundaries: Toward a Transformative Hermeneutics of Quantum Gravity)」であった。ソーカルは、論文の投稿から時を置かず、ジャン・ブリクモン(Jean Bricmont)との共著において、ポストモダン思想がいかに自然科学の概念や用語を濫用してきたか、つぶさに検証し批判した。いわく「科学における言語の意味は、同じ言葉の日常的な意味とは微妙に、しかし本質的に異なっており、複雑に絡み合った理論や実験を知ってはじめて理解できる」(ソーカル&ブルクモン 248)。したがって「心理学者が彼らの分野において「観察者は観測の対象に影響を及ぼす」という事実を主張するときに量子力学を持ちだす必要はない。これは自明の理であって、電子や原子のふるまいとは何の関係もないのだ」(249-50)。もっともな指摘である。

デイヴィッド・ロッジは、一般読者向けの『小説の技巧』においてあえて専門用語を用いる理由を、「エンジンを分解するにはそれなりの道具が要るのと同様に、文学テクストを分析するにはそれを記述するための適当な語彙が必要」だからだと説明している(10)。「文学批評を少しばかりかじってみようかという人」(11)が相当数存在することを、『小説の技巧』の人気は証明するわけであるが、そういう人にとってすら受け入れ難いのは、自然科学とは違い、普遍的とされる人間本性を日常言語を用いて照らし出そうとする小説を読むために、特別な訓練が必要だということ、さらに小説を読むために日常言語とは異なる批評の語彙を習得しなくてはならないこと、であろう。前述のとおり、バトラーがことさらに攻撃される理由の一つを竹村和子は、思弁的クィア理論が「人の自己形成の有り様、つまり自他関係の根幹に関わってくる」(276-77)ためだと分析した。文学もまた「人の自己形成の有り様、つまり自他関係の根幹に関わってくる」ものである。文学批評が日常言語と文学言語の両立を否定するなら、批評はその「制度の外側では、つまり一般読者に対しては、無価値なものとなり、文学テクスト自体の解放性や豊穣さを割り引いてしまうことになる」だろうと、竹村は懸念する(220)。

ふたたびギロリーによれば、一般読者は、大学教授が自分たちに「手引きを与えるという伝統的な義務」を果たしていないと考え、大学教授のほうでは「洗練され政治的な警戒を怠らない読みの技法が世の中を変える効果を有する」と考えているという(“Ethical Practice” 33)。ということはつまり、大学教授の読みの技法が懐疑的であるとしたら、一般読者のほうでは、大学教授が懐疑的な読みを押し付けて快楽を奪おうとしているのではないかと懐疑的である（"Ethical Practice" 34）。一貫してアカデミア内外の違いを強調するギロリーはこうして、両者が懐疑という方法を共有していることを端なくも認めた格好である。前掲のカクタニの観察が正しければ、ギロリーが学部生の卒業後を、「我々の専門的指導の下で学んだような読み方では二度と読むことはないだろう」（"Ethica Practicel" 33）と案じたのは、杞憂だったことになる。

Tグループのレイチェルが、分析的な視点で読む教育に永遠に縛られると語ったことを思い出そう。彼女はTグループで唯一、インタビューの際みずからをスノッブ、左翼、中産階級などと自嘲した協力者でもあった。例えば、図書館のパートタイム職員だったときに、所蔵図書への利用者の書き込みの有無と、本のジャンルとの関係を発見したというエピソードでは、書き込みがあるのは「リテラリー・フィクションではなく、ウェスタンやミルズ&ブーンだったの――こんなこと言うの、スノビッシュだけど」といった具合である。しかしスノッブの自認とは裏腹に、購読雑誌について聞くと、お金を払ってまでは読まないけれど、美容院でゴシップ週刊誌のグラビアを眺めるのを楽しみにしていると、あっけらかんと明かした。

美容院に行ったら『ハロー！』（*Hello!*）を読むわね、その写真が好きだから。〔中略〕うちでは高級紙〔broadsheets〕を取ってるわね。週日は『ガーディアン』で日曜は『オブザーヴァー』、それがわたしたちを左翼にするわけ〔which makes us left-wing〕。週日は『イーヴニング――』も取っていて、それがわたしたちをローカルにするわね〔which makes us local〕。

左翼だから『ガーディアン』や『オブザーヴァー』を読むのではなく、それらを読むたびごとに左翼になる。自律して首尾一貫したアイデンティティを幻想と看破するかのような語りは、批評理論の近代主義的自我批判と一脈相通ずるものがある。むろん、これがポリテクニクでの訓練の結果と断じることはできないけれど。

『アカデミアの内と外』でも論じたように、一九八〇年からカリフォルニア大学サンタクルーズ校で科学技術とフェミニズム理論を講じるダナ・ハラウェイは、レーガン政権下の八八年にすでに、自然科学のメソッドを否定する〈強力なプログラム〉すなわち社会構築主義の行き過ぎに警鐘を鳴らしている。カルロ・ギンズブルグもまた、八八年から教鞭を執る「カリフォルニア大学〔ロサンゼルス校〕という〔中略〕人文系の諸学科とソーシャル・サイエンスの分野で物語論的懐疑主義が支配的な立場を獲得するにいたっているアカデミズムのコンテクスト」〔11〕の内部から、「一人だけの証人」という懐疑主義批判の論考を、九二年に発表している。この論考は、「ナチスによるユダヤ人絶滅作戦の現実を否定して、それをたんなる誇大広告であるとみなそうとする〔中略〕立場を論駁する能力が、懐疑論者たちにはないことを明らかに」するものである〔11〕。ただし反実証主義の機運は、左翼によって数十年も前から醸成されていて、それがアカデミズムの外部でも訴求するようになったとしている。

一九六〇年代の終わりから七〇年代の初めにかけての時期には、主観主義は——極端な主観主義も含めて——明確に急進的な趣きをもっていた。〈希望〉が左翼の言葉と考えられるようになった状況のもとで、〈現実〉のほうには〔「現実の事実」を強調することも含めて〕明らかに右翼の色彩があった。このような単純で、さらには自己敗北的なものでもある見方は、今日ではおおかた乗り越えられてしまったようにみえる。現実からの実質的な逃走を意味しているようなさまざまな態度は、もはや、ごく一部の左翼の排他的独占物ではなくなってしまったという意味においてである。このことは、今日懐疑論的イデオロギーが、アカデミズムの外部においてさえ、異例なばかりの訴求力をもっていることの理由を説明しようとするさいには、どうしても考慮に入れておくべきことであろう。(117-18)

ブルース・ロビンスによれば、六〇年代末から七〇年代の初めにかけての社会運動における民主化への衝動には、戦闘的な反エリート、反専門知も含まれていて、それこそが、アカデミアにおける社会構築主義を推進する政治的エネルギーであったという(Robbins, *Criticism* 38, 163)。要するに、漠然としたニヒリズムは、アカデミアの内外で相互に浸潤してきたのである。

9　文学は人生を変えるか

『素敵な仕事』で、ヴィクターがブロンテ姉妹について「聞いたことがある」だけと知って、ロビンが面食らう場面を見てみよう。ロビンは、フェミニズムの視点から産業小説を研究するラミッジ大学の臨時講師、片や労働者階級出身のヴィクターは、グラマースクールから専門学校へ進んで機械工学を学び、見習い工から鋳物製造会社の専務に栄達した人物である。ロビンは、ヴィクターがOレベルでシェイクスピアの「『ジュリアス・シーザー』をやった」けれど「あちこち暗記しなくちゃいけなかった。教師は南部から来た高慢ちき野郎で、わたしらの訛りをいつもクソ——からかいやがった」(*Nice Work*

663）ことは承知している。どんな生徒でも英文学嫌いにさせるに十分な、あまりに幼稚で愚かしい振る舞いである。

「〔前略〕それら〔『ジェイン・エア』と『嵐が丘』〕は古典――というか、一九世紀の小説で最も偉大な二作品なの。」ヴィクター・ウィルコクスのように読み書きができて聡明な何百万もの人たちが、『ジェイン・エア』と『嵐が丘』を読んだことのないまま、イングランドを闊歩しているに違いない、と彼女は思いを巡らせたが、そんなふうに文化的に恵まれない状況は想像し難かった。だけど、ジェイン・エアとともにロウッド校で身を震わせたり、キャシーとともにヒースクリフの腕のなかで胸を高鳴らせたりしたことがなくたって、何か問題あるかな？　そこでロビンの頭をよぎったのは、これはいかにも胡散臭いヒューマニスト的発想だし、古典という言葉からしてブルジョワのヘゲモニーの道具だ、ということだった。「もちろん」と彼女は付け足した。「願望充足のロマンスに過ぎないと解釈されることも多いけど、『ジェイン・エア』はとくにね。テクストに刻み込まれた政治的・心理的矛盾を暴露するためには、ディコンストラクトしないといけないの」

「何だって？」ウィルコクスは言った。

「読んでない人に説明するのは難しいな」そう言ってロビンは〔昼食の後、車に揺られたせいで心地良い眠気に襲われて〕目を閉じた。〔後略〕(*Nice Work* 738)

ロビンの素朴な反応は、リヴァプール大学の英文学講師だったジェイン・デーヴィスに慈善団体「リーダー・オーガニゼーション」の創設（二〇〇八年）を決意させた瞬間のそれと似ている。デーヴィスは、一六歳で正規の教育を終え、シングルマザーとして子育てをしながら二六歳でリヴァプール大学に入学、英文学の最優秀学士を授与され、同大学大学院で博士号を取得した人である（"Our Story" 8）。ある日の出勤途中、イングランド北西部の「ヨーロッパで最も貧しい」地区で赤ん坊の姿を見かけた瞬間、ワーズワースの詩の一節が頭に浮かび、「「あの赤ん坊は、ここで育って、決してワーズワースを読むことはないだろう」と思」ったのだという（Davis）。デーヴィスは、ロビンのように古典をブルジョワのヘゲモニーの道具だと思い直すことはなく、「偉大な本の数々を大学の外に出して、それらを必要としている人たちの手に届けようと決意」する。デーヴィスにとって「文学は自分で選り好みする贅沢品などではなく、人生を変える想像力の源だ。子どもの頃、文学はさまざまなロールモデルと可能世界をわたしに与えてくれた。大人になってからは、意識を拡張し、気持ちを他者の経験のなかに置いてくれる。それこそがわたしたちの必要とするものなのだ」（Davis）。

「文学は贅沢品ではなく人生を変えるものだ（Literature Isn't a Luxury but a Life-Changer）」と題された『ガーディアン』紙へのデーヴィスの寄稿は、詩人オードリー・ロードのエッセイ「詩は贅沢品ではない」（Audre Lorde, "Poetry Is Not a Luxury," 1977）を想起させるが、ロードへの言及はない。黒人のレズビアンでフェミニストのロードにとって詩とは、「白人の父たちが尊いものだとわたしたちに教えた」観念から自由になり、「わたしたち自身の、いにしえの、非-ヨーロッパ的生の意識に触れる」ためのものである（Lorde 3）。ワーズワースを真っ先に思い浮かべたデーヴィスの志向とは、むろん相容れない。

デーヴィスが『人生を変える』あるいは「さまざまなロールモデルと可能世界を与える」と婉曲に表現するところを、「読書を通じて〔受刑者を〕中産階級に引き上げる」（Walmsley 25）とあっさり言ってのけたのは、カナダの六つの刑務所で読書会を主催するキャロル・フィンレイ（Carol Finlay）だ。[46] この身も蓋もない発言を引用したアン・ウォームズリ（Ann Walmsley）は、フィンレイを擁護する意図であろう、急いでこう付け加える――「この言い回しは、〔服役中の〕男性たちがより広い文化に繋がれるような手助けについての彼女の比喩であった。また、リテラシー、共感力〔empathy〕、社会的スキルの発達を通じた贖罪を示唆するもの〔code〕でもあった」（25）。要するに「より広い文化」とは中産階級の文化の謂であり、その文化が要請するリテラシーと共感力と社会的スキルの獲得の失敗は、制裁の対象となり、贖罪のためには再教育による獲得が不可欠ということである。「純文学〔serious fiction〕の主たる魅力が、中産階級のライフスタイルと価値観を肯定する傾向にある」（Moretti 380）とすれば、文学作品は階級上昇のための格好の教材となる。フィンレイの運営方針に対するウォームズリの姿勢は両義的で、読書会を「立て直す〔fix〕」ために行動する際のスピードと切迫感は、まるで来四半期の成績改善の必要性を意識している最高経営責任者のようだった」（Walmsley 38）と振り返る場面もある。

ポール・ウィリスの『ハマータウンの野郎ども』（Paul Willis, *Learning to Labour*, 1977）を参照しつつ、権力・特権・排除・社会的卓越と分かち難く絡み合った読書という実践の、社会制度としての側面に着目するのは、エリザベス・ロングである（Long, *Book Clubs* 14-15）。『ハマータウンの野郎ども』は、学校という権威に反抗しながら、進んで筋肉労働を選び取るイギリス労働者階級の白人男子生徒たちの「選択」や「判断」が、社会というより大きな権威の労働力調達に応じる結果に結びつく、その矛盾した過程を分析した社会学の古典である。

この抵抗が中産階級の人びとにとって理解し難い理由は、読書が職業上の成功という点でも、より本質的な喜びという点でも、大きな報いであることが彼らには自明だからである。読書は、長期にわたって学校教育を受け、時間とお金を投じた結果、遅れて得られる満足と、よく噛み合うのだ。しかしながら、中産階級が他にも有する経済的・文化的リソースを持たずに読書や学校教育に取り組む人びとにとっては、そのような報いが得られることはさほど自明ではない。さらに、中産階級の行動や価値観に忠実であることは――それが可能であったとしても――、それ以外の生活様式や文化的価値が、個人や家族、さらに広い集合体を維持する驚くべき力を捨てることを、ほとんど必然的に意味する〔後略〕。(Long, *Book Clubs* 14-15)

中産階級「以外の生活様式や文化的価値が、個人や家族、さらに広い集合体を維持する驚くべき力」とは、「貧しい人びと」が頼ってきた「肯定、扶助、支えを与えてくれる共同体主義の倫理」(hooks, *Outlaw* 199)と等しい。こうした力や倫理を捨てる準備を、文学は整える。リヴァプールの「ヨーロッパで最も貧しい」地区では出会うことのない「ロールモデルと可能世界」を与え、「意識を拡張」し他者へのエンパシーを養ってくれるのが、「偉大な文学」である。

筆者の調査では、協力者の多くに「人生を変えた本」があるか訊ねた。あると答えた人がごくわずかであり、次章で見るとおり、そう答えた人が挙げたのが狭義の文学ではなくハウツー本であったのは、思えば理の当然である。本が生活の一部にある協力者は、そうと気づかぬうちに「大きな報い」を受けているのであり、経済的・文化的リソースを持たない人びとが、何らかの再教育を通じて得る、人生を変えるほどの報いを、実感することは稀であろうからだ。フラーとセドは、調査で訪れたアメリカの国家芸術基金の文学部門長の、あけすけな言葉を引用している。

「それ〔文学の人を変える力〕については、このあと三時半から、まぁその、かなり貧しい生まれから身を起こした人から聞いてもらいます。まぁその、委員長は、本が襟首をつかんで引っ張り上げていなかったら、その、いまごろは刑務所にいるか死んでいるか、っていう、そういう人ですよ。まぁ、それに対してわたしは、というか、わたしみたいに何不自由ない境遇に生まれた人間は、本が何から救ってくれたかと言ったら、医学部への進学から、ってとこですかね！」(qtd. in Fuller & Sedo, *Reading* 156)

本に囲まれ、文学を読むことが当たり前の環境にある（あるいはそのような環境に恵まれながら、読まないという能動的な選択が可能な）人は、この文学部門長が言うように、「必ずしも〔文学に〕人生を変えられたい」（156）と望むわけではない。今日の監査文化においてはときに、「人を変える力」が、事業の存在理由を正当化する「便利な」合言葉として用いられることに、フラーらは気づくのである（156）。

人生を変えはしなかったかもしれないが、「授業で教わったことの真価」を職業上の報いとして遅れて認識したのは、Tグループのジャネットだった。「ナイス」という語が説得の力を発揮しない文脈があることを、ジャネットは英文学の授業で、身を以て知ったのである。筆者の協力者のうち、学校教育のみならず（英文学教師の母親による）家庭教育を通じて獲得した言語による統治の術の、職業上の効用を明瞭に意識していたのは、オックスフォード大学で古典学の学士号を取得したのち、別の大学でMBAを取得、現在は石油・ガス関連企業に勤務する三七歳の管理職である。彼女は大学で英文学を専攻するか迷った末に、『イリアス』と『オデュッセイア』を研究することに決めたという。

わたしはマーケティング部門にいますけど、文章を書く機会がとても多いんですよね。それで実際、思うのは、ノンフィクションよりフィクションを読んできたことが、人にどう自分の考えを伝えるべきかについての理解を形成してきたんじゃないかってことなんです。今日、上司と会議があったんですが、市場とはどういうものかについて本を書くべきだって言われたんです。もし本当に書くとしたら、物語仕立てにするでしょうね。そうしたら、この石油やガスの業界で一緒に働いている人たち——わたしたちのやっていることについてちょっと知識のある人たち——が、それ〈すでに持っている知識〉と〈市場の仕組みとを〉結びつけられるでしょうから。物語の構造という考え方は、フィクションをたくさん読んで、自分の視点を理解したり検討したりすることで得られるんじゃないかな？（二〇一八年八月一七日）

叙事詩という物語様式は、説得の術としても機能する。ちなみに彼女の弟は、オックスフォード大学で英文学の学士号を取得後、同大学院で言語学と経営学を学んでいるという。

フィクションが効果的に叙述できるのは、市場ばかりではない。何であれ特定の制度の仕組みを描くのにフィクションはおそらく最も効果的な方法であるとイーグルトンは指摘する（Eagleton 14）。というか、制度の内部で現実に起きていることは往々にして瑣末で、偶発的で、反復的であるから、重要と判断される側面を特筆すれば、おのずとフィクション寄りの概説になっていく（Eagleton 14）。フィクションがときに現実よりもリアルだと言われるのは、この説得力のゆえである（Eagleton 14）。いっぽうフィクションにおいては、瑣末なことは〈現実効果〉を与えるものとして活用し得る。そして懐疑主義的な読み手は、テクストの説得に抗って、テクストの表向きの首尾一貫性に亀裂を走らせるような偶発的出来事を注視する。「慣用的語法や修辞の論理に注意しながら読む」精読の方法は、「慣れ親しんできた居住空間」を「不気味なもの／疎遠なものに一変」させることすらある（スピヴァク『ある学問』126）。それはスピヴァクによれば、「他者へと関心をさし向ける」、「人間らしくある」ことに繋がる（『ある学問』124）。

スピヴァクはデリダの「来るべき友愛のポリティクス」の実現に向けて、敵愾心の政治を脱政治化することを唱道する（『ある学問』22）。

〔前略〕本来の文学研究は、物語というかたちで具体的に呈示されているもろもろの文化の行為遂行的な様態に接近する手がかりを与えてくれるものといえる。〔中略〕どれほど不完全かもしれないにせよ、他者化すること／他者として接すること（othering）を自己目的として努力しようとする用意のある、想像力をもった読者という立場にみずからを置くのである。〔中略〕そのためには、旧弊な比較文学をかつて有名にした刻苦勉励を見習うべきであろう。（22-23）

二〇〇〇年におこなった講演の原稿を改訂し、二〇〇二年に上梓した『ある学問の死』の一節である。ほぼ同時期に執筆し、二〇〇四年に発表した「タゴール、クッツェー、そしていくつかの教育現場における倫理と政治」(47)においては、つぎのように明かす。すなわち、ジョージ・W・ブッシュ政権の国防副長官としてイラクに軍事攻撃をしかけるポール・ウォルフォウィッツをテレビで観ながら、彼が政治学ではなく「文学の解釈の本格的な訓練を受けていたら、そして／あるいは敵も人間だという想像力を有していたら、彼のイラクに対する姿勢はこれほど硬直したものではなかったろうに」とよく考えたと（"Ethics" 325）。「この確信は検証できるものではない」と付言しながらも、「そのような希望を抱きつつ、人文学は教育を実践するのである」と、スピヴァクは主張する（"Ethics" 325）。

　ということは、文学の本格的訓練は、敵も自分と同じ人間だという想像力が元から備わっている人には免除してもよいが、そうでない人には必須ということになる。ウォルフォウィッツのような人物こそ、政治学ではなく比較文学を専攻すべきだとスピヴァクは考えるわけだが、敵は自分と同じ人間ではないという揺るがざる信念を揺るがすには、説得が必要である。そもそも比較文学を志すよう仕向けるには、遅くとも中等教育で介入しなくては間に合わない。ありもしない大量破壊兵器が世界を脅かしていると主張すること、他国への侵攻を「イラクの自由作戦」と称すること——これらはいずれも、「あることを語りつつ、べつのことを意味する言語のことをレトリックと定義していいなら」（ジョンソン 322）、レトリックに他ならず、政治家や政府機関が自家薬籠中のものとするところである。[48] スピヴァクが前掲の論考を「肝心なのは財源だ」（"Ethics" 334）と結ぶのも宜なることである。

　ふたたび、インドの初等教育の現場で「よい教育を受けていないか、まったく教育を受けていない」教師たちを「説得する術を学ぼうとする」スピヴァクの言葉に、耳を傾けよう。

> これはほんとうに難題です。そして創意工夫も必要になります——自分が成功しているかどうかはわかりません。ひどい間違いを犯しますし、わからないことだらけで、私の専門領域でもありません。これは現場の仕事なのです。（『スピヴァク』46）

そうしてスピヴァクは、手弁当で働く。

他者へと関心を差し向けることによって、自身の信念や目的が作り替えられるとき、「人生は変わる」だろう。しかるに「他者化すること/他者として接すること（othering）を自己目的として努力しようとする用意のある」主体とは、自己決定する自律したリベラルな主体であり、自身の信念が変容を蒙ることを良しとするリベラリズムそれ自体が揺らぐことはない。スピヴァクは、「想像力をもった読者という立場にみずからを置く」精読の方法は、「文学作品を道徳の副教材のようなものとして読むこと」とは違うとする（『スピヴァク』33）。しかしながらその言辞は、「小説を他者性と社会の多様性を体現したジャンルと見る旧来の倫理学を、ポスト構造主義の、ポスト－マルクス主義の、ポスト－フーコー批評の、ポスト脱構築の時代のために再編した」新しい倫理学（Hale, "Fiction" 190）に連なる。

次章ではまず、アカデミアの外で公教育を補完する「現場の仕事」に注目し、文学テクストが、読者に呼びかけて倫理的主体を構築する大文字の他者としてではなく、生身の他者同士の交流の媒介として、自他の「人生を変える」可能性について考える。続いて、男性ばかり六名から成る読書会のパトリックの葛藤に満ちた語りを傾聴し、彼を読書に向かわせるバックグラウンド——それをギロリーは「習慣としての道徳」（*Professing* 336）として一蹴するであろう——の重層性について検討する。最後に、読書による自己改善の媒体として、文学テクストではなくセルフヘルプ本を挙げた協力者二人の対照的なケースに着目し、本が役に立つとは何を意味するのか、さらに考察を加える。

第八章 利他の共同実践

1 〈福祉の契約主義〉の現場

ジョン・ギロリーは、「自己への配慮」すなわちセルフヘルプとしての読書を推奨する。その際、前提となっている読者は、ジェンダーも歴史も持たない、首尾一貫性と連続性を備えた、世俗的で孤立した消費者である。けれども、人と本との関わり方が人生の折々で変化することは、本書がここまで見てきたとおりである。T読書会メンバーの場合は、親団体が掲げる目標——家事や育児以外の幅広いトピックについて議論する場を提供すること、友情と自信を育み、（夫の仕事の都合で）知らない土地に越してもその地で会員と繋がれるようにすること、支部の活動を通じて継続的な学びと自己改善の機会を提供すること——に共鳴し、なかには子どもに手がかからなくなってから、あるいはリタイヤもしくはセミリタイヤしてから、加入した人もいる。我が子の読み書き能力とその獲得を通じた徳性の涵養に心を砕いて自身の趣味の読書は後回しにし、子が巣立ち比較的自由になった時間で、他者が読むことを助けるようになった人も少なくない。こうした変遷は、ケアの担い手たることを期待される女性のライフコースの一つの典型であり、それは彼女たちが生きてきた時代に固有の社会・経済状況や人口動態、福祉・教育政策などに大きく影響されている。

Tグループのメンバーはめいめい、病院、ホスピス、劇場、博物館、ナショナル・トラスト、ひとり暮らしのお年寄りを自宅に招いて食事を振る舞う慈善事業などで、ボランティア活動にいそしんでいる。グループとしても、庇護希望者や移民を支援する団体に、定期的に食品を贈るなどしている。その熱意と行動力には敬服させられるが、慈善活動が日常生活に深く根づいているイギリスにおいては（金澤 177）、彼女たちがとりわけ奇特というわけではない。読むことに関わる社会奉仕もあくまで前述のような活動の一環である。博物館の案内ボランティアの立ち仕事が年々堪えるようになり、座ってできる活動を探していたところへ、後述の「シェアド・リーディング」に出会ったというリズの例は、読書が他の利他的活動と地続きであることをよく示すものだ。(1)

メンバーの多くが参画しているのが、親団体からは独立した草の根グループによる、地域の図書貸出サービスである。グループは、T地区唯一の公立図書館が二〇一三年に閉鎖されたのを受け、ジャネットの呼びかけで発足。孤立しがちな高齢者のコミュニティセンターを兼ねた恒久的な図書館の開設を最終目標に定め、(2)州議員へのロビー活動を粘り強くおこなう傍ら、あるNHSクリニックの協力を取り付け、玄関の三畳ほどの細長いスペースを間借りし、(3)書架を置いていた。そこへ州の中央図書館から借りた六百冊を並べ、貸出は六週間に一度、木曜午後一時からの三時間、メンバーが二人ひと組で九〇分ずつ担う。筆者が二〇一六年一一月二四日の午後一時から約一時間半見学した際には、高齢の女性たちがつぎつぎと訪れ、しばし閑談に興じていた。ヘザーに聞いたところでは、蔵書は六週間ごとに四分の一をランダムに入れ替えているが、いずれは利用者の貸出状況を分析し中央図書館にリクエストする本を選定することを検討中の由であった。簡易的なサービスゆえ、個々の貸出・返却状況は州立図書館の電子ネットワークで管理されてはおらず、手書きで記録されていた。自分が読んだ本を（司書ではなく）ボランティアに把握されることを嫌って利用を躊躇する人があるやもしれないが、訪れた人たちはボランティアと本を薦め合ったり、感想を語り合ったりしていた。利用者の一人は、何を借りて読んだかすぐに忘れてしまうため、貸出・返却記録をボランティアと一緒に見返して、重複を避けるのだと話した。ここへ足を運ぶこと自体に、活字から得られる快楽と同等か、それ以上の価値があろうことには、疑いを容れない。

ここでいま一度、マーク・ローソンの『複数の死』を思い出したい。T読書会ではこの本を、イギリス人の典型と呼ぶに相応しくない、あるいは、実在しないような八人を主要登場人物としているとの理由で、読むに値しないと断ずる参加者がいた。この価値判断は、自分たちのような典型的イギリス人に似た人物が作中に不在であるか周縁化されているとの見方にもとづいていよう。すでに指摘したように、じつのところ、Tグループメンバーに似た人物は、周縁に描き込まれている。架空の村ミドルベリーの読書会メンバーと、やはり架空のノースベリー村の市民相談所のボランティアたちである。T読書会の集まりで、ミドルベリーの読書会に言及する人はなかったが、(4)「いけすかない」主要登場人物のうちジェノーを、ボランティア活動に従事していることを理由に擁護する向きはあった。市民相談の担い手は、公務員ではなく、研修を受けたボランティアであり、ジェノーだけが「他のほとんどのボランティアスタッフの娘でもおかしくない若さで、それもほとんどの人たちはリタイアしてようやく、享受してきたものをいくらか還元する時間の余裕ができるわけだから納得だ」(ch. 2)。ここに描かれているのは、〈福祉の契約主義〉の現場である。

〈福祉の契約主義〉とは、ニューレイバー以降の政策の基本理念で、政府は、地域コミュニティにおける「多様な経済主体（市民、企業、ボランティア団体）」と「パートナーシップ」を結ぶことで、脱中央集権化と福祉の市場化を推し進めてきた（原、「福祉国家」45-46）。前章で触れた「イギリスでの生活テスト」の模擬テストには、「ボランティア活動から得られる二つの利点は何ですか？」という設問があり、正解は「新しい人と出会うこと」と「自分のコミュニティをより良くすること」である（*Life in the UK Test Practice*）。新しい人と出会いたいという利己がコミュニティをより良くするという利他に通じるということであろう。面白いのは残りの選択肢、「追加の収入が得られる」と「移動のための自動車が無料でもらえる」である。テストは、質問の体をとった、主体化／臣民化の呼びかけに他ならない。（医療や介護などのセクターを不当な低賃金で支えることになるかもしれない）移民が心得ておくべきは、ボランティアが、典型的イギリス人が従事する無報酬の活動であるということだ。それは畢竟、臣民たるもの、血税を原資とする福祉の恩恵に浴するばかりでなく、〈福祉の契約主義〉を体現せよ、とのメッセージである。Tグループメンバーは、この点において間違いなく典型的なイギリス人である。

本章ではまず、リズとシンディが研修を経て関わっている、読むことに関わるボランティアに焦点を合わせる。第2節ではリズが携わっているシェアド・リーディングについて、第4節でシンディの「ビーンストーク」での活動について、詳しく見ていきたい。第3節は、ジャネット、アニー、シンディの、支援する側ではなく受益者としての、「リーディング・エージェンシー」との関わり方に目を向ける。いずれも、ギロリーのいわゆる自己改善のための倫理的読みよりも、はるかに複雑な快楽の経路を経た、利他的共同実践である。

むろん、一般読者の間に、セルフセラピーないしセルフヘルプとしての読みの実践が見られるのも事実である。ギロリーはそれを倫理的実践の「低級な形態」、「大衆化ないしは商業化された形態」（*Professing* 338）と呼ぶのであるが、一般読者の読み全般にそのような形態が妥当するわけではないことは、第四章で指摘したとおりである。本調査協力者の多くは、〈有益な読書〉と〈無益な読書〉とを弁別し、用途に応じてジャンルを選別する。なかには〈人生を変えた本〉や〈有益な本〉にセルフヘルプ本を挙げ、文学をもっぱら外的目的を持たないジャンルとみなすか、単に〈無益〉と切り捨てる協力者もあった。こうした一種の役割分担が生じた原因の一端を、ベス・ブラム(Beth Blum)は、「高尚な文学」を対象とする解釈の専門化に求める。

〈自己〉改善のための読書が学者の不興を買うようになっても、セルフヘルプ本は、それを通じて個々人が存分に自己改善を追求できるような媒体を提供する。これこそ、セルフヘルプの衝動強迫がどのようにして広まるにいたったかについての、少なくとも一つの仮説である。自己改善を読書の目的として是認するのを拒むことで、文学研究の専門化は、感情の排除と〈功利主義からの〉自律を言祝ぐ高尚な文学に倣って、図らずも、市場を丸ごとセルフヘルプものに譲り渡してしまったのかもしれない。(Blum 7)

まさに「学者の不興を買うようになっ」た自己改善のための読書を、ギロリーは再評価しようとするわけだが、読書を通じた自己改善に励む読者が、「高尚な文学」をその媒体として選び取るとは限らない。

ギロリーは、読みの実践はアカデミア内外で決定的に異なるとして、それぞれについて四つの特徴を挙げている(“Ethical Practice” 31-32; *Professing* 331-32)。以下に要約すると、まず、学者の読みは、

一、仕事である。大量の時間とリソースを要し、給与が支払われる。

二、訓練を要する活動である。読み／解釈の慣習と調査の基礎的作法を習得するのに何年も要し、ゆえに、その習得に成功した者には学位が授与される。
三、用心深く警戒を怠らない。消費の快楽に終始することなく、持続的な反省を伴う。
四、共同実践である。独りで読んでいるときも、その読み／解釈は、学生や他の学者に向けて発表することが目指され、専門家からの反応や評価の対象となる。

対する「専門家でない、一般の」読者については、そもそも時間とリソースの制約から、学者と同じ実践は困難であるとしたうえで、つぎのように特徴づける。すなわち一般読者の読みは、

一、余暇の場面でおこなわれる。アカデミアで読まれるような文学作品が読まれるとしても、それは仕事の文脈においてではない。
二、訓練を受けた専門家とは異なる読みの慣習に従う。
三、快楽を得るという動機にもとづく。教育的・道徳的な目的などがあったとしても、最初の、かつ必須の動機づけは快楽である。
四、概して独りでおこなわれる。

見てのとおり、一般読者の読みの特徴は、単に学者の読みの特徴を反転させたに過ぎず、驚くほど図式的である。二〇二二年刊行の単著では、この「図式的記述」について、「ここで詳述できるよりはるかに複雑な社会状況を抽象化したものであり、したがって我が読者諸氏には、この図式を各々さらなる探

究を進めるための助けと理解されたい」（*Professing* 331）との釈明が加わっているものの、図式それ自体は二〇〇〇年の論考から改まっていない。

ギロリーによる現状の診断は、「多くの一般読者はみずからの読みの経験が改善することを望み」、「文学の専門家に、一般読者との新しい関係を〔中略〕築くよう迫っている」というものだが、専門家がこれに応答するには「一般読者とは何かを、よりよく理解する」必要がある（*Professing* 342）。にもかかわらず、一般読者が専門家との関係構築を含む改善を望んでいることを裏づける事例を、ギロリーが挙げることはない。結局のところ、現状として提示されているのは、一般読者が改善を望んでいることを望むギロリーの望みである。「わたしたちの「セラピー文化」こそが、ギリシャ的な意味での倫理的実践」、例えば運動、料理、視覚芸術、音楽への参与のような実践の復活をもたらしたと、ギロリーは主張する（338）。「ギリシャ的」が含意するのは、これらの実践が倫理的であるために、それ以外の実践を引き受ける他者の存在を前提としているということだろう。「一般読者の読みが倫理の領域に属すのは、それが自己に対する実践であり、読書の楽しみという経験が、近代初期に自己改善と呼ばれたような意味で、教化したり洗練させたりすることが可能だからだ。快楽／娯楽〔pleasures〕の実践がそれを強め、それを我々のためになるものにするからだ」（338）。となると、文学の専門家の仕事は、硬直化した「教育的・道徳的目的」から一般読者を解放することとなのだろうか。

本研究の協力者のなかには、読書から快楽を排除しようとする自身の志向を、キリスト教の信仰やエスニシティなどに帰する人たちがあった。そのような志向は、ギロリーの分類では、倫理というよりは、「思索や意識を必ずしも必要としない」」、「習慣としての道徳」（336）ということになろう。だが、それは少なくとも「大衆化ないしは商業化された形態」と一括りにして斥けられるべきものではない。

ギロリーはバルトの「テクストの快楽」について論じる際、リチャード・ミラー（Richard Miller）による英訳（*The Pleasure of the Text*）を典拠とし、一貫して中期フランス語の plaisir に由来する pleasure を用いている。いっぽうバルトの原典 *Le plaisir du texte* において plaisir は、ときに jouissance と互換的に、ときに区別して用いられる。筆者が依拠する沢崎浩平訳『テクストの快楽』では、前者が快楽、後者が悦楽と訳し分けられるが、沢崎は「あとがき」で適切に、バルトにとっては、テクストにせよ快楽／悦楽にせよ、「定義された途端にすり抜けていくもの、あるいは、定義されてはならないもの」であり、バルトの仕事の「一時期の一つの定義にこだわるような硬直した読み方」を回避するよう戒めている（155-56）。バルト自身は、「用語はまだ確定していない。私も間違え、混乱する。いずれにせよ、いつまでも曖昧な部分が残るだろう。使い分けたからといって、はっきり区別したことにはならない」（『テクスト』7）と述べ、曖昧さの由って来るところを、一つには「快楽（満足）と悦楽（失神）とを同時にカヴァーするフランス語がないから」（『テクスト』36）と説明している。そして諸処で「悦楽」の特徴は「衝撃、動揺、忘我」（『テクスト』37）にあり、「極度の主体喪失」（『テクスト』111）にあると、記述している。

ギロリーの「快楽」の用法もまた揺らぎ続ける。「正統派に逆らうポリティクス〔transgressive politics〕の装いで現れるときだけ」快楽を擁護する「快楽の政治化」を批判しつつ（*Professing* 341）、自己改善という明確な目的を伴う営為を「快楽」として肯定し、持続的反省を伴わない消費の「快楽」に終始することを良しとしない、といった具合である。フランス語の plaisir 同様、pleasure にも「娯楽」や「意思」といった意味があるのだから、当然といえば当然である。

だが、快楽の脱政治化こそ、ティモシー・オウブリーが「セラピー的なもの」と要約する、二〇世紀の合衆国の「最も典型的な思考や感情」であったことを思い出そう（Aubry 17）。それはすなわち、「人生の根本的目的は個人の幸福であると主張し、私的なこと、あるいは個人的なことを、公的なこと、社会的なことよりも優先する」志向であった（Aubry 17）。本章第5節と第6節では、おもにTグループ以外の協力者のセルフヘルプにまつわる語りに注目することで、本が、みずから助くる者を助くるとは何を意味するのかを、そして第7節では、小説をひもとく切実さについて、考えてみたい。

2　シェアド・リーディング——読むことの共有

リズは、リーダー・オーガニゼーションが提供するシェアド・リーディングの研修修了後、最初はホスピスで、聞き取り当時は脳卒中の後遺症を抱える人たちの機能回復を支援する団体と連携して図書館で、週一度、九〇分のセッションをおこなっていた(5)。シェアド・リーディングの運営主体はさまざまで、NHSの委託を受けてリーダー・オーガニゼーションが直接担うケースもあるが、リズが関わっているのは、オーガニゼーションとは独立した、州の事業である。研修費用は州の財源で賄われ、配布するテクストの印刷には図書館のコピー機の使用が認められている。後述のグウェンも同じ研修を経て、州の別の図書館でシェアド・リーディングの「リーダー・リーダー」（以下、RLと略す）を務めている。公共施設を利用し、わずかとはいえ公費を支出する事業の継続を正当化するため、図書館は実績を証明する必要がある。筆者は、図書館司書二名への聞き取りと、リズとグウェンのセッションの見学を許された代わりに、簡単な報告書の提出を求められた。研究者の受け入れそのものが実績に数えられることから、受け入れた事実を裏書きする文書という位置づけである（所定の書式はなく、それぞれ六百語弱にまとめた文書は、我ながら報告書というよりは随想めいた文体になってしまったが、四人が口にしたオーガニゼーションへの不満についての記述を、乞われて削除した以外は、そのまま受領された)。民間の経営手法に倣った教育研究実績評価のための書類作成に追われる我々日本の研究者にも馴染み深い、監査文化の浸透を印象づける手続きであった。

シェアド・リーディングは、初見での音読を中心とするため、ターミナル・ケアやリハビリテーションなどに取り入れる際には、あらかじめテクストを読了することが前提の読書会に比べ、心身への負担が小さいだけでなく、頻繁に実施できるのも、大きな利点であろう。筆者が見学した二〇一七年五月二五日のセッションには、五〇代から七〇代まで、後遺症の種類と程度もさまざまな、男性三名と女性一名が参加した。うち二名はテクストを音読することも発言することも困難であった。一名は一段落のみ音読し、残る一名は積極的に質問したり意見を述べたりしていたが、音読を促されても応じなかった。リズからは事前に、彼女が「上手に話せて、ときどき音読もするが、自信に欠ける」[6]と知らされていたが、この日、音読しなかったのは筆者がいて緊張したためだというのが、終了後の座談での本人の弁であった。リズは、今回の受け入れへの同意を得るため、数週間かけて調査の趣旨を伝えるばかりでなく、警戒心を和らげるべく、近影を見せながら筆者の素性を説明したという。セッションを安全で寛げる場にするために、彼女が平素からどれほど腐心しているかが察せられた。使用する会議室の選定にも配慮が感じられた。開架フロアとは透明なガラス窓で仕切られていて、適度な開放感がありながら、一般の利用者が頻繁に通りがかることはなく、プライバシーが保たれていた。

アーノルド・ベネットの生誕一五〇年を二日後に控えたこの日のテクストに、リズはベネットの短編「赤ん坊の沐浴」("Baby's Bath," 1907) を選んだ。グループの性格上、音読のほとんどはリズがおこなわざるを得ないが、彼女のアルトの声は耳に心地良く、抑揚や緩急の呼吸が見事なだけでなく、要所要所で解説や質問を交えるなどの工夫で聞き手の注意を逸らさない。例えば、湯上がりの赤ん坊の肌に亜鉛華軟膏やワセリンを塗る場面で、これらのスキンケア製品が、リズが赤ん坊の親だった当時まだ一般的だったことに触れると、同意や郷愁の表れと思しき声やつぶやきが漏れ、身振りが起こった。リーダー・オーガニゼーションの外部評価を担うジョージー・ビリントンが、「内面深くにある、私的で、普段の生活では滅多に表出しないもの」が「より個人的に感じられると同時に、公に共有される」と記述した瞬間に（Billington ch. 3）、筆者は立ち会ったのだと感じた。

ただし、ビリントンが「研究者として待ち望む瞬間」が、「参加者の、通常の当たり前の言語運用が、想像上の出来事によって圧力をかけられ」る瞬間――例えば「深い悲しみ〔grief〕」を、言語化以前の微妙で模糊とした情動として経験し直そうとして言葉に詰まる瞬間――であるとしたら（Billington ch. 4）、リズのセッションではむしろ「通常の当たり前の言語運用」の（再）獲得が目指されている。リズは、音読箇所を目で追うのを助ける色紙や、さまざまな顔の表情のイラストに「疲れ切った」、「怒った」、「混乱した」、「希望に満ちた」、「不安な」、「恋に夢中の」といった形容詞を添えたプリントも、適宜活用していた。どちらも、支援団体から提供されたものである。ビリントンが重んじるオーガニゼーションの原則に照らせば、作中人物の感情をあらかじめ提示された形容詞と対応させるような還元主義的な分節化は、一種の逸脱ないしは妥協ということになるかもしれない。けれども、ビリントンが視察したメンタルヘルスのドロップイン・センター[7]のケースとは違い、発語の力を再獲得する過程ではこうした助けが必要であろう。他方で、このセッションへの継続的な参加が、誰にとっても狭義の言語機能の回復以上の効果を持つであろうことも想像に難くなかった。参加者の一人が誇らしげに見せてくれた、過去のテクストをすべて収めたレジ袋は、自己陶冶の軌跡を、嵩で体現するものだ。

いっぽう二〇一七年八月九日に見学したグウェンのグループは、希望すれば誰でも参加でき、特定の公益財団法人などとの連携関係にはない。リズのセッションが会議室でおこなわれるのに対し、こちらは書架と利用者用コンピューターが並ぶ一階の奥まったスペースの、大きな楕円形のテーブルを利用していた。事前にインタビューに応じてくれた二人のメンバーが、個人宅より公共施設での集まりのほうが気楽だと語ったことにも察せられるように、(8) 多様な特性と背景を持つ利用者の参加を促すのには、閉鎖的過ぎず好ましい環境であると感じられた。ティーブレイクには、図書館の男性スタッフが静々とワゴンを押して現れ、ティーポットとマグカップ、ビスケットなどを置いて静々と退いた（費用は図書館の財源で賄われる）。見学時のメンバー六名は全員女性で、うち五名は（平日午前の集まりのゆえであろうリタイアした高齢者。姉妹の参加者もあった。短い人で二年、長い人は六年通っており、年に二、三度は連れ立って観劇に出かけるほど親睦が深い。この日のテクストはトーマス・ハーディの短編「想像に耽る女」（"An Imaginative Woman," 1893）の後半。前の週の欠席者のために、グウェンが前半のあらすじをさらうことから始めた。グウェンによれば、ハーディは一文が長く、語彙も難解であるため、参加者の理解を助けながら、ゆっくり読み進めたのだという（二〇一七年八月八日の個別聞き取り）。順番に音読を進めるうち、作品の意外な展開に、驚きの声や嘆息が漏れ、一体感が醸成される。グウェンからは「学習困難で文字が読めない」参加者もいると聞いていたが、誰がその人なのか、筆者には見分けがつかなかった。グウェンは、「他の人たちにあるようなフィルターがないせいで、「お粗末ね、気に食わないわ」とか「退屈ね」とか口にする」彼女の「率直さ」に敬服していたから、この日、そうした発言をついぞ耳にしなかったのは、彼女がハーディを気に入ったためであろう。

事前のインタビューに応じてくれた二人に、このグループのどこが気に入っているか訊ねたところ、一人が真っ先に「ビスケット！」と答え、二人して吹き出した。すぐさま真顔に戻って、詩を含む「テクストの多様さ」、「家庭生活」から文学テクストのなかへの「逃避」、「人と会うこと」と列挙したけれど、「ビスケット！」は存外、冗談でもなさそうだった。誰か他の人がビスケットを用意して下げてくれるのは、「家庭生活」とは違う、ちょっとした非日常ではないか。セッション終了後にそのまま全員とテーブルを囲んでおこなった座談でも、多様なテクスト、逃避、人と会うことを評価する声が聞かれ、加えて「友情」という言葉を用いた人や、持ち帰ったテクストを孫と一緒に読むという人もあった。

白人の高齢女性に混じって、生後一四ヶ月の娘を連れた若いスリランカ人女性がいた。この地域に転入して三年、グループに加わって二年半だという。ベビーカーの赤ん坊をあやしながら参加し、他のメンバーは皆、赤ん坊が声を上げるたびに様子を窺い、目を細くしていた。彼女がグループに加わった経緯を、グウェンが後日メールで教えてくれた。

S―と夫は、学生時代に学生ビザでスリランカからイギリスに来ました。夫は〔スリランカで〕所属政党を理由に投獄されていました。二人は課程を終えた時点で難民申請をおこなったのですが、それでは遅すぎました。申請は最初の入国時におこなわなければならなかったのに、誤った助言を受けていたのです。

去年、彼女たちには、難民申請が却下された旨、伝えられました。それからというもの、煩雑な申請手続きにかかずらう羽目に陥っています。子どもは三人います。三人目の子はここで去年生まれました。残念ながら、そのことも現時点では事態を変えるにはいたっていません。しかしながら、来年の二月には一番上の子がイギリスに暮らして五年になるので、このことが彼女たちの主張を助けることになるかもしれません。

S―と夫はともに高等教育を受けています。〔にもかかわらず〕難民申請中であるため、就労は許されません。S―は英語を完璧に読めますが、英会話を上達させたいと考え、このグループに加わりました。グループは、彼女の妊娠中はとりわけ、非常に大きな情緒的サポートも提供していたと思います。S―がグループにいることは、わたしたちにとってもとても素晴らしいことです。わたしたちの視野を広げてくれますから。（二〇一七年九月一七日受信）

グウェンの「わたしたちの視野を広げてくれ」るという言葉は、図書館でおこなわれる読書会が、普段接点のない人びとを同じテーブルに着かせる稀有な場であることを示唆する。この女性が二〇一五年三月頃にグループに加わったということは、その後の難民危機とブレグジットを、グループとともに経験してきたことを意味する。彼女と夫が、仮に高学歴の政治亡命者ではなく、経済難民であったとしたら、グループの反応は異なっていたかもしれない。あるいは「視野を広げてくれ」ることが期待されたとしても、彼女のような（英会話の上達に努め、英文学の正典に親しむような）同化への意欲を見せない移民に対しては、サポートを提供しようと思わないかもしれない。それでも移民排斥の世論が高まるなか、グループの一員の苦境を知ることは、難民という抽象化された集団のなかの一人ひとりにそれぞれ異なった背景があることに思いを致す契機となり得えよう。

「図書館が支援するグループの長所の一つは、この種の教育に「手が届きづらい」集団に読書やディスカッションの世界を開く」ことだと述べたのは、イングランド中部の大学で創作コースを担当する上級講師で、公立図書館の読書会のドキュメンタリー映画を制作したミックである（二〇一八年五月一七日受信メール）。むろん図書館は、シェアド・リーディングの実践の場の一つに過ぎないし、図書館ではシェアド・リーディングのメソッドに依らない読書会も開かれている。さらに、次節で見るように、図書館の読書会を、読書やディスカッションに手が届きづらい集団とひと括りにするのも妥当ではない。図書館に限らず、安全な公共の場で、半公共的な組織が支援するグループのもう一つの長所は、メンバーが互いの背景や信条の違いを意識しつつ、ともかくも図書館内外の物理的な場所に共生している事実と折り合うことであろう。

リーダー・オーガニゼーションの専従スタッフで、約七年間（二〇一六年当時）RLを務めてきたグレイス・ファリントン（Grace Farrington）は、EU離脱の是非を問う国民投票が、英国内にすでにあった分断を顕在化させただけでなく、是か非かの選択を国民に強いることで、新たな分断を生じさせことを、「雰囲気」として感取している（74）。以下はリーダー・オーガニゼーションが発行する季刊誌『ザ・リーダー』（*The Reader*）にファリントンが寄せた記事の一節である。表題の「我らが共通の人生」は、ディケンズの『我らが共通の友』をもじったものだろう。『我らが共通の友』は、筆者が見学したオーガニゼーション本部の読書会でも取り上げられていた、創設者ジェイン・デーヴィスのいわゆる「偉大な本」の代表格である。

わたしがひどく動揺したのは、投票結果そのものより、そこにいたる過程で人びとが分断線のどちらかの側につくよう迫られ、激しい対立や非難が生じたことだった。自分が正しい側にいる、あるいは間違った側にいるという感覚、そして意見を表明することでどちらの側か特定されてしまうという感覚があった。個人的なことが公になり、しかも見苦しいかたちでそうなった。シェアド・リーディングの複数のグループの参加者たちは、同様の分断を招くことを恐れて、ディスカッションでは政治と宗教の話を避けようと努めているが、そのことを冗談の種にすることもある。だが、わたしたちは皆、ある雰囲気のなかに暮らしていて、そこから抜け出せないときもあることも、わたしは知っている。だからわたしは、六月二三日の投票日の翌朝の読書会で何が起こるか、とりわけ興味があった。やって来た人たちは奇妙なほど無口で、誰も前の晩に起こったことに触れなかった。この気詰まりな状況からどうにか抜け出そうと、一人の女性にご機嫌いかがと声をかけると、彼女はこの話題を切り出し、どれほど落胆し、失望し、ぞっとしているか語った。それを潮に他の人たちも会話に加わったが、いったん本を読み始めるともうその話題に戻ることはなかったように思う。（Farrington 74）

奇妙なことに、ファリントンはこう述べたきり、「他の人たち」の会話の内容に一切言及することなく、自身は参加しなかった別のRLによるセッションに話題を転じ、その話題にはるかに多くの紙幅を割く。この沈黙が意味するのは、「他の人たち」の会話が載録に耐えないほど「見苦し」かったか、「なかったように思う」と記さざるを得ないほど、彼女自身が気詰まりのあまり上の空だったかの、いずれかであろう。

ファリントンが引用した、別のRLによる報告は、以下のとおり。幼い子と親のグループの、六月二四日午前九時のセッションが、始まる前の様子についてである。

このグループに参加している一人のお父さんが、セッションの最中あくびが出たらすみませんと、前もって謝った。開票結果を観ていて徹夜になったのだという。彼が結果に不満なのか満足なのか、わたしには測り兼ねた。本題に入る前に、あるお母さんが、結果が悲しいと口を開き、その段になって、そのお父さんは、自分はとても嬉しかった、離脱キャンペーンをしていたから、と話した。非常に際どい状況だった――お母さんの一人が将来への不安を口にし、お父さんの一人が彼女に、全部上手くいくよと言い聞かせたのだ。(Farrington 75)

ファリントンは、この「お父さん」が、キャンペーンに身を投じるほど熱心に離脱を支持していたにもかかわらず、「とても嬉しい」という感情を表に出さずにいたことに注目し、自分が、メンバーの日常生活について知らないことのいかに多いか、省みる。また、この際どい状況にあって、RLがとっさに、将来に関する思惑ではなく、現在起こっていること、すなわち目の前の本に話題を戻したことを、評価している。なぜなら「わたしたち〔RLたち〕は、多くの場合、表面化した違いに対して何の解決も提示できないし、そのような違いをあまり際立たせても益はないからだ。それでもなお、この機会にそのお母さんとお父さんが違いを表明できたのは良いことだったと、わたしは思う。これは、集団のなかにあっても自分自身でいられて、そのように認識され、それと同時に他の人の存在も気にかけているという場面である」(Farrington 76)。そしてこう結論する。「シェアド・リーディングは、文学が焦点を与えるがゆえにメンバーを一体化させ得る。しかしこうも思うのだ。シェアド・リーディングの経験の豊かさは、一つには、読み手が各々セッションに持ち込む視点の幅に由来すると。ちょうど世界の縮図の一形態を作り上げるように」(Farrington 76)。

特定の地域に居住し国民投票の権利を有する人の集まりを、（たとえ「一形態」と留保をつけたとしても）「世界の縮図」と呼ぶのは欺瞞である。それでも、本という焦点が、互いの違いにそれとなく気づきながら、同じ場にいること、物理的な空間を共有することを拒まないでいるのを助けることは、否定し得ない。

3 リーディング・エージェンシー——読むことの提供機関／行為主体性

筆者が訪ねた北西部のノースウィッチ図書館では、「リラックス・アンド・リード（Relax and Read）」という音読とディスカッションの会を、毎週月曜の午後二時から九〇分間おこなっていた。チームリーダーの司書ヴィクトリアは、メールでの問い合わせにつぎとのおり、懇切な返信をくれた。

このグループの中心的目的の一つは、メンタルヘルスの問題や、社会的孤立、その他のウェルビーイングの状況を経験する人たちが、他の人たちと会って交流するための安全な場所があると感じられることであり、こうした、取り扱いに慎重を要する背景に鑑みて、誰かが見学することに満足し自信を持てるか、彼らに確認したいと思います。〔中略〕とはいえ、過去に他の複数の図書館からスタッフが見学に来て、研修と最善の実践についての情報共有をおこなったことがあるので、それ〔研究者による見学〕が問題になるとは考えづらいですが。（二〇一八年六月六日受信）

折り悪しくセッションの見学は叶わなかったものの、二〇一八年八月二〇日、ヴィクトリアを含む三人の司書がインタビューに応じてくれた。

メンバーは、二〇一〇年にNHSとの連携で始まった前身の「レリッシュ（Relish; REad, LIsten, and SHare）」の時代からの参加者も含め五ないし八名、年齢は一〇代後半や二〇代前半の若者からリタイアした高齢者まで幅広い。取り上げるテクストもまた、コナン・ドイルやP・D・ジェイムズから二一世紀のベストセラー、マーク・ハドンの『夜中に犬に起きた奇妙な事件』（Mark Haddon, *The Curious Incident of the Dog in the Night-Time*, 2004）といった推理小説、ロアルド・ダールの児童文学、詩や短編小説、伝記と幅広い。司書が実施したアンケート（自由記述）の回答によれば、グループが「第二の家族」のように感じられるという人、メンバーと友達になって図書館の外でも会うようになった人、皆の前で音読する自信がつくまで一年かかったけれどいまでは一番の古顔だという人、さまざまである。なかでも筆者の目を惹いたのは、「グループのお蔭で、自分のことは一切話さずに、社交を楽しみリラックスできる」という記述であった。テクストという焦点のお蔭で、自己開示を強いられずにすむのだ。

レリッシュを立ち上げた司書はすでに在籍していなかったため、経緯を詳細に聞くことはできなかったが、この取り組みを報じた地元紙によれば「ビブリオセラピーのアイデアは、リヴァプール大学が実施した調査から得た」という（Bebbington）。[11] リーダー・オーガニゼーションと直接の関わりはないものの、音読を採り入れた手法は、シェアド・リーディングに倣ったことが窺える。いっぽうで、協力してくれた司書らは、テクストの選定にあたって、リーディング・エージェンシーが公開している「ムード・ブースティング・ブックス（Mood Boosting Books）」のリストを参考にすることがあると語った。（ビブリオセラピーと「ムード・ブースティング・ブックス」については、第6節で詳述する。）

リーディング・エージェンシーは、二〇〇〇年設立のイギリスの慈善団体である。目標は、「誰もが本を読むことを通じてより良い人生を歩むことができるようになるという、証明された読書の力で、人びとが人生の大きな難問に取り組む手助けをする」こと。「大きな難問」には「精神的健康、ウェルビーイング、孤独、生きていくうえで役立つスキル〔life skills〕」が含まれる（"About"）。図書館や学校、刑務所などで種々のキャンペーンを実施し、ウェブサイトでは読み物や読書の手引きなどを無料で提供している。その存在はTグループではよく知られていて、二〇一四年四月一三日の読書会では、リーディング・エージェンシーが毎年四月二三日に開催する「ワールド・ブック・ナイト」[12]が話題に上った。

また、ジャネット、アニー、シンディが参加する図書館の読書会（以下、図書館の読書会）は、リーディング・エージェンシーから直接の援助を受けたことがある。以下は、ジャネットにT読書会との違いを訊ねた際に、聞かせてもらった話である。

おもな違いは図書館の蔵書から提供される本を使うことね。だから、お察しのとおり、これだけ長く〔一〇年以上〕やってると、端的に、借りられる蔵書の数に限りがあるから〔選定が〕だんだん難しくなってくるの。図書館はそんなには新しい本を買えないしね。それで古典に移っていったわけ。〔でも〕何年か前にすごい後押し〔a real boost〕があってね。リーディング・エージェンシーって聞いたことある？　本を提供してくれるんだけど、わたしたちは幸運にも一年間で三、四〇セットもらえて、読んだ後、図書館に寄贈したのよ。（二〇一六年一一月二一日）

当初は司書がファシリテーターを務めていたが、予算が削減されてからは、図書館は場所と本を提供するだけだという。緊縮財政の下、慈善団体からの寄贈は「すごい後押し」となる。[13]二〇一〇年の始動以来変わらず司書が司会進行を担っているノースウィッチ図書館とは、対照的である。この差は、双方の州の歳入規模や予算配分などの違いを反映したものかもしれないが、後者が対象を「メンタルヘルスの問題や、社会的孤立、その他のウェルビーイングの状況を経験する人たち」と明確にしていること、すなわち社会保障費削減への寄与が見込まれる事業であることが、関係しているのかもしれない。

ジャネットが「〔T読書会〕よりさまざまな人たちから成る〔more mixed〕」という図書館の読書会には、まず何と言っても、男性がいる。インタビュー時の一二名のメンバーのうち三名いる男性は皆、通い始めて「かなり長い」。過去には男性一人という時期が長く、それも不思議なことに、一人がやめると入れ替わりのように一人入ってくるという具合であったという。現在の三人のうち「非常に専門性の高い職業に就いていていろいろな土地を旅したことのある男性」には、ジャネットが仲介の労を執ってくれて、二〇一八年八月二〇日に聞き取りをおこなうことができた。この人は、一〇代の大半をアフリカで、旧宗主国の特権階級として過ごしたことへの罪悪感と、有力者の子息ばかりが通う高校で受けたいじめについて、問わず語りに打ち明け、去り際には、話したことで胸のつかえがおりたと笑顔を見せた。他の二人は、ジャネットいわく「街で見かけたとしても、典型的な、自然に本に親しんできたような読書家には見えないだろうけど、実際には本を読むのが大好きで本当に深い洞察力がある」。一人はメンタルヘルスの問題を抱えていることを仄めかし、もう一人は前科があることを明かしているという。いずれも、リーディング・エージェンシーが手助けの対象として想定する人たちであろう。ジャネットのような、図書貸出サービスの自主的運営を率いる「手助け」の主体が、公立図書館という平場で、「手助け」の対象とされる人たちと水平に交わることは、分断の進むイギリス社会において、テクストの解釈による意味生産と同じくらい、あるいはそれ以上に意義深い営みであるに違いない。

4　ビーンストーク

シンディはインタビューで、週二回のビーンストーク[14]の活動について語ってくれた。ボランティアが小学校に出向き、英語の読解力の発達に遅れがある生徒を一対一で指導する取り組みで、シンディは毎年三人を受け持ってきた。シンディの語りが、筆者としては意外な方向に展開したため、この話題にいたる経緯をまず振り返っておきたい。

第五章で触れたとおり、インタビューにどう備えておくべきか、ひと月も前にメールで問い合わせてきたのがシンディである――「インタビューのためにどんな準備をしたらよいか、教えてください。どういうことを話したいのかしら？　事前にいくらか情報をもらえれば、〔インタビュイーとして〕そこそこ適格に見えるでしょう〔I am going to appear at least competent〕から、大変助かります！」（二〇一六年一〇月二〇日受信）。この問い合わせに筆者は、「すべてのインタビュイーに、お気に入りの作家、本と／またはジャンルのメモ」の持参を求める予定であること、購読雑誌や公教育で学んだ英文学などに関する質問を用意しているがそれは会話の糸口に過ぎず、脱線大歓迎であること、ただし気が揉めるようであれば、喜んで事前に質問事項のリストを提供すること、を伝えたが、結局、リストの送付を求められることはなかった。

実施二週間前には、一一月にインタビューに応じてくれることになった一三名全員宛に、リマインダーを兼ねたメールを送った。本文には日時と場所の一覧と、つぎのメッセージを添えた。

アンケート調査ではありませんので、事前に質問票をお送りする予定はありませんが、お気に入りの作家、本と／またはジャンルのメモを作って当日お持ちいただけましたら幸いです（わたしたちって、そういうことを後になって思い出すことになりがちですよね？）。

協力者向け情報シートと同意書を添付します。六月の集まりで回覧したものです。わたしがハードコピーを持参しますので、プリントアウトしていただくには及びません。ただ、いま一度お目通しいただき、ご質問があればどうかご遠慮なくお尋ねください。〔後略〕（二〇一六年一一月一日送信）

添付した情報シートには「本調査の目的は、人びとがアカデミアの外で、フィクション作品、とくに小説や短編小説をどのように読んで楽しんでいるかを知ることです」と明記している。ひと月も前からインタビューのことを気にかけてくれていたシンディが、当日、お気に入りのリストの代わりに持参したのが、特装版『インフェルノ』とトラベリング・ブックであったという事実は、それらが、熟慮の末に選ばれたものであることを示していよう。

だからこそ聞き取りの最初に、彼女が、調査目的と無関係だと感じた質問に、笑いながらも抵抗を見せたことは、注目に値すると思われる。Tグループへの加入をジャネットから長いこと誘われていたけれど、子育てと仕事、それに「あまりにも多くのことに関心」があって、その余裕がなかったと言うので、何に関心があるのか問うたら、「これって、本について〔のインタビュー〕でしょ！」と、返ってきたのである。幸いすぐに気を取り直して、関心のあることを、刺繍、縫い物、劇場でのボランティア、読書の順に挙げてくれた(このときにはビーンストークには触れなかった)。「フィクション作品」に関する調査であると事前に伝え、開始直前に再度情報シートに目を通し、同意書に署名してもらっていたのだから、前述のような「本」二冊を選んだこと自体、趣旨に反する行動とも言える。協力者の生活世界における読書の相対的位置について知りたかった筆者にとっては望外の、歓迎すべき脱線であったが、本題と言ってよい読書会に話題を転じても、抵抗に遭ってしまう。

Tグループと図書館、二つの読書会に加わっていると聞いたので、両者の違いを訊ねたところ、「これじゃ、何時間もかかるわよ!」とやはり笑いながらではあるが語気を強めたのであった。振り返ってみれば、彼女の懸念は本題から脱線することよりも、せっかく持参した二冊について語る機会を逸することだったかもしれない。筆者の答えは、「わかってます、わかってます、でも、もともと会話を四五分間に制限する意図はないんです。皆さんがお忙しいことを知っているので、四五分が割いていただける限度じゃないかと考えたんです。ルースが来るまで続けてもかまいませんか?」。(インタビューの場所として筆者が指定したのは、広大な庭園に隣接する大型商業施設内のカフェである。ここで一〇時半にシンディ、一一時五三分にルースへの聞き取りを開始した。犬を連れて入れることでも人気のカフェは、土曜のブランチの時間帯とあって、大変な賑わいだった。)抗議への申し開きにはなっていないが、シンディは「普段と違うことをするのはいいわね。これまで誰にもこれ〔インタビュー〕を受けたことないし」と相好を崩した。とはいえ、もともと身構えていたシンディに、「本」以外のことを訊ねるのは憚られ、事前に伝えた質問に集中することにした。すると、インタビューが進むにつれ、例えば学校で読んだ英文学についての質問に対して、中等学校に通っていたのが戦後の配給制が続いていた頃のことで、配給手帳をいまも持っているといった話を、進んでしてくれるようになった。

こうして最後に彼女から切り出したのが、ビーンストークでのボランティアの話題であった。

シンディ　子どもが読む手助けをする全国的なものなの。わたしは読書が大好きだし、読む能力があることは重要だと考えているから、参加することに決めたのよ。わたしたちは子どもの安全のための研修をたくさん受けるし、危険人物でないか特別な調査を受けるの。〔中略〕子どもたちは親と一対一の関係を持つことがないでしょ。〔その子一人に〕注意を注ぐことは、自信を与えるから、それだけで良いことなの。〔中略〕〔一年の〕始めと終わりとで、驚くほど違いがあるのよ。子どもはどのみち成長するものだけど、記録を取ってるからどれくらい違いが出るかわかるの。わたしは始めて八年になるわね。小さい子を受け持つこともあるけど、去年は一一歳の男の子が三人だったわ。SATs(15)のテストを受ける学年ね。

筆者　そのための研修も受けたんですか？

シンディ　ええ、ほんとに基本的なものだけどね。退職した教師はふつうやらなくて、わたしたちのようなアマチュアね。今年は六歳の子たちを受け持っているから、正反対。みんなかわいいのよ。

筆者　やりがいがありますか？

シンディ　ええ、だからやってるのよ。

筆者　第一言語が英語でない(16)児童はたくさんいますか？

シンディ　今年はインド人の男の子が一人いて、以前は一人、確かパキスタンから来た子がいたわね。二人とも家では英語を話さないの。でも今年の子は賢い男の子よ。

筆者　ブックスタート[17]では、そういった〔第一言語が英語でない〕人たちに対して、家庭で彼らの言語を使い続けるよう推奨していると聞きます。

シンディ　ある年、保育所[18]に三時に来るような子たちがいて、その子たちは英語を話さなかったわね。でもその子たちの親はイングランド生まれだし、祖父母も明らかに長いこと暮らしてるのに、ウルドゥ語か何かしかしゃべらないの。それっておかしいと思ったわね。地域のコミュニティに溶け込んでいないのよね。

筆者　納税者のお金がそうした移民に使われるのを、よく思わない人たちがいますね。

シンディ　他所から入って来て、他の人たちが〔公営住宅への〕入居の順番を長いこと待っているのに、すぐに家を手に入れて――そうね。誰をいつ入国させるか、わたしたちはもっと注意しなくちゃいけないと思うわ。アメリカ人は、アメリカのやり方があると言って譲らないわよね。わたしたちも、従うべきイギリスの基準〔some British standard people comply to〕を示すべきだと思うわ。

筆者　いたずらに煽る〔just scaremongering〕人たちもいますよね、英語が少数言語になろうとしているとか言って。

シンディ　そうよ。わたし〔がいま親だった〕なら、誰も英語を話さない学校に自分の子どもを通わせようとは思わないでしょうね。

筆者　少なくともボランティアとしては、そういった背景を持つ子どもたちを教えて、イギリス社会に同化する手助けをすることに、満足していますか？

シンディ　ええ。それに、大学教育を受けた人たちがやって来てまともな職に就くことに、誰もノーとは言いませんよ。アンゲラ・メルケルが全員受け入れるなんて言ったから、ドイツは手に負えなくなっちゃってる〔overwhelmed〕でしょう。

ビーンストークの公式ウェブサイトは、ボランティアの動機は一人ひとり異なるとしつつ、学校からの評価の一例として、子どもたちに「教室の外で、信頼できる大人から一対一で注意を注いでもらえる」ことを挙げている("Benefits")。シンディによれば、読む能力に問題のない生徒たちが羨ましがって、「わたしも入れて」と懇願してくることもあるという。その子だけに注意を注ぐことが、読む能力の開発以前に、それ自体良いことだという経験に根差した言葉は、説得力に満ちている。他方で、自分たちの助けがなくとも「どのみち成長する」と、子どもの潜在力を信頼する謙虚さにも、感銘を受けた。だが、移民の子どもとその家族がコミュニティに溶け込むためには、家庭でも英語を話す努力が必要だとの考えを、ビーンストークが容認しているかは定かでない。シンディが問題視するのは、その子たちと家族が英語を話さないことばかりでなく、登校時刻を含むイギリスの規律を尊重しない姿勢であることが窺える。むろん一般論として、保育所にいる時間が短ければ、それだけ英語に触れる時間も短く、習得に遅れが生じる懸念はある。[19]

この時点でインタビューは一時間を超え、他の客に注意を逸らされて、話題は、数日後にT読書会で読むことになっていた『ドミニオン』へと転じる。以下、未読だったシンディに本の内容を聞かれてのやりとりである。

筆者　歴史改変ものです。

シンディ　日本には何が起こるの？

筆者　日本には何も起こりません。

シンディ　（笑）パールハーバーも？

筆者　パールハーバーも。ヒロシマも。ナガサキも。

シンディ　世の中ずいぶん変わったわ。ハリー王子の彼女は、母親が黒人で父親が白人で、結婚して離婚してるのよ。論外だわ！　完全に間違ってる。

フィクション作品における史実の改変と、「世の中ずいぶん変わった」という歴史認識との間には、大きな飛躍がある。それに、ハリー王子の「彼女」とは、言うまでもなく、二〇一八年に妻となるメーガン・マークルを指すが、離婚歴のあるアメリカ人と結婚した王族はハリーが初めてではない（エドワード八世がウォリス・シンプソンと結婚するために、就いたばかりの王位から退いたのは一九三六年のことである）。だが、王位継承順位三位の王子（当時）が、アフリカ系の母親を持ち離婚歴のある俳優と交際を始めた事実は、歴史改変もの並みに奇想天外でにわかに信じ難く、許し難いということのようである。

シンディが周囲を憚らず慨嘆を漏らしたこと（そして、先に「ウルドゥ語か何か」しか話さず「コミュニティに溶け込んでいない」人びとについて「おかしいと思う」と主張したこと）、またこのあとルースが、昼時になってさらに混み合う店内で、つぎのようにブレグジットをめぐる自身の立場を表明したことに、筆者はいささか面喰った。二人とも、周囲の客の気分を害するなどとは夢にも思っていない様子だった。

以前は『タイムズ』を読んでたけど、ブレグジット〔の是非をめぐる国民投票に向けての議論〕が始まったとき、『タイムズ』の態度が気に入らなかったの。だってあれ〔『タイムズ』〕は、残留支持者が所有しているでしょう。『タイムズ』の社主が刊行物に影響を与えることはないとは言われてるけど、EU離脱を望む人たちについてネガティヴな報道が多かったのは確かよね。だから〔『テレグラフ』に〕移ったのよ（笑）。でも、両方とも右翼だけどね（笑）。

このカフェのみならず、ガーデンセンター、ペット用品店、アウトドア用品店、オーガニック食材やイタリアンの惣菜からアーチザンベーカリーのパンまで取り揃える食料品店、フランスのスキンケア・ブランド店など、いずれも高価格帯の小売店が軒を連ねる商業施設全体が、相対的に見て均質な顧客に利用されていることは自明なのである[20]。

シンディは、他者の人生を変える手助けにやりがいを感じるいっぽうで、「他者によって自身のさまざまな目的が作り変えられること」（Attridge 113）はおそらく想定していない。彼女の望まない仕方で「世の中ずいぶん変わった」いま、すべての臣民が従うべき確固たるイギリスの基準を国家が再定式化し、それが次世代へと継承されることを、シンディは望んでいる。

以上、本を媒介とした利他的活動について見てきた。これらの活動は日中におこなわれるが、自身の趣味の読書となると、それが自己改善に繋がると考える協力者であっても、日中におこなうことに罪悪感を覚えたり、仮にいまより暇があったとしても、読書以外の、必ずしも実用的ではない趣味に費やすと言ったりする人は少なくなかった。この姿勢は、彼ら彼女らにとって読書が、ただ実益に乏しいだけでなく、過度な耽溺に警戒が必要な娯楽であることの証左であろう。

5 耽溺、克己、潜在的利他の効用

「ページ・ターナー」という名詞は、ページをめくる主体が、ページをめくらされる客体に転じること、すなわち読み手と本との主客転倒を、端的に表現する。奴隷廃止論者として知られる政治家ザッカリー・マコーリー（Zachary Macaulay）の娘ハナは、一九世紀初頭の幼少時代、休暇先の海浜保養地以外では日中に詩や小説を読むことを父親に禁じられ、それらが「午前中から酒をちびちびやるのと同じようにスティグマを押されていた」（qtd. in Price 98）と回想している。読書は無益というよりも、飲酒と同様、主体の自己統御を失わせる悪癖とみなされていたのである。

むろん昨今では、過処分時間とも呼ばれる余暇における消費者の選択肢とその中毒性が、一九世紀どころかテレビの黄金時代と比較しても、加速度的に増している。動画配信サービスなどで連続ドラマを数話、あるいは一シーズン全話を「一気見」することを英語では binge watching という。binge とはまさに、痛飲する、麻薬に耽溺する、どか喰いするといった、欲望の制御を失った状態を指す語である。さらに、ソーシャルメディアを主戦場とするアテンション・エコノミーは拡大の一途を辿っている。これらの誘惑に抗って能動的に本を開くには、自制や克己が求められるだろう。だが、調査協力者の多くは読書を、自制や克己の表現とは捉えておらず、とりわけ日中の読書につきまとう罪悪感を拭えないでいた。

男性ばかり六人から成る読書会のティムは、聞き取り当時七〇歳、テキスタイルデザイナーとしてフルタイムで働いていた。「小さい頃から読書家でいらしたんですか?」という筆者の問いに、つぎのように答えた。

ティム　ええ、母には「本を置いて何か〔something〕したら?」って言われてましたね。
筆者　何か有益なこと〔something useful〕、ですか?
ティム　そう。
筆者　日中本を読むことに罪悪感を覚えるというかた、多いんですよ。
ティム　そうね、わたしはその罪悪感に囚われないよう努力してるね〔try to put that guilt behind me〕。（二〇一八年八月九日）

この日、ティムのつぎに会った、同じ読書会のパトリックの場合、罪悪感の元となる対立は、〈無益な読書〉と〈読書以外の有益な活動〉との間ではなく、〈有益な本〉と〈無益な本〉との間に生じることが窺えた。ただし、ある本の益の有無は、その内在的価値に拠るとも限らない。読み手の目的と用途次第で、同じ本は有益にも無益にもなるようだ。以下の発言は、筆者が、「ポケット哲学」と冠されたアーノルド・ベネットの一連のセルフヘルプ・マニュアル[21]に言及したのを、受けてのものである。

〔前略〕わたしは仏教の、宗教というより哲理に関するものを、セルフヘルプものとして読んでますね。過去にはかなり熱心に読みました。わたしは心理学とサイコセラピーにとても興味があって――精神分析学はそうでもないですが――それはやはり、セルフヘルプ的な動機からですね。でもシティにいた頃は、『一分間マネージャー』〔Kenneth Blanchard and Spencer Johnson, *The One*

Minute Manager, 1981〕とか作業効率研究の本とか、そういった類の本をずいぶん読みました。〔中略〕わたしはリストを作成したりするのが大好きで、昔は何日もじっと座って「どれが最優先だ?」なんてやってましたよ。セルフヘルプは、〔出版産業に〕大きな一角を占めていますよね。おかしなことに、文学へのアカデミックなアプローチと娯楽のための読書について考えると、かすかなカトリック特有の罪悪感〔a slight Catholic guilt〕を覚えるんです。「知性を磨くために、これを読むべきだろうか?」、「世界をより良い場所にするために、これを読むべきだろうか?」、「娯楽の目的でこれを読むべきだろうか?」なんて具合に。本というものには、思うに、ありとあらゆる目的と使いみちがあるんですよね。

セルフヘルプ本にもさまざまなジャンルがある。パトリックは、かつてはビジネスパーソン向けの仕事術の類を、六五歳の現在は仏教の哲理、心理学、サイコセラピーに関する書籍を、好んで読む。だからといって、パトリックの倫理観が、金融街シティの「自己の利害と物質主義の追求」の論理から、知性を磨き、ひいては世界をより良い場所にするという「カトリック特有の」行動原理へと、単線的に置き換わったわけではない。彼のアイデンティティを規定する要素は重層的かつ流動的である。そして彼ほど、自身の思考や感覚、行動規範の由って来るところを積極的に語ってくれた協力者はなかった。それは、「文学へのアカデミックなアプローチと娯楽のための読書」について、彼がつねづね考えていたためだったようだ。

面白いことに、あなたの〔この調査における〕人はどのように読むかという問いを、わたしはよく自問しているような気がするんですよ。娯楽のためなのか、罪悪感を覚えてか、アカデミックなアプローチをしているのか、などなどというふうに。ある種の不安がつきまとうわけです。これを読むべきか？　なぜこれを読んでいるのか？　もっと価値のあるものを読むべきではないか？　時間をかけ過ぎていないか？　素晴らしい内容やメッセージを捉え損ねているのではないか？　誰か――他の人たちが書いたレビューを見ると――もちろん、よく書けたレビューですけど――その人たちは、その本の本質を捉えて、他の作品も参照していて――それで思うんです。わたしは学者じゃないけど、ああ、こんなことを思いついたり、こんなコメントができたりしたら、どんなにいいだろう、って。自分に学術的な素養がないがために、何かを捉え損なったり、他の人ならそこから引き出せるかもしれないことに到達できなかったりするんじゃないかっていう、軽いフラストレーションというか、感覚がありますね。

パトリックは、アイルランド出身の両親の下、おもにロンドン近郊で育った。中等学校はオックスフォードにほど近いパブリックスクールだった。母親は文学に関心がなく、父親は（亡くなった後、パトリックが思っていたよりも本に親しんでいたことを知るが）「上昇志向の、イングランドへの移民としてあまりに多忙」で、子どもたちに読書を勧めることはなかった。中等学校時代に、彼を「正しい方向に導いてくれた」のは、「（同学年の）他の誰よりもはるかに先を行っていて、外の世界に眼が開かれていた」一人の友人だったという。「君はアイルランド系なんだから、これを読まなきゃ」と、フラン・オブライエン（Flann O'Brien）を薦めてくれたのも彼だ。けれども「イングランド人になろうと懸命な者、つまりわたし」は「その（アイルランドの）文化をあまり認めたくなかった」。それは単に「アイルランド文学がどれほどイングランド文学に影響を及ぼしているかとか、イングランド人だと思われている作家のなかにどれほど多くのアイルランド人がいるかといったことに、気づいていなかった」せいだと、いまではわかるし、自分が「言葉遊び、言語を音声的に操ること」が好きなのは、「アイルランドにバックグラウンドを持つ」ためだと考えるようになっている。Oレベルの英文学で好成績を収めたのも、その資質に助けられてのことだ。ダブリンの名門トリニティカレッジで心理学を専攻しようと理系科目を選択したけれど、「Aレベルにしくじって」大学進学を断念、代わりに選んだのが、シティの事務職だった。約一五年に及ぶシティ時代は、電車通勤の往復二時間が読書に好都合で、SFや、デニス・ウィートリー（Dennis Wheatley）のオカルト小説、ディック・フランシスの推理小説などを読み漁ったという。その後は、服飾や飲食などさまざまな業界を渡り歩き、やがて結婚、専業主夫になる。

多くの人が訴える、日中の読書にまつわる罪悪感に筆者が触れると、パトリックは、本の内容やその用途にかかわらず、日中読むことにほとんど反射的に罪悪感を抱くばかりでなく、その罪悪感を我知らず他者にも投影してしまうと打ち明けた。ティムもパトリックも、捨てる〔put behind/unlearn〕必要を意識せねばならぬほど、罪悪感に強く囚われている点では同じである。しかしパトリックの場合は、子どもたちが数年前の大学進学を機に二人とも巣立っているから、つぎの引用の「すごく知的な友達」同様、趣味に勤しむ時間は十分ある。それでも夜に限っていた読書を、読書会の別のメンバー、マークの（妻の起床前に起きて、彼女にお茶を淹れてから、独りこもって三〇分から一時間、本を読む）習慣に倣い、早朝にもするようになった程度だ。

パトリック　というか、思い出すのは、すごく知的な友達がいるんだけど、彼女はいろんなことを学んでいて、素晴らしい園芸家で、植物に関して百科事典並みの知識があるんですよね。中国語が話せる美術史家なんだけど、他にもほんとにいろんなことをやってるわけ。子どもが三人いるけど、もう手を離れててね。それなのに、彼女が昼間本を読んでるところを見て、思ったの。「〔昼間に本なんか読む〕べきじゃないのに」って。だから、そういう心構えを外に向かっても投影してるってことだよね。それはヴィクトリア朝的な労働倫理から来ていて——それは、わたしが捨てなくてはいけない〔have to unlearn〕ことから、間違いなく来てるよね。わたしたちのほとんどは、これがおまえの将来のキャリアだ、とか、おまえが進むべきはこの道なんだ、とか、おまえの時間は〔目的ごとに〕分割されているんだ、とか言われて育ったもんだから。事務仕事の最中に本を読もうとしたりしたら、というか、わたしは実際読んでてえらい目にあったんだけど——「会社の時間を使っていったい何をやってるんだ?」って〔叱責されて〕。いまでもそういう態度が染みついてますね。何か他のことをやらなくちゃっていう。

筆者　でもそういう感覚はもう克服されたんですよね？　朝の読書に関しては。

パトリック　その感覚はまだ克服してませんよ。本を読んでいい時間は決まっていて、わたしが読書すべき、そして読書していいのは、夜です。でもいま、いいテレビシリーズをたくさんやってて、わたしはマスメディアが好きでね。映画は古いものから新しいものまで大好きだし、連続ドラマも好きなんです。で、そういうのはとても楽しく観られるんです。とくにいま読んでるのがノンフィクションだから、軽い息抜きが必要でね。わたしはベッドでも本当に限られた時間だけ読むんです。それが眠りに就くためのスイッチみたいなもんだから。『禅とオートバイ修理技術』〔Robert M. Pirsig, *Zen and the Art of Motorcycle Maintenance*, 1974〕は、アメリカのバイク旅についての他愛もない物語の体裁を採った、難解な哲学書でね。何度も同じページを読み返さないといけないんですよ。把握したぞ、理解したぞ、と思ってもすり抜けていくってことに気がついて。でもそれは単にわたしが学術的な、訓練された知力を持たないからで、〔妻の〕ポーラの場合は、何度でも繰り返し読むことにまったく抵抗ありませんね。彼女はまず速読して、メモを取って、元に戻る――それが一連のプロセスなんですよ。

ここでは罪悪感は、〔カトリシズムよりはウェーバーの『プロテスタンティズムの倫理と資本主義の精神』を想起させる〕「ヴィクトリア朝的な労働倫理」に起因するものと説明される。さらに興味深いのは、「何度でも繰り返し読むこと」を、これまで見てきた多くの調査協力者が中等教育と結びつけているのに対し、パトリックは、放射線医学の研究者である妻に代表される「学術的な、訓練された知力」と結びつけている点である。妻は、彼にとって最も身近で模範的な読者であり、本の選択や読み方を強制するわけでもないのに、彼の自己不信をかき立てる存在でもある。

ポーラはサルマン・ラシュディ（Salman Rushdie）が大好きで、うちに『真夜中の子どもたち』〔*Midnight's Children*, 1981〕がありますけど、わたしは読めないんですよね。迷子になっちゃうんです。ちょうど、誰かが織り上げたとても美しいタペストリーをじっと眺めて、織り糸〔が何を表しているか〕を判じようとしているときのように。もう一度挑戦してみようとは思いますけど、わたしはたぶん急ぎ過ぎちゃうんですね。読破したいとよく思うんですが、それがまた別のジレンマなんです。

読了したいのに元に戻って同じページを読み返さなくてはならないジレンマ。しかもそうしたところで正しく判ぜられているのか心許ない。「プルーストやバルザックや『戦争と平和』を逐語的に読んだ」りせずに、「偉大な物語のもたらす快楽は、読むことと読まないことの織りなすリズムそのものだ」（『テクスト』21）と泰然としていられるのは、ロラン・バルトのような読み巧者であろう。しかしつぎの発言には、読書を仕事としない者こそが純粋に本を楽しめるはずだという、自身の経験に反する期待も滲む。

〔読書会で〕[22]あなたにお訊ねしましたよね、あなたのように読書が仕事になってしまうと、本を楽しんで読むことができないってことはありませんか、って。ゴルファーとかスポーツ選手とかが、正しいフォームを身につけるために一日千回クラブを振ったりボールを打ったりしなきゃいけなくて、もう好きじゃなくなるみたいに。〔中略〕マーク・トウェインはミシシッピ川の水先案内人で、それは当時アメリカで最も高給の仕事で、でも彼は作家だったんだよね。水先案内の技術を習得しようとすると、川はその美しさを失うと、彼は言った。要するに、分析し過ぎちゃいけない、ってことだよね。〔中略〕文学に対する分析的アプローチは、研究対象へのロマンティックな見方を台無しにしちゃうってことでしょう。

そしていったんは、油絵の題材の選択と独自の手法の確立との類推で、読みたいものを読みたいように読むことを是とするにいたる。

筆者　正典テクストを読まなければいけないという義務感はありますか?

パトリック　〔前略〕それもまた、元を辿れば、例のヴィクトリア朝的なアレですね。昼間に何か読むのなら、誰かから読むべきだって言われた、とてつもなく価値のある何かを読まなくてはならないっていうね。ええ、ですから、例えばカフカとかプラトンとか。〔古代〕ギリシャについては神話、哲学、詩、全般ですよね。なぜなら、『ユニバーシティ・チャレンジ』(*University Challenge*)を観てると、いつだって質問はクラシック音楽かギリシャ神話か、たまに天文学か、なんですよ。その三つはわたしがほとんど何も知らないテーマなんですよね。最後まで観てても一問も正解できないってことも、しょっちゅうです。〔中略〕油絵を描くときの心得とかなり似てますね。「自分が描きたいものを描きたいように描きなさい。特定の手法で描く別人になろうとするのはやめなさい」。ということは、教訓はこうかな。「自分が知りもしない誰かに、特定の仕方で読むべきだと言われたという理由で読むのはやめなさい」

テレビは(ときに読書からの「息抜き」という正当化を必要とするものの)「とても楽しく観られる」と語っていたにもかかわらず、みずから導き出した「教訓」と裏腹に、「自分が知りもしない誰か」すなわちBBCの大学対抗難問クイズが「とてつもなく価値のある何か」として提示するものに、「ヴィクトリア朝的な労働倫理」を刺激され、実際、最近では、哲学や「古代ギリシャのテクストや詩や何か」に関心が移っているという。「それ以外の正典テクスト、例えばシェイクスピアなんかに手を着けるかどうかはわからないけど」。以下で、シェイクスピアとチョーサーに「もう一度挑戦したいかどうか」と話しているのは、ともにOレベルの課題図書だったからだ。

シェイクスピアで唯一、本当に夢中になれるのは、舞台か、映画に再解釈されたものですね。というか、思い出すのは、チョーサーやシェイクスピアというのは、物語について学ぶことができるようになる前に、まず別の言語を学ばなくてはいけないってことです。チョーサーの英語やシェイクスピアの英語を学ばなくてはならないわけだから。自分のカトリックのバックグラウンドからして、新旧約の聖書や宗教的な書き物を読むのは――これまた「汝に」やら「汝は」やら〔"thees" and "thous" and the like〕だらけではありますが――わたしが生きている現代の世界にとって、古いけれども今日的意義があったんですよね。でも、もう一回挑戦したいかどうか、わかりません。

古代ギリシャのテクストはおそらく現代英語訳で読むのだろう。今日的意義を汲み取ることが目的ならば、聖書も、ヘブライ語やギリシャ語でなく英訳、それも「汝に、汝は」だらけの欽定訳（一六一一年）でなく現代英語訳で足りるように思えるが、『ジュリアス・シーザー』や『カンタベリー物語』については、外国語並みに難解な原典でなくてはならず、もとより翻案ものは考慮の外のようである。

文学に対する分析的アプローチが、研究対象へのロマンティックな見方を台無しにすると述べたパトリックは、すぐれて分析的である。しかもその分析は、経験に根差した、鋭い洞察に満ちている。自家撞着も多いけれど、それは、人生のさまざまな段階で拠り所としてきた複数のアイデンティティのせめぎ合いの表出に他ならない。以下の所懐は、本書で言及してきたナンシー・アームストロングやフランコ・モレッティ、スピヴァク、サイードらの小説論とも共鳴し合う。

パトリック 彼〔父〕はアイルランドの大学でマルクス主義経済学を学んだあと、イングランドにやって来て、運輸業界の社会主義活動家のために、演説原稿を書いてました。企業内組合運動と呼ばれるものです。そして最終的には資本家になって、イングランドで会社を経営するようになるわけです。でも始めはマルクス主義を経済理論として学んでいた。〔中略〕ひたむきに努力する人や、そういう人たちを引き立ててやる人を描いた物語が山ほどありますよね。良いことを思いついて、懸命に働いて、成功する。わたしたちはそういう結末が大好きです。それって資本主義ですよね。でも〔その蔭で〕誰かが打ちのめされてるってことが、よくあります。アイルランドの本の多くは、打ちのめされた人や、貧困なんかを描いています。ひどいことが、貧しい人の身に起きる。まったく異なるスタイルですよ。でもベネットはたぶん、ストーク〔・オン・トレント〕やポッタリーズの貧困について余すことなく伝えているんじゃないですか。

筆者 ええ。救貧院なんかについて。

パトリック それにもちろんディケンズもそうでしょう。それが彼の理念というか……作品以外にも、変革を求める運動家として知られていましたよね。さまざまな弊害を取り除こうとして。わたしがシティで過ごして、裕福になろうとしていた頃が、わたしの人生で最悪の時期の一つで、深く恥じていますよ。とはいえ、一九八〇年代は、救いがたいほど放縦で利己主義の人間が、幅を利かせてたんです。後悔していることがあるとすれば、〔そういう人たちから〕距離を置いて、「こんなくだらないことして、いったい何になるんだ?」って言わなかったことだね（笑）。

筆者 読書会で、[23] シティで働いておられた当時、ストライキに参加する人たちにあまり同情的でなかったとおっしゃったのを、思い出しました。

パトリック そうね。自分の利害と物質主義の追求を正当化するためには、そういう人たちに同情したりできませんからね（笑）。ある意味、意図的に無視したんでしょうね。この国の歴史のなかでも、忌まわしい時代でしたよ。

読書会はもともと、テニスクラブの仲間四人で始めたものだし、現在のメンバー六人のうち三人にはヨットという共通の趣味もある。パトリックは毎週末、妻とリヴァプールまでセーリングするという――「新しい趣味でね。本当にすごく楽しいよ」。キッチンのテーブルでレコーダーを回す前に、年月をかけて美しく快適に改装した二級指定建造物の住まいを隅々まで案内し、アトリエでは、やや抽象的な肖像画が中心の作品も見せてくれた。油絵の制作にはテニスやヨットと同じく罪悪感を覚えない様子だった。肖像画を好んで描くのは、一〇代からの心理学への関心ゆえである。「人物や表情、雰囲気を解釈する方法を探究し」、自分なりの「スタイルやメソッドを確立」しようと打ち込むことには、小説のなかでもディケンズの『二都物語』のような「共感や同情や経験」を共有できる作品に、人の「精神作用」を読み解くのと同様の意義を感じるという。この場合の読書は、油絵と同様、知性を磨くという個人的に有益な実践――ギロリーのいわゆるセルフヘルプすなわち「ギリシャ的な意味での倫理的実践」（*Professing* 336）――だろう。と同時にパトリックは、本が、潜在的には世界をより良い場所にするという利他的な目標の手段たり得ると信じている。小説に共感できる要素がなければ「途方に暮れる」という彼の葛藤は、みずからの理解を超える心理といかに向き合うかという課題から生じるようである。

彼のような一般読者の読みの経験を改善することが文学の専門家の仕事なのだとしたら、専門家は、あなたの頭を悩ませているものの正体は、「思索や意識を必ずしも必要としない」、「習慣としての道徳」(Guillory, *Professing* 336) に過ぎないのですよ、と諭すべきだろうか。それとも新しい倫理学者なら、テクストそれ自体が、完全には知り得ない大文字の他者なのだから、その捉えどころのなさを言祝げばいいのですよ、途方に暮れることはそれ自体尊いのですよ、と指南するだろうか。仮にポーラが脱構築の文学研究者であったなら、あなたが迷子になるのは、あなたが学術的訓練を受けていないせいじゃないよ、むしろ訓練を受けることなく、テクストという織物がつねに一義的解釈からずれていくことに気づいたあなたの知性に敬服するよ、と励ますかもしれない。あるいは、難解なテクスト／タペストリーは、眺めるたびに、地と図が反転しさえするかもしれない、その不安に耐えられるかが試されているんだよ、テクストの意味はその決定不可能性にあり、テクストの無意味さこそが、読むことの倫理なんだよ、などと叱咤するだろうか。しかしこれら想像上の助言には、「テクストの決定不可能性のあわいに立ちつつも、なぜこのテクストをいま読むのか、読まざるをえないのかという、読者の切迫した状況がすっぽり抜け落ちている」(竹村、「虎穴」227)。そして、切迫した事情を抱える読者が、難解な文学テクストに向かうとは限らない。

6 セルフヘルプ、ビブリオセラピー、ライフハック

四五歳の理学療法士で、もうじき二歳になる娘のシングルマザー、リサの本の選別には、まったく迷いがない。リサは中部地方の出身で、聖書を毎日読み、教会に毎週通う、敬虔な国教会教徒である。子どもの頃からイングランドの歴史が好きで、Oレベルで読んだ英文学にはどれも興味が持てず、いまでも「事実〔fact〕」や「現実〔real〕のこと」しか読まないと語り、持参した三冊の本を見せてくれた（二〇一八年三月一九日）。一冊は郷土史、二冊は「鼓舞するような／発奮材料を与えるような〔inspiring〕」本でタイトルはそれぞれ、『あなたが幸せになるために手放すべき一五のこと――難なく喜びを見出すための発奮材料となる手引き』と『人生のルール――より良い、より幸せな、より成功する人生のための個人としての決まり』(24)であった。「鼓舞する、というと……セルフヘルプのようなものですか？」と訊ねると、「そうです、そうです、有益なもの〔meaningful stuff〕です」と言い換えて、その有益さについて説明してくれた。

この二冊は、進むべき道の選択――わたしが経験しているような私生活での困難に関するものですね。読んだら、セラピーにもセルフヘルプにもなります。本の一節を自分の人生で起こっていることと結びつけて、どうやって乗り切ればよいかの手がかりにするんです。だからほとんどカウンセリングのような感覚です。

これらの本は、彼女が週一度通うドメスティック・バイオレンス・サバイバーのグループセッションで取

り上げられ、「役に立ちそう〔useful〕だと思って」オンライン書店で購入したのだという。「小さな赤ちゃん〔がいたり〕やらひとり親〔であったり〕やらいろんなことで、いまちょっと大変だから」、一対一のカウンセリングも受けているという。

グループセッションでは、意識高揚のメソッドとは異なり、ファシリテーターが、トピックを定めて話し合いを促すだけでなく、提案や助言もおこなうようである。参加者のうち「働いてるのはわたしだけなんです。他の人は皆、生活保護を受けてるんです。それに多くの人は無学〔uneducated〕で」と思いがけず腹蔵なく話してくれたことに虚を突かれ、筆者が適切な言葉を選ぶのに苦労していると、(「無学な」生活保護受給者とセッションをするのは難しいかという)質問の意図を汲んでくれた。

そうですね、わたしたちは全員、同じ情報を与えられるわけだけど、それを受け入れるかどうかはその人次第で、わたしは受け入れるわけです。他の人たちは必ずしも本を買いに行ったり読んだりしないんです。彼女たちは、情報をくれる人たちに頼ってるんです。だからわたしは、他の人たちよりもうちょっと——真剣に取り組むっていうか、積極的に〔proactive〕自分で自分を助けよう、気分良くなろうとしてるかな。いつも思うのは、生きているのがつらいときには、気分良くなりたくて何かに頼りますよね。本や聖書がわたしを助けてくれると思いますね。

さらに、「宿題をやったり議論に参加したりするのは、だいたいわたしですね。「あなた書いて」って言われるのはわたしなんです。綴りを知っているからというので。でもわたしたちには皆、共通点があるのにね。わたしたち皆、同じ理由でそこにいるのにね」、「たぶん彼女たちは学校に行ってなかったのね

――人生で違った道を選んだってことね。目を開かされるような経験ですよ」などと付言した。本という参照点が機能するには、学校における規律訓練が前提だとの見立てである。[25]
真剣に、積極的にみずからを助け、気分良くなろうとするリサではあるが、幼い子どもに手がかかることもあり、読書は夜寝る前に限られてしまう。それでも「有益」で「鼓舞するような」本は、聖書と同様、「心を落ち着かせてくれる」という。
セッションを提供する組織の名称や性格などについては、気が引けて訊ねられなかったが、おそらくは「サバイバーズ財団（The Survivors Trust）」[26]に登録し、NHSと連携する慈善事業所であろう。財団によれば、警察や公的福祉事業よりもボランティア組織を利用したサバイバーの満足度が、顕著に高い（"Our Work"）[27]。リサのグループで実践されるビブリオセラピーは、「本の一節を自分の人生で起こっていることを結びつける」タスクに取り組んだり、議論に参加したりといったことに慣れている人たちにとって、より有益と感じられるプログラムであろう。これもまた、公的事業の不足を補う〈福祉の契約主義〉の現場の一つであるが、ビブリオセラピーは近年、NHSによって、専門家のカウンセリングに代わるものとして推進されてもいる。
先駆的なのは、ウェールズのNHSが二〇〇五年に開始した、処方薬ならぬ「処方本〈Books on Prescription〉」のプログラムである。（専門医に繋ぐ前段階の）包括診療をおこなう医師が、軽度ないし中度の鬱病と診断した患者に対し、薬の代わりにセルフヘルプ本を処方する仕組みで、二〇一一年までに処方された本は三万冊に上る（Price 120）。この状況にリア・プライスは厳しい目を向けている。要するに、財源の限られた保険医療制度が、医療者がおこなえば高くつく治療を、不当な低賃金で働く図書館司書に外注しているわけで、保険医療サービス以上に徹底的な予算削減の対象となっている公共図書館が、こうしたプログラムの受け入れを拒否するのは難しい（Price 120）。二〇一三年、同様のプログラムがリーディング・エージェンシーによってイングランドに導入されると、わずか三ヶ月のうちに、NHSの医師が処方した本の貸出は一〇万部に達したという（Price 120）。なお、リーディング・エージェンシーは、前述の「ムード・ブースティング・ブックス」なるカテゴリーも設けているが、これはセルフヘルプ本ではなく、「一般読者や読書会によって推薦された」「気持ちを高揚させるような〔uplifting〕」、つまり気分《ムード》を上げる《ブースト》小説や詩、ノンフィクションで構成されている（"Mood Boosting Books"）[28]。

筆者が二〇一五年三月に見学した「フリーランス講師」による文学の講座には、医師の勧めで参加している人があった。講師によれば、講座はいかなる組織とも提携しておらず、講座の存在を知った医師が、個別の判断で勧めたものだろうとのことだった[29]。したがってイングランドでは、医師が「処方」した数よりも多くの本が、何らかの疾患を抱える人びとに対して、間接的に薦められていることになる。

プライスが疑問視するのは、社会保障費削減を目的としたビブリオセラピーの広がり以上に、「文学は癒すというNHSの主張」である（139）。いわく「長年、本に刺激を求めてきた身としては、本が神経を落ち着かせたり気分を鎮めたりするという考えは受け入れ難いものだった」（139）。プライスによれば、二〇世紀転換期までフィクションは、その刺激ゆえに自己改善を妨げると見られており、「聖職者や教師、医師は、二人称の命令調で読者に直接語りかける指南書を薦めて、小説を読ませまいとしていた」（139）。それが今日、文学が道徳的・医学的力を帯びるにいたって、セルフヘルプ本は「怠惰な選択」のように見え始める（139）。この主張を、すでに引いたベス・ブラムの見解と重ねるなら、二〇世紀を通じて、文学研究者が文学の道具化を否認し続けるいっぽう、自己改善の道具としての役割はもっぱらセルフヘルプ本によって担われてきたが、今世紀に入ると臨床家が文学を、自己改善の道具として再発見した、ということになる。

最後に、パトリックともリサとも違った仕方で本に向き合う、七〇代のメアリーを紹介したい。メアリーは国教会の信徒で、教会で知り合った同世代の女性五人と、二〇年ほど前から（教会ではなくメンバーの自宅を会場として）読書会を続けている。メアリーは大学でフランス語・フランス文学を専攻し、グラマースクールや小学校でフランス語を教えたのち、オープンユニバーシティで教員の採用と研修を担う部門のフランス語主任を務めた。他にインタビューに応じてくれた読書会メンバー三人はそれぞれ、小学校教諭、高等教育進学のためのディプロマ課程などの講師、カウンセリングとサイコセラピーの指導者兼臨床家であった。二〇一七年八月一五日の、ローズ・トレメイン『グスタフのソナタ』（Rose Tremain, *The Gustav Sonata*, 2016）の集まりは、筆者が参与観察したどの読書会よりも、テクストを深く多角的に論じていた。

読書会の後で個別の聞き取りに応じてくれたメアリーに、「人生を変えるような本」に出会ったことがあるかと訊ねると、「フィクションのなかにはない」とし、メモリーマップの考案者として知られるトニー・ブザン（Tony Buzan）の学習スキルの実用書や、オリヴァー・バークマン（Oliver Burkeman）が二〇〇六年から二〇年まで『ガーディアン』に連載していた、その名も「このコラムはあなたの人生を変える（This Column Will Change Your Life）」を挙げ、「セルフヘルプ本はとても好き」だと語った。ただし、月に三冊ほど読むという本の数に、セルフヘルプ本は入っておらず、「セルフヘルプ本は、寝る前に読む類の本」と位置づけられていた。お気に入りの作品にデイヴィッド・ロッジのキャンパス小説（と『小説の技巧』）を挙げつつ、「『デザート・アイランド・ディスクス』ふうに選ぶとしたら、『失われた時を求めて』」だと話してくれたことからも察せられるとおり、セルフヘルプ本は、本の体裁を取った、何か別のものである。ブザンにせよバークマンにせよ、セルフヘルプというジャンルのなかでも、リサがつらいときに読んで「心を落ち着かせ」るのとも異なる、人生をより充実したものにするヒント、ライフハックを提供するサブジャンルである。

日中の読書に罪悪感を抱くことはもちろんなく、インタビュー時はラシュディの『真夜中の子どもたち』を楽しんで読んでいた。それは「わたしにとっての飛躍〔a departure〕で、というのも、ファンタジーやマジックリアリズムは好きではないんだけど、インドとパキスタンの歴史に見通しを与えてくれるもので、それはこの本を読まなければ得られなかったろうし、それに現在、本当に重要なことだから」。こうして他者に関心を差し向けることが、人生を変えはしなくとも、自己の飛躍の契機となる。一九八一年刊行の書をいまひもとく切実さがある。

7　古くて新しい倫理学

小説をひもとくことは「それ自体、本質的に倫理的な、ある種の意思決定にみずからを開くこと」であろうか（Hale, "Fiction" 189）。C・ナムワリ・サーペルがドロシー・ヘイルに依拠しつつ批判するように、批評家は往々にして、特定の作品を、倫理的な分析を施す目的で選び出しておいて、その作品が倫理的だと結論づける（Serpell 296）。わけてもヘンリー・ジェイムズの作品は、小説が読者に倫理的教育を施す行為体として機能することを論証すべく、「ド・マン流の脱構築、フーコーふうの社会学、ジェイムソン的マルクス主義、そしてアイデンティティ・ポリティクス」などなど、異なるアプローチを採るさまざまな論者が、好んで選んできた（Hale, "Fiction" 188-89）。ジェイムズのヒロインが結婚を拒む理由がテクスト内に説明されないことをもって、「大文字の他者について完全には知り得ない、あるいは捉え得ないことを尊ぶ」文学の意義を論じたジュディス・バトラーも、その一人である（Butler, "Values" 208）。

サーペルいわく、他者性は探す気になればいくらでも見つかる。批評理論において大文字の他者を尊重することが至上命令とされるようになって数十年が経った現在、すべてのテクストが、読み手にお決まりの大文字の他者を返してくれるように思えるからだ（Serpell 297）。トニ・モリスンやゼイディ・スミス（Zadie Smith）といった現代の作家たちも、登場人物を、作者の制御や知識に先立つ、あるいはそれらを超越する存在と認め、代理表象を拒む登場人物という他者の自由の尊重こそを、倫理的と考える（Hale, *Novel* 51）。こうして、ポストモダンの理論が時代遅れにしたはずの登場人物の検討は、知り得ない他者としての登場人物を、テクストに探すかたちで復活する。ヘイルが〈新しい倫理学〉と呼ぶ（そしてサーペルはより辛辣に〈倫理的誤謬〉と呼ぶ）この思潮は、ウェイン・ブースの一九六一年の著書『フィクションの修辞』（*The Rhetoric of Fiction*）の理論に驚くほど似通っているという（Hale, "Fiction" 188-89）。

ヘンリー・ジェイムズを読むと、文明の道徳性を守る防人《さきもり》になれると思えば、心地よいことはたしかだろう。しかし、ヘンリー・ジェイムズを読まなかった人々、ジェイムズの名前すら聞いたことがなかった人々、ジェイムズが存在したことも死んだこともなにも知らないままのうのうと生きて死んでいった人々は、いったいどうなるのか？　社会の大多数を占めていたのは、間違いなくそうした人々だった。彼らは道徳的に鉄面皮で、人間的には俗悪で、その想像力はとっくに破綻していた人たちだったのか。そういう人たちには、当然、私たちの両親や友人たちも含まれるわけだから、ここではもう少し慎重にものを考える必要がある。そういう人たちの多くは、道徳的にみても健全でしかも感性も豊かだったように思われるし、彼らは、殺人、略奪、強奪の類をとくに好む様子などなかった。よしんば彼らがそのような極悪非道な人間であったとしても、彼らがそうなったのはひとえにヘンリー・ジェイムズを読まなかったせいだというのは、なんともおかしな話ではあるまいか。（イーグルトン 54-55）。

これはヘイル／サーペルによるバトラーへの批判ではない。（そしてむろん、極論である。ジェイムズを読めばよりよい人間になれるということと、読んだ人しかよい人間になれないということは、同じではない。）一九八三年に刊行されたテリー・イーグルトンによる文学理論の入門書の一節であり、批判はリーヴィス率いるスクルーティニー派に向けられている。イーグルトンは、なぜ文学を読むのかという問いに対するリーヴィスの答えを「文学を読めばあなたはよりよい人間になれる」と要約した上で、「『スクルーティニー』創刊から数年後に、連合国が強制収容所に進軍し、そこの司令官を逮捕してみると、この司令官が暇な時間にゲーテをひもといていたことがわかったとき」、「文学は精神に直接影響を及ぼさないということ」が明らかになったと喝破する（56）。

イーグルトンはさらに、ドイツの英文学者ヴォルフガング・イーザー（Wolfgang Iser）が『行為としての読書』（ドイツ語原典は一九七六年、英訳 *The Act of Reading* は七八年刊行）において展開する受容理論が、読書において「私たちは柔軟に心を広く持つべきで、自分の信念が問いただされ変容を蒙ることになってもその心構えができていなくてならないという信念」、すなわちリベラル・ヒューマニズムの原則にもとづいていること、そして、この原則が見かけほどリベラルでないことを指摘する（124）。広く柔軟な心を持つべきだというリベラル・ヒューマニストの信念それ自体が変容を蒙ることは、想定されていないからだ（124）。それに、読書によってただちに変容を蒙るような信念であれば、それが覆ったところで「実際にはたいしてなにも起こらない」（124）。スピヴァクに従えば、「暇な時間にゲーテをひもとく」だけでは不十分であり、「精読の訓練」が必要ということになろうか。しかしそれは、文学作品そのものではなく、アカデミア内部の文学作品の読みこそが、人生を変え、世界を変え得るという奢りに繋がる。

『ジェイン・エア』と『高慢と偏見』を愛読書に挙げたTグループのジルに、理由を訊ねたら、こう答えてくれた。

善が悪に打ち勝って、すべての誤解が解けるところじゃないかしら。ハッピーエンディングがないとか、何かしらの結末がないような本は大嫌いなの。現代の本の多くは、ただ終わっちゃって、結末らしい結末がないように、わたしには思えるの。そこまでずっと読んできたのに、すごく失望するわね、もし最後に……何の結末もないくらいならバッドエンディングのほうがまだましだわね。思うに、わたしが読んで面白いのは、誰かの困難な時期から始まって、すべてが解決するとか、すごく悪い誰かがじつはすごく良い人だったとわかるとかいう話ね。わたしは、その点ではすごく古臭いんだ〔old-fashioned〕と思う。（二〇一六年一一月二三日）

結末の有無は形式上の問題であると同時に、作品が伝達する／作品に読者が読み取る価値観の問題でもある。現代の本の多くが、勧善懲悪の、「正直者が報われる」大団円を避けているとしたら、その理由をケネス・バークは「あまりに安易な慰安の形式を避けて、リアリスティックであり続け」んとする作者の志向に求める（Burke 299）。

> リアリズムが予言の一側面であることを忘れて、彼〔作者〕はそれ〔リアリズム〕自体を目的とするのかもしれない。そうする誘惑に駆られるのには二つの要因がある——⑴科学哲学を生齧りしたせいで、「容赦ない」自然主義的「写実性〔truthfulness〕」を、それ自体で妥当な目的であると誤って想定すること、そして⑵他の作家たちよりも「もっとリアリスティック」であることによって、彼らを出し抜こうという、競争的な欲望である。（Burke 299）

バークがこう見立てたのは一九四一年のことである。やがて到来するポストモダンの文学は、結末も本当らしさ〔verisimilitude〕も拒絶することで、言語による表象の不可能性を実演することになる（Galef 8）。そのスタイルは、元図書館司書の協力者ピートの言葉を借りるなら、「トリッキー」である。彼が、ブッカー作家は「本を結末から逆に書いてやれ、終止符抜きとか、へんてこな句読法で書いてやれ」と意気込んでいると看破したことを思い出そう。

現代の作家は、自作が安易な慰安の道具として消費されないよう、異化効果をもたらす形式上の刷新を競い合う。第二章で見たように、その刷新にはジャンル・フィクションの要素の流用も含まれる。むろん、わたしたちが不気味で調和を欠くようなものに惹かれることは珍しくないし（Felski, *Hooked*

75)、容赦ない現実の容赦ない写実は、わたしたちの人生における些細なジレンマからの気晴らしに用いられてもきた（Price 140）。

誰もが小説をひもときさえすればよりよい人になれるわけではない。そもそも何をもって善とするかも自明ではない。ただ、翌朝、容赦ないソーシャルワークの現場に戻るべく、人間の最善の部分への信頼を恢復するためのジルの就寝前の読書は、間違いなく〈人生の装備〉であり、生きる手段としての本の、最善の使いみちの一つである。

終章

懐疑とパラドクスの隘路を縫って

二〇〇九年にT読書会でハニフ・クレイシの半自伝的小説『郊外のブッダ』（Hanif Kureishi, *The Buddha of Suburbia*, 1990）を読んだ回の模様を、ハナとリズがまとめた記事が、ある雑誌に掲載されている。(1) 記事によれば、本の評価は真っ二つに割れたそうで、いかにもルースらしいコメントの引用（「独りよがりで、書かれた時代にしか通用しない」）には、肉声が聞こえてきそうで、微苦笑を誘われる。しかし、もしも筆者がメンバーの人となりを知らずに、一購読者として以下のくだりに接したとしたら、どのような感想を抱いただろう。

わたしたちは続いて、クレイシの描く移民への態度に注目し、レイチェルは「わたしたちは移民につらく当たったし――いまでもつらく当たっている」とコメントした。小説のなかで、カリームが初舞台で〔キプリングの『ジャングル・ブック』（Rudyard Kipling, *The Jungle Book*, 1894）の〕マウグリ役を与えられ、茶色の化粧をほどこして「インド人の」アクセントを使うよう求められたエピソードは、わたしたちの多くを居心地悪くさせ、罪悪感すら抱かせた。グレイスはそのようなことが許されたことに「激しい憤り」を覚え、この発言を潮に、わたしたちは過去四〇年の間にさまざまな偏見がどれほど変わったかに注目した。

〔中略〕

わたしたちは、白人中産階級の中年女性のグループとして、この本を通じて、それまで知ることのなかった世界に入っていったと、結論づけた。全員が楽しんだわけではないけれど、皆その過程で何かを学んだし、クレイシが読者に楽観主義を残してくれたという見方で一致した。

これを読むなり膝蓋腱反射的に筆者の頭に浮かんだのは、おそらくつぎのような紋切り型の批判であったろう。すなわち、労働者階級出身のイングランド人を母に持ち、イングランドに生まれ育った主人公カリームが「インド人」を演じるよう強いられるエピソードのみならずテクスト全体が、首尾一貫したアイデンティティの虚構性を主題化しているにもかかわらず、このグループは、移民を他者として再措定することによって「白人中産階級の中年女性」というアイデンティティを強化している、とか、自分たちが罪悪感から解放され楽観的になる目的で移民の物語を消費している、だとかいった批判である。

だが筆者は、「白人中産階級の中年女性」という括りの内実を知っている。だいたい、文責を負うハナからして、当時すでに七〇代である。全員が白人であることには疑いを容れないとしても、ヘザーは、それとはっきりわかるスコットランドのアクセントで話す。そしてハナとともに文責を負うリズは、カリーム（とクレイシ）の父親と同じパキスタン出身の夫を持つ。「白人中産階級の中年女性のグループとして」「それまで知ることのなかった世界」と言うときの「世界」は、単に一九七〇年代のロンドンとその郊外という地理的世界を指すのでないことは明らかだ。同じイングランド人とパキスタン人の夫婦といっても、リズの夫ファイズは大学病院の医師で、クレイシの父親よりひと回りほど下の世代であるし、リズは、祖父も父親も医師という家庭に育ち、全寮制の私立女子校に学んだエリートである。リズが、『秘め事』の読書会でミメーシス的読みを追求したことと思い合わせるなら（第二章）、彼女が『郊外のブッダ』の「辛辣なブラックコメディ」を評価するいっぽうで「胸を締めつけられ、心をかき乱され」たのは、フィクションの外側の、いくらかは知っている世界とフィクションに描かれた世界との類似を前提としてのことではなかったかと、推察される。

『郊外のブッダ』をめぐっては後日譚がある。夫と次男夫婦と四人で『郊外のブッダ』の舞台を観に行ったという近況報告のメールが、リズから届いたのである。前掲の記事の原稿を提供してくれた（そしてのちに掲載誌も見せてくれた）のはリズ自身であったが、そのことを完全に失念していたことが、以下に窺える。

先週の土曜、ファイズとわたしは、〔次男夫婦〕とストラトフォードの〔ロイヤル・シェイクスピア〕劇場に行きました。シェイクスピアではなく、ハニフ・クレイシの本が原作の『郊外のブッダ』の新しい舞台です。本が出版されたのは一九九〇年のことで、わたしは当時、ハニフが〔インタビューで〕それについて語るのを聞きました。自伝ではありませんが、パキスタン人の父とイングランド人の母の息子としてロンドン南部で育った彼自身の経験がもとになっています。ご存じなければぜひお薦めします、深く考えさせられる箇所もありますが、ユーモアもあります。ポスターと、劇場の外で撮ったわたしたちの写真を添付します。（二〇二四年四月二九日受信）

これに筆者は、当方の近況につぎの一節を添えて返信した。

クレイシの作品では、『郊外のブッダ』と『親密』(*Intimacy*) を読んで、『マイ・ビューティフル・ランドレッド』(*My Beautiful Laundrette*) を観たきりで、それもずいぶん前のことです。でもT読書会がそれを読んで、あなたの書いたレポートが『―』誌に掲載されたことはよく憶えています。『―』誌の記事で、あなたはグループのことを白人中産階級の中年女性と表現していますが、あなたの経験は、他のメンバーとはかなり異なるのではないかと思います。これはいままでお聞きする勇気がなかったことですが、あなたがご自身の結婚式のことを、美しい写真を見せながら、「茶色の結婚式」と表現したこともわたしは憶えていて、あの素敵な茶色のドレスを選んだのは、果敢な抵抗だったに違いないと想像するのです。(二〇二四年五月一日送信)

二〇一七年八月に自宅を訪ねた折、リズが家族のアルバムを見せてくれて、写真の花嫁衣装を指して「ブラウン・ウェディングだからブラウンのドレスを選んだのよ」とさらりと言ってのけたことを、筆者は鮮明に憶えている。正確にはつぎの返信にあるようにブラウン一色ではなく白地に茶の繊細な模様が施された細身のドレスであったが、それを美しく着こなした彼女の姿も、目に焼き付いている。リズが、『マリッジ・マテリアル』の読書会で、駆け落ちという選択があなたたちにもあり得たかと問いかけたことも、思い出された。ドレスは周囲の偏見への抵抗の印だったのですか、とは聞けなかったし、聞いたとしても多くは語ってもらえなかったかもしれないと、彼女の返信を読んで思う。

そうですね、わたしはたぶん、わたしたちの結婚式のことを「茶色」と呼んだかもしれませんし、茶色と白のコットンのドレスを着たことを憶えています。『郊外のブッダ』を観て一九七〇年代のイギリスを思い出すと、わたしたちがご近所と何の問題もなかったのは幸運だったと思います。

いまは状況は良くなっていますが、いまだに厳しい状況にある人たちもいます。（二〇二四年五月一日受信）

リズたちが幸運だったのは、彼らの住まいが高級住宅地にあり、隣がファイズの勤務先の同僚一家だったことと無縁ではないだろう。ただ、カリームが日常的に受けたような暴行の、標的になることはなかったにしても、移民をめぐる一般的な状況がいまより悪かったという認識を、最後の一文は示している。

移民の置かれた状況について、驚くほど率直に語ってくれたのは、ファイズのほうだった。本研究調査への協力をTグループに乞うた際、男性にも対象を広げるべきだというもっともな意見があり、リズは、夫の協力を取り付けてくれた三人のメンバーの一人であった。夫はノンフィクションしか読まないとのことだった。

聞き取りでファイズは、愛読書にムハンマド・イクバールとハリール・ジブラーンの詩集を挙げた。では散文はなぜノンフィクションに限るのか。この質問をきっかけに、ファイズと筆者は、イギリスにとっての他者同士、思いがけず心を通わせることになる。

ファイズ　フィクションは誰か他の人の想像だって気づいたんですよ。真実じゃないってね。〔中略〕それら〔factual things; 事実にもとづくもの〕が百パーセント事実じゃないってことは、わかってますよ。でも、想像の産物よりは真実に近いでしょう。〔中略〕わたしは日本について読むのが好きですね。なぜなら、彼らが何をしようと、それには理由があったから。

〔中略〕

言語のある側面はとても個人的なもので、どれほど習熟したとしても、より繊細な点は決して理解できないんですよ。例えば、インド系の人が脚本を書いた『東は東』(*East Is East*)というインド映画があってね。[2] ある表現が出てくるんですよ。夫がパキスタン出身で、妻はイングランド人かアイルランド人で、どこかへ出かけたときに妻が「お茶飲む？」って聞くと、夫は「いや、いらない」と言う。でもしまいには「そうだな、でもカップ半分だけ」って言うわけ。全然笑うところじゃないんだけど、〔観客は〕みんな可笑しいと思ったんですよ。きっとあなたの言語にも、イギリス人には理解できないような表現があるでしょう。

筆者　謙遜しすぎるきらいがあって、滑稽な話し方だと思われることがありますね。

ファイズ　そうなんですよ。言いたかったのはまさにそういうことです。イギリスに来た当初はわたしも若かったですから、目上の人たちを敬うのが当たり前でした。わたしの言語を英語に直訳すると、一語おきに「サー」か「マダム」が後につくことになるんです。わたしが「イエス、サー」、「イエス、マダム」と会う人ごとに言っていると、馬鹿で卑屈だと思われた。でも卑屈なんじゃなくて、敬意を表したまでなんですよ。より繊細な点と言ったのは、そういうことです。気づくのに長い時間がかかりますね。東洋人が卑屈だと思われるのはそのためですが、そうじゃないんです。

筆者　五〇年経ってもいまだに――

ファイズ　ええ、いまだに同じですよ。

〔中略〕

筆者　おそらくわたしたち〔ファイズと筆者〕はより近いでしょうね。

ファイズ　そう、そのとおりですよ。お互いのことがよりよく理解できますね。でも違う文化の人たちに説明するのはとても難しい。

筆者　でも小説は、違う文化の人たちが互いを理解するうえで、良い媒介になり得ませんか？

ファイズ　わたしはGCEのためにイギリスの小説をかなり読みましたけど、その当時ですら、理解できなかった。小説から学ぶこともできますよ。でもそのためにはそれを書いた人を好きじゃなきゃいけない。アーノルド・ベネットは素晴らしい小説を書きましたよ。でも愛着はないですね。〔中略〕学校で学んだ歴史はイギリスの歴史でした。後になってそれがまったく違ってたと気づくわけです。真実ではなかったってね。（二〇一六年一一月二四日）

「イギリスの歴史」の虚偽に気づかせてくれたのは、スコットランド出身でデリー在住の歴史家ウィリアム・ダルリンプル（William Dalrymple）や、アメリカの作家ザッカリー・キャラベル（Zachary Karabell）、インドの作家パンカジ・ミシュラ（Pankaj Mishra）らのノンフィクションである。ダルリンプルは、東洋世界への共感から、西洋が東洋をどのように眼差していたか叙述しているという。キャラベルの『聖書の民』（*People of the Book*, 2008）からは、「大昔、オスマン帝国ではイスラム教徒もキリスト教徒もユダヤ教徒も仏教徒も皆、平和に暮らしていたのに、西洋が干渉したとたん、仲良くやるのをやめた」ことを知った。ファイズの表情は終始穏やかで、口調は淡々としていた。

『郊外のブッダ』の読書会では、レイチェルが「わたしたちは移民に〔中略〕いまでもつらく当たっている」と述べているものの、議論の焦点は「過去四〇年の間にさまざまな偏見がどれほど変わったか」へと移っていく。翻ってファイズは、五〇年経っても移民への認識論的暴力は「いまだに同じ」であると主張する。むろん、リズとファイズの間に認識と経験の差があっても、不思議はない。他方で、リズが仮に夫と認識を同じくしていたとしても、実名で投稿した雑誌で、胸の内を明かすとは限らないし、その必要もない。T読書会を「白人中産階級の中年女性のグループ」と記述した時点ですでに、このレポートはフィクションである。そしてこのフィクションは、〈少なくとも白人中産階級の中年女性の〉購読者たちに楽観主義を残す。しかし、夫の姓が含まれるリズの実名は、インド／パキスタンと何らかの関わりがあることを示唆している。

冒頭の膝蓋腱反射は、批評理論の最も粗雑なサンプルである。

あえて語らないこと、語り得ないことがあるかもしれないと、察する。そこには、悪くすると陰謀論に繋がる懐疑主義の陥穽がある。察してもっと知りたいと願う。そこには、あらかじめ知りたいと思える対象にのみ、関心を向ける〈感情のパラドクス〉が横たわっている。けれども想像力が、つねに邪悪な意図や無意識の暴力を暴くことだけに用いられる必要もない。想像力を養う素材は、狭義の文学でなくてもよい。その本が精読されなくても、まったく読まれなくてもよい（『バーガーの娘』や「トラベリング・ブック」が循環するさまを思い出そう）。本が世界の、人生の中心になくてもよい。ただ、人が同じ空間に居るための焦点の一つに、本があってもよいと思うのだ。

おわりに　寛容と厚意と本への愛

二〇一四年一一月一一日火曜日、第一次世界大戦の休戦記念日の朝。冷たい小雨のなか、T村から出征した戦没者の追悼式典が、慰霊碑のある広場で執りおこなわれた。Tグループの第一次世界大戦プロジェクトメンバーが主催したものだ。メンバーは、調査の成果を近隣住民に供覧すべく、A4用紙一〇枚ほどにまとめてラミネート加工していて、筆者はそれらを、式典の前に広場の木製フェンスにピンで留める作業を手伝った。日本人の参列者は筆者のみで、国教会式の式典を取り仕切ったのが西インド諸島にルーツを持つ聖職者でなければ、もっと場違いに感じられただろうと思う。終了後、プロジェクトリーダーのマーガレットの家へ向かう列に、はたして自分が続いてよいものか、訊ねたコニーの夫に背中を押され、玄関をくぐった。メンバーとその配偶者だけでなく、趣旨に賛同した銀行の支店長と退役軍人数人も招かれていて、軽食が振る舞われた。この日の空気や湿度、気配、身体が触れ合う近さの感覚は、忘れ難い。

その夜、リズから「戦没者追悼記念日」の件名でメールが届いた。「今日あなたと会えてよかったです、わたしたちとともにTの男性たちを追悼してくれて嬉しかったです」という書き出しに続き、第二次世界大戦で日本軍捕虜となった叔父が、戦後、英日の和解に尽力した旨が綴られていた。このことを筆者に明かすのは「友情からで、これからあなたのことをもっとよく知ることができるのを楽しみにしています」と結ばれていた。

Tグループメンバーの家族や親類に、何らかのかたちで日本の軍国主義の犠牲となった人がいても不思議でないとは、加入前から思っていた。リチャード・フラナガンの『奥の細道』（Richard Flanagan, *The Narrow Road to the Deep North*, 2013）が話題になってもいた。泰緬鉄道建設に従事させられたオーストラリア人の物語ではあるが、T読書会の二〇一五年の「日本」の本に選ばれていてもおかしくなかった。序章で述べたとおり、日本人が日本語で書いた小説の英訳はいまほど多くなく（何か薦めてほしいと言われれば、まずは桐野夏生の『ＯＵＴ』と答えていた）、当初の候補の何点かは、入手困難で諦めざるを得なかった。Tグループ以外の複数の協力者が高く評価していたことに照らしても、グループの誰もこの本に言及しなかったのは、筆者を慮ってのことではなかったかという気がしてくるのである。

本書の執筆は、多くのかたがたの寛容と厚意と本への愛に支えられた。ヘザーがあれほど熱心に読書会への参加を勧めてくれなければ、リズを始めとするメンバーと親しくなることも、本研究の想を得ることもなかった。この出会いは間違いなく、筆者の研究と人生を変えたと言える。

アーノルド・ベネット協会のポールは、研究計画を知るやU3Aの最寄りの支部に照会し、調査に応じてくれる読書会を見つけてくれた。それまで読書会の経験のなかった彼自身、すぐにその会に加わり、一七年八月には、参与観察と個別聞き取りの時間と場所の調整を一手に引き受けてくれた。以来七年以上にわたり、毎月の本のリスト（全員が違う本をレビューするため、その日の参加人数によって五冊から一〇冊程度）を、欠かさず共有してくれている。彼とは、本の感想や近況、政談から他愛ない思い出話まで、胸襟を開いて語り合えるかけがえのない友となった。

調査に協力くださったすべての皆さまに、日本語ではもとより伝わりようもないけれど、言葉に尽くせないほど感謝している。

本研究は、科研費基盤研究(C) 25370275、同 16K02484 および同 19K00389 の助成を受けている。教育研究環境が年々厳しさを増すなか、サバティカルに送り出してくださった同僚の皆さまに拝謝する。

学問の道だけでも亡羊の嘆であるのに、教育および学務との均衡をどう保てばよいのか。浮き足立つ筆者に、研究と教育に携わる者のあるべき姿をお示しくださったのが中野知律先生である。一生かけたとて追いつくべくもない後ろ姿を、遠くに仰ぎ見ながら、今後も奮励したい。

研究者に同期のよしみなどというものがあろうとは意想外だったけれど、着任した年の正月に、二人しておっかなびっくりフィリピンへ出張して以来、倦まず励ましてくれる佐藤文香さんには、感謝してもしきれない。

読書の喜びを分かち合ってくれる学生の皆さんにも多謝。優秀な彼ら彼女らとの、適度な緊張感を伴う議論に、研究者としても鍛えられた。

博士後期課程でご指導を賜った故竹村和子先生には、あるとき「実存的なことで悩んでないで、とにかく書きなさい」と言われ、慌てた。実存の不安を口にしたことなどないのに、そんなに苦しそうだったのか。「どんどん外に出て行きなさい」ともおっしゃった先生が想定されていたのは違う行き方であったに違いないけれど、人見知りをおして外に出て、とにかく書きました。先生の学恩に報いることができるよう、いっそう精進する所存です。

院生時代から変わらず叱咤激励し続けてくださる大田信良先生と武藤浩史先生にも、あらためて御礼申し上げたい。やはり院生時代から、変わらぬ友情で接してくれる、クリス・カウフマン、バートラム・デュジュス、レベッカ・リー、エリザベス・バリー、マーク・リーにも。

ご自身の学生時代の読書会を思い起こして、この企画にわくわくしてくださった小鳥遊書房の高梨治さんは、書けども終わらぬ拙稿の、五百ページを超えようとする野放図に、さすがに気を揉んでおられた。姉妹編と同時に、しかもそれぞれの脱稿から三ヶ月前後で本にするという無茶な工程にもかかわらず、細やかに、粘り強く編集してくださった。記して感謝する。

幼い頃、忙しい母が近所の小さな書店に連れて行ってくれるときには、たいてい事前の予告はなかったが、普段にも増してきびきびと立ち働く様子から、今日は本屋さんの日だと察せられて、胸が踊ったものである。娘が大学院でも文学をやると言い出して、神意も俗信の類も信じないはずの母が「占いさん」に相談に行ったことを（というか、田舎町に占いを生業とする人が存在すること自体も、そして占いには、吉凶の判断ではなく「わたしはこの人を応援してあげたい」という結論があり得ることも）、ずいぶん後に聞かされて知った。本を読むことが仕事になるのか、当人同様、半信半疑ながら、見守り続けてくれた家族――母と兄、擱筆を目前に見送ることになった父、サバティカル中の二〇一五年二月、危篤の報に急ぎ帰国した筆者の名を呼んでくれた剛毅な祖母、そして南方で陣没して会うことのなかった祖父――に、この本を捧げたい。

二〇二四年一二月

井川　ちとせ

索引

（人名、書名）

【ア行】
アーヴィング、ジョン（John Irving）　251
アームストロング、ナンシー（Nancy Armstrong）　156, 426
アーメド、サラ（Sara Ahmed）　157, 332-33, 468, 477
アイアンサイド、ヴァージニア（Virginia Ironside）　503
　『いやだ！読書会には入りたくない』（*No! I Don't Want to Join a Bookclub*）　503
アイヴィ、アナ（Anna S. Ivy）　327
アチェベ、チニュア（Chinua Achebe）　31, 158, 242-43, 275-79, 282
　『崩れゆく絆』（*Things Fall Apart*）　31, 158-59, 275, 277-78, 288, 484
アップダイク、ジョン（John Updike）　221
アディーチェ、チママンダ・ンゴズィ（Chimamanda Ngozi Adichie）　246, 250
アトウッド、マーガレット（Margaret Atwood）　82, 98, 236, 500
　『侍女の物語』（*The Handmaid's Tale*）　98
アトキンソン、ケイト（Kate Atkinson）　244, 251
アトリッジ、デレク（Derek Attridge）　184-85, 416
アドルノ、テオドール（Theodor Adorno）　17, 301
アルチュセール、ルイ（Louis Althusser）　359
アルボム、ミッチ（Mitch Albom）　43, 178-79, 181-82, 190-95, 197, 199, 204, 490
　『あなたが天国で会う五人』（*The Five People You Meet in Heaven*）　178, 193
　『少しの信仰があれば』（*Have a Little Faith*）　178
　『モリー先生との火曜日』（*Tuesdays with Morrie*）　178, 180, 193, 490
イーグルトン、テリー（Terry Eagleton）　319, 323, 369, 384, 437, 473
イーザー、ヴォルフガング（Wolfgang Iser）　437, 478
イヴァノヴィッチ、ジャネット（Janet Evanovich）　250, 254
　『ハイ・ファイヴ』（*High Five*）　250, 254
イクバール、ムハンマド（Muhammad Iqbal）　445
イシグロ、カズオ（Kazuo Ishiguro）　236
ウィア、アリスン（Alison Weir）　298
ウィートリー、デニス（Dennis Wheatley）　421
ヴィッカーズ、サリー（Sally Vickers）　242
ウィリアムズ、キャシー（Cathy Williams）　496
ウィリアムズ、グレッグ（Greg Williams）　491
ウィリアムズ、レイモンド（Raymond Williams）　210, 252-53, 268, 301, 479, 485
ウィリス、ポール（Paul Willis）　137, 152, 220, 381, 478
ウィルモット、ピーター（Peter Willmott）　27, 503

ウィンターソン、ジャネット（Jeanette Winterson） 495
ウィンフリー、オプラ（Oprah Winfrey） 22, 188, 484, 504
ウェルドン、フェイ（Fay Weldon） 14, 506
　『読書会』（*The Reading Group: A Play*） 14
ウォー、イヴリン（Evelyn Waugh） 295, 351, 477
ウォートン、イーディス（Edith Wharton） 250, 253
　『イーサン・フロム』（*Ethan Frome*） 250, 253-54
ウォームズリ、アン（Ann Walmsley） 380-81
ウォレン、ロバート・ペン（Robert Penn Warren） 320, 480
ウッド、モニカ（Monica Wood） 198
ウルフ、ヴァージニア（Virginia Woolf） 10, 167-68, 230, 246-48, 256, 268-69, 312, 369, 481, 488
　『オーランドー』（*Orlando*） 268-69
　『自分だけの部屋』（*A Room of One's Own*） 269
　『ダロウェイ夫人』（*Mrs. Dalloway*） 167-69
　『灯台へ』（*To the Lighthouse*） 168-69, 212
ウルフ、トム（Tom Wolfe） 67, 241-42, 482
エイブラムズ、M・H（M. H. Abrams） 132
エイミス、キングズリー（Kingsley Amis） 245, 247, 351, 477
　『ラッキー・ジム』（*Lucky Jim*） 245
エーコ、ウンベルト（Umberto Eco） 80-81, 187, 262, 316, 478, 485
エドゥージャン、エシ（Esi Edugyan） 225
　『ワシントン・ブラック』（*Washington Black*） 225
エフロン、ノラ（Nora Ephron） 94, 220-21
　『恋人たちの予感』（*When Harry Met Sally...*） 120, 220
　『胸焼け』（*Heartburn*） 220-21, 487
エリオット、ジョージ（George Eliot） 69, 109, 157, 217, 314, 369, 491, 505
　『アダム・ビード』（*Adam Bede*） 491
　『サイラス・マーナー』（*Silas Marner*） 109
　『フロス河の水車場』（*The Mill on the Floss*） 157
　『ミドルマーチ』（*Middlemarch*） 505
エリオット、T・S（T. S. Eliot） 10, 56, 311
エリス、デイヴィッド（David Ellis） 309-10, 326
オウブリー、ティモシー（Timothy Aubry） 20, 42, 87-88,94-97, 111, 123, 254, 324, 395-96
オーウェル、ジョージ（George Orwell） 247, 335, 347, 351
　『一九八四年』（*Nineteen Eighty-Four*） 347-48, 351
　『動物農場』（*Animal Farm*） 335-38, 346-48, 351
　『ビルマの日々』（*Burmese Days*） 351
　『牧師の娘』（*A Clergyman's Daughter*） 351

オースティン、ジェイン（Jane Austen） 15, 112, 114, 123, 130, 214, 217, 251, 312, 314, 369, 473, 477, 499
『高慢と偏見』（*Pride and Prejudice*） 114, 130, 236, 302-03, 333, 438
オールティック、リチャード（Richard Altick） 175, 308-09
オズボーン、ジョージ（George Osborne） 110, 154
オゼキ、ルース（Ruth Ozeki） 502
小田島恒志 180, 490
小田島則子 180, 490
越智博美 320, 480
オファーレル、マギー（Maggie O'Farrell） 251
オブライエン、フラン（Flann O'Brien） 420
オマリー、レイモンド（Raymond O'Malley） 312, 481
オリファント、マーガレット（Margaret Oliphant） 75

【カ行】

カー、フィリップ（Philip Kerr） 126
カーライル、トーマス（Thomas Carlyle） 301
賀川豊彦 193-94
カクタニ、ミチコ（Michiko Kakutani） 365, 376
カバナス、エドガー（Edgar Cabanas） 109
カポーティ、トルーマン（Truman Capote） 482
『冷血』（*In Cold Blood*） 482
ガルブレイス、ロバート（J・K・ローリング）（Robert Galbraith） 178, 245
川上弘美 52
『センセイの鞄』（*Strange Weather in Tokyo*） 52
川端康成 32, 53
『雪国』（*Snow Country*） 32, 53-56, 59, 158
キーツ、ジョン（John Keats） 349
「ハイペリオン」（"Hyperion"） 349
ギデンズ、アンソニー（Anthony Giddens） 79
ギャスケル、エリザベス（Elizabeth Gaskell） 59, 252
『女だけの町』／『クランフォード』（*Cranford*） 252, 303
『北と南』（*North and South*） 252-53
『メアリー・バートン』（*Mary Barton*） 252-53
キャメロン、デイヴィッド（David Cameron） 110-11, 156, 477, 493
キャラベル、ザッカリー（Zachary Karabell） 447
ギャレフ、デイヴィッド（David Galef） 214
ギャロウェイ、スティーヴン（Steven Galloway） 232
『サラエヴォのチェリスト』（*The Cellist of Sarajevo*） 232

キャンベル、ジェイムズ（James Campbell） 366
キュング、ダイナー・リー（Dinah Lee Küng） 242
　『ヴォルテールの訪問』（*A Visit from Voltaire*） 242
ギロリー、ジョン（John Guillory） 31, 43-44, 158, 169-75, 216, 231, 248, 307-09, 345-46, 375-76, 387-88, 391-92, 394-95, 428, 491-92
キングソルヴァー、バーバラ（Barbara Kingsolver） 184, 243-44
ギンズブルグ、カルロ（Carlo Ginzburg） 268, 377
クック、レイチェル（Rachel Cooke） 14-16, 30
クッツェー、J・M（J. M. Coetzee） 15, 88, 385
　『サマータイム』（*Summertime*） 88
グッドハート、ディヴィッド（David Goodhart） 149-50, 154, 493
グラムシ、アントニオ（Antonio Gramsci） 359
グリーン、グレアム（Graham Greene） 250, 477
グリスウォルド、ウェンディ（Wendy Griswold） 19
クリスティ、アガサ（Agatha Christie） 250, 342
　『書斎の死体』（*The Body in the Library*） 342
グリフィス、エリー（Elly Griffiths） 232
クルック、ノラ（Nora Crook） 479
クレイシ、ハニフ（Hanif Kureishi） 441-44
　『郊外のブッダ』（*The Buddha of Suburbia*） 441, 443-45, 448
クレイス、ジム（Jim Crace） 22
グレゴリー、フィリッパ（Philippa Gregory） 126, 249, 269, 297-98, 306
クレッグ、ニック（Nick Clegg） 156
ゲイル、パトリック（Patrick Gale） 251
ゴーディマー、ナディン（Nadine Gordimer） 206, 275-76, 283-84, 286-88, 304, 484
　『ジュライの人びと』（*July's People*） 287
　『バーガーの娘』（*Burger's Daughter*） 206, 275, 283, 285-87, 448
ゴールズワージー、ジョン（John Galsworthy） 303
　『フォーサイト家物語』（*The Forsyte Saga*） 303
ゴールディング、ウィリアム（William Golding）
　『蠅の王』（*Lord of the Flies*） 347-48
ゴダード、ロバート（Robert Goddard） 177, 201-03, 229, 251
コナリー、マイクル（Michael Connelly） 251
コベット、ウィリアム（William Cobbett） 301
コリー、リンダ（Linda Colley） 300, 482
コリーニ、ステファン（Stefan Collini） 132, 301, 481-82
コリンズ、ウィルキー（Wilkie Collins） 344-45
コンラッド、ジョウゼフ（Joseph Conrad） 314, 369, 473

【サ行】

サーペル、C・ナムワリ（C. Namwali Serpell） 247, 435-37
サイード、エドワード（Edward Said） 124, 276, 279, 325, 427
サイデンステッカー、エドワード（Edward G. Seidensticker） 53-56
サヴィッジ、サイモン（Simon Savidge） 341-43, 476
サグ、ゾーイ（Zoë Sugg） 227-28
サザーランド、ジョン（John Sutherland） 474
サスーン、シーグフリード（Siegfried Sassoon） 300, 349
　『ある狐狩人の回顧録』（*Memoirs of a Fox-Hunting Man*） 300, 349
サッチャー、マーガレット（Margaret Thatcher） 92, 141, 315, 368, 474
サンゲラ、サスナム（Sathnam Sanghera） 83, 275-76, 282
　『マリッジ・マテリアル』（*Marriage Material*） 83, 275, 286, 444
サンソム、C・J（C. J. Sansom） 177, 306
　『ドミニオン』（*Dominion*） 177, 206, 270, 414
シーガル、エリック（Erich Segal） 119
シーボルド、アリス（Alice Sebold） 120, 125, 182
　『ラブリーボーン』（*The Lovely Bones*） 120
シェイクスピア、ウィリアム（William Shakespeare） 55, 180, 211, 217, 241, 256, 282, 311, 318, 323, 328-29, 331, 333-34, 342, 345-46, 348-49, 351-53, 355, 378, 425-26, 443, 471, 475-476, 479-80, 485, 499, 505
　『アントニーとクレオパトラ』（*Antony and Cleopatra*） 331
　『ウィンザーの陽気な女房たち』（*The Merry Wives of Windsor*） 352
　『ヴェニスの商人』（*The Merchant of Venice*） 211, 256, 329, 348, 355
　『十二夜』（*Twelfth Night*） 347-48
　『ジュリアス・シーザー』（*The Tragedy of Julius Caesar*） 378, 426
　『テンペスト』（*The Tempest*） 331
　『ハムレット』（*Hamlet*） 334-35
　『ヘンリー四世第一部』（*Henry IV, Part 1*） 348-49
　『マクベス』（*Macbeth*） 211, 317, 329, 334
　『真夏の夜の夢』（*A Midsummer Night's Dream*） 211-12, 329-31, 333
　『ロミオとジュリエット』（*Romeo and Juliet*） 333
ジェイコブソン、ハワード（Howard Jacobson） 256-58, 481
　『お母さん子』（*Mother's Boy*） 257, 481
　『カミング・フロム・ビハインド』（*Coming from Behind*） 258
　『シャイロックはわたしの名だ』（*Shylock Is My Name*） 256
ジェイムズ、E・L（E. L. James） 496
　『フィフティ・シェイズ・オブ・グレイ』（*Fifty Shades of Grey*） 496
ジェイムズ、P・D（P. D. James） 245, 344, 406
ジェイムズ、ピーター（Peter James） 245

ジェイムズ、ヘンリー（Henry James） 314, 369, 435-37, 473
ジェフリーズ、ヘンリー（Henry Jeffreys） 362-64, 367-69, 373, 474-75
ジジェク、スラヴォイ（Slavoj Žižek） 259
ジブラーン、ハリール（Khalil Gibran） 445
シムノン、ジョルジュ（Georges Simenon） 250
ジュネット、ジェラール（Gérard Genette） 18
シュピルマン、ウワディスラフ（Władysław Szpilman） 121
　『ピアニスト』（*The Pianist*） 121-22
シュライヴァー、ライオネル（Lionel Shriver） 67, 94, 96, 138, 154
　『ケヴィンのことで話があるの』（*We Need to Talk about Kevin*） 94, 98, 494
シュリーヴ、アニタ（Anita Shreve） 95-96, 118
　『パイロットの妻』（*The Pilot's Wife*） 95, 118, 484, 494
ショウ、ジョージ・バーナード（George Bernard Shaw） 75, 123, 331
　『ピグマリオン』（*Pygmalion*） 123, 335, 345
ショウォルター、エレイン（Elaine Showalter） 475, 478
ジョーンズ、オーウェン（Owen Jones） 111, 134
ジョンソン、バーバラ（Barbara Johnson） 357, 386, 473
シリトー、アラン（Alan Sillitoe） 469
　「炭鉱ストライキ」（"Pit Strike"） 469
スターン、ローレンス（Laurence Sterne） 65, 74, 369, 473
　『トリストラム・シャンディ』（*The Life and Opinions of Tristram Shandy, Gentleman*） 65
スタインベック、ジョン（John Steinbeck） 251
スティーヴンソン、ロバート・ルイス（Robert Louis Stevenson） 477
スティードマン、キャロリン（Carolyn Steedman） 138
ステッドマン、M・L（M. L. Stedman） 186, 275-76, 290-91, 483, 490, 498
　『二つの海の間の光』（*The Light between Oceans*） 186, 275, 289, 498
ストッパード、トム（Tom Stoppard） 55, 180
　『アルカディア』（*Arcadia*） 55
スピヴァク、ガヤトリ（Gayatri Chakravorty Spivak） 189, 287, 372-73, 385-87, 427, 438, 473, 480
スミス、ドディ（Dodie Smith） 491
　『カサンドラの城』（*I Capture the Castle*） 488, 491
スロヴォ、ジリアン（Gillian Slovo） 287
ゼーバルト、W・G（W. G. Sebald） 481, 486
セド、デネル・リーバーグ（DeNel Rehberg Sedo） 16, 222, 226, 382

【タ行】

ダール、ロアルド（Roald Dahl） 406, 499, 505
　『チャーリーとチョコレート工場』（*Charlie and the Chocolate Factory*） 499
タイラー、アン（Anne Tyler） 244
ダウリング、コレット（Colette Dowling） 26
　『シンデレラ・コンプレックス』（*The Cinderella Complex*） 26
竹村和子 157, 364, 366, 375, 429, 451
タナー、マイケル（Michael Tanner） 479
谷崎潤一郎 52, 490
　『細雪』（*The Makioka Sisters*） 52-53, 99, 164, 490
ダルチャー、クリスティーナ（Christina Dalcher） 97-98, 120
ダルリンプル、ウィリアム（William Dalrymple） 447
チェスタトン、G・K（G. K. Chesterton） 247
チョーサー、ジョフリー（Geoffrey Chaucer） 426
ディアス、ジュノ（Junot Díaz） 88
　『オスカー・ワオの短く凄まじい人生』（*The Brief Wondrous Life of Oscar Wao*） 88
ディケンズ、チャールズ（Charles Dickens） 68-70, 73-75, 136, 217, 231, 250, 272, 274, 292, 311, 335, 345, 369, 402, 427-28, 476-77, 505
　『大いなる遺産』（*Great Expectations*） 136, 499
　『二都物語』（*A Tale of Two Cities*） 335, 428
　『我らが共通の友』（*Our Mutual Friend*） 402, 471, 505
ディッフェンバー、ヴァネッサ（Vanessa Diffenbaugh） 203-04
　『花言葉』（*The Language of Flowers*） 203-05
テイラー、ジョナサン（Jonathan Taylor） 370
デーヴィス、ジェイン（Jane Davis） 379-80, 402, 505-06
デュ・ヴァール、エドマンド（Edmund de Waal） 241-42
　『琥珀の眼の兎』（*The Hare with Amber Eyes*） 35
デュ・モーリエ、ダフネ（Daphne du Maurier） 114, 211, 221, 243, 328, 341-342, 344, 347, 376
　『レイチェル』（*My Cousin Rachel*） 114
　『レベッカ』（*Rebecca*） 114, 211, 221, 341-42, 345, 347, 488
デリダ、ジャック（Jacques Derrida） 66, 185, 317-18, 326, 358, 385, 480
ドイル、アーサー・コナン（Arthur Conan Doyle） 406, 477
トウェイン、マーク（Mark Twain） 424
ド・セルトー、ミシェル（Michel de Certeau） 17, 174-75, 478
トビーン、コルム（Colm Tóibín） 210
　『ブルックリン』（*Brooklyn*） 210
ド・ベルニエール、ルイ（Louis de Bernières） 228
　『コレリ大尉のマンドリン』（*Captain Corelli's Mandolin*） 228

トムスン、デニス（Denys Thompson） 314, 323, 479, 481
トラウワー、シェリー（Shelley Trower） 206, 486
トラピード、バーバラ（Barbara Trapido） 22, 244
ドラブル、マーガレット（Margaret Drabble） 29-30, 84, 244, 250-51, 498
トランプ、ドナルド（Donald Trump） 149-50, 191
トルストイ、レフ（Lev Nikolayevich Tolstoy） 489
トレヴァー、ウィリアム（William Trevor） 489
トレメイン、ローズ（Rose Tremain） 434
　『グスタフのソナタ』（*The Gustav Sonata*） 434
トロロプ、アンソニー（Anthony Trollope） 67, 69, 250, 253-54, 300, 485, 500
　「バーセットシャー年代記 / 小説群」（The Chronicles of Barsetshire） 303, 485
　『われわれは今日いかに生きているか』（*The Way We Live Now*） 500

【ナ行】

ナイツ、L・C（L. C. Knights） 318, 479, 481
ナイポール、V・S（V. S. Naipaul） 340
　『ビスワス氏に家を』（*A House for Mr. Biswas*） 340
ニューウェル、ステファニー（Stephanie Newell） 278
ノヴァク、ダニエル（Daniel Novak） 80
ノースクリフ卿（Lord Northcliffe / Alfred Harmsworth） 481

【ハ行】

バーク、エドマンド（Edmund Burke） 301
バーク、ケネス（Kenneth Burke） 268, 439
バークマン、オリヴァー（Oliver Burkeman） 434-35
ハージ、ガッサン（Ghassan Hage） 150-51, 190, 259
パーシグ、ロバート・M（Robert M. Pirsig） 423
　『禅とオートバイ修理技術』（*Zen and the Art of Motorcycle Maintenance*） 423
ハーディ、トーマス（Thomas Hardy） 127, 273, 334, 345, 347-48, 355, 369, 399, 477
　『カスターブリッジの市長』（*The Mayor of Casterbridge*） 273
　『狂乱の群れを離れて』（*Far from the Madding Crowd*） 273, 334
　「想像に耽る女」（“An Imaginative Woman”） 399
　『テス』（*Tess of the d’Urbervilles*） 127-28, 169, 355
　『日陰者ジュード』（*Jude the Obscure*） 334
ハートリー、ジェニー（Jenny Hartley） 14, 16, 501
バートン、ジェシー（Jessie Burton） 198, 200
　『ミニチュア作家』（*The Miniaturist*） 198
ハーバーマス、ユルゲン（Jürgen Habermas） 17
バーバ、ホミ（Homi K. Bhabha） 332

ハームズワース兄弟（the Harmsworths） 313, 481
ハーリー、アンドリュー・マイケル（Andrew Michael Hurley） 201
バール、ミイケ（Mieke Bal） 80
バーンズ、アナ（Anna Burns） 225
『ミルクマン』（*Milkman*） 225
バーンズ、ジュリアン（Julian Barnes） 217, 230, 247
バイアット、A・S（A. S. Byatt） 230
ハイド、キャサリン・ライアン（Catherine Ryan Hyde） 183
『ウォーク・ミー・ホーム』（*Walk Me Home*） 183
パイパー、アンドリュー（Andrew Piper） 128, 300, 487
ハインズ、バリー（Barry Hines） 335, 477
『ケス』（*A Kestrel for a Knave*） 335-38, 346, 476-77
パトナム、ヒラリー（Hilary Putnam） 187
ハドン、マーク（Mark Haddon） 406
『夜中に犬に起きた奇妙な事件』（*The Curious Incident of the Dog in the Night-Time*） 406
ハニーマン、ゲイル（Gail Honeyman） 495
『エレナー・オリファントは全然大丈夫』（*Eleanor Oliphant Is Completely Fine*） 495
バフチン、ミハイル（Mikhail M. Bakhtin） 65, 74
ハミッド、モーシン（Mohsin Hamid） 34, 502
『不承不承の原理主義者』（*The Reluctant Fundamentalist*） 34
ハラウェイ、ダナ（Donna Haraway） 377
パラニューク、チャック（Chuck Palahniuk） 367
『ファイト・クラブ』（*Fight Club*） 367, 373-74
ハリス、トマス（Thomas Harris） 141
『羊たちの沈黙』（*The Silence of the Lambs*） 141-42, 493
バルダーチ、デイヴィッド（David Baldacci） 178, 201-03, 337
バルト、ロラン（Roland Barthes） 16, 68, 171, 316, 360-61, 395, 424
ハルバーシュタム、ジャック（Jack Halberstam） 370-71, 476
ハルバーシュタム、ジュディス（Judith Halberstam） 493
ハワード、エリザベス・ジェイン（Elizabeth Jane Howard） 302
「キャザレットの年代記」(the Cazalet Chronicles) 302
ハンコック、シェイラ（Sheila Hancock） 183
『ミス・カーターの戦争』（*Miss Carter's War*） 183
ハント、ジェレミー（Jeremy Hunt） 111
ハンブル、ニコラ（Nicola Humble） 234, 242
ピアスン、アリスン（Allison Pearson） 497
ピーターソン、リチャード（Richard A. Peterson） 218-19
ビーティ、ポール（Paul Beatty） 223-24

『セルアウト』（*The Sellout*） 223
ビートン、M・C（M. C. Beaton） 251
ヒギンズ、シャーロット（Charlotte Higgins） 123, 271
ヒギンズ、ジャック（Jack Higgins） 356
ビショップ、バーナディン（Bernardine Bishop） 78, 84, 87-89
『秘め事』（*Hidden Knowledge*） 78-79, 83-86, 88-91, 93-94, 98, 138, 443
ピコー、ジョディ（Jodi Picoult） 95-96, 118, 120, 125, 182, 251, 254, 488
『私の中のあなた』（*My Sister's Keeper*） 118, 120, 494
ヒスロップ、ヴィクトリア（Victoria Hislop） 241, 494
『島』（*The Island*） 494
ヒラーズ、マルタ（Malta Hillers）
『ベルリンの女』（*A Woman in Berlin*） 238
平出隆 52
『猫の客』（*The Guest Cat*） 52-53, 57
ビリントン、ジョージー（Josie Billington） 398, 506
ビンチー、ミーヴ（Maeve Binchy） 229
ファインマン、マーサ（Martha Albertson Fineman） 104-05, 146
ファウラー、カレン・ジョイ（Karen Joy Fowler） 15
『ジェイン・オースティン読書会』（*The Jane Austen Book Club*） 15, 497
フィールディング、ヘレン（Helen Fielding） 128, 217, 495
『ブリジット・ジョーンズの日記』（*Bridget Jones's Diary*） 114, 120, 127-29, 217-18, 222, 274, 487, 495
フィッシュ、スタンリー（Stanley Fish） 16, 80
フィッツジェラルド、F・スコット（F. Scott Fitzgerald） 345
『偉大なるギャツビー』（*The Great Gatsby*） 236, 345
フェラリス、ゾーイ（Zoë Ferraris） 242
『ミーラージュの夜』（*The Night of the Mi'raj*） 242
フェラン、ジェイムズ（James Phelan） 52
フェルスキ、リタ（Rita Felski） 18, 118, 146, 367, 439
フォークス、セバスチャン（Sebastian Faulks） 75, 126, 198-200, 305, 486, 495
『シャーロット・グレイ』（*Charlotte Gray*） 305
『バードソング』（*Birdsong*） 199-201, 486, 495
『リオン・ドールの娘』（*The Girl at the Lion d'Or*） 200
フォースター、E・M（E. M. Forster） 109, 170, 197, 212-16, 312, 324, 345, 488
『インドへの道』（*A Passage to India*） 488
『ハワーズ・エンド』（*Howards End*） 109, 212-14, 488
『眺めの良い部屋』（*A Room with a View*） 197, 211-15, 345, 488
『モーリス』（*Maurice*） 488
フーコー、ミシェル（Michel Foucault） 86-87, 143, 171-72, 435, 491

ブース、ウェイン（Wayne Booth） 184, 436, 478
ブース、スティーヴン（Stephen Booth） 232
ブザン、トニー（Tony Buzan） 434-35
フックス、ベル（bell hooks） 152, 478
フラー、ダニエル（Danielle Fuller） 16-17, 19-20, 28, 222, 226, 382-83
ブラーグ、メルヴィン（Melvyn Bragg） 474
プライス、リア（Leah Price） 206, 254, 432-33, 468
ブライソン、ビル（Bill Bryson） 207, 236
ブライトン、イーニド（Enid Blyton） 71, 499
ブラウン、ダン（Dan Brown） 226-27, 229, 231, 249, 261-64, 499, 505
『インフェルノ』（*Inferno*） 261-62, 410
『ダ・ヴィンチ・コード』（*The Da Vinci Code*） 261-62, 499
フラッグ、ファニー（Fannie Flagg） 242
ブラッドリー、A・C（Andrew Cecil Bradley） 318, 479
フラナガン、リチャード（Richard Flanagan） 450
『奥の細道』（*The Narrow Road to the Deep North*） 450
ブラム、ベス（Beth Blum） 178, 392, 433
フランシス、ディック（Dick Francis） 250, 421
プリーストリー、J・B（J. B. Priestley） 313-14, 481, 488
『イングランド紀行』（*English Journey*） 313, 488
『よき仲間たち』（*The Good Companions*） 314
フリーマン、グウェンドレン（Gwendolen Freeman） 312-13, 481
ブルーム、クライヴ（Clive Bloom） 215-16, 297-98, 481
ブルガーコフ、ミハイル（Mikhail Bulgakov） 489
ブルックス、クリアンス（Cleanth Brooks） 320
ブルデュー、ピエール（Pierre Bourdieu） 17, 67, 70, 137, 223, 371-72, 487
ブレア、トニー（Tony Blair） 92, 293
フレンチ、マリリン（Marilyn French） 26, 244
『女たちの部屋』（*The Women's Room*） 26
フロウ、ジョン（John Frow） 220
フローベール、ギュスターヴ（Gustave Flaubert）
『ボヴァリー夫人』（*Madame Bovary*） 236
プロクター、ジェイムズ（James Procter） 17, 57, 277-78
ブロンテ、エミリー（Emily Brontë） 114, 146, 243, 369
『嵐が丘』（*Wuthering Heights*） 127-28, 212, 356, 379
ブロンテ、シャーロット（Charlotte Brontë） 114, 123, 127, 146, 243, 345, 369
『ヴィレット』（*Villette*） 125
『ジェイン・エア』（*Jane Eyre*） 118-19, 124, 211, 236, 272, 302, 317, 329, 334, 347, 360, 379, 438, 496

ヘイヤー、ジョージェット（Georgette Heyer）　233, 298
ベイリー、キャサリン（Catherine Bailey）　275-76, 291, 293-94
『ブラック・ダイヤモンズ——イングランドのある名家の興亡』（*Black Diamonds: The Rise and Fall of an English Dynasty*）　158, 206, 275, 292, 294, 299, 482
ヘイル、ドロシー（Dorothy Hale）　435-37
ペニー、ステフ（Stef Penney）　200-01
ベネット、アーノルド（Arnold Bennett）　9-10, 13, 29-30, 33, 159, 213-14, 241, 256, 273, 280, 290-91, 295, 330-32, 397, 418, 447, 483, 488, 489
「赤ん坊の沐浴」（"Baby's Bath"）　397
『クレイハンガー』（*Clayhanger*）　159, 179, 213, 330
『ザ・カード』（*The Card*）　331, 483
『二人の女の物語』（*The Old Wives' Tale*）　213, 280-82
『文学の鑑識眼——その養成術』（*Literary Taste: How to Form It*）　13
ペプロウ、デイヴィッド（David Peplow）　17
ヘミングウェイ、アーネスト（Earnest Hemingway）　490
ベンウェル、ビーサン（Bethan Benwell）　17, 57, 277
ホィップル、ドロシー（Dorothy Whipple）　242
ボイド、ウィリアム（William Boyd）　126, 251
ポウイス、T・F（T. F. Powys）　312
ボウコム、イアン（Ian Baucom）　301
ホール、ステュアート（Stuart Hall）　110
ホガート、リチャード（Richard Hoggart）　137-38
ホッセイニ、カーレド（Khaled Hosseini）　199-200
『カイト・ランナー』（*The Kite Runner*）　199
『千の輝く太陽』（*A Thousand Splendid Suns*）　199
ホルトビー、ウィニフレッド（Winifred Holtby）　242
ホワイト、ヘイドン（Hayden White）　71, 268
ホワイトヘッド、フランク（Frank Whitehead）　314-15

【マ行】

マイケルズ、ウォルター・ベン（Walter Benn Michaels）　186-87
マーカス、シャロン（Sharon Marcus）　269
マードック、アイリス（Iris Murdoch）　249, 262-63
マキューアン、イアン（Ian McEwan）　230
マクドナルド、ヘレン（Helen Macdonald）　338
『H はハヤブサの H』（*H Is for Hawk*）　338
マクロビー、アンジェラ（Angela McRobbie）　91-92
マコール・スミス、アレグザンダー（Alexander McCall Smith）　246
『ナンバーワン・レディース探偵事務所』（*The No. 1 Ladies' Detective Agency*）　246

マッカーシー、トム（Tom McCarthy） 117, 125
マラマッド、バーナード（Bernard Malamud） 489
『フィクサー』（*The Fixer*） 489
マンスフィールド、キャサリン（Katherine Mansfield） 242
マンダナ、サリタ（Sarita Mandanna） 34
『タイガー・ヒルズ』（*Tiger Hills*） 34
マンテル、ヒラリー（Hilary Mantel） 298
ミシュラ、パンカジ（Pankaj Mishra） 447
ミシュラー、ハイカ（Heike Mißler） 496, 498
ミドウッド、エリー（Ellie Midwood） 207
『ベルリンから来た少女』（*The Girl from Berlin*） 207, 209-10
ミリバンド、エド（Ed Miliband） 156
ミルトン、ジョン（John Milton） 331
『失楽園』（*Paradise Lost*） 331
ムーンサミー、ネディン（Nedine Moonsamy） 115, 128
ムラカミ、ハルキ（村上春樹） 33-35, 250
『羊をめぐる冒険』（*A Wild Sheep Chase*） 33
紫式部
『源氏物語』（*The Tale of Genji*） 58
メイ、テリーザ（Theresa May） 154
メイヤー、ステファニー（Stephenie Meyer） 251, 254, 496
『トワイライト』（*Twilight*） 496
メルケル、アンゲラ（Angela Merkel） 414
モイズ、ジョジョ（Jojo Moyes） 42, 99-102, 105, 110-12, 114-25, 128, 131-35, 139-40, 155-58, 191, 251, 260, 495
『アフター・ユー』（*After You*） 100, 251
『一足す一』（*The One plus One*） 99-100, 102-05, 109-12, 114-17, 119, 125-26, 128-29, 132-34, 138, 141-44, 146-47, 149, 152, 327, 495-96
『ミー・ビフォア・ユー』（*Me before You*） 99-101, 116-17, 119-20, 122-24, 128-29, 152, 191, 203, 495
モーア、サイモン（Simon Mawer） 266-67, 271
『空から降ってきた少女』（*The Girl Who Fell from the Sky*） 266-67, 270, 275, 294
モーガン、アン（Ann Morgan） 201
モーティマー、ペネロピ（ペニー）（Penelope Mortimer） 69, 249, 262-63
モーム、サマセット（Somerset Maugham） 251
モーリー、デイヴ（Dave Morley） 338
モガー、デボラ（Deborah Moggach） 484
モス、ケイト（Kate Mosse） 241
モリスン、トニ（Toni Morrison） 187-88, 436, 484, 490

『青い眼がほしい』（*The Bluest Eye*） 188
『ソロモンの歌』（*Song of Solomon*） 484
『ビラヴド』（*Beloved*） 187
モレッティ、フランコ（Franco Moretti） 381, 427
モンサラット、ニコラス（Nicholas Monsarrat） 237
『非情の海』（*The Cruel Sea*） 237

【ヤ行】

山田雄三 253, 485
ヤング、マイケル（Michael Young） 27, 503
柚木麻子 502
『BUTTER』 502
吉野源三郎 490
『君たちはどう生きるか』 490
吉本ばなな 33

【ラ行】

ライヴリー、ペネロピ（Penelope Lively） 244
ライス、エマ（Emma Rice） 476
ライト、アリスン（Alison Light） 221-22
ラシュディ、サルマン（Salman Rushdie） 423, 435
『真夜中の子どもたち』（*Midnight's Children*） 10
ラスキン、ジョン（John Ruskin） 300
ラドウェイ、ジャニス（Janice Radway） 81, 208, 219, 366-67
ランキン、イアン（Ian Rankin） 232
リーヴィス、F・R（FR）（F. R. Leavis） 15, 309-14, 318-19, 322-24, 437, 480
リーヴィス、Q・D（QD）（Q. D. Leavis） 15, 246, 311-12, 323, 480
リース、ジョン（John Reith） 271
リーマン、ロザモンド（Rosamond Lehmann） 222
『ワルツへの招待』（*Invitation to the Waltz*） 222
リチャーズ、I・A（I. A. Richards） 318-19, 480
リチャード＆ジュディ（Richard & Judy） 30, 101-02, 117, 125, 156, 183, 200-01, 220, 227, 275
リチャードソン、サミュエル（Samuel Richardson） 114, 369, 474
『パミラ』（*Pamela, or Virtue Rewarded*） 114
リミントン、ステラ（Stella Rimington） 236, 486
リンチ、ディードリー・ショウナ（Deidre Shauna Lynch） 118
ルイス、C・S（C. S. Lewis） 499
『ライオンと魔女』（*The Lion, the Witch, and the Wardrobe*） 499

（事項）

【カ行】

【サ行】

【タ行】

【ナ行】

【ハ行】

【マ行】

初出一覧

序章

「読書会の効用、あるいは本のいろいろな使いみち —— イングランド中部Tグループの事例(1)」『言語文化』第57巻、2020年、81-103頁。

第一章

「読書会の効用、あるいは本のいろいろな使いみち —— イングランド中部Tグループの事例(2)」『言語文化』第58巻、2021年、27-53頁。

第二章

「読書会の効用、あるいは本のいろいろな使いみち —— イングランド中部Tグループの事例(3)」『言語文化』第59巻、2022年、63-81頁。

註

◉はじめに

(1) Ben Davis et al., *Reading Novels during the Covid-19 Pandemic*, Oxford UP, 2022; Melissa Chapple et al., "Come Together: The Importance of Arts and Cultural Engagement within the Liverpool City Region throughout the COVID-19 Lockdown Period," *Frontiers in Psychology*, vol. 13, 2022など。また筆者がひとまず調査に区切りをつけた後、日本では、読書会の実録を含む手引きが続々と刊行された。山本多津也『読書会入門——人が本で交わる場所』(幻冬社新書、2019年)、竹田信弥+田中佳祐『読書会の教室——本がつなげる新たな出会い　参加・開催・運営の方法』(晶文社、2021年)、向井和美『読書会という幸福』(岩波新書、2022年)などを参照されたい。筆者自身も、都内のNPO法人と企業から依頼を受けて、2018年に都合6回、読書会をファシリテートした。テクストは中島京子『イトウの恋』(講談社文庫、2008年)、グレアム・スウィフト『マザリング・サンデー』(2016年)真野泰訳(新潮クレスト・ブックス、2018年)、スーザン・ヒル『城の王』(1970年)幸田敦子訳(講談社文庫、2018年)。

(2) この年の暮れ、難民申請者の一部をルワンダに強制移送することを可能にするための法案が議会下院で可決され、スナク政権は否決による大打撃を免れた。だが、2014年7月の総選挙で保守党が歴史的大敗を喫し、14年ぶりに政権に返り咲いた労働党はただちにこの計画を廃止する。スターマー新首相は、就任後初の記者会見で、そもそも移送の対象は不法入国者の1%に過ぎず、小型ボートでイギリスを目指す人びとに対する抑止の効果は乏しかったと語っている("In Full")。

(3) 詳しくは『アカデミアの内と外』第二章を参照されたい。

◉序章

(1) 男性6名から成る読書会のメンバー。本書第八章を参照のこと。

(2)「読書会」に当たる英語の表現は、book club（bookclub）, book group, reading group の三つがほぼ互換的に用いられるが、北米では book club が、イギリスでは後の二つが呼称としてやや一般的であるように見受けられる。

(3) 引用はページ番号のない「序文〔Introduction〕」と「登場人物〔Characters〕」より。序文には、正確な執筆時期は記されていない。婦人会は、ウェルドンに書き下ろしを依頼したわけではなく、「演劇祭に参加するための、女性5、6人で演じられる一幕もの」で、「何か新しい、現代の女性たちの人生を扱った」戯曲を探しており、そうした作品をウェルドンが書いたことはないかと手紙を寄越したのであった。条件に合う作品がなかったためウェルドンは、登場人物に男性二人（読書会メンバーの恋人と夫）を含む新作を書き上げる。これに対して婦人会は、「女性だけ」でないことに加え、上演時間が10分長いと難色を示す。ウェルドンは、男性二人を電話での会話のみで登場させる演出に変えればよいし、そうすれば10分短縮できると提案したが、婦人会はすでに別の作品を選んだからと断ってきたという。出版されたのはオリジナルのバージョン。

(4) Lucy Kellaway, "Novel Gazing," *The Spectator*, 15 Apr. 2000.

(5) 本書第七章および『アカデミアの内と外』第一章も参照されたい。

(6) 本書では十分に論じられないものの、1964年刊行の外山滋比古著『近代読者論』の先駆性は刮目に値する。

(7) リチャード・ハワード（Richard Howard）による最初の英訳が1967年にアメリカの雑誌『アスペン』（*Aspen*）に掲載されたのち、1977年にスティーヴン・ヒース（Stephen Heath）訳の論集 *Image-Music-Text* に収められた。

(8) 従来の社会学が読者の主観的経験を等閑視してきたことへの、社会学内部からの批判も重要である（Olave 418）。

(9) Erving Goffman, *Interaction Ritual: Essays on Face-to-Face Behavior,* Anchor, 1967.

(10) ともに女性のみの読書会を主題とする、フェミニズムの正当な後継者（Linsey Howie）と、主題への敬意と学術的厳格さの欠如がミソジニーを露呈させる経済学者（Avi Shankar）の議論が、皮肉にも一致する。

(11) S. Hodge, et al., "Reading between the Lines: The Experiences of Taking Part in a Community Reading Project," *Medical Humanities*, vol. 33, no. 2, 2007, pp. 100-04; Alasdair Gleed, *Booktrust Reading Habits Survey 2013,* Booktrust, 2013. ただしジョージー・ビリントン（Josie Billington）は、エビデンスにもとづく臨床医学を尊重しつつ、また同時に「文学の道具化」を警戒しつつ、「困っている人びとの助け」という「文学本来の目的を刷新する」医療人文学を提唱し（ch. 4）、カウンセリングとも認知行動療法とも異なり、あらかじめ到達目標を定めない、後述の「シェアド・リーディング（Shared Reading）」において、読み手の内的生活がテクストの「文学的思考」と共振し言葉を見出す瞬間を、評価している（ch. 3）。

(12) 英文学者ジェイン・デーヴィス（Jane Davis）が1997年にリヴァプールで設立し

た慈善団体（The Reader Organisation）は、「声に出して読むことで偉大な小説に生命を吹き込む」シェアド・リーディングによる「読書革命」を旗印に、2008 年からは「リーダー・リーダー〔Reader Leader、以下 RL と略〕」養成プログラムを提供し、イギリス各地に活動を広めている（“How Does It Work?”）。リヴァプール本部で専従職員が RL を務めるセッションを筆者が見学した際（2018 年 3 月 21 日）には、ディケンズの『我らが共通の友』（Charles Dickens, *Our Mutual Friend*）第 10 章の 3 分の 2 ほどを 6 名のメンバーが順に音読しながら、作中人物は誠実か、新たな環境に置かれた人間はどのように振る舞うか、といった点について活発に意見を交わしていた。このグループはすでにジョージ・エリオットの『ミドルマーチ』（George Eliot, *Middlemarch*）を読了したという。他方で、インタビューに応じてくれた中部の図書館のボランティアで SF ファンの RL によれば、音読するテクストは、ロアルド・ダール（Roald Dahl）やハリー・ポッター（Harry Potter）から映画『スターウォーズ』（*Star Wars*）の脚本まで幅広く、参加者の特性に合ったものを選んでいるという（2017 年 5 月 25 日）。英国王立文学会（The Royal Society of Literature）が、2017 年に調査会社イプソス・モリに委託しておこなった『今日の英国における文学』調査で、適切にも、文学の定義づけを調査対象者（北アイルランドを除く英国民を統計的に代表するサンプル 1,998 名）に委ねたところ、「どのような書き物を文学と考えるか」という複数回答を可とする質問に対して、小説、詩、短編小説、児童書がそれぞれ 90%、89%、78%、74%、次いで歴史書 73%、伝記 70%、セルフヘルプ本 46% という結果を得た（10）。この結果はむろん、英語の literature が文献や印刷物全般を包含する語であることをある程度反映したものと推察される。ただし「存命か否かにかかわらず、文学の作者を一人挙げるなら誰か」との問いに対しては、第 1 位のシェイクスピアと第 2 位のディケンズがそれぞれ 11% と 9% の票を集めるという、おそらく王立文学会員のおおかたの予想を裏切らない結果となったが、第 6 位にはスティーヴン・キング（Steven King）、第 11 位にダン・ブラウン（Dan Brown）、第 18 位にダニエル・スティール（Danielle Steel）が入った（23）。ジョージ・エリオットを挙げたのは、わずか 2 名である（24）。英語圏では一般的に、リテラリー・フィクションと呼ばれる（強いて日本語で言うなら）純文学と、それ以外のジャンル・ノベルというカテゴリー分けがなされるが、王立文学会のレポートの「2 名以上の回答者が名前を挙げた作家のジャンル別」一覧においては、シェイクスピアが（単一のカテゴリーに振り分ける便宜上、詩人ではなく）戯曲家に分類されるいっぽうで、ディケンズもエリオットもこの一覧に登場しない（29）。キングは「ホラー」、ブラウンは「スリラー」、スティールは「ロマンス」にそれぞれ分類される（29）。この一覧が示唆するのは、リテラリー・フィクションとは、何らかのジャンルの印づけをされた書き物によってその外縁が定められるものであるという現実である。デーヴィスについては本書第七章を、シェアド・リーディングについては第八章を、ジャンルについては第五章を参照。

（13）筆者の調査では、対面を基本としながらも、本の選定にフェイスブックなどのソーシャルメディアを用いるグループ、一人だけ遠方に住むメンバーがスカイプで参

加するグループや、同じく遠方に暮らすメンバー一人が、世話役にメールで送ったコメントを当日代読してもらうというグループなどもあった。書店のなかには既存の自社サイトのコンテンツを拡充させるかたちでヴァーチャル読書会を提供するものもある。

(14) 1996年にアメリカのテレビ番組『オプラ・ウィンフリー・ショー』のコーナーとして始まった「オプラの読書会」は、ホストであるウィンフリーの絶大な影響力から脚光を浴び、その研究は緒に就いたばかりの読書会研究において一つの下位領域を形成していると言えなくもない。モノグラフとしてはRooneyおよびFarrがある。本書第六章の註5も参照のこと。イギリスでは、『リチャード&ジュディ・ブック・クラブ』が、夫婦でもあるリチャードとジュリー（Richard Madeley & Judy Finnigan）の、チャンネル4の平日夕方のトークショーのコーナーとして2004年に始まり、番組終了後も、2010年から本と文具の小売りチェーンWHスミス（WHSmith）のウェブサイト内でのブログとポッドキャストの配信に衣替えし、「イギリス最大のブッククラブ」を誇っている（*Richard*）。学術研究のモノグラフには、Ramone and Cousinsがある。BBCラジオ4の『ブック・クラブ』（*Book Club*）は、1998年5月3日に始まった、日曜夕方の30分弱の番組で、司会はジェイムズ・ノクティ（James Naughtie）。毎週、小説を1冊取り上げ、本を読了した聴取者とともにスタジオに招かれた作者が、ノクティと聴取者からの質問に答える形式を採っている。質問は、作者の意図と創作過程に集中する傾向にある。初回の冒頭でノクティは「読書会や読書サークルの広大なネットワーク」に言及し、番組は「読書のコミュニティの一員であるという心が浮き立つような感覚を広める」ものであり、スタジオにいるのは「騒々しい批評家連でない」と強調した（"Sebastian Faulks"）。

(15) 例えば『メール・オン・サンデー』（*Mail on Sunday*）紙の女性購読者向け別刷（*YOU Magazine*）に1999年から毎月第二日曜に掲載された"YOU Reading Group"は、担当のジョン・コスキ（John Koski）が新刊ペーパーバック1冊を取り上げ、作品の紹介、質問集、作者へのインタビューなどを添え、読者が20%オフで購入できる特典付きだった。前掲のWHスミスを始めとする書店や、ハーパーコリンズやペンギンなど歴史あるインプリントの多くも、ウェブサイトに読書会向けのページを設けている。なお、ブック・オブ・ザ・マンス・クラブ（Book of the Month Club）などの会員制配本システムを指す場合もある。

(16) *One Book, One Chicago*; *One Vancouver and One Book*; *One Book, One Edinburgh*など。

(17) 1994年から4年にわたり、オーストラリアの成人教育協議会が運営する780の女性の読書会を対象におこなった調査（Linsey Howie, "Speaking Subjects: A Reading of Women's Book Groups," Ph.D. diss., La Trobe University, 1998）や、アメリカ中西部の六つのグループの、都合225回のセッションの参与観察にもとづく研究（Joan Bentham Taylor, "When Adults Talk in Circles: Book Groups and Contemporary Reading Practices," Ph.D. diss., University of Illinois at Urbana-Champaign, 2007）などがある。

(18) 親団体と直接交渉し、全国の会員を対象に量的調査を実施することも検討したが、

諸般の事情により断念した。2016 年 11 月までに実施した調査については、そのごく一部を『アカデミアの内と外』で扱った。

(19) "UK Literary Festivals." *Beyond Books*, beyondbooks.org.uk/uk-literary-festivals/. Accessed 31 Aug. 2020.

(20) 第六章の註 15 も参照のこと。

(21) 積極的に政治的キャンペーンをおこなう別の女性団体の会合に、アーノルド・ベネット協会の広報活動で赴いた際、T 支部会員の一人の姿を会場で見かけて話を聞き、二つの団体が必ずしも相互排他的でないことを知った(2015 年 5 月 20 日)。

(22) ある図書館の読書会メンバー二人が、個人宅での集まりは気遅れすると語ってくれた(2017 年 5 月 24 日、スーパーマーケット内のカフェで実施したインタビュー)。第八章第 2 節も参照されたい。

(23) ヤングとウィルモットは、ゴーラー (Geoffrey Gorer) やシェルドン (Joseph Harold Sheldon) らの研究を参照し、母娘の強い絆は、イースト・ロンドンに限らず、中部地方のウォルヴァーハンプトンを始めイングランドのいたるところで、少なくとも肉体労働に従事する家族において顕著であるとしている (Young & Willmott 36-37, 43, 48, 195-97)。

(24) ミシュランは現在もイギリス法人本社と工場をこの地に置いており、地元では、「ミッチェリン」と呼ばれているのをしばしば耳にする。グラマースクールでフランス語を学び、フランス人の友人もいるアナは、やや気取った発音に聞こえる「ミシュラン」をあえて避けているのであろう。

(25) University of the Third Age の略称。フルタイムの職を退いたり育児が一段落したりする「第三の年代」の人びとの、生涯学習を支援する慈善団体。1981 年設立。会員みずからがボランティアで、専門や得意分野を生かした幅広いプログラムを提供する。読書会は人気の活動である。T グループにも会員は多い。ジャーナリストのヴァージニア・アイアンサイド (Virginia Ironside) の日記体小説『いやだ！読書会には入りたくない』(*No! I Don't Want to Join a Bookclub*, 2006) は 60 歳を目前にした主人公が、老いてなお自己改善と慈善活動に熱心な周囲の人たちに反発して言う。「彼女のことは大好きだけど、彼女はわたしがなりたくない老人の一人だ。地域の保健指導委員会の役員で、インドに学校を作るために募金を集め、身体の不自由な母親を介護し、手が空いているときには孫娘の面倒を見て、そのうえ第三の世代の大学で哲学と 18 世紀の製陶術を学んで学位を取ろうとしている (「第三の世代」—— ほら、婉曲語法！老人大学って呼べばいいのに！)」(220)。2006 年当時、読書会は U3A 同様、高齢者の活動というイメージが定着していることが窺える。

(26) 第一章の註 3 も参照されたい。

(27) the British Broadcasting Corporation; 英国放送協会。第六章も参照されたい。

(28) 註 14 を参照。

(29) アメリカのハーベスト版独自の付録。

(30) 註 14 を参照。

(31) Alan Hollinghurst, *The Stranger's Child* (2014 年 9 月 10 日); Sylvia Townsend Warner, *Summer Will Show* (2015 年 7 月 1 日) ; Angela Carter, *Nights at the Circus* (2016 年 1 月 21 日)。

(32) リズの素案に対して筆者が私見を述べるかたちであった。最初に相談を受けたのは、筆者にとって 2 度目の読書会 (2014 年 9 月 29 日)。英訳された作品そのものが少なく、入手容易なものとなるとさらに少ないため、二人で議論を重ねた。2023 年 6 月にロンドンの大型書店フォイルズ (Foyles) を訪れた際、恩田陸のサイン入り英訳書が平積みになっている様子に、隔世の感を覚えた。T 読書会の 2025 年の本には、柚木麻子『BUTTER』(2017 年) が選ばれている (2024 年 10 月 21 日受信のリズからのメール)。

(33) この人はのちに夫の再度の赴任で T 読書会に復帰。筆者は 2023 年 6 月 1 日のアマンダ・スミス (Amanda Smith, *Fortune*) の回で、初めて会うことになる。

(34) 前述のとおり、メンバーの多くが筆者の身分を正確に把握したのは、筆者が人権の保護および法令などの遵守を目的として作成した研究課題の趣意書と同意書を読んだときであったろうと推察する。

(35) 在外研究を終えてからも、リズが日程を調整してくれたお蔭で、T 読書会にはゲストとして 5 度にわたって参加することできた。とくに 2017 年の本 9 冊のうち唯一日本とゆかりのあるルース・オゼキ (Ruth Ozeki, *A Tale for the Time Being*) を読む回は、筆者の滞在期間に当たるよう、前年 11 月の段階で取り計らわれた。出席の叶わない回でも日本がらみの情報を求められることはたびたびある。2020 年には、「宝石」にまつわる韻文か散文を個々のメンバーが持ち寄る集まりの前の週に、この趣向に「相応しいハイク」の提供を乞う電子メールがリズから届き (2 月 9 受信)、虚子の句を急ぎ英訳して送った (2 月 10 日送信)。

(36) ハミッドの作品はまさに「使える」本であり、この年の 10 月に「英語圏文学 III (イギリス)」で正典生産の制度を検討する材料として取り上げて以来、複数の講義で、ポストコロニアル文学の例としてだけでなく、二人称の語りの珍しい例の一つとしても紹介している。

(37) 本を読む習慣のない人びとについては、すでに政府や国際機関、NPO などによる大規模な調査が実施されており、Alasdair Gleed, *Booktrust Reading Habit Survey 2013: A National Survey of Reading Habits & Attitudes to Books amongst Adult in England*; The Reading Agency, *Literature Review: The Impact of Reading for Pleasure and Empowerment*, June 2015; Josie Billington, *Reading between Lines: The Benefits of Reading for Pleasure*, 2015 や OECD が毎年発行する *Skills Outlook* などに譲る。

◉第一章

(1) ならばと、他のグループの集まりの見学かメンバーへの聞き取りができないか、ルースに持ちかけたが気乗り薄であった。結局、二つの読書会のうちの一つにルースとともに参加しているジャネットを介して、男性メンバー 1 名の協力を取り付けた。第八章第 3 節も参照のこと。

(2) O レベルは、1988 年に現在の GCSE に統合されるまで、イングランドとウェールズで、中等学校の 5 年目、16 歳前後の生徒を対象におこなわれていた学力試験。A レベルは現在も通常 18 歳で受ける上級課程の試験。

(3) エリザベス・ロングのアメリカの読書会の調査では、「大学〔college〕に通ったことのないメンバーを一人でも含むグループは稀である」のに対し（Long 62）、ジェニー・ハートリーが 1999 年から 2000 年にかけてイギリスの 350 のグループを対象に実施した調査では、大学教育〔higher education〕を受けていないメンバーが半数以上いると答えたグループが（この質問に回答した 332 のサンプルのうち）12% を占めた（Hartley 156）。年代別に見ると、50 歳を超えるメンバーのグループと年齢がまちまちのグループでは、それぞれ 18% と 19% と割合が上がる（Hartley 156）。なお、higher education とは「大学または同等の教育機関での、とくに学位を取得する水準の教育」（*Oxford Dictionary of English*, 3rd ed.）を指し、1968 年に制度化された大学レベルの総合技術専門学校であるポリテクニク（1992 年に大学に再編成）を含む。インタビューに協力してくれた T 読書会メンバー 14 名のうち、学制改革の端境期に進学した教員養成課程で、すぐ下の学年から学位が授与されるようになったという微妙なケースも排除すると、大卒者は 3 名であるが、序章で触れたとおり、同年代の女性全体と比べれば決して少ない数ではない。

(4) 本書第七章を参照のこと。

(5) 筆者が最初の読書会のお持たせにした日本のおかきが歓迎されなかったのは、彼女らの口に合わないからではなく、ホストがビスケットと飲み物を用意するというルールに抵触したためだと、このとき合点がいった（中身はともかく贈答用の美しい包装に賛嘆の声が上がるのに慣れていた筆者は、予期せぬ反応に戸惑い、2 月 4 日の集まりには、無難な選択として、日本と一切ゆかりのないナッツを提供した）。このルールの唯一の例外が、クリスマス前の年内最後の回に、ハナが自宅で手作りのミンスパイを振る舞うという「伝統」である。こうしたルール作りは T グループに限らず、友人同士の集まりでない読書会ではとりわけ重要である。筆者が調査した、教会を母体としメンバーが交代で自宅を提供している（後述のメアリーのとは別の）読書会では、あるメンバーが作品に因んだ手料理を振る舞うことに他のメンバーが無言の圧力を感じるようになり、話し合いの結果、手料理はおろか飲み物の提供すら禁止され、各自飲み物を持参する決まりになったという。

(6) 6 週間に 1 度、金曜夜の集まりで、ホストは自宅を提供するだけでなく手料理でもてなし、議論やおしゃべりは深夜に及ぶこともある。見学の許しを得たものの、日程が合わず叶わなかった。第四章も参照。

(7) 単行本では、ライオネル・シュライバーがはしがきを寄せた前出の *The Book Club Bible* の他、Susan Osborne, *Essential Guide for Reading Groups*, Bloomsbury, 2002; Ellen Slezak ed., *The Book Group Book: A Thoughtful Guide to Forming and Enjoying a Stimulating Book Discussion Group*, Chicago Review Press, 1993 など。*The Book Group Book* がユニークなのはアメリカ各地の読書会のメンバーが経験にもとづいた助言

や提案をおこなっている点。第三版(2000年)にマーガレット・アトウッド(Margaret Atwood)が寄せたはしがきについては本書第二章を参照。2000年創刊の季刊誌『nb』は「読書会スターター・パック」と称し、『nb』最新号と『nb』が選定した本を8人分セットにして提供していた時期がある。『nb』について詳細は第七章および『アカデミアの内と外』第六章を参照されたい。

(8) U3Aの読書会の一つで、元図書館司書が2014年に立ち上げ20年に死去するまでリーダーを務めていた男女半々のグループ。彼女はもともと「全員が同じ本を読み、ときには誰かが、推薦された本を読みたくもなければ、それについて2時間も議論したくないといったことが起きる伝統的な読書会」が好きではなく、その理由は、彼女自身が本当に楽しく読んだ本を他の誰かに批判されたら「気分が良くないし、自分の信念を損なわれたくない」からだと笑った(2017年8月17日の聞き取り)。「だからわたしたちのグループには男性がいるんですよ。W-という隣町のコンサートで、ある男性に会ったんだけど、彼が言うには、読書会に入ったけど本の選定に不満なんですって――ときどき、いわゆるチックリットが混じっていて。だからわたしは自分の読書会を始めたの」という説明には一見、論理の飛躍があるが、読書会の参加者には女性が多く、男性は女性が好んで読むフィクションを毛嫌いする傾向にあるため、各自が好きな本を読むスタイルが、男性の参加を促すことに繋がったとの分析である。2017年8月17日の集まりを見学した際、コーヒーブレイク中に女性たちは男性が選ぶ本を「野郎本〔bloke books〕」と呼び、その多くはノンフィクションだとした。グループは、2017年8月17日時点で「脱落者を出していない」し、彼女の亡き後、現在もほぼ同じメンバーで活動を続けている。

(9) National Health Serviceの略。国民健康保険。

(10) 詳細は『アカデミアの内と外』第六章を参照されたい。

(11)「1%」という表現は作中には用いられていない。ジョセフ・E・スティグリッツ(Joseph E. Stiglitz)が2011年にアメリカ合衆国の富を独占する超富裕層の全米人口に占める割合を特定し(Stiglitz)、2011年11月の「ウォール街を占拠せよ」の抗議活動では「我々は99%だ」というスローガンが用いられた。以来、「1%」は合衆国の文脈に限らず、超富裕層の代名詞として人口に膾炙している。

(12) アンソニー・トロロプの『われわれは今日いかに生きているか』(Anthony Trollope, *The Way We Live Now*, 1875)をもじったもの。『われわれ』は、『複数の死』では2度(第4章でトムのセリフのなかに、第10章ではミドルベリーの読書会の本として)現れる。『テレグラフ』の書評はこの間テクスト性を特筆している(Sanderson)。

(13) フィクションのジャンル間の序列については、序章の註12を参照されたい。

(14) 取り上げるのは、演劇、音楽、映画だけでなく、文学からテレビのシチュエーションコメディまで幅広い。

(15) 註12を参照のこと。

(16) 註14および註15を参照のこと。

(17) 1960年からITVで放映されている人気連続ドラマ。マンチェスターの架空の通

り「コロネーション・ストリート」が舞台。

(18) 文学フェスティバルなどでの著者へのインタビューの果たす役割については Roach を参照。

(19) ツアー・マネージャーの回想録も出版された。George Dolby, *Charles Dickens as I Knew Him: The Story of the Reading Tours in Great Britain and America 1866-1870.* 1885. Cambridge UP, 2011 を参照。

(20) 2008 年のコスタ文学賞の調査では、2 位以下にロアルド・ダール、J・K・ローリング（J. K. Rowling）、ジェイン・オースティン、シェイクスピアが続き、2012 年、慈善団体 Plan UK の調査では、2 位以下がダール作『チャーリーとチョコレート工場』(*Charlie and the Chocolate Factory*, 1964)、3 位が C. S. ルイス作『ライオンと魔女』（C. S. Lewis, *The Lion, the Witch, and the Wardrobe*, 1950）。Berry および Flood, "Famous Five" を参照。

(21) Sian Cain, "Famous Five Go Back to Original Language after Update Flops," *The Guardian*, 16 Sep. 2016, www.theguardian.com/books/2016/sep/16/famous-five-go-back-to-original-language-after-update-flops#img-1 を参照。筆者の手元にある第 1 作（*Five on a Treasure Island*）の 2015 年版は、前付に「テクストは 1942 年、ホダー & ストートンからイギリスで刊行」とあるが、例えばオリジナルで頻繁に用いられる "queer" は "funny" に置き換えられている。

(22) ブライトンは自叙伝でみずからの作家としての使命をつぎのように語っている。「わたしの、何百万という英語話者の読者とはまったく違う子どもたち —— それぞれの言語に訳されたわたしの本を読む、他のたくさんの人種の子どもたち —— のことを、考慮しなくてはならない。わたしは必然的に、彼らと異質の人種の子どもたちの考え方と理想を、彼らに届けていることになる。わたしはそうした理想を世界中に広める担い手であり、もしかしたらいくつかの種を植えて、それが良い果実を産むかもしれない」（qtd. in Dixon: 44-45）。

(23) 1937 年の Limited Editions Club 版『大いなる遺産』（*Great Expectations*）序文。

(24) T グループにもファンが複数いるダン・ブラウンの『ダ・ヴィンチ・コード』（*The Da Vinci Code*）は 496 ページ。

(25) ただしイギリスでは、黒人、アジア系、エスニック・マイノリティ（BAEM）の作家による BAEM を主人公にした作品を、児童生徒が読んだり学んだりする機会は極端に限られている。Eliot et al. および本書第七章の註 14 を参照。

(26) Charles Taylor, *Sources of the Self: The Making of the Modern Identity*, Harvard UP, 1989 を参照。

◉第二章

(1)『アカデミアの内と外』第六章を参照。

(2) T グループメンバーが 1 冊の本を繰り返し読むことは稀である。住まいも近くとくに親しい間柄のハナとレイチェルは、読書会で読む本を交互に購入して 1 冊を共有している。読了した本はすべて手放すルースのような人もいる。T グループ

には、不要になった本を持ち寄る仕組みがあるし、チャリティショップへの寄贈や、カフェやパブ、駅の待合室などで不要の本と交換する「ブック・スワップ」は、イギリス各地で盛んである。

(3)『アカデミアの内と外』第二章を参照。

(4) 現代イギリスを代表する作家ドラブルとヘザーがメールを交わしたのは、両者がアーノルド・ベネット協会の副会長と事務局長という立場にあったためではあるが、第六章で見るように、ヘザーは2015年8月17日のM. L. ステッドマン作『二つの海の間の光』(M. L. Steadman, *The Light between Oceans*, 2012) の集まりに先立って、大胆にも、面識のない作者に作中人物の名前の由来についてメールで訊ね、大変丁寧な返信を受け取っている。T読書会では毎回、新聞の書評や関連記事を参照するが、近年はウィキペディアに(鵜呑みにしているわけではないと弁解しながらも)依拠するメンバーが増えたことを、好ましからざる傾向と見る向きもあり、ヘザーの情報はその中身よりも、メディアに媒介されず能動的に入手したことに大きな価値があると言える。

(5) 第一章の註17を参照。

(6) リズが『コロネーション・ストリート』を侮蔑するようなスノッブだと言っているわけでは断じてない。サバティカル中も2016年以降の現地調査の際にも、リズは幾度も自宅に招いてくれて、夕食前のひととき、居間でBBC 1のクイズ番組『ポイントレス』(*Pointless*) や『コロネーション・ストリート』を鑑賞する夫婦の日課に加わったのは、楽しい思い出である。

(7) 代表的なのはアメリカ合衆国のケーブルテレビ局HBOで1998年から2004年にかけて放映され、2008年には映画化もされた『セックス・アンド・ザ・シティ』(*Sex and the City*) とその原作小説 (Candace Bushnell, *Sex and the City*, 1997)。

(8) ハイカ・ミシュラー (Heike Mißler) が述べるとおり、どのテクストをチックの文化生産物とみなすかは、特徴や様式の網羅的なリストに照らすよりも、「見たらわかる〔you-know-it-when-you-see-it〕」という直感に依るところが大きい (26)。この曖昧さを、フェミニズムの商品化、低俗な大衆化と結びつけて批判する向き (16) に対しミシュラーは、ジャンル・フィクションおよび出版市場と女性の経験する経済的な現実とが、複雑に交差しながら展開してきた文脈において捉える重要性を指摘しつつ (30)、ほとんどのチックリットに共通するテクスト上の特徴として、アイロニー、ユーモア、告白調の語り、ハイカルチャーとロウカルチャーの要素の融合を挙げている (31-32)。

(9) オーストラリアに拠点を置く女性向けデジタルメディア企業ママミア (Mamamia) の同名ウェブサイトの記事「短い質問:あなたのおっかない歳はいくつ?」を参照。「おっかない歳〔scary age〕」とは「『セックス・アンド・ザ・シティ』のあるエピソードでミランダが訊ねたことで有名になった表現。彼女のは43歳。キャリーのは45歳。その意味するところは、ある朝目が覚めて〔子どもを産まなかったことを〕後悔するであろう年齢。または、確実に「年を取った」と感じるであろう年齢」と定義され、この質問への読者ジェニーの回答は「わたしのは37歳。明日が誕生

日です。パニクってます〔I am freaking out〕。子どもが欲しいかどうか全然わからないし、年を取るのがほんとに怖いです」。

(10) 第一章を参照。

(11) 定例のT読書会とは別の、親団体の三支部合同の読書会で、小グループごとに議論するために「リーダー」と「記録係」を選ぶ際、ハナは「教師だったから、こういった役割にはいくらか慣れている」とリーダーを買って出た(2014年9月29日)。このときは、作品の時制に言及し、フォルマリズム的側面にメンバーの注意を促そうとしていた。この集まりについては第六章で検討する。

(12) より中道を目指して18年ぶりに政権に返り咲いたニューレイバーすなわち新生労働党の下、戦後の保育政策の基本姿勢が転換することになる(原「福祉国家」48)。

(13) コラムニストで小説家のアリスン・ピアスン(Allison Pearson)は、2015年5月号の『グッド・ハウスキーピング』(*Good Housekeeping*)誌で、「サンドウィッチ・ウーマン」すなわち家事と仕事に加え「子どもや孫だけでなく高齢の親の世話を何とかこなそうとして」「二つの世代の間でツナマヨネーズのように押しつぶされている人」の苦境を、イギリスのシンクタンクの調査が明らかにしていることに触れている(“Who's Looking Out” 69-71)。当時ピアスンが執筆中だったサンドウィッチ・ウーマンを主人公とする小説(*How Hard Can It Be?*)は、2017年刊行。

(14)『アカデミアの内と外』第六章を参照。

(15) T読書会では誰も第10章に言及しなかった。読書会がジャーナリズムやフィクションにおいて戯画や嘲弄の対象となっていることを承知していて、いまさら言挙げするまでもないと考えたためだろうか。ミドルベリー村の読書会には、主要登場人物8人のうちの半分、つまり妻たちだけが参加している。司祭のスーザンが新たに加わって総勢22名となった読書会は、『ジェイン・オースティン読書会』同様、男性を排除しない身振りとして「印ばかりの野郎〔token bloke〕」(ch. 10) 1名を受け入れている他は、中高年女性の気晴らしというステレオタイプに忠実である。

(16) この「系統」とはまた異なる「マミー・リット」の系譜については、英を参照。

(17)「個人的なことは政治的なこと」というスローガンが広まるきっかけとなった文書の著者キャロル・ハニシュ(Carol Hanisch)によれば、ハニシュらの意識高揚グループの活動を「セラピー的」とか「個人的」などと呼んで蔑んだのは、自分たちを「より政治的」だと考える女性たちであった(ハニシュ 330)。それが的外れな蔑称であることを、ハニシュは明晰に説いている——「セラピーの前提は、誰かが病気で、それには治療法、すなわち個人的な解決法があるということだ。そもそもわたしや他の女がセラピーを必要としていると思われていること自体、じつに腹立たしい。女は踏みつけにされているのであって、頭が混乱しているわけではないのだ！わたしたちが必要としているのは、客観的状況を変えることであって、客観的状況に適応することなどではない。セラピーとは、個人的な選択肢のうちのまずいほうにみずからを適応させることなのだ」(ハニシュ 330)。

◉第三章

(1) 約5名のうちルースとジーンの他に誰がいたかは記憶が曖昧であったため、フィールドノートにも記録を残していない。

(2)『アカデミアの内と外』第六章を参照。

(3) 例えば、ファッションモデルとの交際でタブロイド紙のゴシップコラムを賑わせる眉目秀麗の億万長者レオと平凡な小学校教諭サミーのロマンス（Cathy Williams, *Bought to Wear the Billionaire's Ring*, 2017）。おもな舞台は『一足す一』に似て、ロンドンとイングランド南西部の海浜保養地デヴォン（そして二人の関係が深まる非日常的空間としては、イングランド北部やスコットランドよりもはるかにグラマラスなオーストラリア）。癌を患って休職し住宅ローン返済を滞らせる母親の、窮状を救おうと懸命なサミーを、レオは偽装婚約に応じることを条件に、経済的に救済するだけではない。サミーが母親の介護でキャリアを断念するどころか、小学校を辞めてグラフィックアートの創作に専念できるよう、環境を整えてくれるのである。家賃の高騰し続けるロンドンで倹約生活を強いられる、地方出身のヒロインの勤勉さと堅実さに、政府に代わって報いるのが、投機マネーで家賃の高騰に加担しているかもしれないヒーローである。レオの偽装婚約の目的は、死んだ義理の弟の娘の親権を勝ち取ることであったが、その娘の名が、『ジェイン・エア』のロチェスターの愛人の娘と同じアデルであることは、単なる偶然ではあるまい。サミーとレオのロマンスのハッピーエンディングは、ロチェスターにアデルのガヴァネスとして雇われたジェインが、ロチェスターと結ばれてアデルを養女に迎える結末と相似形を為す。

(4)「2.4チルドレン」は、1991年9月から99年12月までBBC 1で放映されたシットコムのタイトルでもある。『2.4チルドレン』では、夫婦と一女一男から成る労働者階級の4人家族がさまざまなトラブルに見舞われる。2.4という数字の妥当性についてはNick Stripe, "Whatever Happened to 2 Point 4 Children?" *National Statistical News and Insight from the Office for National Statistics*, 2 Aug. 2018, blog.ons.gov.uk/2019/08/02/whatever-happened-to-2-point-4-children/ を参照。

(5) 2010年から2016年の間にイングランドでは343の公立図書館が閉館に追い込まれている（Price 122）。

(6) こうしたフィクションの市場はすぐに飽和状態となり、ゼロ年代の終わりには、出版業界はチックリットの終焉を宣言する（Mißler 2）。代わって登場したのが、『トワイライト』シリーズ（Stephenie Meyer, *Twilight,* 2005-08）のようなヴァンパイアもののヤングアダルト向けロマンスや、SMを扱った『フィフティ・シェイズ・オブ・グレイ』（E. L. James, *Fifty Shades of Grey*, 2011）といった新しいトレンドである（Mißler 2）。ハイカ・ミシュラーは、2007年から08年にかけての世界金融危機が潮目となり、作品の焦点が恋愛関係から、主人公がジェンダー平等を勝ち取るべく奮闘する職場という戦場へと移ったと分析する（Mißler 4）。しかるに、1990年代後半の一見華やかなロンドンの出版社はすでに、「主人公がジェンダー平等を勝ち取るべく奮闘する職場」として描かれてもいる。ブリジットと、彼女が性的関

係を持つ「ボス」のダニエルとでは、職場での力関係が圧倒的に非対称であるのは言うまでもない。ブリジットの新年の抱負の一つ――「キャリアを改善し、将来の可能性に開かれた新しい仕事を見つける」(Fielding 3) ――が明示するとおり、彼女が乗っているのは、ダニエルとも直属の女性上司パーペチュアとも異なるトラックであり、どれほど懸命に走ろうと彼／彼女の職位に辿り着くことはない。本書第五章を参照。

(7)『一足す一』と『ミー・ビフォア・ユー』のヒロインとヒーローはそれぞれほぼ同い年であるが、前者は、ヒロインに子があるためか、巻末付録からは読者の年齢層をやや高く想定しているように見受けられる。『一足す一』の巻末付録は、イギリスの慈善団体リーディング・エージェンシー（The Reading Agency）の協力を得て、イギリス各地の図書館主催の読書会からモイズへの質問を募り、その答えを掲載している他、版元が作成した読書会向けの質問集〔Reading Group Questions〕、モイズのエッセイ（初出は『グッド・ハウスキーピング』誌）、そして『ミー・ビフォア・ユー』のサンプルから成るが、図書館の読書会参加者は、『グッド・ハウスキーピング』の購読者と同じく、40 代後半以上の女性が中心であると推察される。『グッド・ハウスキーピング』誌の想定読者像については本書第二章の註 13 を、リーディング・エージェンシーについては第八章を参照。

(8) モイズのエージェント、カーティス・ブラウンのウェブサイト（"*Me before You*"）より。

(9)『アカデミアの内と外』第六章を参照。

(10)『アカデミアの内と外』第六章を参照。

(11) 本書第六章を参照。

(12) 2016 年 5 月 19 日付『メトロ』電子版の記事（Lewis）に添えられたインタビュー映像より。

(13) 本書第七章第 7 節を参照。

(14)『アカデミアの内と外』第六章を参照。

(15) T 読書会が 1995 年に取り上げたセバスチャン・フォークスの『バードソング』（Sebastian Faulks, *Birdsong*, 1993）と、2020 年に取り上げたゲイル・ハニーマンの『エレナー・オリファントは全然大丈夫』(Gail Honeyman, *Eleanor Oliphant Is Completely Fine*, 2017）は、それぞれ歴史ロマンとチックリットに分類することも可能であろう。とくに後者の選定は、筆者には意外に感じられた。パラテクストからして（ペーパーバック版の表紙の惹句にモイズの評が採用されているだけでなく、モイズの名が金色で箔押ししてあり、「読書会向けの質問集」の巻末付録もあって)、「T 読書会でやる本」には見えない。なおジーンは、自身も教員養成学校で歴史学を主専攻し、長く小学校で教えていたが、娘の批判は甘んじて受け、彼女が薦めてくれるジャネット・ウィンターソン（Jeanette Winterson）などのリテラリー・フィクションの多くを気に入っている。

(16) 例えば Robyn Grady, *Losing Control*. 2012. *Australian Nights: Sun. Sea. Seduction*, Mills & Boon, 2021.

(17) 日本の書籍が宣伝文句や推薦の辞などを帯に印刷するのに対し、英米のとくにペーパーバック版は、版元による惹句と書評からの抜粋を表紙に刷り込む。本書第五章も参照。

(18) 伝統的に社会的地位が高いとされる法曹、医師、技術者、ジャーナリストの多くが私立学校出身であるのに対し、IT 業界への参入は公立学校出身者にも比較的容易である。しかしながら、社会学の先行研究が、社会的地位の高い職業に就いた時点を移動の終着点とする傾向を疑問視するダニエル・ロウリソン（Daniel Laurison）らは、公立学校出身者が就職後、特権階級と同等の職位や地位ないしは収入に到達するかを、同一職業内の差異に着目して分析をおこなった。結果は、（女性の昇進を妨げる目に見えない glass の天井ならぬ）class の天井の存在を浮き彫りにするものであった（Laurison & Friedman）。したがってタンジーを待ち受けるのは、階級とガラスの二重の天井である。ロンドン数学協会の 2011 年の調査は、数学の学士号取得者の男女比が 58:42 であるのに、修士号、博士号と進むにつれて女性比率が下がり、教授に占める女性の割合はわずか 6%に留まることを明らかにしている（McWhinnie & Fox 11）。

(19) 労働者階級を想定購読者とするタブロイド紙は、富裕層のみならず貧困層についても、社会における行動の許容範囲を逸脱していないか監視し、特定のタイプの、例えば宝くじに当選して身を持ち崩すような人物を指弾してきた（Conboy 17）。こうしたタブロイド紙の影響力も看過できない。

(20) 再放送に加え、フォーマットを提供したアメリカの『ジェリー・スプリンガー』（*Jerry Springer*, 1991-2018）も放送されていた。英国への短期出張や長期滞在中に、テレビをつけて漫然とチャンネルを回しているとつねに、いずれかに行き当たるかような錯覚を覚えるほどだった。

(21)『ケヴィンのことで話があるの』の主人公は、第二次世界大戦で夫を亡くして内職を始めたのを機に外出を厭うようになった母親に、年端もいかないうちから使いにやられたことを繰り返し回想し、また友人とのパーティでの肴にする。『パイロットの妻』の主人公は幼い頃、アルコール依存症の両親を交通事故で亡くし、父方の祖母に育てられる。第五章で触れる『わたしの名はルーシー・バートン』は母娘関係を正面から扱い、愛していると決して言ってくれない母親と、主人公が和解することはない。ヴィクトリア・ヒスロップの『島』（Victoria Hislop, *The Island*, 2005）の表題は、かつてハンセン病患者を隔離していたギリシャの小島を指している。ヒロインが、謎多き母親のルーツを探るべくこの島を訪れる現代のナラティヴのなかに、母親の前半生が入れ込まれた枠物語である。『私の中のあなた』の主人公と夫はともに両親を早くに亡くしているが、この設定の主たる目的は、白血病の娘の骨髄ドナー候補者を減らすことで劇的効果を高めることであろう。

(22) ただし、唯一生きて救出されるこの被害者が女性上院議員の娘であることに、ロビンスは触れていない。

(23) キャメロン政権は 2012 年 12 月、「困難を抱えた家族プログラム」を発足、中央政府と地方政府が共同で 4 億 4800 万ポンドの予算を確保した。「困難を抱えた家

族」とは「少年犯罪あるいは反社会的行動にまきこまれている家族、恒常的に無断欠席や不登校の子どもがいる家族、親が失業手当を受給している家族、税金の支払いに困っている家族」で、この四つの定義のうち三つが当てはまったケースが、プログラムの対象とされた（原「イギリス」29-30）。このプログラムにおいて、実際の家族への介入業務は、地方自治体が供給業者に委託するため、ソーシャルワーカーは民間から雇用される（原「イギリス」30）。

(24) 映画『羊たちの沈黙』では（原作小説同様）、トランスセクシュアル女性と主張する連続殺人犯バッファロー・ビルが、女性たちを誘拐して殺害し剝いだ皮膚を、自身が纏うために縫い合わせる。ジャネット・スタイガー（Janet Staiger）の1992年の論考によれば、公開から5週間のうちに、映画をめぐる議論はつぎの3点に収斂したという。すなわち「1）ジョナサン・デミ〔監督〕が意図してホモフォビックな映画を作ったか否かにかかわらず、連続殺人犯の人物造形は、ゲイ男性のステレオタイプを連想させる特徴を持っている、2）合衆国において、エイズをめぐるパラノイアとゲイに向けられる暴力が激しさを増すこの時代に、同性愛者と連続殺人犯との結びつきを仄めかすだけでも無責任である、だが3）ジョディ・フォスター演じるクラリス・スターリングという人物は、家父長制社会で働く女性のポジティヴなイメージであり、女性の観客にとってはエンパワリングである」(142)。トランスセクシュアルやトランスヴェスタイトに向けられる嫌悪や憎悪は等閑に付されたことが窺える。ジュディス・ハルバーシュタム（Judith Halberstam）は、この映画の間テクストとして、ヒッチコックの『サイコ』（*Psycho*, 1960）、ブライアン・デ・パルマの『殺しのドレス』（*Dressed to Kill*, 1980）、ウィリアム・ワイラーの『コレクター』（*The Collector*, 1965）、ブラム・ストーカーの小説『ドラキュラ』（*Dracula*, 1897）を挙げている（*Skin* 163）。こうした系譜に連なる『羊たちの沈黙』という小説と映画双方におけるトランス女性の比喩形象の有害性は看過できない。小説においては、医師に「我々は何年もかけて――まだ達成したとは言えませんが――公衆に示してきたんですよ、トランスセクシュアルたちは気が狂ってるわけじゃない、倒錯者なんかじゃない、クィアなんかじゃない、それが何を意味するかは措くとして――」とか「トランスセクシュアルたちが関与した暴力事件の件数は、人口全体と比べてはるかに少ないんですよ。彼らは現実の問題 ―― 解決が容易でないことが知られている問題 ―― を抱えた、まともな人たちです。彼らは助けを受けるに値しますし、我々にはそれを与えることができます」（Harris 181）などと発言させているが、作中にtranssexual(s)ないしtranssexualismという語を24回も用いたことは、前掲の発言の効果を打ち消すことにしかならないだろう。

(25) 2013年4月に導入された、社会保障制度における住宅手当の削減により、ロンドンとその近郊の低所得者は、家賃の安いイングランド北部などへの転出を余儀なくされる（所 59-60）。この点にグッドハートは触れていない。住み慣れた地域を追われるだけでなく、追われた先の北部は家賃が安い代わりに雇用が少ない。こうした制度の矛盾を、2016年公開のケン・ローチ（Ken Loach）監督の映像作品『わ

たしは、ダニエル・ブレイク』（*I, Daniel Blake*）は告発した。

(26)「危機言説」の焦点のずれや悪影響については、橋本（707）を参照。

(27) 第四章で注目する、アナの「本を買う余裕がない」との発言は、可処分所得の絶対的な少なさというよりは、配分をめぐる、いわゆる経済観念を示唆すると思われる（本を買う余裕はなくとも、フランスを旅する余裕はある）。二つの読書会にかかる本の支出は、当時の一般的なペーパーバックの正価をもとに月に18ポンドと仮定すると（例えばKhaled Hosseini, *The Kite Runner* が9ポンド、Chinua Achebe, *Things Fall Apart* は8.99ポンド）、日本円に換算して3千円程度である。孫にはフォリオ・ソサイエティの高価なハードカバーを買い与えるハナも、読書会の本はレイチェルと交互に買ってシェアし、出費を半分に抑えるという倹約ぶりであるから、前掲のアナの発言を額面通り、生活に困窮していると解するのは、妥当ではないだろう。第四章の註22も参照。

◉第四章

(1) ギロリーは「モダニティの倫理的実践」を、『倫理への転回』（*The Turn to Ethics*, 2000）に寄稿したのち、21世紀転換期の批評理論の情動論的転回——ギロリーの言葉では「新しい傾向」（*Professing* 82）——に応答するかたちで、2022年の『批評を職業にする』に加筆修正のうえ組み込んでいる。情動論的展開については『アカデミアの内と外』第二章を、ギロリーのテクストの異同については、本書第八章を参照されたい。

(2) 2023年に再会したヘザーによれば、親団体の他支部では新入会員に出身大学を聞くことが珍しくないのに対し、Tグループは意図的に学歴に関する質問を避けている由だった（6月6日）。この話題は、調査とは無関係の雑談の最中、ヘザーが切り出したものである。

(3)「同等」としたのは、ヘザーが中等教育を受けたのがイングランドではないため。

(4) 序章の註25を参照。

(5) 1944年施行の教育法によって中等教育が無償化されたが、地方教育局（Local Education Authority）が確立した三分岐制度の下、20～25%の学業優秀な生徒はグラマースクールに、4～5%がテクニカル・スクールに、そして残りの大多数が新制中等学校（セカンダリー・モダン・スクール）に進むことになった。この学力選抜システムは、すでにあった階級の分断を補強する働きをしたため、1960年代には、より公平な中等教育を目指す総合制教育が始まる。これは、三分岐制度を総合制中等学校（コンプリヘンシヴ・スクール）に一本化しようとするものであったが、深刻な不公平は是正されないままであった。清田(93)および佐貫(103)を参照。

(6) ジャネットがtheyと言っているところを彼女たちと訳したのは、第八章で見るとおり、図書館の読書会の男性メンバー3名がいずれも英文学教師や歴史家というバックグラウンドを有していないことが明白なため。

(7) 参与観察などをおこなう機会には恵まれなかったものの、2017年9月、U3Aのあ

る支部から、それ以前に読んだ150冊について、5段階での評価、タイトル、著者名、10語程度の要約を記したリストの提供を受けた。“Star ratings — 5: excellent, 4: good, 3: OK, 2: poor, 1: dire” の5段階のところ、ジョージ・エリオットは、『アダム・ビード』(*Adam Bede*) が星六つを獲得し、他の作品も押し並べて高評価を得ているのが目を惹くが、150の作品は、ジャンルも、出版年も、作者のエスニシティも、じつにさまざまである。星一つで、作者も主人公も男性の作品 (Greg Williams, *The Accidental Father*, 2009) が、チックリットと要約されているのも興味深いが、ドディ・スミス『カサンドラの城』(Dodie Smith, *I Capture the Castle*, 1949) が四つ星を獲得しているところを見ても、女性向けミドルブラウ小説が一概に低評価でないことは明らかだ。

(8) 第一章註8および第七章を参照。

(9) ギロリーは、専門家と一般大衆の二項対立を、読むこと (reading) がすなわちラテン語およびギリシャ語の文献の読解を意味していた18世紀にまで遡り、特別な教育を施された専門家に独占されていた歴史を踏まえて説明するため、一般読者を一貫して lay reader と称する。lay は、聖職者や法律・医学の専門家と区別するために用いられる、「平信徒の」とか「素人の」といった意味の形容詞である。

(10) 本書第七章および『アカデミアの内と外』第一章を参照。

(11) ギロリーが「道徳」ではなく「倫理」という語を採用するのは、後期フーコーに倣ってのことである。「〔道徳と倫理の〕混同は、哲学における用法と一致しないがゆえに、いっそう深まる。英語では「倫理」は「道徳」よりも善悪についての思索のより広い領域を指す傾向にあり、哲学というディシプリンの一領域の名称となっているのも、そのためである。これに対して「道徳」は一般的に、「キリスト教道徳」のように、特定の道徳体系について用いられる傾向がある。しかし、倫理に関する哲学的思惟の源泉であるドイツ観念主義の伝統においては、主要な用語上の区別は、正誤の思索的で意識的な選択としての Moralität と、慣習としての道徳の領域、したがって必ずしも思索や意識を必要としない Sittlichkeit すなわち「倫理」との間で為される。わたしはフーコーの「倫理」の用法を——彼は時折、古代ギリシャ・ローマ時代におけるこの概念の意味を取り違えてはいるものの——採用することで、倫理と、〔意識的な〕選択の領域としての Moralität との連続性を強調する〔後略〕」(336)。

(12) ギロリーは、リチャード・ミラーによる英訳 *The Pleasure of the Text* (Hill & Wang, 1975) を典拠とし、一貫して中期フランス語の plaisir に由来する pleasure を用いている。詳しくは第八章第1節を参照。

(13)『アカデミアの内と外』第一章を参照。

(14) 親しい友人同士だから近況報告もし合うけれど、本そっちのけということは決してない。「ディスカッションとメモ」とヘッダーの付いたフォームは、八つのセクションから構成されている。「導入」、「おおまかな感情的反応」、「プロット」、「登場人物」、「作者のスタイル/物語の構造」、「舞台設定」、「全体的なインパクト」、「10点満点での評価」のうち、「導入」の欄は、選定者に向けて「読もうと思った理由

は？　グループで議論しようと提案した理由は？　期待どおりだった？　それはなぜ？　推薦して後悔している／よかった？」という問いが列挙されている。第一章の註 6 も参照。

(15) 第三章の註 27 を参照。

(16) 2017 年 9 月、リズの求めに応じて筆者がアルボムの日本語訳の有無をアマゾンのウェブサイトで確認した際、小田島則子・恒志訳（『ささやかながら信じる心があれば』、NHK 出版、2012 年）は在庫がない状況であった。本書執筆のため 2023 年 10 月 1 日に再度確認したところ、紙の本の「新品」はなくキンドル版のみが販売されていた。古書で入手した第 1 刷の訳者あとがきで、『モリー先生との火曜日』は作者によって舞台上演用に脚色され、日本では加藤健一事務所により 2010 年に初演されたこと、2012 年には日本オリジナルの朗読音楽劇として上演されたことを知った (308)。なお本書での引用はすべて拙訳による。

(17) T グループの複数の個人の特定に繋がる要素が含まれているため、全文引用は差し控える。

(18) ステッドマンと同様の発言をする作家の多いことに対して、疑念が表明された。実際、実作者による類似の発言には枚挙にいとまがない。例えばモリスンが、我が子を殺害した実在の人物の「歴史と現在のさまざまなイシューとを結びつける」と決めて自宅のポーチに腰掛けていると、殺害した母親ではなく殺害された娘が「素敵な帽子」をかぶって姿を現し、後者こそが物語の中心となるべきだと悟ったのだという (Foreword)。アーネスト・ヘミングウェイは、パリのカフェでノートを開くと、「物語はひとりでに書いていて、わたしはそれに追いつくのに必死だった」と述べている (*Moveable Feast* 10)。ただし執筆に没頭するうちに今度は「わたしがそれを書いていて、それがひとりでに書いてはいなかった」。制御を取り戻しているようでいて、時が経つのも、自分がどこにいるかも、ラム酒のお代わりを注文することすら忘れるほど「物語に深く入り込み、夢中だった〔I entered far into the story and was lost in it」(*Moveable Feast* 10)。入り込むのは能動態でも、入り込んだ先は受動態で表現される。

(19) 親団体の活動の一つで、それぞれ異なる支部の 6 ～ 8 名で一つのグループを作り、月に 1 度、近況を綴ったり特定のトピックについて意見を交わしたりする仕組み。

(20) 序章の註 12、第七章第 9 節、第八章第 2 節を参照。

(21) リズのメール本文に主催団体などに関する情報はなく、添付されたチラシの写真からわかるのは、「ロスト・イン・トランスレーション？」と題して、谷崎の『細雪』と吉野源三郎『君たちはどう生きるか』(1937) を取り上げ、翻訳の可能性について二日間にわたって議論する催しということのみである。

(22) 1997 年に書籍値引き禁止協定 (Net Book Agreement) が廃止されてから、WH スミスやウォーターストーンズなどの書籍チェーンだけでなくスーパーマーケットにも、食品などと同様の “3 for 2〔3 個で 2 個の価格〕” といった販売手法が広がった。また、Amazon UK では、例えば *The Kite Runner* のペーパーバックは正価の半値程度（5 ポンド）で販売されている。アナはネットショッピングを利用しない

ようだが、利用する習慣があったとしても5ポンドは依然、高価に感じられるのかもしれない。調査協力者のなかに、アナと同じようにチャリティショップで参照する目的でメモを持ち歩いている男性があった。手のひら大の紙片の両面に小さな文字で作者名と表題をびっしり書き込んだものを、いつもたたんで入れてある財布から取り出して見せてくれた。彼が読むのはもっぱら、品揃え豊富な探偵小説であるから、目当ての作品が手に入る確率は高い。

(23) アリスは、夫の本で溢れかえる家（トイレにも棚がしつらえてあった）にこれ以上本を増やしたくないという理由から、図書館も利用する。書架を見て回り、表紙のブラーブやデザインを頼りに選び、返却したら最後タイトルを忘れてしまうとのこと。あらかじめ愛読書などを書き出しておいてほしいという当方のリクエストが伝わっていなかったため、当然ながらタイトルも作家名も出てこない。記憶を蘇らせる助けになればと、筆者が作成した、調査協力者が挙げた作者と作品の一覧を見せたところ、じつは男性作家の作品を多数読んでいたことに気づいた。北アイルランドに生まれ、15、6歳でイングランドに移り住み、この46年間この地域に暮らしているアリスに、北アイルランドに生まれ育ったことは本の選択に影響しているかと訊ねたところ、イギリスの学校に通っていたから影響はないと断言した。これに対し「ウィリアム・トレヴァー〔William Trevor〕はどうですか？」と訊ねると、「思い出させてくれて有難う。最近亡くなったのよね？　死亡記事を読んで、読んでみようと思ってたの」と答えが返ってきた。アリスの好みや関心は、本人が当初説明していたより、はるかに広く深いことがわかる。第五章も参照。

(24) *Desert Island Discs*。BBC ラジオ4で1942年から続く長寿番組で、各界著名人をゲストに招き、ゲストの選んだ8曲を聴きながら、無人島に持っていくとしたらどの本を選ぶかといった質問をする。

(25) 筆者がこの週刊誌のことを知ったのは、2015年3月11日、自称「フリーランス講師」による、文学作品を歴史的視点から読む講座を見学した折のことであった。1ターム＝10週の受講料は50ポンド、パブを会場に、水曜午前10時から30分間のティーブレイクを挟んで12時15分までゼミ形式の授業が続き、終了後、希望者は講師を囲んで食事をする。登録者は19ないし20名で、この日の参加者は17名（女性11名、男性6名）、テーマはバーナード・マラマッド『フィクサー』（Bernard Malamud, *The Fixer*, 1966）だった。ブレイクに入って唐突に「大学に通ったことある？」と話しかけてきた女性は、講座で扱う作家（ブルガーコフやトルストイなど）は難しく、マラマッドも読まずに来たという。ではどういう本が好きかと聞いて教えてくれたのが、『ピープルズ・フレンド』であった。別の参加者（オープンユニバーシティで講師と管理職を長く務めて引退したメアリー）に後日、『ピープルズ・フレンド』を愛読する参加者と話をしたと伝えると、「でもそれってすごくロウブラウじゃない！」と驚きを隠さなかった。講師によれば、彼女は何らかの精神疾患を抱えており、医師の勧めでこの講座に通っているらしいとのことであった。第八章も参照。なお、ヘザーに『ピープルズ・フレンド』を読んだことがあるか訊ねると、『リーダーズ・ダイジェスト』同様、休暇先で読むことはある

由。アナと同じく休暇に限った読み物と分類した。

(26) バランタイン・ブックスはジョディ・ピコーのアメリカの版元でもある。

(27) Ronald H. Balson による同名の小説があるが、出版は 2018 年、つまりこのインタビューの後である。

(28) 思いがけず腹蔵なく話してくれた「つらい時期」のことは、このような記述に留めたい。

(29) 2014 年 11 月、娘が帰省するので会わせたいと自宅に招いてくれたときのこと。夕食後にくつろいでいたリビングルームで、読書の話題で大いに盛り上がり、部屋の本棚の前にコニーと娘、筆者の 3 人が座り込んで、本を手に取りにながら語らった。このときコニーが愛読書として紹介してくれたのが、『レベッカ』と『カサンドラの城』であった。コニーの夫はソファに掛けて終始にこやかに、我々の話に耳を傾けていた。

(30) 郷土の誉れであるはずのベネットを読んだことがない、あるいは名前を聞いたことすらないという地域住民が珍しくないことは、調査協力者のみならず、滞在中に出会った人びととのやりとりからも明らかであった。J・B・プリーストリーは 1933 年にポッタリーズ地方に滞在した際、ベネットの「名前が人の口にのぼるのを一度も聞かなかった」(『イングランド紀行』下 9) と言い、ベネットのような「一流の芸術家」(10) への無関心の理由を「イギリス人の知的好奇心と芸術愛の欠如」(11) に帰している。その理由づけの当否は措くとして、ベネットへの無関心がいまに始まったのではないことを窺わせる証言である。

(31) フォースターの死の翌年に出版された『モーリス』(*Maurice*, 1971) を——読んだことはなくとも、モーリスに恋心を打ち明けるクライヴをヒュー・グラントが演じた、ジェイムズ・アイヴォリー監督、イスマイール・マーチャント制作の映画 (1987) を——知る読者であれば、『眺めの良い部屋』を手放しの異性愛賛美と解釈することはまずないだろう。『眺めの良い部屋』は、『モーリス』の 2 年前にやはりマーチャント・アイヴォリー・プロダクションによって映画化されている。

(32)『ロングマン英和辞典』(2007 年) の〈ラベル〉による。

(33) ただし、GCSE と A レベルの試験運営組織の一つ AQA が 2021 年秋学期の課題図書として提示している 1900 年以降の小説 5 冊のなかに、『眺めの良い部屋』は含まれている ("Teaching Plan")。

(34) ヴァージニア・ウルフによるあまりにも有名な世代論に従うなら、フォースターはウルフ同様、ジョージ朝 (1910-36) 作家の一員であるから、1930 年代に属するという捉え方はあながち間違いとも言えない。しかるにフォースターは、『ハワーズ・エンド』から 15 年近くを経て発表した『インドへの道』(*A Passage to India*, 1924) を最後に、小説の筆を断っている。『アカデミアの内と外』第一章を参照。

◉第五章

(1) 研究者もジャーナリストも、アダプテーション一般を「二次的で派生的」であるばかりか「遅きに失した、ミドルブラウの、文化的に劣位の」ものと見下す半面、

オペラやバレエといったハイアートの様式への翻案は容認する傾向にあることを、リンダ・ハッチョンは指摘している（Hutcheon 2-3）。

(2) 序章の註 12 を参照。英国王立文学会の調査では、リテラリー・フィクションは、ホラー、スリラー、ロマンスといったジャンルではないものとしてその外縁が定められる。サミュエル・ピープスの時代から連綿と続く分類法である (Bloom, 2nd ed. 4)。

(3) 文学賞受賞作とベストセラーとが重なる理由を、因果関係で説明するのは極めて困難である（Piper & Portelance）。アンドリュー・パイパーとイヴァ・ポートランス（Andrew Piper & Eva Portelance）は、2001 年から 2015 年の間に出版された文学賞受賞作とベストセラーのフィクション、合わせて 1,200 余りのデータを電算処理し、それぞれのテクストにどのような特徴の違いがあるか、解析をおこなった。前者は、米加英 3 ヶ国の五つの賞（全米図書賞、ペン／フォークナー賞、総督賞、ギラー賞、ブッカー賞）の受賞作と候補作で構成され、後者は『ニューヨークタイムズ』紙のベストセラーリストに 10 週以上掲載された作品および Amazon.com の三つのジャンル（SF、ミステリー、ロマンス）のランキングをもとにしている。ベストセラーの場合は、二つの異なる階層化された「文化意識〔cultural awareness〕」によってふるいにかけられた作品群を含んでいる（Piper & Portelance）。高級紙『ニューヨークタイムズ』のリストは本紙に書評を掲載したものを対象としているため、「最高級ではないものの、高級文化の〔high cultural〕ふるいにかけられている」(Piper & Portelance)。ベストセラーが文学賞を受賞することもあれば、逆もまた然りであるが、パイパーらはブルデューとジェイムズ・F・イングリッシュ（James F. English）に依拠して、「賞が肝心なのは、それがなければ一枚岩の市場において、社会的差異を維持する役割を果たす点」にあるとしている。パイパーらの目的の一つは、「受賞作やベストセラーといった社会的差異にもとづくカテゴリーが、どの程度、ロマンスやミステリー、SF などのジャンルのように振る舞うか――どの程度、わたしたちがそれら〔のカテゴリー〕自体をジャンルとみなしたいか」を明らかにすることであり、これは、一般読者やブロガー、ユーチューバーらが経験的におこなっていることをデータで裏づける作業と言えよう。ジャンル理論の先行研究として、David Duff, editor, *Modern Genre Theory*, Longman, 2000; Tzvetan Todorov, *Genre in Discourse*, translated by Catherine Porter, Cambridge UP, 1990 も参照されたい。

(4) ヴィラーゴは 1973 年にイギリスで創立、5 年後にモダン・クラシックス叢書の刊行を開始。トレードマークと背表紙の緑色でただちにそれと見分けがつく。現在はアシェット傘下のインプリントで、筆者が参照したキンドル版の『胸焼け』の発行元はアシェット・デジタル。

(5)『ブリジット・ジョーンズ』の出版の経緯と新たなジャンルの創出過程、マルチメディア展開などについては、Squires（150-61）に詳しい。

(6) 実際の本の選定については、『アカデミアの内と外』第六章を参照。

(7)『アカデミアの内と外』第六章を参照。

(8)『ガーディアン』がブッカー賞を無条件に肯定しているわけではない。『ガーディアン』のオンライン・ブッククラブを主催していた作家サム・ジョーディスン（Sam Jordison）は、2009年から20年まで、『ガーディアン』購読者がブッカー賞と同じ基準で候補作を選定する「ブッカー賞でないで賞（the Not the Booker Prize Prize）」を企画・運営していた。ジョーディスンの分析では、ブッカー賞への批判は三つに大別される。第一に、自分のお気に入りの本が受賞しない、第二に、受賞作の主題が「ポスト植民地主義的罪悪感か、アイルランドの貧困か、イングランド人中産階級のイズリントン住民の、自身の退屈な性生活に対するごたいそうな見解」をめぐるものばかりである、第三に、選考委員が偏っている〔unrepresentative〕、というものである（Jordison）。「ブッカー賞でないで賞」は、以上の批判に諧謔を交えて応えるものであった。

(9) ただしサイモンの氏名は、アングロ－サクソン系でないことを推察させる。

(10) Jennifer Matthieu, *Moxie*, Roaring Brook Press, 2017; Cat Clarke, *Girlhood*, Quercus Children's Books, 2017; Adam Silvera, *History Is All You Left Me*, Simon & Schuster Children's Books, 2017 他。

(11)『アカデミアの内と外』第二章を参照。

(12) 序章および第一章を参照のこと。

(13) リミントンのMI5（英国情報局保安部）での勤務経験を下敷きとし、諜報員リズ・カーライルを主人公とするシリーズ。

(14) ドイツ語原典からの英訳。原典同様、英語版も匿名で刊行された。帝国戦争博物館の売店に並んでいたのは、ピカドール（Picador）が2006年に再版したエディションと推察される。

(15) むろんベルリンを含むドイツの都市に、のべ40万の爆撃機で100万トンの爆弾を投下したのは他ならぬイギリス空軍であるが、一般市民をおもな標的とする無差別絨毯爆撃の妥当性について、戦後半世紀を経ても、ドイツ国内で公的に議論されたことは一度もないと、W・G・ゼーバルトは指摘する（11, 20-21）。「詮ずるところ、そのもっとも大きな原因は、何百万人を収容所で殺害しあるいは過酷な使役の果てに死に至らしめたような国の民《フォルク》が、戦勝国にむかって、ドイツの都市破壊を命じた軍事的・政治的な理屈を説明せよとは言えなかったためであろう」（ゼーバルト20）。第八章に引いたケイトの発言も参照されたい。

(16) 精読〔intensive reading〕と多読〔extensive reading〕が、ビブリオメモワールすなわち個人の読書録にいかに反映され得るかについては、Trowerの考察を参照。

(17) こうした作品観は、BBCラジオ4の『ブック・クラブ』の記念すべき第1回の放送で、ゲストのセバスチャン・フォークスに聴取者が、代表作『バードソング』を「書き直すとしたら」と質問して、むっとさせた一幕によく表れている（"Sebastian"）。なお、ペンギンで20年間以上、編集に携わっているレベッカ・リー（Rebecca Lee）によれば、「編集者〔editor〕」および「編集〔editing〕」という業界用語は、多くの異なる意味で用いられる（68-69）。マーガレットのいう "a good edit" とは、編集作業のなかでも「草稿を受け取って、その構成をいったんばらして、まとめ

直す」(Lee 69) ことを意味すると推察される。

(18) ちなみに、ルースが図書館の読書会とは別に参加している、ホテルを会場とする読書会では、メンバー各々が本を 10 点満点で評価し、その平均点をグループの総意として記録に残している。評価基準は、「プロットと内容 40%、形式〔style〕と言葉遣い〔language〕30%、個人的好み 30%」。第四章の註 7 も参照されたい。

(19)『アカデミアの内と外』第四章も参照されたい。

(20) Bloom, 3rd ed. (71-72) および『アカデミアの内と外』第六章を参照。

(21)『アカデミアの内と外』第一章および第五章を参照。

(22) ただし当時、寄稿者は匿名であった。

(23) このエーコの自家撞着の要因について、富山太佳夫は大変穿った見方をしている。『小説の森散策』は、「(さまざまな専攻の学生や研究者から、教養人、見物人にいたるまで)、実に多岐にわたる聴衆」に開かれたハーバード大学のノートン連続講義全 6 回の草稿を下敷きとしているのだが (エーコ 3)、富山は、回を追うごとに聴衆が減っていくことに焦りを覚えたエーコが、一般読者に寄り添う作戦に変更したものと想像している (『書物の未来へ』324)。

◉第六章

(1) 山田雄三は『感情のカルチュラル・スタディーズ』において、ウィリアムズの感情構造論の展開をつぶさに追っている。山田によれば、「感情構造」という言葉を使い始めた 1950 年代後半、ウィリアムズは、「知の大衆化と開かれた社会、前衛芸術の実験による新しい文化の到来」への希望に満ちていたのが、70 年代の慢性的不況と高い失業率、80 年代のサッチャリズムを経て、「社会を流動化させるはずの「感情構造」」は「社会を停滞させる支配的な構造」でもあることを看破するにいたる (126-27)。

(2) BBC2 でシェイクスピアの史劇を下敷きに制作され、2016 年 5 月から 6 月にかけて放映されたドラマ。

(3) アンソニー・トロロプによる、イングランド西部の架空の州バーセットシャーの町バーチェスターを舞台とする 6 編の小説 (1855-67) が「バーセットシャー年代記 (The Chronicles of Barsetshire)」ないしは「バーセットシャー小説群」と呼び習わされている。BBC は 1982 年に、最初の 2 作を『バーチェスター年代記』(*The Barchester Chronicles*) のタイトルでドラマ化した。

(4) 土曜から 1 週間ぶんのラジオ・テレビ番組を案内する BBC 発行の週刊誌。1923 年創刊。筆者を自宅に招いてくれた協力者のなかにはキッチンにラジオを置いている人が多かった。家事をしながら聴くという本来の用途に加え、防犯対策として外出時につけておく人もあった。

(5) アメリカの出版界に「オプラ効果」をもたらした「オプラの読書会」もまた、「啓蒙し楽しませる〔enlighten and [sic] as well as entertain〕」ことを宗としている (qtd. in Farr 13)。英文学者セシリア・ファーの見立てでは、高校を卒業してこのかた本を読んだことがないような視聴者/読者に寄り添うように、「危機に直面する現

代の白人中産階級の母親たち」を主人公とする『パイロットの妻』のような読みやすい小説ばかりでなく、リテラリー・フィクションも取り上げて教化しようとするウィンフリーのアプローチが、支持を得たという（Farr 13-14）。例えばトニ・モリスンの『ソロモンの歌』（*Song of Solomon*）は 1977 年の出版以来、毎年およそ 5 万部を売るロングセラーではあったが、96 年 10 月の放送直後には、ハードカバー、ペーパーバック、オーディオブック合わせて 50 万部の注文があり、16 週にわたってベストセラー・リストに載り続けた（Farr 15）。キャスリーン・ルーニーは、番組のミッションを、ウィンフリーの言葉を引きながら、つぎのように要約している。「「気分を高揚させ、啓蒙し、励まし、楽しませ」、「人びとが責任を引き受ける」よう促し、最終的には「幸福と充足感をすべての家庭にもたらすこと」によって「人びとの人生を変える」」（Rooney 14-15）。

(6) 『アカデミアの内と外』第二章を参照。

(7) 5 月号の「本棚」のコーナーで、作家デボラ・モガーが、愛読書の 1 冊として紹介している（Moggach 63）。

(8) 『アカデミアの内と外』第六章を参照。

(9) 第五章の註 17 を参照。

(10) 『アカデミアの内と外』第六章を参照。

(11) リズと同じ紙の本は入手できなかった。2023 年 4 月時点で唯一販売されていたキンドル版には、刊行年は 2013 年とあるものの、ゴーディマーに関する項目はなく、改訂された旨の記載も見当たらない。編者と発行者は Motivational Speakers Network なる団体で、問い合わせ先のウェブサイトのドメイン名は非営利団体であることを示しているが、所在地は記されておらず、ウェブサイトは現在閉鎖されている。フェイスブックのグループ情報によれば、「ガーナ国内外で最大の若きモチベーショナル・スピーカーのネットワーク」で、「次世代をエンパワーする」ことを目指しているという（2024 年 9 月 12 日閲覧）。本の構成は統一を欠き、取り上げられた（1001 冊に遠く及ばない）全 35 冊の書籍は、巻頭の『崩れゆく絆』を含む数冊を除き、ビジネス書やハウツーものである。しかも、4 ページにわたる『崩れゆく絆』の梗概の唯一の出典情報として貼られたリンクの先は、ウィキペディアである。前述の西アフリカのセルフヘルプ市場がいかなるものであるかを、垣間見させる事例である。人びとが「テクストに積極的なかたちで関わり、読書という、自身をエンパワーする行為を通じて個としての自己を再構築しようと」（Newell 122）するとき、テクストのジャンルも来歴も不問に付される。

(12) その理由は、居間でのディスカッションが終わって、コニーらに背中を押されながら通された客間でわかった。促されてテーブルの上の箱を開けると、白いアイシングの上にグリッター入りの青い文字で “Chitose-san o-genki de” とメッセージが書かれたケーキと、7 月にリズの自宅の庭で撮った集合写真を表全面にあしらった A4 版のグリーティングカードのサプライズが待っていたのであった。カードを開くと “Chitose / Your membership of T- / has enriched our meetings / Best wishes from us all for your future career” と印字され、メンバーの手書きメッセージとサイ

ンが寄せられていた。裏面には、筆者が加わる前にグループがリヴァプールを訪れた際の記念写真とキャプション（“An extra because some weren't there on July 15th”）があった。筆者がケーキを切り分け、この夜は普段よりもやや遅く10時頃まで談笑し、別れを惜しんだ。カードは、収められた封筒の表書きの筆跡からリズが、ケーキはサプライズの後の会話からコニーが、それぞれ準備してくれたことがわかった。ヘザーはこれらとは別に、ハードカバーの写真アルバムを制作し、これを読書会の開始前に参加者に回して、カバー裏の余白にサインを集めてくれていた。

(13) ただしベネット作品に登場するのはInkpenではなく、Ingpen（『この二人』）。

(14) この姿勢は、19世紀から20世紀半ば頃まで、オーストラリアにおいては「イギリス系」が優勢であり、母国との隔たりゆえにかえってイングランド、スコットランド、アイルランドの違いを超えた集合的な「イギリス性」が醸成されていた（Harper & Constantine 71）事実によって、いくらか説明がつくかもしれない。1901年時点で、海外生まれの人口の79パーセントはイギリスからの移民が占めていた（Harper & Constantine 74）。大英帝国各地のイギリス人は、ロンドンの出版社メシュエン（Methuen）の「コロニアル・ライブラリー」叢書のお蔭で、人気作家の新作をイングランドでの創刊と同時に手に入れることもできた。筆者が2009年にオーストラリアの古本商から入手したベネットの『北部から来た男』（*A Man From the North*, 1898）のコロニアル・ライブラリー版（第2版、1912年3月刊）は、店主によれば、見返しのスタンプと署名から、出版当時に購入した個人が長く所蔵していたことが明らかだとのことだった。前付からは、初版の翌月に重版されたことがわかり、植民地での需要の高さを窺わせる。見返しと巻末に印刷された叢書のカタログは、ベネットの既刊書4冊のうち1冊が『ザ・カード』であることを示している。したがってヘザーのM・L・ステッドマンへの質問も、まるきり荒唐無稽とは言えまい。

(15) T支部のメンバー6名が運営委員として、「他者の人生 —— 過去を取り戻す」と題し会議場を借り切って実施した1日がかりの催し。親団体の16の近隣支部から（運営委員を除く）48名が参加した。午前中は伝記作家を招いての講演会、午後は七つのワークショップ（ブック・ディスカッション、手芸、家系研究に関するものが二つずつとクリエイティヴ・ライティングが一つ）のなかから事前に申し込んだ二つに参加するという構成だった。講演会の後には、第一次世界大戦でT村から出征し命を落とした兵士についての調査プロジェクトの成果が、（ビジュアルアートの大学講師であるコニーの息子が制作した）4分間の映像作品とともに紹介された。プログラム編成やケータリングはもとより、動線を綿密に計算した部屋割り、開会前にホール壇上のスクリーンに流したユーモラスなスライドショー、閉会式でのちょっとしたサプライズなど、細部にいたるまで注意が行き届いた、見事な運営ぶりだった。筆者はマーガレットがファシリテーターを務める『ブラック・ダイアモンズ』のディスカッションと、リズが講師役のクリエイティヴ・ライティングのワークショップに参加した。

(16) *Downton Abbey* は20世紀初頭のヨークシャーの架空のカントリーハウスを舞台とするITVのドラマ。1月のT読書会は、クリスマス・スペシャルと第5シーズンの放送終了間もない頃であった。

(17) 現在では、「特別な研修を受けたガイドによる」作者監修の「ブラック・ダイアモンズ・ツアー」(90分、大人25ポンド)に、個人で参加できる。後述のとおりウェントワース・ウッドハウスは、独自のトラストにより運営されているが、ナショナル・トラスト会員はツアーの参加料の割引が受けられる。wentworthwoodhouse.digitickets.co.uk/category/30263?navItem=602192 を参照。

(18) トルーマン・カポーティ(Truman Capote)がみずから「ノンフィクション小説」と称した『冷血』(*In Cold Blood*, 1966)以降、アメリカではトム・ウルフやノーマン・メイラー(Norman Mailer)がこの流行に連なり、オーストラリアのトーマス・キニーリーによる『シンドラーのリスト』(Thomas Keneally, *Schindler's Ark*, 1982)は、アメリカではノンフィクションとして出版され、イギリスではブッカー賞を受賞している(ロッジ、『小説』271-72)。

(19) 筆者がオックスフォード大学にわずか1年とはいえ学んだ事実は、さまざまな場面で一種のパスポートとして機能してきた。留学先が、仮にオックスブリッジ以外の教育機関であったとしたら、以下のポールの応答も、少し異なったものであったかもしれないと想像する。筆者がポールと親しくなったきっかけは、2009年5月に初めてベネット協会の年次大会に出席した際、近くベルリン観光に行くというポールに、筆者がオックスフォード時代の友人を2度ベルリンに訪ねたと話をしたことだった。

(20) Olave (419) および Moody (45) を参照。またグッドリーズが実施した調査は、女性のほうが男性よりも、異性の作家の作品をよく読むことを明らかにしている(Flood, "Readers")。

(21)「小ピットが公言したように、対仏戦争は、一七八九年のフランス革命においてみられた「略奪の成功例」に対して、身分秩序と財産を保護するための決死の闘争を象徴していた」(コリー 159)のであり、「同時代においては、ほぼすべての大陸諸国の貴族たちが、自分たちの財産がいつ略奪されたり没収されたりするかもしれないという不安を抱きながらの生活を強いられていた」が、「こんにち、私有物であるカントリ・ハウスとその内装品をイギリスの国民の文化遺産《ナショナル・ヘリティッジ》と確信している人びとが、何十万人と存在している」(コリー 185)。

(22) コリーニは「1982年のホガース・プレス版」としているが(*Nostalgic Imagination* 230)、筆者の手元にある1993年のホガース・プレス版には「1987年版への序文」(v-viii)として掲載されている。

(23) 第五章で見たように、第二次世界大戦の敗戦国ドイツに限って言えば、戦後半世紀を経ても、大多数の国民が経験した壊滅の実態が文学作品において表象されることはほぼ皆無であった(ゼーバルト 17)。

(24) *Mass Civilization and Minority Culture* (1930), *For Continuity* (1933)、デニス・トムスン(Denys Thompson)との共著 *Culture and Environment: The Training of Critical*

Awareness（1933）など。

(25) 1927 年設置の「トーク番組部」が制作した番組の一つに、ウルフ夫妻による「本はたくさん書かれ、出版され過ぎているか？」(1927 年 7 月 15 日)がある。ステファン・コリーニは、ブルームズベリー界隈の知識人が頻繁にトーク番組に出演するようになった経緯について、部長のヒルダ・マセソン（Hilda Matheson）の愛人ヴィタ・サックヴィル＝ウェスト（Vita Sackville-West）のつてによるのではないかと推察している（Collini, *Absent Minds* 113）。

(26) オマリーは、当時、英文学研究のフェローを擁していなかったトリニティ・カレッジの学部生であったため、ダウニングの FR に指導を仰いだ。

(27) フリーマンは女子学寮ガートン・カレッジに QD の 1 年後に入学。ちなみに第五章で触れたハワード・ジェイコブソンは、マンチェスターのグラマースクールからダウニング・カレッジに進んで FR に師事した。パブリックスクールの雰囲気に支配されたケンブリッジで、「野暮ったいアウトサイダー」だった FR がユダヤ人を妻に持っていたことは、労働者階級出身のユダヤ人学生にとって「二重に居心地が良かった」と、ジェイコブソンは語る（*Mother's Boy* 115）。

(28) Lord Northcliffe はハームズワース兄弟の兄で、弟とともに新聞業を営み、政界にも進出した。『デイリー・ミラー』や『デイリー・メール』を創刊した他、『タイムズ』を買収。

(29) FR や QD との論戦のみならず、プリーストリーの絶大な社会的影響については、武藤に詳しい。

(30) FR に師事したのち、大学院で社会人類学専攻に転じる学生が相当数いたという情報を、ステファン・コリーニは、デイヴィッド・ポコック（David Pocock）から得ている（*Nostalgic Imagination* 62, 219）。

(31) 第四章の註 5 を参照。

(32) 児童生徒の成績向上率をもとに作成される全国の学校ランキング「リーグ・テーブル」や、学校・大学（そして近年では就学前教育機関や、成人および青年を対象とする教育訓練機関）の教育水準を監視する政府機関オフステッドによる査察が現場に与える負担は大きく、査察後に自殺を図った校長について大きく報じられたことは記憶に新しい（Richard Adams, "Ofsted Inspection Contributed to Headteacher's Suicide, Coroner Rules," *The Guardian*, 7 Dec. 2023 を参照）。

◉第七章

(1) FR の後押しで『スクルーティニー』誌を創刊し、編集に携わったことでも知られる。ナイツは、FR こそ『スクルーティニー』の「ザ・編集者」だったと認めながらも、自身とドナルド・カルヴァー（Donald Culver）がいなければこの雑誌が生まれることはなかったと証言する（Knights 72-73）。事実、FR が正式に編集に加わるのは第 3 号からである。

(2) 1970 年代に合衆国で受容されたのちに、太平洋を渡ってイギリスに輸入されたというのが正確だろう。スピヴァクによる『グラマトロジーについて』の英訳は、

1974年、ジョンズ・ホプキンズ大学出版局から刊行されている。

(3) シェイクスピアの四大悲劇の主人公の精神構造分析（*Shakespearean Tragedy: Lectures on Hamlet, Othello, King Lear, Macbeth*, 1904）が有名。註10も参照されたい。

(4) ジュリア・クリステヴァ（Julia Kristeva）が主著『セメイオチケ』（1969年）で提示した概念。「詩的言語がいくつもの別種のテクストを交叉させ（また分裂させ）ている」というソシュールの分析に依拠しつつ、具体的な詩的テクストのなかに見出すことのできる複数的なテクスト空間を「相互テクスト的」と呼んだ（クリステヴァ 245-46）。ブルガリアに生まれ、パリで教育・研究・臨床に従事したクリステヴァは、ハナのいわゆる「ジャック・デリダとかそういう人たち」の一人にあたる。

(5)『詩の理解』は、南部の州立大学のみならず、ハーバードやイェールといった名門大学でも採用され（越智 76）、1976年までに4刷を重ねている。この新批評の覇権という現象を、歴史的・政治的コンテクスト抜きに説明することは不可能だ。越智博美によれば、リチャーズの『文学批評の原理』（1924）が合衆国に輸入され、ウォレンらによる教育プログラムが中等教育にまで拡がったのは、テクストの形式に傾注する精読の技法が、大恐慌から第二次世界大戦、そして戦後と、その時々のナショナリズムの要請――ホワイトカラーに求められるコミュニケーション能力、兵士として命令を発信し受信する能力、プロパガンダに惑わされない言語能力、マッカーシズムの思想弾圧を免れる方便――に応えたためである（84-88）。

(6) 2000年11月創刊の『nb』は、2014年秋以降は季刊となり、2024年6月に紙媒体での発行を年1度とする方針を発表した（"Important Update"）。誌名は *newBooksmag*, *newbooks*, *nb*, *NB* と変遷するが、混乱を避けるため、本文では『nb』、引用文献一覧では *nb* に、それぞれ統一する。『アカデミアの内と外』第六章も参照されたい。

(7) 1978年の没後、その名声は急速に失われたため、大学で英文学を専攻した購読者か、1950年代末から60年代初頭にかけてのC・P・スノウ（C. P. Snow）との論争（Collini, *Nostalgic Imagination* 197-99）を記憶している高齢の購読者のいずれかということになろうか。

(8) 当時の編集長で『nb』を創刊したガイ・プリングル（Guy Pringle）は、2016年に勇退。筆者が2023年6月8日、ロンドンから南西へ鉄道で2時間弱のウィルトシャーのオフィスを訪ねた際、インタビューに応じてくれた若い編集者二人は、プリングルに会ったことも、当時の様子について聞き知っていることもなかった。

(9) FRとQDを「リーヴィス夫妻〔the Leavises〕」として、一人の批評家のように、また妻を夫の人格に包含するように扱うことは、筆者の本意ではない。ただ、デイヴィッド・ロッジが指摘するとおり、FRは「自分の名の形容詞〔Leavisite〕で呼ばれる門下をもったと言える最後の――実は唯一の――イギリスの学者批評家」であり（『バフチン以後』320-21）、QDは間違いなくリーヴィサイトの要であった。FR自身、『スクルーティニー』最終号で、創刊当初から雑誌を盛り上げた若い研究者の一人にQDを（他の研究者同様、名前ではなく著作を挙げて）数えている

し（“Valedictory” 257）、レイモンド・ウィリアムズは、FR が『大衆文明と少数派文化』で提示した文化観が、デニス・トムスンやL・C・ナイツら指導学生たちの一連の著作に受け継がれているとし、その文化観と文学研究との関わりを端的に例示するものとしてQD の著作の冒頭部分を長々と引用している（*Culture* 253-54）。他方でQD が、子育ての傍ら教育研究活動を続け、夫のキャリアを支えたこともまた事実である。QD は、親しい教え子の一人ノラ・クルック（Nora Crook）に、FR の『偉大なる伝統』（*The Great Tradition*, 1950）および『小説家D・H・ロレンス』（*D. H. Lawrence: Novelist*, 1955）の執筆に協力したと、明かしている（Crook 129-30）。確かに前者の謝辞には「本書のすべてのページが、妻の計り知れない恩恵を受けていることへの感謝の気持ちは、言葉に尽くせない」とあり、脚註でもQD の論考は適宜先行研究として挙がっているが、後者ではQD に一切言及していない。QD がクルックに示した、FD の著書の具体的な箇所が、QD の未発表のアイデアにもとづいているとしたら、その事実を明記しなかったことは確実にFR の側の剽窃に該当する。しかしながらクルックによればQD は、「わたしたちは何でも共有したのよ、わたしたちはつねに互いにアイデアを提供し合っていたの」（Crook 129）と、意に介さない様子だったという。QD の認識は、FR が同僚の哲学者マイケル・タナー（Michael Tanner）に語った「妻とわたしはまったく別の批評家なんだよ」（Tanner 137）という言葉とは矛盾するし、デニス・トムスンは、FR が批評家の条件とした「思索に必要な大脳の筋力」をQD が持ち合わせていなかったと評し（Introduction 3）、QD の言う「共有」や「提供」がFR の著作に及ぼした影響を暗に小さく見積もっている。いずれにせよクルックの言うとおり、夫妻亡きあと、互いへの影響がどの程度のものであったか真相を知る術はない（Crook 129）。

(10) QD は名指しこそしていないが、前述のブラッドリーが代表格。近年のシェイクスピア研究における性格批評の再評価については、風間彩花「性格批評は「女性的で主観的で怪しい批評様式」であったのか――英米の学術雑誌 *The New Shakespeare Society's Transactions* と *Shakespeariana* をもとに」（日本英文学会第95回大会研究発表、2023 年5 月21 日、於関東学院大学）を参照。

(11)『ニュー・リテラリー・ヒストリー』誌が1974 年以来初めて「登場人物〔Character〕」をテーマに特集を組んだのが2011 年のことである（Felski, “Introduction” v）。ポストモダンの理論が時代遅れにしたはずの、登場人物の検討は、後述の「新しい倫理学」において、知り得ない他者としての登場人物をテクストに探すかたちで復活を遂げている。

(12) 全英英語教育協会（NATE: National Association for English Education）の機関誌では、教師による多彩なカリキュラム改革の実践や提案について知ることができる。例えば、中等学校の英語主任アンソニー・コカリル（Anthony Cockerill）は、ナショナル・カリキュラムのキーステージ3（7 年生から9 年生、つまり11 歳から14 歳までを対象とする課程）の英文学について、年代順に教える従来の方法では、男性作家が正典を独占する時代に多くの授業時間を割くことになり、正典文学の均

質な世界観を前景化しがちであると指摘（26）。代わって提案するのは、「アウトサイダー」や「攪乱と抵抗」といったテーマを設定し、時代の異なる複数の作品をテーマに沿って選ぶ方法であり（27）、さらにこの方法がGCSE対策と両立すると強調する（29）。この方法はじつのところ、21世紀の〈ポストセオリー〉時代の大学における批評理論の教育実践と地続きである。プリンストン大学教授で、合衆国、カナダ、イギリス、ヨーロッパ各地で、高校生から大学院生までの指導経験を有するエレイン・ショウォルター（Elaine Showalter）は、2003年の著書『文学を教える』（*Teaching Literature*）において、「文学の教師が理論のコースの計画を、最新の、最も近寄り難い「イズム」の一覧ではなく、一連の問いとして構想し直すようになった」としている（107）。取り組みの一例として挙げられているのは、「読者と読むこと、作者、不気味なもの、ナラティヴ、性差、イデオロギー、欲望、快楽」といった「批評の鍵概念を論じた短い論考」を提示するという方法で、「理論」のコースとして上手くいくのは、「リアリズム、価値、テクストとコンテクスト、カルチャーとサブカルチャーなど、文学に関わる問いを基礎に置くもの」だという（107）。

（13）前出のウンベルト・エーコの〈モデル読者〉と類似の概念である。〈内包された読者〉という用語は、ドイツの英文学者ヴォルフガング・イーザー（Wolfgang Iser）の1972年の著書 *Der implizite Leser* の英訳 *The Implied Reader* が1974年に刊行されて、広く用いられるようになったが、類似の概念は、ウェイン・ブースが1961年の著書『フィクションの修辞』（*The Rhetoric of Fiction*）でも展開している（Willis 70）。第八章も参照。

（14）本や映像作品の受け手が、テクストを自身の目的に適う仕方で流用するケースについては、ド・セルトーの理論にもとづく蓄積がある。読者は必ずしも、テクスト全体や主人公に愛着を覚える必要はなく、自身の願望に添う部分のみを受容したり、ベル・フックスが言うように「黒人女性の鑑賞者である」「わたしたちは抵抗する以上のことをする。わたしたちはオルタナティヴなテクストを創造」しさえする（hooks, “Oppositional Gaze” 128）。とはいえ、イングランドの多人種、多文化、多宗教のコミュニティの複数の小学校で20年近く教鞭を執るダレン・チェティ（Darren Chetty）によれば、物語を創作させる授業で、主人公に自分の家族の誰かの名前をつけるよう促しても、BAMEの児童のほとんどは、イングランドの「伝統的な」名前の白人を主人公に据えるという（96-97）。「物語は白人のことじゃなきゃだめなんだよ」とは、2年生のクラスで、イギリス生まれでコンゴ人のアイデンティティを持つ児童が、唯一叔父の名前を選んだナイジェリアから移り住んで間もない児童に放った言葉である（Chetty 96）。チェティのエッセイが発表されたのは2016年のことであるが、現在も「物語は白人のこと」という状況に大きな変化がないことは、出版社のペンギンが独立系シンクタンクのラニミード・トラストとともに「リット・イン・カラー（Lit in Color）」の活動を継続していることに、逆説的に見て取れる（“Lit”）。「わたしたちはすべての人のために本を作る、なぜなら本はどんな人をも変えることができるから」をミッションに掲げるペンギンは、「GCSEの生徒の1％未満しか、有色の作家による本を学んでいない」現

実を直視し、本が「現代の文化と社会をよりよく反映すること、そして児童生徒に、自分の経験を超える経験だけでなく、自分の経験と響き合うような経験をも提供すること」が極めて重要だと訴える（“Lit”）。

(15) 1988 年以前の中等教育修了共通試験のうちOレベルを指している。第一章の註2も参照。

(16) アーメドの著作が刊行された 2 年後、当時の首相デイヴィッド・キャメロンがアメリカのトーク番組に出演した際、英国の愛国歌「英国よ、統治せよ」の作者を問われて正解できなかったことを、『ガーディアン』電子版は、「デイヴィッド・キャメロン、『デイヴィッド・レターマン・レイト・ショー』で模擬市民テストに手こずる」の見出しで、動画とともに報じている (“David”)。

(17) スコットランドとウェールズの試験会場では、それぞれゲール語とウェールズ語での受験も可能（*Life in the UK Test Book*）。

(18) 一例としては、Justin Parkinson, “British Citizenship Test ‘like Bad Pub Quiz’,” *BBC News*, 13 June 2013, www.bbc.com/news/uk-politics-22892444. 近年では、正答に導けない問いや、古い情報にもとづく設問があるとの調査結果が発表されている。Emily Atkinson, “UK Citizenship Test Is a ‘Bad Pub Quiz in Need of an Overhaul,’ Finds Report,” *The Independent*, 11 Apr. 2023, www.independent.co.uk/news/uk/home-news/life-uk-citizenship-quiz-overhaul-b2317749.html.

(19)「学習の手引き」のページの「文学」の項目は「著名な作家」と「イギリスの詩人」から成り、前者に連なるのは、オースティン、ディケンズ、ロバート・ルイス・スティーヴンソン、ハーディ、コナン・ドイル、イヴリン・ウォー、キングズリー・エイミス、グレアム・グリーン、J・K・ローリング（“Study Guide”）。

(20) 主人公ビリーが飼っているハヤブサの名前がケスで、後で話題に上る映画版のタイトルが『ケス』（*Kes*, 1969）であることから、原作の小説も広く『ケス』で通っている。

(21) 過去の GCSE における設問の例は以下のとおり、登場人物に集中していることがわかる。

・バリー・ハインズはこの小説でビリーの長所と短所をどのように提示していますか？
・『ケス』におけるビリーと家族との関係について書きなさい。
・ビリーとケスとの関係について書きなさい。
・『ケス』においては、大人たちがそれぞれビリーを異なる仕方で扱っています。そのいくつかについて書きなさい。
・あなたはビリーをかわいそうだと思いますか？
・ハインズは、ビリーをどのように犠牲者として、また闘士として描いていますか？
・『ケス』は気の滅入るような小説だと思いますか？　それともいくらかでも希望を抱かせると思いますか？（“Questions”）

ジャック・ハルバーシュタムは、1970年代に成人を迎えたイギリス人なら、（アメリカの同世代が親しんだ）『ライ麦畑でつかまえて』を読んでいなくとも、『ケス』は読んでいるとしている（*Wild Things* 87）。猛禽類と人との関係を探究したテクストの系譜についても *Wild Things* ch. 3 を参照のこと。

(22)『アカデミアの内と外』第三章を参照されたい。

(23) ハナに限らず、協力者と会う際には、本文に引用した箇所を含むページのコピーを持参し、必要に応じて目を通してもらった。協力者が受けた英文学の授業について訊ねる際に、外国人研究者である筆者が、イギリスの学校教育を批判しているかのような誤解を与えたくなかったためだ。なお、2016年当時、サヴィッジはすでに、LGBTQ文学を対象とするグリーン・カーネーション賞を立ち上げたり、『ガーディアン』紙の「ブッカー賞でないで賞」（本書第五章の註8を参照）の審査員を務めるなど、ブログの執筆以外にも本にまつわる活動を幅広くおこなっていた。現在は、イングランド、ウェールズ、北アイルランドの公共図書館協会「ライブラリーズ・コネクティド（Libraries Connected）」の常任スタッフでもある。この協会はアーツカウンシルから財政支援を受ける慈善団体で、リーディング・エージェンシーと共同で「リーディング・ウェル（Reading Well）」プログラムの編成および提供に関わっている（“Bio/About”）。

(24) Aレベルの準備のための通例2年間の課程。

(25) 例えば、www.aqa.org.uk/subjects/english/gcse/english-literature-8702/subject-content/shakespeare-and-the-19th-century-novel. Accessed 12 Sep. 2024.

(26) 問題用紙には、シェイクスピアであれディケンズであれ、テクスト解釈の「出発点〔springboard〕」（*GCSE English Literature Focus* 5）として抜粋が印刷され、受験生は、抜粋部分の解釈（例えば「ディケンズはこの抜粋部分でクラッチ親子をどのように描いていますか？」）から、小説全体の解釈（例えば「ディケンズはこの小説全体において家族の大切さをどのように描いていますか？」）へと、議論を展開するよう求められている（*GCSE English Literature Assessment* 3）。

(27) キリスト教の洗礼において、デボラが名づけ親として立ち会った「名づけ子」。

(28)『アカデミアの内と外』第四章を参照。

(29) デュ・モーリエ作品の多くには、ブロンテ姉妹の影響がはっきりと読み取れるし、デュ・モーリエ自身、その影響を公言している（Light 164）。

(30) 1950年代に導入され2017年に廃止された科目。

(31) 彼女がこう釈明しているのは、これに先立って、グローブ座の芸術監督エマ・ライス（Emma Rice）の翻案を過度に大衆迎合的だと批判したことが、エリート主義と受け取られ兼ねないと案じていたため。

デボラ　わたしはもしかして、ええと、なんと言ったらいいかしら……

筆者　エリート主義、ですか？

デボラ　エリート主義、そう、そう、そう、そう、そう！　でもそんなつもりはな

いのよ。〔シェイクスピアの時代には、〕教育のない人たちが、彼の劇場、グローブ座に通ってたんだから。〔中略〕どうしてシェイクスピアを、言ってみれば、教育のない人たちに向けて易しく書き換えたりする〔dumbing down〕のかしら？

(32) Jack Higgins はイギリスの作家。冒険小説『鷲は舞い降りた』（*The Eagle Has Landed*, 1975）が英米でベストセラーになった。
(33) レイチェルは「ニュークリティシズム」を、構造主義以降の「新しい批評」という普通名詞と解したようである。ポリテクニクですでに構造主義以前の批評に言及されることが一切なかったのだとしたら、固有名詞としてのニュークリティシズムに馴染みがなくとも不思議ではない。
(34) 1996年5月、物理学者アラン・ソーカル（Alan Sokal）が、「最新流行のいわゆる「理論」――これは「ポストモダニストの文芸批評」を意味する――をあれこれ勉強して、それらをデタラメに寄せ集めた論文をでっち上げ、それを文芸批評やカルチュラル・スタディーズの分野では重要な学術雑誌『ソーシャル・テキスト』〔*Social Text*〕誌に投稿し」掲載にいたった（ハッキング 5-6）。この掲載と相前後し、大学教師などを想定読者とする総合誌『リンガ・フランカ』（*Lingua Franca*）上で、ソーカルが事の顛末について告白した。
(35) 前掲のショウォルターの著書には、講師の側の失敗談が多数、引かれている。ショウォルター自身が TA（学部生の授業を補佐する大学院生）を指導する際には、課題の文学テクスト以外のテクストや批評を追加しないようにと言って聞かせるが、ほとんどの TA は最初、この言いつけを守らないという。週に1度、10から15名程度の学部生が1時間、文学テクストについて議論する唯一の場であるにもかかわらず、TA たちは間が持たないのではないかと不安になってしまうのである。とはいえ多くの TA は、自分たちの講釈が学部生を萎縮させたり退屈させたりすることに気づいて、みずから軌道修正を図る。例えば「今日は「この本はどうしてこんなに読むのに時間がかかるんだろう？　どうしてこんなに難しいんだろう？」という質問で始めたところ、これが、わたしのこれまでの経験で最良の戦略だったことが明らかになった。彼らは本当に興味深い問いをたくさん持っていて、わたしに向かってではなく互いに話し合いをしてくれた」（116）。何の訓練も受けないまま、いきなり学部生の指導に当たったショウォルターの時代と違って、「今日、状況はずいぶんと改善されている」（111）。イギリスでは、1999年以降、高等教育における指導に免許や資格を授与する機関や、教授法に関する研究会や会議を主催する組織などが発足している（111）。こうした制度改革の効果を検証したり、今日の指導の実態を解明したりすることは筆者の力量を超えるが、ジェフリーズは、ショウォルターが記述する「学生中心」のメソッドへの転換の、ちょうど端境期を学部生として過ごしたということかもしれない。
(36) en.wikipedia.org/wiki/Mike_Cernovich. Accessed 12 Sep. 2024.
(37) 英米の反知性主義の比較をおこなう紙幅はないが、イギリスのアカデミア内外

を架橋する稀有な知識人であるロッジのキャンパス小説の成功の所以は、一般読者の懐疑主義と共鳴したことにあると言えよう。1984年刊行の2作目『小さな世界』（*Small World*）の舞台は79年、サッチャー率いる保守党が政権に就いた年である。高等教育が、運営予算削減や新規採用人事の凍結に苦しんでいた時期に、それ以前の「研究者が潤沢な研究費で世界中を飛び回って学会に参加するが、会議と同じくらいパーティに出席しているように見える」世界を喜劇仕立てで描いたことを不適切と見る同僚や書評者もいたと、ロッジは振り返っている（Lodge, Introduction xvii）。いっぽうで、イギリスにおける知識人への信頼は、ロッジ自身の『小説の技巧』や、ロンドン大学教授のジョン・サザーランド（John Sutherland）がオックスフォード大学出版局から刊行した『ヒースクリフは殺人犯か？』（*Is Heathcliff a Murderer?* 1996）や『ジェイン・エアは幸せになれるか？』（*Can Jane Eyre Be Happy?* 1997）などが一般読者に親しまれてきたこと、1998年に放送を開始したBBCラジオ4の『イン・アワ・タイム』（*In Our Time*）の人気などに見て取れる。『イン・アワ・タイム』は木曜朝9時からの45分間番組（ポッドキャストでは数分間のボーナスマテリアル付き）。「歴史、自然科学、哲学、宗教、人文科学など、人間生活に関わるほぼすべての領域」から毎回一つのテーマを選び、司会者で作家のメルヴィン・ブラーグ（Melvyn Bragg）が、その道の最も優れた専門家3名をスタジオに招き、門外漢の立場から質問攻めにして、最新の研究動向を踏まえた「面白くて、突っ込んだ、啓発的な議論」を進行する（"New"）。「本の宣伝はしないこと、ゲストは現在〔出演時に〕、当該テーマを学生に講じていること」が決まり（"New"）。

(38) ただし、週刊の『タイムズ文芸付録』の発行部数は、平均して『タイムズ』本紙の10分の1ほどであり、『ニューヨークタイムズ』や『ウォールストリート・ジャーナル』などがこぞって取り上げた「悪文コンテスト」ほどのインパクトはない。

(39) Adrian Mole は、英国の作家スー・タウンゼンド（Sue Townsend）による日記体小説連作（1982-2009）の主人公。

(40) オンラインマガジン『フード&ワイン』（*Food & Wine*）の寄稿者プロフィールより。www.foodandwine.com/author/henry-jeffreys. Accessed 12 Sep. 2024.

(41) AS レベルは GCSE の後、A レベルへの準備として受ける試験。

(42) 他にイアン・ワットの『小説の勃興』（Ian Watt, *The Rise of the Novel*, 1957）が挙がっているのが目を惹く。小説が、18世紀前半のイギリスにおいて、台頭する中産階級読者に相応しいジャンルとして、デフォー、リチャードソン、フィールディングを創始者として成立したと論じるワットの著作は、それ以降の小説論に決定的な影響を与えるいっぽうで、刊行から60余年の間に、さまざまな批判を受けてきた。詳細は William B. Warner, "Formulating Fiction: Romancing the General Reader in Early Modern Britain," *Cultural Institutions of the Novel*, edited by Deidre Lynch and Warner, Duke UP, 1996（279-305）および富山太佳夫「最初は女」（『文化と精読——新しい文学入門』、名古屋大学出版会、2003年、158-80）に譲るが、ワットの議論の最大の問題は、「小説の中心的な伝統」と彼自身がみなすリアリズムの手法

を遡及的に同定し、それに合致しないものを「明白な欠点をも」ち（405）「本質的な価値はほとんどない」と排除する姿勢（404）である。ワットいわく、「感傷やロマンスに無批判に安易な代償的耽溺を求める読書界の要望」のせいで「文学の質の低下」が進んだ18世紀後半、「凡庸ないし凡庸以下の水準から抜きんでた」小説家は、スモレット、スターン、ファニー・バーニーら数人だけだった（404）。「実際一八世紀の小説の大方は、女性の手になるものだった。だがそれは分量においてのみ長い間女性の方が勝っていたというにすぎない。ファニー・バーニーが始めた仕事を完成させたのはオースティンであり、分量よりはるかに重要な点で男性のもつ特権に挑戦したのである」（416）との見立ては、感傷やロマンスといった特徴を女性化し、「センチメンタリズムとかゴシック恐怖物」という今日まで連綿と続くジャンルを「つかの間の文学的風潮」（404）として、単線的な文学史の周縁に追いやるものだ。おそらくAQAは、こうした議論を相対化する目的でイーグルトンの入門書を並置したものと推察されるが、その意図が、指導計画案を参照する教員に伝わるとは限らない。

(43) スコット、ジェイムズ、コンラッド、ジョイスがイングランド人でない（そしてスウィフトはイングランド系アイルランド人である）という事実はかえって、“the English Novel” のイングランド中心主義を浮き彫りにする。

(44) *Monty Python's Life of Brian.* テリー・ジョーンズ（Terry Jones）監督、1979年公開。

(45) Ben Beaumont-Thomas, “Fight Club Author Chuck Palahniuk on His Book Becoming a Bible for the Incel Movement,” *The Guardian*, 20 July 2018, www.theguardian.com/books/2018/jul/20/chuck-palahniuk-interview-adjustment-day-black-ethno-state-gay-parenting-incel-movement.

(46) イギリスの刑務所における複数の読書会の取り組みについてはリック・ライランス（Rick Rylance）が、主催者と受刑者、双方の声を引用しながら簡潔にまとめている。受刑者のうち、読み書き能力を欠いたり、学校教育を受けていなかったりする者の占める割合は極端に大きく、機能面での訓練がそうした受刑者の尊厳を高めることに繋がっているという（Rylance 177）。

(47) “Ethics and Politics in Tagore, Coetzee, and Certain Scenes of Teaching.” スピヴァクはこの論考を2011年と12年の2度にわたって転載しているが、大枠は残している。その理由を、「人文学に対して最も大きな期待を寄せていた」2004年当時の「思い違いの信念」を、あえて読者の目に晒す意図によると説明している（“Ethics” 316）。本書では2012年のバージョンを参照する。

(48) バーバラ・ジョンソンの著作は1987年刊行で、ここで具体的に言及しているのは、アメリカによるニカラグアへの内政干渉および侵略的武力行使であり、「マキャベリ流のキャンペーンをニカラグアで展開するために作られた」CIAのマニュアルが、巻末の付録として「首句反復《アナフォラ》や対照法《アンテイセシス》、与弁法《プロレプシス》や暗示的看過法《プレテリション》」を含む「数多くの修辞表現の定義と実例を列挙して、弁論術のテクニックを手解きしている」事実である（321）。

◉第八章

(1) 日本では2020年2月、東京工業大学に設立された「未来の人類研究センター」で、「利他プロジェクト」が始動。専門分野の異なる研究者がそれぞれのアプローチで「利他」という問題に取り組んだ成果は（中島 211）、新書や入門書、翻訳書などのかたちで続々と発表されている。アプローチこそ異なれ、センターで「議論されてきた利他とは、その言葉からすぐさま想像されるような「ボランティア」といった他者のために行われる行為ではない」（河村「訳者解題」194）。中島岳志は、「与えたときに発生するのではなく、それが受けとられたときにこそ発生する」利他の本質を「思いがけず利他」と表現し、「受動こそが能動」という「反転した構造が、生きるということの根底にはある」とする（『思いがけず』122, 160）。翻って本章で取り上げるケースにはいずれも、「自分が利他だと思った行為が、そのまま利他として受け取られることを前提とし」、悪くすると「相手に利他として受け取るよう強要」する（『思いがけず』163）危うさがある。本章で言う「利他」とは、まさに「利他プロジェクト」が問題視するような、意図的な行為である。

(2) 彼女たちの努力は、2019年秋、公立中等学校敷地内の「コミュニティ学習センター」として実を結ぶ。地元紙によれば、「州内で最も富裕な地区の一つで、そのような施設に40万ポンド近くを投じる決定を批判する」議員が複数いたという。建設費用と利用者用のパソコンなどの備品は州の財源で賄われたが、運営費用は中等学校が負担し、本の貸出し業務は引き続きボランティアが担っている。ボランティアグループのフェイスブックによればNHSクリニックのときと同様、自前の蔵書は持たないものの、書架には常時2000冊が並び、当初は火曜の午前と午後2時間ずつ開館、コロナ禍で休館した時期を経て、現在は火曜に加え毎月第1土曜の朝10時からも2時半開館している。

(3) この地域ではよく見られる、玄関にしつらえられたコンサヴァトリーと呼ばれるガラス張りのスペース。通りからなかの様子が窺える。

(4) 第二章の註15を参照。

(5) 序章の註11および註12を参照。

(6) リズ作成の手書きメモによる。この日の参加者のファーストネームに、簡潔な特徴が添えてあり、セッションの直前に手渡してくれた。

(7) 事前の登録や予約なしに相談者を受け入れる福祉センター。

(8) 序章の註22を参照。

(9) ミックに連絡を取ったのは、映画に関心があったため。聞けばDVDがあると言うので、指定されたとおり自宅を訪ねた。1時間近く読書会や創作について話を聞かせてくれたのは大変有難かったが、DVDが出てくる気配はなく、筆者が本来の用件を切り出して初めて、探したが見つからなかったと詫びられたのであった。

(10) リーダー・オーガニゼーションのグループの特性が、地域によっても大きく異なることは、本部を会場とする『我らが共通の友』のセッションを見学した際にはっきりと窺えた（序章の註12を参照）。参加者のなかには、オーガニゼーションが貸し出す本を使わず、自身の蔵書を持参した人や、現役の教員もいたのだ。終了後、

RL を務めた専従スタッフは、参加者たちが「〔オーガニゼーションがリーチしようとしている〕経済的・文化的に恵まれてない層」に属しているようには見えないがと筆者が指摘すると、それを認め、本部が比較的裕福な地区にあることが影響していると説明した。

(11) 地元紙に典拠の記載はないが、ビブリオセラピーの効果のエビデンス不足を指摘するリーディング・エージェンシーの調査報告（2003 年）を受けて、リヴァプール大学の研究者がエビデンスの蓄積に貢献すべく、2007 年、シェアド・リーディングの前身に当たる「ゲット・イントゥ・リーディング（Get into Reading）」の事例研究の結果を『メディカル・ヒューマニティーズ』誌に発表している。Suzanne Hodge, et al., "Reading between the Lines: The Experiences of Taking Part in a Community Reading Project," *Medical Humanities*, 4 Apr. 2007, pp. 100-04.

(12) 2011 年に始まり、ユネスコの「国際本の日」でシェイクスピアの誕生日とされる 4 月 23 日に開催されるようになったのは翌年から。リーディング・エージェンシーの主催となったのは 2013 年。

(13) 英国の公立図書館は、本の閲覧・貸出以外のサービスを拡充し来館者数を伸ばすことで存在意義を証明するよう、自治体から迫られている。筆者が見学した中部地方の六つの公立図書館では、蔵書検索以外の用途にも使えるパソコンの設置、講演会や読み聞かせの催しといった従来型のサービスはもとより、本に馴染みの薄い層を念頭に、子ども向けのディスコパーティを開くなど、敷居を下げる試みもおこなわれていた。ある図書館司書は、削減された図書購入費を補うため、図書館で定期購読している『nb』が毎号、希望する購読者に送料と手数料のみで提供する 3 ないし 4 点の新刊書を、請求して蔵書に加えるという涙ぐましい努力をしていた。『nb』については、第七章の註 6 および『アカデミアの内と外』第六章を参照されたい。

(14) 1973 年、Volunteer Reading Help として設立、2012 年に Beanstalk と名称変更後、2019 年、イギリスで最も古い子ども向け慈善団体コウラムの傘下に入り、Coram Beanstalk と改称。www.beanstalkcharity.org.uk/ourhistory および www.coram.org.uk/about-us を参照。

(15) *S*tandard *A*ssessment *T*asks すなわち全国規模の標準評価課題。英語（文法、句読法、綴り方、読解）および数学、理科のテスト。

(16) 語学教育の領域では、"English as an Additional Language" 略して EAL という表現が一般的で、第一言語に対して英語が補助的に用いられることを意味する。

(17) Bookstart は、子どもが本に親しめるよう支援する慈善団体ブックトラスト（Booktrust）のプログラムの一つで、新生児に無料で絵本を贈る取り組み。保護者の第一言語が英語でない場合には、巡回保健士を通じて、英語以外の絵本をリクエストすることが可能。ウェブサイトでは「あなたが家庭で使う言語を、おはなしや詩でたたえましょう〔Celebrate your home language with stories and rhymes〕」と呼びかけ、毎日子どもと本を読むことで「家族の文化を学び、第二言語に自信を持つ」ことができるとしている（"What"）。

(18) シンディは “nursery school” と言っているが、小学校併設の幼児学校 “infant school” の、とくに英語の運用能力が不十分な移民の新入生向け学級のことを指していると推察される。

(19) シンディがこれまで 24 人の児童を担当したとすると、英語を母語としない児童は 1 割に満たない。英語を話さない児童が全校児童に占める割合は不明だが、英国で最も成績が振るわないコーホートが白人の、とくに給食費免除の対象となる困窮家庭の男子児童生徒であることは、よく知られた事実である。英国議会の教育委員会が指摘するとおり、成績不振の原因を経済的困窮のみに帰することはできない。民族的少数者の児童生徒のほうが貧困に直面しやすい傾向にあるにもかかわらず、成績は白人貧困層より優秀だからだ（“Forgotten”）。教育委員会は複合的要因の一つに「家族の教育経験」を挙げ、親が子の教育に積極的に関与するよう援助する必要を訴えている。筆者の調査協力者の男子中等学校教諭は、白人の生徒たちの学習意欲を高める目的で、将来、彼らが優秀な移民と仕事を奪い合うことになると説いていると語っていた（2018 年 3 月 22 日）。こうした指導が社会の分断を深めることを、小学校教諭の協力者は懸念していた（2018 年 8 月 17 日）。

なお、シンディのインタビューの約 2 年前、2014 年 9 月に、イングランドでは公立小学校で 7 歳から 11 歳までの児童に、外国語を最低一つ教授することが義務づけられた。義務化直後にブリティッシュ・カウンシルと CfBT 教育財団が共同で実施した調査によれば、英語を母語としない児童が多く在籍する学校の間でも、このカリキュラム改革への評価は割れている。英語の習得と母語の発達の支援を優先すべきとの声もあれば（Board & Tinsley 47）、英語を母語とする児童もそうでない児童も同じスタートラインに立てる外国語の授業を、後者がバイリンガルの強みを学校生活で発揮できる数少ない機会として、肯定的に捉える向きもあった（40）。また、児童がリトアニア、ヨルバ、ウルドゥを含む 52 の異なる言語を話すというある学校は、フランス語、ドイツ語、スペイン語などが「地位が高いとみなされている」現状に懸念を示している（47）。実際、調査に応じた 3 千校のうち約 4 分の 3 はフランス語を、約 5 分の 1 がスペイン語の授業を提供している。それに続くドイツ語ですら 26 校でしか教授されておらず、ウルドゥ語、パンジャーブ語、アラビア語にいたっては、それぞれ 1 校ずつである。先の学校は、児童がすでに運用能力を有する言語をさらに強化するような授業を提供すれば「10 歳で〔普通 16 歳で受験する〕GCSE の水準近くまで到達するだろう」と回答しているが（47）、AQA は試験官の担い手不足と受験者の少なさを理由に、2015 年の段階でベンガル語、現代ヘブライ語、パンジャーブ語、ポーランド語の試験廃止を決めている（13）。どの言語をどの学年でどのくらいの頻度で教授するかは学校の裁量に委ねられているものの、義務化に先立って教育大臣マイケル・ゴーヴが提示したのは仏・独・伊・中・西・ラテン・ギリシャ語の七つ、また政府が教員養成のための現地研修費用を支出したのは仏・独・伊・西の 4 ヶ国だった（Driscoll et al. 308）。「島国根性からの解放と他文化への開放」を目指す政策（Board & Tinsley 10）は実質、大陸ヨーロッパの西側の限られた文化への解放を意味している。

(20) 庭園と商業施設を含む敷地は、元は貴族の地所であった。これを（非営利団体ではなく）不動産開発業者が買い取って開業、運営している。筆者が参加した 2016 年 6 月 8 日の庭園内のイベント（地域の文学フェスティバルのいわば前夜祭）では、開発会社の支部長が、中産階級向けのナショナル・トラストとは異なる層に訴求する施設を目指したと語った。2016 年当時の入園料は、大人 12.50 ポンド、子供 9 ポンド。ナショナル・トラストと比べ、それぞれ 1.5 ポンドから 2 ポンドほど安かった。自分の代で労働者階級から上昇を果たした層向けの市場ということになろう。ただし小売店などの階層ごとの棲み分けが、かつてほど厳格でないことは、富裕層がドイツ系の格安食料雑貨チェーンのアルディでの買い物に抵抗を示さないことにも窺える。このことは 2017 年 5 月、アーノルド・ベネット協会のイベントに必要な品を求めてアルディを訪れた際、ヘザーが、駐車場から出てくるメルセデスに筆者の注意を惹き、教えてくれた。

(21) 『アカデミアの内と外』第五章を参照。

(22) 読書会メンバーのうち最初に協力に応じてくれたマシューが、メンバーと相談して、2018 年 3 月 26 日の集まりに招待してくれた。いつもどおり、パブでランチをしながらの読書会である。ただし、普段はおもに古典の長編を読んでいるにもかかわらず、筆者が事前に送った情報シートに「フィクション作品、とくに小説や短編をどのように読んで楽しんでいるか」とあるのを見て、たまには短編を読んでみようという話になり、短編集 *A World of Difference: An Anthology of Short Stories from Five Continents*, edited by Lynda Prescott, Palgrave Macmillan, 2008 を選定したという（2018 年 2 月 23 日受信メール）。

(23) パトリックのストライキへの姿勢は、上述の短編集所収のアラン・シリトー「炭鉱ストライキ」（Alan Sillitoe, “Pit Strike,” 1975）を議論した際に話題に上った。

(24) Luminita D. Saviuc, *15 Things You Should Give Up to Be Happy: An Inspiring Guide to Discovering Effortless Joy*, TarcherPerigee, 2016; Richard Templar, *The Rules of Life: A Personal Code for Living a Better, Happier, More Successful Kind of Life*, FT Press, 2005.

(25) 他の参加者が綴りだけでなく課題に真剣に取り組むという学習態度を習得していないのは、必ずしも「学校に行ってなかった」ためとは限らないかもしれない。2012 年のデータをもとにした OECD の調査では、イングランドのティーンエイジャー（16 ～ 19 歳）の読み書き能力は 23 の先進国中最下位、基本的計算能力は 22 位である。さらに 20 ～ 34 歳の大卒者に関しては、5 人に 1 人が基本的な問題を何とか解けるレベルで、さらに基本的計算能力と読み書き能力においてそれぞれ 7% と 3.4% は「レベル 2 に達していない」すなわち「ゲージを見てオイルタンクにどれだけガソリンが残っているか見当をつけるのに苦労したり、アスピリンの容器の使用説明を理解するのが困難だったりする」(Cole)。翻って年金受給者や定年間際の世代は、読み書き能力・基本的計算能力ともに、最高水準であった (Cole)。OECD の報告書は、基本的能力の低い大卒者はその学位に見合った収入を得られず、ゆくゆくは学費ローンの返済を滞らせると懸念し、大学への受け入れ数を減らし、基礎教育に予算を割くべきだと提言している（Cole)。

(26) 2003年設立。英国とアイルランドの120を超える慈善事業所が登録する。

(27) 典拠として挙げられているのは、幼少期に虐待を受けた大人395名を対象としたサフォーク大学およびサバイバーズ財団と慈善団体サバイバーズ・イン・トランジション（Survivors in Transition）によるアンケート調査の報告書（Smith et al.）である。リサのような配偶者によるドメスティック・バイオレンスのサバイバーの経験と同列には語れないものの、NHSが提供するカウンセリングやセラピーが質量ともに不足している実態が（Smith et al. 29-30）、慈善団体の存在意義を裏づけている。他方で、報告書に引用された自由記述の回答がいずれも文法的に正確で理路整然としているところを見ると、リサのセッション仲間のように綴りに自信のない人たちの声が、調査結果には反映されづらいであろうことも想像される。

(28) プライスは、このカテゴリーに、ムード・ブースターとは程遠いアリス・マンローの短編集『あまりに幸福』（Alice Munro, *Too Much Happiness*, 2009）が含まれていることに首を傾げ、推薦者が本のタイトルしか読んでいないのではないかと訝っている（Price 121）。

(29) 2015年3月11日の聞き取り。ただしこの人は、講座で扱う本が難解過ぎて、読了することは稀だと語っていた。医師は、読書ではなく、定期的な集まりに参加することによる症状の改善を期待したのかもしれない。第四章の註25も参照されたい。

◉終章

(1) この回の参加者10名のうち記事を書いたハナとリズは実氏名、残りは実名のファーストネームで言及されているが、以下の引用では本書で採用する仮名に置き換える。参加者には、その後Tグループを離れたメンバー2名が含まれる。

(2) 1999年公開のイギリス映画（Channel Four Film）。タイトルはキプリングの詩から採ったもの。脚本はパキスタン系イギリス人を父に、白人イングランド人を母に持つアユーブ・カーン・ディン（Ayub Khan Din）。邦題は『ぼくの国、パパの国』。Ahmed (145-48) も参照のこと。

引用文献

1. フィクション作品および読書会で取り上げられた作品

Achebe, Chinua. *Things Fall Apart*. 1958. Penguin, 2010.
Albom, Mitch. *Have a Little Faith*. Sphere, 2009.
Bailey, Catherine. *Black Diamonds: The Rise and Fall of an English Dynasty*. E-book ed., Penguin. 2007.
Bishop, Bernardine. *Hidden Knowledge*. E-book ed., Sceptre, 2014.
Blyton, Enid. *The Famous Five: Five on a Treasure Island.* Hodder Children's Books, 2015.
Brontë, Charlotte. *Jane Eyre*. 1847. Oxford UP, 1989.
———. *Villette*. 1853. Penguin, 1985.
Dickens, Charles. *Great Expectations*. 1861. W. W. Norton, 1999.
———. *Little Dorrit*. 1857. Penguin, 1998.
Diffenbaugh, Vanessa. *The Language of Flowers*. E-book ed., Ballantine, 2011.
Dorr, Anthony. *All the Light We Cannot See*. 2014. E-book ed., Scribner, 2017.
Ephron, Nora. *Heartburn*. 1983. E-book ed., Virago, 2004.
Fielding, Helen. *Bridget Jones's Diary*. 1996. Picador, 1997.
Forster, E. M. *A Room with a View*. 1908. Penguin, 1990.
———. *Howards End*. 1910. Penguin, 1989.
Fowler, Karen Joy. *The Jane Austen Book Club*. 2004. Penguin 2005.
Gordimer, Nadine. *Burger's Daughter*. 1979. E-book ed., Bloomsbury, 2012.
Harris, Thomas. *The Silence of the Lamb*s. 1988. E-book ed., St. Martin's Griffin, 2013.
Hislop, Victoria. *The Island*. 2005. E-book ed., Headline, 2009.
Honeyman, Gail. *Eleanor Oliphant Is Completely Fine*. 2017. HarperCollinsPublishers, 2018.
Ironside, Virginia. *No! I Don't Want to Join a Bookclub*. 2006. Penguin, 2007.
Jacobson, Howard. *Shylock Is My Name*. Vintage, 2016.
Kawabata Yasunari. *Snow Country*. Translated by Edward G. Seidensticker, E-book ed., Vintage, 1996.
川端康成『雪国』（1935–47 年）新潮文庫、2010 年。
Kureishi, Hanif. *The Buddha of Suburbia*. Faber and Faber, 1990.
Lawson, Mark. *The Deaths*. E-book ed., Picador, 2013.
Lodge, David. *The Campus Trilogy*. Vintage, 2011.
———. *Changing Places*. 1975. Lodge, pp. 1-215.
———. *Nice Work*. 1988. Lodge, pp. 573-890.
Morrison, Toni. *Beloved*. 1987. E-book ed., Vintage, 2004.
———. *The Bluest Eye*. 1970. E-book ed., Vintage, 2007.
Moyes, Jojo. *Me before You*. Penguin, 2012.

——. *The One plus One*. Penguin, 2014.
Sanghera, Sathnam. *Marriage Material*. William Heinemann, 2013.
Sansom, C. J. *Dominion*. 2012. E-book ed., Mantle, 2013.
Sassoon, Siegfried. *Memoirs of a Fox-Hunting Man*. Faber and Faber, 1928.
Shreve, Anita. *The Pilot's Wife*. E-book ed., Abacus, 1998.
Shriver, Lionel. *We Need to Talk about Kevin*. 2003. E-book ed., Serpent's Tail, 2005.
Stedman, M. L. *The Light between Oceans*. E-book ed., Scribner, 2012.
Strout, Elizabeth. *My Name Is Lucy Barton*. E-book ed., Random House, 2016.
Weldon, Fay. *The Reading Group: A Play*. Samuel French, 1999.
Williams, Cathy. *Bought to Wear the Billionaire's Ring*. 2017. *Australian Nights: Sun. Sea. Seduction*, E-book ed., Mills & Boon, 2021.
Woolf, Virginia. *Orlando: A Biography*. 1928. Penguin, 1993.

2. 学術論文および新聞・雑誌記事、非営利団体の調査報告など

＊邦訳を参照した場合にはその出典情報を記し、原典の出版年を（　）内に付す。ただし訳者が独自に編んだ論集については、この限りではない。

"About." *The Reading Agency*, readingagency.org.uk/about/. Accessed 31 Aug. 2022.
Abrams, M. H. *Natural Supernaturalism: Tradition and Revolution in Romantic Literature*. 1971. W. W. Norton, 1973.
Ahmed, Sara. *The Promise of Happiness*. Duke UP, 2010.『幸福の約束』拙訳、花伝社、近日刊行予定。
Allington, Daniel, and Bethan Benwell. "Reading the Reading Experience: An Ethnomethodological Approach to 'Booktalk.'" Lang, pp. 217-33.
Altick, Richard D. *The English Common Reader*. Ohio State UP, 1957.
Armstrong, Nancy. "The Fiction of Bourgeois Morality and Paradox of Individualism." *The Novel: Forms and Themes*, Franco Moretti, editor, vol. 2, Princeton UP, 2006, pp. 349-88.
——. *How Novels Think: The Limits of Individualism from 1719-1900*. Columbia UP, 2005.
Ashcroft, Bill. *Caliban's Voice: The Transformation of English in Post-Colonial Literatures*. Routledge, 2009.
Atwood, Margaret. Foreword. *The Book Group Book: A Thoughtful Guide to Forming and Enjoying a Stimulating Book Discussion Group*, edited by Ellen Slezak, 3rd ed., Chicago Review Books, 2000, pp. ix-xiii.
Aubry, Timothy. *Reading as Therapy: What Contemporary Fiction Does for Middle-Class Americans*. U of Iowa P, 2011.
Barthes, Roland. "The Death of the Author." 1967. *Image-Music-Text*. Translated by Stephan Heath, Hill and Wang, 1977, pp. 142-48.
バルト、ロラン『テクストの快楽』（1973 年）沢崎浩平訳、みすず書房、1977 年。
バフチン、ミハイル『小説の言葉』伊東一郎訳、平凡社、1996 年。

Baucom, Ian. *Out of Place: Englishness, Empire, and the Locations of Identity*, Princeton UP, 1999.

Bebbington, Gina. "Northwich Library Starts Reading Therapy Group." *Northwich and Winsford Guardian*, 3 Apr. 2010, www.northwichguardian.co.uk/news/6102359.northwich-library-starts-reading-therapy-group/.

"The Benefit of Being a Coram Beanstalk Reading Helper Volunteer." *Coram Beanstalk*, www.beanstalkcharity.org.uk/why-volunteer. Accessed 12 Sep. 2024.

Bennett, Arnold. *Literary Taste: How to Form It*. 1909. Books for Libraries Press, 1975.

Berry, Alex. "Blyton Voted UK's Best-Loved Storyteller." *The Guardian*, 19 Aug. 2008, www.theguardian.com/books/2008/aug/19/awardsandprizes.

"Best Books." *nb*, no. 84, spring 2015, p. 80.

Bhabha, Homi K. *The Location of Culture*. 1994. Routledge, 2003.

Billington, Josie. *Is Literature Healthy?* E-book ed., Oxford UP, 2016.

"Bio/About." *Savidge Reads*, savidgereads.wordpress.com/about/. Accessed 12 Sep. 2024.

Bloom, Clive. *Bestsellers: Popular Fiction since 1900*. 2nd ed., Palgrave Macmillan, 2008.

———. *Bestsellers: Popular Fiction since 1900*. 3rd ed., Palgrave Macmillan, 2022.

Blum, Beth. *The Self-Help Compulsion: Searching for Advice in Modern Literature*. Columbia UP, 2020.

Board, Kathryn, and Teresa Tinsley. "Language Trends 2014/15: The State of Language Learning in Primary and Secondary Schools in England." British Council and CfBT Education Trust, 2015. Mar. 2016. www.britishcouncil.org/sites/default/files/language_trends_survey_2015.pdf.

Booth, Wayne. *The Company We Keep: An Ethics of Fiction*. U of California P, 1988.

Boulton, Paul. "Education: Historical Statistics." *Commons Research Briefing*. House of Commons Library, Nov. 2012, commonslibrary.parliament.uk/research-briefings/sn04252/.

ブルデュー、ピエール『ディスタンクシオンⅠ —— 社会的判断力批判』(1979 年) 石井洋二郎訳、藤原書店、1990 年。

Brooks, Cleanth. "The New Criticism." *The Sewanee Review*, vol. 87, no. 4, winter 1979, pp. 592-607.

Burke, Kenneth. *The Philosophy of Literary Form*. 3rd ed., U of California P, 1973.

Butler, Judith. "Values of Difficulty." Culler and Lamb, pp. 199-215.

カバナス、エドガー/エヴァ・イルーズ『ハッピークラシー ——「幸せ」願望に支配される日常』(2019 年) 高里ひろ訳、みすず書房、2022 年。

Campbell, James. *NB by J. C.: A Walk through The Times Literary Supplement*. Paul Dry, 2023.

Casanova, Pascale. *The World Republic of Letters*. 1999. Translated by M. B. DeBevoise, Harvard UP, 2004.

"Catherine Ryan Hyde, *Walk Me Home*, Summary." *Penguin Random House UK*, www.penguin.co.uk/books/413463/walk-me-home-by-catherine-ryan-hyde/9780552778015. Accessed 12 Sep. 2024.

Chetty, Darren. "You Can't Say That! Stories Have to Be about White People." *The Good Immigrant*, edited by Nikesh Shukla, Unbound, 2016, pp. 96-107.
Cockerill, Anthony. "A Thematic Curriculum for Key Stage 3 English." *Teaching English*, no. 21, 29 Mar. 2020, pp. 25-30. www.nate.org.uk/wp-content/uploads/2020/05/A-Thematic-Curriculum-for-Key-Stage-3-English-Anthony-Cockerill.pdf.
Cole, Brendan. "Young People in England Have 'Lowest Literacy Levels' in Developed World Says OECD." *International Business Times*, 29 Jan. 2016, www.ibtimes.co.uk/young-people-england-have-lowest-literacy-levels-developed-world-says-oecd-1540711.
コリー、リンダ『イギリス国民の誕生』(1992年)川北稔監訳、名古屋大学出版会、2000年。
Collini, Stefan. *Absent Minds: Intellectuals in Britain*. Oxford UP, 2006.
———. *The Nostalgic Imagination: History in English Criticism*. Oxford UP, 2019.
———. *What Are Universities For?* E-book ed., Penguin, 2012.
Conboy, Martin. *Tabloid Britain: Constructing a Community through Language*. Routledge, 2006.
"A Conversation with Kate Penn and Vanessa Diffenbaugh." Diffenbaugh, pp. 325-56.
Cooke, Rachel. "Don't Pick This One for Next Month, Ladies: Karen Joy Fowler Takes on One of the Immortals in *The Jane Austen Book Club*. Rachel Cooke Wishes She Hadn't." *The Observer*, 10 Oct. 2004, www.theguardian.com/theobserver/review/2004/oct/09/all.
Crook, Nora. "Taking Tea with Mrs Leavis." Thompson, pp. 123-31.
クラウチ、コリン『ポスト・デモクラシー —— 格差拡大の政策を生む政治構造』(2003年)山口二郎・近藤隆文訳、青灯社、2007年。
Culler, Jonathan. "Bad Writing and Good Philosophy." Culler and Lamb, pp. 43-57.
Culler, Jonathan, and Kevin Lamb, editors. *Just Being Difficult?* Stanford UP, 2003.
"David Cameron Struggles in Mock Citizenship Test on David Letterman's Late Show." *The Guardian*, 27 Sep. 2012, www.theguardian.com/politics/video/2012/sep/27/david-cameron-letterman-late-show-video.
Davis, Jane. "Literature Isn't a Luxury but a Life-Changer: Sharing Literature with Those Who Wouldn't Otherwise Come into Contact with It Is a Joy." *The Guardian*, 2 Apr. 2017, www.theguardian.com/commentisfree/2017/apr/01/reading-organisation-shared-education-wider-audience.
"Dear Pamela… : Our Agony Aunt for Troubled Readers." *nb*, no. 26, Mar.-Apr. 2005, p. 52.
de Benedictis, Sara, et al. "Portraying Poverty: The Economics and Ethics of Factual Welfare Television." *Cultural Sociology,* vol. 11, no. 3, 2017, pp. 337-58.
Dixon, Bob. "The Nice, the Naughty and the Nasty: The Tiny World of Enid Blyton." *Children's Literature in Education*, no.15, spring 1974, pp. 43-61.
Dowell, Ben. "Kyle Show 'Human Bear Baiting'." *The Guardian*, 24 Sep. 2007, www.theguardian.com/media/2007/sep/24/television.
Doyle, Brian. "Some Uses of English: Denys Thompson and the Development of English in Secondary Schools." Stencilled Occasional Paper, General Series: SP no. 64. Centre for

Contemporary Cultural Studies. Jan. 1981. core.ac.uk/download/pdf/83925959.pdf.
Drabble, Margaret. "*Hidden Knowledge* Review—Bernardine Bishop's Subtle Modern Morality Tale." *The Observer*, 8 June 2014, www.theguardian.com/books/2014/jun/08/hidden-knowledge-review-bernardine-bishop-child-abuse-priests-margaret-drabble.
Driscoll, Patricia, et al. "The Sustainable Impact of a Short Comparative Teaching Placement Abroad on Primary School Language Teachers' Professional, Linguistic and Cultural Skills." *The Language Learning Journal*, vol. 42, no. 3, 2014, pp. 307-20.
Eagleton, Terry. *The English Novel: An Introduction*. Blackwell, 2005.
イーグルトン、テリー『文学とは何か —— 現代批評理論への招待』(1983 年) 大橋洋一訳、岩波書店 1985 年。
エーコ、ウンベルト『小説の森散策』(1996 年) 和田忠彦訳、岩波書店、2013 年。
Egremont, Max. *Siegfried Sassoon: A Biography*. Picador, 2005.
Eliot, Victoria, et al. "Lit in Colour: Literature in Diversity in English Schools." *Runnymede Trust*, 2021, assets.website-files.com/61488f992b58e687f1108c7c/.61d6fc0b4a6b8786bd88d10b_Lit-in-Colour-research-report-min.pdf.
Ellis, David. *Memoirs of a Leavisite: The Decline and Fall of Cambridge English*. Liverpool UP, 2013.
Ephron, Nora. Introduction. Ephron, pp. vii-ix.
Farr, Cecilia Konchar. *Reading Oprah: How Oprah's Book Club Changed the Way America Reads*. State U of New York P, 2005.
Farrington, Grace. "Our Mutual Life." *The Reader*, no. 63, autumn 2016, pp. 73-78.
Favret-Saada, Jeanne. *Deadly Words: Witchcraft in the Bocage*. 1977. Translated by Catherine Cullen, Cambridge UP, 1980.
Felski, Rita. *Hooked: Art and Attachment*, 2020.
———. Introduction. *Character,* special issue of *New Literary History*, edited by Felski. vol. 42, no. 2, 2011, pp. v-ix.
———. *The Limits of Critique*. U of Chicago P, 2015.
———. *Uses of Literature*. Blackwell, 2008.
ファインマン、マーサ・A『家族、積みすぎた方舟 —— ポスト平等主義のフェミニズム法理論』(1995 年) 上野千鶴子監訳、学陽書房、2003 年。
Fish, Stanley. *Is There a Text in This Class? The Authority of Interpretive Communities*. Harvard UP, 1980.
Flood, Alison. "Famous Five Still UK's Favourite Children's Books." *The Guardian*, 2 July 2012, www.theguardian.com/books/2012/jul/02/famous-five-favourite-childrens-books.
———. "Readers Prefer Authors of Their Own Sex, Survey Found." *The Guardian*, 25 Nov. 2014.
"The Forgotten: How White Working-Class Pupils Have Been Let Down, and How to Change It." UK Parliament Education Committee Report. 22 June 2021. publications.parliament.uk/pa/cm5802/cmselect/cmeduc/85/8504.htm#_idTextAnchor010.

Forster, E. M. "A Room without a View." 1958. *Room*, by Forster, pp. 231-33.
Foucault, Michel. *The History of Sexuality*, vol. 1. 1976. Translated by Robert Hurley, Penguin, 1981.
Freeman, Gwendolen. "Queenie at Girton." Thompson, pp. 5-16.
Frith-Salem, Benjamin. "Wolf Halls: Take a Look inside the Properties Where the New BBC Series Is Filmed." *History Extra*, 20 Jan. 2015, www.historyextra.com/period/tudor/wolf-halls-take-a-look-inside-the-properties-where-the-new-bbc-series-is-filmed/.
Frow, John. *Genre*. 2nd ed. Routledge, 2014.
Fuller, Danielle, and DeNel Rehberg Sedo. *Reading beyond the Book: The Social Practices of Contemporary Literary Culture*. Routledge, 2015.
———. "Suspicious Minds." Ramone and Cousins, pp. 21-42.
Galef, David. *The Supporting Cast: A Study of Flat and Minor Character*s. The Pennsylvania State UP, 1993.
Garber, Marjorie, et al., editors. *The Turn to Ethics*. Routledge, 2000.
GCSE English Literature Assessment. AQA. 2014. filestore.aqa.org.uk/resources/english/AQA-8702-EX-COMMENTARY.PDF.
GCSE English Literature Focus on: 'Extract to Whole' Questions. Handouts Booklet. AQA. 4 May 2022. www.aqa.org.uk/subjects/english/gcse/english-literature-8702/planning-resources.
Genette, Gérard. *Paratexts: Thresholds of Interpretation*. 1987. Translated by Jane E. Lewin, Cambridge UP, 1997.
ギデンズ、アンソニー『社会学 第4版』（2001年）松尾精文他訳、而立書房、2006年。
ギンズブルグ、カルロ『歴史を逆なでに読む』上村忠男訳、みすず書房、2003年。
Girouard, Mark. *Life in the English Country House: A Social and Architectural History*. Yale UP, 1978.
Goodhart, David. *The Road to Somewhere: The New Tribes Shaping British Politics*. Penguin, 2017.
Gotley, Susan. "Are Book Groups about Books?" Appendix 2. 2008. Birkbeck, University of London, unpublished coursework.
Guillory, John. *Cultural Capital: The Problem of Literary Canon Formation*. U of Chicago P, 1993.
———. "The Ethical Practice of Modernity: The Example of Reading." Garber et al., pp. 29-46.
———. *Professing Criticism: Essays on the Organization of Literary Study*. U of Chicago P, 2022.
ハージ、ガッサン『オルター・ポリティクス——批判的人類学とラディカルな想像力』（2015年）塩原良和・川端浩平監訳、明石書店、2022年。
ハッキング、イアン『何が社会的に構成されるのか』（1999年）出口康夫・久米暁訳、岩波書店、2006年。
Halberstam, Jack. *Trans*: A Quick and Quirky Account of Gender Variability*. U of California P,

2018.
———. *Wild Things: The Disorder of Desire*. Duke UP, 2020.
Halberstam, Judith. *Skin Shows: Gothic Horror and the Technology of Monsters*. 1995. Duke UP, 2006.
Hale, Dorothy J. “Fiction as Restriction: Self-Binding in New Ethical Theories of the Novel.” *Narrative*, vol. 15, no. 2, 2007, pp. 187-206.
———. *The Novel and the New Ethics*. Stanford UP, 2020.
Hall, Stuart, and Alan O’Shea. “Common-Sense Neoliberalism.” *Soundings*, no. 55, winter 2013, pp. 8-24.
英美由紀「女性は「すべてを手に入れる」ことができるのか？ —— ワーク・ライフ・バランスをめぐる「マミー・リット」の模索」日本ヴァージニア・ウルフ協会他編『終わらないフェミニズム ——「働く」女たちの言葉と欲望』研究社、2016 年、237-63 頁。
ハニシュ、キャロル「個人的なことは政治的なこと」（1969 年）井川ちとせ訳、井川・中山徹編著『個人的なことと政治的なこと —— ジェンダーとアイデンティティの力学』彩流社、2017 年、321-42 頁。
原伸子「イギリスにおける福祉政策と家族 ——「困難を抱えた家族プログラム（Troubled Families Programme）」とジェンダー」『大原社会問題研究所雑誌』第 716 巻、2018 年、21-41 頁。
——「福祉国家の変容とケアの市場化 —— イギリスにおける保育政策の展開とジェンダー」『社会政策』第 9 巻第 3 号、2018 年、44-61 頁。
Harper, Marjory, and Stephen Constantine. *Migration and Empire*. Oxford UP, 2010.
Hartley, Jenny. *Reading Groups*. Oxford UP, 2001.
橋本直子「分野別研究動向（難民・強制移住学）—— 海外における強制移住学の過去 10 年とこれから」『社会学評論』第 71 巻第 4 号、2021 年、704-28 頁。
Hemingway, Earnest. *A Moveable Feast.* 1964. Simon and Schuster, 2009.
Higgins, Charlotte. *This New Noise: The Extraordinary Birth and Troubled Life of the BBC*. E-book ed., Guardian, 2015.
Hoggart, Richard. *The Uses of Literacy: Aspects of Working-Class Life with Special Reference to Publications and Entertainments*. 1957. Penguin, 1992.
hooks, bell. “The Oppositional Gaze: Black Female Spectators.” *Black Looks: Race and Representation*, by hooks, South End Press, pp. 115-31.
———. *Outlaw Culture: Resisting Representations*. 1994. Routledge, 2006.
“How Does It Work?” *The Reader Organisation*, www.thereader.org.uk/what-we-do/shared-reading/. Accessed 12 Sep. 2024.
Howie, Linsey. “Speaking Subjects: Developing Identities in Women’s Reading Communities.” Sedo, pp. 140-58.
Huggan, Graham. *The Postcolonial Exotic: Marketing the Margins*. Routledge, 2001.
Humble, Nicola. *The Female Middlebrow Novel 1920s to 1950s: Class, Domesticity, and*

Bohemianism. Oxford UP, 2001.
Hutcheon, Linda, with Siobhan O'Flym. *A Theory of Adaptation*. 2nd ed. Routledge, 2013.
井川ちとせ『アカデミアの内と外 —— 英文学史、出版文化、セルフヘルプ』小鳥遊書房、2025 年。
"Important Update for Subscribers." *nb*, 28 June 2024. E-mail.
"In Conversation with JoJo Moyes." Moyes, *One*.
"In Full: Keir Starmer's First Press Conference as Prime Minister." *YouTube*, uploaded by *The Telegraph*, www.youtube.com/watch?v=_JxhQXm-mJs. Accessed 12 Sep. 2024.
"An Interview with Christina Dalcher." *nb*, no. 109, summer 2021, pp. 28-30.
Ivy, Anna S. "Leading Questions: Interpretive Guidelines in Contemporary Popular Reading Culture." Sedo, pp. 159-180.
Jacobson, Howard. *Mother's Boy: A Writer's Beginnings*. E-book ed., Vintage, 2022.
Jeffreys, Henry. "The Rummidge Chronicles." *Slightly Foxed*, no. 51, autumn 2016, pp. 24-33.
ジョンソン、バーバラ『差異の世界 —— 脱構築・ディスクール・女性』(1987 年) 大橋洋一他訳、紀伊國屋書店、1990 年。
Jones, Jennifer, and Josephine Castle. "Women in Universities, 1920-1980." *Studies in Higher Education*, vol. 11, no. 3, 1986, pp. 286-97.
Jones, Owen. *Chavs: The Demonization of the Working Class*. New ed., Verso, 2020.
Jordison, Sam. "Announcing the Not the Booker Prize Prize." *The Guardian*, 29 July 2009, www.theguardian.com/books/booksblog/2009/jul/28/not-the-booker-prize.
カクタニ、ミチコ『真実の終わり』(2018 年) 岡崎玲子訳、集英社、2019 年。
金澤周作「弱者救済の結社 —— チャリティ団体」川北、177-91 頁。
川北稔編『結社のイギリス史 —— クラブから帝国まで』山川出版社、2005 年。
河村彩「訳者解題 —— ケアと利他から人間を考える」ボリス・グロイス『ケアの哲学』(2022 年) 河村訳、人文書院、2023 年、185-203 頁。
Keen, Suzanne. *Empathy and the Novel*. Oxford UP, 2010.
清田夏代『現代イギリスの教育行政改革』勁草書房、2005 年。
Knights, L. C. "*Scrutiny* and F. R. L.: A Personal Memoir." Thompson, pp. 70-81.
クリステヴァ、ジュリア『記号の生成論 —— セメイオチケ 2』(1969 年) 中沢新一他訳、せりか書房、1984 年。
Lang, Anouk, editor. *From Codex to Hypertext: Reading at the Turn of the Twenty-First Century*. U of Massachusetts P, 2012.
Laurison, Daniel, and Sam Friedman. "Introducing the Class Ceiling: Social Mobility and Britain's Elite Occupations." *The Sociological Review*, vol. 63, no. 2, 2015, pp. 259-89.
Lawrence, D. H. *Studies in Classic American Literature*. 1923. Edited by Ezra Greenspan et al. Cambridge UP, 2003.
Lawrie, Alexandra. *The Beginnings of University English: Extramural Study, 1885-1910*. Palgrave MacMillan, 2014.
Leavis, F. R. *The Great Tradition*. Chatto and Windus, 1950.

———. *The Living Principle: English as a Discipline of Thought*. Chatto and Windus, 1975.

———. *Nor Shall My Sword: Discourses on Pluralism, Compassion and Social Hope*. Chatto and Windus, 1972.

———. "The Responsible Critic: or the Function of Criticism at Any Time." *Scrutiny,* vol. 19, no. 3, spring, 1953, pp. 162-83.

———. "Valedictory." *Scrutiny,* vol. 19, no. 4, Oct. 1953, pp. 254-57.

Leavis, Q. D. *Fiction and the Reading Public*. 1932. Chatto and Windus, 1939.

Lee, Rebecca. *How Words Get Good: The Story of Making a Book*. Profile, 2022.

Lewis, Rebecca. "Exclusive: Emilia Clarke Says Disability Rights Campaigners Don't Have 'a Full View' of *Me before You*." *Metro,* 29 May 2016, metro.co.uk/2016/05/29/emilia-clarke-says-disability-rights-campaigners-dont-have-a-full-view-of-me-before-you-5912173/.

Leypoldt, Günter. "Social Dimensions of the Turn to Genre: Junot Díaz's *Oscar Wao* and Kazuo Ishiguro's *The Buried Giant*." *Post45*, 31 Mar. 2018, post45.org/2018/03/social-dimensions-of-the-turn-to-genre-junot-diazs-oscar-wao-and-kazuo-ishiguros-the-buried-giant/.

Life in the UK Test Book. lifeintheuktest.com/life-in-the-uk-test-book/. Accessed 12 Sep. 2024.

Life in the UK Test Practice. lifeintheuktest.com. Accessed 12 Sep. 2024.

Light, Alison. *Forever England: Femininity, Literature and Conservatism between the Wars*. Routledge, 1991.

Literature in Britain Today: An Ipsos MORI Poll of Public Opinion. The Royal Society of Literature, Mar. 2017.

"Lit in Colour: Supporting Inclusive Reading." *Penguin UK*, www.penguin.co.uk/lit-in-colour. Accessed 12 Sep. 2024.

Lodge, David. Introduction. *Campus*, by Lodge, pp. ix-xxi.

ロッジ、デイヴィッド『小説の技巧』（1992年）柴田元幸・斎藤兆史訳、白水社、1997年。

——『バフチン以後——＜ポリフォニー＞としての小説』（1990年）伊藤誓訳、法政大学出版局、1992年。

Long, Elizabeth. *Book Clubs: Women and the Uses of Reading in Everyday Life*. Chicago: U of Chicago P, 2003.

———. "Textual Interpretation as Collective Action." *The Ethnography of Reading*, edited by Jonathan Boyarin, U of California P, 1992, pp. 180-211.

Lorde, Audre. "Poetry Is Not a Luxury." *The Selected Works of Audre Lorde*, edited by Roxane Gay. E-book ed., W. W. Norton, 2020, pp. 3-7.

Lynch, Deidre Shauna. *The Economy of Character: Novels, Market Culture, and the Business of Inner Meaning*. U of Chicago P, 1998.

Mamamia Team. "Quick Question: What's Your Scary Age?" *Mamamia*, 8 Nov. 2011, www.mamamia.com.au/quick-question-what-is-your-scary-age/.

Marcus, Sharon. *Between Women: Friendship, Desire, and Marriage in Victorian England*. Princeton UP, 2007.

"Mark Lawson Profile." *Four: Mark Lawson Talks to..., BBC*, www.bbc.co.uk/programmes/profiles/4znhrrY6rwjMt6mXdb9gzGQ/mark-lawson. Accessed 12 Sep. 2024.

Maslin, Janet. "A Bouquet of Petals and Thorns, All Defined with Meticulous Precision." *The New York Times*, 8. Sep. 2011, p. C5.

McGurl, Mark. *The Program Era: Postwar Fiction and the Rise of Creative Writing*. Harvard UP, 2009.

McRobbie, Angela. *Feminism and the Politics of Resilience: Essays on Gender, Media and the End of Welfare*. Polity, 2020.

McWhinnie, Sean, and Caroline Fox. *Advancing Women in Mathematics: Good Practice in UK University Departments.* London Mathematical Society, Feb. 2013, www.lms.ac.uk/sites/default/files/LMS-BTL-17Report_0.pdf.

"*Me before You* Voted Public's Favourite Title in *Richard and Judy*." *Curtis Brown*, 26 Apr. 2012, www.curtisbrown.co.uk/news/me-before-you-voted-publics-favourite-title-in-richard-and-judys-book-club.

マイケルズ、ウォルター・ベン『シニフィアンのかたち —— 一九六七年から歴史の終わりまで』(2004 年) 三浦玲一訳、彩流社、2006 年。

Mißler, Heike. *The Cultural Politics of Chick Lit: Popular Fiction, Postfeminism, and Representation*. Routledge, 2017.

水野祥子「環境保護運動の結社 —— ナショナル・トラスト」川北、207-19 頁。

Moggach, Deborah. "The Books I Love...." *Good Housekeeping*, May 2015, p. 63.

"Mood Boosting Books." *Reading Well*, reading-well.org.uk/books/mood-boosting-books. Accessed 12 Sep. 2024.

Moody, Nickianne. "Entertainment Media, Risk and the Experience Commodity." Ramone and Cousins, pp. 43-58.

Moonsamy, Nedine, and Lynda Gichanda Spencer. "'Not the Story You Wanted to Hear': Reading Chick-Lit in J. M. Coetzee's *Summertime*." *Social Dynamics*, vol. 43, no. 3, 2017, pp. 435-50.

Moore, Victoria. "*The Deaths* by Mark Lawson." *The Daily Mail*, 12 Sep. 2013, www.dailymail.co.uk/home/books/article-2418815/Mark-Lawson-THE-DEATHS.html.

Moretti, Franco. "Serious Century." *The Novel: History, Geography, and Culture,* Moretti, editor, vol. 2, Princeton UP, 2007, pp. 364-400.

Morley, Dave. "Text, Readers, Subjects." *Culture, Media, Language: Working Papers in Cultural Studies*, *1972-79*. Edited by Stuart Hall et al. 1980. Routledge, 2004, pp. 155-65.

Morrison, Toni. Foreword. Morrison, *Beloved*.

Motivational Speakers Network. *1001 African Books to Read Before You Die*. E-book ed., African Heritage, 2013.

Moyes, JoJo. "Eric Segal's Legacy: Movies that Make You Weep." 2010. Moyes, *Me*, pp. 489-93.

———. "The Healing Power of Jane Austen." 2010. Moyes, *Me*, pp. 495-99.

———. "Richard and Judy. And Me. Warning: May Not Contain Impartial Journalism." *jojo moyes*, 4 Jan. 2012, www.jojomoyes.com/2012/01/04/richard-and-judy-less-a-blogpost-than-a-gushing-giddy-mess/.

Murray, J. Stuart. "The Politics of the Production of Knowledge: An Interview with Gayatri Chakravorty Spivak." Culler and Lamb, pp. 181-98.

武藤浩史「プリーストリーをなみするな！ モダニズム・モダニティ・文化社会史と文学研究歴史主義の狭間」遠藤不比人他編『転回するモダン —— イギリス戦間期の文化と文学』研究社、2008 年、242-62 頁。

中島岳志『思いがけず利他』ミシマ社、2021 年。

——「おわりに —— 利他が宿る構造」伊藤亜沙編『「利他」とは何か』集英社新書、2021 年、210-14 頁。

"New to *In Our Time*? Here Are Ten Great Places to Start." *In Our Time*, www.bbc.co.uk/programmes/articles/1CTX7TRRsXWQP5dyPqK2Z2c/new-to-in-our-time-here-are-ten-great-places-to-start. Accessed. 12 Sep. 2024.

Newell, Stephanie. *West African Literatures: Way of Reading*. Oxford UP, 2006.

「ノーザン・パワーハウス～英政府によるイングランドの経済振興策」*Japan Local Government Center*, 2017 年 1 月 31 日、www.jlgc.org.uk/jp/monthly_topic/uk_jan_2017_northern_powerhouse/.

Novak, Daniel A. *Realism, Photography, and Nineteenth-Century Fiction*. Cambridge UP, 2008.

越智博美『モダニズムの南部的瞬間 —— アメリカ南部詩人と冷戦』研究社、2012 年。

O'Connell, John. "Getting Away with Murder: Crime Seems Almost an Afterthought in Mark Lawson's Sharp Social Satire, Says John O'Connell: *The Deaths* by Mark Lawson." 14 Sep. 2013, *The Guardian Review*, p. 11.

小田島則子・恒志「訳者あとがき」、ミッチ・アルボム『ささやかながら信じる心があれば』（2009 年）NHK 出版、2012 年、306-09 頁。

Olave, María Angélica Thumala. "Reading Matters: Towards a Cultural Sociology of Reading." *American Journal of Cultural Sociology,* vol. 6, no. 6, 2017, pp. 417-54.

Oliphant, Margaret. "Charles Dickens." *Blackwood's Magazine*, Apr. 1855, pp. 451-66.

O'Malley, Raymond. "Charisma?" Thompson, pp. 52-59.

"Our Story." *Read to Lead: Course Handbook*.

"Our Work." *The Survivors Trust*, thesurvivorstrust.org/our-work/. Accessed 12 Sep. 2024.

The People's Friend, no. 7568, 11 Apr. 2015.

Peplow, David, et al. *The Discourse of Reading Groups: Integrating Cognitive and Sociocultural Perspectives*. Routledge, 2016.

Peterson, Richard A., and Roger M. Kern. "Changing Highbrow Taste: From Snob to Omnivore." *American Sociological Review*, vol. 61, 1996, pp. 900-07.

Phelan, James. *Living to Tell about It: A Rhetoric and Ethics of Character Narration*. Cornel UP, 2005.

Piper, Andrew. *Enumerations: Data and Literary Study*. U of Chicago P, 2018.

Piper, Andrew, and Eva Portelance. “How Cultural Capital Works: Prizewinning Novels, Bestsellers, and the Time of Reading.” *Post45*, 5 Oct. 2016, post45.org/2016/05/how-cultural-capital-works-prizewinning-novels-bestsellers-and-the-time-of-reading/.

Poovey, Mary. *Genres of the Credit Economy: Mediating Value in Eighteenth- and Nineteenth-Century Britain*. U of Chicago P, 2008.

Preston, Alex. “An Everyday Story of Ghastly Folk: Mark Lawson’s Bleak Satire on England’s New Aristocracy Pulls No Punches, Says Alex Preston. *Observer Review Books*, 15 Sep. 2015, p. 37.

Price, Leah. “Reading: The State of the Discipline.” *Book History,* vol.7, 2004, pp.303-20.

———.*What We Talk about When We Talk about Books: The History and Future of Reading*. Basic Books, 2019.

プリーストリー『イングランド紀行』下（1934 年）橋本槇矩訳、岩波文庫、2007 年。

Procter, James, and Bethan Benwell. *Reading across Worlds: Transnational Book Groups and the Reception of Difference*. Palgrave Macmillan, 2015.

“Questions.” *Revision World*, revisionworld.com/a2-level-level-revision/english-literature-gcse-level/kestrel-knave-barry-hines/questions. Accessed 12 Sep. 2024.

Radway, A. Janice. *Reading the Romance: Women, Patriarchy, and Popular Literature*, with a new introduction by Radway, Chapel Hill, 1991.

Ramone, Jenni, and Helen Cousins, editors. *The Richard & Judy Book Club Reader: Popular Texts and the Practices of Reading*. Ashgate, 2011.

The Richard and Judy Book Club, Exclusive to WHSmith, podcasts.apple.com/gb/podcast/the-richard-and-judy-book-club-exclusive-to-whsmith/id436366121. Accessed 12 Sep. 2024.

“The Rise of the Super-Blogger.” *nb*, no. 90, autumn 2016, pp. 33-35.

Roach, Rebecca. “The Role and Function of Author Interviews in the Contemporary Anglophone Literary Field.” *Book History*, vol. 23, 2020, pp. 335-64.

Robbins, Bruce. *Criticism and Politics: A Polemical Introduction*. Stanford UP, 2022.

———. *Upward Mobility and the Common Good: Toward a Literary History of the Welfare State*. Princeton UP, 2007.

Rooney, Kathleen. *Reading with Oprah: The Book Club that Changed America*. U of Arkansas P, 2005.

Rose, Jonathan. *The Intellectual Life of the British Working Classes*. 2nd ed., Yale UP, 2001.

The Royal Sociaty of Literature. *Literature in Britain Today*. Mar. 2017.

Rylance, Rick. *Literature and the Public Good*. Oxford UP, 2016.

Said, Edward W. *Culture and Imperialism*. 1993. Vintage, 1994.

Sanderson, Mark. “Mark Sanderson Is Unamused by a Wearisome Satire on the Way We Live Now.” *The Telegraph*, 21 Oct. 2013, www.telegraph.co.uk/culture/books/fictionreviews/10382570/The-Deaths-by-Mark-Lawson-review.html.

佐貫浩『イギリスの教育改革と日本』高文研、2002 年。

ゼーバルト、W・G『空襲と文学』（1999 年）鈴木仁子訳、白水社、2011 年。

"Sebastian Faulks." *Book Club*, hosted by James Naughtie, BBC Radio 4, 3 May 1998.
Sedo, DeNel Rehberg, editor. *Reading Communities from Salons to Cyberspace*. Palgrave Macmillan, 2011.
Seidensticker, Edward G. "Original Introduction (1956)." *Snow Country*. By Kawabata Yasunari, translated by Seidensticker, E-book ed., Vintage, 1996.
Shankar, Avi. "Book-Reading Groups: A 'Male Outsider' Perspective." *Consuming Books: The Making and Consumption of Literature*, edited by Stephen Brown. Routledge, 2006, pp. 114-25.
"Sheila Hancock Talks about *Miss Carter's War*." *Richard and Judy Podcast*. 13 Jan. 2015.
重田園江『フーコーの風向き —— 近代国家の系譜学』青土社、2020 年。
Showalter, Elaine. *Teaching Literature*. Blackwell, 2003.
Shriver, Lionel. Foreword. *The Book Club Guide: The Definitive Guide that Every Book Club Member Needs*. Michael O'Hara, 2007, pp. 7-8.
———. "The Rich Make a Killing: Lionel Shriver on a Murderous Tale Set among the New Rich." *The Times*, 14 Sep. 2013, p. 16.
Simpson, Ludi, and Nissa Finney. "How Mobile Are Immigrants after Arriving in the UK?" *Understanding Society: Findings 2012*, edited by Stephanie L. McFall et al. Institute for Social and Economic Research, University of Essex, 2012, pp. 19-20.
Smith, Noel, et al. *Hear Me. Believe Me. Respect Me: A Survey of Adult Survivors of Child Sexual Abuse and Their Experience of Support Services*. Technical Report. University of Suffolk, 2015.
ソーカル、アラン、ジャン・ブリクモン『「知」の欺瞞 —— ポストモダン思想における科学の濫用』(1998 年) 田崎晴明他訳、岩波書店、2000 年。
Sommer, Dorris. "Attitude, It's Rhetoric." Garber et al., pp. 201-20.
Sparrow, Andrew. "*Jeremy Kyle Show* 'Undermine Anti-Poverty Efforts,' Says Thinktank." *The Guardian*, 10 Sep. 2008, www.theguardian.com/politics/2008/sep/10/thinktanks.socialexclusion.
Spivak, Gayatri Chakravorty. *A Critique of Postcolonial Reason: Toward a History of the Vanishing Point*. Harvard UP, 1999.
———. "Ethics and Politics in Tagore, Coetzee, and Certain Scenes of Teaching." *An Aesthetic Education in the Era of Globalization*, by Spivak. Harvard UP, 2012, pp. 316-34.
スピヴァク、ガヤトリ『ある学問の死 —— 惑星思考の比較文学へ』(2003 年) 上村忠男・鈴木聡訳、みすず書房、2004 年。
——『スピヴァク みずからを語る —— 家・サバルタン・知識人』(2006 年) 大池真知子訳、岩波書店、2008 年。
Squires, Claire. *Marketing Literature: The Making of Contemporary Writing in Britain*. Palgrave Macmillan, 2009.
Staiger, Janet. "Taboos and Totems: Cultural Meanings of *The Silence of the Lambs*." *Film Theory Goes to the Movies: Cultural Analysis of Contemporary Film*. Edited by Jim

Collins et al., Routledge, 1992, pp. 142-54.
Stiglitz, Joseph E. "Of the 1%, by the 1%, for the 1%." *Vanity Fair*, May 2011, www.vanityfair.com/news/2011/05/top-one-percent-201105.
"Study Guide." *Life in the UK Test*, lifeintheuktests.co.uk/study-guide/?chapter=4&section=5/#start18. Accessed 12 Sep. 2024.
高津祐典「西欧に映った戦後の日本像」『朝日新聞』2015 年 10 月 2 日、朝刊 31 頁。
竹村和子「虎穴に入れば ......――〈フェミニズム・文学・批評〉の誕生と死」(2004 年) 竹村『文学力』、213–44 頁。
――「ジェンダー・レトリックと反知性主義」(2008 年) 竹村『文学力』、245–86 頁。
――『フェミニズム』岩波書店、2000 年。
――『文学力の挑戦――ファミリー・欲望・テロリズム』研究社、2012 年。
Tanner, Michael. "Some Recollections of the Leavises." Thompson, pp. 132-39.
Taylor, Joan Bessman. "Producing Meaning through Interaction: Book Groups and the Social Context of Reading." Lang, pp. 142-58.
"Teaching Plan (Medium Term): Love through the Ages (Prose Study)." *AQA*. 2021. filestore.aqa.org.uk/resources/english/AQA-7711-7712-TP.PDF.
"*This Bleeding City*." alexhmpreston.com/project/this-bleeding-city. Accessed 12 Sep. 2024.
Thompson, Denys, editor. *The Leavises: Recollections and Impressions*. Cambridge UP, 1984.
———. Introduction. Thompson, pp. 1-4.
所道彦「イギリス住宅政策と社会保障改革」『社会政策』第 6 巻第 1 号、2014 年、54-64 頁。
富山太佳夫『書物の未来へ』青土社、2003 年。
Trower, Shelley. "Forgetting Fiction: An Oral History of Reading, Centered on Interviews in South London, 2014-2015." *Book History*, vol. 23, 2020, pp. 269-98.
津田博司「オーストラリアにおけるアンザック神話の形成――C・E・W・ビーン(一八七九－一九六八)とイギリス帝国」『西洋史学』第 220 巻、2005 年、284-304 頁。
Viswanathan, Gauri. *Masks of Conquest: Literary Study and British Rule in India*. Columbia UP, 1989.
Walmsley, Ann. *The Prison Book Club*, Penguin, 2005.
Waterson, Jim, and Matthew Weaver. "*Jeremy Kyle Show* Suspended Following Death of Guest." *The Guardian*, 13 May 2019, www.theguardian.com/media/2019/may/13/jeremy-kyle-show-suspended-after-death-of-guest.
ワット、イワン『小説の勃興』(1957 年) 藤田永祐訳、南雲堂、1999 年。
"What We Do." *Booktrust*, www.booktrust.org.uk/what-we-do/programmes-and-campaigns/bookstart/families/baby-and-treasure-packs/. Accessed 12 September 2024.
White, Hayden. *Figural Realism: Studies in the Mimesis Effect*. Johns Hopkins UP, 1999.
Whitehead, Frank. "F. R. Leavis and the Schools." Thompson, pp. 5-16.
"Who's Looking Out for Sandwich Woman?" *Good Housekeeping*, May 2015, pp. 68-75.
Wilkinson, Carl. "*The Deaths* by Mark Lawson." *The Financial Times*, 19 Oct. 2013, www.ft.com/content/b6b4e950-35a9-11e3-b539-00144feab7de.

Williams, Raymond. *The Country and the City*. 1973. Vintage, 2016.
———. *Culture and Society*. 1958. Hogarth, 1993.
Willis, Ika. *Reception*. E-book ed., Routledge, 2018.
Woolf, Virginia. *A Room of One's Own*. 1929. Penguin, 1945.
山田雄三『感情のカルチュラル・スタディーズ――『スクリューティニ』の時代からニュー・レフト運動へ』開文社出版、2005 年。
Young, Michael, and Peter Willmott. *Family and Kinship in East London*. 1957. Penguin, 2007.
Žižek, Slavoj. *The Parallax View.* MIT Press, 2006.

【著者】

井川ちとせ
(いかわ　ちとせ)

1970年生まれ。お茶の水女子大学大学院博士後期課程単位取得退学。現在、一橋大学大学院社会学研究科教授。専門は英文学。
著書に、本書の姉妹編となる『アカデミアの内と外―― 英文学史、出版文化、セルフヘルプ』(小鳥遊書房)、共編著に、『ブライト・ヤング・ピープルと保守的モダニティ ―― 英国モダニズムの延命』(小鳥遊書房)、『個人的なことと政治的なこと ―― ジェンダーとアイデンティティの力学』(彩流社)、訳書に、エドナ・オブライエン『ジェイムズ・ジョイス』(岩波書店)など。

読書会《どくしょかい》の効用《こうよう》、あるいは本《ほん》のいろいろな使《つか》いみちについて

イングランド中部《ちゅうぶ》Tグループの事例《じれい》を中心《ちゅうしん》に

2025年2月14日　第1刷発行

【著者】
井川ちとせ

発行者：高梨 治
発行所：株式会社**小鳥遊《たかなし》書房**
〒102-0071　東京都千代田区富士見1-7-6-5F
電話 03（6265）4910（代表）／FAX 03（6265）4902
https://www.tkns-shobou.co.jp
info@tkns-shobou.co.jp

装幀　宮原雄太（ミヤハラデザイン）
印刷　モリモト印刷株式会社
製本　株式会社村上製本所

ISBN978-4-86780-067-6　C0098